THE FORCE

惡警

DON WINSLOW

唐·溫斯洛——著

吳宗璘——譯

本書為虛構作品，所有的姓名、人物、地點、事件均出於作者之想像，僅作小說用途，不可對號入座。若與真實事件、地點、組織，或是往生者與在世者有任何雷同之處，純屬巧合。

以下是我在撰寫這部小說的過程當中，因公殉職的所有警察，謹以本書敬獻：

警長寇瑞・布萊克，警員萊德・波爾西・李・豪斯三世、警員強納森・史考特・潘恩、獄警阿曼達・貝斯・貝克爾、警員約翰・湯瑪斯・霍布斯、保安員瓦金・寇瑞亞－歐特卡、警員傑森・馬克・克里斯普、第一副警長艾倫・瑞・「彼得」・理查森、警員羅伯特・戈登・傑曼、糾察官馬克・艾倫・馬尤、警員馬克・海頓・拉森、警員亞歷山大・愛德華・塔爾曼、警員小大衛・偉恩・史密斯、警員克里斯多福・艾倫・寇提赫、警員麥可・J・賽維森、警員蓋伯瑞爾・雷諾克斯・里奇、警長派翠克・史考特・強森、警員羅伯特・卡羅斯・桑切茲、警員雀兒喜・里內・理查德、資深警長約翰・湯瑪斯・寇倫、警員麥可・亞歷山大・佩德里納、警探查爾斯・大衛・汀威迪、警員史蒂芬・J・阿爾克爾、警員海爾・阿勃拉多・卡布雷拉、警員克里斯多福・G・史金納、約聘法警法蘭克・愛德華・麥克奈特、警員布萊恩・韋恩・瓊斯、警員凱文・多里安・喬登、警員伊格爾・索多、警員羅尼・貝克、警察局長李・狄克森、警員小艾倫・莫里斯・巴勒斯、警員佩瑞・韋恩・雷恩、巡警傑佛瑞・布萊迪・威斯特費爾德、警探馬文・文森・聖地牙哥、警員史考特・湯瑪斯・派翠克、警察局長麥可・安東尼・皮曼塔爾、保安員基尼・阿瑪洛－凡塔烏奇、警員戴若爾・皮爾森、巡警尼克勞斯・愛德華・舒茲、警士傑森・尤金・哈爾伍德、警員約瑟夫・約翰・馬杜斯克維奇、警士布萊恩・凱斯・狄克森二世、警員麥可・安德魯・諾魯斯、警長麥可・喬・奈洛爾、警員丹尼・保羅・奧利維、警探小麥可・大衛・戴維斯、警員耶夫亨・「尤金」・寇斯提尤欽柯、警員傑西・瓦德茲三世、警員理查德・戴蒙、警員大衛・史密斯・派恩、輔警羅伯特・帕克・懷特、警員馬修・史考特・奇森、警員賈斯汀・羅伯特・懷恩布雷恩納、警員克里斯多夫・林德・史密斯、保安員艾德溫・O・羅曼－阿瑟維多、警員文健・劉、警員拉斐爾・拉莫斯、警員查爾斯・孔德克、警員泰勒・雅各・史都華、警探泰倫斯・艾維利・葛林、警員羅伯特・威爾森三世、警員馬許・喬西・威爾斯、巡警喬治・S・尼森、警員艾力克斯・亞濟、警員麥可・傑克遜、警員崔佛・卡斯伯、警員布萊恩・雷蒙・莫爾、警長格雷戈・莫爾、警員里古歐里・塔德、警員班傑明・丁恩、警員桑尼・史密斯、警探凱瑞・歐若茲可、警員泰勒・戴佛特、巡警小詹姆斯・班奈特、警員葛列格・「尼傑爾」・班納、警員雷克・西維瓦、警員桑尼・金、警員戴若爾・霍洛威、警長克里斯多夫・凱莉、獄警提摩西・戴維森、警長史考特・隆格、警員尚恩・麥可・波頓、警員湯瑪斯・約瑟夫・拉瓦利、警員卡爾・霍威爾、警員史蒂芬・文森、警員亨利・尼爾森、警員達倫・戈佛斯、警長米蓋爾・裴瑞茲－里歐斯、警員喬瑟夫・克麥隆・朋德、警員德懷特・得爾文・曼尼斯、警員比爾・麥耶斯、警員葛列格・湯瑪斯・艾利亞、警探藍道夫・A・霍德、警員丹尼爾・史考特・韋伯斯特、警員布萊斯・愛德華・漢尼斯、警員丹尼爾・艾利斯、警察局長達瑞爾・雷蒙德・艾倫、警員傑米・林恩・祖賽維克斯、警員里卡爾多・加爾維茲、警員威廉・馬修・索羅門、警員加雷特・普雷斯頓・羅素・史威西、警員小洛伊德・E・李德、警員諾亞・李歐塔、指揮官法蘭克・羅曼・羅德奎茲、警員湯瑪斯・W・寇特列爾、保安員史考特・麥克桂爾、警員道格拉斯・史考特・巴尼二世、警長傑森・古汀、警員德瑞克・吉爾、警員馬克・F・洛格斯登、警員派翠克・B・戴利、高級警監葛列格・E・「雷姆」・巴爾尼、警員傑森・莫斯澤爾、保安員李・塔爾特、警員納特・卡里根、警員艾緒莉・瑪麗・蓋頓、警員大衛・史蒂芬・赫飛、警員小約翰・羅伯特・寇特菲拉、警員艾倫・李、賈布斯、警員卡爾・A・庫恩茲、警員卡洛斯・普魯恩特－莫拉雷斯、警員蘇珊・路易絲・法瑞爾、警員查德・菲利普・德米爾、警員史蒂芬・M・史密斯、警探布列德・D・蘭開斯特、警員大衛・凡・葛拉斯爾、警員小羅納德・塔倫提諾、警員老維德爾・史密斯、警員娜塔夏・瑪莉亞・杭特、警員大衛・葛拉賽爾、警員安迪・尼迪歐朋・艾科潘亞、警員大衛・法蘭西斯・麥可、警員布蘭特・艾倫・湯普森、警長麥可・喬瑟夫・史密斯、警員派翠克・E・尚馬利帕、警員麥可・克洛爾、警員洛內・布拉德雷・阿倫斯、警員麥可・雷斯利・克羅兒、駐衛警喬瑟夫・札恩卡羅、法警羅納德・尤金・奇恩茲雷、警員布萊德佛特・艾倫・加勒佛拉、警員馬修・雷恩・吉拉德、警員馬可・安東尼歐・查拉特、獄警馬利・強森、警士蒙特列爾・萊爾・傑克森、獄警克里斯多福・D・莫雷斯、總警監羅伯特・梅爾頓、警員柯林特・寇爾威涅斯、警員強納森・迪古茲曼、警員荷西・伊斯梅爾・查維茲、保安員迪葛里伍恩・法蘭茲爾、警士比爾・庫柏、警員約翰・史考特・馬丁、警員甘迺迪・雷・莫茲、警員提摩西・凱文・史密斯、警長史蒂夫・歐文、一級警員布蘭德森・寇林斯、警員提摩西・詹姆斯・布拉奇恩、警員雷斯利・澤樂布尼、警員荷西・吉伯特・維加、警員史考特・勒斯里・巴許恩姆、警長路易斯・A・梅蘭德茲・馬多納托、警員傑克・霍普金斯、獄警甘迺迪・貝提斯、警員丹・葛拉茲、警員麥倫・賈列特、警長艾倫・布蘭迪特、警員布萊克・寇提斯・斯尼德、警長肯尼斯・史戴爾、警員賈斯丁・馬汀、警長安東尼・貝米尼歐、警長保羅・杜歐佐洛、警員丹尼斯・瓦勒斯、警探班傑明・愛德華・瑪爾寇尼、副指揮官派翠克・湯瑪斯・卡洛瑟斯、警員寇林・詹姆斯・羅斯、警員寇迪・詹姆斯・唐納修。

她突然冒出一句：「警察只是凡人。」

「我聽說，他們剛入行時的本性就是如此。」

——雷蒙・錢德勒《再見，吾愛》

絕對不可能是他

什麼人都可能會被關進公園街的大都會看守所，但絕對不可能是丹尼．馬龍。

市長、美國總統、教宗——要賭鋃鐺入獄的可能性，紐約人寧可把籌碼下在這些人身上，但也不會是一級警探丹尼斯．約翰．馬龍。

他是警界英雄。

也是警界英雄之子。

隸屬紐約市警局超級菁英小組。

北曼哈頓特勤小隊。

而且，最重要的是，他知道所有骨骸的藏匿地點，因為有一半的屍體是他自己動手挖埋。

馬龍、魯索、比利O、大塊頭蒙提以及其他人，讓紐約大街小巷成了他們自己的地盤，統領的姿態宛若君王。他們保護這些地區治安無虞，讓良民能夠安居樂業，那是他們的職責、熱情，也是愛好，這表示他們會努力把球壓在好球帶邊緣，而且偶爾會玩一點詭詐之術？沒錯，正是如此。

為了要讓一般人平穩過日子，有時候必須得付出代價，而他們並不清楚到底背後是什麼狀況；而且，最好還是別知道比較好。

他們可能以為自己想知道，可能會嘴上說說，但其實不然。

馬龍與特勤小隊，並非只是警界的泛泛之輩。全市有三萬八千名的藍衣警察，而丹尼．馬龍與他的人馬是萬中選一的菁英——聰明、強悍、敏捷、勇敢、優秀、狠毒的超級警察。

北曼哈頓特勤小隊。

「超力」宛若一陣冷厲狂暴的疾風，席捲整座城市，將大街小巷狂掃得乾乾淨淨，遊樂場、公園、國宅、清除了垃圾惡穢，這場風暴四處攻城掠地，也吹跑了所有的掠食者。

一陣疾風鑽入每一個細縫，進入國宅的樓梯井、位於公寓裡的海洛因毒窟、社交俱樂部的後頭房間、新富豪的公寓、老富豪的頂樓豪宅。從哥倫布圓環到亨利．哈德遜大橋，從河濱公園到哈林河，上達百老匯與阿姆斯特丹大道，下至雷諾克斯大道與聖尼可拉斯大道，橫跨上西區的數字編碼街道、哈林區、華盛頓高地，以及英伍德，要是有任何「超力」不知的秘密，那只不過是因為還沒有展開，甚或是根本還沒有成形。

毒品交易、槍火交易、買賣人口與資產、性侵、搶劫、殺人等各類重案比比皆是，在這座充滿罪惡元素、唯利是圖的城市裡，當講英文、西班牙文、法文、俄文的各色人種，在大啖羽衣甘藍或煙燻雞肉或烤豬肉或番茄羅勒醬義大利麵或五星飯店高檔美饌的時候，各種罪行也正在悄悄滋生。

「超力」將它們一網打盡，尤其對於槍枝與毒品更是毫不留情，因為有槍就會出人命，而毒品則會誘發殺戮。

現在，馬龍身陷囹圄，強風停止吹襲，但每個人都知道這是颱風眼，一片死寂靜息之後就是最可怕的風暴。丹尼．馬龍落在聯邦調查局的手中？在這座無人能夠撼動他的城市之中，能整垮他的不是內務局，也不是州立檢察官，而是聯邦調查局？

每一個人都蹲下來，嚇得挫賽，只能靜靜等待那陣風暴，那場大海嘯。因為根據馬龍所知道的那些內幕，他可以搞掉指揮官、警監，就連警察總局局長也不例外。他還可以源源不斷供出檢察官、法官——靠，他不費吹灰之力就可以出賣市長，而且至少還能挖出一名眾議員與兩名房地產大亨作陪。

所以，當大家聽說馬龍窩在大都會看守所的時候，位於颱風眼中央的人開始心驚膽跳，嚇得半死，他們知道就算現在一切平靜，就算沒有夠高的圍牆、沒有夠深的地窖足以阻卻丹尼．馬龍腦中記憶所帶來的威脅——不要說紐約市警察總局與刑事法院大樓了，就連市長官邸或是第五大道與中央公園南區的那排頂樓豪宅的等級都不夠格——大家還是紛紛開始找尋避難所。

要是馬龍想要毀掉這整座城市成為他的陪葬品，他絕對辦得到。

話說回來，在馬龍與他的人馬的掌控下，也從來沒有哪個人真的覺得心安。

馬龍的人馬是頭條新聞製造機——《每日新聞報》、《紐約郵報》、第七、第四與第二頻道，他們是「夜間新聞重點人物」級的警察，是連街頭路人都認識的警察，是市長能夠直接叫出名字的警察，是麥迪遜廣場花園、美多蘭茲運動中心、洋基球場、花旗球場等地貴賓席的嘉賓，是走、進、紐、約、任、何、一、家、餐、廳、酒、吧、就、能、享、受、皇、室、待、遇的警察。

在這群超級菁英團隊之中，丹尼．馬龍是公認的領導人。

只要他走入紐約的任何一間警察辦公室，制服員警與菜鳥全都會停下來、盯著他不放，警督們會對他頷首致意，就連警監也知道不能跨足踩他的線。

他早已贏得了眾人的尊敬。

除了其他的戰功之外（靠，你想要知道他擋下的那些搶案？他吃下的子彈？他搶救的寶寶人質？一次次的逮捕、攻堅、將歹徒繩之以法？），馬龍與他的人馬曾經查扣了紐約史上的最大毒品案。

五十公斤的海洛因。

那個多明尼加毒梟在現場遭到擊斃。

一名英勇警察也因公殉職。

馬龍的組員們讓自己的夥伴下葬入土——現場有風笛與摺疊的國旗，每個人的警徽上都繫著黑色緞帶——葬禮結束之後又立刻回去工作，因為毒販、混混、搶匪、性侵犯、黑道都不會因為哀傷而歇息。想要讓你的街頭安全無虞，就必須時時出沒——白天、夜晚、週末、假日，無論任何險阻，一定無畏向前，而妻子知道先生的使命，兒女也懂得要體諒爸爸的工作，他得要把壞人關進牢裡。

只不過，現在蹲牢的人是馬龍，他坐在拘留所的鐵椅上頭，他以前抓進來的人渣也是這個模樣，他彎身摀臉，擔心他的夥伴們——他在「超力」的拜把兄弟——他先前害他們沾惹了大麻煩，不知道現在處境如何。

他也擔心家人——與這起事件毫無瓜葛的妻子，兩個小孩，一男一女，年紀還太小，現在根本不懂到底出了什麼事，但等到他們懂事之後，絕對不會原諒父親在他們成長過程中缺席的真正原因。

還有克勞黛。

她在自己的人生道路之中，已經摔得鼻青臉腫。

她艱苦無援，十分需要他，而他卻無法陪伴在她的身邊。

他沒辦法看到她，其他人也一樣，所以他不知道自己所深愛的這些人到底是什麼狀況。

他死盯的那面牆，無法給他任何答案，也不清楚他怎麼會進來這個地方。

馬龍心想，幹，少來了，至少要對自己誠實才是，現在他坐在那裡，除了時間之外，眼前一無所有。

至少，到了最後，對自己講真話吧。

你知道你為什麼會落到這步田地。

媽的就是一步錯，步步錯。

我們看到了果，自然知道當初種下了什麼因，但卻無法從一開始就知道會有什麼後果。

在馬龍小時候，修女們告訴他，早在我們出生之前，上帝——而且只有上帝——知道我們的陽壽有多久，以及我們的死期，還有我們將會成為什麼樣的人。

馬龍心想，哦，真希望祂當初能對我洩漏一點天機。給我一句話，一點提示，對我透露風聲，偷偷讓我知道自己行為不檢，能講一點什麼都好。嘿，蠢蛋，你怎麼左轉？應該要右轉才對。

但沒有，什麼都沒有。

上帝把一切看在眼裡，知道馬龍不是虔誠信徒，他猜這種感覺應該是互相的吧。他有一大堆問題想要詢問上帝，但如果他進入這間囚房是出於上帝的安排，那麼上帝應該就是不打算吭氣了，由律師上場，任由祂的子民承受煎熬。

馬龍進入警界之後就喪失了信仰，所以當那一刻到來的時候，他看到了對方眼中的邪氣，馬龍與殺人犯之間只有一線之隔，就是扣下扳機的那十磅拉力。

十磅的重力。

雖說是馬龍的食指扣下扳機，但把他拉下深淵的應該是重力——在警界工作十八年積累的殘酷無情的重力。

害他陷落此地。

一開始的時候，馬龍壓根沒想到自己會進來這裡。當他從警校畢業，將學士帽拋向空中，唸出誓詞的時候，那是他一生中最快樂的一天——天空最湛藍、最晴朗的一天——他萬萬沒想到自己最後會鋃鐺入獄。

不，一開始的時候，他眼神堅定，緊緊追隨導星，腳踏實地，但問題是你所走的人生路途——起初是明確的前行方向，然後稍微偏移了一度，也許過了一年、五年之後無傷大雅，但隨著時光不斷堆疊，你與目的地的距離越來越遠，而你甚至不知道自己已經迷了路，目標已經遙不可及，你甚至根本看不到它了。

你也沒辦法重新開始。

時間與重力不容你回頭。

而丹尼·馬龍願意拿出自己的眾多資源，換得從頭再來的機會。

靠，他願意付出一切。

但他從來沒想到自己會淪落至此，被關在公園街的聯邦看守所。沒有人猜得到，也許只有上帝事先知情吧，祂一直不說。

而這就是馬龍的下場。

這裡沒有配槍、警證或是其他東西能夠描述他現在是什麼樣的人，以前是什麼樣的人。

他是個齷齪的警察。

序曲

撕裂

雷諾克斯大道，
親愛的。
午夜。
眾神正在訕笑我們。

——朗斯頓·休斯《雷諾克斯大道：午夜》

紐約市，哈林區
二〇一六年七月

凌晨四點。

這是永不休眠的城市至少會躺下來閉目養神的時刻。

當丹尼．馬龍的福特維多利亞皇冠警車行經哈林區主幹道的時候，他的腦海中正好浮現出這個念頭。

在那些牆面與窗戶的後方，在公寓與飯店、廉價雅房與國宅高樓裡面，大家正在熟睡或是無法入睡；正在酣夢或是作白日夢。大家正在吵架或幹砲，抑或是兩者兼而有之；忙著做愛或是努力做人，對著馬路尖聲叫罵或是對著彼此柔情蜜語。有些人在努力搖哄寶寶入睡，或者剛起床準備要上工，而也有其他人正忙著削切海洛因磚、分裝在透明小袋裡，準備賣給那些一醒來就想要解癮的毒蟲。

馬龍很清楚，在妓女退場、清道夫出現之前的這段空檔，他們必須要來一劑。

凌晨十二點之後準沒好事，這是他爸爸喜歡掛在嘴邊的一句話，他自己也明白這個道理。他爸爸曾經是負責街頭治安的警察，值完大夜班回家已經是一大早了，眼中殘留了命案現場，鼻腔裡有揮之不去的死亡氣味，而且心中還有一根永遠無法融化的冰柱，最後，奪去了他的性命。某天早上，他把車停妥在家中車道，下了車，突然心臟病發。醫生說，他還沒撞地之前就死了。

是馬龍看到了他。

那時候他八歲，正準備出門走路去學校。他先前曾幫爸爸清理車道，鏟出了一堆污雪，而他看見爸爸的藍色長版外套就埋在雪堆裡。

快要接近破曉時分，已經可以感到暑氣在發威。上帝這位大房東拒絕關暖氣或是不肯開冷氣的典型夏日——整座城市焦躁不安，蠢蠢欲動，似乎就快要引爆了什麼，可能是一場鬥毆或暴動，積存的垃圾與陳年尿漬的混合臭氣，甜酸，令人作嘔的腐爛濁味，宛若老妓女的香水。

丹尼・馬龍愛死了。

這是他的城市，他的地盤，他的心臟。

他現在行經雷諾克斯大道，一旁是莫里斯山公園的老街區與一棟棟優雅的褐石別墅，馬龍很喜愛這個小小的神祇聚集之地——艾比尼澤福音禮拜堂的雙塔建築，每逢週日就會飄出天使之聲的聖歌，然後是基督復臨安息日教會的獨特尖塔，以父之姿呵護這個區域，還有「哈林搖」——不是那首舞曲——因為這裡有全紐約最好吃的漢堡之一。

然後，還有死去的眾神——古早時代的雷諾克斯休閒酒吧，充滿象徵意義的霓虹招牌還在，正紅色的立面，歷史斑斑。比莉・哈樂黛曾經在這裡駐唱，邁爾斯・戴維斯與約翰・柯川在這裡演奏小號，詹姆斯・鮑德溫、朗斯頓・休斯、麥爾坎・X都喜歡泡在這裡。現在，這間店已經關門歇業——牛皮紙蓋住窗戶，招牌一片昏黑——但據說它會再次開幕。

馬龍對此抱持懷疑態度。

只有在神話裡，死去的眾神才會復活。

他經過了一二五街，也就是小馬丁路德博士大道。

拜投資客與黑人中產階級之賜，哈林區已經開始仕紳化，現在房地產商人將其命名為「蘇活」區。馬龍心想，只要一開始出現混合式的頭字語，就等於在為老社區敲喪鐘了。他相信要是有房產開發商願意買下但丁的《地獄》底部的那幾層，一定會重新命名為「低獄」，並且開始狂推精品住宅與公寓。

十五年前，雷諾克斯的這個路段店面一片空蕩蕩，現在又成了時尚潮區，多了新的餐廳酒吧與路邊咖啡館，經濟狀況改善的當地居民開始會到外頭用餐，白人也開始進來體驗黑人文化，某些新蓋的高樓住家開價已經高達兩百五十萬美元。

馬龍心想，現在，關於哈林這個區域，只需要知道阿波羅劇場旁邊開了一家香蕉共和國就夠了。這裡有當地諸神與商業諸神，如果你要下注誰會是最後勝出的贏家，永遠要把錢押在會賺錢的那一方。

繼續北行，國宅區裡依然是貧民窟。

馬龍過了一二五街，經過了「紅公雞」，而「基尼晚餐俱樂部」就在它的地下室。還有許多知名度不高的聖壇，對馬龍來說，依然具有神聖性。

他在貝里殯儀館參加過葬禮，也在雷諾克斯酒品專賣店買過酒，待在哈林的急診室讓醫護縫傷口，透過防彈玻璃點肯德基炸雞。把車停在路邊，看著那些小孩在屋頂樓面跳舞吸麻，望著朝陽從崔恩堡公園緩緩升起。

現在，死去的神祇，老朽的神祇越來越多——古早的薩沃伊舞廳與棉花俱樂部，早在馬龍出生之前就消失不見，哈林最後文藝復興的幽靈依然在這個區域徘徊不去，留下昔時面貌的殘韻，但再也無力回魂。

不過，雷諾克斯充滿了活力。

其實，自從地鐵公司開通了全線之後，這個地區就開始蓬勃發展。馬龍經常搭乘二號線，當時的俗稱是「畜牲」線。

現在這裡有黑人明星樂手表演、摩門教教會，還有「非裔美人最佳食物」餐廳。現在，他們已經到了雷諾克斯的路底，馬龍開口：「四處繞繞吧。」

負責開車的是菲爾．魯索，他左轉進入一四七街，開始沿著街道兜圈，進入第七大道之後，左轉，切入一四六街，經過某處廢棄的廉價公寓，屋主早已把房客趕出去，將這地方讓給了老鼠與蟑螂，期盼有某個毒蟲窩在裡面燙吸海洛因的時候正好把屋子燒掉，那麼他就可以請領保險金，之後再把地賣掉。

皆大歡喜。

馬龍觀察四周環境，想知道附近有沒有人站崗，或者有哪個值大夜班的警察正好窩在無線電警車裡打盹。結果只有一個把風人守在門外，綠色方巾、綠色耐吉球鞋搭配綠色鞋帶，顯然是三雄黨幫派分子。

馬龍小組這整個夏天都緊盯著這間位於二樓的海洛因巢穴。墨西哥人開貨車將海洛因北運過來，送交迪亞哥．佩納，也就是紐約的多明尼加籍主腦。佩納再將數公斤的海洛因分裝成小袋，先轉給多明尼加的兩大幫派，三雄黨與「多明尼加人不玩鬧幫」（簡稱DDP），然後是國宅區裡的黑人與波多黎各幫派。

巢穴今晚塞滿了東西。

一堆鈔票。

一堆毒品。

「開快一點。」馬龍吩咐完之後，開始檢查腰間槍套裡的西格P226手槍，新的陶瓷防彈外套下方還有第二個槍套，裡面是貝瑞塔8000迷你美洲獅手槍。

執行任務之前，他一定確認大家都穿上了防彈背心。大塊頭蒙提老是抱怨太緊，但馬龍卻告訴他，與棺材相比，這種穿著已經算是很舒適了。比爾．蒙特鳩，也就是大家暱稱的「大塊頭蒙提」，作風一向老派。就連在夏天，他的正字標記也一樣不離身，左側有紅羽毛的窄邊呢帽，面對這種熱浪，他的折衷打扮是特特特大號的瓜亞貝拉涼衫，搭配卡其休閒褲，還有根末點燃的蒙特克里斯托雪茄含在嘴邊。

菲爾．魯索把莫斯伯格590泵動式十二鉛徑、配有二十英寸長槍管與填滿陶瓷彈頭子彈的霰彈槍放在他那細瘦的義大利人腳丫子旁邊，他穿的是擦得光亮的紅色真皮皮鞋。這顏色與他的頭髮還真配——魯索是罕見的紅髮義大利男人，馬龍總是開玩笑說魯索可能是愛爾蘭鬼子偷生的後代，他的回應是不可能，因為他不是酒鬼，而且想要看自己雞雞的時候也不需要拿放大鏡。

比利．歐尼爾帶的是黑克勒—科赫MP5半自動衝鋒槍、兩顆閃光彈，還有一捲膠帶。比利O是最年輕的團隊成員，但他天資聰穎、世故、行動力十足。

也充滿勇氣。

馬龍知道比利絕對不會遇到狀況就立刻落跑，如有必要，他扣下扳機也不會有任何遲疑。讓人擔心的反而恰恰相反——比利可能衝得太快了。那一點就是典型的愛爾蘭人個性，而且他正好有甘迺迪家族的那種俊朗面貌，就連特質也有些近似。這小孩喜歡泡妞，女人緣也很好。

今晚，整個小組重裝上陣。

而且情緒亢奮。

要對抗嗑了古柯鹼或快速丸的那些毒販，若是能在藥量上與他們旗鼓相當，當然如虎添翼。所以馬龍吞了兩顆「抗睡丸」——右旋安非他命。然後他穿了件有「紐約市警局」白色模板字樣的藍色防風衣，將警證的掛繩翻到胸前。

魯索繼續兜圈，回到了一四十六街，加速前往毒梟巢穴，急踩煞車。把風人聽到輪胎的刺耳尖響，但轉身已經太遲了——馬龍早在車子停下來之前就開了車門，立刻將對方的臉壓在牆面，以西格手槍的槍管抵住他的頭。

「給我閉嘴，混帳，」馬龍以西班牙語啐道，「你要是敢發出一點聲音，我就轟爛你的腦袋。」

他又踢了一下對方的後腳，逼他跪地，比利早就等在旁邊了——拿膠帶將把風人的雙手捆在後面，也封住了嘴巴。

馬龍小組所有的成員都緊緊貼牆，「大家神經繃緊一點，」馬龍說道，「今晚每個人都要回家睡覺。」

抗睡丸開始發揮作用——馬龍發覺自己心跳加速，血脈賁張。

好爽。

他派比利O到屋頂，然後從防火梯下來，負責駐守窗戶。其他人則直接衝進去上樓梯。馬龍帶著西格手槍一馬當先，帶著霰彈槍的魯索在他後面，負責殿後的是蒙提。

馬龍不需擔心背後有人襲擊。

樓梯上方有道木門，阻擋了去路。

馬龍對蒙提點頭示意。

這個大塊頭傢伙走上階梯，拿起液壓破門器、對準門檻與大門之間的縫隙。他的額頭冒出了汗珠、從黑皮膚滾落而下。

馬龍衝進去，手槍左右比劃了一圈，但廊道裡什麼都沒有。他望向右側，看到走廊盡頭有另外一道金屬門，裡面傳來廣播電台的「巴恰達」音樂，還有人在講西班牙語，咖啡磨豆機的嗖嗖聲響，驗鈔機答答作響。

而且，有狗在叫。

幹，馬龍心想，現在毒販都養狗，就像是每個東城美眉的手提包裡都塞了一隻叫個不停的迷你約克夏一樣，最近毒品圈也開始流行比特犬。這點子不賴——裡面的臥底會被狗嚇到挫賽，在毒窟裡工作的小妹們自然也不敢順手牽羊，以免被惡犬咬到毀容。

馬龍很擔心比利O，因為這小孩超愛狗，就連比特犬也不例外。馬龍當初是在四月時發現了這件事，他們突襲河畔的某間倉庫，有三隻比特犬想要從鐵絲網圍牆跳出來、咬爛他們的喉嚨，但比利O就是沒辦法開槍轟了牠們，也不肯讓其他人動手，所以他們只好繞到建物後方，靠防火梯上頂樓，然後再下樓。

搞得大家好痛苦。

反正，比特犬聽到了他們入侵，但那群多明尼加人卻渾然不覺。馬龍聽到其中一個用西班牙文大吼：「閉嘴！」然後是一記猛力抽打的聲響，狗兒立刻安靜下來。

不過，那道固若金湯的金屬門，可就麻煩了。

液壓破門器毫無用武之地。

馬龍對著無線電呼叫：「比利，到達定位了嗎？」

「老哥，早就到了。」

「我們要轟開大門，」馬龍交代，「我們一展開行動，你就朝裡面丟顆閃光彈。」

馬龍向魯索點頭示意，他立刻對大門的接合處開了兩槍。陶瓷彈頭子彈的爆炸速度比聲響更快，他們攻破了大門。

除了塑膠手套與髮網之外全身一絲不掛的女人們，全部都奔向窗戶。其他人則躲在桌面下方，驗鈔機裡的鈔票全噴到地板上，宛若吃角子老虎正在吐現金一樣。

馬龍大叫：「我們是警察！」

他望向左側窗戶，看到了比利。

他像個傻蛋一樣，只是盯著窗戶不動。幫幫忙好嗎？趕快丟閃光彈。

但比利卻沒有動作。

他在等屁啊？

然後，馬龍看到了。

原來那隻比特犬剛生了小寶寶，一共有四隻，全窩在那隻母狗的後方，被鐵鍊拴住的她衝到最前頭狂吼，拚命要保護小孩。

比利不想傷害小狗。

馬龍透過無線電大吼：「靠！快行動啊！」

比利透過窗戶看了一下馬龍，終於打破玻璃，把手榴彈丟進去。

但他卻不敢拋太遠，以免傷害到那些臭小狗。

閃光彈的震力讓其他玻璃都全部裂開，碎片四濺，插入了比利的臉與脖子。

閃亮刺目的白光——尖叫，狂吼。

馬龍數到三，開始攻堅。

一片狼藉。

某個三雄黨的成員腳步搖晃，一手摀住瞎掉的眼睛，另一手則拿著格洛克手槍，朝窗戶與防火梯的方向移動。馬龍對他胸口開了兩槍，對方立刻摔倒在窗間。第二名槍手躲在數錢桌的下方，瞄準了馬龍，但馬龍早已拿出自己的點三八開轟，隨即又補上第二槍，確定他當場斷氣。

至於從窗戶落荒而逃的那些女人，他們就放手了。

馬龍問道：「比利，你還好嗎？」

比利O的臉簡直就跟萬聖節面具一樣。

手腳都被玻璃割傷了。

「冰上曲棍球比賽的傷口比這個還嚴重，」他大笑，「等到任務結束之後就可以縫傷口了。」

到處都是錢，有成疊的鈔票，還有的卡在機器裡，地板上也到處都是，而剛切碎的海洛因還放在咖啡磨豆機裡面。

不過，這只是一小部分。

那個秘穴——在牆內挖鑿的某個大洞，一覽無遺。

一疊疊的海洛因磚，高度直達天花板。

迪亞哥・佩納泰然自若，坐在某張桌子前面。兩名手下之死不知是否讓他驚恐不安，但他的臉色倒是完全不為所動。「馬龍，你有搜索票嗎？」

馬龍回道：「我聽到有女人在尖叫求救。」

佩納露出賊笑。

衣冠楚楚的人渣。兩千美元的灰色亞曼尼西裝，腕上那只金色愛彼錶更是西裝價碼的五倍之多。

佩納注意到他的目光，「就送給你吧，我還有三只手錶。」

那隻比特犬狂吠不已，拚命想要掙脫鎖鍊。

馬龍盯著那堆海洛因。

一疊又一疊，全都以黑色塑膠袋真空包裝。

這種數量可以讓全紐約嗨上好幾個禮拜。

「你不要數了，我直接告訴你比較省事，」佩納說道，「一百公斤整，墨西哥肉桂海洛因──『黑馬』──純度百分之六十，一公斤可以賣十萬美元，而且現場還另有現金，總共是五百萬美金。毒品跟錢都給你，我搭飛機前往多明尼加，我們此生永不相見。你自己想想看吧──這次與一千五百萬美元錯身而過，要等到什麼時候才會再有這種機會？」

馬龍心想，而且，今晚每個人都可以回家睡覺。

他開口：「慢慢把你的槍拿出來。」

佩納緩緩把手伸入口袋，準備取槍。

馬龍對他胸口開了兩槍。

比利O蹲在地上，拿起了一公斤的海洛因磚，以卡巴刀將它劃開，又對著海洛因滴了幾滴藥水，以手指捏了一小撮、丟入他從口袋裡取出的塑膠袋，開始搓揉袋內的試品，等待變色。

轉為紫色。

比利笑得合不攏嘴，「我們發了！」

馬龍開口：「大家動作快一點！」

此時突然傳來爆裂聲，那隻比特犬掙脫了鎖鍊，直接撲向比利O。他往後倒，海洛因磚也被拋向空中，它爆裂為蕈狀雲團，然後宛若紛落的雪花，飄入他皮開肉綻的傷口。

又一次爆響，蒙提殺死了那條狗。

但比利已經癱倒在地板上。馬龍發現他身體僵直，大腿開始不由自主地抽搐，因為海洛因正快速竄入他的血脈之中。

他的雙腳不斷撞地。

馬龍跪在他身旁，抓住他的手臂。

「比利，千萬不要，」馬龍呼喊他，「挺住！」

比利揚起目光望著他，兩眼空茫。

整張臉死白。

他的脊椎不斷激烈抽動，宛若被鬆開的彈簧。

就這麼走了。

怪胎比利，小帥哥比利O，年紀輕輕就這麼走了。

馬龍聽到自己心碎的聲音，然後，是一陣陣低沉的悶響，起初他以為是自己中槍了但卻沒看到任何傷口，他覺得可能是自己的頭在炸裂。

然後，他想起來了。

今天是七月四日。

第一部

白色聖誕節

「歡迎來到叢林，這是我的家，藍調的家鄉，這首歌的出生地。」

——克里斯多夫・湯瑪斯・金〈歡迎來到叢林〉

1

紐約哈林區
聖誕節前夕

中午。

丹尼．馬龍吞了兩顆抗睡丸，進入浴室。

他才剛值完凌晨早上八點結束的大夜班，需要一點興奮劑激發動力。他側著臉，迎向蓮蓬頭，讓尖刺水滴不斷叮咬自己，直到出現痛感為止。

這也是他需要的感覺。

他皮膚疲憊，雙眼疲憊。

靈魂也疲憊。

馬龍轉身，沉浸在澆灌後頸與雙肩的熱燙水流之中，水勢順著佈滿刺青的雙臂而下，爽，他可以站在那裡一整天，但他有工作得完成。

他告訴自己，「該出動了。」

他走出淋浴間，擦乾身體，將毛巾裹在腰際。

你還有責任在身。

馬龍六呎二吋（約一八八公分），身材壯碩，今年三十八歲。他知道自己有一身超級硬漢外表，因為健壯前臂有刺青，就算是剛剃完鬍子也看得見濃密的毛碴，一頭超短黑髮，還有那一雙「靠，少來惹我」的藍色雙眸。

因為斷過的鼻梁、嘴唇左側的小疤，還有大家看不見、位於右腿的更嚴重傷疤——這是因為自己耍笨、誤傷自己而留下的印痕——讓他拿到了好幾個勇氣勳章。

他心想，這就是紐約市警局。你犯蠢，給你獎章；你耍小聰明，卻要奪走你的警證。

也許就是因為這種壞胚子的外表，讓他避開了與他人的肢體衝突，他對此總是特別提防。首先，能夠靠嘴巴說服對方，才是專業表現，其次，只要是打架就可能會受傷——就算只是指關節也不妥——而且他也不想要搞髒自己的衣服，誰知道地上會有什麼噁爛的東西。

他對重訓沒興趣，所以平常都在打沙包、跑步，時段多半在一大早或傍晚，看什麼時候下班而定，而地點則是河濱公園，因為他喜歡哈德遜河的寬闊景色，還有對岸的澤西市市景與喬治・華盛頓大橋。

現在，馬龍走進小廚房。克勞黛起床時所煮的咖啡還剩下一點點，他把它倒入杯中，放入微波爐。

她在雷諾克斯大道與一三五街交叉口的哈林醫院上班，距離這裡只隔了四個街區而已。她今天連續值兩班，好讓另一名護士可以享受與家人共聚的時光，要是他運氣不錯，可能在今晚或凌晨可以看到她的人。

咖啡變得苦濁，馬龍一點也不在乎。他想要的不是美味體驗，只是需要借點咖啡因權充抗睡丸而已。反正馬龍就是受不了精品咖啡亂七八糟的那一套規矩，害他必須排在某個臭小孩後頭十分鐘，只不過因為對方想要點一杯完美的拿鐵，讓他可以與咖啡同框搞自拍。馬龍倒了一點奶精與咖啡，大多數的警察都這麼喝。因為他們喝咖啡喝太兇了，所以加了牛奶比較不傷胃，而糖的功能則是提振精神。

上西城有個醫生會為馬龍開各式各樣的處方藥——抗睡丸、維可汀、贊安諾、抗生素，要什麼有什麼。兩年前，這位好醫生——結婚育有三個小孩的好人——沾惹了小三，他決定分手的時候，對方卻打算發黑函恐嚇。

馬龍找了那女孩，對她曉以大義。然後又交給她一個封口的信封，裡面有一萬美金，告訴她不要再找這位醫生，不然馬龍就要把她送進拘留所，要是待在那種地方，她會為了多挖一湯匙的花生醬而奉獻出自以為是個寶的臭雞掰。

現在那名滿懷感恩之情的醫生雖然會為他開藥，但其實有一半的時候是乾脆直接送他免費的藥物樣品。馬龍心想，能偷渡一點總是好的，要是病歷上有一堆快速丸或是止痛劑，想要順利請領保險可沒那麼容易。

他不想打電話給克勞黛打擾她工作，但他傳了簡訊，讓她知道自己沒有睡過頭，順便問她今天過得怎麼樣。她回傳了幾個字，**瘋狂聖誕節但還撐得下去**。

對，瘋狂聖誕節。

馬龍心想，紐約一年到頭都處於瘋狂狀態。

就算沒有瘋狂聖誕節，也有瘋狂元旦（一堆酒鬼）或是瘋狂情人節（家暴事件暴增，還有男同志在酒吧裡打架）、瘋狂聖派翠克節（一堆喝醉的警察）、瘋狂國慶、瘋狂勞動節……我們真正需要的是可以遠離這些假期的清靜假期。完全不要理會這些節口，一年就好，看看會怎麼樣。

他心想，八成是行不通。

因為你還是得要瘋狂度過每一天——瘋狂酒鬼、瘋狂毒蟲、瘋狂快克、瘋狂安非他命、瘋狂的愛、瘋狂的恨，此外，還有馬龍個人的最愛，瘋狂的日常瘋狂。

社會大眾並不明白這座城市的監獄其實已經成了精神病院與戒毒中心。他們所收容的罪犯有四分之三曾經用藥或患有精神問題，或者，兩者都有。

他們應該要進醫院才是，但卻沒有醫療保險。

馬龍進入浴室，準備穿衣服。

黑色丹寧布襯衫、李維牛仔褲、馬汀大夫鞋加鋼頭鞋尖（踢門的時候效果更好）、黑色皮外套。這身打扮算是美國紐約愛爾蘭警察史塔頓島分部的類正式街頭制服。

馬龍自小在那裡長大，妻子與兒女也依然住在那邊，如果你是出身史塔頓島的愛爾蘭或義大利後裔，職業選擇基本上就是警察、消防隊員，或是鼠狗之輩。馬龍選的是一號，不過他的弟弟以及兩個堂弟是消防隊員。

應該這麼說，他的小弟，里安，在九一一事件之前，曾經是消防隊員。

如今，里安長眠在銀湖墓園，那裡成了馬龍一年造訪兩次的目的地，他會留下鮮花、一品脫的尊美醇，還有遊騎兵隊最近的戰績報導。

通常都鳥到不行。

他們總是喜歡訕笑里安是家裡的叛徒，居然跑去當「拿水管的猴子」——消防隊員——而不是警察。馬龍總是喜歡量他弟弟的手臂長度，看看是不是因為拖拉那些鬼東西而變得更長，而里安就會反唇相譏，警察唯一能扛上階梯的東西也就不過是一袋甜甜圈而已。兩人之間還會有嘴砲比賽，到底是誰能幹走比較多的東西——消防隊員進入民宅救火？還是警察處理闖空門竊案？

馬龍好愛他的小弟，爸爸不在家的那些夜晚，總是由他照顧弟弟，兩人一起觀看十一頻道的遊騎兵比賽。一九九四年，他們贏得史丹利盃的那一晚，是馬龍一生中最開心的夜晚之一。他與里安跪在電視機前面，一直等到比賽的最後一分鐘，遊騎兵只領先一分，不敢有任何失誤，而克雷格．馬塔維什——上帝保佑克雷格．馬塔維什——還是一直把冰球切入加人隊的守區，比賽終於結束，遊騎兵以四比三的戰績贏得系列賽，拿到冠軍，丹尼與里安高興得抱在一起，跳個不停。

然後，里安就這麼死了，向母親報喪的是馬龍。自此之後，她元氣大傷，一年之後也過世了。醫生說是癌症，但馬龍覺得她其實算是九一一事件的另一名受害者。

現在，他把西格標準配槍的槍套扣在腰間。

許多警察喜歡使用肩掛式槍套，但馬龍覺得必須把手舉高是個多餘動作，所以他偏好讓武器放在隨時可以拿到的位置。至於備用的貝瑞塔則放在後方腰帶，正好抵住背凹處。特勤刀則塞入右靴之中。這違反規定，也屬於非法行為，但馬龍才不鳥這種事。要是遇到被混混奪槍的緊急狀況，他該掏什麼出來？大老二嗎？他絕對不會被人踐踏，一定會拿刀反擊。

話說回來，有誰敢動他？

他告訴自己，傻蛋，明明有一大堆人。這年頭，每個警察的背後都貼了張靶紙。

紐約市警察的日子越來越不好過。

首先，出現了麥可・班奈特槍擊案。

麥可・班奈特是名十四歲的黑人小孩，被布朗斯威爾的反黑小組警察開槍打死。

這是典型案例；夜晚時分、這小孩看起來行蹤詭異，這警察——某個名叫海耶斯的菜鳥——喝令對方站著不動，但班奈特卻不聽，反而轉身伸手碰觸腰帶，海耶斯以為他要拔槍。

這個菜鳥警察對這小孩開槍，用完了所有的子彈。

結果那不是槍，而是手機。

想當然耳，黑人社群「義憤填膺」。示威遊行幾乎已是遊走於暴動邊緣，明星牧師、律師、社運分子在鏡頭前熱情演出，當局也承諾會仔細調查。海耶斯被留職停薪，靜候調查結果出爐，而黑人與警方之間的關係本來就充滿敵意，如今更是雪上加霜。

調查案依然在「持續進行」。

先前已經發生了佛格森事件、克里夫蘭、芝加哥暴動，以及巴爾的摩的佛雷迪・葛雷命案之後，接下來又有巴頓魯治的奧頓・史德林槍擊事件、明尼蘇達的費蘭多・卡斯提爾案。

紐約市警局自己的警察也殺死了不少手無寸鐵的黑人——尚恩・貝爾、奧斯曼恩・宗格、喬治・提爾曼、阿凱・葛里、大衛・菲力克斯、艾瑞克・迦爾納、德爾羅恩・史莫……現在這個菜鳥居然又殺了麥可・班奈特。

所以「黑命關天」的口號搞得你很痛苦，每一個鄉民記者拿著有相機的手機等在一旁，在你每天工作的時候，全世界都覺得你是充滿種族歧視的兇手。

好，馬龍承認，也許不是所有人都這麼對你，但現在的氣氛早已截然不同。

大家開始用異樣眼光看你。

或者乾脆直接拿槍殺你。

達拉斯有五名警察被狙擊手殺死，賭城有兩名警察在餐廳吃午餐時被槍殺身亡，去年全美共有四十九名警察因公殉職。其中一個是紐約市警局的保羅·圖歐佐羅，前年警界也痛失蘭迪·赫德與布萊恩·莫爾，這些年來，太多太多了。馬龍很清楚統計數字：三百二十五名中槍身亡、二十一名被刀刺死、三十二名被活活打死、二十一名被汽車刻意輾過、八名因炸彈身亡，而這些數字都比不上九一一事件中被那堆垃圾瓦礫所吞沒的那些弟兄。

所以，當然了，馬龍會隨身攜帶額外的武器，他也心裡有數，不少人準備要整死你，抓你小辮子攜帶非法武器，不只是那個痛恨警察的CCRB而已，菲爾·魯索堅持這單位的全名是「賤貨、吸懶叫小孬孬、抓耙仔、囂張惡人」（Cunts, Cocksuckers, Rats and Ballbusters）的總集合，但那其實是「民眾投訴評鑑委員會」（Civilian Complain Review Board），每當市長需要轉移焦點、不要讓大家注意他自身醜聞的時候，就會靠這個機構當作棍棒修理旗下的警察。

馬龍心想，所以CCRB對你虎視眈眈，而內務局——內部事務局——也絕對死咬你不放，就連你自己的老闆也會喜孜孜地把絞索套在你脖子上。

現在，馬龍必須耐著性子打電話給席拉。他不想吵架，也不想聽到質疑，你在哪裡打的電話？不過，當他的分居妻子一接起電話的時候，她劈頭就問：「你在哪裡打的電話？」

馬龍回道：「我在市區裡。」

對於史塔頓的所有島民來說，曼哈頓永遠是「那座城市」。但除了這個問題之外，她也沒追問下去，算他走運。她說的是：「最好別告訴我你明天不能來，小孩一定會——」

「不是，我一定會到。」

「因為要送禮嗎？」

「我會早一點過去，」馬龍說道，「什麼時候比較合適？」

「七點半，八點鐘吧。」

「好。」

「你值大夜班？」她的語氣帶有一絲懷疑。

「對。」馬龍的小組上大夜班，但這只是執行的瑣碎細節而已——因為他們可以自行決定工作時段，只要任務有需求，他們就會上場。小毒販的工作時程很固定，這樣一來，客戶才知道要在什麼時候、在什麼地方找到他們，但大毒梟卻有自己的時程。「不要亂猜，不是你想的那樣。」

「你覺得我在想什麼？」席拉知道只要智商超過十的警察，就算是菜鳥，也可以想辦法在聖誕夜弄到排休，而值大夜班巡邏通常只是藉口，還不是為了要與兄弟一起喝個爛醉，或是在外嫖妓，不然就是兼而有之。

「不要亂想，我們正在處理某件大事，」馬龍說道，「可能今晚就會有突破。」

「是啦。」

那語氣，就是酸。她覺得那些禮物、小孩的牙套、她的水療療程、和姊妹淘晚上出去玩的錢是怎麼來的？每個當警察的人都得靠加班費支付這些帳單，就算拚成這樣恐怕還是得預支。而身為警察太太，就算是已經分居了，也該明白事理，老公拚命在工作，沒有一刻能夠懈怠。

席拉問道：「你要和她一起過聖誕夜？」

差不多了，馬龍心想，快可以掛電話了。而且席拉講出「她」（her）這個字的時候，發音近似「哼」，*你要和哼一起過聖誕夜？*

「她得要工作，」馬龍宛若作賊心虛在閃避問題，「我也是。」

「丹尼，你永遠在工作。」

馬龍心想，事實不就是如此嗎？他覺得這句話的意思就等於是再見了，他隨即切斷通話。他們會在我的墓誌銘上面寫下這幾個字：丹尼．馬龍，*永遠在工作*。幹——你工作，就這麼死了，其實你一直想要過不一樣的生活。

但大多數的時候你都在工作。

許多人進入警界是因為到了二十歲得找份工作，走向人生新階段，等著領養老金。而馬龍之所以選擇當警察，是因為他熱愛這份工作。

當他走出那間公寓的時候，他告訴自己，老實說，要是一切重來的話，你絕對不會心有二志，依然還是會當紐約市的警探。

這是全世界最屌的工作。

外頭冷颼颼，馬龍找了頂黑色羊毛豆豆帽戴在頭上，他鎖上公寓大門之後，下樓梯，進入一三六街。克勞黛之所以挑選這地方，是因為她只需要短暫步行就能到達上班地點，而且這裡靠近漢斯布魯育樂中心，裡面有室內游泳池，讓她可以盡情享受。

「你怎麼敢在大眾泳池游泳？」馬龍曾經問過她這問題，「嘿，你自己是護士，水裡到處都是細菌。」

她哈哈大笑，「你有我不知道的私人泳池啊？」

他在一三六街朝西行，到了第七大道，也就是小亞當．克萊頓．鮑威爾大道，經過了基督科學教堂、聯合炸雞，還有二十二餐廳，克勞黛不喜歡在那裡吃東西，因為她怕胖，而他也不愛在那裡用餐，因為他擔心店員會在他食物裡吐口水。對面是茱蒂小酒吧，要是他與克勞黛的休息時段偶爾正好湊在一起的時候，會一起過去喝杯酒。然後，是一三五街的ACP咖啡店、瑟古德．馬歇爾學院，以及某間國際鬆餅之家餐廳，那裡的地下室曾經是「小天堂」。

克勞黛對這些事如數家珍，她告訴馬龍，「小天堂」是比莉．哈樂黛第一次試唱的地點，而麥爾坎．X在二次大戰期間曾在這裡當過服務生，但馬龍更有興趣的是威爾特．張伯倫曾經有一陣子是這裡的老闆。

城市街區就是回憶。

有生有死。

當年，有個渣男在這個區域性侵某個海地小女孩的時候，馬龍還是個開著分局警車的制服員警，那已經是那個畜牲犯下的第四起小女孩性侵案，三十二分局的每一個警察都在追捕他。

海地人比警察早到一步，在頂樓上找到了那壞蛋，直接把他拋下後頭的小巷。

馬龍與他當時的夥伴接到通報，走進那條小巷，那隻再也飛不起來的洛基卡通小鼬鼠躺在自己流出的血泊中，從九樓摔落而下，所以大部分的骨頭都斷了。

「就是那個人，」某名當地婦女站在小巷邊，開口告訴馬龍，「他就是強暴了那些小女孩的男人。」

緊急救護人員早就知道是什麼狀況，其中一個甚至開口問道：「還沒死啊？」

馬龍搖搖頭，所有的緊急救護人員都開始點菸，斜靠在救護車上面，足足抽了有十分鐘之久，然後才慢條斯理拿擔架進去，出來的時候，只說了一句得打電話給法醫。

法醫宣布死因是「大面積鈍挫性創傷與嚴重出血」，而到達現場的兇案科同事也採信了馬龍的說法，那傢伙是畏罪自殺。

那些警探決定以自殺結案，馬龍也獲得來自海地社群的諸多鼓勵，最重要的是，不需要有任何小女孩出庭，必須面對死盯著她們不放的強暴犯、拚命想要讓她們看起來像是騙子一樣的垃圾被告律師。

他心想，這種結果很圓滿，不過，靠，要是現在做出這種事，我們一定會被逮到，被送進監牢。

他繼續往南走，經過「聖尼可」區。

又名「五毛錢❶」。

聖尼可拉斯國宅區，一共有十三棟的十四層樓建築，夾在亞當．克萊頓．鮑威爾大道與費瑞德里克．道格拉斯大道之間，一二八街到一三一街的區域，這裡可算是馬龍警察生涯的主戰場。對，哈林區改頭換面，哈林區完成了仕紳化，但國宅還是國宅。它們宛若一片欣欣向榮之海裡的廢棄孤島，國宅之所以為國宅的成因依然不變——貧窮、失業、販毒、幫派。馬龍相信聖尼可的大多數居民都是良善之人，想要掙口飯吃，好好撫養小孩，平靜度日，但這裡也有凶狠惡徒與江湖幫派。

聖尼可有兩大主要幫派——「賺錢小子黨」以及「黑桃黨」，前者佔領北區，後者則是南區。掌控大部分西哈林地區的毒梟迪馮．卡特爾在兩派之間強力斡旋，勉強維持和平。

這兩個幫派之間的楚河漢界是一二九街，馬龍現在正好走過南側的籃球場。

今天沒看到那些小混混，因為今天真是靠北冷。

他繼續沿著費瑞德里克．道格拉斯大道往前走，經過了哈林燒烤餐廳與大錫安山浸信會教會，他就是在這裡同時贏得了「種族歧視者警察」與「英雄警察」這兩個稱號，馬龍心想，這兩個都不正確。

距離現在應該有六年了吧，他當時是三十三分局的便衣，正在瑪娜小館吃午餐，聽到外頭傳來尖叫。他衝出去，看到大家指著對面的某間熟食店，他立刻衝過去。

❶ 發音接近尼可。

馬龍發出執勤中的無線電訊號10-61，拔槍對準熟食店。

搶匪抓住某個小女孩，還把槍指著她的頭。

女孩的母親在尖叫。

「放下你的槍！」搶匪對馬龍大吼，「不然我就殺了她！我一定會開槍！」

對方是黑人，嗑藥已經嗑到茫。

馬龍依然把槍對著他，開口說道：「靠，你以為我會在乎啊？只不過是另一個黑鬼臭娃娃而已。」

搶匪眨眨眼，馬龍立刻對準他腦袋開了一槍。

媽媽衝過去，趕緊抓住小女孩，把她緊擁入懷。

那是馬龍殺死的第一個人。

乾淨俐落的一槍，瞄準完全不成問題，只不過馬龍必須在釐清案情之前暫做文職工作，而且他還得去看警局總部的專屬心理醫生，檢查他是否有創傷後壓力症候群之類的問題，結果是沒有。

唯一的麻煩就是店員以手機拍下了全部過程，《每日新聞報》以「只不過是另一個黑**臭娃娃而已」作為新聞主標，搭配馬龍的照片，加上「英雄警察是種族歧視者」的標題。

某次他們開會時把馬龍叫進來，與會者有當時的警監、內務局的人員，還有從總局派來的公關專員，他劈頭問道：「黑鬼臭娃娃？」

「我必須要演得跟真的一樣。」

專員問道：「你就不能挑選別的字眼嗎？」

馬龍回道：「我身邊又沒有隨時帶著文膽。」

「我們很想頒勇氣勳章給你，」他的警監說道，「不過……」

「我不需要。」

內務局的人還是讚揚了馬龍，「容我提醒大家一下好嗎？馬龍警長畢竟成功救下了某個非裔公民的性命。」

那個公關專員問道：「萬一他沒瞄準呢？」

不過，老實說，他也想過一樣的問題。他沒有告訴心理醫生，但其實他經常作惡夢，夢到自己沒射中那個人渣，反而殺死了小女孩。

那惡夢依然纏身不去。

靠，就連射中那人渣的畫面也是他的惡夢。

網路上不斷流傳那段影片，還有當地的饒舌團體弄了一首歌，歌名就是〈只不過是另一個黑鬼臭娃娃〉，點擊人數高達數十萬次。不過，往好處來看，小女孩的媽媽曾經親自到他們的分局找馬龍，帶了一鍋親自烘焙的墨西哥辣椒玉米麵包，還有手寫的感謝卡。

他還留著那張卡片。

現在，他穿過聖尼可拉斯大道與修道院大道，走向一二七街，到達與一二六街的交會處，往西北方繼續前進，穿越阿姆斯特丹大道，經過阿姆斯特丹酒品專賣店，他跟裡面的人都混得很熟，然後是安提阿浸信會教堂，這他就一點都不熟了，接下來是聖瑪麗愛滋收容中心、二十六分局，然後，進入了那棟老舊建築，現在隸屬於北曼哈頓特勤小隊。

或者，也就是江湖知名的「超力」。

2

當初之所以會創設北曼哈頓特勤小隊，有一半是馬龍的主意。

官方提供了一大堆的贅語描述他們的任務目標，但馬龍與「超力」的其他成員都非常清楚他們的「特勤」任務就是——

堅守界線。

也不知道為什麼，大塊頭蒙提卻獨有見解，「我們是地景設計師，職責就是要避免那座叢林再長出野草惡林。」

魯索問他：「他媽的你在說什麼啊？」

「北曼哈頓原本是老舊的都市叢林，已經被清除得幾乎一乾二淨，」蒙提說道，「騰出的新空間就成了欣欣向榮的高雅伊甸園。不過，這片叢林還是有零星的區塊——也就是國宅區。我們的任務，就是要避免那座叢林再次佔地為王。」

馬龍知道那道方程式——犯罪率下降，房地產價格就水漲船高——但他才不鳥這個。

他只關心暴力犯罪。

當年馬龍進入警界的時候，「朱利安尼奇蹟」已經讓這整座城市改頭換面。警察總局局長雷．凱利與比爾．布拉頓曾經使用「破窗理論」以及電腦統計警政科技，打擊街頭暴力，犯罪率已經低到了近乎是微不足道的程度。

九一一改變了紐約市警局的辦案重心，不再是防範犯罪，而是反恐任務，但街頭暴力犯罪率依然持續下降，而曼哈頓上城的哈林、華盛頓高地、英伍德的「貧民窟」區域也開始蓬勃發展。快克毒品潮依循達爾文演化論，黯淡式微。但貧窮與失業率引發的諸多問題——毒癮、酗酒、家暴，以及幫派——依然沒有消失。

對馬龍來說，這就像是有兩個社區，兩個文化，各自堅守著自己的城堡——閃耀簇新的新公寓大樓，還有老舊的國宅高樓，而兩者之間的差異就是在位者是否投注了資源而已。

回想那個時候，哈林區還是哈林區，有錢白人「就是不會到那種地方」，除非他們是為了濟貧或是打算以便宜價格找樂子。謀殺案比率偏高，搶奪、持武行搶、與毒品相關的暴力犯罪居高不下，但只要是黑人強暴、搶劫、謀殺的受害者是其他的黑人，有誰鳥他們？

有，馬龍。

其他條子也一樣。

這就是警察工作諷刺至極的酸楚。

也因而滋長出警察與社群之間愛恨交織的那種關係。

日日夜夜，警察都看在眼裡。

諸多的傷者，死者。

眾人忘記警察會先看到那些受害人，接下來才是那些加害者。無論是被吸毒賤母失手摔入浴缸的小寶寶，還是被母親第十八個同居男友打到不知所措的小朋友，抑或是被匪徒搶錢包、摔在人行道跌斷髖骨的老太太，還有準備要當毒販卻橫死街頭的十五歲小屁孩。

警察同情這些受害者，憎惡那些侵害者，但他們無法投以太多同情，不然就沒辦法繼續當警察了，而且，他們也不能發洩太多恨意，不然自己也會變成侵害者。所以，他們長出了某種保護殼，某種「我們痛恨每一個人」的姿態，就算是十英尺之外的人也能夠感受到那股氣場。

馬龍心想，一定得具備那種外殼，不然這份工作就會逼死你，可能是心理面或是生理面，不然，就是身心俱創。

所以你同情老太太受害人，痛恨下手的人渣；你覺得剛被搶的店面老闆好可憐，對於行搶的小混混嗤之以鼻；你為那個中槍的黑人小孩感到心痛，覺得開槍的黑鬼真是可惡至極。

馬龍心想，真正的問題，其實是當你也開始憎恨受害者的時候。而且，這種事情真的會發生——因為它把你摧折得體無完膚。他們的痛苦，你感同身受，他們身受煎熬，責任全壓在你肩上——你做得不夠好，沒有保護到他們，你走錯了地方，等到你抓到加害人的時候已經太遲了。

你開始自責，而且／或者開始譴責受害者，為什麼他們會這麼不堪一擊？如此脆弱？為什麼他們要生長在那種環境之中？為什麼要加入幫派？販賣毒品？為什麼要因為微不足道的事而拔槍互射……為什麼他們的獸性如此頑劣不堪？

但馬龍，靠，就是依然很在乎。

他也不想。

但就是如此。

特內莉不開心。

「為什麼那個臭老二害我們大家得在聖誕節前夕出勤？」她一進來就開始嗆馬龍。

馬龍回道：「我想你剛才已經自問自答了。」

警監賽克斯是個臭老二。

說到大老二，大家都一直認為「超力」裡最屌的就是珍妮絲．特內莉。馬龍曾經親眼見識過她不斷猛踢某個傢伙的鳥蛋，害馬龍自己的大老二都嚇得軟趴趴。

還不只這樣。特內莉有一頭濃密黑髮，大屁股，和義大利電影女明星一模一樣的臉孔。「超力」的每一個男人都想要和她上床，但她卻早已把話講在前頭，她絕對不吃窩邊草。

種種證據顯示特內莉是異性戀，而且她也早就是兩個小孩的媽，魯索卻依然喜歡在她面前說她是拉子。

她問道：「因為我不肯和你幹砲？」

「因為你和芬琳搞在一起，」魯索說道，「是我的終極性幻想。」

「芬琳是拉子。」

「我知道。」

她扭手腕，「隨便你啦。」

「我根本還沒包禮物，」現在，她開始向馬龍抱怨，「明天我老公的親戚都要過來，我卻得坐在這裡聽這傢伙發表演說？拜託，丹尼，讓他不要這麼白目好嗎？」

她知道，大家也都很清楚——馬龍總是比賽克斯早進來，而且賽克斯離開之後他依然會留在這裡。眾人打趣說馬龍早就可以參加警督考試了，只是因為薪水會變少而遲遲不願行動。

「就坐下來聽他訓話吧，」馬龍說道，「然後趕快回家去煮……你打算煮什麼？」

「我不知道，傑克負責煮菜，」她說道，「我猜是肋排，你還是要搞一年一度的火雞大放送？」

「就是『一年一度』啊……」

「也對。」

大家魚貫進入簡報室，馬龍的眼角瞄到了凱文．卡拉漢。這位臥底警員——高高瘦瘦，留了一頭紅色長髮與鬍鬚——整個人的模樣就是嗑藥嗑到茫。

只要是警察，不管到底是不是臥底，都不應該吸毒，不過，要是他們得買毒，又怎麼可能不碰毒品？有時候就此染上毒癮。許多警察當了臥底之後就直接進入戒毒中心，大好前程毀於一旦。

這是職業傷害。

馬龍走過去，抓住卡拉漢的手肘，把他帶出門外。「要是賽克斯看到你這樣，一定馬上逼你去驗尿。」

「我得進辦公室報到。」

「我馬上派簽，讓你去外面盯梢，」馬龍說道，「要是有人問起，就說你在維爾幫我。」

北曼哈頓特勤小隊的辦公室有地利之便，正好位於兩處國宅的中間——曼哈坦維爾，就在對面北側，還有葛蘭特，一二五街的南側。

馬龍心想，革命一來，我們就會被團團圍住了。

「謝了，丹尼。」

「你還站在那裡幹什麼？」馬龍問道，「趕快過去維爾。還有，卡拉漢，要是你再出狀況，我一定讓你好看。」

他又進入辦公室，拿了張金屬折疊椅進入簡報室坐在魯索旁邊。

已經坐定的大塊頭蒙提轉身，他手裡拿著熱氣蒸騰的茶，雖然嘴裡仍叼著未點燃的雪茄，還是勉強小啜了兩口。「關於今天下午的活動，我想要提出正式抗議。」

馬龍回他：「知道了。」

蒙提轉身。

魯索大笑，「他不高興啊。」

馬龍心想，看得出蒙提是很不爽，但他自己十分開心，偶爾讓總是不慌不忙的大塊頭蒙提緊張一下，總是好事。

讓他可以保持精神抖擻。

拉斐爾．托瑞斯帶著自己的小組成員走進來——加瑞納、奧提茲，還有特內莉。馬龍看到特內莉與托瑞斯在一起就覺得很礙眼，因為他喜歡特內莉，馬龍知道自己很混蛋，但他覺得托瑞斯就是個大塊頭、棕色皮膚、滿臉痘疤的波多黎各人渣。

托瑞斯向馬龍點點頭，也算是對他表示認可與尊敬，同時對他下戰書的某種姿態。

賽克斯進來了，站在講台後面，姿態宛若教授一樣。以他的年紀能做到警監這個位置，絕對是青年才俊，不過，話說回來，他在國安局有大老相挺照顧。

而且他是黑人。

馬龍知道賽克斯早已是內定的明日之星，而北曼哈頓特勤小隊將是他仕途向上的一大重要功績，他必須要成功闖關。

對馬龍來說，他就像是某個早熟的共和黨參議院候選人——甚是整齊乾淨，頭髮剪得超短。他身上當然絕對不可能有刺青，唯一的可能就是屁眼上有個小小的箭頭，上面寫著此路通腦。

馬龍捫心自問，講出這種話，對賽克斯公平嗎？當然不。這傢伙過往紀錄很完整，在皇后區的重大犯罪小組戰功彪炳，然後又成為總警局指定的轄區看守人——整肅了第十分局與七十六分局，標準的垃圾場，現在，他們把他調來這裡。

馬龍不禁懷疑，這傢伙只是為了要多拿下另一筆功績？

還是為了要清算我們？

反正，不管怎樣，賽克斯已經對他擺出了那種皇后區的姿態。

按部就班，照表操課。

皇后區的海軍陸戰隊。

賽克斯到任的第一天，召集特勤小隊全員到齊——五十四名警探、臥底、反黑組成員，還有制服警察——大家進來之後，吩咐他們坐下，開始發表演說。

「我知道我面前站的是菁英，」賽克斯說道，「高手中的高手，但我也知道我正盯著好些手腳不乾淨的警察。你們都知道自己是什麼德性，過沒多久之後，我也會知道你們是什麼德性。給我聽好了——要是被我抓到你們接受免費咖啡或是三明治的招待，我一定會拿回你們的警證與配槍，退休金也一樣。好，現在解散，趕緊回去工作。」

賽克斯沒結交到任何朋友，但他一開始的態度也很清楚，他來這裡的目的並不是為了交友。而且，賽克斯一開始就與手下格格不入，因為他強調不可使用「警察暴力」，他已經警告大家，對於威嚇、刑求、因種族貌相查案或攔截搜身等行為，他的態度是零容忍。

馬龍心想，勉強維持表面控制得當有屁用，他到底在想什麼？看看這傢伙現在又在搞什麼鬼。

警監揚起手中的《紐約時報》。

「白色聖誕，」賽克斯唸道，「假期來臨，海洛因氾濫紐約街頭。這是馬克・魯本斯坦在《紐約時報》的報導，而且，他寫的不只是一篇，而是系列報導。各位，這可是《紐約時報》啊。」

他停頓了一會兒，等待他們沉澱吸收。

但完全沒有效果。

大部分的警察不看《紐約時報》，他們讀的是《每日新聞報》以及《紐約郵報》，主要是運動新聞或是八卦版的奶頭屁股。有些警察會看《華爾街日報》，可以隨時調整自己的投資組合，而只有警局總部那些大官和市長辦公室人馬才會看《紐約時報》。

馬龍心想，但現在《紐約時報》提到有「海洛因傳染病」。

當然，都是因為現在白人毒蟲性命岌岌可危，才會被稱之為傳染病。

白人一開始是從他們的醫生那裡取得嗎啡類藥品——如可待因、維可汀之類的鬼東西。不過那些藥價格高昂，而且醫生也不願一次開太多，就是擔憂病患成癮，所以白人轉而投向自由市場，這些藥丸成了街頭毒品。原本的狀況甚是溫和節制，但墨西哥西納羅亞的毒梟做出了集團的重大決策，他們可以提高自己的海洛因產量、降低價格，與這些美國大藥廠打價格戰。

他們也提高了毒品強度，增加誘因。

那些白人毒蟲發現墨西哥「肉桂」海洛因比藥丸便宜多了，而且效果更猛，所以他們開始以針頭注射靜脈，出現了施打過量的問題。

馬龍親眼目睹了一切。

他與小組成員所逮捕的郊區毒蟲、家庭主婦、上東城年輕美眉的數目，早已數也數不清，而且仆街的白人屍體也越來越多。

這種現象，根據媒體的說法，是一場大災難。

就連參眾兩院的國會議員也把鼻子從金主的股溝裡抽出來，嗅到了這股新傳染病的風向，要求當局「必須有所作為」。

「大家必須要多逮捕海洛因罪犯，」賽克斯說道，「我們破獲快克古柯鹼的數字令人滿意，但是海洛因案件的數字卻低於平均水準。」

馬龍心想，這些主管就是愛搞數字。新的「管理學」品種警察就像是那些搞棒球紀錄分析的傢伙一樣——他們深信數字說明了一切。萬一數字說出了他們不想聽到的事，他們就會開始像第八大道上的韓國按摩師一樣不斷搓揉數字，直到他們滿意為止。

要數字好看？暴力犯罪率立刻下降。

要更多的經費？來了。

要逮捕更多的罪犯？派手下出去啊，抓一堆永遠不會被起訴的人吧。你不在乎——反正起訴是檢察官的問題——你只是要逮捕人數而已。

你要證明自己改善了轄區內的毒品問題？把人派到永遠找不到毒品的地方，執行「捉迷藏」的任務。

還有同樣詭詐的另一種伎倆。要操弄數字，就是要讓警官知道應該要將重罪的起訴等級降為輕罪，所以你把搶奪案稱之為「普通竊盜罪」，被闖空門稱之為「損失財產」，而強暴案則是「性騷擾」。

砰——犯罪率下降了。

跟棒球的魔球一樣。

「現在爆發了海洛因傳染病，」賽克斯說道，「我們是前線防疫人員。」

馬龍心想，他們一定是在電腦統計警政科技會議的時候狠狠修理了麥蓋文高級警監，然後又把自己的苦痛加諸在賽克斯身上。

現在他又推給了我們。

而我們會繼續向低階的毒販施壓，就是那些賣毒之後才能讓自己嗨一下的毒蟲，然後派出所就會擠滿了被逮捕的嫌犯，毒蟲毒癮發作時的嘔吐物在拘留所裡四處淌流，而判決摘要表裡面全都是那些發抖廢材認罪減刑的案件，出去之後，嗑了更多的海洛因，又回來坐牢。出去之後依然是毒蟲，陷入在牢裡不斷進進出出的迴圈人生。

不過我們的績效就達標了。

警局總部的長官們大可以嚷嚷沒有業績配額，但在警界工作的每一個人都知道明明有。回想「破窗理論」的那個年代，他們看到什麼都可以開單——遊手好閒、亂丟垃圾、跳過地鐵旋轉柵門、並排停車，而他們的理論是如果不打擊小惡，日後終將成為大患。

所以他們在外頭開了一堆亂七八糟的民事與刑事的違規罰單，強迫一堆明明沒本錢請假的窮人必須出庭，支付他們根本付不起的罰款。有些人就乾脆不理會出庭日期，因此收到了「未出庭」的傳票，所以原本的輕罪反而升高為重罪。

明明只是在人行道上丟了口香糖包裝紙，卻恐怕得面臨坐牢的下場。

廣大的怒火朝警察直撲而來。

然後是二五〇報告。

在街上攔截搜身之後的紀錄書。

基本上，就是你在街上看到了年輕黑人小孩，把他攔下來，開始徹底搜身。此等措施也引發了許多民眾的怒火，造成媒體觀感不佳，所以現在警方再也不會做出這種事。

只不過，我們還是會使出這一招。

現在，所謂不存在的業績配額是海洛因。

「合作，」賽克斯說道，「加上協調，才能讓我們發揮一個特勤小隊的戰力，並非只是共享同一辦公空間的獨樂個體而已。好，各位，所以就讓我們同心協力，一起完成任務吧。」

馬龍心想，他媽的真精采。

賽克斯八成沒發現自己剛剛對部屬下達了矛盾的指令——詢問線人情報，逮捕海洛因罪犯——你得要丟毒品給他們，而且絕對不能出手逮捕，才能問出情報，不然什麼都沒有。

他們給你線索，你就對他們睜一隻眼閉一隻眼。

這才是正道。

他以為毒販會好心向你透露消息？但他們明明是沒心沒肺之人。為了要當好國民？毒販會找你講話是為了錢或毒品，或想要認罪協商，不然就是要婊另一個毒販對手；又或者，搞不好，只是因為某人上了他的賤馬子。

就這麼簡單。

「超力」的組員不太像是警察。馬龍打量其他人，老實說，覺得他們反而比較像匪徒。臥底警察就像是毒蟲或是毒販——兜帽上衣、垮褲或是髒兮兮牛仔褲、球鞋。馬龍自己最喜歡的那個臥底是個黑人小孩，綽號「娃娃臉」，每次當他抬頭看著賽克斯的時候，總是把厚重的兜帽壓得低低的，而且還含著奶嘴，他知道這上司絕對不敢廢話，因為娃娃臉總是能帶回寶貴情資。

便衣就是都會風格的海盜。他們的黑色皮衣、海軍藍短大衣，以及羽絨背心之下的警徽，依然是錫質，而不是金質。他們的牛仔褲乾乾淨淨，沒有皺痕，而且他們喜歡穿的是雀爾西鬆緊帶短靴，而不是運動鞋。

只有「牛仔」鮑伯．巴爾特雷德除外，他喜歡穿尖頭厚靴，「抓黑人混混比較方便」。巴爾特雷德的西向活動範圍從來就沒超過澤西市，但他講話卻喜歡像南部土包子白人一樣拖長尾音，而且喜歡在更衣間裡面播放西部鄉村「音樂」，總是讓馬龍氣到抓狂。

而「制服」員警也不像你平常看到的那些一般警察，不是因為他們的穿著，而是因為神色。他們是壞胚子，臉上總是掛著賊笑，就跟胸膛前的警證一樣。這些小屁孩隨時準備暴衝、狂舞，反正就是愛怎樣就怎樣。

就連女警也都很充滿個人風格。「超力」的女性成員不多，但全部都是狠角色。有特內莉，還有艾瑪・芬琳，喝酒喝得凶（真巧，又是愛爾蘭人），喜歡跑趴，性慾一如羅馬皇帝一樣旺盛。她們都性格強悍，而且內心擁有一股強大的恨意。

至於擁有金質警徽的警探，如馬龍、魯索、蒙特鳩、托瑞斯、加瑞納、奧提茲、特內莉等人，屬於另一個截然不同的聯盟，「菁英中的菁英」，全都是戰功彪炳的老將，曾經破獲了許多重大案件。

這個特勤小隊的警探不是制服警察，也不是便衣或臥底。

他們是君王。

他們的領土不是農地與城堡，而是城市的街區與國宅大樓。時髦的上西城與哈林的國宅區。他們統治百老匯、西城、阿姆斯特丹、雷諾克斯、聖尼可拉斯、亞當・克萊頓・鮑威爾等大道，還有中央公園與河濱公園，裡面有推著雅痞寶寶的牙買加保母、在慢跑的新創公司企業家，還有被吸食與販賣毒品的幫派分子搞得滿地垃圾的遊樂場。

馬龍心想，還是由我們展現高壓統治比較好，因為我們交手的對象包括了黑人與白人、波多黎各人、多明尼加人、牙買加人、義大利人、愛爾蘭人、猶太人、中國人、越南人、韓國人，他們都看對方不順眼，要是少了君王，殺戮的狀況會更加慘烈。

我們統治幫派——瘸黨、血黨、三雄黨、拉丁國王黨；多明尼加人不玩鬧幫、光天化日槍手黨、亮槍敲笨蛋黨、甲板上的呆子黨（似乎正好是某首歌的歌名）；超級動物園黨、鈔票堆高高幫、梅克販毒黨、民眾國家黨、瘋狂瘸黨、現金成癮黨、熱力男孩黨、賺錢小子黨。

然後，還有義大利人——吉諾維斯家族、盧切斯家族、甘比諾家族、奇米諾家族——要是他們不知道有君王在位，隨時可能取下他們的人頭，那麼他們一定早已全面失控。

我們也掌管「超力」，賽克斯以為自己是老大，或者，至少他裝出了他是老大的模樣，但真正主宰一切的是這些警探君王。臥底警察是我們的間諜、制服警察是我們的步兵，而便衣警察是我們的武士。

而且，我們之所以能夠成為君王，並不是因為來自父皇權力的嬗遞——我們費盡千辛萬苦才取得王冠，宛若古時候的戰士渾身都是傷疤，靠著裂劍與凹陷的盔甲，一路拚搏才坐上寶座。我們帶著槍枝、巡邏棒與拳頭，懷抱勇氣智慧與膽識，開始在街頭征戰。憑藉著我們好不容易在街頭累積的知識、贏來的尊敬、勝利，甚至是失敗，才闖下這一片天。我們贏得了強悍無情、一視同仁的統治名聲，以恩威並施的手段具體落實正義。

這就是君王之舉。

他親自執行正義。

馬龍知道他們的外表是一大關鍵。臣民期盼他們的君王看起來俐落有型，要稍微講究一下衣服與鞋子，展露些許自我風格。就拿蒙特鳩來舉例好了，大塊頭蒙提的打扮就像是常春藤聯盟的教授——花呢外套、背心，搭配針織領帶——頭上還戴了窄緣紳士帽，鬆緊帶裡面夾了根紅羽毛。這完全不符一般人的刻板印象，而且威嚇效果十足，因為那些惡徒不知道該怎麼對付他，而且當他們被蒙提帶進小房間的時候，會以為面前的偵訊者是個天才。

其實這也八九不離十。

馬龍曾經看過他進入老人聚集對弈的晨曦公園，他一次下五盤，而且那五個人全都被他打敗。然後，又把他剛剛從那些老人身上贏來的錢再送回去。

這一招也是很天才。

魯索，走的是古典風，紅棕色真皮長版大衣，明明是八〇年代的古著衣，但他穿起來就是好看。話說回來，魯索穿什麼都好看，標準型男。復古長版大衣、義大利訂製西裝、花押字襯衫、馬伊牌休閒鞋，他都能夠輕鬆駕馭。

他固定每週五剪髮，每天刮鬍子兩次。

魯索對於自小一起長大的那些黑道，自有其酸溜溜的評語，瀟灑惡徒。他也還是耍帥，但方向卻截然不同，他選擇的是當警察，他老是愛開玩笑，自己是「黑道家族的害群之馬」。

馬龍總是一身黑。

這是他的正字標記。

所有「超力」的警探都是君王，不過，馬龍——這種說法並沒有對我們的上帝與救世主不敬的意思——卻是王中之王。

北曼哈頓就是馬龍的王國。

他所受到的待遇就和所有國王一樣，子民對他又愛又怕，敬畏他也痛恨他，歌頌他也辱罵他。他有忠臣也有敵手，有拍他馬屁的人，也有批評他的人，有人總是在他面前嘻嘻哈哈，也有人中肯提出建言，但他沒有真正的朋友。

他的搭檔除外。

魯索與蒙提。

他的兄弟君王。

他願意為他們赴湯蹈火，在所不辭。

「馬龍有空嗎？過來找我一下。」是賽克斯。

3

「我想你自己心裡有數，」賽克斯在自己的辦公室裡展開訓話，「我剛才講的全是屁話。」

「是，長官，」馬龍回道，「我正在想你怎麼可能會不知道。」

賽克斯原本僵硬的笑容變得更僵硬了，馬龍不知道他的臉原來可以臭成那樣。

這位警監覺得馬龍很傲慢。

馬龍覺得這一點完全不需要爭辯。

他心想，在街頭打混的警察，最好要傲慢一點。在那裡橫行的小混混看到你之後要是不把你當一回事，他們就會殺了你。拿槍斃了你之後，把大老二插入你的傷口狂抽猛送。就把賽克斯放到街頭吧，讓他嚐嚐逮捕罪犯、破門攻堅是什麼滋味。

賽克斯不喜歡他這種態度，但基本上他就是看丹尼斯．馬龍警長不順眼——包括了他的幽默感、刺青的手臂，還有對嘻哈歌詞如數家珍的能耐。他尤其討厭馬龍的態度，因為北曼哈頓基本上已經是他的領土，上司警監只不過是個觀光客而已。

馬龍心想，幹，誰鳥他。

賽克斯對他無計可施，因為在去年七月的時候，馬龍率領小隊破獲了紐約史上最大一起海洛因毒品案。他們擊斃了多明尼加的黑道老大迪亞哥．佩納，搜出五十公斤的海洛因，紐約市的男男女女加小孩都打一管也綽綽有餘。

他們也查扣了將近兩百萬美元。

紐約市警局總部的那些大老們對馬龍不是很高興，因為他從頭到尾帶領小隊私自行動，完全不讓任何人介入。掃毒組的人氣得要命，緝毒局也一樣不爽。不過，馬龍心想，誰鳥他們啊。

媒體愛死了。

《每日新聞報》與《紐約郵報》以全彩頭版盛大報導，各家電視台也都以頭條新聞處理，就連《紐約時報》也在都會版放了這條新聞。

所以那些長官必須要笑得開心，在那一堆海洛因前面擺姿勢拍照。

九月的時候，媒體興奮到不行，因為特勤小隊在葛蘭特與曼哈頓維爾國宅區發動大規模奇襲，逮捕了一百多個三千黨、金錢大道黨、說幹就幹小子等幫派的混混，說幹就幹小子裡的某些問題青少年因為同夥中槍而展開報復，槍殺了某名十八歲的籃球女新秀。她當時跪在樓梯井裡面，請對方饒了她一命，讓她能夠去念自己已經拿到全額獎學金的大學，但她再也沒機會了。

他們把她留在梯台上面，任由她的鮮血從階梯滴落而下，宛若一道血色小瀑布。

報紙都是馬龍小組與特勤小隊其他人的照片，他們把殺人兇手全從國宅裡挖了出來，把他們送入阿蒂卡監獄，也就是江湖聞名的「黑人悲慘世界」，終生不得假釋的無期徒刑。

馬龍心想，所以，在「你的指揮」之下，百分之七十五的重大逮捕案都是由我的小組帶來的業績——負有重大意義的重量級案件，在重大時刻將嫌犯順利起訴定罪。這種表現當然不會出現在你的數據裡，但他媽的你當然很清楚我的人馬在每一起與毒品有關的殺人案追捕行動中都出了力——更甭提毒蟲與毒販犯下的那些搶案、竊案、家暴案以及強暴案。

我還曾經把許多危害程度超過癌症的超級大壞蛋逐出街頭，而且是我的人馬壓制住這個罪惡淵藪的開口，以免它爆裂開來，而你自己也很清楚這一點。

所以雖然你覺得我是你的一大威脅，雖然你知道掌控「超力」的人其實是我，而不是你自己，但你絕對不敢把我調到別的地方，因為你需要我，才能讓你看起來是個厲害角色。

而你自己也心裡有數。

自己底下的頭號悍將，你可能看不順眼，但你不能把他換掉，因為他會為你加分。

賽克斯動不了他。

現在，警監說道：「海洛因是頭條新聞，我們必須有所回應，但那只是為了虛應故事，讓上級高興而已。」

其實，黑人社群使用海洛因的比例已經逐步下降，而不是上升，這一點馬龍很清楚。黑人幫派零售海洛因的數字正在降低，不是攀升，年輕黑道的犯罪管道變得更多元，有的在偷手機，有的是網路犯罪——竊取他人身分與製造偽卡。

布魯克林、布朗克斯、北曼哈頓的警察們都知道暴力行為的根源不是海洛因，而是大麻。街頭小混混會為了誰能夠搶到舒爽的大麻、在哪裡賣貨而大打出手。

「要是我們能夠破獲海洛因毒窟，」賽克斯說道，「我們一定要全力以赴，將他們一網打盡。但我真正擔憂的是槍枝，我真正在意的是，要趕緊阻止這些年輕小白痴害死自己，殺害我的街頭人民。」

槍與毒品是美國犯罪的湯與三明治。警方固然與海洛因纏鬥不休，但他們更懸念在心的其實是街頭槍火。而理由自然不難理解——必須面對兇案、傷者的人是警察，必須將噩耗告訴他們家人、安慰他們、為他們伸張些許正義的人是警察。

當然，喪命在那些街頭槍火之下的也是警察。

全美步槍協會的那些混蛋會告訴你，「會殺人的不是槍，而是人。」馬龍心想，沒錯，就是拿槍的那些人。

當然，會有人被砍死，被活活打死，但要是少了槍枝的話，殺人案件的數目就不會那麼怵目驚心。大多數會去參加全美步槍協會會議的賤貨眾議員，身上都散發出怡人香氣，穿得漂漂亮亮，絕對不曾親眼看過槍殺案甚或是遭槍傷重創的人。

但警察看過，刻骨銘心。

實在不是多美的畫面。不像是電影裡看到或聽到（或是聞到）的那種場景。認為解決之道就是讓人人擁槍，然後，比方說，就可以在黑漆漆的電影院裡開槍的那些混蛋鼠輩，一定從來沒有被人拿槍對著腦袋的經驗，他們要是遇到這種狀況，一定會嚇到挫賽。

大家都說這主要是因為憲法第二修正案以及個人權利，但其實真正的關鍵是錢。

軍火製造商是全美步槍協會的第一大金主，目的就是要販賣槍枝，賺大錢。

他媽的來龍去脈就是這樣。

紐約市擁有全美最嚴格的槍枝管制法令，但根本沒差，因為所有的槍枝都是從外頭流進來的，透過「輸槍管」一路北送。槍火販子透過請人代買的方式，在管制鬆散的地區取得槍枝——德州、亞利桑那州、阿拉巴馬州、南北卡羅萊納州——然後將它們載運上車、藉由I-95公路北運至東北區與新英格蘭。

馬龍心想，那些南部白痴老是喜歡講大都市的犯罪率多糟糕，但他們鐵定是不知道或是不在乎那些槍枝都來自於他們自己的家鄉。

截至目前為止，至少有四名紐約警察因為「輸槍管」的北送槍枝而喪命。

而因此斷魂的街頭小混混與旁觀者更是不計其數。

市長辦公室、紐約市警局，大家都想盡辦法要讓槍枝在街頭絕跡。警方甚至還祭出買回的方案——什麼都不問，就送你一張現金禮物卡：你把自己的槍火帶過來，我們滿面笑容迎接你，手槍與突擊步槍是兩百美金，一般步槍、霰彈槍與ＢＢ槍是二十五美元。

他們最後一次買槍，地點是亞當・克萊頓・鮑威爾大道與一二九街的教堂，總共收了四十八支左輪手槍、十七支半自動手槍、三把來福槍、一把霰彈槍，還有一把AR-15自動步槍。

馬龍不覺得這樣有什麼問題。從街頭消失的槍火，就此不見蹤影，而且這也能夠幫助警察達成最重要的工作目標——值班結束後順利回家。馬龍剛進入警界的時候，曾經有個老前輩告訴過他——值班結束，順利回家，這才是第一要務。

現在，賽克斯問道：「迪馮・卡特爾的事處理得怎麼樣了？」

迪馮・卡特爾是北曼哈頓的毒王，也就是江湖人稱「倖存的靈魂」，他是繼邦姆皮・強森、法蘭克・魯卡斯、尼基・巴爾尼斯之後，稱霸哈林區的大毒梟。

他的主要財源是透過充當發貨中心的海洛因毒窟，將毒品運送到新英格蘭，北至哈德遜小鎮，或是南至費城、巴爾的摩，以及華盛頓。

把它當成賣海洛因的亞馬遜網站就是了。

他腦袋聰明，充滿謀略，而且刻意與日常運作活動保持距離。他從來不會靠近毒品或是交易現場，而且所有與外界的溝通方式都是透過少數幾名下屬過濾之後，由他們當面報告，他從來不使用電話、簡訊，或是電子郵件。

「超力」一直無法在卡特爾的運作體系裡找到線人，因為這個「倖存的靈魂」只肯讓老友或是親近的家人進入他的核心。而且，要是他們被逮捕的話，全部都是選擇坐牢，不肯透露半點口風，因為坐牢就表示至少還能夠活下去。

這種狀況實在令人很洩氣——「超力」想要逮捕多少個街頭小毒販都不成問題，而臥底警察也發動了多次買毒設餌誘捕行動，但這就像是旋轉門一樣，把一些幫派分子抓進賴克斯島監獄，但之後馬上就有人接補空位，繼續賣毒。

而截至目前為止，依然沒有人能動得了卡特爾半根汗毛。

「我們街頭有線人，」馬龍說道，「有時候我們知道他人在哪裡，但又怎樣呢？沒有竊聽器，我們能搞個屁啊。」

卡特爾獨資或持有股份的物業包括了十多家夜店、便利商店、公寓，還有遊艇，天知道他到底還有多少個密會地點。要是他們能夠在其中一個地方裝設竊聽器的話，應該有機會。

這是典型的惡性循環。要是沒有相當理由，就沒辦法取得監聽的法源依據，但要是沒辦法取得監聽票，自然也追查不出任何的相當理由。

馬龍懶得多說，賽克斯自己早就知道了。

「根據情資，」賽克斯說道，「卡特爾正打算買大批槍火。全都是殺傷力強大的武器，突擊步槍、自動手槍，甚至是火箭發射器。」

「你怎麼知道這消息？」

「我知道說出來你也不信，」賽克斯說道，「這棟辦公室裡面不是只有你在當警察而已。要是卡特爾在找尋那一類的武器，也就表示他打算要向多明尼加人開戰。」

「我想也是。」

「很好，」賽克斯說道，「我不想看到他們在我的地盤上開戰，我不想看到濺血殺人事件，我要全力阻擋那批武器進來。」

馬龍心想：對，你想要阻止武器進來，但卻意圖使用自己的辦案方法——「不准耍流氓、不可非法監聽、不准攻擊、不接受匿名舉報。」他早就聽過了這整套長篇大論。

「我在布魯克林區長大，」賽克斯說道，「從小住在馬爾西國宅區。」

馬龍聽過這故事——報紙上有寫，總局官網也把它刻意拿來大作文章：「從國宅少年蛻變為警局長官——黑人警察擺脫黑道宿命，晉升為紐約市警察總局高層。」裡面提到了賽克斯如何翻轉人生，拿到了獎學金進入布朗大學，返鄉之後「致力改變」。

這種故事對馬龍來說，完全沒有催淚效果。

但身為位居高位的黑人警察，想必格外辛苦。每一個人都用異樣眼光看你——對於轄區裡的居民來說，你不算黑人；而對於辦公室裡的那些條子而言，你不算警察。馬龍很好奇，不知道賽克斯自我認同的是哪一個角色，抑或是他心中究竟有沒有答案。反正，他的日子一直不好過，尤其是最近，種族歧視問題日益嚴重。

「我知道你對我的觀感，」賽克斯說道，「無腦長官，警界的樣板，黑人野心分子，『汲汲營營往上鑽營』？」

「長官，我們就實話實說吧，差不多就這樣。」

「高層希望能夠讓曼哈頓北區成為一個讓白人安心賺錢的地方，」賽克斯說道，「我期盼的是能讓它成為黑人的安全居地，這種話夠白了嗎？」

「嗯，我聽懂你的意思了。」

「我知道你認為自己破了佩納的大案，以及其他海洛因案件，還有麥蓋文與警局總部愛爾蘭和義大利後裔俱樂部大老的加持，自然有了金剛不壞之身，」賽克斯繼續說道，「不過，馬龍，我還是要告訴你，底下有你仇敵無數，他們早就把香蕉皮扔在那裡等你滑跤，趁勢從你身上踐踏而過。」

「而你沒把我當敵人？」

「現在我需要你，」賽克斯說道，「我需要你與你的組員阻止迪馮．卡特爾，以免讓我掌管的地區變成屠宰場。要是你願意為我出手，對，我會汲汲營營向上鑽營，讓你安然無恙，保有這裡的小王國。要是你不肯幫忙，你就只是我的眼中釘肉中刺，我會把你調離北曼哈頓，讓你戴著墨西哥帽當警察。」

馬龍心想：幹你媽的，有膽給我試試看。試啊，看看會有什麼後果。

不過，讓人最幹的是，他們兩人的期待其實一模一樣，都不希望那些槍枝流入街頭。

馬龍心想：它們是我的地盤，不是你的。

他開口說道：「我沒辦法，要是按照規定辦案的話，我不確定自己是否辦得到。」

好，賽克斯警監，我就看看你阻絕武器的企圖心到底有多麼強烈？

馬龍坐下來，盯著賽克斯陷入苦思，評估這場與魔鬼的交易案。

然後，賽克斯終於開口：「警長，我要你給我報告，你向我面呈的一切內容，一定要優於依照正常規定的辦案成果。我要知道你人在哪裡，究竟在做些什麼，這樣有共識了嗎？」

馬龍心想，太好了。

我們都一樣墮落。

只是各人方向不同。

這是一種示好的禮物——要是能夠破大案建奇功，這次我就讓你沾光。你可以當電影男主角，讓自己的照片登上《紐約郵報》的版面，仕途亨通。在你高升離開北曼哈頓之前，絕對不會有任何人會爲這裡的破案業績。

馬龍開口：「警監，聖誕快樂。」

「馬龍，聖誕快樂。」

4

馬龍開始準備「火雞大放送」的前置工作，大約是在五年前吧，「超力」正式成軍，他覺得他們應該要在這個社區搞點小小的公關活動，塑造正面形象。

反正這裡的人都認識「超力」的所有警探，在人群之間散布一點愛與善意也無礙。你永遠不知道，搞不好會有哪個本來得在聖誕夜餓肚子卻意外吃到火雞的小孩，會突然想要出手幫你，向你通風報信。

這些火雞全是馬龍自己掏腰包買的，這一點讓他很驕傲。盧・薩維諾與宜人大道上的那些黑道當然很樂意奉獻大放送的火雞，但馬龍知道社群一定會立刻聽到風聲。所以他接受某名並排停車免罰款的食物大盤商的折扣招待，而運費的部分由他自己負擔。

靠，只要能夠破一次大案，就會遠遠超過這些投資的成本。

馬龍自己心裡有數，知道現在收下他火雞的那些人，搞不好到了後天就會站在國宅的高樓層朝他丟下「空運包裹」——酒瓶、罐頭、髒尿布。某次甚至有人從十九樓丟下一台冷氣機，距離馬龍的頭部只差了一英寸左右而已。

馬龍知道「火雞大放送」只是暫時休兵而已。

他下樓梯，進入更衣間，看到大塊頭蒙提正在穿聖誕老人裝。

馬龍哈哈大笑，「你這扮相很帥。」

哈，其實是很搞笑。大塊頭的黑人，平常保守莊重，現在卻戴上聖誕老公公帽與大鬍子。「你說黑皮膚聖誕老人？」

「多元性，」馬龍接口，「我們的官網有特別提到這一點。」

「反正，」魯索也跟著虧蒙特鳩，「你不是聖誕老公公，你是快克老公公，這裡本來就會戴上黑臉罩，而且你也有大肚子。」

蒙特鳩回道：「這種事怎麼能怪我，都是你老婆，每次我跟她打完砲之後，一定要弄三明治給我吃。」

魯索哈哈大笑，「她對我可沒那麼用心。」

雖然比利O是細竹竿身材，但以前都是由他扮演聖誕老公公。他愛死了，還會把枕頭塞在衣服裡，和小孩開玩笑，一一分送火雞。現在，雖然蒙提是黑人，但責任還是落到他肩上。

蒙提調整了一下鬍子，望著馬龍。「你知道他們會把火雞轉賣出去。我們不需要多此一舉，直接給他們快克就好。」

馬龍知道不是每一隻火雞都有機會上餐桌。許多都會成為轉入口鼻或手臂裡的毒品。那些火雞會落到毒販手上，然後被轉賣到便利商店，上架，大賺一筆。不過，大多數的火雞都還是會進入家裡的餐桌，而生活就是一場數字越高贏面越大的遊戲，有些小孩會因為他的火雞而吃到聖誕節大餐，有些還是沒這個機會。

這樣已經夠好了。

迪馮．卡特爾覺得這根本還差得遠，他曾經對馬龍的「聖誕節火雞大放送」嗤之以鼻。

約莫是一個月前的事。

馬龍、魯索、蒙提在塞薇亞非洲餐廳吃午餐，當每個人都在大啖燉火雞翅的時候，蒙提抬頭，開口問道：「你們猜誰在那裡？」

馬龍朝吧檯瞄了一眼，看到了迪馮．卡特爾。

魯索問道：「要不要買單走人？」

「不需要擺出這麼不友善的態度，」馬龍回道，「我過去打聲招呼。」

馬龍一起身，兩名卡特爾的手下就立刻阻擋他的去路，但卡特爾卻大手一揮，示意他們走開。馬龍在卡特爾身旁的高腳凳坐了下來。

「迪馮．卡特爾，我是丹尼．馬龍。」

「我知道你是誰，」卡特爾問道：「你有什麼問題嗎？」

「除非你搞出什麼問題，我們之間才會有問題，」馬龍說道，「我只是覺得，我們都在同一個地盤，應該要會一會才是。」

卡特爾精心打扮，這是他標準的日常風格。灰色的布里奧尼喀什米爾套頭毛衣、深灰色拉夫羅倫休閒褲、古馳的大鏡框眼鏡。

這地方有點太安靜了一點。哈林區最大咖的毒梟現身，想要逮住他的警察就坐在他旁邊。卡特爾開口：「其實，我們剛才正好在取笑你。」

「哦？什麼事這麼好笑？」

「你的『火雞大放送』，」卡特爾說道，「你送這些人雞腿，我送給他們錢與毒品，你覺得誰會勝出？」

「真正關鍵的問題是，」馬龍反問，「你和多明尼加人誰會勝出？」

佩納案發生之後，稍微拖慢了多明尼加陣營的發展速度，不過，這只是一時的挫敗而已。某些隸屬於卡特爾的幫派分子開始覺得也許可以考慮投靠多明尼加陣營，因為他們擔心對方有人數及武器的優勢，最後會害他們失去大麻生意。

所以，卡特爾是經營各種毒品的商人——他必須如此。除了那些泰半離開紐約，或者至少可說是以白人客戶為大宗的海洛因之外，他也做古柯鹼與大麻生意，因為，如果想讓主要的財源海洛因保持生意暢旺，就需要人馬。他需要有手下負責安全、運輸、聯絡——他需要幫派。

黑幫得賺錢，得要討生活。

卡特爾別無選擇，只能讓「他的」幫派分子買賣大麻——他不得不如此，不然多明尼加人就會奪走他的生意了。面對卡特爾的黨羽，多明尼加人一定會直接全部吃下來，或是把他們全部逐出版圖之外，因為要是沒辦法靠大麻賺錢，幫派就沒辦法買槍，終將陷入絕境。

卡特爾的金字塔會從底部坍塌。

馬龍不介意買賣大麻，但他卻很在乎北曼哈頓有七成的謀殺案都與毒品有關。

所以這裡有拉丁裔的幫派在火拼，也有黑人幫派在幹架，然後，有越來越多的黑人幫派與拉丁裔幫派在互戰，因為利潤豐厚的海洛因霸主之戰越演越烈。

卡特爾開口，「你幫我除掉了佩納。」

「比嗑掉一籃馬芬還簡單的小案子。」

「我聽說你中飽私囊，荷包滿滿。」

馬龍背脊突然一緊，但他面不改色。「每次只要一出現重大的逮捕行動，『社群』就會傳言警察幹走東西。」

「那是因為你們每次都幹這種事。」

「這就是你搞不清楚狀況的地方了，」馬龍說道，「以前的年輕黑人都在撿棉花——現在，你『成了』棉花。你是準備被送進機器裡的原料，我們每天要採集數千個像你這樣的人。」

「在這種監獄產業複合體之下，」卡特爾說道，「等於是我支付了你的薪水。」

「別以為我不知好歹，」馬龍說道，「你覺得他們為什麼叫你『倖存的靈魂』？因為你是黑人，你個性孤僻，而且已經是絕跡物種。以前的白人政客會跑來討好你，想要得到你的選票支持，但這種現象已經不常見了，因為他們不需要你。現在他們拍馬屁的對象是拉丁裔、亞洲人、南亞人。幹，就連穆斯林也比你有魅力，你已經準備要出局了。」

卡特爾微笑，「如果我每次聽到這種話就可以拿到五毛錢的話，我早就——」

「你最近有去宜人大道嗎？」馬龍問道，「都是中國人。英伍德與高地區也出現了越來越多的拉丁裔。你那些駐守在維爾與葛蘭特的人馬，開始向多明尼加人買貨，你就連這種五毛錢生意也都快沒了。多明尼加人、墨西哥人、波多黎各人——他們全都講同一種語言，吃同一種食物，聽同一類音樂。會與你成為夥伴？別作夢了。墨西哥人賣給美國西班牙人的是批發價，你永遠拿不到那個價錢，而且，你永遠無法與他們競爭，因為毒蟲除了自己的手臂之外，不會對任何人產生忠誠度。」

卡特爾問道：「你是要押在多明尼加人那邊？」

「我只會把籌碼下在我自己身上，」馬龍回道，「你知道為什麼嗎？因為棉花機會不斷運轉下去。」

當天傍晚，一籃馬芬送到北曼哈頓小組的辦公室，指名給馬龍，裡面還有張收據，載明了總價是四十九點九五美元，要是再多個五分錢，就超過了警察收禮金額的合法上限。

賽克斯警監笑不出來。

現在，馬龍坐在某輛廂型車後座，沿著雷諾克斯大道前進，他們打開了某扇車門，蒙提忙著發出「吼！吼！吼！」的聲效，而馬龍則負責丟出慈善火雞，還大喊「願『超力』與你同在！」

這是小隊的非正式隊呼。

賽克斯不喜歡這句話，因為他認為「很輕浮」。這位警監有所不知，在這裡當警察，也算是經營某種表演事業。他們又不是臥底——當然，他們會與臥底警察合作，但逮捕罪犯的是他們。

馬龍心想，是由我們負責逮人，而且某些消息會上報，搭配我們的笑臉，賽克斯不懂我們必須要出現在公眾面前，展現形象，而它的目的是為了顯現「超力」與大家同在，不是與眾人作對。

除非你在賣毒、傷害他人、性侵女子，或是飛車行搶。那麼「超力」一定會對你緊追不捨，逼你接受法律制裁。

不守法，就坐牢。

而且，這裡的人本來就認識我們。

開始有人對他們回吼，「幹！『超力！』」「媽的快把我的火雞交出來！混蛋！」「你們這些豬怎麼不割一點自己的豬肉？」馬龍的反應只是哈哈大笑，不過只是言語騷擾而已，而且大部分的人都不發一語，或者只是悄聲回道「謝謝」。因為這裡的多數居民都是好人，只想要和普通人一樣努力過生活，把小孩好好養育長大。

就像是蒙特鳩一樣。

馬龍心想，這個大塊頭扛在肩上的責任也未免太沉重了，與妻子、三個兒子住在薩沃伊廉價公寓住宅，大兒子已經快要到了不守住他就會沉淪街頭的關鍵年紀——而且，蒙特鳩對於自己一直無法陪伴在兒子身邊也越來越憂心忡忡。好比是今晚，他明明想要和家人一起過聖誕夜，但還是為了兒子們的大學學費跑出來，身為父親，拚命賺錢。

這是一個男人能為兒女付出的最高境界——媽的就是努力賺錢。

馬龍心想，而且，蒙特鳩的兒子都很乖，聰明、客氣、有教養。

馬龍是他們的「丹尼叔叔」。

而且也是他們的法定監護人。他與席拉是蒙提以及魯索兩家子女的監護人，以防萬一。蒙提與魯索兩家人有時候會一起出去用餐，馬龍常開玩笑，最好不要搭同一輛車，要是有個三長兩短，他就得多養六個小孩。

菲爾與唐娜夫婦是馬龍小孩的法定監護人。如果丹尼與席拉同時墜機或出了其他問題——這當然不太可能會發生——約翰與凱特琳就會成為魯索家的成員。

倒不是因為馬龍不信任蒙特鳩——蒙提應該是他這輩子看過最好的爸爸，而且小孩子都很愛他——但菲爾是他的兄弟，另一個史塔頓島男孩，他不只是馬龍的搭檔，也是他最好的朋友。他們一起長大，一起念完警校。這個帥哥義大利臭男人救過馬龍一命的次數不勝其數，而馬龍也會投桃報李。

他會為魯索擋子彈。

為了蒙提，他也一樣可以拋卻自己性命。

這時候，有個年約八歲的小孩，正在挑蒙提毛病。「媽的我從來沒看過叼雪茄的聖誕老人。」

「這個就抽雪茄，還有，你嘴巴給我放乾淨一點。」

「怎樣？」

「你到底想不想要拿火雞？」蒙提問道，「不要再給我耍嘴賤。」

「聖誕老人不會說『賤』這種字。」

「不要再煩聖誕老人了，趕快拿走你的火雞。」牧師柯尼留斯．漢普頓走向廂型車，群眾立刻自動分開，讓路給他行走，宛若他每次在佈道時提起的「讓我的子民前行」紅海情節一樣。

馬龍望著那張大家熟知的臉龐，還有他的銀霜色直髮以及祥和神情。漢普頓是社群活躍分子，也是民權領導人物，是常上電視談話性節目的名嘴，有線電視新聞網與MSNBC都可以看到他的蹤影。

馬龍心想，漢普頓牧師看到攝影機出現，從來就不會擺臭臉，他的電視曝光量遠超過了「茱蒂法官」。

蒙提拿了隻火雞準備要送給他，「牧師，這隻送給教會。」

「不是那一隻，」馬龍說道，「要送這隻。」

他把手伸到後頭，挑了一隻，親自交給漢普頓，「這隻比較肥。」

也比較重，裡面有填料。

兩萬美金現鈔塞在火雞的屁股裡面，這是盧・薩維諾的心意，奇米諾家族的哈林區頭頭與宜人大道小混混的獻禮。

「謝謝你，馬龍警長，」漢普頓說道，「我們會轉給窮苦人家與流浪漢。」

馬龍心想，最好是啦，但應該有些人是吃得到。

漢普頓說道：「聖誕快樂。」

「聖誕快樂。」

就在這時候，馬龍看到了爛屁股。

他站在那一小撮人的旁邊，標準的毒蟲搖頭晃腦模樣，又長又瘦的頸項縮在北面羽絨衣的衣領裡面，那是馬龍為了怕他在街頭凍死特地買給他的衣服。

爛屁股是馬龍底下的某名黑社會線人，他的專屬抓耙仔，只不過馬龍從來沒有為他開設檔案資料。他吸毒吸得兇，有時候自己也賣點毒，這傢伙的線報多數很可靠。他之所以會有爛屁股這種江湖綽號，是因為他身上總是有一股糞氣。要和爛屁股講話，如果狀況允許的話，最好還是找個空氣流通的地方比較好。現在，他走到廂型車的後頭，細瘦的身軀在發抖，如果不是因為冷，就是因為毒癮發作。馬龍給了他一隻火雞，但爛屁股到底能在哪裡煮菜還真是個謎，因為這傢伙通常都是窩在合法注射所裡面嗑得昏茫茫。

爛屁股說道：「一八四街二百一十八號，大約在十一點的時候進去的。」

馬龍問他：「他在那裡幹什麼？」

「讓小弟弟爽歪歪。」

「你這不是說廢話嗎？」

「沒跟你唬爛，他自己說的。」

「這消息很重要，今天給你打賞，」馬龍說道，「還有，媽的拜託你去找一下廁所，知道嗎？」

爛屁股回他，「聖誕快樂。」

他帶著火雞離開了，馬龍心想，也許他可以轉賣出去，打一針解癮。

人行道上有個男人在大吼：「我不要警察的火雞！麥可．班奈特已經沒辦法吃火雞了，是不是？！」

馬龍心想，嗯，的確是事實。

殘酷的事實。

然後，他看到了馬庫斯．賽伊爾。

那男孩的臉又腫又紫，下唇被打得爛裂，彷彿在開口要火雞一樣。

馬庫斯的懶肥蠢蛋媽媽，開了一點門縫，看到了金質警徽。

「拉薇蕾，讓我進去，」馬龍開口，「我有火雞要送你。」

這是真的，他胳肢窩裡夾了隻火雞，還牽住八歲馬庫斯的手。

她滑開門鍊，打開了門。「他是不是惹麻煩了？馬庫斯，你幹了什麼好事？」

馬龍把馬庫斯推到他前面，進入屋內。他把火雞放在廚房流理台上面，或者，應該說他在那一堆空酒瓶、菸灰缸、垃圾下面辨識出那是流理台。

「丹提在哪裡？」

「在睡覺。」

馬龍拉起馬庫斯的外套與格紋襯衫，讓她看他背部的鞭痕。「這是丹提打的？」

「馬庫斯跟你說了什麼？」

「他什麼都沒說。」

丹提從臥室走出來。拉薇蕾的新男人性好逞兇鬥狠，鐵定有六呎七吋高（約兩百公分），全身都是肌肉，脾氣暴躁。他現在喝醉了，雙眼濁黃，滿是血絲，他挨到馬龍身邊。「你想要幹什麼？」

「我上次是怎麼說的？要是你敢再打這小男孩，我會對你怎麼樣？」

「打斷我的手腕。」

馬龍掏出巡邏棒，把它當成指揮棒一樣拚命亂轉，然後對著丹提的右腕狠狠敲下去，它就像冰棒棍一樣應聲而斷。丹提狂吼，左手大力猛揮。馬龍蹲下來，繼續狠敲丹提的小腿，那傢伙就像棵被砍斷的樹一樣，倒了下去。

馬龍開口，「你自找的。」

「這是警察暴力。」

馬龍踩住丹提的脖子，另一腳狠狠踢了他屁股三下。「你有看到主持人阿爾．夏普頓？還是有電視台工作人員？拉薇蕾有拿手機在對著你嗎？要是沒有攝影機在拍，當然就沒有警察暴力。」

「那小男生對我不禮貌，」丹提發出哀號，「我得好好教訓他。」

馬庫斯站在一旁，雙眼瞪得好大，因為他從來沒看過丹提被狠狠修理成這樣，現在他似乎還滿開心的。而拉薇蕾只知道等到這個警察離開之後，自己恐怕又會招來一頓毒打。

馬龍越踩越用力，「我要是再看到他身上有瘀血、有鞭痕，我就會好好教訓你。我會把這根棒子塞進你屁眼，再從你嘴巴裡拉出來。然後，大塊頭蒙提和我會把水泥封住你的雙腳，把你扔進牙買加灣。現在，給我滾出去，不准你繼續住在這裡。」

「你不能決定我住在哪裡！」

「我剛剛已經為你作主了，」馬龍抬起踩在丹提脖子的那隻腳，「賤貨，你怎麼還躺在這裡？」

丹提起身，握住斷掉的手腕，整張臉痛苦猙獰。

馬龍看到他的外套，伸手一抓，丟過去。

「我的鞋子呢？」丹提哀問，「還在浴室裡。」

「赤腳啊，」馬龍回道，「你就光著腳丫子去急診室，讓大家知道痛扁小男孩的大男人會有什麼下場。」

丹提腳步蹣跚，走出門外。

馬龍知道這將成為眾人今晚的話題。事情很快就會傳出去——也許你會在布魯克林區、皇后區打小孩，但別想在北曼哈頓搞這種把戲，在馬龍的國度裡，絕對不會縱容此等情事。

他面向拉薇蕾，「你腦袋是哪裡有問題？」

「難道我就不需要愛嗎？」

「好好愛你的小孩，」馬龍說道，「要是再被我看到一次，你就進監牢，我把他送進社福機構。你想要看到這種結果嗎？」

「不想。」

「那就給我振作一點，」他從口袋裡拿出二十元美鈔，「這不是給你的點心錢。趁現在還有時間，趕快去買點禮物放在聖誕樹下面。」

「我家沒聖誕樹。」

「這只是一種比喻好嗎？」

靠，我的天。

他蹲在馬庫斯面前，「要是有人傷害你，威脅要傷害你——趕快來找我，找蒙提或是魯索，『超力』裡的任何一個人都可以，知道嗎？」

馬庫斯點點頭。

嗯，也許有可能吧，馬龍心想，也許這小孩長大之後不會恨警察。

馬龍不是白痴——他知道自己無法讓北曼哈頓地區的所有孩童都免除暴力威脅，甚至就連大多數的虐童案或其他案件也力有未逮。而這一點讓他深感不安——這是他的領地，他的責任。北曼哈頓發生的一切都必須由他扛在肩上，他也知道這種想法並不實際，但這就是他的真實感受。

王國境內發生的一切，國王都必須負起責任。

他在一一六街的「愛情」餐廳找到了盧．薩維諾，他們習慣把這一區稱之為西語哈林區。之前，這裡是義大利人的哈林區。

現在慢慢變成了亞洲人的哈林區。

馬龍慢慢走向吧檯。

薩維諾是奇米諾家族裡的某個頭頭，底下的人馬佔據的是宜人大道的老地盤。他們積極介入建築包案、工會、高利貸、賭博等產業——但馬龍知道盧也是毒販。

不過，他不會在北曼哈頓放肆。

馬龍曾經再三警告過他，要是這一區出現他的毒品，接下來會出什麼事可就難說了——他的其他事業也會跟著遭殃。警察與流氓之間總是會有某種協議——黑道想經營妓院、搞賭博：玩撲克牌、屋子後面的秘密賭場、賓果，這一切被政府接管後就會稱之為樂透，還說是為了市民福祉——而想要賺黑錢，每個月都得要塞紅包給警察。

這稱之為「打點費」。

通常每一個轄區會有某個警員擔任中間人的工作——收集了保護費之後，分發給他的同僚。巡警上繳給警長，警長上繳給警督，警督上繳給警監，警監上繳給高級警監，高級警監上繳給總警監。

每個人都有份。

而且大部分的人都覺得那是「乾淨的錢」。

那時候的警察（馬龍心想，靠，現在的警察不也一樣）會區分「乾淨的錢」與「骯髒的錢」。乾淨的錢多來自於賭博；骯髒的錢則是來自於毒品與暴力犯罪——也就是某名黑道分子想要花錢擺平謀殺案、持武搶劫、性侵，或是傷害罪的罕見狀況。雖然幾乎每個警察都會收下乾淨的錢，但僅有少數員警會收受牽涉毒品或血案的賄款。

就連黑道也知道其間的差異，要是有警察在禮拜二收受某人的賭場保護費，卻在禮拜四逮捕了因販賣海洛因或犯下殺人罪的同一人，他們也能坦然接受。

每個人都知道這條規則。

盧．薩維諾就是那種自以為身處在婚禮現場，卻沒發現自己在守喪的那種黑道。

他在無用假神祭壇上面祈禱。

他拚命想要維持某種自己心目中的昔時形象，但那畫面只會在電影裡出現，根本不存在於現實生活之中。雖然那虛妄之像漸漸褪化入黑，但他媽的這傢伙依然對其渴望至極。

薩維諾世代的那些人喜歡他們在電影裡看到的情節，而且渴望成為劇中人物。

所以盧不想當殺手「左撇子」魯吉洛，他想要當艾爾．帕西諾飾演的「左撇子」魯吉洛；他不想當殺手湯米．德西蒙尼，而是要當喬．派西飾演的湯米．德西蒙尼；他想當的不是殺手傑克．阿瑪利，而是演員詹姆斯．甘多費尼。

馬龍心想，他們都表演得不錯，不過，天，盧啊，那不過就是表演罷了。不過，大家會指著距離此處有兩個街區之遠的某個地方，強調那是桑尼．柯里昂拿垃圾桶蓋修理卡洛．瑞茲的地方，講得跟真的一樣，但大家卻不會說那是導演法蘭西斯．佛特．柯波拉拍攝詹姆斯．肯恩假裝毆打吉安尼．羅素的地點。

嗯，馬龍心想，每一個組織都必須靠自己的神話才能存活下去，就連紐約市警察總局也不例外。

薩維諾身穿黑色真絲襯衫，外搭珍珠灰亞曼尼外套，坐在那裡啜飲加拿大七喜雞尾酒。怎麼會有人把蘇打汽水倒入上等威士忌裡面？這對馬龍來說一直是個謎，不過，本來就是青菜蘿蔔各有所好。

「嘿，警察中的警察大駕光臨！」薩維諾夾雜義大利文讚美馬龍，起身擁抱他，薩維諾外套裡的紅包也以無縫接軌的方式進入馬龍的口袋。「丹尼，聖誕快樂。」

在黑社會當中，聖誕節的意義非同小可——每個人都在這時候拿到年終獎金，通常都是數萬美金起跳。而且紅包的重量也是你在這個社群的輩分量表——鈔票越厚，地位越高。

但馬龍的紅包與這一點八竿子打不著關係。

這是他身為中間人的佣金。

這種錢賺得輕輕鬆鬆——只需要到某個地方找人。酒吧、餐廳、河濱公園的遊樂場——然後將信封塞給他們。這些人都已經知道錢的用途，一切已經都事先打理好了，而馬龍只是充當快遞小弟而已，因為這些好公民不想冒險，被別人看到自己與知名黑道人物打交道。

這些人都是市府高官——負責決定合約標案的那一種。

這就是奇米諾家族的金雞母。

奇米諾黑手黨家族什麼都會參一腳——幫助廠商得標後收取回扣，然後是水泥、鋼筋、電力、管線。這些廠商要是不從的話，他們掌控的工會就隨便挑個毛病，讓整個建案搞不下去。

大家都以為通過了反組織犯罪法案、歷經朱利安尼執政、大審判、窗戶弊案爆發之後，黑手黨就垮了。

是沒錯。

然後，雙子星大樓崩塌。

一夜之間，聯邦調查局派出四分之三的人力投入反恐作戰，而黑道也立刻趁機反擊。靠，就連清除事發地點的廢墟，他們也漫天開價。盧之前就開口誇耀他們因此賺進了六千三百萬美金。

九一一救了黑手黨。

現在到底誰掌管奇米諾家族，狀況並不明朗，但投資操盤人是史提夫・布魯諾。他因為反組織犯罪法案而蹲了十年的牢，現在已經出獄有三年之久，東山再起的速度飛快。他鮮少與外界接觸，住在紐約外圍的澤西市，很少進市區，就連用餐也不例外。

所以，他們死灰復燃，只不過再也不是以往的黑手黨。

薩維諾向酒保示意，他要請馬龍喝酒。酒保已經知道該準備什麼才是，立刻送上了尊美醇。

他們坐下來，開始行禮如儀——家人怎麼樣？很好，你家呢？都不錯，工作如何？你也知道就老樣子啊。一如往常的鬼扯淡。

薩維諾問道：「有沒有找到那位善良牧師？」

「他拿到了火雞。」馬龍回道。「前天晚上，你有兩個手下去修理雷諾克斯大道的某間酒吧老闆，他叫奧斯朋。」

「怎樣，你現在只要看到黑鬼被修理，一定要插手就是了？」

馬龍回道：「沒錯，就是這樣。」

「他借了高利貸，沒辦法繳足所有的利息，」薩維諾說道，「已經連續兩個禮拜都這樣。」

「不要逼我在大街上出手，」馬龍說道，「現在『江湖』情勢已經夠緊張了。」

「喂，你們有個警察打死了某個小孩，就表示我該廣發通行證了嗎？」薩維諾反問，「這白痴把賭注全下給了尼克隊，丹尼，尼克隊啊，然後他就不付我錢了，你說我該怎麼辦？」

「反正就是不要在我執勤的時候給我出亂子。」

「天，他媽的，聖誕快樂，真高興你今晚過來了，」薩維諾說道，「還有沒有什麼讓你心煩的事？」

「沒了，就這樣。」

「感謝老天。」

「你拿到的紅包不錯吧？」

薩維諾聳肩，「我告訴你一個秘密……你知我知就好，行吧？現在的老闆，全都是卑鄙的吸血鬼。這傢伙在澤西有棟俯瞰哈德遜河的豪宅，裡面還有網球場……他現在幾乎都不進市區了。他坐了十年的牢，好，我了解……可是他認為這就表示他可以什麼事都不用做，反正沒有人介意。但你知道嗎？我很介意。」

「靠，盧，這裡大家都聽得到我們講的話。」

「管他們去死，」薩維諾啐罵完之後，又點了一杯酒。「有件事搞不好你會有興趣，你知道我聽到什麼嗎？我聽說你破獲佩納毒窟之後，讓你變成大明星的那批海洛因，其實並不在證物室裡面。」

天，難道大家現在都在討論這件事？「狗屁。」

「對，可能吧，」薩維諾回道，「如果是真的，那批貨早就流出來了，但並沒有。我猜有人把它送入了法國毒品轉運網，現在先按兵不動。」

「對啦，聽你在放屁。」

「你今晚超敏感，」薩維諾說道，「我只是要講，有人扣住了一大批貨，準備找機會釋出來……」

馬龍放下酒杯，「我得走了。」

「你還得忙著四處拜訪吧。」然後，薩維諾以義大利文祝他聖誕快樂。

「嗯，你也是。」

馬龍走到外頭。天，關於查緝佩納的案子，薩維諾到底聽到了什麼？他在試探我是否上鉤？

或是他真的知道些什麼？狀況不妙，一定得好好處理一下。

馬龍心想，反正，這些死義大利人再也不敢把雷諾克斯大道上的那些欠債黑人打得半死。

這一點還不錯。

準備到下一個地方去了。

比利O掛掉的時候，黛比．菲利普斯已經懷有三個月的身孕。

由於他們還沒有結婚（蒙提與魯索一直慫恿那小孩要負起責任，所以他也開始朝這方向努力），所以警界不會給她任何撫卹，也不會在比利葬禮時給她名分──他媽的天主教意識掛帥的部門絕對不會把摺疊的國旗交給這個沒結婚的媽媽，也不會對她講安慰的話，當然也不會有任何的撫卹和醫療補助。她得要先做親子鑑定，然後控告警方，但馬龍勸她不要這麼做。

別讓律師去對付警察。

「這不是我們的處事方式，」他告訴她，「我們會照顧你，還有這個小寶寶。」

黛比問道：「要怎麼照顧我們？」

「這個由我來傷腦筋，」馬龍說道，「有任何需要，打電話給我。如果是女人家的事──就找席拉、唐娜．魯索、尤蘭達．蒙特鳩。」

黛比從來不曾向她們求援。

反正她本來就是那種獨立女性，也不是很黏比利，對於他情同家人的那個圈子根本不放在心上。他們一開始只是一夜情，後來卻真的在一起了，不過馬龍一直提醒比利要使用兩層保險套。

當黛比打電話告訴比利中獎消息的時候，他告訴馬龍，「我只是外射……」

馬龍問他：「你是怎樣？高中生啊？」

蒙提巴了一下他的頭，「白痴。」

魯索問道：「你想娶她嗎？」

「她不想結婚。」

「你或她想要怎樣並不重要，」蒙提說道，「重點在於那小孩的需要——有父有母。」

不過，黛比是那種覺得不需要靠男人養小孩的現代女性。她告訴比利，他們應該等一等，看看「兩人關係如何發展」再說。

然後，他們再也沒有這機會了。

現在，她為馬龍打開了大門，她現在已經有八個月的身孕，看起來也的確是大腹便便。她住在西賓州的家人並沒有出手幫忙，而且她在紐約也沒有其他親人。尤蘭達．蒙特鳩住得最近，所以她經常來看她，幫她帶生活用品，要是黛比願意的話，也會帶她去做產檢，但她完全不會碰錢的事。

這些太太們從來不碰錢。

馬龍開口：「黛比，聖誕快樂。」

「嗯，知道了。」

她讓馬龍進入屋內。

黛比長得漂亮，身材嬌小，所以肚子看起來特別大。一頭金髮糾亂骯髒，公寓也亂七八糟。她坐在老舊沙發上面，電視正在播晚間新聞。

這間公寓好熱，裡面堆滿了東西，但這種舊公寓不是太熱就是太冷——沒有人知道要怎麼搞定暖氣。其中一根暖氣管現在突然發出了嘶嘶聲，似乎是在唾罵馬龍，要是不爽就趕快滾。

他把某個信封放在咖啡桌上面。

五千美金。

做出這決定，完全不費吹灰之力——該給比利的還是一毛不少，而等到他們賣掉佩納的海洛因之後，比利也會分到他的那一份。這就由馬龍負責執行，他會視黛比的需要與處理能力分次攤付，剩下的錢就是比利小孩的大學學費基金。

他的兒子不會有任何匱乏。

小孩的媽媽可以留在家裡，專心照顧他。

黛比和馬龍開始吵這件事，「你可以幫忙支付托兒所的費用，但我需要工作。」

「不用，你不需要去上班。」

「不只是錢的問題而已，」她說道，「天天和小孩綁在一起，我一定會發瘋。」

「等到他出生之後，感覺就會不一樣了。」

「大家都這麼說。」

現在，她看著那個信封，然後又仰頭望著他。「聖誕救濟金啊。」

「這不是施捨，」馬龍說道，「那是比利的錢。」

「那就交給我，」她說道，「不要像社會局在發救濟金一樣。」

「我們有自行處理的方式，」馬龍打量了一下這間小公寓。「準備好迎接小寶寶了嗎？我是不太懂，搖籃？尿布？換尿布桌都買了嗎？」

「你還說你不懂。」

「尤蘭達可以帶你去買東西，」馬龍說道，「看你的意願，不然我們也可以把寶寶用品帶過來。」

「要是尤蘭達帶我去買東西的話，」黛比說道，「我看起來就像是那種有錢的西城賤婊太太帶著保母出門。可以請她用牙買加腔調講話嗎？還是現在的女傭都成了海地人？」

她真刻薄。

馬龍不怪她。

她和某名警察只是一時貪歡搞在一起，中了獎，然後那警察遇害，她就變成現在這樣——孤零零一個人，人生全毀了。警察們與他們的太太告訴她接下來該怎麼辦，而且還給她津貼，簡直把她當成小孩一樣。他心想，但她真的還是個孩子。要是我把比利的錢一次全給了她，而且全部被她揮霍殆盡，那麼比利的小孩將何去何從？

「明天有計畫嗎？」

「生活真美好。」她回道，「蒙特鳩一家人請我過去，魯索家也一樣，但我不想打擾他們。」

「他們都是一片真心。」

「我知道，」她把雙腳擱在桌面，「馬龍，你說我是不是瘋了？我好想他。」

「你沒瘋，」馬龍回道，「真的沒有。」

我也想念他。

我也愛他。

「都柏林之家」，七十九街與百老匯大道的交接口。

馬龍心想，在聖誕夜的時候走進愛爾蘭酒吧，看到的就是愛爾蘭醉客或是愛爾蘭警察，再不就是愛爾蘭酒鬼與警察的綜合體。

他看到比爾．麥蓋文站在擁擠的吧檯前面，仰頭喝酒。

「高級警監？」

「馬龍，」麥蓋文開口，「我正盼著你今晚過來。要喝什麼？」

「和你一樣就好了。」

麥蓋文向酒保交代，「再一杯尊美醇。」高級警監已經滿臉通紅，原本的一頭銀髮也因此更顯霜白。麥蓋文是那種典型的滿臉通紅、胖臉笑嘻嘻迎人的愛爾蘭人，也是「翠綠協會」與「天主教守護者」社團的要角。他當初要是沒當警察的話，一定可以當樁腳，而且是超厲害的那一種。

酒一送上來，馬龍就立刻開口問道：「要不要坐包廂位？」他們在後頭找到了位子入座。

「馬龍，聖誕快樂。」

「高級警監，聖誕快樂。」

兩人碰杯致意。

麥蓋文是馬龍的「上師」——他的指導者、保護者、贊助人。不管是哪一類的警察，都會有一位自己的「上師」——幫你喬事情、讓你佔到好缺、細心照顧你。

而且麥蓋文是超級「上師」。紐約市警局的高級警監比警監高兩階，而且只在總警監之下而已。身處核心的高級警監——麥蓋文就是如此——對於警監的未來升遷掌有生殺大權，賽克斯也很清楚這一點。

馬龍小時候就認識麥蓋文了。想當年，這位高級警監與馬龍的爸爸曾經是在六分局一起工作的制服菜鳥警察。在馬龍爸爸過世好幾年之後，麥蓋文開始向他娓娓道出許多過往。

麥蓋文當年是這麼說的：「約翰．馬龍是個了不起的警察。」

馬龍回道：「他是酒鬼。」對，他當時只有十六歲，但已經什麼都一清二楚。

「的確，」麥蓋文說道，「當年，你爸爸和我待在六分局的時候，曾經破獲八起孩童謀殺案，全部都不到四歲，被棄屍在屋內，長達兩週左右。」

其中一個小孩身上佈滿了小小的灼傷，麥蓋文與他父親一開始不明白到底是怎麼回事，後來他們才恍然大悟，那傷口正好就是快克菸斗的菸嘴留下的灼痕。

那小孩被長期虐待，痛到連舌頭都咬斷了。

「對，就是這樣，」麥蓋文說道，「你爸才開始酗酒。」

此時，馬龍從外套口袋裡取出信封，從桌面上遞過去。麥蓋文拿起那個沉甸甸的信封，開口說道：「誠心祝你聖誕快樂。」

「我今年過得還不錯。」

麥蓋文把信封放入羊毛外套口袋，「最近過得怎麼樣？」

馬龍喝了一小口威士忌，「賽克斯一直在搞我。」

「我沒辦法把他調職，」麥蓋文說道，「他是『謎樣皇宮』裡面的大紅人。」

警察廣場一號。

紐約市警局總部。

馬龍心想，現在那裡的人也是自身難保。

聯邦調查局針對高階警官查案，發現他們收受贈禮，而且還予以回報。賄禮全都是沒什麼了不起的東西，免費旅遊招待、超級盃門票、時髦餐廳美饌，換來的是幫忙銷罰單、解決傳票，甚至是保護那些混蛋從海外走私鑽石進來。某個有錢人渣曾經使喚某名港警指揮官，叫他派出警艇送朋友到長島，吩咐某個在空中警察隊服務的傢伙，以警用直升機載運客人到漢普頓參加派對。

而後續事件與槍枝執照有關。

想要在紐約取得用槍許可證相當困難，尤其是隱密持武執照，這通常需要嚴格的背景調查與多次面談。除非你很有錢，能夠花兩萬美金聘請「中間人」，然後，再由中間人向高階警官行賄，縮短申請流程。

聯邦調查局靠著那群無腦有錢人循線逮到某個「中間人」，而他什麼都招了，還供出一堆名字。

多人被判刑定讞，尚未發監服刑。

最後，共有五名總警監遭到解職。

其中一個還自殺。

他開車前往自己長島住家附近的某座高爾夫球場，停在旁邊的某條街道，舉槍自殺。沒有留下遺書。

紐約市警局總部的高層內部掀起了驚濤駭浪，眾人悲傷震驚莫名，其中也包括了麥蓋文。

他們不知道接下來會是誰——遭到逮捕，或是必須飲彈自盡。

媒體見獵心喜，主要是因為市長與警察總局局長在對戰。

馬龍心想，嗯，也許不能算是打仗，比較像是兩個人在即將沉下去的船上搶奪救生艇的最後一個位置。雙方都有重大醜聞即將曝光，而他們唯一的伎倆就是向嗜血鯊魚媒體揭發對方的底細，希望這股瘋狂爆料能夠撐得夠久，讓他們得以趕緊划槳逃走。

看到這個太上皇市長越來越灰頭土臉，就是讓馬龍爽得不得了。而他的多數同事也抱持相同看法，因為這個人渣只要逮到機會就會陷害他們。葛里、迦爾納、班奈特等案件完全得不到市長的支持，他知道他的票倉在哪裡，所以他拚命迎合少數族群，無所不用其極，但就是不肯好好舔一下黑人的屁股，不把他們的命當一回事。

不過，他自己現在卻火燒屁股。

原來，他的團隊為某些大金主大開方便之門，馬龍心想，這種事的確嚇人。這世界永遠會爆出新鮮事，沒錯，但根據指控內容，市長及其人馬的行為是有點超過了——對於那些不肯捐獻的金主，他們揚言會對其不利，而紐約州的調查單位已經將這個案子升高到另外一個層次，而且所使用的字眼很難聽——勒索。

套句某位律師的說法，「討錢」，這是紐約的固有傳統。

強迫商店老闆與酒吧業者每個禮拜固定繳交「保護費」，以免盜賊上門或遭到惡意破壞，如若不從，就會有其他禍事臨頭——是黑道傳承了好幾代的斂財之道——在他們依然掌控的某些少數地盤，可能依然在玩這一套。

警界也會幹一樣的事。回想往日時光，街上的每個老闆都知道最好要在星期五的時候為巡邏員警準備信封，或者，要是沒辦法的話，也該送上免費的三明治、咖啡，還有飲料。至於阻街女郎表示謝忱的方法，就是免費吹喇叭。警察也會投桃報李，認真維護轄區治安——夜晚會特別注意門戶安全，趕走街頭小混混。

這套體系運作得很順暢。

現在，太上皇市長為了籌措選舉經費，開始操作他自己的討錢方式，他想出了一套近乎荒唐的說詞，他準備要公布那些他沒有為其大開後門的金主名單。據說他可能會被起訴，在紐約警界的三萬八千名警察，大約有三萬七千九百九十九名警察都很樂意為他上銬。

太上皇市長很想逼退警察總局局長，但這種動作太明顯了，所以他必須找到藉口才行，只要知道哪裡可以扒糞，狠狠惡整警察，他一定會立刻伸出雙手挖出來。

要不是因為這起重創警察總局的醜聞，局長本來可以在這場戰爭中遙遙領先市長，所以他現在需要更好的新聞，需要頭條。

查緝海洛因，以及越來越低的犯罪率。

「北曼哈頓特勤小隊的任務已經有了變化，」麥蓋文說道，「我不管賽克斯怎麼跟你說，反正你就是要給我無所不用其極，管好這群野獸就是了。當然，這種話絕對不能給我傳出去。」

當初馬龍一開始去找麥蓋文，提議籌組某個特勤小隊致力打擊槍火與暴力犯罪的時候，他萬萬沒想到會遇到這麼強的阻力。

「兇案組」與「掃毒組」屬於不同單位。「掃毒組」是獨立組織，直屬總局管轄，通常是不會混合人力辦案。但有近乎七成五的兇殺案幾乎都與毒品有關，所以馬龍大表反對，因為這種編制並不合理，而且，將「幫派組」獨立出來也有相同問題，因為大部分的毒品暴力犯罪也都是幫派犯罪。

他說，必須成立單一小組，才能一網打盡。

「兇案組」、「掃毒組」、「幫派組」像是被困住的豬隻一樣，哀號連連，這些菁英小組在紐約市警察總局裡面的確是臭名遠播。

主要原因是他們經不起貪腐的誘惑，而且過度使用暴力。

六〇與七〇年代的便衣組紀律不佳，促使當局成立了納普委員會，大力掃蕩的結果也幾乎摧毀了整個警界。馬龍心想，當初大力舉發的法蘭克．賽皮科真是個天真的王八蛋——每個人都知道便衣組的人會收錢。儘管如此，他還是進入了便衣組，他早就知道自己會遇到什麼狀況。

他是個懷抱救世主情結的人。

難怪他挨槍的時候，紐約市警局裡根本沒有人願意捐血給他。當年納普委員會大力整頓，也幾乎毀了整個紐約。而過了二十年之後，警界的第一要務又成了打擊貪污，而不是犯罪。

後來有了SIU——特別調查小組——整座城市都成了他們的俎上魚肉。他們也破了許多大案，狠狠海削毒販，賺了大把鈔票。當然，他們最後還是被法律制裁，也的確肅清了警界風氣，維持了好一陣子。

之後的菁英小組是SCU——街頭犯罪小組——主要任務是消滅從納普委員會時代就猖獗街頭的非法槍械。小組成員共有一百三十八名員警，全都是白人，他們表現非常優異，所以警界高層決定以四倍的速度大幅擴編，這也未免太快了。

結果出事了，在一九九九年二月四日的夜晚，有四名街頭犯罪小組的警官在南布朗克斯巡邏，最資深的那一位只不過在這個單位待了兩年而已，而其他的三名菜鳥則是三個月。他們沒有長官隨行，而且彼此互不相識，也根本不了解這一區的狀況。

所以，當阿瑪杜．迪亞洛貌似要掏槍的時候，某名警察對他開火，其他人也開始跟進。

專家說，這叫做「傳染性開火」。

惡名昭彰的四十一發子彈。

街頭犯罪小組最後被解散了。

四名警察遭到起訴，但全部無罪。當麥可．班奈特被警察擊斃的時候，黑人社群自然會聯想到當年這起事件。

不過，狀況其實很複雜——街頭犯罪小組的確有效阻遏街頭私槍，所以在此一單位解散之後，在街頭死於槍火之下的黑人，應該遠遠超過了被警察誤殺致死的數目。

十年前，曾經出現過NMI——北曼哈頓組織——也就是特勤小隊的前身，裡面共有四十一名警探，主要負責哈林區與華盛頓高地的掃毒工作。其中一名警探從毒販身上撈了八十萬美金，而第二名的同事則是七十四萬美金。聯邦調查局是在偵辦某起洗錢詐騙案的時候，意外揪出了案外案。其中一名警察被判七年徒刑，另一名則是六年，而單位指揮官因為收受紅包，也被判刑一年多。

看到警察被上銬帶出去，人人嚇得冷汗直流。

但依然無法杜絕貪腐。

似乎每隔二十年就會爆發貪腐醜聞，出現新的警察總局局長。

所以，創立這個特勤小隊，實在很難逼高層買單。

花了很長的時間，還必須動用關係，不斷遊說，但北曼哈頓特勤小隊最終還是成立了。

任務很簡單——奪回街頭主導權。

馬龍知道大家早有默契的那套規矩——我們不在乎你們做些什麼或是使用什麼方法（只要不上報就可以），反正把那群野獸關在籠子裡就對了。

此時，麥蓋文問道：「丹尼，我能幫上什麼忙呢？」

「我們有個名叫卡拉漢的臥底，」馬龍說道，「一直窩在賊窟裡。我希望能讓他趕快出來，要是他再繼續待下去，一定會開始傷害自己。」

「你找過賽克斯沒有？」

「我不想傷害那小孩，」馬龍說道，「他是個好警察，只不過臥底的時間也未免太久了一點。」

麥蓋文從外套口袋取出一支筆，在酒杯墊上面畫了一個圓。

然後，他在那個圓圈裡畫了兩個點。

「丹尼，這兩個點就是你和我。你請我幫忙，這是圈圈裡的事。而這個卡拉漢……」他在圓圈外面又畫了一點，「這就是他，你明白我的意思了嗎？」

「我不該請你出手幫忙圈外人。」

「丹尼，僅此一次，」麥蓋文回道，「但你必須了解，要是這件事害我惹上麻煩，我會全部推給你。」

「知道了。」

「二十五分局的防範犯罪小組開了一個缺，」麥蓋文說道，「我會打通電話給那裡的強尼，他欠我一個人情，你底下的這個小朋友，他會收下的。」

「謝謝。」

「我們需要逮捕更多的海洛因毒販，」麥蓋文已經準備起身，「『掃毒組』的總警監一直在逼我，丹尼，讓大雪紛落吧，給我們一個白色聖誕。」

他穿過擠滿人潮的酒吧，朝大門走去，一路上不斷拍肩示好。

馬龍心中突然湧起一股感傷。

也許是因為腎上腺素消退。

也許是聖誕節感傷發作。

他站起來，走向點唱機，投了好幾枚兩毛五的銅板，找到了自己要聽的那首歌。「棒克樂團」的〈紐約童話〉。

這是馬龍的聖誕夜傳統儀式。

馬龍知道賽克斯是警察廣場的年輕新銳，但他不知道他背後的靠山到底是誰，淵源又有多深。他們之所以派出賽克斯，擺明了是要重挫他，這一點無庸置疑。

馬龍開始自嘲：但我是英雄。

酒吧裡至少有一半的警察開始跟著唱和。對於那些還有家人的警察來說，理應要回去團聚才是，但他們卻待在這裡，喝得酩酊大醉，懷抱過往的點點滴滴，靠著彼此取暖。

哈林區的寒夜。

凍得要命。

那種冷度會讓你腳下的髒雪吱嘎有聲、讓你看得見自己的呼吸。已經過了十點鐘，街上沒幾個人，就連大部分的便利商店也關了門，佈有塗鴉的沉重鐵門拉了下來，裝有鐵柵的窗戶全部緊閉。還有幾輛計程車繞來繞去，期盼客人上門，兩個毒蟲宛若鬼魂一樣在路上晃蕩。

那輛沒有塗裝的福特維多利亞皇冠警車在阿姆斯特丹大道一路北行，現在，他們已經不再忙著分送火雞，而是準備要散播痛苦。對於這裡的居民來說，苦痛不是什麼新鮮事，而是某種生活情態。

聖誕夜，清冷寂靜。

沒有人猜到今晚會出事。

這就是馬龍打的如意算盤，此刻的肥泰迪．貝利吃得腦滿腸肥，開心又滿足。這幾個禮拜以來，馬龍和爛屁股一直緊盯著這個海洛因中盤商，準備趁其不備的時候給他好看。

魯索在唱歌。

他在一八十四街右轉，根據爛屁股先前的情報，肥泰迪正在床上爽翻天。

「天氣太冷了，沒有人出來把風。」馬龍沒看到平常那些在街上出沒的小孩，沒有人吹口哨通風報信，提醒那些一直在注意「超力」是否現身街頭的江湖中人。

「黑人不喜歡冷天氣，」蒙提說道，「你上次看到黑人滑雪是什麼時候的事？」

肥泰迪的凱迪拉克就停在二一八號的外面。

馬龍喜嘆，「爛屁股，我的好兄弟。」

蒙提問道：「要現在逮捕他嗎？」

「等他打完砲吧，」馬龍回道，「今天是聖誕節。」

「哦哦，聖誕夜啊，」他們一夥人坐在車裡，魯索接口：「蛋酒混蘭姆酒準備好了，聖誕樹下放滿禮物，太太正好微醺，已經雙腿開開，而我們卻坐在這座叢林裡，屁股凍得半死。」

馬龍從外套口袋裡拿出一小罐酒壺，交給了魯索。

魯索回道：「我在執勤。」但他卻猛灌一大口，又把它傳到後座，大塊頭蒙提喝了一點，又把它交給馬龍。

他們繼續等待。

「這肥仔會幹砲幹多久啊？」魯索問道，「他是不是有吃威而鋼？希望他千萬不要突然心臟病發作。」

馬龍下車。

馬龍蹲在肥泰迪凱迪拉克座車的旁邊，魯索小心掩護，讓他把左前輪的氣洩光光。然後，他們又回到那輛維多利亞皇冠車子裡面，又守了冷颼颼的五十多分鐘。

肥泰迪身高六呎三吋（約一九〇公分），全身圓滾滾。他終於出來了，身穿北面長版外套的他，就像是米其林寶寶一樣。他身穿兩千六百美金的空軍一號詹姆斯籃球鞋，擺出剛打完砲的男人得意姿態走向自己的座車。

然後，他看到自己的輪胎，「幹你媽的。」

肥泰迪打開後車廂，拿出千斤頂，彎腰，準備取下螺帽。

他沒聽到朝他而來的聲音。

馬龍把自己手槍的槍管貼在肥泰迪的耳後，「泰迪，聖誕快樂，吼吼吼，幹你媽的吼吼吼。」

魯索拿著霰彈槍抵住他，蒙提則開始搜索那輛凱迪拉克。

「你們這些貪婪無厭的王八蛋，」肥泰迪問道，「你們從來不休假的嗎？」

「癌細胞會休假嗎？」馬龍把肥泰迪推向車邊，開始搜他肥厚的口袋，果然找到一把點二五的柯爾特自動手槍，毒販們就是喜歡這些奇奇怪怪的武器。

「哦哦，」馬龍說道，「隱秘持武重罪，至少五年的牢逃不了。」

「不是我的，」肥泰迪說道，「為什麼要攔我？我只是在走路而已，就因為我是黑人？」

「因為你是泰迪，」馬龍回他，「我清清楚楚看到你的外套有鼓凸物，顯然是手槍無誤。」

「要看我的鼓凸物？」肥泰迪嗆他，「小兔崽子，你是現在要尬我嗎？」

馬龍立刻展開行動，找到了肥泰迪的手機，把它扔到人行道上面，使勁猛踩。

「靠，你太過分了，那是新手機。」

「反正你有二十支，」馬龍說道，「把手給我背到後頭。」

「你才不會抓我，」肥泰迪語氣滿是無奈，態度乖巧。「他媽的今天是聖誕夜，你不會坐在那裡忙著填寫移辦單。你是愛爾蘭人，就是要喝酒，你需要『啾精』。」

馬龍問蒙提，「為什麼你們黑人唸不出『酒精』的正確發音啊？」

「不要『溫』我。」蒙提把手伸到副座下方，搜出了一堆海洛因——共有一百份以玻璃紙袋分裝的十公克毒品。「好，現在是怎樣？看來是要到賴克斯島度聖誕節了。泰迪，你最好要帶榭寄生進去，期盼他們肯讓你親嘴巴。」

「你在耍我。」

「我要你個屁啦，」馬龍說道，「這是迪馮．卡特爾的海洛因，要是搞丟的話，他一定會很不爽。」

肥泰迪回道：「你要找你的人馬問清楚狀況。」

「問誰？」馬龍甩他巴掌，「你說的是誰？」

肥泰迪閉嘴了。

馬龍說道：「我會讓你在拘留所貼上奸細的標籤，你進了賴克斯島監獄以後就再也出不來了。」

肥泰迪問他：「老哥，幹嘛對我這樣。」

「你乖乖跟我配合，不然我就讓你死得很難看。」

「我只知道，」肥泰迪說道，「卡特爾說北曼哈頓小組有人罩他，我以為是你的人馬。」

「哦，不是。」

馬龍火大了。如果泰迪不是在唬爛，那麼就是北曼哈頓小組真的有人收受卡特爾的賄賂。「你身上還有什麼東西？」

「沒有。」

馬龍把手伸入對方外套口袋，掏出一疊用橡皮筋綑綁的鈔票。「沒有？這裡至少有三萬美金，一大筆錢哪。這是麥當勞忠實客戶給你的現金回饋？」

「幹你媽的，什麼麥當勞，我都吃『五兄弟』漢堡。」

「哦，可你今晚吃的是波隆納三明治。」

肥泰迪求饒，「馬龍，拜託別這樣。」

「你知道嗎？」馬龍說道，「我們就直接沒收你的違禁品，放你一馬，這就算是送你的聖誕節大禮。」

這不是協議，而是威脅。

肥泰迪回他，「你要是拿走我的貨，一定要逮捕我，給我移辦單！」

肥泰迪需要逮捕文件交給卡特爾，證明的確是警察拿了貨，而不是他自己私吞下來。這是標準作業流程——被逮捕之後，最好要出示移辦單，不然就等著被剁手指吧。

卡特爾真的幹過這種事。

江湖傳說他有辦公室的裁紙機，要是毒販身上沒有他的毒品，也沒收到錢，又拿不出移辦單的時候，那麼，他就會逼他們把手放入裁紙機，接下來，嗶——手指就全沒了。

只不過，那並非流言。

馬龍曾在某個夜晚發現有名男子在人行道蹣跚而行，一路在滴血。不過，卡特爾留下他的大拇指，所以，當他要指認行兇者的時候，只能對著自己。

他們留泰迪坐在自己的車裡，馬龍把現金分成五份，每個人都有賞，其中一份拿來當公費，另一份給比利O。每個人都把自己的現金放入隨身攜帶的信封裡，上面已經寫好了自家地址。

然後，他們回頭去找泰迪。

「大哥，我的車子該怎麼辦？」他們把肥泰迪拖出來的時候，他發出哀問。「你們不會連這個也拿走吧？」

「混蛋，你的車子裡有海洛因，」魯索回道，「現在這是紐約市警局的財產了。」

「你的意思是魯索的財產吧，」肥泰迪回道，「千萬不要把我的凱迪拉克開到臭魚味沖天的紐澤西海灘。」

「我才不想碰這輛蠢車，」魯索說道，「直接送進汽車拖吊場就是了。」

肥泰迪哀號，「今天是聖誕節啊！」

馬龍的下巴朝那棟房子點了一下，「她的電話號碼呢？」

肥泰迪唸了出來，馬龍按下數字，把手機湊向肥泰迪的嘴邊。

「寶貝，趕快下來，」肥泰迪說道，「要好好照顧我的車，等到我出來的時候，我要看到它好好的停在這裡。」

魯索把肥泰迪的車鑰匙放在車頂上，然後把他拖到了他們的車內。

「是誰出賣我的？」肥泰迪問道，「是不是那個噁心小人渣『爛屁股』？」

「你是不是想加入聖誕夜自殺潮？」馬龍問道，「從華盛頓大橋跳下去？我們可以幫你加工自殺。」

肥泰迪死盯著蒙提，「兄弟，你為他工作？是他們養的死黑奴？」

蒙提狠狠甩了他一巴掌。肥泰迪個子高大，但他的頭卻不聽使喚，像是繩球一樣彈開，蒙提開始訓他：「我是黑人沒錯，你是從小愛灌葡萄汽水、毆打妓女、賣毒維生的國宅區猴子。」

「幹你媽的，要是我沒有被上銬——」

蒙提問道：「要在這裡解決嗎？」他把雪茄丟在地上，以腳跟猛力捻熄。「過來啊，就你和我單挑。」

肥泰迪不發一語。

蒙提說道：「想也知道你沒那個膽。」

在前往三十二分局的路上，他們在某個郵筒前稍作停留，把信封丟了進去。然後，他們把肥泰迪丟入警局，交出查扣的手槍與海洛因。值勤警官不是很高興。

「今天是聖誕夜啊，混蛋特勤小隊。」

馬龍說道：「願『超力』與你同在。」

魯索走百老匯大道，駛往上西城的方向。

「肥泰迪說的是誰？」魯索邊開車邊問他，「他只是隨口亂說？還是真的有人在罩卡特爾？」

「一定是托瑞斯。」

托瑞斯這傢伙很糟糕。

海削毒販、收賄吃案，甚至還養妓做生意，大部分都是吸食低劣快克的毒蟲，也有逃家少女。他對待她們十分苛刻，會拿汽車天線修理她們——馬龍曾經親眼看過鞭痕。

這名警長功力一等一，就連依照北曼哈頓小隊的標準看來，這位警探也的確是狠角色，殘暴名聲遠播在外。馬龍還是盡量對托瑞斯和顏悅色，畢竟，他們全都屬於這個特勤小隊，還是得相處在一起。

不過，馬龍萬萬不能忍受肥泰迪．貝利這種人渣說自己有警察在罩他。所以，就算真有此事。

就算真的是托瑞斯收受保護費。

他也一定要找托瑞斯把事情弄清楚。

魯索把車停在八十七街，車位位置在三四九號某棟褐石建築的對面。

這是他們保護的某位房產經紀人的物件，馬龍租了下來。

租金是零元。

這是間小小的臨時住所，但完全符合他們的需求。有個臥室可以補眠或帶女人過來，有起居室與小廚房，還有地方可以洗澡。

或者，藏匿毒品，因為在淋浴間裡面有個假平台，台面有片磁磚已經鬆落，他們當初從死有餘辜的迪亞哥．佩納那裡搶走了五十公斤的海洛因，藏在磁磚底下剛剛好。

他們正在等待賣出的好時機。五十公斤已足以對市場投下震撼彈，引發騷動，甚至是造成價格下跌，所以他們必須等到佩納案的風頭過了之後才能釋出。這批海洛因的市價高達五百萬美元，不過，警察要賣給可信的銷贓中間人，必須要給個折扣。但就算是拆成四份，金額依然十分驚人。

就全賣出去吧，馬龍不覺得有哪裡不妥。

這是他們目前賺到的最大一筆財富，應該是空前絕後，這是他們的保障，他們的退休金，他們的未來。那是小孩的大學學費，能夠圍堵可怕疾病的安全牆，退休生活到底是住在土桑市的拖車園區還是西棕櫚灘的公寓，也就靠這一把了。

至於那三百萬美金現鈔，他們就立刻瓜分，馬龍已經警告他們，絕對不准有人亂花錢——比方說買新車、買一堆珠寶給老婆、買遊艇、到巴哈馬旅行。

內務局那些混蛋拚命在尋找的就是這種蛛絲馬跡——生活風格、工作習慣、處事態度突然發生了變化。馬龍已經仔細交代他的人馬，這筆錢先存起來，至少要藏個五萬美金，放在一小時之內就可以拿到的地方，萬一內務局的人找上門來，你必須要落跑的話，這筆錢就可以派上用場。而且，還要額外準備一筆五萬美金，萬一來不及跑路，可以拿這筆錢當保釋金。如若不然，就是花錢歸花錢，剩下的贓款還是得藏好，很可能得坐個二十年的牢，就等出獄之後，一切重新開始。

他們甚至已經開始討論退休的事，忍耐個幾個月，但要趁他們還有優勢的時候急流勇退。馬龍心想，也許現在就可以收山了，但與佩納案的時間點如此接近，一定會引發懷疑。

他已經知道新聞標題會怎麼下：**警界英雄偵破大案，旋即閃辭**

內務局絕對會立刻來找他。

馬龍與魯索進入客廳，馬龍從後頭的小吧檯拿了一瓶尊美醇，為兩人倒了兩指的威士忌。

紅髮，高大精實，魯索整個人就像是塗了美乃滋的火腿三明治，看不出什麼義大利人的痕跡。馬龍反而比較像是義大利人，他們小時候經常互虧，也許當初在醫院時被調包了。

其實，馬龍了解魯索的程度，恐怕早已超過了魯索對自己的了解。主要是因為馬龍把一切都憋在自己心裡，但魯索不是。要是魯索有心事，一定會說出來——不是告訴每個人，只是讓自己的警察哥兒們知道。

他第一次和唐娜上床的時候，反正就是老套的高中舞會之夜情節，魯索第二天根本不用說，傻乎乎的那張臉早就全寫出來了，好心情表露無遺。

「丹尼，我愛她，」他是這麼說的，「我一定要娶她。」

「媽的你愛爾蘭人啊？」丹尼問道，「不需要因為上床就結婚啊。」

「不是這樣，我就是要和她結婚。」

魯索一直知道自己的本命。許多男人都想要脫離史塔頓島，在其他領域出人頭地。魯索不是這樣，他知道他會娶唐娜，生小孩，住在自小長大的社區，過著東岸樣板生活，這已經讓他心滿意足——在紐約市當警察、娶妻生子、擁有三間臥房的獨棟家宅、一套半衛浴、每逢假日就在戶外烤肉。

他們一起參加考試，同時加入警界，一起念新訓警校。馬龍必須幫魯索增重五磅，才能達到最低體重要求——他強逼魯索一直喝奶昔、啤酒，還得吃一堆潛水艇三明治。

雖然過了這一關，但魯索還是得一直靠馬龍。他在射擊場百發百中，但上場幹架就是鳥到不行。他就是這樣，就連玩冰上曲棍球的時候也是如此。魯索雙手柔巧，把冰球送入網中不成問題，但脫下手套要幹架的時候就是悲劇了，馬龍必須要立刻趕過去營救。警校的徒手攻擊體育課狀況也一樣，他們必須要想辦法湊成一組，馬龍就可以對魯索放水，讓他能夠假裝順利完成擒腕與鎖喉。

他們畢業的那一天——馬龍怎麼會忘記他們畢業當天的情景？——魯索，臉上露出得意的笑，但明明藏不住心事，他們互望彼此，很清楚接下來將會過著什麼樣的日子。

席拉驗孕，發現了兩條藍色細線，馬龍第一個通知的就是魯索。也是魯索告訴他不要有任何遲疑，答案只有一個，而且他想要當馬龍的伴郎。

「全都是老派的鬼扯淡，」馬龍回道，「那是我們爸媽、我們祖父母的那一套，現在早就行不通了。」

「媽的聽你在放屁，」魯索回道，「丹尼，我們就是老派人士，我們出身東岸史塔頓島。你可能以為自己走在時代尖端啊什麼的，但就不是嘛，席拉也不是。等等，難道你不愛她嗎？」

「我不知道。」

「你當然是夠喜歡她，才會和她上床，」魯索說道，「丹尼，我太清楚你的個性了，你不是那種射後不理的傢伙，你不可能搞這種事。」

所以魯索成了他的伴郎。

馬龍也慢慢愛上了席拉。

這一點也不難——她漂亮、風趣，有自成一格的聰慧，兩人享受了一段長久的甜蜜時光。

當雙塔倒下的那時候，他與魯索還是穿制服的小員警。魯索立刻跑向事發現場，而不是溜走，因為他知道自己從事的是什麼工作。那天晚上，當馬龍知道里安被壓在第二座塔的下方時，是魯索陪了他一整夜。

就像是唐娜流產的時候，馬龍也這麼陪了他一整夜。

魯索哭了。

魯索的女兒，蘇菲亞，出生時是早產兒，體重只有兩英磅多，醫生們說狀況很不樂觀，馬龍在醫院裡陪了他一整晚，全程不發一語，只是靜靜坐在那裡等待蘇菲亞脫離險境。

那個晚上，馬龍要笨害自己中了槍傷，因為他衝得太前面，想要制伏闖入民宅的惡徒，要不是因為有魯索，警方早就送給馬龍一個高級警監等級的葬禮，再加送席拉一面摺得四四方方的國旗；要不是因為魯索開槍擊中那個壞蛋，以開贓車的速度把他送入急診室，那麼他們早就會為他演奏風笛，搞守靈儀式，而席拉將會變成寡婦，而不是他的前妻，因為，馬龍當場內出血。

不，菲爾不只是對那惡徒開槍，而是對他的胸口射了兩槍，第三發在頭部——因為，這是暗號——殺警槍手如果不是死在現場，就是會搭上慢速前往醫院的「公車」，如有必要，他們會繞路，而且會想盡辦法走坑坑疤疤的顛簸道路。

醫生必須遵守希波克拉底的誓詞——緊急救護人員則不需要。他們知道要是自己採取額外措施搶救殺警槍手的性命，那麼下一次輪到他們呼叫警察支援的時候，到達的速度也會是慢半拍。

但那晚魯索沒等緊急救護人員到來，已經先急忙把馬龍送到醫院，一路呵護著他，儼然把他當成了嬰兒一樣。

救了他一命。

而這就是魯索。

會身穿「烤肉大師」圍裙的老派男子漢，令人百思莫解的音樂品味，居然會喜歡「超脫」、「珍珠果醬」、「九吋釘」這些樂團，聰明得要命，英勇無懼，忠誠得跟小狗一樣，任何時間、任何地方都隨侍在側的菲爾．魯索。

警察中的警察。

換帖兄弟。

馬龍問道：「你有沒有考慮過不幹了？」

「不當警察了嗎？」

馬龍搖頭，「我說的是另一件傷腦筋的事。我的意思是，我們還得賺多少才夠用？」

「我有三個小孩，」魯索說道，「你兩個，蒙提三個，腦袋都很聰明。你知道現在念大學要多少錢嗎？它們比甘比諾家族還吸血，你很難脫身。我不知道你狀況怎麼樣，但我還得繼續攢錢。」

馬龍告訴自己，我也一樣。

你需要錢，現金流，但其實不止於此，就大方承認吧，你喜歡這種遊戲，雖然很危險，而且可能會被抓到，但是從壞人身上把錢幹走的快感就是爽快。

你是變態人渣。

魯索說道：「也許我們該將佩納的海洛因拿去變現了。」

「怎麼了？你需要錢？」

「不需要，我沒問題，」魯索回道，「只是，丹尼，那是退休的錢，那是『幹你媽老子我不幹了』的後備金，那是萬一出了什麼狀況的救命錢。」

「菲爾，你覺得會出事？」馬龍問道，「你是不是知道了什麼事卻瞞著我？」

「沒有。」

「這一動非同小可，」馬龍說道，「我們以前拿過錢，但從來沒有賣過毒品。」

「要是我們不打算賣的話，那當初幹嘛要拿？」

「我們這樣就成了毒販，」馬龍說道，「我們這一生都在與這些傢伙奮戰，現在卻變得跟他們一模一樣。」

「就算我們全部上繳，」魯索說道，「也會有別人偷那批海洛因。」

「我知道。」

「那為什麼我們不自己來就好？」魯索反問，「為什麼其他人都可以發財？黑道、毒販、政客都是。為什麼就不能給我們一次機會？什麼時候才輪得到我們？」

馬龍回道：「我知道你的意思了。」

他們不發一語，靜靜喝酒。

魯索開口：「你是不是還有其他的事在煩心？」

「不知道，」馬龍回道，「可能只是因為聖誕節。」

「你會過去嗎？」

「早上拆禮物的時候會趕到。」

「嗯，很好。」

馬龍回道：「嗯，我想也是。」

「要是有辦法的話，過來我家一趟，」魯索說道，「唐娜要準備義大利餐——番茄肉醬通心麵、鱈魚，然後還有火雞。」

「謝謝，我會盡量抽空過去。」

馬龍開車到了北曼哈頓小組，詢問執勤警官：「還沒送走肥泰迪？」

「馬龍，現在是聖誕夜，」那名警官回道，「大家都在休息。」

馬龍走到拘留所，泰迪正坐在某張長椅上面。有什麼會比聖誕夜待在拘留所更悲慘？馬龍還真是想不出來。肥泰迪看到馬龍，立刻抬頭。「老哥，你得幫我忙。」

「那你要拿什麼回報我？」

「比方說？」

「告訴我到底是哪個警察在罩卡特爾。」

泰迪哈哈大笑，「別裝了，你怎麼會不知道。」

「托瑞斯？」

「我什麼都不知道。」

馬龍心想，就是了。肥泰迪沒有當抓耙仔的膽，不敢供出警察的名字。

「好，」馬龍說道，「泰迪，你不是白痴，只是這次被抓到而已。你知道現在你背了兩項罪名，光是持槍就得讓你坐五年的牢，我們繼續追查源頭，要是發現這是在阿肯薩斯州的古柏維爾委託代買的槍枝，法官可能會大動肝火，送你雙倍的刑期，十年，可久的呢，不過，我會過去看你，幫你帶『可愛媽媽』餐廳的烤肋條。」

「馬龍，別鬧我。」

「千真萬確沒跟你唬爛，」馬龍問道，「要是我能把你弄出去呢？」

「要是你真有那麼屌，不要一直耍嘴砲呢？」

「泰迪，想要認真解決問題的人明明是你，」馬龍說道，「如果你不想的話……」

「你想要什麼回報？」

馬龍說道：「我聽說卡特爾最近在談一大筆武器生意，我想知道他交手的對象是誰。」

「你覺得我是呆瓜？」

「我完全沒這意思。」

「馬龍，你明明就這麼想，」泰迪說道，「因為要是我順利出去，你又查扣了他們的槍枝，卡特爾當然會把我們兩個兜在一起，我就死定了。」

「泰迪，你當我是蠢蛋？我會好好安排，所以這一切就像是例常公事。」

肥泰迪遲疑了。

「幹！」馬龍啐道，「有個大美女在等我，我卻坐在這裡跟一個醜八怪肥仔乾耗在一起。」

「他叫曼特爾。」

「誰是曼特爾？」

「在『東岸混蛋社』負責搞槍火的白人。」

馬龍知道『東岸混蛋社』表面上是摩托車俱樂部，但其實骨子裡在搞大麻與槍火，在喬治亞與南北卡羅萊納都設有特許分會。但他們是種族歧視者，都是種族歧視超級嚴重的白種人，

「『東岸混蛋社』會和黑人做生意？」

「我想黑人的錢也是錢，」泰迪聳肩，「而且他們也很樂於幫助黑人自相殘殺。」

馬龍更詫異的是卡特爾居然與白人做生意，他一定已經是無路可退了。「那些機車騎士準備要給他哪些貨？」

「AK、AR步槍、MAC-10衝鋒槍，你叫得出名號的，應有盡有，」泰迪回道，「喂，我就知道這麼多了。」

「卡特爾以前沒幫你找律師？」

「我找不到卡特爾，」泰迪回道，「他在巴哈馬。」

「打給這傢伙吧，」馬龍給了他一張名片，「馬克．皮可尼，他會幫你搞定一切。」

泰迪收下了名片。

馬龍起身，「我們這樣不太合理吧，泰迪，你說是不是？你和我都冷斃了，卡特爾卻在海邊喝鳳梨可樂達？」

「真確。」

真確。

的確是千真萬確。

馬龍開著自己的無塗裝警車在路上找人。

這個線人會出現的地方也就只有那幾個地方而已。爛屁股喜歡待在哥倫比亞大學以北的區域，但絕對不超過一二五街，馬龍發現他偷偷窩在百老匯大道的東端，整個人搖頭晃腦。

馬龍靠邊停車，搖下副座車窗，開口喊人：「進來。」

爛屁股緊張兮兮東張西望好一會兒之後，才決定進去車內。他有點吃驚，因為平時馬龍不肯讓臭兮兮的他上車，不過，他從來不覺得自己有怪味。

他好想吸毒。

爛屁股抱著自己，不斷前搖後晃，鼻涕流個不停，雙手止不住顫抖，他對馬龍說道：「我好痛苦，找不到毒品，老哥，你一定要幫我。」

他的消瘦臉龐扭曲變形，棕色的皮膚已經轉為灰黃，兩顆大暴牙宛若拙劣卡通裡的小松鼠，要不是因為他全身臭氣，叫他「爛嘴巴」也很適合。

現在，這傢伙毒癮發作。「拜託，馬龍。」

馬龍把手伸到儀表板下面，裡頭有個以磁鐵吸附的金屬盒。他打開盒子，交給爛屁股一個信封，裡面的東西足以讓他可以好好嗑個爽。

爛屁股立刻打開車門。

馬龍開口：「不要走，留在車內。」

「我可以在這裡嗑藥？」

「好，隨便啦，反正是聖誕節。」

馬龍左轉，接百老滙大道南行，爛屁股則忙著把海洛因倒入湯匙，以打火機加熱之後，把它汲入針筒。

馬龍問道：「那東西乾淨嗎？」

「跟剛出生的小寶寶一樣。」

髒屁股將針頭插入靜脈，緩壓推桿，他突然啪一聲抬頭，吐氣。

他恢復神智，「我們要去哪裡？」

「航港局客運總站，」馬龍說道，「你得離開紐約一陣子。」

髒屁股神色緊張，「為什麼？」

「這是為你好。」以免肥泰迪怒火中燒，找到他之後又對他不利。

「我不能離開紐約，」爛屁股說道，「出了紐約之後我就找不到人買毒了。」

「反正你得走就是了。」

「拜託不要逼我，」爛屁股已經開始哭了，「離開紐約我就沒辦法吸毒了，我會死在那裡。」

「或者你想去賴克斯島坐牢？」馬龍問道，「你也可以選擇去那裡。」

「馬龍，你為什麼這麼賤？」

「我天性如此。」

爛屁股回道：「你以前不是這樣。」

「好，現在狀況不一樣。」

「我要去哪裡？」

「我不知道。費城或巴爾的摩都好。」

「我正好有個表弟住巴爾的摩。」

「那就去吧，」馬龍拿出五張百元美金大鈔，交給爛屁股。「不要全部拿去買毒品，快給我滾出紐約，在那裡避風頭。」

「我得在那裡待多久？」他的神情絕望至極，十分恐懼，馬龍懷疑爛屁股恐怕連東城都沒去過，遑論離開紐約了。

「一個禮拜以後打電話給我，我會給你答案。」馬龍開到了總站前面，讓爛屁股下車。「爛屁股，要是讓我看到你出現在紐約，我一定會氣炸。」

「馬龍，我以為我們是朋友。」

「胡說，誰跟你是朋友？」馬龍回道，「我們不可能是朋友，你是我的線人，抓耙仔，就這樣。」

馬龍北行回去市區，沿途一直刻意不關車窗。

克勞黛打開大門。

她開口：「親愛的，聖誕快樂。」

馬龍好愛她的聲音。

她的聲音比她的面容更低沉溫柔，正因為如此，讓馬龍對她一見傾心。

那是一種充滿希望與寬慰的聲音。

能夠讓你在其中找到療癒。

還有愉悅。

在我的懷抱，在我的唇內，在我的下面。

他走進去，坐在她的小沙發上面——她對沙發有另一個稱呼，但他根本不記得——「抱歉，我來晚了。」

她回道：「我也才剛到家而已。」

馬龍心想，她雖然這麼說，但她已經身著白色浴衣，香水的氣味讓人宛若置身天堂。

她才剛到家，但已經精心打扮，迎接我的到來。

克勞黛坐在他旁邊，打開了咖啡桌上的某個木雕盒，從裡面取出了細管大麻，點燃之後，吸了一口，又交給馬龍。

馬龍深吸一口，開口說道：「我以為你今天會值四點到十二點的班。」

「我本來也這麼以為。」

他問道：「今天值班辛苦嗎？」

「鬥毆、企圖自殺未遂、吸食過量毒品，」克勞黛繼續說道，「有個斷了手腕的人赤腳走進來，他說他認識你。」

急診室護士通常得值夜班或大夜班，所以什麼場面她都見識過了。她與馬龍之所以會相識，就是因為那天他親自載了一個意外中槍、少了半截腿的毒蟲線人去醫院。

她曾經問過他：「當時你為什麼不叫救護車？」

「哈林區？」馬龍繼續說道，「如果等候那些在喝星巴克的緊急救護人員，我的車裡就會被他的血搞得髒兮兮，我也只不過是想要維持清潔而已。」

「你是警察耶。」

「我知道這樣不好。」

現在她挨過去，雙腿壓在他的腿上。浴衣岔開，露出了她的大腿，馬龍覺得她下面那裡是全世界最溫軟的地方。

「今天晚上，」她說道，「有人把快克中毒的寶寶丟在醫院台階前面。」

「是像耶穌一樣被包在襁褓裡嗎？」

「馬龍，你還真酸，」她說道，「你今天過得怎麼樣？」

「嗯，不錯。」

她不會拚命逼問，馬龍就是喜歡她這一點。不管他說出什麼答案，她都心滿意足。很多女人都不是這樣，她們希望他要「分享」，她們要知道那些他寧可忘記、不願重述的事件細節。克勞黛懂的——她也有自己的恐懼。

他撫摸她的那一塊柔軟地帶，「你累了，應該想要睡覺吧。」

「不，親愛的，我想打砲。」

他們喝完酒之後，進入她的臥室。

克勞黛脫去他的衣服，順勢親吻他的裸露肌膚。她跪下來，將他的大老二放入自己的嘴中，雖然臥室一片漆黑，只有外頭路燈的光線流瀉而入，但他依然喜歡凝望她豐滿紅唇含住自己的模樣。

今晚的她並不狂縱，都是因為大麻作祟，但那其實是品質很好的大麻，而且他自己也愛。他的手往下摸索，觸摸到她的頭髮，然後又伸進浴衣裡，撫弄她的乳房，聽到她發出呻吟。

馬龍把雙手放在她的肩頭，阻止她繼續下去。「我想要進去。」

她起身，在床上躺了下來，張開雙膝，宛若發出邀請，然後，她開口召喚：「親愛的，那就趕快過來吧。」

她好濕暖。

他在她身上前後滑動，觸遍全部的乳房與其他的深棕色皮膚區域，然後又伸出手指撫摸她的那一塊柔軟點位，就在這個時候，外頭傳來淒厲警笛聲響，許多人在大吼大叫，他不在乎，此時此刻的他什麼都不管，只需要在她身體滑進滑出，聽她嬌聲呢喃：「親愛的，我好愛，我愛死了。」

他感覺到自己高潮快要到來，立刻抓住她的屁股——克勞黛總說和其他黑人女子相比，自己等於沒屁股——他抓住她小而緊實的屁股，把她拉到懷中，拚命使勁前推，觸到她體內的那個小小袋囊。她抓住他的肩膀，全身一凜，就在他高潮到來之前，全然解放。

他的悸動，一如先前與她每次的歡好體驗，從腳尖直到頭頂的通體暢快，也許是因為大麻的作用，但他覺得是因為她，那低沉柔軟的聲音，溫暖的棕色肌膚，現在已經變得黏膩汗濕，還混雜了他自己的氣味，不知道是過了一分鐘或是一小時之後，他聽到她說道：「啊，親愛的，我累死了。」

「嗯，我也是。」

他從她身上移開，滾到一旁。

她睡眼惺忪，捏了捏他的手，隨即進入夢鄉。

他躺回床上，對街的酒品專賣店老闆一定是忘了關燈，讓克勞黛家中的天花板映出反光，不斷眨眼。

這是叢林裡的聖誕節，至少，在這短暫片刻之間，馬龍得到了平靜。

5

馬龍只睡了一小時左右，因為他想要盡快抵達史塔頓島，看到小孩起床，在聖誕樹底下拆禮物。

他悄聲起床，沒有驚醒克勞黛。

穿好衣服之後，走入小小的一字形廚房，為自己弄了杯即溶咖啡，然後拿外套，取出送給她的禮物。

蒂芬妮的鑽石耳環。

因為她愛死了奧黛麗．赫本主演的那部電影。

馬龍把小盒子留在咖啡桌上，出門去了。他知道她會睡到中午，然後去她姊姊家吃聖誕晚餐。

「之後應該會去聖瑪麗醫院參加戒毒會。」

馬龍問道：「連聖誕節也有啊？」

「在這種時候，更是不可或缺。」

她表現很好，已經將近有六個月都不沾一級毒品，對於一個在醫院工作、四周都是這些毒品的毒蟲來說，實屬不易。

現在，他開車前往自己的小窩，位於百老匯大道與西端大道之間的一〇四街街區。

一年多前，他與席拉分居，馬龍決定要住在自己的轄區，鮮少有警察願意這麼做。他並沒有選擇北邊的哈林區，而決定在上西端大道的邊陲地帶落腳。他可以搭乘地鐵去辦公室，甚至興致一來還可以走路去上班，而且他就是喜歡哥倫比亞大學周邊的氣氛。

充滿青春傲氣、自以為是的小屁孩固然令人討厭，但還是有讓他開心的事，比方說泡在咖啡店、酒吧裡面，偷聽別人的談話內容。他也喜歡在市區走動，讓毒販與毒蟲知道他無所不在。

他住在三樓公寓——小小的客廳，更小的廚房，比廚房更小的臥室，裡面有一套衛浴，客廳裡掛了個沉甸甸的袋子，這樣就夠了，反正他待在那裡的時間不多，只是個讓他補眠、洗澡、更衣、在早晨泡杯咖啡的地方而已。

現在他開始洗澡換衣服，穿同一套衣服回去那間屋子，不是很妥當，因為席拉只需要聞個一秒鐘，就會立刻問他是不是和那個「哼」在一起。

馬龍不知道她幹嘛這麼介意，或者，她真的在意這件事嗎？——他們分居三個月之後，他才認識克勞黛——不過，當席拉問他「是不是和別人在約會？」的時候，他誠實以對，的確是大錯特錯。

「你是警察，你早就應該知道會有這種後果，」當馬龍把席拉勃然大怒的事告訴魯索的時候，他提醒馬龍，「永遠不要講出誠實的答案。」

或者，根本不該講出任何的答案，只能這麼說：「我要找律師，我要找我的委任人。」

而席拉當時甚為光火，「克勞黛？她誰啊？法國人嗎？」

「其實，她是黑人，非裔美國人。」

席拉在他面前哈哈大笑，這個答案讓她笑得不可遏抑。「靠，丹尼，感恩節的時候你說你喜歡吃黑肉，我以為你講的是雞腿。」

「很好。」

「不要拿政治正確度來批評我，」席拉說道，「你自己嘴巴裡總是掛著『蠢黑人』或『死黑人』。趕快告訴我，你會不會叫她『黑鬼』？」

席拉笑個不停，「你有沒有告訴這位『黑人姊妹』，你拿著巡邏棒，一天會修理多少個『黑人弟兄』？」

「這個我應該就是略過了。」

她再次哈哈大笑，但他知道她快要爆發了。她已經狂笑兩次，所以她的嬉鬧態度轉為暴怒與自艾自憐也只是遲早的問題而已，果不出其然。「丹尼，告訴我，她的床上功夫是不是比我好？」

「席拉，你夠了。」

「我沒在跟你開玩笑，我是真的想知道。她的幹砲能力是不是比我厲害？你也很清楚大家是怎麼說的，試過黑人之後，就永遠回不去了。」

「別這樣好不好。」

席拉回他：「因為你通常背著我偷吃的都是白種賤貨。」

馬龍心想，嗯，這一點倒是沒錯。「我又沒對你不忠，我們現在是分居狀態。」

但席拉現在不想和他講道理，「丹尼，不過話說回來，就算是我們結婚的時候，你也從來不在意，不是嗎？你和你的警察兄弟不管搞什麼都要沾女人的嘛。嘿，他們知道嗎？魯索和大塊頭蒙提，他們知道你在玩黑女人？」

他不想動氣，但還是發火了。「席拉，媽的給我閉上你的臭嘴！」

「怎樣，你是要打我嗎？」

馬龍回道：「我從來不會出手做這種事。」他幹過許多亂七八糟的事，但絕對不會打女人。

「對，說得一點也沒錯，」她回道，「反正你早就不碰我了。」

糟糕，她這句話一針見血。

現在他小心翼翼刮鬍子，順勢往下滑動，然後又上刮清除鬚根，因為他希望自己看起來神清氣爽。

他心想，也只能盡人事聽天命了。

他打開藥櫃，吞了兩顆五毫克的抗睡丸，提振一下自己的元氣。

然後，他換上乾淨牛仔褲，白色直扣襯衫，外搭黑色羊毛運動外套，看起來就跟一般人沒兩樣。即便時值夏日，他回家的時候也多會穿長袖衣服，因為席拉只要看到他的刺青就會不高興。

她覺得那是他離開史塔頓島，就此成為「城市嬉皮」的象徵。

「住在史塔頓島的人難道就沒有刺青嗎？」他曾經反問過她，靠，現在街頭巷尾都有刺青店，而且街上有一半男人的皮膚都有這東西，說到這個，女人刺青的比例也不遑多讓。

他喜歡自己滿是刺青的雙臂。原因之一，他就是喜歡，而另外一個原因就是它們會把那些人渣嚇到挫賽，因為很少看到警察會有刺青。當馬龍一捲起袖子，準備要修理那些人渣的時候，他們就知道接下來慘了。

席拉也太偽善了，因為她的右腳踝也有小小的綠色酢漿草，彷彿她的紅髮碧眼雀斑還不夠，一定要加上那個記號才能讓大家知道她是愛爾蘭人。馬龍把備用手槍扣住皮帶的時候，忍不住心想：對，我不需要一小時兩百美元的心理醫生講出來，我也知道克勞黛與我馬上就要成為前妻的那個女人明明就是截然不同的典型，馬龍一邊回憶過往，一邊把休假備用槍扣進皮帶。

我早就知道了。

席拉代表了他成長路上所接觸的一切，沒有驚喜，全部都在預料之中。克勞黛是截然不同的世界，讓他可以進行一層又一層的揭密探索。雖然種族佔了一大部分，但她們之間的差異並非只有這個原因。

席拉是史塔頓島，克勞黛是曼哈頓。

對他而言，她就是紐約。

她是紐約的街道、聲響、氣味，繁複性感又充滿異國風情。

他們的第一次約會，她身著四〇年代復古洋裝，頭上別了白色梔子花，就像是比莉·哈樂黛一樣，她的雙唇鮮紅欲滴，撩撥慾望的香水氣息，讓他幾乎暈眩。

他帶她去布維特法式小酒館，就在布利克街附近的格林威治村區域，因為他覺得她既然有法文名字，應該會喜歡才是，反正，他也不想帶她現身北曼哈頓。

她馬上就猜出了他的心思。

她才剛入座，就丟下這句話：「你不希望自己轄區裡的人看到你和某個『黑人姐妹』在一起。」

「不是的，」他只說了一半的實話，「只是因為我執勤的時候才會過去那裡。怎樣，你不喜歡格林威治村？」

「我愛死了，」克勞黛回道，「要不是因為距離工作地點太遠，我一定會選擇在這裡落腳。」

那次約會，她並沒有和他上床，第二次、第三次也沒有，但她和他開始做愛之後，卻給了他莫大的驚喜，他愛上她了，這一切彷彿完全出乎他意料之外。其實，他很早就愛上了她，因為她會對他下戰書。對於他的一切行為，席拉的反應如果不是含怨接受，就是會發動典型紅髮愛爾蘭人的全部火力，大吵一頓。

而克勞黛卻不斷迫使他推翻了自己的假設前提，讓他以全新的方式看待世事。馬龍從來就不喜歡看書，但她卻帶他進入書香世界，甚至還開始讀詩，比方說，他讀了一點朗斯頓·休斯的詩，而且他還是真心喜歡。有時候他們在星期六早晨晏起，到外頭喝咖啡之後，就鑽進書店裡，他壓根沒想過自己會做這種事，而且，她也向他介紹藝術書籍，對他細述自己一個人前往巴黎旅遊的經驗，還有她多麼渴望舊地重遊。

靠，席拉根本不願意獨自進紐約。

但馬龍之所以愛上克勞黛，不只是因為她與席拉的雲泥之別。

還有她的睿智、幽默感，以及溫暖氣息。

他從來沒有遇過這麼和善的人。

但這卻是一大問題。

她個性如此溫藹，不該從事這樣的工作——病人的痛苦，她感同身受，她所見到的一切，讓她內心淌血——她因而崩潰，轉而投向針頭的懷抱。

能去參加戒毒會，對她來說的確是好事。

馬龍穿上衣服，拿起早已包裝好準備要給小孩的禮物。嗯，禮物都是他買的，但放在聖誕樹下面之後就成了聖誕老公公的功勞。馬龍為小孩準備的禮物，不費吹灰之力就想好了——全新的PS4給約翰，而凱特琳是芭比娃娃。

但想要為席拉找禮物，就讓他大傷腦筋。

他想要買給她某個好東西，但不能有浪漫的感覺，當然也不能帶來性感的遐想。最後，他只好詢問特內莉的意見，她的建議是送條好圍巾。「你們這些王八蛋總是喜歡在最後一刻跟街頭小販隨便買條圍巾，絕對不能買那種便宜貨。抽時間去梅西或是布魯明黛百貨吧，她是什麼色系？」

「什麼？」

「白痴，她的長相啦？」特內莉問道，「是深色皮膚還是白色皮膚？髮色呢？」

「白皮膚，紅髮。」

「那就送灰色，保證安全。」

所以他去了梅西百貨，與群眾奮戰，終於找到了一條高檔的灰色羊毛圍巾，花了他一百美金。馬龍希望送出這種禮物能夠釋放正確訊息——我不再愛你，但我會永遠照顧你。

他覺得，她應該早就知道了。

小孩的養育費用，他從來不會拖延，小孩的衣服、約翰的冰上曲棍球賽隊、凱特琳的舞蹈課，他都會買單，全家人的醫療也都掛在他巡警福利協會的保險之下，服務很好，還包括了牙醫費用。

而且，馬龍總是會交給席拉信封，因為他不希望她去工作，而且他也不希望聽到她講出那種抱怨，自己生活風尚的品質「被迫打折」。所以他總是乖乖盡本分，還會固定交給她大紅包，她對此很感激，而且十分上道，從來不會追問錢是從哪裡來的。

她爸爸也是警察。

「沒問題，你表現很好，做了該做的事。」有次他與魯索聊到這個話題，魯索是這麼說的。

馬龍當時反問：「不然我能怎麼辦？」

你在那樣的社區長大，自然也會做出該做的事。

史塔頓島的普遍態度是這樣的：白種男人也許會離開妻子，不會拋棄小孩，只有黑人才會這麼做。馬龍心想，這種說法並不公平——比爾・蒙特鳩是他看過最了不起的父親——但大家卻一直認定黑人四處鬼混亂搞，然後領社福救濟金，佔盡白人便宜。

要是真有哪個出身東岸的男人想要做出那樣的事，一定會被每一個人譙翻天——包括他的神父、他的父母、他的手足、他的堂兄弟，還有他的朋友——眾人都會指責他是敗類，而且還會讓他看到他們為他收拾了多少爛攤子。

「你做出那種事，」那男人的母親就會這麼唸他，「我去望彌撒的時候，實在抬不起頭來。

你叫我該對神父怎麼說？」

這種言論傷不了馬龍。

他痛恨神父。

他覺得這些人是寄生蟲，除非遇到必須參加的婚禮或葬禮，否則他一直對教堂是敬而遠之，而且他也絕對不會奉獻半毛錢。

馬龍要是看到救世軍在搖鈴，一定會停下腳步，至少丟個五美金在捐獻箱裡面，但他絕對不會捐錢給小時候的教區。對於他心中認定應以反組織犯罪法案予以起訴的性騷兒童團體，他絕對不會捐出半毛錢。

教宗來到紐約的時候，馬龍真想逮捕這傢伙。

魯索是這麼回他的：「恐怕沒那麼容易。」

「對，應該很難。」只要是位階在警監以上的警察，一看到教宗出現，無論是戒指還是屁股，都會爭先恐後搶著親吻。

馬龍覺得修女們也好不到哪裡去。

「德蕾莎修女呢？」每當他與席拉在吵這件事的時候，她總是會這麼問他。「她讓那些挨餓的人有東西吃。」

「要是她願意發送保險套的話，」馬龍反嗆，「她就不需要去餵飽那些飢民的肚子。」

馬龍甚至痛恨《真善美》，這是他唯一看過的電影，他支持的是納粹那一方。

「怎麼可能會有人討厭《真善美》？」蒙提問他，「那很好聽啊。」

「媽的你是哪門子黑人啊？」馬龍問他，「居然會聽《真善美》那種音樂。」

「沒錯，」蒙提回道，「你聽噁爛的饒舌。」

「饒舌是哪裡惹到你了？」

「種族歧視。」

馬龍一直覺得四十歲以上，對饒舌與嘻哈最痛惡至極的族群，非黑人莫屬。他們就是沒辦法忍受那種調調，快要從屁股滑下來的垮褲、反戴的棒球帽，還有珠寶。而且那個年紀的黑人多半不能忍受自己的女人被稱為臭婊子。

他們就是無法聽到那種話。

馬龍就曾經親眼見識過那種場面。他與席拉、蒙提與尤蘭達在一起雙重約會，開車經過百老匯大道，當夜暖和，車窗大敞，站在九十八街的饒舌樂手看到尤蘭達，開始大吼：「兄弟，你的婊子很正啊！」蒙提把車停在百老匯大道的正中央，下車，把那小孩痛扁一頓。然後，他又回到車上，不發一語。

大家都不吭氣。

至於克勞黛，她不討厭嘻哈，但她大部分聽的是爵士樂，而且遇到她喜歡的藝人有演出的時候，還會把他一起拉去俱樂部。馬龍覺得也不錯，不過他真正喜歡的是比較老派的饒舌音樂和嘻哈藝人——大個子、糖山幫、N.W.A.，還有圖帕克。尼力與阿姆也還可以，德瑞醫生亦然。

馬龍站在客廳，發現自己一直昏昏沉沉，所以抗睡丸還沒有發揮作用。

他鎖上大門，走到車庫，他們早已幫他把車子停在那裡。

馬龍的私人座車是一輛復古的一九六七年雪佛蘭科邁羅ＳＳ敞篷車，黑色烤漆，搭配Ｚ28條紋設計，引擎排氣量四二七立方英寸，四段變速手排，最獨樹一格的就是全新的Bose音響系統。他從來沒有把它開入自己的轄區，也幾乎很少讓它現身曼哈頓。這是他的嗜好——他會把車開去史塔頓島或是遠離市區去兜風。

現在，他走西端高速公路，穿過曼哈頓，正好經過了九一一事件地點附近。已經是十五多年前的事了，但每次見不到原本的雙塔，依然會感到生氣，那是天際線的缺口，是他心中的洞。馬龍不恨穆斯林，但他對那些混蛋聖戰士絕對是恨之入骨。

那一天死了三百四十三名消防員。

三十七名航港局與紐澤西警員。

二十三名警察衝進那些建物裡面，再也沒辦法出來。

馬龍永遠忘不了那一天，他真希望能夠完全抹去那一段記憶。他那天休假，但一接到第四級動員令就立刻出動。他與魯索和其他兩千名警察到達現場，當他看到第二棟世貿大樓倒下的時候，並不知道自己的弟弟當時也在裡面。

經過一整天漫長的找尋與等待，他接到那通電話，確認了他心中早已隱現的不安——里安再也回不來了。馬龍得告訴母親這個消息，而他永遠忘不了那個聲音——從她口中迸裂而出的淒厲悲吼，只要在失眠的陰鬱時分，依然會在他的耳內不斷發出回聲。

另一個揮之不去的贈禮就是氣味。里安曾經告訴過馬龍，他一直覺得自己鼻腔裡發散出焦肉味，馬龍一直不相信這種話，遇到九一一事件之後，他才有了親身體悟。整座城市瀰漫著死屍、灰燼、焦肉、腐敗、憤怒，以及哀傷的氣味。

而且里安說得沒錯——馬龍一直覺得自己鼻腔裡發散出焦肉味。

穿越砲台隧道的時候，他開始播放肯特里克．拉馬爾的音樂，震天價響。

上了韋拉札諾大橋的時候，手機響了。

是馬克．皮可尼，「可以抽個空見面嗎？」

「今天是聖誕節。」

「五分鐘就好，」皮可尼說道，「我的新當事人希望大家要好好關照他的案子。」

「肥泰迪？」馬龍問道，「幹，要好幾個月以後才會開始審理他的案子。」

「他很緊張。」

馬龍說道：「我準備要去史塔頓島。」

「我已經在這了，」皮可尼回道，「今天是重要的家庭聚會日，我想我下午應該可以溜出來一下子。」

「我再打電話給你。」

馬龍在接近華滋華斯堡的地方下橋，這裡也就是紐約馬拉松的起點，繼續走海蘭大道，經過東更恩山丘、最後機會池塘公園，然後左轉，走漢姆登大道。

是個老社區。

沒有什麼特別之處，就只是典型的東岸獨棟豪宅社區，大部分都是愛爾蘭人或義大利人，一堆警察與消防隊員。

養育小孩的好地方。

老實說，他已經再也受不了了。

無聊到爆。

他再也無法忍受歷經逮捕、監視、穿越屋頂小巷的追逐戰之後，卻回到有海蘭購物中心、帕茲馬克超市、玩具反斗城、電玩遊戲站的這個地方，他明明剛剛才體驗了一場充滿速度、腎上腺素、恐懼、怒氣、哀傷、怒火的歷程，卻得馬上進入宛若被餅乾模型切割而成的某戶家宅，與大家一起玩墨西哥火車或是大富翁或是小賭撲克牌。而他們都是好人，當大家坐在那裡啜飲水果酒閒聊的時候，他的心中卻充滿了罪惡感，他真正的想望是回到街上，站在燥熱吵雜、臭氣沖天、充滿危險與樂趣、讓人好奇興奮又狂怒的哈林區，和那些真正的人群與家庭、騙子、毒販、妓女窩在一起。

詩人、藝術家，還有夢想家。

靠，他就是他媽的好愛這座城市。

看著他們在洛克公園打籃球，或是站在河濱公園的露台觀看下方的那些古巴人打棒球，有時候，他會前往高地與英伍德，看看那些多明尼加人在搞什麼名堂——他們在人行道上面玩骨牌遊戲、車子音響大聲播放雷鬼音樂、拿大砍刀劈椰子的街頭小販。再不就是進入肯尼烘焙店喝杯咖啡牛奶，或是在街頭小攤買杯甜豆湯。

這就是他深愛紐約之處——你對它萌生想望，它就是在那兒。

一直等到他離開自己的愛爾蘭－義大利、藍領、住滿警消的史塔頓貧民窟，搬入這座城市之後，他才真正懂得什麼是紐約的甜膩豐饒濁氣。光是走入某條街道，就會聽到五種語言、聞到六種文化、聽到七種音樂、看到百種人，上千個故事，而這就是紐約。

紐約就是世界。

反正，是馬龍的世界。

他永遠不會離開。

完全沒有必要。

他也曾經想要向席拉解釋自己的心情，但要是你不把她丟進這個你不想讓她碰觸的世界，又該如何向她說個清楚？你進入了某對快克吸毒雙人組爸媽的廉價公寓裡，發現了某個已經死亡一週的小嬰兒，她的雙腳被老鼠啃咬殆盡，而你又怎麼能馬上帶著自己的小孩去查克起司吃吃喝喝？你應該要告訴她那種事嗎？與她一起「分享」？不行。你應該要擠出笑容，與輪胎推銷員閒聊大都會隊戰況或是他媽的隨便哪個話題都好，因為沒有人想聽到那種慘況，你也不想講出來，你只想要徹底忘了它，祝福他們好運，這樣就很完美了。

那一次，菲爾、蒙提，還有他接到了匿名線索，前往位於華盛頓高地的線報地址，發現了那個被綁在椅子上的男人，因為他在某批海洛因運送的過程中污走了一點貨，雙手慘遭砍斷，但他還活著，因為施虐者早已使用噴火槍小心翼翼熔黏傷口。他的雙眼暴凸，下巴因痛苦緊咬而斷裂，然後，他們必須回家去參加某個庭院餐聚，主人忙著烤肉，他與菲爾就和大家一樣陪在一旁，兩人的眼神在烤肉架上方交會，都很清楚對方在想什麼。你不需要把這種噁爛的事告訴其他警察，他們早就知道了，全世界懂得這種感受的也只有他們而已。

然後是生日派對。

馬龍甚至不記得是哪個小孩的生日現場——也許是凱特琳的某個朋友——典型的後院派對，曬衣繩上面掛了皮納塔小驢禮物袋。馬龍坐在那裡，看著他們拚命在打那個袋子，他一整個禮拜都在法庭與某個名叫鮑比．瓊恩斯的海洛因毒販打攻防戰，而陪審團最後的判決結果是無罪，因為他們打死不相信馬龍看到名主持人「鮑比．波恩斯」在對街賣毒。所以馬龍坐在那裡，小孩拚命拿著棍棒敲打皮納塔小驢，但就是打不破，馬龍起身，從某個小孩手中搶下棍棒，狠狠敲爛了那隻該死的小驢，裡面的糖果立刻散落一地。

一切頓時靜止。

派對裡所有人都盯著他。

馬龍開口：「你們趕快吃糖果吧。」

他覺得好難堪，準備躲進浴室，席拉跟在他後面，開口問道：「天，丹尼，靠，你是怎麼回事？」

「我不知道。」

「你不知道？」她反問，「你害我們在朋友面前丟人現眼，你不知道？」

馬龍心想：不，你不會懂的。

我也不知道該從何說起。

而且我再也無法忍受下去了。

從那樣的生活，轉換到這樣的生活，而這種日子，這種日子，感覺……愚蠢。

假惺惺。

這不是我。

抱歉，席拉，但這真的不是我。

好，這個聖誕節早晨，睡眼惺忪的席拉開門迎接馬龍的時候，還穿著藍色法蘭絨睡袍，頭髮亂七八糟，來不及化妝，手裡拿著咖啡。

不過，他依然覺得她好美。

她一直是他心目中的美女。

馬龍問道：「小孩起床了嗎？」

「還沒，我昨晚餵他們吞下苯海拉明。」她發現他表情大變，趕緊說道：「丹尼，我在開玩笑。」

馬龍跟她進入廚房，她倒了杯咖啡給他之後，坐在早餐桌前的吧檯椅。

他開口問道：「聖誕夜如何？」

「很好，」她繼續說道，「小孩一開始在吵到底要看哪些電影，最後我們喬好了，看的是

《小鬼當家》與《冰雪奇緣》。你呢？」

「巡邏。」

席拉盯著他，彷彿根本不相信這個答案，她露出指責他的表情，你明明是跟那個「哼」在一起。

她開口問道：「你今天要上班嗎？」

「不用。」

「我們等一下要去瑪麗家吃晚餐，」她繼續說道，「我本來想找你一起去，不過，你也知道，他們恨死你了。」

席拉還是老樣子——超直白。其實，這也是他一直很欣賞她的重點之一。她就是黑白分明，你一定會很清楚她對你的真正感受。而且她說得沒錯，自從他們分居之後，她妹妹瑪麗一家子就對他恨之入骨。

「沒關係，」他說道，「我應該會去菲爾家。小孩最近都好吧？」

「你得準備要和約翰聊一聊『那個』了。」

「他才十一歲。」

「他馬上就要上國中了，」席拉說道，「你一定沒辦法想像現在的狀況，小女生在七年級就開始幫人吹喇叭。」

馬龍處理的是哈林、英伍德、華盛頓高地等區域。七年級玩這一套，也等於是晚熟了。

「我會找他談一談。」

「但不要挑今天。」

「不會，當然不是今天。」

他們聽到樓上傳來聲響。

馬龍說道：「重頭戲來了。」

當他的小孩從樓梯上砰砰跑下來的時候，他正站在梯底，一看到聖誕樹下的禮物，他們眼睛立刻發亮。

馬龍開口：「看來聖誕老公公來過了。」當小孩從他身邊擠過去，直接衝向戰利品的時候，他倒不會覺得有什麼好心痛的。反正他們是小孩，而且這種反應很坦率。

約翰大叫：「PS4！」

馬龍心想：嗯，接下來要輪到我的禮物了，他知道沒有小孩會需要兩台PS。

他覺得好奇怪，怎麼才不過兩個禮拜，小孩就長得這麼快？席拉天天和他們在一起，八成是無知無覺，但是約翰的身材已經開始拔尖，微微出現瘦長的模樣。

凱特琳雖然頭髮還是超捲，但看得出遺傳了她母親的紅髮與綠色眼眸。他心想：我必須要為這座家建立保護高塔，不能讓那些臭男生靠近她。

他的心好痛。

他在想：靠，在孩子成長的過程中，我缺席了。

他坐了下來，他們還在一起的時候，每逢聖誕節，他就會坐在這張休閒椅上頭，而席拉也一樣，依然坐在沙發的同一張靠墊。

他心想，傳統很重要，習慣也很重要，因為它們是賦予孩子穩定環境的一種方法。所以他與席拉就這麼坐著，盼望能夠營造出某種生活條理，讓小孩輪流拆禮物，以免他們的聖誕節在短短三十秒內宣告結束，而且席拉還特別準備了肉桂捲與熱巧克力，逼迫他們必須先吃完才能繼續拆禮物。

約翰打開馬龍的禮物，假裝露出雀躍神情。「哦，哇，爸爸！」

馬龍心想：這小孩個性真是良善，敏感，絕對不能讓他從事家族的傳統工作，進入警界，鐵定會被生吞活剝。

「我不知道聖誕老公公會出包。」馬龍這句話是在諷刺席拉。

「不，這樣很好啊，」約翰反應很快，「我可以樓上樓下各放一個。」

「我拿回去退貨，」馬龍說道，「買別的東西給你。」

約翰跳起來，伸出雙臂抱住馬龍。

有了這個就勝過一切了。

他心想：絕對不能讓這小孩踏入警界。

凱特琳好愛她的芭比玩具組，她也走到爸爸身邊，給了他一個大大的擁抱，又親吻他的臉頰。「爸拔，謝謝你。」

「小可愛，別客氣。」

她依然保有那種小孩的氣息。

甜美的天真無邪。

席拉是個好媽媽。

然後，凱特琳說出讓他傷心的話：「爸爸，你要不要留下來？」

他的心裂了。

約翰抬頭望著馬龍，彷彿他先前萬萬沒想到這居然可能成真，如今他滿懷期望。

「今天不行，」馬龍說道，「我得工作。」

約翰接口：「抓壞人。」

「對，抓壞人。」

你以後不會走上我這條路，馬龍心想，絕對不會。

凱特琳依然不放棄，「等到全部的壞人都被抓光光的時候，你是不是就可以回家了？」

「小可愛，我們到時候就知道了。」

「『我們到時候就知道了』，意思就是不會嘛。」凱特琳哀怨看了母親一眼。

席拉開口：「你們兩個是不是有禮物要給我們呢？」

送禮的興奮感果然轉移了他們的焦點，他們衝向樹下，拿起事先準備好的禮物。約翰送給馬龍的是紐約遊騎兵隊針織帽，而凱特琳則送出自己在美術課繪製圖案的馬克杯。

「這個就放在我辦公桌嘍，」馬龍說道，「這個就直接戴在頭上，我好喜歡，謝謝你們。哦，這是要給你的。」

他把禮物盒交給席拉。

她回道：「我沒給你準備東西。」

「沒關係。」

「梅西百貨買的圍巾呢，」她把它拿起來，讓孩子們看個仔細。「好漂亮，這一定能夠讓我的脖子暖乎乎，謝謝。」

「不客氣。」

然後，氣氛變得好彆扭。他知道她得要催促小孩開始穿衣，等一下得去參加家族聚會，而小孩子也很清楚這一點。但他們也知道要是自己一開始動作，馬龍就會離開，這個家庭又會再次破碎，所以他們就和雕像一樣，動也不動。

馬龍看了一下手錶，「哦，哎呀，我不能讓壞人等太久啊。」

凱特琳回他：「爸爸，你很搞笑耶。」

只不過她的眼眶裡盈滿淚水。

馬龍起身，「你們要對媽媽好一點，知道嗎？」

「一定的。」約翰儼然已經接下了守護全家的那個男人角色。

馬龍把兒子女兒抱在大腿上，「我愛你們。」

「我們也愛你。」兩人齊聲回他，語氣好悲傷。

他與席拉並沒有擁抱問候，因為他們不希望讓小孩產生錯誤期待。

馬龍離開時忍不住心想，聖誕節這種發明，擺明就是要折磨離婚父母和他們的小孩。

幹你媽的聖誕節。

現在到魯索家也未免太早了一點，所以馬龍驅車前往海邊。他準備要等到晚餐結束之後再過去，不想被唐娜的義大利麵撐死。他只打算吃瑞可塔起司捲、南瓜派，再加上幾杯含酒精咖啡。

馬龍把車停在海灘對面的某處停車場，不熄火，讓暖氣繼續吹送。他很想出去外面走一走，但天氣實在太冷了。

他從置物箱拿出一品脫的酒，慢慢啜飲。他喝酒喝得兇，但絕對不是酒鬼，而且要不是為了暖身，也通常不會在這麼早的時候開喝。

馬龍心想：也許乾脆當個酒鬼也好，但我太自負，不想淪為別人的刻板印象。酗酒、離婚的愛爾蘭警察。

對，是有這樣的警察，傑瑞．麥克納伯，在某個聖誕節下午，開車到了這裡，將槍口對準自己的下巴，使用的是他的休假備用槍。拿槍自轟的酗酒、離婚的愛爾蘭警察。

又是另一個刻板印象。

警方法醫室的那些人員確認他當時只是在清槍，所以請領保險或是撫卹不會有任何問題，而負責理賠的那傢伙知道最好不要惹到他們，所以他也假裝相信有人會在聖誕節的時候特地跑到海灘去清槍。

但麥克納伯真的就會幹這種事，他一想到要蹲牢就怕得要死。他們也已經有了鐵證，拍到他收受布魯克林區某一毒販的賄款。他們準備要沒收他的警證、配槍、退休金，要把他關進監牢，而他不敢面對這樣的未來。不敢面對家人必須蒙受的恥辱，不敢面對前妻與小孩看到他上銬的模樣，所以他飲彈自盡。

魯索對此倒是有不同的詮釋。某天晚上，他們窩在車裡監控，打發時間閒聊的時候提到這話題，魯索說道：「你們這些白痴都搞錯了，他這麼做是為了要挽救自己的退休金，一切都是為了家人著想。」

馬龍問道：「難道他沒有存錢嗎？」

「他是坐在警車裡，」魯索說道，「雖然待在七十五分局，但也不可能污太多。他死於意外，家人可保有退休金與其他福利，麥克納伯做出了正確之舉。」

馬龍心想：不過，這個人都沒攢下來。

馬龍倒是都有存。

他有藏現金，也有各種聯邦調查局絕對追不到的投資項目與銀行帳戶。

而且，他還有另外一個帳戶，找宜人大道的那些義大利人弄的戶頭，他們是前奇米諾家族遺留在東哈林的人，全都比銀行好多了，不會搶走你的錢或是丟進壞帳抵押貸款。

馬龍心想：老實的幫派分子比那些華爾街的人渣好多了。一般社會大眾並不明瞭——他們以為黑手黨是壞蛋？這些義大利人只不過希望能像當沖基金經理人、政客、法官、律師一樣四處偷錢而已。

眾議院那些人？

還是別提了。

警察要是收受火腿三明治而怠職，就會丟掉工作；眾議員伯特赫爾收受軍火商數百萬美元，為他們投下一票，他卻成了愛國者。下次要是有哪個政客為了要保有退休金而轟掉自己的腦袋，保證是有史以來破天荒第一遭。

馬龍心想，要叫我「砰砰」，最多也只是開香檳而已。

我絕對不會像傑瑞．麥克納伯一樣幹那種事。

馬龍自己心裡有數，他不是會以自殺終了的人。

他心想：我會讓他們斃了我。他眺望土丘綠草，還有被颶風摧殘的圍牆。颶風珊蒂曾經重創史塔頓島，那一夜，馬龍保證一定會留守在家裡，與席拉、小孩坐在地下室裡面玩「釣魚」撲克牌遊戲。第二天才出去，盡他所能幫忙。

他們要是抓了我，我一定去坐牢，我才不鳥你們也不在乎退休金。

我自己就可以好好照顧家人。

席拉根本不需要自己跑去宜人大道，他們會過來找她，每個月按時奉上豐厚的信封。

他們會做出正確之舉。

因為他們跟眾議院的那些人不一樣。

他拿起電話，打給克勞黛。

她一接起電話，他劈頭就問：「起床了嗎？」

「剛起來而已，」她回道，「親愛的，謝謝你送給我的耳環，好漂亮，我也有東西要送你。」

「昨天你已經送給我禮物了。」

「那是給我們兩人的禮物，」她說道，「我今天要值下午四點到晚上十二點的班，你要不要等我下班後過來？」

「好。你等一下要去你姊姊家，對吧？」

「也想不出別的理由可以避開，」克勞黛說道，「不過，能看到那些小孩還是很開心。」

他為她感到慶幸，等一下她會與家人團聚，而不是一個人獨處。

上次她吸毒的時候，他給了她一次選擇的機會——上我的車，我帶你去戒毒中心，不然，我給你上銬，你可以進賴克斯監獄戒毒。她好氣他，但還是乖乖上車，他把她載到了康乃狄克州的波克夏爾，也就是他的西城醫師特地為他所找的地方。

送她進戒毒中心，花了他六萬美金，但很值得。

自此之後，她再也沒碰毒了。

現在，他說道：「我想找個時間見你家人。」

她發出輕笑，「親愛的，我們已經準備走到那個階段了嗎？我不知道耶。」

這段話的真正意思，其實是她還沒準備好要把某個白人警察帶回哈林老家，此一舉動等同於帶三K黨成員走入密西西比河流域的黑人家庭。

馬龍回道：「但還是找個時間吧。」

「之後再說了，我得去洗澡了。」

「快去吧，」他回道，「晚上見。」

他把遊騎兵隊的帽子戴在頭上，拉上外套拉鍊，熄火。車內還可以維持好幾分鐘的暖度，他往後倒，閉上雙眼，他知道吃了抗睡丸自然是無法成眠，但他的眼睛真的好痠痛。

到達菲爾家的時間，剛剛好。

他們正在清理晚餐的碗盤，整間房子是可怕的義大利美國混搭風，裡面約有五十七個家族小孩在四處奔跑，男人們聚在電視旁聊八卦，女眷則窩在廚房裡聊天，菲爾的爸爸也不知道是哪來的能耐，居然無視一切，坐在書房裡的舒適休閒椅裡打盹。

「靠你是跑去哪了？」菲爾說道，「你沒吃到晚餐。」

「那邊結束得晚。」

「聽你在唬爛，」菲爾帶他進入屋內，「你一定是躲在外頭胡思亂想，標準的愛爾蘭白痴。快過來，讓唐娜幫你好好弄一盤晚餐。」

「我要留肚子吃瑞可塔起司捲。」

「好啦，你給我帶保鮮盒回去，別想要再跟我爭了。」

菲爾的雙胞胎兒子，保羅與馬可，跑過來向他們的丹尼叔叔打招呼。他們是典型的男史塔頓島義大利青少年，上了髮膠的頭髮，緊身T恤，還有那種看一切不順眼的調調。

「他們就是被寵壞的小屁孩，」魯索有次曾經這麼告訴馬龍，「一半的時間在逛街，另一半的時間在打電動。」

馬龍知道這並非實情，唐娜一直陪伴在他們身邊，看著他們練習冰上曲棍球、足球，還有棒球。這兩個小男生運動很行，搞不好也是學霸，但魯索絕對不會掛在嘴邊炫耀。

也許是因為他錯過了太多兒子的比賽。

他們的女兒，蘇菲亞，美貌令人驚豔。魯索甚至曾經提過他想要搬到河岸的另外一頭，因為她想要贏得紐約小姐是沒指望了，但贏得紐澤西小姐可能還有一絲機會。

十七歲，她出落得就像是唐娜的復刻版，高挑長腿，炭黑髮色，出奇澄亮的藍色眼眸。美呆了。

她也知道自己長得好看，但這小孩個性可愛，明明知道自己有容貌的優勢，卻一點也不驕縱。而且，她好愛她爸爸。

魯索對女兒的美貌總是很低調，他老愛這麼說：「不要給我去當鋼管舞女郎就好。」

馬龍回道：「嗯，我不覺得你需要擔心這種事。」

「而且得注意不要被搞大肚子，」魯索回他，「養兒子就簡單多了，只需要擔心那根屌而已。」

蘇菲亞走過來，親了一下馬龍的臉頰，溫柔展現成人世故的那一面。「席拉和小孩都好嗎？」

「感謝問候，都好。」

她輕捏了一下他的手，表露同情之意，顯現她已有成熟女子風範，了解他的苦痛，然後，她進廚房去幫忙媽媽了。

魯索問道：「今天早上還好嗎？」

「嗯。」

「我們得私下談一談。」魯索大吼，「嘿！唐娜！我帶丹尼去地下室，給他看一下你幫我買的工具箱！」

「不要待太久！馬上就要出甜點了！」

地下室乾淨得跟手術房一樣，想要在這裡從事任何活動都沒問題，一切井然有序，但馬龍不知道魯索平常怎麼可能有空進地下室。

「卡特爾收買的警察，」魯索說道，「是托瑞斯。」

「你怎麼知道？」

「他一早打電話給我。」

馬龍問道：「祝你聖誕快樂？」

「跟我幹譙有關肥泰迪的事，」魯索回道，「我猜那肥豬向卡特爾告狀，他就電了一下托瑞斯，托瑞斯告訴我，我們得讓他討口飯吃。」

馬龍回道：「我們又沒擋他財路。」

要是他在紐約市以外的地方賺錢，私留百分之百當然沒問題。但如果他或是他的人馬在北曼哈頓賺錢，那麼他們就會丟出一成挹注大家的公基金。

有點像是美式足球聯盟的運作模式。

只要是小隊成員，都可以涉足任何區域，但就現實狀況而言，華盛頓高地與英伍德是托瑞斯團隊的獲利大本營。

但現在看來他似乎已經被卡特爾所收買。

馬龍不會幹這種事。他會海削毒販，幫他們喬事情，但他絕對不會成為黑道的手下或是變成某人的家臣。

不過，他還是不會與托瑞斯開戰。現在大家都過得好，人人開心的時候就不要多管閒事。

馬龍說道：「皮可尼會搞定肥泰迪的事，我等一下會與他見面。」

馬龍突然閃過一個念頭，搞不好托瑞斯裝了竊聽器材，刻意設計陷阱讓他們跳下去，但他立刻覺得不可能。他們就算把托瑞斯的腳踩到斷骨，他也不會供出任何一位警察弟兄。他是個糟糕又討人厭的警察，而且貪婪無厭，但他不是抓耙仔。

抓耙仔是這世界上最噁心的敗類。

他們沉默了一會兒之後，魯索開口：「聖誕節少了比利，感覺就走味了。」

「沒錯。」

比利在聖誕節會帶什麼女伴過來，一直是他們的熱門話題。

可能是模特兒，也可能是演員，反正永遠是辣妹陪伴他身邊。

魯索說道：「我們最好趕快上樓，不然他們會以為你在幫我吹喇叭。」

「為什麼不是以為你在幫我吹喇叭？」

「因為根本不會有人信那種話，」魯索回他，「走吧。」

瑞可塔起司捲果然好吃。

馬龍吃了兩個，開始坐下來大談遊騎兵隊、島人隊、魔鬼隊的各項相對性優點，因為史塔頓島其實正好位在三角地帶，支持哪一隊都言之成理。

他一直是遊騎兵隊的忠實球迷，將來也絕對是從一而終。

唐娜．魯索發現他在廚房裡吃東西，已經快要吃光了，趕緊趁此機會發動襲擊，她也不廢話：「所以，有沒有打算回到老婆和小孩的身邊？」

馬龍回道：「唐娜，我覺得不太可能。」

「就當重新來過，」唐娜說道，「他們需要你，我不管你信不信，其實你也需要他們。而且，你最適合席拉了。」

「她才不是這麼想。」

馬龍不知道她真正的想法。他們已經分居一年多了，雖然席拉宣稱她願意離婚，但卻遲遲不肯簽字，而他也太忙了，一直沒空催促她。

馬龍心想：反正你們怎麼說都好。

「把盤子給我，」唐娜接過來，把它放入洗碗機。「菲爾說你在曼哈頓有小三。」

「不是小三，」馬龍說道，「是我的正宮女友，我不會再結婚了。」

「在天主教教會的眼中——」

「少跟我講那套屁話。」

馬龍很愛唐娜，而且從小就認識她了，為她犧牲生命也在所不惜，但他現在沒有心情聽她的婆媽式偽善。唐娜．魯索知道——她必須知道——她丈夫在哥倫比亞大道有小老婆，只要一有機會就黏在一起，而且次數頻繁。她知道，而她選擇視而不見，因為她想要有豪宅美服，也要小孩上大學。

馬龍不怪她，但大家要就事論事。

「我等一下弄東西，讓你帶回家，」唐娜說道，「你看起來好瘦，到底有沒有吃東西啊？」

「義大利女人哪。」

「算你運氣好，」唐娜開始把火雞、馬鈴薯泥、蔬菜、通心粉放入大型塑膠保鮮盒，「席拉和我正在上鋼管舞的課，她有沒有告訴你？」

「沒說。」

「這是很好的心肺運動，」唐娜雙手捧著好幾個塑膠盒，「而且也非常性感，你知道嗎？老弟，席拉可能已經學到了許多你先前根本不知道的新招數。」

馬龍說道：「我們之間不是因為性事出問題。」

「當然是與性事有關，」唐娜說道，「丹尼，趕快回去你老婆身邊，不然再遲就來不及了。」

「你是不是知道什麼我不知道的事？」

「你不知道的事，我全都一清二楚。」

他向魯索道別，準備離開。

魯索問道：「她是不是又碎碎唸你跟席拉的事？」

「當然。」

魯索回道：「喂，她也會在我面前唸你跟席拉的事。」

「謝謝你請我過來。」

「講這什麼幹話。」

馬龍把食物放在後座，打電話給馬克．皮可尼。「現在有空嗎？」

「你找我，隨時奉陪。到哪裡見面？」

馬龍靈機一動，「到博德海濱大道怎麼樣？」

「冷死了。」

「這樣最好。」今晚不會有一大堆人出現在那了。

果然沒人，很好。天色已經轉灰，勁烈海風狂送而來。皮可尼的黑色賓士車早已在那裡等候，現在有兩輛車，裡面的駕駛是悄悄躲開家族晚餐的人，還有輛貌似被人丟棄的廂型車停在一旁。

馬龍把車停在皮可尼駕駛座的對向，搖下車窗，他不知道為什麼律師一定要開賓士，但每一個都這樣。

皮可尼將信封交給他，「這是你介紹肥泰迪的佣金。」

「謝謝。」

這就是運作模式——逮捕某人之後，給他某張律師的名片。要是對方真的委託那名律師的話，這律師就得給你一點甜頭還人情。

但更好的還在後頭。

皮可尼問道：「你可不可以幫忙喬一下？」

「是誰在管這案子？」

「賈斯汀・麥可斯。」

馬龍知道麥可斯是會玩這一套的人。大部分的助理檢察官都不是，但對於某個人脈豐沛的警察來說，光是這些人已經綽綽有餘了，馬龍正好可以充當這樣的角色，而且從中分一杯羹。

「好，我應該可以搞定。」

把信封塞入麥可斯助理檢察官的口袋，他就會找出讓證據無效的方法。

皮可尼問道：「多少錢？」

馬龍反問：「我們現在講的是減刑還是不起訴處分？」

「無罪開釋。」

「一萬到兩萬美金。」

「這也包括了你的酬勞？對嗎？」

馬龍覺得很奇怪，皮可尼什麼時候變得這麼囉唆？他明明和我一樣都很清楚，我會從麥可斯那裡拿到我自己的抽佣。這就是我充當中間人的功能，所以檢方與律師都不需要因為知道對方會收錢而尷尬。而且，這樣對他們來說也比較安全，因為警察與檢察官在走廊談話實屬平常，不會引人起疑。「對，當然。」

「那就一言為定。」

馬龍心想：紐約，紐約啊——這城市真是美好，大家都會付你雙倍酬勞。

反正，他也欠肥泰迪一個人情，因為他提供了槍枝來源的線報。

馬龍開出停車場。

過了三個街區之後，他發現有車跟著他。

不是皮可尼。

幹，是內務局的人？

那輛車節節逼近，馬龍看到了駕駛，是拉斐爾．托瑞斯。馬龍停車，走下來，托瑞斯也把車停在他後面，兩人在人行道上頭面對面。

「托瑞斯，你搞什麼鬼啊？」馬龍問道，「今天是聖誕節，你怎麼不和家人團聚？或者和你的那些婊子啊什麼的一起鬼混？」

「你和皮可尼會搞定吧？」

馬龍說道：「你的人不會有事。」

「你們在逮捕他的時候，一聽到我的名字就應該收手了。」

「靠，他根本沒提到你名字，」馬龍說道，「而且你為什麼自己要罩卡特爾的人馬？」

「一個月三千美金，」托瑞斯回道，「卡特爾不是很高興，他想要把錢要回去。」

馬龍回道：「媽的我哪會在乎他爽不爽？」

「你必須要讓其他人有口飯吃。」

「那就自力救濟吧，」馬龍說道，「以後就別在哈林區吃東西了。」

「馬龍，你知道嗎？你是個超級人渣。」

「問題是，你知道嗎？」

托瑞斯哈哈大笑，「皮可尼是不是送紅包給你？」

馬龍沒接腔。

托瑞斯說道：「我也應該要分一點甜頭才是。」

馬龍伸手抓住自己的胯下，「想嚐甜頭，這裡給你舔。」

「很好，」托瑞斯說道，「真是聖誕節的美好對話。」

「你想要拿卡特爾的錢，那是你家的事，」馬龍說道，「你高興就好，不過他得要搞清楚，他收買的是你，不是我。要是膽敢在我的地盤上賣毒，當然就是人人喊打。」

「兄弟，如果你真想搞得這麼難看，隨便你。」

「而且，你的賭注下錯了，」馬龍說道，「如果我不解決卡特爾，多明尼加人也會動手。」

托瑞斯反問：「確定嗎？他們不是已經被某人幹走了一百公斤的海洛因？」

馬龍回道：「是五十公斤。」

托瑞斯露出賊笑，「隨便你怎麼說了。」

現場氣氛瞬間冰爆。

馬龍又上了自己的車，立刻離開。

這次托瑞斯就不再跟著他了。

在開回曼哈頓的路途中，馬龍播放納斯的音樂，將它開得震天價響，而且還跟著唱和——是我的，是我的，都是我的。

馬龍心想，前提是我要撐得住。

要是迪馮．卡特爾能夠從「輸槍管」取得武器，一定會讓多明尼加人橫屍北曼哈頓街頭，而他們也會展開報復，我們都還沒搞清楚狀況之前，這裡就會變成可怕的芝加哥。

還不只如此。

卡特爾已經提到了他們從佩納那裡搶來的貨，然後是盧．薩維諾，現在托瑞斯也在講這件事？

現在要動佩納的那些東西，太危險了。

而且，那些佩納的贓貨很可能會害你走上傑瑞．麥克納伯之路。

要是你走運的話，可能會突然心臟病發或中風或得了動脈瘤，但萬一沒有，當你無法掌控全局的那一刻到來的時候……

天，你今天慘斃了。

幹，這有什麼，硬起來啊。

你擁有自己熱愛的工作。

金錢。

朋友。

某間紐約市的公寓。

還有一個深愛你的美麗性感女子。

北曼哈頓都是你的地盤。

所以他們沒辦法動你。
沒有人動得了你。

第二部

復活節兔寶寶

我擔任被告律師四十餘載，
一直必須與說謊、欺瞞、企圖玩弄體系以便能夠搶得上位的人為伍。
而這種人多半任職政府機構。

——奧斯卡・古德曼《成為奧斯卡》

6

紐約市，哈林區
三月

某個小屁孩殺死了一位老太太。

那婦人九十一歲，身材瘦小。

慘死的她看起來更為瘦小。

那個子彈入口，就和大多數的入口創傷一樣，切緣平整，位置在她的左頰，就在眼睛的下方。而子彈的出口，就和大多數的出口創傷一樣，不是小面積的平整傷口——以塑膠布覆蓋的翼狀靠背椅後方，沾滿了鮮血、腦漿、白髮。

「聽到外頭有狀況的時候，不該把頭探出窗外張望，」朗恩・米涅里說道，「但搞不好她一直就是這樣，平常就是在窗前東張西望。」

這位老太太住在「五毛錢」國宅區第六號大樓的四樓，被流彈擊中。馬龍走到窗邊，俯瞰下方。兇手倒臥中庭，持槍的那隻手張得開開的，食指依然貼在扳機上，彷彿倒下去的那一刻還想要開槍。其實那時候他應該早就嗝屁了，這只不過是肌肉的反射性動作而已。

馬龍說道：「謝謝你打電話通知我們。」

米涅里回道：「我猜與毒品有關。」

對，緝毒局已經證實死在中庭的傢伙是穆基・吉列特，是迪馮・卡特爾底下的毒販之一。

蒙提環顧這間小公寓——成年子女、孫輩、曾孫輩的諸多照片，還有瓷器茶壺、一堆紀念品湯匙，來自薩拉托加、殖民地威廉斯堡、法蘭哥尼亞諾奇州立公園——是娘家給的禮物。

「里歐諾拉・威廉斯，」蒙提說道，「願你安息。」

雖然還沒有發出屍臭，但他點了雪茄，反正這位老太太已經沒辦法出聲抗議了。

某輛警車開進中庭，賽克斯走了出來。這位警監走到那個斷氣小孩的身邊，搖搖頭，然後又抬頭看著那扇窗。

馬龍對他點點頭。

魯索開口：「我找到子彈了，卡在牆壁裡。」

「你在這裡等犯罪現場小組的人過來，」馬龍說道，「我下去一趟。」

他搭乘電梯，到達中庭。

聖尼可拉斯國宅有一半的居民擠在那裡看熱鬧，只能靠三十二分局的制服員警與黃色封鎖線隔離人群。其中一個小孩開口問道：「嘿，馬龍，聽說威廉斯太太死了，真的嗎？」

「嗯。」

「好慘。」

「沒錯。」

他走到賽克斯身邊。

賽克斯看著他，「這世界真可怕。」

「但這就是我們的世界。」

賽克斯說道：「這六個禮拜以來的第四起槍擊命案。」

馬龍心想：對，你的數據掛了。星期一電腦統計警政科技會議的時候，他們會拿著紅光雷射筆在你的胸膛大跳佛朗明哥舞，但他隨即對自己的這種想法感到很後悔。他不喜歡這位警監，但這個男人因為國宅區命案頻傳的低落情緒的確是情真意切。

賽克斯很傷感。

馬龍也是。

他理應要保護類似里歐諾拉・威廉斯這樣的人。毒販自相殘殺是一回事，但無辜老太太在雙方交火時遭槍擊身亡，那又是另一回事了。

媒體很快就會聞風而至。

托瑞斯走了過來。

他們的協議已經維持了三個月之久。托瑞斯繼續罩卡特爾，而馬龍與他的小組成員也沒有出手阻止。但現在卡特爾與多明尼加人在國宅區上演你來我往的殺戮戰，讓好不容易取得的休戰協議變得岌岌可危。

而且，現在有平民百姓遇害。

「事發突然，」托瑞斯說道，「沒有人注意到有異狀。」

「一定是三雄黨，」賽克斯回道，「為了迪黑蘇斯而展開報復。」

上禮拜，勞爾．迪黑蘇斯在高地被槍殺身亡。不久之前，一三五街某個賺錢小子黨的混混遭槍殺喪命，而迪黑蘇斯正是此案主嫌。

賽克斯問道：「吉列特隸屬賺錢小子黨，對嗎？」

「從小就在那裡混到大。」

而賺錢小子黨專門幫卡特爾賣毒。

「全力追捕三雄黨，」賽克斯對托瑞斯說道，「想辦法把他們帶進分局問案，全給我抓進來，理由是賣大麻還是未執行的拘捕令，我都不介意。看看有沒有人想要說實話，不然就等著進賴克斯島。」

「馬龍，你也去追一下自己的線人，」賽克斯說道，「我要嫌犯，我要逮人，我要這些殺戮劃下句點。」

馬戲團出現了。記者、新聞車，還有漢普頓牧師。

馬龍心想：當然——鎂光燈、相機、漢普頓。

其實，這不算糟糕透頂，至少漢普敦吸引了某些媒體的目光，不會對警方緊迫盯人，而馬龍也聽得到他在講話……「社群」……「悲劇」……「暴力循環」……「經濟不平等」……「警察的作為」……

賽克斯表現不錯，開始對其他記者侃侃而談。「對，我們可以證實發生了兩起兇案……沒有，我們現在並沒有鎖定的嫌犯……無法證實這到底是與毒品還是幫派有關……北曼哈頓特勤小組會全力調查……」

有名記者離開了那群嘈雜的圈子，走向馬龍。「馬龍警探？」

「怎樣？」

「我是《紐約時報》的馬克．魯本斯坦。」這傢伙又高又瘦，鬍鬚修剪得很整齊，休閒西裝內搭毛衣，戴著眼鏡，整個人看起來俐落聰明。

馬龍回他：「賽克斯警監會負責回答所有問題。」

「我知道，」魯本斯坦繼續說道，「我只是想知道你是否有時間跟我聊一聊，我正在做海洛因傳染病的專題報導——」

「你知道我現在很忙吧。」

「當然，」魯本斯坦把名片遞過去，「要是你有興趣的話，之後見個面吧。」

馬龍接下對方的名片，心想我一輩子也不會有這種興趣。

魯本斯坦又回到臨時的記者會現場。

馬龍走向托瑞斯，「我要找卡特爾談判。」

「哼，你以為開口就約得到？」托瑞斯說道，「你又不是什麼人緣好的警官。」

「我為他打點貝利的事。」

他的案子馬上就要開庭審判，一切都已經喬好了。

「幹他媽的多明尼加人，」托瑞斯說道，「我自己是西班牙裔，但我恨死了這些狡詐滑頭的人渣。」

特內莉走過來，「賺錢小子黨已經開始在討論把錢吐回去了。」

馬龍開口：「喂，特內莉，你等一下再過來好嗎？」她聳聳肩，立刻閃人。「幫我約卡特爾吧？」

「你能保證他安然無恙？」

「你覺得我們在談判的時候，三雄黨會——」

「我說的不是多明尼加人，」托瑞斯說道，「我指的是你。」

「給我安排時間就是了。」馬龍丟下這句話之後，又回頭找賽克斯，他的記者會剛結束。身旁站了一名便衣警察。

「馬龍，這位是戴夫．列文，」賽克斯開口介紹，「他剛到特勤小組報到，我就讓他加入你的小隊。」

列文應該是三十歲出頭，又高又瘦，一頭黑髮，尖高的鼻梁。他向馬龍握手致意，「見到您真是太榮幸了。」

馬龍面向賽克斯，「警監，借一步說話？」

賽克斯向列文點頭示意，他立刻識相離開。

馬龍開口：「如果我要養寵物，直接去流浪動物之家認領就行了。」

賽克斯回道：「列文很聰明，原本在七十六分局的防治犯罪小組工作。他破了許多大案，任勞任怨，掃蕩街頭槍火也成績斐然。」

馬龍心想：很好，賽克斯現在開始把以前七十六分局的人馬帶進來，列文的第一效忠對象將會是賽克斯，而不是這個小組。「我要講的重點不是這個。我的小組運作模式很流暢，大家同心協力──新成員會破壞我們的平衡。」

「特勤小隊的編組模式本來就是四人制，」賽克斯說道，「你必須找人填補歐尼爾的空缺。」

馬龍心想：任何人都無法取代比利。「那我要西班牙裔的人，給我加瑞納。」

「我不能這樣惡搞托瑞斯。」

馬龍心想：明明是托瑞斯把你當成犯人一樣在拚命蹂躪。「好，那我要特內莉。」

賽克斯似乎覺得很好笑，「你要女人當組員？」

馬龍心想：總比收下抓耙仔好吧。

「特內莉的警督考試成績很優異，」賽克斯說道，「她不久之後就會離開這裡，不能這樣，反正列文給你就是了。你的小組人力不足，而且我先前應該也提過了，我要趕快結案。卡特爾買槍的事有沒有進展？」

「全部的線索都掛點。」

「反正復活節馬上就要到來，」賽克斯說道，「死馬當活馬醫。不准有槍，不准打仗。」

馬龍走到列文旁邊，「跟我來。」

他帶著這傢伙走向里歐諾拉的公寓。

應該說，生前的公寓。

列文開口：「真不敢相信我可以加入北曼哈頓小組，與名震八方的丹尼．馬龍一起工作。」

「不需要拍我馬屁，」馬龍說道，「你只要專心聽我們講話，少給我開口，而且，也不要管別人講些什麼，知道了嗎？」

「明白了。」

「不，你根本不懂，」馬龍回他，「而且還會好一陣子搞不清楚狀況。不過，要是你跟賽克斯一樣聰明的話，之後就會懂了。」

問題是，你是誰派來的奸細？是賽克斯的人馬？內務局的人？或是總部的人？還是「現場同僚」計畫裡的一員？是被當局利用的警察？

你身上有沒有裝竊聽器？

這是不是與佩納的案子有關？

馬龍問道：「什麼原因讓你想轉到特勤小隊？」

「因為你們有許多的逮捕行動。」

「七十六分局本來就有許多逮捕案。」這是紐約市最繁忙的轄區，槍擊與搶奪案件的數目名列前茅，而且各個幫派勢力雄厚——八三瘸幫、民眾國家幫、霸凌幫。這小孩還想要更多的逮捕行動？

「好，『小心不要亂許願。』有時候工作無聊反而是好事。」馬龍繼續問道，「結婚了沒？有沒有小孩？」

「我有一個女朋友，我們是那種，嗯，專情的一對一關係。」

馬龍心想：是嗎？我們就看看你能撐多久。「超力」的成員不是那種海誓山盟型的男人。

「女朋友叫什麼名字？」

「艾咪。」

「很好。」

馬龍心想：艾咪，那就只能祝你好運了。

除非戴夫是在內務局工作，才需要讓自己的小弟弟與鼻腔保持乾乾淨淨。這一點值得觀察。要是有人不肯和你喝酒、不願意一起吸毒或呼麻怡情放鬆，也沒有養小三，不想做出那些難以向長官交代的亂七八糟的事情，那此人就真的不能信任。

馬龍問道：「好，賽克斯是你的『上師』？」

「我不確定能不能這麼說。」

「好，北曼哈頓是一間上師辦公室，」馬龍說道，「『超力』是肥缺，你是怎樣，有伯伯還是舅舅在總部？」

「我想賽克斯警監很欣賞我在七十六分局的表現，」列文說道，「但如果你問我是不是他的人馬，我不是。」

「他知道你的想法嗎？」

列文略顯惱怒。馬龍心想：這小可愛脾氣滿硬的。

「對，我想他很清楚，」列文問道，「怎樣，你們兩個是不和嗎？」

「這樣說好了，我們看待事物的角度不一樣。」

列文回他：「他做事一板一眼。」

「他這個人就是這樣。」

列文繼續說道：「好，我知道你們看到菜鳥進來不是很高興，我也知道自己無法取代比利．歐尼爾的地位。我只是要讓你知道，我不會給你惹麻煩的。」

馬龍心想：你已經給我惹麻煩了，或者應該這麼說，已經把我惹毛了。

電梯裡尿味四溢。

列文摀住口鼻。

馬龍說道：「他們把這裡當廁所。」

「為什麼不去廁所上？」

「大部分的都不堪使用，」馬龍說道，「水管被幹走，變成贓貨賣掉。我們運氣不錯，今天只有尿液而已。」

他們到達四樓，進入里歐諾拉的公寓。犯罪現場小組的人已經在那裡了，雖然案情十分單純，他們依然相當盡職。

「這位是戴夫．列文，」馬龍說道，「我們的新組員。」

魯索打量列文的那種表情，彷彿是在超市挑食物一樣。「我是菲爾．魯索。」

「幸會。」

蒙特鳩正忙著整理自己的菱形花紋襪子，他抬起頭來。「我是比爾．蒙特鳩。」

「我是戴夫．列文。」

馬龍開口：「他原本在七十六分局。」

現在，大家對列文的看法都如出一轍——就算他不是賽克斯派來的臥底，他們也絕對不需要菜鳥，一個他們不知道是否可以放心當作自己後盾的傢伙。

馬龍開口：「我們去街上吧。」

站在街頭的感覺就是爽。

馬龍覺得這就像是他的家一樣，他掌控一切，對於自己與周邊環境瞭如指掌。

無論到底遇到什麼困難，永遠可以在街頭找到答案。

魯索在費瑞德里克．道格拉斯大道左轉，切入一二九街，穿過國宅區的中央區，然後把車停在某棟三層樓的大型建物旁邊。

「這是HCZ，」馬龍開始向列文介紹，「哈林小孩專區，是某所特許學校，毒販很少在這裡交易，因為這些小孩不希望因在學校禁區販毒而被加重刑期。」

現在買賣毒品多半在室內進行，因為可以避開警察的監控，比較安全，只要打通電話或傳訊給你的毒販，進入這些大樓的其中一棟公寓或是樓梯井，就可以完成買賣。而且，警察也不可能突襲進入這些大樓裡面，因為毒販都有派小孩在外頭把風，四散各處，根本沒機會破門而入。

他們向東行，到達街區底端，看到衛理教會禮拜堂，然後在第七大道轉向北行，前往聖尼可拉斯國宅的遊樂場。

「這個國宅區有兩處遊樂場，」馬龍說道，「一北一南。這個是北邊的遊樂場，籃球場賭博賭得兇，輸錢的人要是賴帳就得吃子彈了。你在幹什麼？」

「做筆記。」

「你覺得這是大學教室嗎？」馬龍問道，「你有看到男女混住的宿舍？飛盤？還是丸子頭男人？千萬不要抄筆記，不要寫下任何東西，只有在處理移辦單的時候才需要動筆。你在執勤時寫下的紀錄隨時會被人挖出來，某些被告的豬頭律師會惡意解讀你的筆記，在你作證的時候搞死你。」

「知道了。」

魯索說道：「男大生，記在腦袋裡啦。」

有兩個黑桃黨分子正在玩籃球，一看到他們的車就開始叫囂。「喂！馬龍！」

把風少年的吹哨聲響徹雲霄，幫派分子全躲進大樓內，馬龍對球場上的那兩個小孩揮揮手。

「我們會回來！」

「馬龍，等你回來的時候，記得要幫你老婆帶乾淨的內褲，她穿的那一條臭死了！」

馬龍哈哈大笑，「安德烈，那你就把自己的內褲借給她啊，我喜歡你的紅色絲質內褲！」

這句話又引來更多的叫罵。

「哦沒有亨利」走在人行道，臉上露出那種充滿罪惡感但爽歪歪的「我剛吸毒」表情。

三年前他們第一次逮捕他，立刻為他取了「哦沒有亨利」這個綽號，當時他們把他推在牆上，問他是不是有帶海洛因。

「哦，沒有。」亨利嚇了一跳，語氣好天真。

馬龍問道：「你剛打了海洛因？」

「哦，沒有。」

然後，蒙提在這傢伙的口袋裡搜出了一袋海洛因，還有吸食用品，亨利只說了一句：「哦，沒有。」

蒙提當晚在置物間講出了事件經過，這個名號從此就這麼跟著他了。

現在，馬龍終於等到哦沒有亨利轉進小巷，開始點火加溫，準備要吸毒的那一刻，他與魯索、列文走到他後頭，亨利轉身，一看到他們就說出了很好猜的那句台詞：「哦，沒有。」

馬龍看到他蠢蠢欲動，立刻回道：「亨利，你敢給我跑！」

魯索也跟著大喊：「亨利，不准動！」

他們抓住他，立刻搜出海洛因。

「亨利，別說了，」馬龍開始虧他，「我求求你，不要再講那句話了。」

亨利不知道馬龍到底是什麼意思。他是個瘦巴巴的白人，二十八、九歲，但說他超過五十歲也不會有人懷疑。他身穿原本應該有羊毛襯裡的丹尼外套，搭牛仔褲與球鞋，還留著一頭髒兮兮的長髮。

魯索嘆道：「亨利，亨利，亨利啊。」

「不是我的。」

「哦，也不是我的，」馬龍說道，「我想也不是菲爾的，但我還是問他一下好了。菲爾，這是你的海洛因嗎？」

「不是。」

「不，不是，」馬龍說道，「所以這不是我的東西，也不屬於菲爾所有，亨利，這一定是你的了。除非你的意思是我們說謊。難道你覺得我們在唬爛嗎？」

亨利回道：「馬龍，饒了我吧。」

「你要我饒了你，」馬龍回道，「那就露點口風給我。聖尼可拉斯國宅的槍擊案，有沒有聽到什麼消息？」

「你想要從我這裡聽到什麼？」

「亨利，我們不能這樣搞，」馬龍說道，「要是你聽到了什麼，全都告訴我就是了。」

亨利東張西望了一會兒之後，才開口說道：「我聽說是黑桃黨幹的。」

「聽你在放屁，」馬龍回他，「黑桃黨也是卡特爾的人。」

「你問我聽到什麼，」亨利喊冤，「我只能照實說啊。」

如果這是真的，不妙了。

在卡特爾的強力介入之下，黑桃黨與賺錢小子黨之間勉力維持休兵關係，已經有一年之久。要是已經破局的話，那麼聖尼可拉斯國宅就會四分五裂。國宅區之內的戰爭，加上一二九街本來就是三不管地帶，勢必引發一場災難。

「要是聽到了其他消息，」馬龍說道，「打電話給我。」

「他誰啊？」亨利指著列文。

馬龍回道：「他是我們的人。」

他盯著列文，一臉不以為然。

他也不信任這個人。

他們到了漢密爾頓高地，與娃娃臉躲在「老大哥理髮店」後面見面。

馬龍講出亨利提到的黑桃黨近況，這名臥底一邊聽一邊在吸奶嘴。

「不意外，」娃娃臉回道，「開槍的兇手絕對是黑人弟兄。」

蒙提問道：「難道不會是深色皮膚的多明尼加人嗎？」

「是黑人弟兄，」娃娃臉繼續解釋，「很可能是黑桃黨，他們現在火力強大。」

他盯著列文。

「這位是戴夫．列文，」馬龍開始介紹，「本來在布魯克林區。」

娃娃臉對他點點頭，列文覺得這應該算是歡迎的意思。娃娃臉說道：「那位老太太真可憐。」

「有沒有聽到走私槍火的消息？」

娃娃臉回道：「完全沒有。」

「有沒有誰提起某個白人？」蒙提問道，「一個名叫曼德爾的臭白人？」

「你說的是『騎士』？」娃娃臉說道，「我曾經看過他，但沒有人提到這傢伙的事。你覺得我們應該要追查『輸槍管』來源的槍枝？」

「有可能。」

「我會注意。」

馬龍說道：「要小心，知道嗎？」

「一定。」

魯索問道：「有沒有人餓了？」

「我想吃東西，」蒙提提議，「要不要去『瑪娜小館』？」

魯索說道：「當年在奈洛比……」他開到一二六街，進道格拉斯大道，把車停在對街的聯合會殯儀館小教堂前面，人行道上站了一個貌似十四歲左右的男孩。

蒙提問他：「怎麼沒去上課？」

「被停學了。」

「為什麼？」

「打架。」

「白痴，」蒙提給了他十元美金，「幫我們顧好車子。」

一行人進入瑪娜小館。

這地方是狹長形——窗邊是結帳櫃檯，然後兩側的自助餐架堆滿了一盤盤的食物。馬龍拿了一個大型保麗龍餐盒，裝滿了炸雞、乳酪通心粉、一些蔬菜，還有香蕉布丁。

「要吃什麼盡量拿，」他告訴列文，「他們以重量計費。」

絕大多數的顧客，清一色黑人，有的把頭別開，有的則是對他們投以充滿敵意的空芒目光。大家都以為條子會在自己的轄區用餐，但其實恰恰相反，大多數的警察不會這麼做，尤其是那些黑人或西班牙裔人口為主的地區，因為他們擔心服務生會在食物裡吐口水，甚或做出更可怕的事。

馬龍之所以喜歡瑪娜，是因為食物都是現成的，他可以任意選擇自己想吃什麼，而且，他就是喜歡這裡的美食。

他開始排隊。

結帳店員問他：「你們總共四個人嗎？」

馬龍掏出兩張二十元美金鈔票，店員不收，但還是給了馬龍收據。馬龍挑了張後頭的餐桌入座，其他的組員也帶著食物坐了下來。

餐廳裡有許多人就這麼一路死盯著他們坐下。

自從班奈特事件發生之後，氣氛就越來越糟糕，迦爾納事件之後就已經很緊繃了，但現在更是可怕。

列文問道：「我們不付錢嗎？」

「我們給小費，」馬龍回他，「而且小費給得超大方。這些都是好人，努力工作。而且我們最多一個月才來一次而已——你是要把我煩死啊。」

魯索問道：「怎樣，你是嫌東西難吃嗎？」

「開什麼玩笑？好吃到爆。」

「好吃到爆，」蒙提學他的口氣，「列文，你是在模仿混混講話？」

「沒有，我只是——」

「吃吧，」魯索說道，「要是你想喝汽水啊什麼的，你得自己付錢，因為他們得對帳。」

大家都知道這是測試。如果列文是賽克斯的人馬，或是與內務局配合的幹員，今天的事一定會讓他們找上門。但馬龍已經有了收據，可以反咬列文滿嘴胡說八道。

馬龍心想，不然，就是列文打算設下更大的局。於是他決定繼續引蛇出洞，「我們會輪班——日班、夜班、大夜班——但那只是技術細節而已。不同的案件有不同的工時，我們很彈性，要是你需要多報加班，打電話給我，不需要透過辦公室處理。要是你有興趣的話，我們常常超時工作，接一些不錯的外快，不過，要是你沒有透過我的話，下班後不准私接任何工作。」

「好。」

馬龍進入教誨模式，「這些國宅高樓，絕對不能單槍匹馬進去。頂樓與最高的那兩層樓是戰區——幫派分子一定會佔據這幾個地方。至於樓梯間則是壞事做盡的地方——買賣毒品、傷害、性侵案。」

列文問道：「但我們主要是追查毒品吧？」

「男大生，你還不能算是『我們』的一員，」馬龍說道，「對，我們的主要任務是毒品與槍枝，但特勤小隊想幹嘛就幹嘛，因為一切都息息相關。大部分的搶匪都是毒蟲，而犯下性侵與傷害案件的多是販毒的幫派分子。」

「我們會跟他們玩以退為進的把戲，」魯索說道，「你逮捕了某個毒販，他可能會為了減輕刑度或是無罪開釋而向你供出某個殺人犯。而如果你願意讓殺人案的幫兇認罪協商的話，對方可能會告訴你大尾毒梟的消息。」

「只要是北曼哈頓的案子，特勤小隊的任何成員都可以主動追查，」馬龍說道，「我們這個小隊主要負責上西城與西哈林，而托瑞斯與他的人馬則是英伍德與高地。」

「我們在街頭與國宅區活動——包括了聖尼可拉斯、葛蘭特、曼哈坦維爾、華格納。你之後就會知道我們的領土與他們的地盤——比方說『維爾專區』、『金錢大道』組、『鮮脆幫』，還有『富豪阿拉巴馬要狠幫』。我們目前的重要任務是要對付高地的那些多明尼加人——三雄黨分子——本來的盤商生意已經無法滿足他們了，現在他們正打算向這裡挺進，搶奪黑人毒販的地盤。」

蒙提補充：「這是垂直式整合。」

魯索問道：「好，列文，你家在哪？」

「布朗克斯。」

蒙提問道：「布朗克斯的哪裡？」

「里弗代爾。」列文終於被逼出答案。

他們一夥人爆出大笑。

「里弗代爾不算布朗克斯，」魯索說道，「那是郊區，有錢猶太人住的地方。」

「你不會剛好也念賀拉斯曼中學吧？」蒙提指的是那間昂貴的私校。

列文沒接腔。

「我想也是。」蒙提問道，「然後念了哪裡？」

「紐約市立大學，主修刑事司法。」

馬龍說道：「你當初也應該要主修『大腳怪』才是。」

列文問道：「那是什麼？」

「因為那根本不存在啦。幫幫忙，他們教的就趕快忘光光吧，」馬龍講完之後起身，「我得打通電話。」

馬龍走到外頭，拿出手機，劈頭問道：「看到他沒有？」

賴瑞．韓德森是內務局的警督，他坐在車裡，停放的位置在葬儀社前面。「列文是高高的那一個？黑頭髮？」

「我靠，韓德森，」馬龍回他，「他就是那個不屬於我們的人。」

「他也不是我們的人。」

「你確定嗎？」

「要是我聽到什麼消息，一定會通知你，」韓德森回道，「內務局並沒有在盯你。」

「這一點你也確定嗎？」

「馬龍你是要我怎樣？」

「一個月給了一千美金，」馬龍反問，「確定一下消息不過分吧？」

「別動怒，我先走了，」韓德森說道，「自從發生佩納案之後，你的火氣就一直很大。」

「但這個叫列文的傢伙給我查清楚好嗎？」

「沒問題。」

韓德森把車開走了。

馬龍回去裡面，坐了下來，

「列文啊，」魯索說道，「不知道復活節兔寶寶的事。」

「我知道復活節兔寶寶，」列文說道，「我不懂的是，你們的救世主被釘在十字架之後又復活，這個前提本來就已經怪怪的了，然後兔子跳來跳去四處埋糖果蛋，這兩者之間到底有什麼關係？而且，兔子是哺乳類動物，牠們直接生出小兔子，不會生蛋。」

「這就是他們在大學裡教的東西，」魯索說道，「不然你是要叫我們埋什麼？糖果十字架嗎？」

列文嗆他：「這還比較合理。」

蒙提開口：「復活節兔寶寶源自於某一德國異教徒傳統，後來路德教派將其改編為決定小孩是否乖巧的一種活動。」

魯索繼續補充：「有點像是聖誕老公公。」

列文說道：「這一點也是不太合理。」

「你只是酸葡萄心理罷了，」魯索說道，「因為猶太人的小孩一遇到聖誕節的時候就是很淒慘。」

列文回道：「這倒是真的。」

「蛋呢，」蒙提滔滔不絕，「是下一代，是新生命的象徵，你把它藏起來，然後又把它找出來，是生命重新復活的象徵。不過，兔子其實是不會下蛋的，就像人不能死而復生一樣。這兩者都需要奇蹟才能實現，所以復活節兔寶寶象徵了希望，而那一類的奇蹟——死而復生、新生、救贖——也是有其可能。」

魯索指著掛嵌在牆上的電視，「喂，大家看一下吧。」

市長站在聖尼可拉斯國宅的外面，對媒體發表談話。

「我的團隊，」他繼續說道，「以及這座城市，絕對不允許我們的國宅區出現暴力事件。」

坐在電視附近的某名老人爆出大笑。

市長說道：「我已經指示我們的警察全力尋兇，而且我向諸位保證，我們一定會抓出兇手。哈林區的居民，以及紐約市的所有民眾都會明瞭我們的態度，也會信任我們，我們的團隊深深認為黑命關天。」

那老先生大吼：「聽你在放屁啦！」

好幾名顧客點頭稱是。

還有更多人盯著馬龍與他的人馬。

「你也聽到那個人說什麼了，」馬龍說道，「我們快上工吧。」

回到車上之後，馬龍看到列文肩掛槍套裡的西格P226手槍。

馬龍問道：「你還帶了什麼武器？」

「就這樣。」

「這手槍是不錯，」馬龍說道，「但還是要多帶一點。」

列文回道：「但這是規定。」

馬龍嗆他：「萬一有壞蛋奪走你的槍、反過來要射殺你的時候，再跟他們講這個吧。」

「你必須要有備槍，」魯索說道，「而且還得準備非槍枝武器。」

列文問道：「比方說？」

魯索從某個口袋裡取出小皮棒，又從另一個口袋拿出黃銅手指虎，舉起雙手裡的武器給列文看。而蒙特鳩則有一根截短的棒球棒，握把的中央部分還特地灌鉛。

列文發出驚嘆，「我的天哪。」

「這是北曼哈頓小組，」馬龍說道，「特勤小隊，我們只有一個任務——堅守界線，其他的部分都屬於枝微末節。」

他電話響了。

是托瑞斯。

迪馮·卡特爾今天要和馬龍談判。

7

馬龍與托瑞斯進入迪馮・卡特爾位於雷諾克斯大道的某間五金行的樓上、準備坐下對桌談判，此處是這名毒梟的諸多據點之一。萬一等一下發生任何狀況的話，他就會在這場會議結束之後放棄這個辦公室，幾個月內都不會回來這裡。

所以，馬龍猜想，既然卡特爾都願意燒毀賊窟了，顯然是打算想要在這次會議中牟取利益。

「你主動說要找我談一談，」卡特爾開口，「那就有話直說。」

「你才剛奪走某個無辜老太太的性命，」馬龍說道，「下次會是什麼人受害？小孩？懷孕的年輕女孩？嬰兒？你遲早會出手，為穆基討回公道。」

「我要是不對穆基事件有所回應，」卡特爾回道，「我會失去大家對我的尊重。」

馬龍回道：「我不希望我的領地裡有人開戰。」

「這種話去跟那些多明尼加人說吧，」卡特爾嗆他，「你知道他們派誰來這裡？一個名叫卡洛斯・卡斯提洛的傢伙，公認的野蠻殺手。」

「殺死穆基的不是多明尼加人，」馬龍說道，「其實是黑人弟兄，很可能是黑桃黨的人。」

「你說什麼？」

「我是要告訴你，你的黑桃黨已經背叛了你，準備投向多明尼加人的懷抱，」馬龍繼續說道，「也許殺死穆基就是他們的進場門票。」

卡特爾是掩藏情緒的高手，但從他眼中一閃而逝的某種神情看來，馬龍知道自己剛才說的話的確是事實。

卡特爾問道：「你希望我怎麼做？」

「與那些騎士取消交易，」馬龍說道，「告訴他們，你不需要他們的槍了。」

卡特爾的聲音已經快要藏不住怒氣，「不准你插手。」

然後，他望向托瑞斯。

馬龍心想：好，所以托瑞斯十分清楚有這筆武器交易。「不可能，我管定了。」

「我要是沒有武器，無法與多明尼加人抗衡，」卡特爾說道，「你是希望我怎樣？坐以待斃？」

「由我來處理那些人。」

「就像你對付佩納一樣？」

「如有必要的話。」

卡特爾微笑，「那麼，我該如何回報你的服務？一個月三千美金，還是五千？固定的基本保護費？或者，是要讓你盡量予取予求？」

「我希望你就此金盆洗手，」馬龍回道，「你想去茂宜島還是巴哈馬，我都沒差，但只要你乖乖退休，絕對不會有人去追捕你。」

「叫我就此放下自己的事業，退出江湖。」

「你到底還需要多少錢才能過生活？」馬龍問道，「你能開多少輛車？又能住多少棟房子？

可以幹多少個女人？我是在給你一條生路。」

卡特爾回道：「馬龍，你比我清楚多了，你們大家都應該知道，君王是不會退休的。」

「那你就當第一個吧。」

「留你一個人在這裡稱霸？」

「迪亞哥．佩納殺死了你的手下克里夫蘭與他的家人，」馬龍說道，「你卻袖手旁觀，連屁都不敢放一個，這根本稱不上是迪馮．卡特爾傳奇，我覺得你早就過氣了。」

「你知道我聽到什麼嗎？」卡特爾問道，「你的小弟弟開始在黑色池塘裡戲水，而且我還聽說了你那位克勞黛小姐的豐功偉業，上過她的白色公馬也不是只有你一隻而已。」

他伸出手背，拍了拍前額。

馬龍回他：「不論是你或是你底下的那些猩猩，要是膽敢靠近她的話，我一定會殺了你。」

「我只是要告訴你，」卡特爾笑道，「要是她毒癮發作，我隨時可以讓她爽快一下。」

馬龍起身走人，只丟下一句話：「我剛才的提議依然算數。」

托瑞斯跟著追下樓，「丹尼，你搞屁啊？！」

「回去找你老闆吧。」

「我警告你，」托瑞斯說道，「不准給我碰那批槍。」

馬龍旋身，「這是在警告我還是在威脅我？」

「我是要告訴你，」托瑞斯說道，「媽的就是不准給我碰那批槍。」

「怎樣？你也可以分到錢是嗎？」

他知道那些騎士們是什麼德性——不喜歡與黑人做生意，但透過棕色皮膚的人與黑人打交道就沒問題。

托瑞斯說道：「我最後一次給你警告，不准多管閒事。」

馬龍轉身，走下樓梯。

北曼哈頓是座動物園。

除了一般的動物之外，還有一群警局總部的西裝禽獸，以及市長辦公室的公務員畜牲。

麥蓋文早已在那裡等著馬龍。

先在辦公室大門口堵人。

「丹尼，」他開口說道，「我們必須要控制局勢。」

「高級警監，我們已經在努力了。」

「再多加把勁，」麥蓋文說道，「《紐約郵報》、《每日新聞報》……還有『社群』都在頻頻對我們施壓。」

馬龍心想，這狀況真矛盾。他們希望國宅區暴力事件能夠就此劃下句點，但他們今天一早又跑出來示威抗議，因為反對警方在吉列特—威廉斯雙命案發生之後、開始大力掃蕩幫派分子。好，他們到底要哪一種，講清楚，因為魚與熊掌不可兼得。

馬龍穿過人群、走進賽克斯與特勤小組開會的簡報室。

賽克斯問道：「現在案情如何？」

特內莉回道：「多明尼加人徹底否認，堅持他們與吉列特槍殺案完全無關。」

「但這種說詞不意外，」賽克斯回她，「他們萬萬沒想到會發生威廉斯這起兇案，而且社會反應居然如此激烈。」

「我知道，」特內莉繼續說道，「不過這種說詞不像是平常那種『和我無關』的態度。他們主動派人告訴我們，絕非是他們的手下行兇。」

「真的不是，」馬龍幫腔，「他們把案子轉包給黑桃黨。」

「黑桃黨為什麼要做出這種事？」

「這是加入多明尼加人陣營的入場券，」馬龍回道，「他們知道卡特爾無法提供他們高品質毒品、槍火，以及人手，必須現在就跳船，不然就會困在這艘不斷下沉的危船裡面。」

娃娃臉取下口中的奶嘴，「同意。」

「問題是，為什麼挑現在這個時候？」艾瑪．芬琳問道，「自從發生佩納案之後，多明尼加人沉寂了好一陣子，為什麼要在此時發動槍戰？」

賽克斯讓大家看電腦螢幕上的某張監視器照片。

「我聯絡過掃毒組和組毒局，」賽克斯說道，「根據他們最準確的情報，畫面中的這個男人，卡洛斯．卡斯提洛，已經從多明尼加來到美國，準備好好整頓他們的販毒組織。卡斯提洛是個心狠手辣的大毒梟。他就和許多同一世代的毒梟一樣，都出生在洛杉磯，所以擁有多明尼加與美國雙重國籍。」

馬龍望著卡斯提洛的粗顆粒影像畫面，一個身材瘦小的文雅男子，焦糖色肌膚，濃密黑髮，鷹鉤鼻，細唇，鬍子剃得乾乾淨淨。

賽克斯說道：「緝毒局已經追了他好幾年，但一直沒有足夠證據能夠將他起訴。但現在這一切都兜起來了——卡斯提洛來到這裡，要重整紐約的海洛因市場，進行垂直整合，從多明尼加共和國直送哈林區，從工廠直接交到客戶手中。現在，他們打算吃下全部，卡斯提洛之所以出現在此，是為了要給卡特爾最後一擊。」

芬琳轉頭看著馬龍，「你真的覺得多明尼加人已經吸收了黑桃幫？」

馬龍聳肩，「不無可能。」

芬琳追問：「或者，純粹只是黑桃黨與賺錢小子黨之間的停戰協議破裂？」

娃娃臉回道：「但我們在街頭沒聽到這種說法。」

賽克斯問道：「有多少線索顯示這起槍擊案與黑桃幫有關？」

太多了。

三十二、三十四，以及四十三分局的拘留室裡關滿了幫派分子——賺錢小子黨、三雄黨，以及「多明尼加人不玩鬧」黨。他們被逮捕的理由五花八門，從亂丟垃圾到未執行的拘捕令、違反交保與假釋規定，或是持有毒品罪。這些傢伙的說法都很一致，與哦沒有亨利的線報一模一樣：這名槍手——有些人的說法是複數，多名槍手——其實是——黑人。

賽克斯開口：「我不覺得有人願意供出名字。」

他知道賺錢小子黨絕對不會告訴警方黑桃幫的殺手到底是誰，因為他們想要私了報復。

「好吧，」賽克斯開口，「明天我們在北區建物進行垂直式搜索。把黑桃幫的人全給我揪出來，帶進局裡，看看會問出什麼線索。」

「垂直式搜索」是針對國宅樓梯井的罕見大型盤查，制服員警在冬夜不想出外受寒的時候，才會執行這種任務。

馬龍不怪他們——這種行動充滿危險，你永遠不知道自己什麼時候會中槍，或是開槍誤傷了昏暗光線中的某個小孩，就像是那個可憐的梁警官一樣，他在現場驚慌失措，殺死了一名手無寸鐵的黑人，而他在審判時宣稱自己是「槍枝走火」。

陪審團不採信他的說法，反而判定他過失殺人。

至少，他們沒把他送去坐牢。

對，垂直式搜索危機四伏，現在他們要把黑桃幫趕出賊窟。

市長的其中一名人馬說道：「黑人社群不會喜歡這種做法，最近這幾波的逮捕行動已經讓他們十分不悅。」

魯索死盯著剛才開口的男人，詢問馬龍：「他誰啊？」

「對，我們之前看過他，」馬龍拚命想要想起對方的名字，「錢德勒，可能是姓氏，也可能是名字，不確定。」

「黑人社群裡的某些人不會喜歡這樣搞，」賽克斯回道，「其他人則是裝作很不喜歡，但絕大多數的人都希望幫派可以絕跡。他們期盼——而且這也是應得的權利——能夠在自己的家中過著安全無虞的生活。難道市長辦公室對這一點有意見嗎？」

馬龍心想：幹得好。

但市長辦公室的人顯然想要繼續爭辯下去，錢德勒回道：「難道我們不能有更具體的做法嗎？」

「要是有嫌犯的名字，或許有這個可能，」賽克斯回道，「目前既然沒有，這就是最佳方案。」

錢德勒不放棄，「但這種大規模逮捕年輕黑人的偵辦方式，一定會讓社群認為是針對特定種族貌相查案。」

娃娃臉狂笑不止。

賽克斯狠狠瞪了他一眼，然後又面向市長的人馬。「這裡有特定偏見的人是你。」

「怎麼說？」

賽克斯回道：「你假設所有的黑人都會反對這樣的行動。」

他與其他人都知道市長辦公室為什麼會玩兩面手法——少數族裔是他的大票倉，萬一搞砸了與他們的關係，他可負擔不起這樣的後果。

他現在的處境很尷尬——除了要讓社群看到他在努力打擊犯罪之外，另一方面，被眾人認定在施展鐵腕手段、打擊同一社群的警方，他也不能與其站在同一陣線。

所以他逼迫警方要將嫌犯逮捕歸案，同時又會在公共場所反對警方的最佳戰略。而且，值此同時，他會運用這樣的議題、轉移社會大眾的目光，重點不再是他的醜聞，而是警方。

錢德勒說道：「自從班奈特被槍殺之後，我們實在禁不起越來越嚴重的分裂——」

一直站在後頭的麥蓋文開口了：「我們必須要在整個特勤小對面前討論這件事嗎？這是屬於指揮等級的事務，而這些警官必須要趕緊工作。」

「不然我們換個地方討論，」錢德勒建議，「我們可以到——」

「我們不需要繼續討論，」賽克斯回他，「我們請你參加這場簡報，只是基於禮貌，讓你知悉相關訊息，而不是讓你參與決策，這是我們警方的職權。」

錢德勒嗆他：「警方所有的決策都是政治考量。」

他終於說出了此行的真正目的。

要是這一次的搜查能夠順利逮捕威廉斯案的兇手，那麼市長辦公室一定會立刻搶功。如若不然，市長會指責警察總局局長，痛斥他針對特定種族查案，期盼報紙頭版檢討的是警界諸多問題，而不是他自己。

「回去休息一下，」賽克斯吩咐手下，「明天早上行動。」

散會。

那名市長的與會代表走向馬龍，交給他一張名片。「馬龍警探，我是尼德．錢德勒，市長的特助。」

「嗯，知道了。」

「可否借一步說話，」錢德勒問道，「但換個地方？」

「什麼事？」警監才剛剛電過這個人，要是被人看到他與這傢伙在一起，媽的後果真是不堪設想。

「麥蓋文高級警監認為你是我可以切磋討論的對象。」

原來是這樣。「好，沒問題，哪裡見？」

「你知道尼洛飯店？」

「七十七街與百老匯大道的交叉口。」

「我們就那裡見，」錢德勒說道，「就等你這裡結束之後？」

麥蓋文站在賽克斯旁邊，對著馬龍揮手，示意叫他過來。

錢德勒也在這時候掉頭走人。

「你剛剛的行為等於是把自己的脖子套進了絞索裡面，」麥蓋文開始訓賽克斯，「你覺得這些市長的走狗不會見獵心喜？」

賽克斯回道：「我可不敢這麼奢望。」

馬龍心想：我也不敢有任何奢望，要是真的有公開絞首儀式的話，麥蓋文也會躲在歡呼群眾之中，慶幸上刑台的人不是他。這就是他為什麼會叫賽克斯主持會議、而不願意自己下場的真正原因。要是最後能夠順利破案，麥蓋文將會因為指導能幹下屬有功而飽受讚揚。如果出包的話，他會躲在一旁與人交頭接耳：「哎，我當初也勸過他……」

現在麥蓋文說道：「馬龍警長，我們就靠你了。」

「是，長官。」

麥蓋文點點頭，轉身離去。

賽克斯問道：「列文表現如何？」

「目前也只帶了他七小時左右而已，」馬龍回道，「截至目前為止，還不錯。」

「他是好警察，前程似錦。」

所以千萬不要給我糟蹋他，這才是賽克斯的真心話。

賽克斯問道：「那批槍火的事進度怎麼樣？」

馬龍將自己已知的線報說了出來，有關卡特爾與曼德爾、「東岸混蛋組」之間的交易案。目前還沒有貨運計畫，但雙方正在進行磋商。卡特爾透過泰迪在操盤、將百老匯大道與一五八街的某間美甲店作為交易辦公室，不過要是遲遲無法安裝竊聽器的話……

馬龍回道：「目前的證據還無法要求開出搜索票。」

賽克斯盯著他，「不管怎樣，放手去做就是了，但要記得我們需要相當理由。」

「別擔心，」馬龍回道，「要是他們真的要吊死你，我會在底下幫你拉腿。」

「警長，我銘感在心。」

「警監，這是我的榮幸。」

全體組員都站在外頭的馬路等馬龍出來。

「列文，」馬龍開口，「你怎麼不先回家休息一下？我們大人要談事情。」

「知道了。」他似乎有些不高興，但還是乖乖走開。

馬龍問道：「你怎麼看？」

魯索說道：「這小子似乎不錯。」

「能相信他嗎？」

「相信他什麼？」蒙提回道，「他的工作表現？應該可以，至於其他的事嘛，我不知道。」

「說到這個，」馬龍說道，「我剛剛得到允許，可以對卡特爾進行監聽了。」

蒙提問他：「你要到搜索票了？」

「嗯，點頭式的搜索票，」馬龍回道，「趁明天盤查的時候安裝。好，我得去見那個市長室的傢伙了」

魯索問道：「什麼事？」

馬龍聳肩。

馬龍坐在西城某間名叫尼洛的時髦精品飯店的酒吧，啜飲氣泡水。他本來想點杯真正的酒，但是等一下會面的對象是市長室的人，會發生什麼事很難說。

一分鐘之後，尼德．錢德勒匆匆進來，四處張望，一看到馬龍之後，自己就挑了桌子坐下來。「抱歉，我遲到了。」

「沒關係。」馬龍雖是這麼說，但卻很不高興，提出要求的人是錢德勒，就算不早點來，也應該要準時到達才是。你請人幫忙，還讓對方等你，天底下哪有這種道理。

不過，馬龍心想，錢德勒畢竟是市長室的人，所以這些規則就不適用在他身上了。這傢伙微動下巴，朝女服務生的方向點了一下，彷彿這個動作就會立刻引來她注意一樣，這招果然奏效。

錢德勒問道：「你們的單一麥芽威士忌有哪些？」

「我們有拉弗格四分之一桶精釀威士忌。」

「煙燻味太重了，還有別的嗎？」

「卡爾里拉十二年單一麥芽威士忌，」女服務生回道，「非常清淡、爽口。」

「那就給我這個。」

馬龍認識尼德．錢德勒不過只有四十秒左右的時間，但已經很想痛扁這個垃圾青英。這傢伙應該是三十出頭，身著格紋襯衫，搭配針織領帶、灰色開襟毛衣以及褐色休閒褲。

光是這種打扮，馬龍就覺得此人真討厭。

「我知道你時間寶貴，」錢德勒開口，「所以我就有話直說了。」

馬龍心想，只要有人講出你時間寶貴這種話，真正的意思其實是他們自己的時間非常寶貴。

「比爾．麥蓋文大力推薦你，」錢德勒說道，「當然，我知道你威名遠播——對了，我個人十分激賞——但比爾強調你專業、能幹，而且行事小心翼翼。」

「如果你打算找抓耙仔盯賽克斯，我沒興趣。」

「警探，我不是在找間諜，」錢德勒說道，「你認識布萊斯．安德森嗎？」

馬龍心想：不認識，我不認識身價數十億美元、兼任紐約都更委員會的地產開發商。靠，對啦，我知道他是誰，他打算等現任市長成為州長之後，成為入住市長官邸的下一任。

「我知道這號人物，但我不認識他。」

「布萊斯最近出現一點狀況，」錢德勒說道，「需要審慎處理一下。」

他突然閉嘴，因為女服務生過來了，為他送上清淡爽口的那杯單一麥芽威士忌。

「抱歉，」錢德勒對馬龍說道，「我剛才應該要問你才是，要不要也來——」

「不需要，我喝水就可以了。」

「因為執勤的緣故。」

「沒錯。」

「布萊斯有個女兒，」錢德勒說，「琳賽，十九歲，聰明漂亮，是她爸爸的掌上明珠，反正就是幸福到不行。她本來在念班寧頓學院，後來輟學，因為她想要當網紅、建立自己的『生活風格品牌』。」

「哪個品牌？」

「靠，我怎麼知道？」錢德勒回他，「搞不好根本也沒做出來。反正，可愛小琳賽交了個男友，標準的渣男，當然，她之所以會選擇他，就是為了要報復賜給她一切的老爸。」

馬龍很討厭公務員講話的語氣跟個條子一樣。「為什麼說他是渣男？」

錢德勒回道：「反正就是個徹頭徹尾的爛貨。」

「是黑人？」

「不是，所幸我們不需要處理這種老套情節，」錢德勒說道，「凱爾是住在郊區的白人，自以為是下一個史柯西斯。不過，他拍不出《殘酷大街》，只好與布萊斯．安德森的女兒合拍性愛影帶。」

「現在他揚言要公布，」馬龍問道，「他想要多少錢？」

「十萬美金，」錢德勒回道，「要是帶子流出去的話，那小女孩就毀了。」

馬龍心想，她爸爸更不用想參選的事了，某個想要阻卻街頭幫派、強調法治為上的候選人，居然卻連自己的小孩都管不好。「這個凱爾姓什麼？」

「哈瓦契克。」

「有沒有地址？」

錢德勒把某張字條從桌上遞過去，哈瓦契克住在華盛頓高地。

馬龍問道：「她跟他住一起嗎？」

「先前曾經同居過，」錢德勒回道，「琳賽搬回曼哈頓的爸媽家，就在這時候，收到了威脅勒索信。」

馬龍說道：「他失去了金主，得要另闢財源。」

「我也是這麼認為。」

馬龍把那張紙放入口袋，「我會搞定。」

現在錢德勒神色緊張不安，彷彿想要說出某些話，但不知該如何適切表達。馬龍當然可以幫他一把，但他就是不想。終於，錢德勒開口：「比爾提到你可以搞定，而且不會……下重手。」

馬龍就是希望對方主動講出來，就像是黑道提出類似請求一樣。我希望你可以修理這傢伙，但不是痛扁的那一種，我希望這個人受到懲罰，給他一點教訓……

他心想，如果必須要殺了這傢伙、才能阻絕影帶流出去，那麼他們一定會吩咐我殺了他。如果不需要做到這種地步的話，他們不想多惹麻煩，更不想讓自己良心不安。

幹，我好恨這些人。但他還是出手相救錢德勒，「我會妥善處理。」

他們最愛聽到那句話了。

「所以我們有共識了？」

馬龍點點頭。

「至於這次勞煩你的費用——」

馬龍揮揮手。

這不是他的處世之道。

魯索在七十九街接他上車。

「那個市長的手下找你做什麼？」

「找我幫忙，」馬龍回道，「你有時間嗎？」

「親愛的，你找我，我隨時有空……」

他們開到了華盛頓高地，找到了那個地址，位於聖尼可拉斯大道與奧杜朋大道之間的一七六街的某棟破爛建物裡面。魯索把車停在路邊，馬龍看到街角站了個小孩，他立刻走過去，塞給他一張二十元美金的鈔票。「等到我們回來的時候——這輛車——必須完整無缺。知道嗎？」

「你們是警察哦？」

「要是這輛車被幹走的話，我們就會準備開始收屍。」

哈瓦契克住在四樓。

「到底是為什麼？」他們開始爬樓梯，魯索問道，「為什麼這些人渣就是不肯住一樓的房子？或者有電梯的大樓也很好啊？我年紀大了，不能受這種折騰，真是傷膝蓋。」

馬龍回他：「第一個報銷的本來就是膝蓋。」

「哦，這是要謝天嗎？」

馬龍敲了一下哈瓦契克的大門，聽到裡面傳出聲響，「誰啊？」

「你到底要不要十萬美金？」

門開了，但只有門鍊寬度而已，馬龍還是一腳踢開了大門。

哈瓦契克又高又瘦，綁了丸子頭，剛才被門狠狠猛敲了一下，額頭已經出現了可怕瘀青。他身穿髒兮兮的運動毛衣與黑色窄管牛仔褲，還有雀爾西鬆緊帶短靴。他往後推，伸手貼住前額，摸到了鮮血。

馬龍開口，「給我脫衣服！」

「靠，你誰啊？」

「我是剛才叫你脫衣服的人，」馬龍講完之後，立刻把槍掏出來。「凱爾，不要逼我講第二次，因為我要是講出另外一個選項，一定會讓你受不了。」

「你是A片男星對吧，」魯索問道，「所以這對你來說應該不成問題，媽的快給我脫衣服。」

凱爾脫到只剩內褲。

魯索把自己的皮帶抽了出來，「全給我脫掉。」

「你們要幹什麼？」凱爾的大腿在顫抖。

「你想當A片男星，」馬龍回道，「就得習慣這種事。」

魯索補了一句：「稀鬆平常嘛。」

凱爾脫掉內褲，伸手遮住下體。

「A片男星擺出這種姿勢，是要怎麼表演？」魯索問道，「靠，小伙子，秀一下你的本錢吧。」

他舉槍示意，凱爾乖乖舉起雙手。

「感覺怎麼樣？」馬龍問道，「在陌生人面前脫光光？你覺得琳賽．安德森會有什麼感覺？她是個好女孩，不是你在A片裡的工具。」

「是她叫我這麼做的，」凱爾開始辯解，「她說這樣可以從她家人那裡要到錢。」

「凱爾，少給我唬爛，」馬龍問道，「你上傳了嗎？」

「沒有。」

「給我講實話。」

「是真的！」

「很好，」馬龍回道，「能講出這樣的答案，算你走運。」

他拿起筆記型電腦，看到他們的下方是某條小巷，隨即打開了窗戶。

凱爾大吼，「那一台要一千兩百美金！」

「反正要有東西扔出窗戶就是了，」馬龍說道，「你或是你的筆電，二擇一。」

哈瓦契克選的是筆電。馬龍把它推出窗外，看著它在底下的水泥地面碎爛成屍。「琳賽自己要拍的？」

「對。」

「給我打，告訴他，『唬爛』！」

魯索拿起皮帶，猛抽凱爾的大腿，「唬爛！」

「我沒說謊，真的是這樣，」凱爾回道，「這是她出的主意。」

「再給我打！」

魯索又開始抽他。

「我說的是真的！」

「我相信你啊，」馬龍損他，「你只是欠修理而已，應該要再給你多一點教訓才是，但我會節制處理。」

魯索跟著唱和，「他會十分節制。」

「不過，凱爾，我一定要告訴你，」馬龍說道，「要是我在哪裡看到了這段性愛畫面，或是你繼續對哪個女孩使出這招，我們一定會回來找你，你會想起這一段散發鄉愁滋味的抽打過程。」

魯索說道：「還有美好的往日時光。」

「好，要是琳賽傳訊問你怎麼了，」馬龍繼續說道，「你不准回她，而且也不准接她電話，不可以回她的臉書訊息，絕對不能打給她或是與她聯絡，反正你就是給我人間蒸發，要是你不肯的話……」

馬龍把槍對準了他的額頭。

「你就會真的消失不見了，」馬龍說道，「凱爾，滾回澤西，你還沒那個本事可以在紐約跟別人玩遊戲。」

魯索補了一句：「這裡玩的是截然不同的遊戲。」

馬龍伸出雙手、放在凱爾的肩頭，宛若慈父、教練在教誨他：「現在，我要你光著身子、在這裡好好反省一個小時，了解自己是個多麼下賤的廢物。」然後，他舉膝一踢——力道超猛，凱爾瞬間縮成一團、蜷伏在地，痛苦哀號，拚命吸氣。「就算是女人主動要求拍這種東西，我們也不會用那種態度對待女人。」

他們走下樓梯的時候，馬龍問道：「剛才我不算是過分吧？」

魯索回道：「不會，我覺得剛好。」

他們下來，車子在那裡等著他們。

完整無缺。

馬龍打給錢德勒，「事情搞定了。」

錢德勒回道：「我們欠你一份人情。」

馬龍心想：對，你們的確欠我。

克勞黛今晚很煩人，就是煩得要死。

馬龍心想，當某個女人——不論皮膚是黑色、白色、棕色、紫色，或是什麼其他亂七八糟的顏色——想要煩你的時候，你一定會痛苦得受不了。

也許是因為電視——警方追捕黑人小孩、抗議群眾、天知道是哪些牛鬼蛇神的畫面，也許是因為電視新聞台將警方的國宅突襲盤查與麥可．班奈特的案件巧妙混接在一起，而且柯尼留斯．漢普頓牧師站在他習慣的角落、面對攝影機慷慨陳詞：「對於非裔美國年輕人來說，這世界完全沒有正義可言。我向各位保證，如果吉列特是白人，在光天化日之下，於白人社區遭到槍殺，警察一定早就抓到嫌犯了。我也可以向各位保證，如果麥可．班奈特是白人的話，殺害他的兇手早就被送到大陪審團手上了。」

說巧不巧，檢察官才剛剛把班奈特的案子送交大陪審團，就算不需要花上好幾個月，恐怕也得要花好幾個禮拜才會正式宣布審判結果，再加上「五毛錢」社區發生的數起命案，黑人們群情激憤。

克勞黛問道：「他說的是不是真的？」

他們坐在電視機前面，吃著他帶回來的印度外帶食物——她吃的是咖哩烤雞，而他自己則是咖哩燉羊肉。

馬龍問她：「關於什麼？」

「有沒有哪件事是真的？」

「你覺得我們沒有在認真追查殺死那兩人的兇手？」馬龍反問，「你覺得我們因為他們是黑人就敷衍以對？」

「我只是問一問而已。」

「對啦，幹。」

他現在沒心情討論這種垃圾話題。

不過，克勞黛卻不肯放棄。「你要對我老實說，至少，也要講出潛意識的答案，因為吉列特是個『黑人小屁孩』，所以你就覺得他沒那麼重要？你們都是這麼叫他們的對不對？『黑人小屁孩』？」

「對，我們叫他們『黑人小屁孩』，」馬龍回道，「還有『白痴』、『死黑仔』、『黑賊』、『小混混』、『街頭小弟』——」

「『黑鬼』呢？」克勞黛問道，「我曾經在急診室聽到警察這麼講，他們笑說有次猛敲某個黑鬼的頭，沒想到最後是死義大利人。丹尼，我不在那裡的時候，你是不是也會講出那種話？」

「我不想吵架，」他說道，「今天夠累的了。」

「你好可憐。」

現在咖哩燉羊肉的氣味變得跟屎一樣臭不可擋，他突然心生不爽。「我今天只修理了一個小屁孩，他是白種人，你心情好一點了吧。」

「很好，你是對大家一視同仁的大壞蛋。」

「今天有兩個人被殺，」馬龍已經完全憋不住了，「那個小孩，還有一位老太太。你知道為什麼嗎？因為有黑鬼在賣毒。」

「幹，去你的。」

「我現在焦頭爛額，擔心沒辦法偵破這些案子。」

「沒錯，」克勞黛說道，「對你而言，他們不是人，而是『案件』。」

「天，克勞黛，」他說，「你是要告訴我，你總是把每個躺在病床的病人視為一個完整的人？難道從來就不曾把他們當成純粹的工作項目？只不過是另一塊肉而已？你在挽救他們生命的同時，看到他們酗酒吸毒愚蠢施暴而開始心痛，難道就不曾因此對他們產生絲毫的厭惡？」

「你檢討的是你自己，不是我。」

「對，一切的源頭就是痛苦，你說是不是？」馬龍說道，「不就是這些人的苦痛讓你打海洛因嗎？」

「丹尼，你去死吧，」她起身，「我得值早班。」

「去睡覺吧。」

「我等一下就睡了。」

她等了好久，以為他入睡之後才鑽進被窩，他的感覺宛若回到了史塔頓島。

馬龍作了可怕的惡夢。

比利O宛若倒下的電線桿，在地板上不斷抽搐。

佩納嘴巴張得好大，死不瞑目的雙眼空茫無神，然而卻充滿了指責之意。天花板落下降雪，海洛因的白磚從牆壁迸裂而出，某條被鏈住的狗兒向前爆衝，小狗們恐懼哀號。

比利猛吸氣，宛若一條在船底不斷拍跳的魚。

馬龍哭得好傷心，一直猛搥比利的胸膛。比利的嘴巴噴出越來越多的雪花，落在馬龍的臉龐。

凝凍在他的皮膚。

機關槍轟爛了他的頭。

他立刻睜開雙眼。

望著克勞黛家的窗外。

是鑽地機。

戴著黃色頭盔與身著橘色背心的工人正在修整街道，有名工頭坐在卡車後頭吸菸，看著《紐約郵報》。

馬龍心想：幹，紐約。

操你媽的紐約。

甜美出汁的爛蘋果。

出現在惡夢裡的不是只有比利。

那只是昨晚的情節。

三天前的那個夜晚，他夢到了自己當年在第十分局時處理的死亡案件。他接獲通知之後，立刻趕往雀兒喜—艾略特國宅的某棟六樓公寓。那一家人坐在餐桌前吃晚餐，當他詢問他們屍體在哪裡的時候，那名父親伸出大拇指，朝臥室的方向指了一下。

馬龍走進去，看到有個小孩趴在床上。

七歲的男孩。

但馬龍沒看到任何傷口，也沒有發現鈍器挫傷的痕跡，他把男孩屍身翻過來，看到他手臂上還插著針頭。

七歲，已經在施打海洛因。

馬龍好不容易壓抑怒氣，回到客廳，詢問那一家人到底出了什麼事。

爸爸回道，這小孩「有問題」。

然後又繼續吃東西了。

好，這就是那一場夢。

他還有其他的惡夢。

在警界服務十八年，會看到許多你不想看到的畫面。他該如何是好？向某名治療師「分享」嗎？還是講給克勞黛聽？或是席拉？就算他說出口，她們也不會明瞭。

他進入浴室，朝臉上潑冷水。等到他出來的時候，克勞黛已經在廚房裡煮咖啡。

「是不是沒睡好？」

「我沒問題。」

「當然，」她回道，「你總是說沒問題。」

「是啊。」媽的她到底有什麼毛病？他在餐桌前坐了下來。

克勞黛說道：「也許你應該去找人談一談。」

馬龍回她：「這是自毀前程。」她不知道當警察自願去看心理醫生之後會有什麼下場。最後只能當內勤——而且是一輩子——因為沒有人想要跟可能是神經病的警察一起在街頭作戰。「反正，我不覺得自己需要去看心理醫生、聽對方在鬼扯我為什麼會作惡夢。」

「因為你不像其他人那麼軟弱。」

「我靠，」馬龍怒道，「要是我想聽別人罵我是個窩囊廢，我早就——」

「回到你妻子身邊？」她問道，「何不考慮一下？」

「因為我想要和你在一起。」

她站在流理台前面，把午餐的沙拉材料仔細放進塑膠盒。「我想你一定認為只有其他的警察才能夠了解你所受的煎熬，你覺得難過，是因為有同僚殺死了佛雷迪．葛雷或是麥可．班奈特、害你也受到譴責；不過，你不懂當你只是身為佛雷迪．葛雷或是麥可．班奈特就必須受到千夫所指的時候是什麼感覺。你覺得大家恨你，是因為你的所作所為；但是你不需要擔心大家之所以恨你，純粹就是因為你身為黑人。你可以脫掉那件藍色警察外套，但我每天二十四小時都住在這一層皮膚裡面。

「丹尼，有件事你永遠無法理解——你真的不懂，因為你是白人，就是那種在這個國家，身為黑人……所感受到那股全然的……重量。那種令人疲憊至極的重量會壓垮你的肩膀，讓你的雙眼痠痛不已，偶爾，就連走路的時候都會隱隱作痛。」

她蓋上盒蓋，「昨天晚上，你說得沒錯——有時候我真的好恨我的病人，我累死了，丹尼，我必須一直清理他們彼此傷害、我們彼此傷害所留下的殘局，我已經累了，有時候我好恨他們，因為他們就和我一樣都是黑人，因為，這不禁讓我開始懷疑自己。」

她把保鮮盒放入自己的包包裡。

「親愛的，這就是我們所歷經的苦痛，」克勞黛說道，「這是我們生活之日常。好，別忘了鎖門。」

她吻了他的臉頰，出門去了。

春天提早報到，宛若是獻給這座城市的大禮。

白雪成了融泥，溝裡的水宛若小溪潺潺流動，太陽微微露臉，有望回暖。

紐約即將脫離冬季。這座城市從來不曾冬眠，它只是豎高衣領，低著頭，對抗吹打在冰冷臉龐、僵痲雙唇的峽谷寒風。紐約客就像是士兵穿越槍火一樣、慢慢挺過冬日。

現在，這座城市顯現出原本的面貌。

而「超力」準備要襲擊聖尼可拉斯國宅。

「首先，放輕鬆，」馬龍交代列文，「不要為了證明自己而硬來。好整以暇，仔細觀察，學習箇中訣竅就是了，不要擔心，功勞簿上鐵定會有你一份。」

讓你賺到一筆逮捕紀錄，考績很漂亮。

他們準備要進入聖尼可拉斯國宅北區的六號大樓，進行垂直式搜索。

幫派分子已經知道條子進來了，躲進其他的四棟建物之中。那些十歲的娃娃黑道開始大叫吹口哨，發布警報。門廳裡的民眾拚命奔逃，宛若馬龍小組帶有炭疽病毒一樣。留下來的一對情侶惡狠狠死瞪著他們，馬龍聽到其中一個在低聲碎唸：「麥可・班奈特……」但他置之不理。

列文走向樓梯井門口。

魯索問道：「你要去哪裡？」

「我們不是要檢查樓梯間嗎？」

「你打算爬樓梯上去？」

「嗯……」

「操你這大白痴，」魯索說道，「我們搭電梯到頂樓，然後下樓梯逐一盤查，保留你的腿力，然後我們從上面逐一清查狀況，不是從下面開始。」

「哦。」

「紐約市立大學畢業的齁？」

某個坐在金屬折疊椅上面的老太太，對著列文猛搖頭。

他們到達十四樓，走出電梯門。

牆壁上都是塗鴉，幫派標誌。

一群人走向通往階梯的金屬門，開了門之後，現場立刻陷入混亂，四個黑桃幫分子像一群鵪鶉一樣慌張四散，因為其中一個有槍，他們立刻衝下樓。

馬龍不假思索，打算要立刻追過去，但列文已經比他搶先一步，翻越欄杆跳下去。

馬龍大叫：「菜鳥，別衝那麼快！」

但列文早已不見人影，砰砰砰衝下十三樓，然後，馬龍聽到槍響。真的聽到了，幹，迴音響徹樓梯井，讓他的耳膜都痛得聽不見，雖然他耳朵還在嗡嗡作響，但還是立刻飛奔下樓，原本以為會看到列文倒臥在血泊之中，但他卻看到列文在狂追那傢伙，然後，像個後衛球員躍身而起、擒抱對方，從後面壓住槍手、將他制服在某個梯台上面，馬龍也在此時正好趕到。

那個小混混本來想把槍丟下樓梯，但卻被魯索接個正著。

列文情緒激動，「扣住那把槍！這個王八蛋想對我開火！」

現在的他因為恐懼與腎上腺素而亢奮不已，但還是奮力將持槍行兇的歹徒上銬。蒙提順勢把那傢伙推到地上，雙膝扣住他脖子。列文坐在梯台上面，整個人靠著牆壁，腎上腺素逐漸消退，他喘得上氣不接下氣。

「你還好嗎？」

列文只是點點頭，嚇死了，根本講不出話來。

馬龍懂得那種感覺，他也有過「我差點就沒命」的那種經驗。「穩住呼吸，等一下把他帶到三十二分局，我要你全權負責審問。」

當馬龍回到辦公室的時候，列文已經在那裡等著他了。「這傢伙叫做奧迪爾．傑克森，曾經因為販賣快克而被逮，本來就是通緝犯，準備要面臨十到十五年的徒刑，所以才想要開槍襲擊脫逃。」

「現在他人在哪裡？」

「拘留室。」

馬龍上樓，看到被關在裡面的傑克森。

列文坐在置物間。

「列文，靠這是怎麼回事？」馬龍問道，「傑克森怎麼看起來像是剛從教堂出來一樣？」

列文反問：「那不然應該是怎樣？」

「應該要看起來剛被痛扁過一頓。」

列文說道：「我不做那種事。」

蒙提接口：「他想殺你啊。」

列文回道：「他將來會受到法律制裁。」

「聽我說，」馬龍開始訓人，「我知道你關心『社會正義』，而且你希望『少數族裔族群』愛你，不過，要是傑克森進去拘留室時安然無恙，那麼紐約的所有壞蛋都會認為開槍殺害警察也沒什麼大不了。」

「如果你不把這傢伙打到皮開肉綻，」蒙提說道，「你會害我們大家都陷入危險。」

列文看起來一臉苦惱。

「我們又沒叫你把馬桶吸把塞進他屁眼，」魯索說道，「但你要是不好好修理他一頓，這間辦公室裡不會有人尊重你的。」

「該做的事就趕快去做吧，」馬龍唸他，「不然你就乾脆去置物櫃清一下你的用品，走人算了。」

二十分鐘之後，他們下樓，把傑克森推進前往拘留所的警車。他的頭腫得跟南瓜一樣大，雙眼只看得見細縫，整個人軟趴趴，而且雙手緊緊摀住肋骨。

列文的確海扁了他一頓。

「我的手下逮捕你的時候，你自己摔下樓梯，對不對？」馬龍問傑克森，「需要去看醫生嗎？」

「我沒事。」

馬龍心想：對，你現在沒事。拘留所的那些囚犯不喜歡警察，所以他們會放你一馬。但等到你入監之後，故事版本就不一樣了，那裡的犯人覺得自己的性命飽受警察威脅，而且還會暴力襲警。所以你在那裡會被當成英雄，但是那裡的獄警鐵定會讓你再狠摔一次樓梯。

列文看起來快吐了。

馬龍懂那種感覺——當年老鳥逼他要毆打自己逮捕的第一個混混的時候，他也有相同的感受。

如果他沒記錯的話。

畢竟那已是多年前的往事。

蒙提進來，交給馬龍一張紙。「傑克森先生今天真是歹運連連。」

馬龍瞄了一下，傑克森對列文擊發的那顆子彈，與穆基．吉列特胸口的那一顆完全相符。

同一支槍。

「嘿，警長，」馬龍開口，「先放了這傢伙吧，我們在第一訊問室等他。還有，打電話給兇案組的米涅里，他一定也想參一腳。」

傑克森的手銬被扣在桌子的某個螺栓上。

馬龍與米涅里坐在他對面。

馬龍開口：「今天恐怕是你有史以來最悲慘的一日。射殺警察沒中，而且你犯下了兩起殺人案。」

「兩起殺人案？我沒殺威廉斯太太。」

「哦，好，讓我告訴你一個很有意思的理論，」米涅里說道，「根據法律規定，你射殺穆基，直接造成他的流彈射中威廉斯太太，所以你得背負兩起命案。」

「我沒有射殺穆基，」傑克森喊冤，「我是在那裡沒錯，但我沒有對他開槍，我只是負責滅證而已。」

槍手將兇器交給菜鳥，然後由他湮滅證據。

「你還是持有殺人武器，」米涅里回他，「而且想要再次開槍殺人。」

「是他們給我的，」傑克森說道，「叫我要扔掉。」

「但你卻沒處理，」馬龍說道，「白痴。」

「是誰把槍給你的？」米涅里問道，「兇手是誰？」

傑克森低頭看著桌面。

「好，你也知道接下來會怎麼處理，」米涅里繼續說道，「你可以自己頂下謀殺案，不然供出別人也行，誰要負責，關我屁事啊，反正我都可以結案。」

「我懂，」馬龍說道，「殺死穆基讓你在街頭佔有一席之地，但你真的想要頂下威廉斯太太的兇案？」

「我身上還有襲警罪。」

「根據紐約的法律，」馬龍說道，「槍襲警察，四十年徒刑到無期徒刑不等，再加上你的前科，我看是無期徒刑。」

「所以反正我是完蛋了。」

「告訴我們槍手是誰，」馬龍回他，「也許我們就可以在襲警案幫你一點忙，當然沒辦法讓你無罪開釋，但我們可以讓助理檢察官告訴法官，對於這兩起兇殺案，你展現充分合作態度。判四十年，你坐個十五年，未來依然還有人生。不然，你就等著死在裡面好了。」

「我要是說出他們的名字，」傑克森回道，「他們也會在裡面幹掉我。」

馬龍在傑克森的眼神中讀出了他的心思——這小孩知道自己的一生已經完蛋了。

當黑幫機器咬住你之後，一定會把你啃到爛碎之後才停手。

馬龍問道：「你有奶奶嗎？」

「當然啊，」傑克森至少頓了十秒之後，才終於被攻破心防。「傑米寇爾．李歐納德。」

米涅里問道：「我們要到哪裡才能找到她？」

「她堂弟家。」他把地址給了他們。

馬龍把他送回前往拘留所的警車，「我們會聯絡你的公設辯護人。」

「隨便啦。」

他們把他上了鐐銬之後推他上車。

米涅里詢問馬龍：「這次破案算你的嘍？」

「不需要，」他回道，「太出風頭會讓我們成為大家的箭靶。不過，倒是需要請你幫個忙，把列文註記為協助辦案有功人員，還有，別忘了要讓賽克斯出一下風頭。」

「確定嗎？」

「是啊，有何不妥？」

任何一個上道的黑道都知道，想要吃東西，絕對不能獨享，你要是做人大方，一定財運亨通。

他走進置物間，找到了魯索、蒙特鳩以及列文。

「菜鳥，傑克森供出了威廉斯案的兇手，」馬龍說道，「你協助辦案有功，希望這消息能讓你心情好一點。」

是好了一點，但沒有辦法讓他恢復元氣，光看列文的雙眼，馬龍就懂了——第一次在街頭作戰時放棄了部分的自我，很傷，而且現在還沒有出現結痂組織，痛得要命。

「我想，」馬龍說道，「也該辦個『保齡球之夜』了。」

8

「保齡球之夜」是特勤小隊的習俗。

當這些男人告訴妻子或女友，他們要去和同事打保齡球的時候，大家都一定要出席，不得以任何理由拒絕參加。

這是小組領導人的特權——有的人會稱之為義務——召開「保齡球之夜」，把它當成某種紓壓方式，而碰到警察遇到槍襲的時候，大家的情緒更是緊繃。

有警察同仁喪命，大家不會討論這個話題；有警察差點沒命，就一定得好好聊一下——發洩情緒，開心笑談，因為明天或之後的某一天，還是得再次從樓梯井頂層往下衝。

他們經常會舉辦「10-13」活動——這個名稱來自於無線電通訊代號，代表的含義是「有警察需要協助」——他們會窩在某個地方開趴，但「保齡球之夜」不一樣：盛裝出席、不帶老婆女友，或是情婦也不行，而且也絕對不去警察常去的那些酒吧。

「保齡球之夜」就是要從頭到尾嚴格遵守第一流規範。

席拉一向具有史塔頓島警察妻子的洞察力，有一次，她說出了這樣的話：「你們不是去打保齡球，只是要掩飾你們大吃大喝、狂幹廉價妓女的幌子而已。」

那天晚上，馬龍走出家門的時候，忍不住在心裡嘀咕，才不是這樣，這是掩飾我們吃得好、喝得好、狂幹高檔妓女的幌子。

列文不想來。

「我累壞了，」他說道，「我想我還是直接回家，平撫一下心情。」

「這不是邀請，」馬龍說道，「而是強迫出席。」

魯索也幫忙相逼，「你來就是了。」

「你是團隊的一分子，」蒙提說道，「是你促成了『保齡球之夜』。」

「我要怎麼告訴艾咪？」

「你就說自己要和同事出去，不要等門了，」馬龍回他，「現在給我回家，洗個澡，好好打扮，七點鐘的時候到嘉樂賀牛排館與我們會合。」

五十二街嘉樂賀牛排館的角落桌位。

魯索今晚看起來超帥——石灰色西裝、訂製白襯衫、法式翻袖、珍珠袖扣。

他詢問列文：「你那時候有沒有聽到槍響？」

「後來才聽到，」列文回答，「真離譜，我居然後來才聽到。」

「喂，他媽的你真的擒抱住那畜牲，」魯索讚道，「我們應該要把這小孩簽給『噴射機隊』才是。」

馬龍反問：「你居然使出噴射機隊的擒抱？」

大家拚命想辦法讓列文開口講話，表彰他的成就，因為他表現英勇，而且，幸運活了下來。

「其實，」馬龍說道，「以後你應該是高枕無憂了。」

「怎麼說？」

蒙特鳩開始解釋：「大部分的警察一路做到退休都不會挨子彈。而你遇到了，而且子彈沒打中你，根據機率，你絕對不可能遇到第二次，你這次毫髮無傷，接下來就是平安度過二十年，等著領退休金。」

馬龍為大家斟滿酒杯，「乾一下！」

魯索問道：「記得哈利．雷姆林嗎？」

馬龍和蒙提立刻哈哈大笑。

「誰是哈利．雷姆林？」列文好愛聽這些老故事，而且，當他們剛才發現他穿的襯衫居然是鈕釦式袖口的時候，罰了他一百美元，他也完全不生氣。

「法式翻袖，」馬龍告訴他，「整隊出動的時候，我們要打扮得有型有款，讓別人刮目相看。法式翻袖，搭配袖扣。」

「我沒有法式翻袖的襯衫。」

「那就去買啊。」馬龍立刻從列文的皮夾裡抽了張百元大鈔。

現在，列文還是緊追不捨。「誰是哈利．雷姆林？快告訴我。」

「哈利．雷姆林——」

蒙提開口：「永遠不要提到『死亡哈利』。」

「永遠不要提到『死亡哈利』，」魯索說道，「他是市長辦公室裡的審計長，工作內容就是要讓所有預算看起來依法有據。而且，這傢伙的屌超大，那些拿來當配種的公馬？要是看到哈利，一定全部都會慚愧低頭。開會的時候，大家會先看到哈利的小弟弟出現，過了兩分鐘之後，才會見到他身體的其他部分。好，所以哈利是瑪德蓮的常客，那時候她做生意的主要地點還是在那間豪宅。」

馬龍微笑，魯索好整以暇，準備開始講故事了。

「反正，就是在六十四街與公園大道那裡吧。所以哈利呢，他開始吃威而鋼。根據他的說法，這是最美好的神藥，盤尼西林？小兒痲痺疫苗？都去死一死吧——哈利愛死了藍色小藥丸。」

列文問道：「他幾歲？」

「你到底要不要讓我講故事啊？」魯索對他吐槽，「還是要一直打斷我？現在這些小孩，真是的。」

蒙提說道：「這要怪父母啦。」

馬龍說道：「再罰個一百。」

「我不知道哈利幾歲，應該是六十幾吧，」魯索又說下去，「但是幹砲的活力跟十九歲一樣猛。一次搞兩女，有時候還是三女，反正他是蒸汽引擎。女孩們輪番上陣，他就是可以把大家搞得精疲力竭。瑪德蓮不在意，反正她有錢賺，而且那些女孩好愛他，因為他小費給得超大方。」

蒙提說道：「小費是以一吋厚的鈔票起跳。」

列文問道：「為什麼蒙提沒有被罰錢？」

「你又得罰一百。」

「好，那個晚上呢，」魯索慢慢切入正題，「我們三個人正在外頭盯古柯鹼毒販的住處，然後，馬龍的私人手機接到了瑪德蓮的來電。她驚慌大哭，『哈利死了！』我們趕緊衝到那裡，沒錯，就是哈利，躺在床上等著幹砲，妓女們全圍在他身邊，淚流不止，簡直把他當成了耶穌似的，瑪德蓮說：『你們必須要想辦法把他弄走。』

「我們心想，靠，當然不能留在這裡，因為如果等到早上，審計長被發現全裸躺在床上，身邊還有好幾個應召女郎，實在是太丟人現眼了。我們必須要移動屍體，第一個問題是，要幫哈利穿上衣服，因為他的身材圓滾滾，而且，這麼說吧，穿衣的過程中遇到了阻礙。」

列文問道：「阻礙？」

「哈利的小士兵依然站得直挺挺，」魯索繼續解釋，「正準備要執行勤務。我們努力要幫他穿上內褲，長褲就再說吧，一開始的時候已經有點緊了，後來，那根旗竿竭力反抗……它就是不肯消下去，到底是藥丸的作用或是屍僵，我們也不知道，不過……」

魯索開始哈哈大笑。

馬龍與蒙提也開始爆出笑聲，列文也聽得津津有味。「所以你們怎麼處理？」

「幹我們能怎麼辦啊？」魯索反問，「我們就是拚命猛塞啊，終於把所有的衣服都穿了回去——長褲、襯衫、外套與領帶、一切搞定，只不過他那根大木頭依然保持凸直，我沒跟你唬爛，它越變越大，就像是剛說謊的小木偶鼻子一樣。

「我先下樓，掏了二十元美金給門房，請他先去抽根菸，然後，由我守住大廳。蒙提與馬龍把這傢伙扛進電梯，然後我們把他拖到側門，塞進我們的車裡，很難搞啊。

「所以哈利坐在前座，就像是喝醉酒似的，然後我們開進市區，到達他的辦公室。塞了一百元美金給警衛之後，我們又搭乘電梯，讓他坐在他辦公桌後頭的座位，把他搞得像是鞠躬盡瘁的盡職員工。」

魯索喝了一小口馬汀尼，向侍者示意再來一杯。「但現在呢，我們只需要把他留在那裡，讓別人一早發現他就沒問題了。但我們都喜歡哈利，非常愛這傢伙，我們不忍把他丟在那裡，任由屍體腐爛，所以……

「馬龍打給第五分局的執勤警長，開始瞎編故事，他正好經過這棟辦公室大樓，看到燈還亮著，心想可以正好上樓探望老友哈利啊什麼的，反正，現在就馬上請對方派隊支援。

「制服員警過來了，還有輪值夜班的法醫。他看了一眼哈利，開口說道：『這傢伙心臟病發。』我們大家點點頭，彷彿在說，是啊，有夠悲哀吧，操勞致死，然後，法醫又開口：『不過，他並不是在這裡心臟病發。』我們的反應差不多就是：『他媽的你這話什麼意思？』然後他開始滔滔不絕解釋生前與死後的差異，死者內褲裡沒有脫糞，而且，他的小弟弟硬邦邦，簡直就跟破門錘一樣。法醫盯著我們，似乎在質問：『到底發生了什麼事？』所以我們把他拉到旁邊，把一切都告訴了他。

「『好』，我說道，『哈利嫖妓時得了馬上風，我們不想讓他的遺孀與子女難堪，能不能大家喬一下就好？』」

「你們移動了屍體。」

「這一點我們認了啊。」

他說：「這是犯罪行為。」

「是沒錯。馬龍告訴那傢伙，他只要做出正確抉擇，我們就欠他一個大人情。醫生說：『沒問題。』他寫下的報告內容就像是哈利死在辦公桌前面，為紐約市盡心奉獻的公僕。」

蒙提說道：「這樣說也沒錯。」

「當然，」魯索說道，「不過我們現在得去找羅絲瑪麗，通知她老公過世了。我們把車開到他們位於東四十一街的住家，按電鈴，身著浴袍與滿頭髮捲的羅絲瑪麗出來應門，我們向她報喪。她哭了一會兒，為我們大家泡茶，然後……」

魯索的馬汀尼在這時候送上來了。

「她想要看他。我們告訴她，等到明天再說，我們已經確定過身分了，不需要。但她堅持不依，就是要見她老公一面。」

馬龍搖頭。

「既然這樣，好吧，」魯索說道，「我們前往殯儀館，拿出警證，他們把哈利從冷凍櫃裡拖出來，我必須要說，他們已經仁至義盡，蓋了好幾層的被單與毯子，但就是蓋不住……」

「那根帳篷巨柱。簡直像是可以在下面舉辦培靈大會一樣，我不知道，不然馬戲團應該也可以──大象、小丑、特技演員，應有盡有──而羅絲瑪麗看了之後，開口說道……」

他們又開始哄堂大笑。

「羅絲瑪麗說：『看看那根小哈利──打死不退。』」

「她很驕傲，因為他死於馬上風，這是他熱愛的事物，他死得其所。我們緊張兮兮，拖著這個好色混蛋的屍體到處跑，但她其實一直都很清楚老公在搞什麼。

「瞻仰遺容的時候怎麼辦呢？你知道有時候黑道必須要全封棺蓋？而哈利的腰部以下也必須以棺蓋遮掩，羅絲瑪麗說，這樣他上天堂的時候就可以隨時開幹。」

蒙提舉杯，「敬哈利一杯。」

馬龍大讚，「打死不退。」

大家互碰酒杯。

然後，魯索望向列文背後，「哦，靠。」

「怎麼了？」

「不要轉身，」魯索回道，「不要轉身，盧．薩維諾坐在吧檯那裡。」

馬龍立刻面露警覺之色，「確定嗎？」

魯索回道：「薩維諾和他的三名黨羽。」

列文問道：「誰是盧．薩維諾？」

「誰是盧．薩維諾？」魯索反問，「你在跟我開什麼玩笑？他是奇米諾家族裡的其中一名頭頭。」

「他負責掌管宜人大道的人馬，」馬龍說道，「有個案子在通緝他，我們必須要逮捕他。」

列文問道：「在這裡嗎？」

「不然咧，」魯索回他，「要是內務局的人聽到我們和被通緝的黑道分子出現在同一家餐廳，卻讓他逃之夭夭，你覺得他們會作何感想？」

列文驚呼：「天哪。」

「這就必須由你出馬了，」馬龍說道，「他還沒看到我們，但要是我們三人之中的任何一人起身，他就會像兔子一樣狂奔逃走。」

魯索開口：「小朋友，我們會在後頭掩護你的。」

蒙提說道：「有禮貌一點。」

魯索補了一句：「但態度要堅定。」

列文起身，他看起來緊張得要命，但還是乖乖走向薩維諾與三名手下、以及他們的情婦所在的吧檯。只要他們待在餐廳的公共空間，身旁一定是帶著漂亮女人；但如果只是純男人的聚會，他們就會留在私人包廂。

「保齡球之夜」的晚餐是否要帶女人進場？一直是馬龍小組的討論話題之一。正反意見都有理——有美女作陪吃飯總是賞心悅目，但從另一方面看來，也未免太招搖了。一群明星警探到昂貴餐廳用餐已經是遊走邊緣的爭議行為，而帶應召女郎高調炫示就更是可議了。

所以馬龍否決了這項提議。他不希望惹惱內務局的人，而且，這也是男人談心的大好機會。餐廳嘈雜，要在這種時候偷偷使用竊聽器幾乎是不可能的任務，就算內務局真的錄音好了，音質也一定模糊不清，你甚至可以根本不認那是自己的聲音，這種帶子永遠沒辦法當作聽證的證據。

現在，他與小組組員盯著列文走向薩維諾。「先生，抱歉？」

「嗯，怎樣？」薩維諾被人打擾，似乎不是很高興，尤其他根本不認識這個人。

列文拿出警證，「先生，你因案遭到通緝，恐怕我必須在此逮捕你。」

薩維諾看了一下他的那些同事，聳肩，彷彿在問你們搞什麼鬼？他又面向列文，開口說道：「我不是通緝犯。」

「先生，恐怕並非如此。」

「小朋友，你就別怕了，不要一直恐怕恐怕，」薩維諾說道，「要嘛我就是被通緝，要嘛就是沒有，所以你什麼都不用怕。」

他轉身，背向列文，向酒保示意，又要了一杯酒。

「這真妙，」蒙提說道，「好妙的場面。」

列文把手伸到後面，準備拿手銬。「先生，我們可以展現紳士風度處理事情，不然——」

薩維諾突然旋身看著他，「要是我們展現紳士風度處理事情，你就不會在我的同僚與女性朋友面前打斷我的社交之夜……你是什麼人？義大利人？還是猶太人？」

「我是猶太人，但我不知道這——」

「——你是噁心的死猶太人，殺死耶穌的混蛋，你——」薩維諾轉頭，看到了馬龍，立刻對他怒吼：「死纏爛打！煩死了！」

列文轉過去，看到馬龍與魯索已經快要笑翻了，蒙提也因為狂笑而肩膀抖動不止。

薩維諾拍了拍列文的肩膀，「小朋友，他們在整你！這是什麼，他媽的『保齡球之夜』對不對？不過，你還算有勇氣，跑來找我的時候是這麼說的：『先生，抱歉……』」

列文又回到餐桌前，「好啦，真丟臉。」

不過，馬龍發現他剛才處理得很好，現在還會自嘲解圍。而且，這小孩真的過去了——三個黑幫分子帶著自己的女人，但這小孩還是勇往直前，這一點非同小可。

魯索舉杯，「列文，敬你。」

列文問道：「那傢伙真的是盧．薩維諾嗎？」

「什麼？你覺得我們會花錢請演員嗎？」魯索回道，「沒錯，真的是他。」

「你們認識他？」

「我們認識他，」馬龍回道，「他也認識我們，我們在同一個產業，只是站在不同邊而已。」

牛排來了。

這是「保齡球之夜」的另一條規則——必須要點牛排。

大塊鮮嫩多汁的紐約客牛排、戴爾莫尼科、夏多布里昂。因為那就是好吃，而且你本來就該吃這種東西，要是你正好與黑道分子在同一家餐廳用餐，當然會想要讓他們看到你在大口吃肉。

警察可以分為兩種類型——草食者，還有肉食者。草食者是不起眼的小咖——從拖吊公司那裡拿回扣，喝免費的咖啡，啃免費的三明治。有錢送上來，默默收下，他們不是貪心一族。而肉食者則是掠奪性動物，他們無論想要什麼都不會手軟——搶奪毒品、黑道的錢、現金。他們在外頭四處狩獵，帶回戰利品，所以當他們整隊在外耀武揚威的時候，總是一身勁裝，大啖牛排。

這種舉動透露出某個訊息。

你以為這是在開玩笑，其實不是——他們是真的認真注意你的盤子裡點了什麼東西。如果是起司漢堡，大家第二天就會開始聊這個話題：「昨晚我看到丹尼．馬龍進入嘉樂賀牛排館吃東西，你知道他點什麼嗎？聽好嘍，他吃漢堡。」

黑道會覺得你小氣或窮苦或是兩者兼而有之，無論到底是哪一種，都會讓他們的卑賤腦袋認為你很軟弱，接下來，你心裡有數，他們就會想要趁機佔你便宜，他們也是掠奪者，實踐弱肉強食的叢林法則。

不過，馬龍的牛排很高檔，美味的紐約客牛排，三分熟，正中央還泛紅微涼。他要的配菜不是烤馬鈴薯，而是烤薯片與四季豆。

切下牛排，大嚼特嚼的感覺真過癮。

飽足。

紮實。

真確。

當初稱之為「保齡球之夜」果然是明智之舉。

大塊頭蒙特鳩全神貫注，大啖十六盎司的戴爾莫尼科牛排。蒙提鮮少吐露心事，但有次他曾經告訴馬龍，他自小成長的環境困苦，能吃到肉是難得的犒賞，而他的早餐玉米穀片加的不是牛奶，而是水。他是個身材魁梧的小孩，所以總是飢腸轆轆。蒙提本來很有機會混黑道，這種體格當保鑣、或是中大盤等級毒梟的任務執行人再完美不過了。不過，馬龍心想，蒙提腦袋太聰明，自然不可能去幹那種事。他總是能夠洞燭機先，知道情勢發展，雖然只是個十幾歲的小孩，也看出賣毒的下場不是進監牢就是進棺材，只有在黑道金字塔頂端的那些人才能荷包飽飽。

而他發現到警察總是在吃東西。

他從來沒有看過餓肚子的警察。

所以他改走另一行。

那時候，警界大量吸收黑人的速度，就像是在狂嗑鹹味花生米一樣。你是非裔美國人，有兩條腿，除了自己的那兩根大拇指之外、還可以看到別的東西，那就進來吧。他們不覺得會有智商一二六的黑人，不過，蒙提的測驗結果就是如此。高大、聰明，又是黑皮膚，打從他加入的第一天起，「警探」這個字眼就烙在他身上了。

就連那些痛恨黑人的警察也全都挺他。

他是警界裡最德高望重的警察之一。

現在的他超帥，身著午夜藍的約瑟夫．阿布德訂製西裝、粉藍色襯衫、戴紅色領帶被他塞在脖子的亞麻布餐巾擋住了。蒙提絕對不會冒險弄髒他的百元美金襯衫，至於塞餐巾的拙樣，他倒是根本不在乎。

他問馬龍：「你在看什麼？」

「看你啊。」

「我怎麼了？」

「老哥，好愛你。」

蒙提也知道。他與馬龍不會講出那種媽媽在外面偷生，搞出一黑一白兒子的爛笑話，但他們的確是兄弟。他有個會計師親弟弟住在阿爾巴尼，另一個則在埃爾邁拉打零工，但和他最親的是馬龍。

這當然十分合理——他們每週見面五、六天，每天至少有十二個小時在一起，而且彼此照應、一起出生入死。這可不是什麼老掉牙的說詞——破門而入之後，永遠不知道會發生什麼事，當然希望有兄弟罩你。

身為黑人警察，當然不一樣，這就是事實。除了這裡的好兄弟之外，其他的警察看待蒙提的眼光還是不太一樣，而被社會運動工作者、大嘴巴的牧師、地方政治人物笑稱為貧民窟的黑人「社群」，如果不是把他當成可以出手相助的潛在盟友，就是把他當成通敵者。他是湯姆叔叔，也是奧利奧餅乾。

反正蒙提不在乎。

他知道自己是誰：想要養家餬口的男人，期盼小孩可以脫離這個靠他媽的「社區」——為了一小袋毒品，鄰居會互搶互騙互相砍殺。

但坐在這張餐桌前的兄弟們，卻會為了彼此而甘願犧牲生命。

馬龍曾經說過，如果不敢放心把自己的家人與所有的錢交給自己的搭檔，那也就不必合作了。萬一出狀況，不管託付給哪一個人都不成問題，等到你回來之後，家人會笑呵呵，現在家裡的錢變得更多了。

他們點了甜點——軟泥派、有大塊巧達起司的蘋果派、櫻桃起司蛋糕。之後，添加白蘭地或珊布卡的咖啡送了上來，馬龍決定要多分享一點故事給列文，所以，他開口了：「『打死不退哈利』的故事固然精采，但是，如果你想要講屍體的故事……」

魯索開口，「千萬不可以講出來。」但自己已經開始笑個不停。

列文問道：「怎麼了？」

蒙提也哈哈大笑，他也知道這故事的梗。

馬龍說道：「真的不能講。」

「拜託啦。」

馬龍看著魯索，魯索點頭示意，馬龍才繼續開口：「話說魯索和我那時候還是第六分局的制服員警，我們的警長是——」

「布萊迪。」

「布萊迪很喜歡我，」馬龍說道，「但也不知道為什麼，他就是看魯索不順眼。反正，這個布萊迪愛喝酒，而且常常叫我送他到『白馬』，讓他喝個爛醉，之後再送他回家，讓他可以好好睡一覺醒酒。

「所以，那個晚上，我們接到了死亡案件通報，在那個時候，制服員警必須要伴屍、等到法醫到來之後才可以離開。那天晚上超冷，零下不知道幾度，然後布萊迪問我：『魯索人在哪裡？』我回他，『在站哨』，他下達指令：『叫他過來守屍體。』聽起來很不錯，是吧？讓魯索可以避寒，進入屋內，不過，布萊迪知道菲爾……」

馬龍又開始哈哈大笑，「那時候的魯索，看到死屍就嚇得半死。」

蒙提說道：「根本就是嚇到動也不動。」

「幹，你們兩個超煩。」

「所以我想要勸布萊迪打消這個念頭，」馬龍說道，「因為我知道魯索看到屍體就鳥到不行，搞不好還會昏倒什麼的，但布萊迪不依，就是要叫魯索過去。『他媽的趕快叫他過去守屍體。』

「地址是位於華盛頓廣場的某棟褐石建築，屍體在二樓的床上，顯然是自然死亡。」

「這個老男同志，」魯索說道，「就是屋主，獨居，在床上死於心臟病。」

馬龍說道：「我把魯索留在那裡，又回到『白馬』外面繼續等候。布萊迪出來了，他半醉半醒，叫我把車子開到死者住家那裡。他才剛離開酒吧，怎樣，差不多五秒鐘吧，然後又在車子裡喝長笛——」

列文問道，「什麼是長笛？」

蒙提回道，「就是裡面裝了酒的可樂瓶。」

「我們開車經過那裡，」馬龍說道，「魯索站在大門台階上，全身冷得發抖。『混帳！我明明叫你守著屍體！現在給我上樓去，乖乖待在那裡，不然我一定會上報你違紀。』魯索乖乖進去了，我們又開回酒吧。

「我坐在那裡，聽到無線電傳出代號10-10的呼叫，發生了槍擊案，我聽到了事發地址，居然和死者的住所一模一樣！」

「搞什麼鬼啊？」列文笑得樂不可支。

「我當時也是這麼想的，」馬龍說道，「我衝入酒吧，找到布萊迪，趕緊向他報告：『我們有麻煩了。』我們衝到那裡，飛奔上樓，看到了魯索，手裡拿著槍，而死者直挺挺坐在床上，菲爾剛才對他的胸口開了兩槍。」

馬龍笑得不可遏抑，差點沒辦法講話。「事情是這樣的……氣體開始在屍體體內游動擠壓……然後發生怪事……這具屍體坐起來……嚇到魯索了……他嚇得半死……朝對方的胸口開槍……」

「我眼前的這個傢伙沒死啊！」魯索說道，「幹，不然我該怎麼辦？」

「所以我們真的遇到麻煩了，」馬龍說道，「因為要是那傢伙沒死的話，魯索不但會被迫繳回用槍，而且還得面對謀殺的起訴罪名。」

魯索說道：「我嚇到挫賽。」

蒙提笑得雙肩抖個不停，連眼淚都流出來了。

馬龍說道：「布萊迪問我：『你確定這傢伙死了嗎？』我說：『當然。』他又追問：『真的十分確定嗎？媽的那是怎樣？！』我說：『我哪知道，他明明沒了脈搏。』而且，魯索又給他的心臟補了兩槍，媽的當然絕對不會有脈搏了。」

列文問道：「後來你們怎麼辦？」

馬龍繼續說道：「當班的法醫是畢雷南，最懶的那一個。他們之所以給他這份工作，是因為這樣一來就不需要讓他接觸有關活人的工作。他走過來，檢查了一下屍體，望著魯索，開口問道：『你對死人開槍？』

「菲爾全身發抖，他問道：『所以那傢伙死了嗎？』畢雷南回他：『你在開什麼玩笑？早在你開槍之前的三個小時，他早就掛了，但我現在該怎麼解釋他胸口的那兩處槍傷？』」

蒙提拿著餐巾擦臉上的笑淚。

「我不得不說，布萊迪能夠坐在這個位置，的確是有幾把刷子，」馬龍繼續說道，「他開始勸畢雷南：『接下來就得大大麻煩你了。各種報告、調查案、你可能還得出庭作證……』」

「畢雷南回道：『我們就互相一下吧？』等到救護車來的時候，我們把屍袋送上去，我就註明是自然死亡，魯索買條新內褲就沒事了。」

列文嘆道：「真是精采。」

盧．薩維諾與他的黨羽準備要離開了，薩維諾向馬龍點點頭，他也頷首回禮。

幹他媽的內務局。

要是這些黑道不知道我們是誰，不肯對我們致敬，那我們當的是是哪門子警察。

帳單來了，看他們是要一起結還是分開算，但這只是一場戲。

女服務生給了帳單，數字是零，但她還是得給他們帳單，以防有別人在暗處監看。馬龍放了張信用卡，她收了之後又退回去，輪到他假裝簽名。

他們在桌上留了兩百美金的小費。

永遠，永遠不可以苛待服務生。

首先，這種做法不恰當，此外，還是那個老問題，要是你小氣的話，這種八卦很快就會傳出去。你應該要期盼自己無論到任何地方，服務生一看到你，就會爭先恐後要服務你。

如此一來，你一定會有桌位。

如果不是帶老婆來用餐，也不會有人側目或記得這件事。

無論是去酒吧還是便利商店，絕不對服務生擺臉色，掏出二十元美金鈔票之後、也絕對不拿找零。

小鼻子小眼是草食族，「超力」警探不是這樣。

這不過就是做生意的代價。

要是沒辦法處理，那還是乖乖回去當巡警吧。

馬龍準備打電話叫車。

每逢「保齡球之夜」，他們就需要一輛加長型豪華禮車與司機。因為他們知道自己最後一定會喝得爛醉，萬一遇到哪個菜鳥巡警，在搞不清楚狀況之前就簽報開單，那就完蛋了，沒有人想要因為酒駕而丟工作。

紐約有一半的黑道都在經營租車服務，因為洗錢方便，所以要弄來一輛免費的禮車並不難。當然，司機會把他們去的地方，做了哪些事，全部回報給老闆，但他們根本不在乎。反正最多也就只會傳到那裡而已——不會有司機向內務局告密，也絕對不會承認他們坐過他的車。就算是哪個黑道知道他們去哪裡花天酒地，他們也毫不在意——反正大家早就知道了。

而且租車公司也非常清楚，最好要派出俄羅斯人或烏克蘭人，不然就是衣索比亞人——都是知其輕重的兄弟，知道要仔細聆聽指示，嘴巴一定要閉緊。

今天的駕駛是多明尼加人，五十多歲，是黑道分子的「夥伴」，先前也當過他們的司機，知道自己今晚負責接送這些身著亞曼尼、BOSS、阿布德西裝的人，將會收到豐厚的小費，他也會把車子正好停在人行道邊緣，所以男客戶的那些身著古馳、費拉格慕、瑪伊的女伴們也不會弄濕華服。愛惜尊重他座車的紳士們不會在裡面嘔吐，大啖味道濃重的速食食品，也不會在裡面抽大麻菸，或是與自己的女人起衝突。

他把他們載到九十八街與河濱大道交叉口的瑪德蓮之家。

「我們至少要待兩個小時，」馬龍塞給他五十元美金，「你先去吃晚餐。」

那名多明尼加人回道：「有需要打電話給我就是了。」

列文問道：「這是什麼地方？」

「你剛聽到我們提到了瑪德蓮之家，」馬龍回他，「就是這地方。」

列文又問道：「這是妓院？」

馬龍回道：「你要這麼說也可以。」

「我不知道怎麼說，」列文繼續說道，「艾咪和我，嗯，都很專一的。」

魯索問道：「你有在她手上套戒指嗎？」

「沒有。」

魯索追問：「所以呢？」

列文回道：「嗯，我想我還是直接回家吧。」

「這叫做『保齡球之夜』，」蒙提說道，「不是『保齡球聚餐』，你進來就是了。」

「上樓吧，」馬龍說道，「和我們聊聊天就好。不想打砲，好，那就不要，但你還是要跟我們一起來。」

這整棟褐石建築都屬於瑪德蓮所有，但她對於一切都十分小心，以防鄰居好奇探問壞事。反正，她最近的主要業務地點都不是在這裡，此處只會舉辦小型派對與接待特別客人。她現在已經不再做那種老派的「排排站」選小姐，現在大家都是提前在網路選妹。

她在門口親自迎接馬龍，親吻了他的臉頰。

這一路，他們一直是相伴而行，當年他還是制服小員警的時候，她還在當伴遊女郎。某晚，她穿越史特勞斯公園準備返家，路上突然有個小混混想騷擾她，而這位制服小員警，我們該怎麼說才好呢，「進行干預」吧，他拿出自己的巡邏棒，狠狠敲了一下這人渣的頭，然後又朝對方的後腰刻意補了好幾下。

馬龍立刻問她：「需要報警嗎？」

瑪德蓮回道：「我想你剛剛已經處理好了。」

自此之後，他們就成了朋友，也是生意上的夥伴。他保護她，也會為她介紹客戶；她的回報方式就是好好犒勞他與他的組員，讓他查看她的客戶名冊，也許會有哪一筆資料能夠派上用場。瑪德蓮．荷薇從來不會被警察突襲，她旗下的女孩從來不會被威脅或騷擾——至少已經很久沒發生過這種事了，而且就算出事也不會發生第二次——當然也不會被粗暴對待。

偶爾也有那麼幾次，她旗下的女孩耍賴，想要勒索客戶，馬龍自然會出手相救。他會去拜訪那女孩，解釋她的企圖所造成的觸法後果，然後，開始詳述女子監獄的狀況，對於像她這樣嬌滴滴的美女來說有多麼可怕，而且，要是他必須為她上銬的話，那很可能將是她從男人那裡收到的最後一個手鐲。通常女孩的反應就是直接拿走他們提供的機票，就此消失不見。

所以，那些在瑪德蓮客戶名冊裡的男人們——高階經理人、政客、法官——無論他們是否知情，也都受到了「超力」的保護。他們不會看到自己的名字成為《每日郵報》的斗大標題，而且也可以確保他們不要暈船。馬龍與魯索為此出馬已經不止一次了，他們必須要找某個對沖基金經理人或是某個政治新星，因為他們愛上了瑪德蓮旗下的伴遊女郎，告訴他們這樣搞是行不通的。

「但我愛她啊，」某個即將參選州長的政治人物曾經這麼告訴他們，「而且她也愛我。」

他打算要拋家棄子——政治生涯也不要了——準備與某個他以為名叫布魯克的女子、前往哥斯大黎加從事咖啡烘焙生意。

「付錢給她，就是要讓你產生戀愛的感覺，」魯索告訴那傢伙，「那是她的工作。」

「不，這次不一樣，」對方很堅持，「我們都動了真感情。」

「不要丟人現眼了，」馬龍說道，「展現一下男人的氣魄——你有妻小，你是有家室的人。不要讓我逼她打電話給你，把實情全部講出來，你的老二像小鉛筆一樣細短，而且還有口臭，而且上次你框她的時候，她一直慫恿瑪德蓮叫別的女孩出場。」

此時瑪德蓮招呼他們進去，他們搭乘小電梯上樓，進入某間擺設雅緻的公寓。

裡面的女人都超正。

理當如此，畢竟，每個都是兩千美金的價碼。

列文眼珠子快要掉出來了。

魯索開口：「男大生，放輕鬆一點。」

「根據你們先前的偏好，」瑪德蓮說道，「我已經先為你們挑選了女伴。但至於這位新來的小兄弟，就得讓我猜猜看了。希望塔拉可以讓你開心，要是你不喜歡，我們可以再過來看花名冊。」

「她很漂亮，」列文回道，「但我……不想參加。」

塔拉向列文說道：「我們可以純喝酒聊天。」

「那就好。」

她帶他走向吧檯。

馬龍的女伴開口了，她自稱是妮基，個子高挑，有一雙美麗長腿，維若妮卡．雷克的復古髮型，冰藍色的眼眸。他們兩人坐在一起，他喝的是威士忌，而她的則是骯髒馬汀尼，聊了幾分鐘之後，她就帶他進入其中一間臥房。

妮基身著緊身黑色低胸洋裝，褪去衣服之後，露出了黑色內衣，瑪德蓮早就知道他的喜好，不需他開口要求。

她問道：「要不要來點特別的？」

「你已經夠特別了。」

「瑪德蓮說你很有魅力。」

她正準備要脫去超細尖跟高跟鞋，但馬龍卻阻止她：「這就留著。」

「要不要我幫你脫衣服，還是——」

「我自己來。」他脫下衣服之後，把它們掛在瑪德蓮事先準備好的衣架上面，這樣已婚客戶才不會穿著皺巴巴西裝回家。他拿出手槍，塞在枕頭下面。

妮基瞄了他一眼。

「你永遠不知道誰會闖進來，」馬龍說道，「我不是變態。要是你覺得不舒服，我找別人就是了。」

「不需要，我喜歡。」

她讓他享受了一次兩千美元的高檔幹砲。

八十分鐘的極致享受。

完事之後，馬龍穿衣，又把槍塞回槍套裡，還在邊桌留下五張百元美金大鈔。妮基穿回衣服，收了錢，開口問道：「請你喝杯酒吧？」

「好啊。」

他們回到起居室，蒙提與他的女伴已經坐在那裡了，某個身材超高的黑人女子。

魯索還沒結束，但這就是他的風格。

「我吃東西喝酒都是慢慢來，做愛也一樣，」他曾經這麼說過，「要慢慢品味。」

列文不在吧檯。

馬龍問道：「那個菜鳥走人啦？」

「他和塔拉進房間了，」蒙提說道，「借用一下王爾德的話：『我可以抗拒一切，誘惑除外。』」

魯索終於出來了，帶了一個名叫陶妮的棕髮女子，看到她的模樣，不禁讓馬龍聯想到唐娜。

馬龍心想，這傢伙在外面偷吃，挑中的還是長得像唐娜的女人，了不起。

又過了幾分鐘之後，列文也出來了，帶著幾分酒意，態度怯生生，看起來就是剛打過砲的模樣。

「不要告訴艾咪好嗎？」他說。

他們爆出狂笑。

「不要告訴艾咪！」魯索講完之後，摟住列文的肩膀。「這小孩，這個臭小孩，在今天進行垂直式搜索的時候，像蝙蝠俠一樣抓住黑人小屁孩，而且還差點吃了子彈，後來又狠狠修理了那傢伙，接下來，他在嘉樂賀牛排館裡面，打算要在盧．薩維諾的女伴與同夥前面給他上銬，然後小弟弟插入一千美金的雞掰之後，又跑出來告訴我們：『不要告訴艾咪！』」

他們再次狂笑不止。

魯索親了一下列文的臉頰，「這小孩，我愛死這小孩了！」

馬龍說道：「歡迎加入團隊。」

他們又喝了一輪，現在該走人了。

這些女人跟他們前往一二七街與雷諾克斯大道的交叉口。名叫「小灣酒吧」的俱樂部。

在前往俱樂部的途中，魯索問馬龍：「你幹嘛要聽那種死黑人音樂？」

「因為我們的工作就是得接觸死黑人，」馬龍回道，「反正我就是喜歡。」

「蒙提，」魯索問道，「你喜歡嘻哈那種鳥音樂嗎？」

「很討厭，」蒙提回道，「我要聽巴迪．蓋伊、比．比．金、艾弗琳．金的音樂。」

列文問道：「你們到底是年紀多大啊？」

「哦，那你又聽什麼？」馬龍問道，「瑪提斯亞胡？」

他們的車停在「小灣」外面。外頭排隊的人一看到加長型禮車，立刻張望到底出來的是什麼人，大家一心盼望會見到嘻哈樂明星，出來的是兩個白人，讓他們很不高興。

然後，其中一個人認出了馬龍。

「是條子！」他大吼，「嘿！馬龍！幹！」

守門警衛讓他們進去了，「小灣」俱樂部一片藍紫色調，還有砰砰作響的強烈音樂。

另外一個主色，就是黑色。

馬龍、魯索、列文，再加上他們的女伴，一共是六個白人，而這整間俱樂部裡面，也就只有八個白人。

大家都對他們投以異樣眼光。

但他們還是拿到了桌位。

美豔至極的黑人女服務生，帶引他們直接進入特別架高的貴賓區，安排他們入座。

一分鐘之後，四瓶水晶香檳送了上來。

「這是特雷的招待，」女服務生說道，「他請我轉告您，千萬不能在這裡破費。」

馬龍開口：「請幫我轉告，謝謝了。」

特雷其實不能算是這間夜店的老闆。這個曾經有兩項前科的饒舌歌手／音樂製作人曾經持有火箭發射器，當然拿不到賣酒執照，但這裡的老闆真的是他。現在，他從貴賓區的加高平台往下看，舉起酒杯，向馬龍致意。

馬龍也回敬示好。

大家都看到了。

氣氛瞬間和緩。

要是這些白人條子和特雷相處融洽，那他們也沒問題。

「你認識特雷？」妮基好吃驚。

「嗯，打過幾次照面。」

上次警方找特雷問話的時候，馬龍親自把他帶過去，沒上手銬，沒有遊街示眾，沒有鎂光燈。

特雷十分感謝警方的尊重。

他開始丟一些保安工作給馬龍，要是事屬重大，他就會親自出馬，或者由蒙提負責。至於比較例常性的事務，他會轉給北曼哈頓的其他警察，他們對於這種外快都心存感激。

然後，特雷開始搞那些種族歧視警察，把他們當成手下使喚，派他們去買咖啡起司蛋糕什麼的，馬龍聽到風聲之後，立刻制止他：「他們是紐約市的警官，必須要保護你。你想要吃點心，叫你的小嘍囉去買。」

現在特雷坐下來，挨在馬龍旁邊。

「歡迎來到這座叢林。」

「我住在這裡，」馬龍說道，「你住在他媽的漢普頓。」

「偶爾你也可以過來玩一玩。」

「好，會啦。」

「和大家一起玩吧，」特雷說道，「女生們都喜歡你。」

他的黑色皮衣鐵定是兩千元美金的高檔貨，那只伯爵錶就更貴了。

音樂賺錢，俱樂部也賺錢。

「無論黑人還是白人，」特雷說道，「拿出的鈔票都是綠的。」

此時，他詢問馬龍：「現在有誰能保護我杜絕警方的騷擾？年輕黑人現在不能隨便走在街上，因為動不動就會被條子開槍襲擊，通常是背部中彈。」

「麥可·班奈特是胸口中槍。」

特雷回道：「我聽到的說法不一樣。」

「你如果想扮演傑西·傑克遜牧師，」馬龍回道，「那就自己爽個夠吧，要是有證據，就交出來啊。」

「交給紐約市警局？」特雷問道，「這就是我們所謂的洗白，真相就這麼不見了。」

「特雷，不然你希望我怎樣？」

「不用怎樣，」特雷回道，「我只是提醒你一下而已。」

「你知道要在哪裡找到我。」

「是的。」特雷把手伸進口袋，拿出與雪茄一樣粗肥的大麻。「在這個時候，就讓它慰勞你一下。」

他把大麻交給馬龍之後就離開了。

馬龍聞了一口，「靠他媽的。」

「點嘛。」妮基在一旁慫恿。

馬龍把它點燃，自己吸了一口之後，又交給妮基，馬龍心想，真是高級品。不過，話說回來，既然是特雷的東西，怎麼可能不高檔？甜美成熟的香氣——讓人精神一振——苜蓿大麻的成分多於印度大麻。大家一直傳下去，最後，輪到了列文。

他望著馬龍。

「怎樣？」馬龍問道，「你沒呼過麻？」

「當警察以後就不碰了。」

「哎，我們又不會告訴別人。」

「萬一我被抽中驗毒怎麼辦？」

每個人都在大笑。

魯索開口：「沒有人告訴你『指定尿尿人』的事？」

「什麼？」

「不是什麼，」蒙提回道，「重點是誰，找布萊恩．穆荷蘭警官就對了。」

「打掃置物室的那個人嗎？」列文問道，「我們的『辦公室家政工』？」

大部分的轄區都會有一個這樣的人——不適合在街頭拚搏、但已經快要退休的警察。他們讓他做內勤、打掃、跑腿。穆荷蘭本來是很優秀的警察，不過，有次接到電話，發現有名嬰兒被處以「浸刑」——遭人泡在滾燙的熱水裡面。自此之後，他開始酗酒，越來越難以回到正軌。馬龍說服三十二分局的警監，讓穆荷蘭繼續留在警界，讓他擔任「辦公室家政工」，以免被別人發現他不適格。

「他不只是『辦公室家政工』而已，」魯索說道，「他也是我們的『指定尿尿人』。要是你接到道爾的通知，穆荷蘭會幫你尿一泡尿交差。你的尿雖然是罪證確鑿，但你的毒品檢測紀錄保證是乾乾淨淨。」

列文吸了一口，繼續傳下去。

馬龍開口：「這又讓我想到了一個故事。」目光飄向蒙提。

蒙提回道：「幹。」

「那時候的蒙特鳩，」馬龍說道，「馬上就得接受體能測驗了，而他呢，我們該怎麼說，完全不是『營養不良』的那種人。」

蒙提又補了一句：「再加上幹你娘。」

「我的意思是，蒙提就算是用走的，也走不完一英里，」馬龍繼續說道，「更別說要在指定時限內完成了，所以他的做法就是——」

蒙提自己舉手，「我們有個菜鳥，某個厲害的非裔美籍帥哥大好人，我們姑隱其名——」

魯索接口：「葛蘭特・戴維斯。」

蒙提繼續介紹：「——曾經是雪城大學的田徑好手。」

馬龍補充：「還參加過『海豚隊』的選拔賽。」

「這機會有兩個好處，」蒙提說道，「第一，對我來說，可以順利通過體能測驗；第二，證明警界根本分不出黑人的長相，甚至可以這麼說，根本不在乎。」

馬龍繼續說道：「所以蒙提運用他的大牌金色警徽威力、說服這個菜鳥拿蒙提的識別證、充當他的槍手跑完體測。那小孩顯然是嚇到挫賽，跑得比平常更快，因為最後的成績創下了警局一哩競跑的最快紀錄。」

蒙提開口：「稍微放水一下是常識，怎麼會需要我提醒呢？」

馬龍說道：「但也沒被抓包。」

「證明我觀點無誤。」蒙提補了一句。

「不過，到了後來，」馬龍說，「某個總部的天才決定要增進警局與消防局之間的關係，打算舉辦一場小小的……田徑友誼賽。」

列文看著蒙提，哈哈大笑。

蒙提點點頭。

「警察總局局長打開大家的成績，發現威廉．蒙特鳩警探的一英里跑步成績足與奧運選手媲美，心想這就是他中意的人馬，」馬龍說道，「總部的那些大頭們開始準備與消防局的弟兄們對賭。」

「那些大猩猩們決定下場一賭，」魯索說道，「因為消防隊裡面有不少人認識真正的威廉．J．蒙特鳩，心想他們是贏定了。」

「的確如此，」馬龍繼續說道，「因為那些警察與消防隊員都認識真正的蒙提，我們不可能安排那個假蒙提代為上場。所以蒙提開始進行體訓——也就是說，每天少抽一根雪茄，不要使用那麼多的烤肉醬。大日子終於到來，我們大家到了中央公園，消防局派了槍手——從愛荷華州來的試用期消防員，曾經是十大聯盟的一哩賽冠軍，我是說，這小孩——」

蒙提補充：「是個白種人男孩。」

「——看起來就他媽的跟男神一樣，」馬龍說道，「宛若希臘雕像，而蒙提呢，穿著格紋及膝短褲與寬鬆T恤登場，而且嘴裡還叼著雪茄。警察總局局長看了他一眼，嚇了一大跳，那表情就像是：『他媽的你是怎麼搞的？一個月的時間可以吃成這樣？』那些高層為了這場比賽，下了數萬美金的賭注，每個人都很火大。」

「他們到了起跑線，鳴槍，在那一瞬間，我還以為警察總局局長是要拿槍斃了蒙提。蒙提，開始起跑——」

魯索插嘴：「那樣也算起跑啊？」

「——跨出五大步之後，」馬龍說道，「摔倒了。」

蒙提開口：「腳筋不舒服啦。」

「那些消防隊狒狒高興得跳個不停，」馬龍說道，「警察們只好一邊幹譙，一邊把錢交出來，蒙提在地上抱著大腿，我們快笑死了。」

列文問道：「但你們不也輸了很多錢嗎？」

「靠，你開什麼玩笑？」魯索問道，「我有堂弟拉斐爾在消防隊工作，所以我們下的賭注是『吃得腦滿腸肥的閃電波特』一定鐵輸，最後當然是狠狠賺了一大把。而警察總局局長離開的時候，一臉嫌惡，我親耳聽到他說出這種話：『哈林區的慢吞吞黑鬼，居然是我們的人。』」

列文看著蒙提，想知道他聽到「黑鬼」一詞的反應。

蒙提問他：「怎樣？」

列文回道：「就是N開頭的那個字。」

「我不知道什麼『N開頭的那個字』，」蒙提回道，「我只知道『黑鬼』。」

「而你可以接受嗎？」

「魯索說出口，我沒問題，」蒙提回他，「換作馬龍，我的態度也一樣，搞不好將來你講出那個字的時候，我也覺得沒啥大不了。」

列文又繼續追問：「當黑人警察有什麼感覺？」

馬龍的臉抽搐了一下，接下來只有兩個結果，蒙提暴跳如雷，或是展現他的學者風範。

「有什麼『感覺』？」蒙提反問，「我不知道，當猶太人警察有什麼感覺？」

「不一樣，」列文說道，「我在街頭現身的時候，猶太人不會恨我。」

「你覺得黑人會恨我？」蒙提問道，「有些是。有些人會叫我湯姆叔叔，黑鬼奴隸。其實，大多數的黑人雖然不一定會說出口，但都認為我在努力保護他們。」

「警界內部呢？」列文緊追不捨。

「的確有痛恨黑人的警察，」蒙提說道，「這種人到處都有。不過，等到夜闌人靜的時候，大多數的條子心中沒有黑人白人之別，只有警察與壞人之別而已。」

「不過，說到『壞人』，」列文說道，「大部分的人會認為我們指的是『黑人』。」

氣氛變得好安靜，然後大家都露出吸食強效大麻之後的飄然笑容。那一根粗肥的大麻讓大家都茫了。然後，每個人都站起來跳舞。馬龍嚇了一跳，因為他自己是不跳舞的人，不過，他現在卻跟著妮基一起擠在俱樂部的人群之中搖晃，音樂在他雙臂的血管裡激烈搏動，在腦中不斷狂旋，蒙提旁邊的黑人很帥，但蒙提的舞姿更是超帥，就連魯索也站起來跳舞，大家都玩瘋了。

在叢林裡與其他動物共舞。

或是天使。

或者，到底有誰能分辨動物與天使之間的差異。

車子先送列文回去，開到了西八十七街與西端大道的交叉口。他的馬子艾咪看到他們把半昏迷的男友送到門口，她的表情似乎不是很開心。

馬龍說道：「他有點玩過頭了。」

「我看得出來。」艾咪說。

這女孩長得漂亮。

深色的捲髮，深色眼眸。

而且看起來一臉機靈。

魯索說道：「我們今天在慶祝他第一次逮捕犯人。」

「要是他打電話給我就好了，」艾咪說道，「我也想和大家一起慶祝。」

馬龍心想：聰明的艾咪，怎麼可能。警察只會與其他警察一起慶祝，其他人永遠不會明瞭我們在慶祝什麼。

還活得好好的。

抓到了壞人。

擁有全世界最美好的工作。

還活得好好的。

他們把列文丟在沙發上。

他已經昏過去了。

「幸會，艾咪，」馬龍說道，「列文一直說你很棒。」

艾咪回道：「我也聽說你很棒。」

他們派那名多明尼加司機把女伴們送回去，然後又開到雷諾克斯大道，進了魯索的車子，音樂震天價響，窗戶大敞，大家扯開喉嚨，與N.W.A的歌聲一起唱和。

他們開進這條老街，清冷的街道，經過了廉價住宅區，還有國宅區。

馬龍把手伸出前座車窗。

魯索發出狂笑，大家一起吼叫——

他們穿越了叢林。

嗑藥加上喝酒，又茫又嗨。

穿過了濃灰黎明。

對著人行道上瞠目結舌的少數行人大吼。

現在所有人都一起來——

9

他走向自家門口的時候，被他們抓個正著。

一輛黑色汽車停下來，三個西裝男下車。

一開始的時候，馬龍以為是毒品產生的幻覺。他的目光只看到模糊人影，完全無法對焦，但他不在意，應該是某個爛梗笑話吧，對，之後他會這麼告訴別人：「三個西裝男下車，然後——」

然後他突然心中一驚——他們是殺手。

佩納的人？

還是薩維諾？

正當他準備要掏槍的時候，領頭的那名男子拿出了他的徽章，表明了身分。「聯邦調查局——特勤幹員歐戴爾」。

馬龍心想，這傢伙的長相就是聯邦調查局的人。金色短髮、藍眼、藍色西裝、黑皮鞋、白襯衫、紅領帶，教堂街的蓋世太保王八蛋。

「馬龍警長，請上車。」歐戴爾說。

他講出的話語宛若泥漿一樣黏糊不清，「我是警察，你這個教堂街的人渣廢物。我服務紐約市警察局，我是真正的警察，北曼哈頓——」

「馬龍警長，你是希望我們在大街上扣你手銬嗎？」歐戴爾說道，「就在你住家附近？」

「憑什麼要對我上銬？」馬龍問他，「公共場所醉酒？現在這犯了聯邦法律？我靠，我把警證拿給你看了，展現一點專業的禮貌好嗎？」

「我不會再問你第二次。」

馬龍乖乖進去了。

恐懼感在昏脹的腦袋裡天旋地轉。

恐懼？

幹，是驚恐。

因為他突然驚覺——他們一定知道他搶了佩納的貨。

三十年到無期徒刑，而且應該是重判。

約翰必須在沒有父親的狀況下長大，而凱特琳進入結婚禮堂的時候，身旁也沒有你，你會死在聯邦監獄的牢房裡。

那些震撼彈所產生的恐懼穿透了他的酒意與大麻作用力，散發出一陣陣強烈電流、貫穿他的心臟，他覺得自己快吐了。

他深呼吸之後，開口說道：「如果這牽涉到高級警監、總警監收取現金與各種好處，那已經超越了我的職級，我一無所悉。」

這就像是肥泰迪回他的話一樣：我什麼都不知道。

「在我們抵達之前，」歐戴爾說道，「不要開口。」

「到哪裡？教堂街？」

也就是紐約的聯邦調查局總部。

結果，他們的目的地是華爾道夫飯店。他們從側門進去，搭乘貨運電梯，到達六樓，進入走廊底端的某間套房。

「華爾道夫飯店？」馬龍問道，「怎樣，等一下是有紅絲絨蛋糕可以吃嗎？」

「你想吃紅絲絨蛋糕？」歐戴爾問道，「我等一下叫客房服務。天，你真是一身狼狽，到底幹了什麼好事？我們要是現在叫你驗尿，會有什麼結果？大麻？古柯鹼？抗睡丸？你的警證和配槍就快要不保了。」

咖啡桌上擺了一台打開的筆電，歐戴爾指了指桌前的沙發。「坐下來，要不要喝點什麼？」

「不需要。」

歐戴爾說道：「你絕對需要，真的。相信我，等一下你就知道了。尊美醇對嗎？像你這種優秀的愛爾蘭人不會喝新教徒威士忌，波士米爾老酒廠不適合名叫馬龍的人士。」

「不要再搞我了，快跟我說這是怎麼一回事。」對方想要玩，但馬龍卻已經按捺不住，不妙，但他無法再等下去了，已經準備要聽到死刑宣判——

佩納。

佩納。

佩納。

歐戴爾倒了杯威士忌，交給了他。「丹尼斯・馬龍警長，隸屬北曼哈頓特勤小隊，英雄警察。你的父親也是警察，弟弟是消防員，在九一一事件的時候為國捐軀——」

「閉嘴，不准你提我的家人。」

歐戴爾回他：「他們一直以你為傲。」

「我沒時間聽你鬼扯。」他走向門口，但步履踉蹌，雙腳宛若木頭，大腿卻軟綿如果凍。

「馬龍，坐下來，放輕鬆，看一下電視。」

開口的是坐在角落休閒椅的某個肥矮中年人。

馬龍嗆問：「媽的你誰啊？」

採取延長戰術，拖下去。幹你媽的給我好好振作一下，這不是夢，這是你的人生。走錯一步棋，剩下的人生就全部掉入糞堆了，笨蛋警察腦袋趕快清醒過來。

「我是史坦．溫卓博，」那傢伙開始自我介紹，「我是紐約南部聯邦檢察官辦公室的調查員。」

馬龍心想：聯邦調查局與紐約南區聯邦檢察官辦公室。

都是聯邦級的探員。

不是紐約州的調查單位或是內務局。

「你害我必須要一大早起來工作，」歐戴爾說道，「至少可以陪我坐下來看一下電視。」

他打開電腦螢幕上的視訊。

馬龍坐下來，盯著螢幕。

他看到自己的臉，馬克．皮可尼交給他信封，開口說道：「這是你介紹肥泰迪的佣金。」

「謝謝。」

「是誰在管這案子？」

「賈斯汀・麥可斯。」

「好，我應該可以搞定。」

他嚇得全身發冷。

他聽到皮可尼繼續問道：「多少錢？」

「我們現在講的是減刑還是不起訴處分？」

「無罪開釋。」

「一萬到兩萬美金。」

「這也包括了你的酬勞？對嗎？」

「對，當然。」

死定了。

媽的你怎麼這麼蠢？就因為是聖誕節而鬆懈心防？靠，你是怎麼了？他們先盯上皮可尼，然後挖坑給你跳？或者他們是針對你而來？

幹，他們盯了多久？知道了什麼？只有皮可尼嗎？或者還有其他案子？要是他們已經知道皮可尼的案子，那是不是連他們搞肥泰迪的事也知道了？如果真的是這樣，那麼你就會害魯索與蒙提一起中槍。

他心想，但所幸不是佩納。

不要驚慌。

要堅強。

「你們現在握有的證據，」馬龍說道，「其實是我收受某名檢察官的中介費。動手啊，絞死我吧，這種事不值得你們浪費繩索。」

溫卓博說道：「我們會自行定奪。」

「這個貝利，我必須想辦法幫忙把他弄出來，」馬龍說道，「他是線人。」

「所以你有他的線人檔案，」歐戴爾問道，「可以讓我們看看？」

「聽我說，我必須讓他保持靈活機動性，才有助我辦案。」

溫卓博回道：「這樣是有助你賺外快。」

「在這裡擁有主導權的人不是你，」歐戴爾說道，「你完蛋了。光是靠那捲帶子，我們就可以拿走你的警證、配槍，還有你的工作與退休金。」

「讓你待在聯邦監獄的牢房裡，」溫卓博說道，「五到十年。」

「如果你待在聯邦監獄，」歐戴爾說道，「刑度是百分之八十五。」

「真的假的？我不知道這事。」

「還是你想要待在州立監獄，和你親手逮捕的那些人關在一起？」溫卓博問他，「你覺得怎麼樣？」

馬龍站起來，直接衝向溫卓博的面前。「你是要在我面前耍狠嗎？你沒那個能耐，玩不了這種把戲。要是你繼續威脅我，我一定會把你抓去掄牆。」

歐戴爾開口：「馬龍，事情不能這樣搞。」

馬龍心想：本來就得這樣，要展現強硬態度，抵死不從。這些人就像是街頭毒販一樣——你要是示弱，他們就把你活生生吞下肚。

溫卓博問道：「除了麥可斯之外，還有哪些助理檢察官會收賄喬案子？」

歐戴爾看來對他很不爽。所以這是他們的第一個失誤。溫卓博露餡了——他們有興趣的目標是律師，而不是條子。

所以他們盯的是皮可尼，不是我。

幹，我對內務局左閃右避、躲開了十五年的牢獄之災，現在卻被別人意外拖下水。現在，我得要搞清楚皮可尼是否知情。「你去問皮可尼。」

溫卓博回他：「我們在問你。」

「這是在嚇我嗎？要我怎樣？」

歐戴爾說道：「我們要你回答問題。」

「如果皮可尼乖乖合作的話，」馬龍回道，「你們早就知道答案了。」

溫卓博開始失去耐心，「是不是有其他助理檢察官收賄？」

「你覺得呢？」

「我是在問你！」對方已經陷入狂怒。

所以皮可尼不肯合作，也許還不知道自己已經成了錄影帶裡的主角。

「我想你早已有了答案，」馬龍說道，「但我認為你其實不想聽到答案。你會宣稱你想要所有的名單，但到了最後，你只會追查那幾個你早有嫌隙的被告律師而已，對於檢察官、法官都只會輕輕放下。要是哪天你真的將其中一人定罪，那還真是破天荒頭一遭。」

「你剛提到了法官？」

「別給我耍幼稚了。」

溫卓博沒接腔。

歐戴爾開口：「也未必一定搞得這麼僵。」

馬龍心想：來了，準備要開始談協商。

我得供出多少壞蛋？

「你是直接從助理檢察官收錢？」歐戴爾問道，「還是透過被告律師？」

「為什麼問這個？」

「如果是你的話，你戴上竊聽器，」歐戴爾說道，「你可以錄下他們的講話內容，再把錢交給我們，可以直接當作供證。」

「我不當抓耙仔。」

「很精采的遺言。」

「我可以坐牢。」

「我相信你沒問題，」歐戴爾說道，「但你的家人呢？」

「我告訴過你了，不准動我家人。」

「不，是你要想辦法讓你家人全身而退，」歐戴爾說道，「是你害他們淪落到這種下場，是你，不是我們。如果你的小孩知道自己的爸爸是壞蛋，他們會作何感想？你的妻子呢？你要怎麼向他們解釋有關念大學的事？因為教育基金拿去請律師了，所以他們沒錢念大學，爸爸也沒有退休金，大學應該是不接受糧票的吧？」

馬龍不發一語。

與其他聯邦調查局幹員相比，歐戴爾算是不錯，知道哪裡是他的罩門。出身史塔頓島、信奉天主教的愛爾蘭人靠糧票過日子？這種恥辱絕對不能連傳三代。

「不需要現在給我答案，」歐戴爾說道，「我給你二十四小時，好好想一想，我們會等你。」

他把某張紙交給馬龍。

「這是『哈囉』電話號碼，」歐戴爾說道，「百分百安全。在接下來的二十四小時當中，你隨時可以打電話給我們，我們會立刻安排會議，請我們的頭頭出席，看看接下來要如何進行。」

「要是你不打電話，」溫卓博說道，「我們就會到你的會議室，在你的警察弟兄面前逮人，上手銬。」

馬龍沒有收下那張紙條。

歐戴爾把它硬塞到他的襯衫口袋，「考慮一下。」

馬龍再次重申，「我不當抓耙仔。」

馬龍向北前行，希望新鮮的空氣能夠讓他心神清明，好好思考。他想吐，壓力、藥物、酒意和恐懼讓他作嘔。他現在才發現，他們一直在等待，這些他媽的王八蛋，他們挑選時機，在你最疲弱的時候、腦袋已經一片昏脹的時候，才對你發動奇襲。

這是正確的舉動，你也會做出一樣的事。

你要追捕壞蛋，就會想辦法在黎明時發動奇襲，就是要趁對方還在熟睡的時候，讓他的美夢成為惡夢，在他還沒意識到鬧鐘不會發出聲響之前取得自白。

不過，這些人渣沒辦法從你身上挖出口供，他們取得了你的錄影畫面，現在要求你提供一百名壞蛋的名單——「當我的線人，當我的抓耙仔，趕快從坑裡爬出來，把別人丟進去，靠，你怎麼沒想到他們早就對你做出相同的事？情勢已遭逆轉，你早就落居下風？」

他說出這種話，媽的也有上百次之多了。

而且十次之中總有九次會讓對方屈服。

馬龍走到中央公園南區，轉向西側，前往百老匯大道，經過了廣場飯店的舊址。他曾經在那裡享受過一場爽度最高的保全兼差任務——在電影工作人員到來之前看管某些攝影器材。他們花錢讓他入住廣場飯店的套房、點客房服務餐、看電視、俯瞰窗外的那些美女。

現在是早上十點多，春光明媚，觀光客們傾巢而出，他聽到了各式各樣的腔調——亞洲、歐洲、山寨版紐約腔——對他來說，這是這座城市的基本聲調之一。現在，他的感覺好詭異，疏離——在過去這兩個小時當中，他的生命發生巨變，但他所身處這座城市依然不變如昔，大家信步走到自己的目的地，聊天，坐在路邊咖啡座，乘坐馬車，彷彿丹尼·馬龍的世界剛才並沒有發生崩塌。

他猛吸了好幾口春天的氣息。

發現這些聯邦調查局的幹員犯了錯。

他們放他走，讓他離開了偵訊室，讓他進入了這個世界，得到了些許啟發。馬龍心想：要是換作我的話，除非這壞蛋已經找了律師，否則我絕對不會讓他走出那個房間，而且，我會想盡辦法把他留在裡面，除了我的臉孔之外，看不到其他世界；除了我所掌控的事物之外，絕對不會給他任何機會。

但他們卻犯了這種錯誤，所以我要好好把握。

思考對策。

好，他告訴自己，他們現在拿四至五年的聯邦監獄刑期要脅你，但你不知道自己是否一定是在劫難逃，你有私房錢可以應付這種緊急狀況。

他所學到的寶貴經驗之一，也是他諄諄提醒手下的重要法則之一，就是一定要先藏個五萬美金——必須是現金，所以你可以隨時取用——所以永遠不需要擔心保釋金與律師費的頭期款。

也許你找到合適的檢察官與法官，就可以搞定一切。反正這種案件就是垃圾，在這種司法體系裡面，有一半的法官會希望銷案，他們自己很清楚這是什麼狀況。就算沒有辦法搞定，應該也可以請求減刑，改判為兩年。

馬龍心想：但要是判處四年怎麼辦？對約翰來說，這四年是關鍵期，一不小心就會誤入歧途。還有凱特琳呢？馬龍聽過不少無父女孩的故事，只要遇到第一個向她們示好的男人，她們就會立刻投其懷中尋愛。

不，席拉是個好媽媽，而且還有菲爾叔叔、蒙提叔叔，加上唐娜阿姨。

大家會讓小孩平安長大。

他們會傷心，但最後不會有事的，他們是馬龍的小孩，個性堅強，而且他們所住的社區裡不時會傳出爸爸「出門不回來了」的故事。

還有大學，那筆費用我已經打點好了。

顧家的男人。

小孩的學費藏在浴室的地板暗門裡面。

他們會照顧席拉，她還是拿得到她的信封，所以少給我提什麼鬼糧票，去死吧。

大家曾經一起立誓，要是發生了最糟糕的狀況，魯索每個月都會帶信封去他家，會帶他的兒子去看球賽，萬一有需要的話，也會開導他，確保他走上正途。

黑道也有同樣的誓詞，但現在他們只是嘴巴說說而已，幾個月之後就什麼都沒了。要是有哪個黑道入獄或是入土，他的妻子就得開始上班，兒女看起來就像是襤褸貓一樣。以前不是這樣——難怪現在許多黑道成了抓耙仔。

但這個小組不會這樣——蒙提與魯索知道要怎麼找到馬龍的私房錢，而且每一分錢都會進席拉的口袋，確保她生活無虞。

而且，他們賺的錢，他依然有份。

所以不需要擔憂自己的家人。

至於克勞黛，反正永遠找得到方法送錢過去。不過，只要她遠離毒品，她就能過得好好的，她不沾毒已經將近有一年之久，她有工作、家人，還有一些朋友。也許她會等你，也許不會，但她會過得好好的。

他到了公園的西南端，走哥倫布圓環，接百老匯大道。

馬龍最愛在百老匯大道散步，這一直是他的最愛。

林肯中心永遠是那麼恢宏壯麗，現在，他回到了自己的地盤，他的疆域，他的領地。

他的街區。

北曼哈頓。

幹，他好愛這條街。早在他還在二十四分局工作時就愛上了這裡。舊的華爾道夫—阿斯托利亞飯店，謝爾曼廣場，他們以前稱之為「針頭公園」，以及「葛雷木瓜」熱狗店。接下來還有舊的那棟燈塔劇院、貝利克里拉飯店，以及「尼克漢堡店」的舊址，札巴超市、舊的塔里亞餐廳，以及北向的悠長緩坡。

他不怕坐牢。當然，待在裡面有諸多不利之處，他很可能會被修理得很慘，對，他們固然強悍，但我是比他們更強悍的鐵漢。而且，我不會倉皇入獄——無論他們把我送入哪一個監獄，奇米諾家族一定都會安排歡迎委員會，沒有人敢招惹與黑手黨關係深厚的大人物。

如果，我真的需要坐牢的話。

反正，飯碗一定是沒了。就算不會被判刑，也逃不過警察總局的紀律聽證會。這是被壟斷的審訊庭——總局局長永遠不會是輸家，如果他要你走路，你就是走定了。

沒有槍、沒有警證、沒有退休金、沒有工作，而且這個國家的其他單位也不敢收你。

我到底接下來能做什麼？

他不知道自己還能從事什麼職業，他從頭到尾也就只有當過警察而已，這是他唯一想望的志業。

現在，一切都結束了。

這個念頭宛若讓他的臉挨了一記重拳，我不能再當警察了。

都是因為某個聖誕節下午的粗心愚蠢的短暫時刻，害我不能再當警察了。

他心想：也許我可以開保全公司或是徵信社，但隨即轉念打消了這個念頭。他不想當個假警察，不想當個曾經待在警界的保鑣或偵探，而且那種工作一定得讓他接觸那些真正的警察，他們不會憐憫他，甚至會看不起他，或者，至少會讓他想起昔日的意氣風發，如今風光不再。

最好還是先清閒一陣子，搞些不一樣的事業。

他銀行裡有錢，等到他們賣掉佩納的貨之後，還會有更多的錢。

他心想：我可以做生意。不要開酒吧——每個退休警察都在開酒吧——他要闖出另一片天。

馬龍自問：要做什麼？

媽的能做什麼？

他心想，什麼都沒辦法。

你只知道要怎麼當警察而已。

所以，他準備要進辦公室了。

10

魯索劈頭問道：「你去哪了？」

馬龍看了一下手錶，「中午出去巡邏，我又沒遲到。」

他準時到班，但他頭暈腦脹。喝酒、毒品、性愛，以及恐懼的後座力依然在逞威。

他們已經把他咬得死死的了，但他卻不知道該怎麼辦。

「我要問的不是這個，」魯索說道，「你沒換衣服，全身都是酒氣、大麻，還有女人的雞掰味，是昂貴的雞掰沒錯，但還是……」

「我昨晚待在我女友家，」馬龍回道，「你有意見嗎？」

這是第一個謊言。

他從來不曾對他的搭檔、他最好的朋友、他的兄弟撒過謊。

馬龍心想，全告訴他吧，把他和蒙提帶到外頭的小巷，將真相全部說出來。你與皮可尼喬事情的時候被抓到，你一定會想辦法解決，沒什麼好擔心的。

但他並沒有這麼做。

「你去你女友家？」魯索哈哈大笑，「你看看你這樣子，怎麼可能？」

「就是這樣，」馬龍回他，「媽咪，我想在這裡洗澡換衣服，可以吧？」

如果說他看起來狼狽，那麼列文就是狼狽加廢物。他坐在長椅上彎身，打算要繫鞋帶，但這對他來說似乎異常艱鉅。當他抬頭看到馬龍的時候，臉色一片煞白。

還看得出罪惡感。

宛若偵訊室裡準備要供出一切的大壞蛋。

馬龍心想，列文有朝一日會成為好警察，但永遠沒辦法當臥底，他就是藏不住臉上的罪惡感。

馬龍說道：「『保齡球之夜』不適合膽小鬼。」

「這傢伙真的超鳥，」魯索說道，「但你早就知道吧？是不是？」

「我現在不想聊這個。」

魯索嘆道：「可憐的艾米莉。」

「是艾咪。」

蒙提插嘴，「『不要告訴艾咪』的那個艾咪。」

「幹，這有什麼不一樣啊？」魯索說道，「別擔心，戴夫——曼哈頓北區發生的一切，就只會留在曼哈頓。哦，不對，那是賭城，曼哈頓北區發生的一切，我們會告訴每一個人。」

馬龍進去洗澡，吞了兩顆抗睡丸，換了藍色牛仔襯衫與黑色牛仔褲。

等到他出來的時候，魯索說道：「賽克斯要找你。」

馬龍上樓，進入警監辦公室。

「你氣色很糟，」賽克斯說道，「是出去狂歡了嗎？」

「你也應該要跟我們一起出去才是，」馬龍說道，「你破了吉列特／威廉斯的案子，他們拿掉了你脖子上的套索，《紐約郵報》和《每日新聞報》一看到你，小弟弟都硬了。」

「但《阿姆斯特丹時報》叫我奧利奧餅乾。」

「你會有疙瘩嗎？」

賽克斯回道：「其實還好。」

但馬龍知道他其實很介意。

「偵破吉列特／威廉斯的案子，我很欣慰，」賽克斯說道，「但更嚴重的問題還是沒有解決。老實說，現在反而是雪上加霜——要是卡特爾拿到那批武器的話，一定會猛力還擊。」

馬龍說道：「我和他講過話。」

「你說你做了什麼？」

「我正好遇到他，」馬龍說道，「所以趁機請他收手。」

「然後呢？」

「你說得沒錯，他不肯。」

馬龍說謊，他刻意略過某些重點。他並沒有讓賽克斯知道他底下的某名警探已經被卡特爾買通，負責喬事情，其實，自己也參與了這場槍火買賣。絕對不能告訴他，因為賽克斯會立刻逮捕托瑞斯，所以，他只好這麼回答：「我們已經掌握狀況。」

賽克斯問道：「要不要講清楚一點？」

「我們在百老匯大道三八〇三號已經部署人力監控，那裡應該就是泰迪．貝利處理交易的辦公室。」

「這樣就可以抓到卡特爾嗎？」

「應該是不行，」馬龍說道，「你是要查扣那筆槍火？還是要逮捕卡特爾？」

「首先是扣槍，然後是抓人。」

「反正，我們要是成功攔截那批槍火，」馬龍說道，「卡特爾遲早會完蛋。」

「我要逮捕他，」賽克斯說道，「而不是讓卡洛斯．卡斯提洛宰了他。」

「有差嗎？」馬龍問。

賽克斯回馬龍：「這裡是紐約，不是墨西哥。」

「天，警監，」馬龍回道，「你到底想不想扣下這些槍火？我們都知道迪馮．卡特爾絕對不會接近那些東西，這就像是我們都心裡有數，破了這些兇案之後，也只不過能為你多爭取一些緩衝時間而已，過沒多久之後，總部的那些人又會開始煩你。」

「想辦法攔截這批槍火就是了，」賽克斯回道，「你們只需要記得一點就夠了，你們代表的是特勤小組的矛尖，而不是你自己四處濫射的大砲。」

「別擔心，」馬龍回道，「等到我們破案的時候，一定會讓你出一下風頭。」

你會是拿著球達陣慶功的主角。

但你不會知道我是怎麼把你送入紅線區的。

他下樓，卻遇到一場可怕的埋伏。

是克勞黛。

兩名制服員警客氣抓住她的手肘，想要把她推出大廳，但她不依。

「他在哪裡？」她激動問道，「丹尼呢？我要見丹尼！」

馬龍走出辦公室大門，看到她的失控模樣。

她嗑了藥，情緒激動，現在她在大吵大鬧，全身神經錯線。

她也看到他了，「你跑去哪裡了？我昨晚一直在找你，打電話你也不接，我去了你家，沒看到你的人。」

大部分的制服員警都面露懼色，有兩個在竊笑，被蒙提狠狠一瞪之後才收起笑意。

馬龍說道：「我來處理。」

他從那兩名警官手中帶走克勞黛，「我們到外頭說話。」

但她現在擁有發狂時的力道，完全不肯讓步。「她是誰？你身上有雞掰味，幹你媽的，白種女人的雞掰，哪個野女人？」

在櫃檯執勤的警官傾身，「丹尼——」

「我知道！我來處理！」

他抓住克勞黛的腰，把她拉向大門口，她卻一路狂踢尖叫。「混蛋！你不希望讓你朋友看到我，對不對？！你覺得我出現在你的警察同事面前很丟臉？！他幹我，對！他想要幹我屁眼的時候，我也讓他幹！幹我的黑屁股！」

賽克斯站在階梯上面。

欣賞這場好戲。

馬龍硬是把克勞黛架出門外、送到了大街上，便衣警察都在盯著他們。

馬龍開口：「給我進去車裡面。」

「幹你去死啦。」

「媽的給我上車！」

他把她推入駕駛座，用力關上車門，然後又繞到另一頭，自己也坐進去。他按下車鎖，捲起她的袖子，看到了針孔。

「天哪，克勞黛！」

「警官，我被逮捕了嗎？」克勞黛問道，「天，警官，是不是有什麼辦法可以讓我不要坐牢呢？」

她打開他的褲襠拉鍊，彎身。

他扶她坐好，「夠了。」

「硬不起來是嗎？你的妓女把你榨乾了是不是？」

他以左手大拇指與食指抬起她的下巴，「聽我說，認真聽我說。我不能這樣，你不能來這裡。」

「因為我讓你丟人現眼。」

「因為這是我工作的地方。」

克勞黛情緒潰堤，「丹尼，抱歉，我整個人慌得失去方寸。你丟下我一個人，根本不管我了。」

這是她的理由，也是控訴。

他知道了。

毒蟲染上了那種病，獨自走進小巷，而提前不告而別的卻是那一場病症。

「你打了多少？」

他很害怕，因為現在這世界已經變得完全不同——毒販在海洛因裡面混入芬太尼——強度是四十倍，要是她打了一針，很可能會過量用毒。到處都看得見仆街毒蟲，奄奄一息，就像是愛滋猖獗時代的同性戀一樣。

「我猜劑量綽綽有餘，」她又開始重複剛才的話，「親愛的，你丟下我一個人，我受不了，所以我到外頭買毒。」

「賣毒給你的是誰？」

她搖頭，「你一定會去修理他。」

「我向你保證，絕對不會，到底是誰？」

「有什麼差別？」她反問，「你覺得你可以威脅紐約市的所有毒販嗎？」

「你覺得我找不到他？」

「那就去找吧，」她說道，「親愛的，我好不舒服。」

他開車送她回家，又從儀表板下面拿了一小袋能讓她舒爽的毒品，帶她上樓。

「要打海洛因就進房間去，」他說道，「讓我眼不見為淨。」

「寶貝，這絕對是最後一次，」她說道，「等一下我進醫院，他們會給我一些緩解劑，我認識某個醫生。真的，我一定會慢慢好起來。」

他坐在沙發上。

他心想：要是我去坐牢的話，她就死定了。

要是光靠她自己，她絕對過不了這一關。

過了幾分鐘之後，克勞黛走出房間。「現在好累，想睡覺。」

馬龍讓她躺在沙發上，自己進了浴室，跪在馬桶前大吐特吐，一直等到體內無物可吐、只剩下一陣陣嘔意。然後，他坐在黑白磁磚地板上，把手伸向洗手槽拿擦手巾，抹去臉上的汗水。又過了兩分鐘之後，他站起來，以冷水潑臉與後頸。

他拚命刷牙，清除了所有的嘔吐殘味。

然後，他拿起手機，按下那個號碼。

聽到了「哈囉」。

想必歐戴爾早就坐在電話旁邊等待，這個得意洋洋的畜牲，早就知道我會屈服。

馬龍開口：「我會給你律師與檢察官名單，但絕對不會供出警察，聽清楚沒有？」

我絕對不會出賣我的警察弟兄。

11

他才一跨進小隊總部，就看到賽克斯在樓上對他揮手。

馬龍上樓，進去賽克斯的辦公室，劈頭問道：「有沒有聽過『以表面合法的權力進行性侵』？」

「沒有。」

「比方說，」賽克斯開始解釋，「某個擁有權力高位的人，可能是警察，與其權力掌控之下的某人發生性關係，可能是線人，這就是以表面合法的權力進行性侵，屬於重罪——會被判處十年到無期徒刑。」

「她不是線人。」

「她嗑藥嗑得很茫。」

馬龍又重複了一次，「她不是線人。」

「那她是誰？」賽克斯問。

「不關你的事。」馬龍說。

「要是有某個女人在我的警局辦公室大搞俗濫劇碼，」賽克斯說道，「的確是我的事。我不能縱容自己底下警探的私生活讓警界公眾形象蒙羞。馬龍警長，你已經結婚了吧？」

「目前是分居狀態。」

「這女子住在北曼哈頓嗎？」

「對。」

「所以你與住在自己轄區內的某名女子交往，」賽克斯說道，「至少，是警官的不適任行為。」

「你就舉報啊。」

「一定會。」

「不，你才不會，」馬龍嗆他，「因為我才幫你破了大案，看來你又是升遷有望，絕對不會在這時候自毀前程。」

賽克斯盯著他，馬龍知道自己說得沒錯。

賽克斯只丟了一句話給他：「不准把你的家務事帶進我的辦公室。」

馬龍與魯索在一五八街與百老匯大道北端附近巡邏。

魯索問道：「要不要談一下？」

「不想，」馬龍回道，「但如果你想講，你一定打死不放棄，所以就說吧。」

「吸毒的黑人女子？」魯索繼續說道，「丹尼，不太好吧，尤其是現在這種時候，怎麼說的，種族問題格外敏感的環境。」

「我會好好處理。」

「什麼意思？會斷了這段關係？」

「我說過我會好好處理，」馬龍回他，「這個話題到此結束。」

這裡的百老匯大道南北雙向車道之間有一條綠蔭分隔島，而美甲店上卡特爾的安全屋就在西側。

「得要爬兩層樓，」魯索說道，「肥泰迪一定不喜歡。」

魯索把車停在東側的某台提款機前面，兩人下車，佯裝在提錢，但其實卻在幫娃娃臉把風，他進入美甲店隔壁的酒品專賣店。

五分鐘之後，他出來了，還帶了一把六發式柯爾點四五手槍，他把它交給了蒙特鳩。

馬龍與魯索穿過百老匯大道，進入某間簡餐店。十五分鐘之後，蒙特鳩進來，坐在馬龍的對面。

「來啊，」馬龍開口，「直接說就是了。」

蒙提問道：「這叫我是從何說起？」他的眼神狀似戲謔，但其實馬龍看得出他隱藏的嚴肅之意。「畢竟我也喜歡黑人女子。」

魯索開口：「這會引人側目。」

「我很欣賞你挑女人的品味，」蒙提說道，「這是真心話。不過我們現在已經是大家的焦點，不需要再招惹不必要的目光。」

「我已經告訴魯索了，我會好好處理。」

「我知道了，」蒙提說道，「我現在要講的是更緊急的事。我剛去找了那間『占星家』酒品專賣店的老闆，我說我發現他剛剛賣酒給未成年小孩，但他還是想要留住自己的賣酒執照。他似乎不認識卡特爾，我告訴他，只要他肯出借他後頭的空間、讓我們使用幾個禮拜，那這筆帳就一筆勾消。」

馬龍起身，「我們趕緊離開吧。」

他們回到車內，看著列文上車，他在車內待了四十五分鐘之後，又下車，回到車上，最後由魯索開車、將大家載離現場。

「我們可以在牆上鑿洞，」列文說道，「把竊聽器安裝在二樓，那麼就可以聽到卡特爾小辦公室裡的動靜。」

「輪班的問題怎麼解決？」魯索問道，「泰迪認識我，也知道馬龍與蒙提，你又不可能一天值二十四小時，完全不休息。」

「你們是科技的尼安德塔人，」列文說道，「等到我們安裝好之後，我只需要以我的筆電連上網路監控就可以了。所以，也就是任何地方都不成問題。而且我們不需要二十四小時無休，只需要等到泰迪進來就好。」

「爛屁股可以給我們情報，」馬龍說道，「列文，你確定自己沒問題嗎？沒有搜索票，這根本就是違法，要是被抓到的話，你會丟了工作，搞不好還得坐牢。」

列文微笑，「不要告訴艾咪就是了。」

魯索問馬龍：「你要不要回辦公室？」

「不回去了，明天得進市中心，」馬龍說道，「準備肥泰迪的瑪普聽審❷。」

魯索說道：「祝你一切順利。」

「嗯。」這就是整起事件的超級荒謬之處。為了要辦這個走私槍火案，必須要讓肥泰迪先出獄，繼續在街頭活動，要是早知如此，他們當初放了他就好，也不需要行賄買通檢察官。那些聯邦級探員在搞的鳥事也就不會發生了。

現在他得要想辦法為了自己的案子行賄，不然就得坐牢。

他覺得自己快吐了。

馬龍心想，把自己搞成這樣，真是後悔。

振作，該做的事逐一完成就是了。

馬龍在阿姆斯特丹大道與一三三街的交叉口附近找到了爛屁股，「上車。」

他早就忘了這個抓耙仔的味道有多可怕，「爛屁股，你真噁。」

「怎樣？」爛屁股神情愉快閒適，想必一定是剛嗑藥。

「你到底有沒有用過馬桶啊？」

❷ Mapp hearing，涉及員警因非法搜查而獲得的實物證據的可接受性。如果在扣押被告的物證方面違反了被告的憲法權利，則該證據可能被取消。

「我沒有馬桶。」

「那就去借啊，」他趕快搖下車窗，「你認不認識有個會在這裡買毒的護士？名叫克勞黛？」

「黑人姐妹？長得很漂亮？」

「對。」

「我看過她。」

「她找誰買毒？」

「名叫法蘭基的毒販。」

「白人對嗎？」馬龍問道，「都在林肯遊樂園附近活動？」

「就是他。」

馬龍給了他二十元美金。

「白人是小氣鬼。」

「所以我們才能變成有錢人，」馬龍說道，「給我下車。」

「白人也很粗魯。」

馬龍回他：「現在我得把這輛車還回去，換一輛新的。」

「喂，你嘴超賤，賤嘴王八蛋。」

「再講啊。」

「小氣，粗魯，嘴巴賤。」

「下車！」

爛屁股乖乖離開了他的車。

法蘭基坐在長廊底端拘留室的鐵長椅上面。

馬龍先前找到了他，把他帶到三十二分局，而不是北曼哈頓。他們把他關在裡面好一會兒，讓他享受那股令人興奮的氣味。囚室瀰漫著屎尿、嘔吐物、汗水、恐懼、絕望的惡臭，還有濃濃的戰斧牌古龍水，八成是法蘭基之前從杜安里德藥妝店幹來的東西。

馬龍打開門，走了進去。「不准動，不准給我起來。」

法蘭基三十出頭，剃了個大光頭，臂膀上有許多刺青，而頸脖上面更是讓人眼花撩亂。

馬龍捲起袖管。

法蘭基看到他的動作，開口問道：「是準備要修理我嗎？」

「你記得有個名叫克勞黛的女人嗎？」馬龍問道，「今天是不是賣毒給她？」

「我想應該是吧。」

「你想應該是吧，」馬龍說道，「你明明知道她不沾毒，因為你已經好一陣子沒看到她了，對不對？」

法蘭基回道：「也許她去了別的地方。」

「你也吸毒？」

「對。」

馬龍問道：「所以他媽的你靠賣毒解癮。」

「差不多是這樣。」他的聲音在發抖。

「你知道他們為什麼要把你關進這間特殊的牢房？」馬龍問道，「因為這裡是監視攝影機的死角。你也知道最近大家是怎麼辦案的，畫面沒錄到，就不會有事。」

「我的天哪。」

「這裡沒有老天爺，」馬龍回道，「只有我而已。而他與我之間的差別就是他個性寬厚，但我全身上下根本找不出一絲寬容的因子。」

「啊，天哪，她用藥過量？」

「沒有，」馬龍回道，「如果真出了這種事，你還哪有機會活命待在這裡。聽我說，法蘭基，抬頭看著我，仔細聽我說——」

法蘭克抬頭看著他。

馬龍說道：「我答應她，絕對不會傷害你。所以等到我離開之後，他們就會放了你。不過——聽我說，法蘭基——要是你下次看到她，趕快朝另外一個方向快跑，不准用走的。要是你膽敢再賣毒給她，我一定會把你揪出來，把你活活打死。你要知道，我一定說到做到。」

然後，他走出了拘留室。

12

伊索貝爾．帕茲，紐約南區聯邦檢察官，殺氣騰騰。

馬龍心想，她是恐怖殺手。

肉桂色肌膚、墨黑髮色、細薄寬嘴塗滿豔紅色唇膏。應該是四十出頭，但面貌看起來比實際年紀年輕。她身穿黑色俐落外套，搭配貼身窄裙與高跟鞋走進房中。

準備殺人的打扮。

他們又回到了那間他媽的華爾道夫飯店。

當然，帕茲是最後一個到達現場。

馬龍心想：跟黑道玩一樣的把戲。開會的時候，老大是最後一個出現，讓其他人枯等，建立起啄食順序，他媽的根本一模一樣。

遵循老派風格，馬龍站了起來。

帕茲沒打算伸手打招呼，只是直接開口說道：「我是伊索貝爾．帕茲，聯邦檢察官。」

「我是丹尼．馬龍，紐約市警局警探。」

她臉上也完全沒有笑容。只是順了一下自己的裙子，直接坐在他對面。「馬龍警長，請坐。」

他坐下來，溫卓博也隨即打開數位錄音機，歐戴爾則為她奉上咖啡，彷彿敬獻的是自己的大老二，然後，他也坐了下來。

馬龍心想：媽的大家都入座了。

現在是要怎樣？

帕茲開口：「馬龍警長，我就醜話直說了。我不當你是英雄，我認為你是從其他歹徒那裡收受賄賂的罪犯，大家先把一切講清楚。」

馬龍沒接話。

「本來我打算立刻把你關進牢裡，因為你背叛了自己的誓詞、工作職責，以及公眾的信任，」帕茲說道，「但我們想要追求更高價值的目標。就這個案子來說，我也只能暫時忍住，和你一起合作。」

她打開某個檔案夾，「我們直接切入主題吧。你必須要提供陳述書，裡面必須列出你截至目前為止犯下的所有罪行。要是你說謊，無論是刻意遺漏或是扭曲，我們之間的所有協議都會失效。要是你將來犯下在此一調查案範圍之外的其他罪行、而且沒有經過我們的特別核可，我們之間的所有協議都會失效。要是你在提供正式的口供或證詞時作偽證的話，我們之間的所有協議都會失效。明白嗎？」

馬龍回道：「我不會出賣警察。」

帕茲瞄了一下歐戴爾，馬龍全看在眼裡——顯然他並沒有把這一段協議告訴她。歐戴爾望著咖啡桌另一頭的他，「到時候再說了。」

「不行，」馬龍回道，「不會有那個時候。」

帕茲回他：「那你就等著去坐牢。」

「幹，我就去坐牢啊。」

幹。

帕茲問道：「馬龍警長，你以為我在開玩笑？」

「你要我交給你律師名單，我就勉強吞了，和你合作，」馬龍回道，「你要我做出對警察不利的事，你去吃屎吧。」

「暫停錄音，」帕茲厲聲交代溫卓博，然後又看著馬龍。「也許你弄錯了，我和你平常見到的那種南區地檢署檢察官不一樣，我不是那種念常春藤預科學校的廢物，我是在布朗克斯區長大的波多黎各小孩，我所面臨的街頭環境比你艱困多了，幹你娘。我們家有六個小孩，我是老三，我爸爸在廚房工作，我媽媽在中國城縫製假名牌服飾。我念的是福坦莫大學，所以你要是敢耍我的話，白痴，我會把你送進聯邦超級監獄，在裡面六個禮拜，保證你看到燕麥都會流口水。幹，搞清楚沒有？現在給我繼續錄音。」

溫卓博又打開了錄音機。

「錄音內容會以密件封存，只有今天的與會者才能拿到資料，」帕茲說道，「我們不會有逐字稿，歐戴爾探員會以摘要形式作成報告，只有被授權的南區地檢署、紐約州政府，以及聯邦調查局人員才能取得資料。」

馬龍回道：「那份三〇二檔案[3]會害死我。」

[3] FD-302，FBI的面談摘要報告，不記錄細節，但仍會揭露、總結重要訊息。

歐戴爾回他：「我保證不會流出去。」

「對，因為聯邦調查局不會有壞蛋，」馬龍說道，「不會有哪個律師的家裡被翻箱倒櫃，不會有哪個秘書的老公正好在背後——」

帕茲說道：「要是你知道名字——」

「我什麼都不知道，」馬龍說道，「我只知道三〇二檔案就是會莫名其妙流出去，出現在某間俱樂部的義大利咖啡杯旁邊，而之所以沒有逐字稿的真正原因，是因為上層要怎麼扭曲我的話都不成問題。」

帕茲擱筆，「你到底想不想給我們陳述書？」

馬龍嘆氣，「好。」

沒有陳述書，就不會有協議。

她叫他起誓。馬龍保證說實話，全部的實話……

「你自己曾經收受費用，介紹被告給律師，」帕茲說道，「這一點你承認嗎？」

「對。」

「你也曾經密謀行賄某位檢察官，為被告擺平某起案件，是不是確有其事？」

「對。」

「那就是所謂的『買案』？」

「我是這麼說的沒錯。」

「你出面『買案』或是打通關係？」帕茲問道，「到底有過多少次？」

馬龍聳肩以對。

帕茲一臉嫌惡盯著他，「多到數不清了？」

「你把這兩件事搞混了，」馬龍說道，「有時候我會把嫌犯轉介給某個律師，抽取費用；其他時候我會幫忙接觸檢察官、處理買案，也會從該名檢察官那裡收取回扣。」

「感謝澄清，」帕茲說道，「你收了多少次的被告律師轉介費？」

「這些年嗎？」馬龍問道，「數百件有吧。」

「從收賄檢察官那裡取得回扣的次數呢？」

「這些年來，」馬龍回她，「應該是二、三十次吧。」

溫卓博問道：「你會不會把賄款交給檢察官？」

「偶爾。」

帕茲問道：「有多少次？」

「二十？」

帕茲問道：「你這是在反問我還是在回答我？」

「我平常又沒在計算次數。」

「我想也是，」帕茲說道，「所以大約是二十件左右。我要名字、日期，還有你記得的一切細節。」

馬龍心想：這就是開始越界了，要是我講出名字，再也沒有回頭的可能。

我成了抓耙仔。

他開始從最久的案子開始說起，提供的名單如果不是已經退休，就是已經投身其他行業。大部分的檢察官都不會在這一行待太久，而是把它當成一段見習期，其後轉為薪酬更為豐厚的被告律師。這些人雖然都會被他捅出來，但所受到的傷害不會像依然待在業內的人士那麼慘重。

歐戴爾問道：「馬克．皮可尼呢？」

「我從皮可尼那裡收過錢。」幹，因為反正他們都聽到了。

帕茲問道：「是第一次嗎？」

「難道那像是第一次嗎？」馬龍反問，「我可以告訴你，我幫皮可尼介紹案子恐怕有十幾次了。」

「你幫他行賄檢察官有多少次了？」

「三次。」

帕茲問道：「都是賈斯汀．麥可斯嗎？」

馬龍心想，麥可斯是個小咖，為什麼要大費周章搞他？麥可斯不是壞人——對於反正不會起訴的小案件，他會收錢，但要是傷害、搶奪、性侵之類的案件，他的態度倒是堅定不移。

現在他們要逮捕他。

不是這樣，馬龍糾正自己，現在是你要害他被逮捕。

不過，幹，管他那麼多，反正他們早就知道了。

他回道：「有兩個案子是行賄麥可斯。」

「哪兩個案子？」溫卓博的語氣憤怒。

「其中一個是毒品案，持有兩百五十公克的古柯鹼，」馬龍回道，「某個名叫瑪利歐・席維斯特利的傢伙。」

溫卓博怒罵，「那個王八蛋！」

帕茲露出一抹賊笑。

溫卓博繼續問道：「另一個案子呢？」

「某個海洛因毒販持槍的鳥案，他名叫……」馬龍說道，「我不記得他的真實姓名，街頭綽號是『長狗』，姓氏應該是克雷蒙斯。」

溫卓博回道：「迪安德烈・克雷蒙斯。」

「對，就是他，」馬龍說道，「麥可斯毀損證據的效力，最後法官判定無效。要不要知道法官的名字？」

歐戴爾說道：「等一下再講吧。」

「好，等一下，」馬龍回道，「我猜就算是我講出口之後，也不知道什麼原因，絕對不會列在三〇二檔案裡面。」

「所以有席維斯特利和克雷蒙斯，」帕茲說道，「現在又加上貝利。」

「反正本來就不可能將這些人定罪，」馬龍說道，「所以，讓這些不是毒販的人多繳一點錢，換得新生機會，又有什麼關係？」

帕茲問道：「你是打算為自己的行為找藉口嗎？」

「我只是說，我們讓這些壞蛋多交了好幾萬美金的罰金，」馬龍回道，「比你厲害多了。」

帕茲說道：「所以你四處執行正義。」

馬龍心想：媽的你說得對極了，我比這個「體制」更認真貫徹正義。我在街頭把某個性騷兒童的混蛋打得半死，我在執行正義；面對某個你從來無法將其定罪的海洛因毒販，得靠我在法庭上「撒謊作證」才能讓他入獄，我在執行正義；當我向這些你永遠搞不定的王八蛋、要了一些罰金的時候，我在執行正義。

他回道：「司法正義有各式各樣的形式。」

帕茲問道：「所以我猜你把這種錢捐給慈善團體了？」

「某些錢的處理方式的確如此。」

他偶爾會把錢裝入信封，寄給聖猶達兒童醫院，但這些王八蛋不需要知道這種事，他不希望他們的髒手接觸到這些潔淨的事。

「你還搞了哪些勾當？」帕茲問道，「我要你全部說出來。」

馬龍心想：我靠。

佩納。

這都是因為佩納案而設下的局。

馬龍心想：你覺得我會自己招認？你以為我是那種在偵訊室裡的毒蟲壞蛋？為了解癮什麼都願意說出來？

馬龍說道：「你問，我答就是了。」

帕茲問道：「你有沒有搶過毒販的貨？」

馬龍心想：這和佩納案有關。要是他們知道任何線索的話，一定會繼續施壓，所以簡短回答就是了，不要讓他們有機可乘。「沒有。」

「有沒有私吞原本應該充作證物的毒品或金錢？」帕茲問。

「沒有。」

帕茲繼續追問：「有沒有販賣過毒品？」

「沒有。」

「從來沒有拿毒品給線人？」帕茲問道，「就法律面而言，那也構成了犯罪事實。」

馬龍心想，得塞點東西給她才行。「嗯，我是幹過這種事。」

「這種行為很普遍？」

「就我來說，是的，」馬龍回道，「這是我取得線報、逮捕犯人，將他們交到你手中的方式之一。」

他心想：你有沒有看過毒蟲飽受煎熬的模樣？毒癮發作的慘況？發抖、痙攣、哀求、哭泣？你也得立刻救他們一把。

帕茲問道：「這也是其他警察的慣用手法？」

「我講的是我自己，」馬龍說道，「不是其他警察。」

「但你一定知情。」

「下一個問題。」

「有沒有靠刑求逼問線索或取供？」帕茲問。

你他媽的在開什麼玩笑？我會把他們打到挫賽，有時候真的是屁滾尿流。「我不會使用『刑求』這樣的措辭。」

「那不然你怎麼說？」

「好，」馬龍開口，「也許我曾經賞過某人巴掌，推他去撞牆，但就只有這樣而已。」

「就這樣？」

「我剛剛不就說了嗎？」你問了，但你其實不想知道答案。你想要住在上東城或是格林威治村，不然就是更北的威斯特徹斯特，你不想讓這種狗屁倒灶的事污染了你的美麗社區。你不想知道那種事怎麼會發生在你身上，你只希望我動手處理就好。

「其他警察呢？」帕茲繼續追問，「你的小組同事？他們也在賣案？」

「我不會講他們的事。」

「少來了，」溫卓博插嘴，「你以為我們會相信魯索與蒙特鳩不跟你同流合污？」

「我才不管你信什麼，不信什麼。」

「你一個人獨吞？」溫卓博追問，「沒有讓他們分一杯羹？你這算是哪種搭檔？」

馬龍沒接腔。

溫卓博碎碎唸：「我才不相信有這種事。」

帕茲開口：「陳述書不可以有任何的隱匿。」

「我已經講得很清楚了，」馬龍說道，「我不會供出警察。美眉，我現在能說的就是這麼多。你抓到了一個會行賄的被告律師，還有個唬爛自己可以擺平案件的警察，你可以讓皮可尼就此撤銷律師資格，你可以拿走我的警證甚至把我送去坐牢好幾年，但你我都知道，當你的上司看到這種結果的時候，一定會問你，花了我們這麼多錢，就只有這樣而已？到時候你就會成了大混蛋。

「所以就由我告訴你接下來的遊戲規則吧，」他繼續，「就跟ABC一樣簡單，『誰都可以，就是警察除外。』❹我可以把麥可斯供出來，我還可以給你好幾個被告律師，再加一兩個檢察官。要是你們有那個膽的話，我還可以丟兩個法官給你們。交換條件就是，我平安無事，不坐牢，也保住我的警證和配槍。」

馬龍起身，走向房門口，伸出手指，貼在嘴巴和耳朵的旁邊，彷彿在示意：打電話給我就是了。

當他在等電梯的時候，歐戴爾出來。

想必他們剛剛火速開完會。

「好，」歐戴爾開口，「我們就這麼說定了。」

馬龍心想：嗯，有共識就好。

因為每個人都可以被收買。

端看能否找到正確的那枚銅板而已。

❹ Anyone But Cops.

克勞黛病了。

流鼻水，全身顫抖，骨頭發疼，全都是毒癮發作的症狀。

不過，馬龍真的要讚揚她一下——至少，她又在努力對抗毒癮。

但她的下一句話卻立刻讓馬龍發現這是天大的誤會。「我想要去買毒，可是卻找不到我的藥頭，你是不是對他做了什麼？」

「你想問我是否出手傷他？沒有，」馬龍回道，「有沒有找到醫生幫你開藥？因為要是沒有的話，我認識一個人——」

「負責創傷治療的醫生已經給了我一點美索巴莫。」

「難道你不擔心他向上級告密？」

「我看過他出了那些紕漏，誰怕誰啊？」

「那種藥有效嗎？」

「難道看起來有效嗎？」

他煮了熱水，為她準備花草茶。這些藥草根本沒個屁用，但至少熱茶能夠讓她暖身。

「我帶你去戒毒中心。」

「不要。」

「我很擔心，你知道嗎？」

「不需要，」她回道，「酒鬼會因為停止服藥死亡，海洛因毒蟲不會。我們只會繼續犯毒癮，想要到外面繼續嗑藥。」

「這就是我在擔心的事。」

她喝光了花草茶，他把毯子披在她身上，抱住她，宛若抱著小寶寶一樣，不斷輕搖。

要是換作別人，他一定會奉勸對方趕緊將這女子放生。和毒蟲在一起，就只能把她當成死人，為她舉行葬禮，你哀傷，但還是得走出陰霾，繼續過日子，因為你當初所認識的那個人早已不在了。

但他似乎沒辦法對克勞黛做出這種事。

13

第二天早上，馬龍進入法院外頭的蘭茲餐廳，腋下夾著一份《紐約郵報》。過了幾分鐘之後，皮可尼也鑽進包廂，坐在他的對面，把《每日新聞報》放在餐桌上。「今天的『八卦版』很精采。」

「有多精采？」

「兩萬美元等級的精采。」

搞定這個案子的價格高於一般行情。單純持有毒品，兩千美金；持有毒品並且販賣，那就是一萬美金起跳。要是持有毒品的數量驚人，再加上意圖販賣，也是很有可能追到十萬美金，不過話說回來，要是被告擁有那種數量的毒品，財力自然也很驚人。

最近，處理持有武器罪名的費用變高了，尤其，要是被告有前科的話。肥泰迪可能得坐五到七年的牢，所以得搞認罪協商。

他們早已交代過馬龍了，必須要逮到皮可尼，假裝接下來的對話就是準備要放給陪審團聽的一樣。「要是我想要讓麥可斯以兩萬美金賣案，這數字你可以接受嗎？」

馬龍拿起《每日新聞報》，放在自己旁邊。

「但絕對不能讓他起訴。」

「兩萬美金，我可以讓麥可斯說那是他的槍。」

「你要吃什麼？」皮可尼問道，「這裡的鬆餅還可以。」

「不，我得走了。」他帶著《每日新聞報》離開，把《紐約郵報》留給皮可尼，他進入男廁，取出報紙信封裡的五千美金，放入口袋，走到街上。

馬龍一直覺得，中央街一百號是全世界最讓人陰鬱的建築之一。

在這間刑事法院大樓裡面，從來就不會發生什麼好事。

就連鮮少出現的好結果，比方說，有壞人要被定罪，鼠輩受到惡懲，但背後都隱藏了某個悲劇。這種案件一定會有受害人，至少會有一個家庭充滿悲戚，又或是好幾個小孩的爸爸或媽媽已經告別人世。

馬龍看到麥可斯站在走廊裡，把報紙交給他。「你應該要看一下這篇報導。」

「嗯，為什麼？」

「肥泰迪．貝利。」

「貝利啊，沒救了。」

「給你一萬五千美金，不要再捅他屁眼了吧？」

麥可斯問道：「你已經自己抽了佣金？」

「你到底要不要這筆錢？」馬龍問道，「不過，一定要擺平，不是認罪協商。」

麥可斯把那份報紙放入自己的帆布袋，然後，開始演戲。「幹，馬龍，這一定過不了唐納威聽證❺那一關。」

相當理由。

此時正巧有兩個人經過，還看了他們一下，馬龍也瞄過去，確定已經引起側目之後，為了大家好辦事，他也回吼回去：「明顯的重罪！我明明看到有手槍凸起的痕跡！」

「貝利當時穿的是什麼外套？」

馬龍配合得很認真，「媽的我怎麼知道？拉夫勞倫？」

「羽絨外套，」麥可斯說道，「北臉的羽絨外套。你要站在那裡告訴我——不，告訴法官——你可以看到衣服裡藏有點二五手槍？難道你要叫我在裡面當混蛋？而且還是個充滿種族歧視偏見的混蛋？」

「你本來就應該要在裡面善盡檢察官職責！」

「你才應該好好盡你的本分！」麥可斯大吼，「逮人的時候像樣一點，才能讓我順利起訴。」

「你要把這個死黑人放回街頭？」

「不，都是你把這傢伙放回街頭。」麥可斯丟下這句話之後就走人了。

馬龍啐罵：「靠，真的是孬種。」

走廊上的每一個人都盯著他。但大家早已司空見慣——條子與助理檢察官總是吵個不停。

馬龍到達位於時裝區的某棟老舊紡織廠，爬向三樓，這是歐戴爾安排戰術計畫的基地。

裡面有兩張辦公桌，放滿檔案的許多紅盒子、廉價金屬櫃、咖啡機。馬龍把那五千美金交給他之後，脫掉外套，拔掉竊聽器、放在桌上。

歐戴爾問道：「有沒有弄到？」

「有，錄到了。」

溫卓博一把搶下帶子，快轉到與麥可斯的對話，仔細聆聽之後大讚：「幹，太好了。」

「可以了吧？」馬龍問道，「我是不是已經把他們兩個推到糞坑？讓你們宰殺？」

「怎樣，你有罪惡感？」溫卓博問道，「或者你想要取代他們的位置？」

「史坦，閉嘴，」歐戴爾說道，「丹尼，你做得很好。」

「對，我是個厲害的抓耙仔，」馬龍直接走向大門，離開了那個貨真價實的老鼠❻窩，令人作嘔的地方。他心想，還有，他媽的「丹尼」是怎麼回事？一下喊「史坦」一下喊「丹尼」，難道我們現在屬於同一個團隊了嗎？而且還對我摸頭，「丹尼，你做得很好」？我現在他媽的是你養的狗了啊？

歐戴爾問道：「你要去哪裡？」

「媽的干你屁事？」馬龍反問，「怎樣？我不能離開嗎？你擔心我過去警告他們？別擔心，

---

❺ 刑事訴訟中的一種審前程序，被告人在此階段可請求對其認為是以非法手段取得的證據禁止在以後的庭審中提出，法庭就此所做的裁決在以後的庭審中有效。

❻ Rat，老鼠，意指奸細。

我覺得自己好可恥。」

「沒什麼好可恥的，」歐戴爾說道，「接下來當然會有這種感覺，但你必須要為自己過去的舉動感到可恥，而不是現在的作為。」

「我來這裡不是為了要懇求你的赦免。」

「不是嗎？」歐戴爾反問，「丹尼，我想是吧，我覺得你多少期盼自己被別人抓到。」

「你真這麼想？」馬龍問道，「我沒想到你這麼賤。」

歐戴爾問他：「要不要喝杯咖啡什麼的？」

馬龍突然轉身看著他。

「歐戴爾，別想玩我。」你知道曾經被我玩弄、豢養、誘騙的線人有多少個？我給他們的是海洛因，不是咖啡。而且我知道與他們打交道的第一準則，不要把他們當人，他們是抓耙仔。你要是開始喜歡他們，照顧他們，不把他們當成抓耙仔，他們會反過來殺了你。

歐戴爾，我是你的抓耙仔。

不需要把我當人，不然你就會搞砸一切。

他去看克勞黛的時候，她講的話還是幾乎一模一樣。

他走進大門，她嘴巴冒出來的第一句話就是：「你是不是覺得被別人看到我和你在一起很丟臉？」

「我靠你哪來的那種念頭？」他仔細盯著她的雙眼，想確定她是不是嗑了藥，沒有。她一直在硬撐，渴望能夠一解毒癮，他知道那有多麼煎熬，她怒火中燒，現在準備要懲罰他。

「我一直在想，自己為什麼會故態復萌？」

他在心中默默回答她，因為你本來就是毒蟲。

「為什麼我從來沒有見過你的那些工作夥伴？」

「你早就見過他們的情婦了，對不對？」

「你不是我情婦。」

「那我是誰？」

哦，幹。「我女友。」

她說道：「就因為我是黑人，所以你不肯把我介紹給大家認識，」

「克勞黛，我有個夥伴就是黑人。」

她回道：「你不希望他知道你尬的是黑人姐妹。」

馬龍心想：對，這樣說也有幾分道理。他不知道蒙提聽到之後會作何反應，可能覺得沒什麼，也可能會勃然大怒。「你為什麼想要見他們？」

「你為什麼不希望我見他們？」她反問，「因為我是黑人？或者因為我嗑藥？」

馬龍回道：「因為沒有人知道這件事。」

「因為沒有人認識我。」

「他們真的都知道有你這個人，」馬龍問她，「我的那些搭檔為什麼對你來說這麼重要？」

「他們是你的家人，」她回道，「他們認識你的妻子和小孩，你也和他們的家人都很熟。他們認識你生命中的每一個重要的人，但只有我沒有。這也不禁讓我懷疑，也許我對你而言並不重要。」

「我不知道我還能做什麼，才能讓你——」

「我是你的黑暗人生，」她說道，「你不肯讓我曝光。」

「胡說八道。」

「我們幾乎從來沒有出去過。」

這是真的。因為她和他的班表很難剛好喬在一起，而且，即便已經是二〇一七年——白人男子與黑人女子出現在哈林區，反正就是很怪。當他們一起出門的時候——去咖啡店或是超市——總是引人注目，有時候是側目，有時候則是直接怒目相視。

而且，他不只是個白人，還是個白人警察。

那自然會引來敵意，或是更可怕的反應，也許某些當地人會認為馬龍之所以對黑人睜一隻眼閉一隻眼，是因為他交了黑人女朋友。

「我怎麼會覺得你丟我的臉，」馬龍說道，「我只是……」

他開始向她解釋自己的擔憂，這個社區的人可能會以為他刻意對黑人放水。「但既然你想出去，我們就出去，現在走吧。」

「你看看我這樣，狼狽得要命，」她說道，「我不想出去。」

「天，你自己不是剛剛才說——」

「我的意思是，這算什麼？某種『黑糖』情結？」她逼問，「叢林熱？你只是為了要和我幹砲而來？」

「不是。」

他心想：其實反而是你把我搞死了，但他夠聰明，絕對不會說出真心話。

「丹尼，你有沒有想過，你可能是我吸毒的原因之一？」

我靠，克勞黛——你有沒有想過你可能是我轉作抓耙仔的原因之一？！都是因為你那他媽的毒癮問題逼我當了奸細？！

他怒回：「幹！」

她也回嘴：「幹！」

他站起來。

「你要去哪裡？」

「到別的地方。」

「就是不想跟我在一起就是了。」

「對，沒錯。」

「你走啊，」克勞黛說道，「給我滾。如果想跟我在一起，就把我當人看，我不是毒蟲妓女。」

他狠甩大門，走了出去。

14

馬龍與魯索準備要去看遊騎兵的比賽，在麥迪遜花園廣場的某人送給他們的免費票，某個還是很欣賞警察的傢伙。

馬龍心想：這種人越來越少了。

就在上個月，有兩名便衣坐在無塗裝標誌的警車裡，待在皇后區臭氧公園的外頭，看到有個人拿著一瓶已經打開的酒、站在並排停車的其中一輛車輛旁邊。

媽的這傢伙就等著收刑事傳票吧，不過，當他們上前巡查的時候，對方拔腿就跑。

你在警察面前逃跑，他們當然會追，這是黃金獵犬的本能心理。他們圍捕他，他掏槍，那兩個警察對他回敬了十三槍。

死者家人延請的律師對媒體煽風點火，「五名幼子的父親挨了十三顆子彈身亡，中槍位置包括了背部與頭部，一切只是因為打開的酒瓶。」

一開始有迦爾納因為賣菸被殺，然後是麥可．班奈特，現在又有人因為拿了一瓶打開的酒而中彈身亡。

總局局長應該要好好處理一下才是，不過，他卻挺身而出。「不要被紐約市警察開槍擊中的最好方法，就是不要隨身帶槍，也不要拿槍對著他們。」

蒙提認為，撇開句法與文法的問題不談，但這篇聲明的確是措辭強硬，尤其總局局長還補充了一段話：「我的警察弟兄每天待在外頭，冒著生命危險出勤，而這些律師，只會在那裡操弄遊戲。」

律師也回擊：「對於冒著生命危險、保護我們的良善警察，我們當然也是感同身受——誰不是呢？不過，至於所謂操弄的『遊戲』……大家隨便打開哪一天的報紙，就可以看到紐約市警察所犯下的各種欺瞞偷竊行為，所以，恕我無法立刻採信他們對於此一事件的說詞。」

警方自然承受了來自四面八方的壓力。

抗議者傾巢而出，社運分子呼籲大家展開行動，而社群與警方之間的關係更加惡化，尤甚以往。

而且，大陪審團依然沒有對班奈特的案子做出宣判。

所以，當黑人不槍殺黑人的時候，警察槍殺黑人。

馬龍心想：不管怎樣，黑人就是死路一條。

而他還是繼續當警察。

紐約還是紐約。

世界還是世界。

對，世事不變，也有所變，他的世界就發生了變化。

他是抓耙仔。

馬龍心想：第一次當奸細，人生就此發生巨變。

第二次，就只是人生。

第三次，馬龍心想，那成了你的人生。

你就是這樣的人。

他第一次把竊聽器藏在身上的時候，覺得全世界的人都可以看穿他，彷彿它被黏在額頭上一樣。那像是皮膚上的一層厚疤，還有縫針的傷口，依然隱隱作痛。

上一次，他戴上竊聽器，動作比繫皮帶還順暢，而且上身之後也幾乎不曾感受到它的存在。

歐戴爾不會叫他抓耙仔。

聯邦調查局的幹員叫他「搖滾巨星」[7]。

搖滾巨星。

五月中的時候，馬龍交給聯邦調查局四名被告律師與三名助理檢察官。帕茲的辦公室忙翻了，拚命在繕打加密起訴書，他們要等到最後再一網打盡。

每當馬龍偷偷搞完那些律師檢察官之後，又繼續回去當他的警察，這一點超鳥。

宛若這一切都不曾發生過一樣。

他繼續執勤，與小組成員一起工作，監控卡特爾，與賽克斯周旋。他在大街小巷四處巡邏，逼線人提供情報，必要的時候逮人。

他也親臨每一個槍擊案現場。

發生吉列特／威廉斯雙命案的兩個禮拜之後，某個三雄黨分子從英伍德的俱樂部出來、準備回家的時候，後腦勺中彈身亡。十天之後，有人開車行經聖尼可拉斯國宅北區、以霰彈槍攻擊某名黑桃黨分子，他被送進了哈林醫院，但應該過不了關。

不出馬龍所料，威廉斯命案破了之後，上級的友善態度只維持了約一個半小時。現在賽克斯去開電腦統計警政科技會議的時候總是被修理得很慘，而總局局長被市長修理得很慘，市長則是被媒體修理得很慘。

賽克斯一直逼迫馬龍要追出那筆槍火。

他緊逼每一個人。

叫馬龍負責盯卡特爾，托瑞斯盯卡斯提洛，派出便衣四處巡邏，想要讓街頭槍枝滅跡，而臥底警察們則是想盡辦法買槍。

反正有問題，盯底下的人就是了。

都是靠列文，他們才有了重大突破。

靠他媽的列文，有一天，他窩在那間酒品專賣店的儲藏室裡面聚精會神看著自己的iPad。魯索和蒙提一直以為這小孩只是上網殺時間，看網飛的節目，他們不在乎，畢竟這是單調的工作，你必須想辦法找事情做，不過，某天他出來的時候，臉上的表情比十四歲小男生第　次摸奶還要更得意洋洋，他打開iPad，「看看這個。」

「媽的你做了什麼？」

「我駭進了他的手機，」列文說道，「我的意思是，聽不見聲音，沒辦法知道另外一半的通話內容，但只要他撥打或接聽電話，就可以顯示在螢幕上面。」

❼ rock發音近似rat（奸細）。

「列文，」蒙提讚道，「你應該已經證明自己存活在這世界上的價值了。」

真的。

現在他們知道肥泰迪在跟誰講話，而且跟曼德爾更是經常通話。

「數量分析，」列文說道，「越來越接近交貨日期的時候，他們的互動會更加頻繁。」

馬龍問道：「但我們怎麼知道他們要在哪裡完成交易？」

「還沒辦法知道，」列文說道，「但我們一定會查出來。」

「卡特爾絕對不會靠近交易現場，」蒙提說道，「他現在連電話都不用，全靠肥泰迪處理一切。」

「我們現在不管卡特爾，」馬龍回道，「注意那批槍火就是了。」

也許能夠阻止一場浴血戰。

所以馬龍想要當真正的警察，從事真正的警察工作，讓自己的王國恢復平靜。

但他無法恢復內心的平靜。

他腦袋裡的槍戰依然轟隆不歇。

蒙提對於遊騎兵的比賽沒興趣，「黑人不喜歡靠近冰塊。」

馬龍回他：「也有黑人當冰上曲棍球選手。」

「他們是黑人的叛徒。」

他們本來想帶列文一起看比賽，但他對鐵橇與手榴彈比賽沒興趣，寧可繼續監視肥泰迪。所以只有馬龍與菲爾跑去那裡觀看匹茲堡企鵝隊對遊騎兵的比賽，遊騎兵要是輸了就別想打季後賽。他們找到座位，喝啤酒，魯索開口：「媽的你是怎麼了？」

「這話什麼意思？」

「你上次探望兒子女兒是什麼時候的事？」

「你誰啊？現在成了我的神父是嗎？」馬龍反問，「神父，想捅我菊花嗎？」

「喝啤酒吧，抱歉是我多事了。」

「我這個週末會過去。」

「隨便你，」魯索繼續問道，「那個黑人女孩的事，你搞定沒有？」

「菲爾，我靠。」

「好啦好啦。」

「媽的我們可不可以好好看比賽？」

他們盯著靠他媽的比賽，遊騎兵隊的表現就是標準的遊騎兵隊水準，在第三節的時候發生嚴重失誤，在延長補時的時候輸了比賽。

在比賽結束之後，馬龍和魯索前往傑克．杜爾尼酒吧，喝點睡前酒，酒吧裡正在播電視新聞，柯尼留斯牧師滔滔不絕，指責臭氧公園事件是「警察殺人」。

某個穿西裝、媽的一身律師模樣的男子，站在吧檯前面，他已經扯開領帶，嘴巴滔滔不絕。

「警察處決了那傢伙。」

魯索看出馬龍目光裡的那種情態。

他以前也曾經看過，而且現在馬龍已經喝了好幾杯啤酒，還連灌了三杯尊美醇。

「放輕鬆。」

「幹他去死。」

「丹尼，算了。」

但是那個大嘴巴不肯收口，開始向整間酒吧的人發表演說，大談「我國警力的軍事化」，好笑的是，馬龍根本不覺得對方講的有哪裡不對，他純粹就是沒心情聽這種鬼扯淡。

他死盯著那傢伙，對方也注意到了，馬龍開口：「你在看三小？」

那男人不想惹事，「沒有。」

馬龍下了高腳凳，「沒有？他媽的你在看三小？」

魯索走到他背後，把手放在他肩上。「別這樣，丹尼，冷靜一下。」

馬龍甩開他的手，「冷靜個屁！」

那傢伙的朋友們想要把他架離酒吧，魯索當然覺得很好，開口說道：「你們不如把你朋友帶回家？」

馬龍怒問對方：「你誰啊？律師嗎？」

「對，沒錯。」

「很好，我是警察，」馬龍說道，「我是他媽的紐約警探！」

「丹尼，夠了。」

「我要看你的警證，」對方問道，「你叫什麼名字？」

「丹尼・馬龍！警長丹尼斯・約翰・馬龍！」

魯索掏出兩張二十元鈔票，放在吧檯上，又對酒保開口：「沒事，我們馬上離開這裡。」

馬龍回道：「先等我狠狠修理他一頓再說。」

魯索夾在兩人中間，拚命把馬龍往後推，還把自己的名片交給了那傢伙。「好，他這禮拜很辛苦，諸事不順。收下吧，要是需要幫忙，搞定罰單什麼的，隨時打電話給我。」

「你朋友是王八蛋。」

「今晚他這種表現，我也不能否認了。」魯索丟下這句話之後，趕緊把馬龍拖出酒吧，把他推入第八大道。

「丹尼，你搞屁啊？」

「那傢伙惹到我。」

「你是想要讓內務局找我們麻煩嗎？」魯索問道，「賽克斯現在盯你盯成這樣，你是嫌不夠嗎？靠。」

「我們去喝一杯。」

「我們回家休息。」

「我是紐約市警察探長。」

「好啦，我聽到了，」魯索回他，「大家都聽到了。」

「紐約最厲害的警察。」

「對啦，你冠軍。」

他們走向停車場，魯索載他回去，還送他上樓。「丹尼，幫幫忙，留在家裡，今晚不要再出門了。」

「不會，我明天得出庭。」

「嗯，你明天一定看起來神清氣爽，」魯索問他，「你會設鬧鐘嗎？還是需要我打電話叫你？」

「我會設鬧鐘。」

「我還是會打電話給你，快去睡覺。」

酒醉的夢都是最可怕的惡夢。

也許是因為你已經昏沉至極，準備要回想心中最令人作嘔的那一段記憶。

今天晚上，他夢到了克里夫蘭的那一家人。

兩個大人，三個小孩，死在自家公寓裡。

行刑式殺人。

那幾個小朋友請他幫忙，但他卻愛莫能助。

他幫不了他們，只能呆站在那裡，一直哭個不停。

馬龍一早醒來，立刻灌下五大杯水。

頭痛欲裂。

威士忌喝完配啤酒，很好；但是先喝啤酒，再喝威士忌就是災難了。他吞了三顆阿斯匹靈、兩顆抗睡丸，洗澡刮鬍子，然後穿上衣服。今天他的法庭打扮是白襯衫搭配紅領帶、藍色休閒外套，灰色休閒褲與擦得晶亮的黑鞋。

除非你是警督以上等級，否則你絕對不會穿西裝去法院，因為你不想在律師與檢察官面前張揚，希望陪審團覺得你就是個認真工作的硬漢。

今天就不搞袖扣了。

沒有亞曼尼，沒有Boss。

全都是Jos. A. Banks價位的服飾。

瑪麗．辛曼一看到他就哈哈大笑，「這是你的男校制服？」

紅髮，長滿雀斑的蒼白肌膚，這位緝毒組的特別檢察官要是能夠再長得高一點，就可以去跳《大河之舞》。

「我不是矮，」只要大家一講到這話題，她就會抗議。「我只是精緻。」

現在，馬龍坐在她對面，心想她對自己的評語真是他媽的超級準確。辛曼個性剛烈，自小在傳統環境中長大，天主教女校、福坦莫大學念法律、之後是紐約市立大學——但五呎四吋（約一六三公分）的她卻是一身火爆。馬龍知道，要是辛曼坐在吧檯椅上面喝酒，雙腳絕對沒辦法貼地。有次，她負責起訴某個名叫柯瑞．蓋恩斯的毒販殺死女友的兇案，但最後卻是宣判無罪，那天晚上，馬龍與她到酒吧拚酒。

馬龍輸了。

辛曼把他扶入了計程車。

這是她的真誠之舉——她爸爸是酒鬼警察，而她媽媽是酒鬼警察的老婆。

辛曼了解警察——也知道他們是怎麼辦事的。不過，當她還是菜鳥助理檢察官的時候，馬龍必須教導她一些她父親沒教的事。那是她第一次偵辦重大毒品案——許久之前的事了，後來，她打敗了許多男性同儕，成了特別檢察官——而馬龍當時是防治犯罪小組的便衣。

馬龍與他當時的夥伴比利．佛斯特，在一四八街的某個廉價住宅查獲了一公斤的古柯鹼。他們接獲某個線人的情資，但沒辦法拿到搜索票。馬龍不想把這案子給緝毒組——他要自己逮人——所以他與佛斯特弄到了查緝槍枝的搜索票，逕行逮捕這名毒犯，然後才報告上級。

他的警長與緝毒組當然是狠狠訓了他一頓，但這個案子也讓他備受注目。通常，只要犯人能夠被定罪，他才不管旁人說什麼，不過，他真的希望這次行動能為自己添上一筆功績，不免擔心菜鳥助理檢察官——而且還是個女人——會搞砸他的案子。

辛曼為了準備證人出庭，提前找了他，她對馬龍說道：「直接講實話，將他定罪。」

「你要哪一個？」

「什麼意思？」

「我是說，」馬龍回道，「我可以講實話，也可以把他搞到定罪，你要哪一個？」

辛曼回他：「我兩個都要。」

「沒辦法。」

因為要是他講實話，他們就會因為瑪普聽審問題而輸定了，馬龍既沒有搜索票、也沒有相當理由能夠闖入那間公寓，證據會變成「毒樹之果」，毒販可以大搖大擺走出去。

她想了一會兒之後才說道：「馬龍警官，我不能唆使或鼓勵你作偽證，我只能建議你，你認為該怎麼做，直接做就是了。」

自此之後，瑪麗·辛曼再也不曾鼓勵馬龍直接說實話。

因為，血淋淋的事實擺在眼前，要是沒有警察「撒謊作證」的話，檢察官辦公室幾乎沒辦法將任何人定罪。

馬龍這一點倒是看得很開。

要是這世界的遊戲規則很公平，那麼他也會照規矩乖乖玩下去。但是這些牌都對檢方與警方不利，米蘭達權利、瑪普聽審，以及那些最高法院的其他判決，都讓惡徒們有了可乘之機。這就像是最近的美式橄欖球——聯盟期盼增進達陣率，所以希望守方後衛不要碰觸持球者。馬龍心想：我們都是可憐的守方後衛，拚命想要攔阻壞蛋得分。

真相、正義，還有美國行事風格。

美國行事風格就是，真相與正義也許在走廊上相遇時會互打招呼，寄送聖誕節卡片給對方，但雙方關係就僅止於此而已。

辛曼懂得這個道理。

現在，她坐在法院會議室的桌前，望著馬龍。「你昨晚到底跑去幹什麼？」

「看遊騎兵隊比賽。」

「哦哦，」她說道，「準備好作證了嗎？先演練一次。」

「我和我的工作夥伴，警探警長菲利浦．魯索，」馬龍繼續說道，「接獲西一三二街三百二十四號附近住戶的通報，指稱該戶內有可疑活動。我們安排了人力在現場監看，發現有一輛白色凱雷德停靠屋前，下車的是被告李維拉。我無法確定車內有毒品，當然憑藉肉眼證據也無法構成相當理由。」

這就是他們這段舞蹈的精妙之處——以另外一種方式告訴陪審團你說的是實話，而且，他們電視看多了，很期待聽到這樣的證詞。

辛曼問道：「如果你沒有相當理由，怎麼可以闖入那間公寓？」

「李維拉先生並非獨自一人，」馬龍回道，「跟他一起下車的還有另外兩個人。其中一人拿著MAC-10全自動手槍加滅音器，」馬龍說道，「另一個則是英特拉泰克TEC-9手槍。」

「你親眼看到了？」

馬龍說出了那句咒語：「就在我眼前。」

要是警察發現武器就在眼前，自然就不需要相當理由，你有迫切的理由。而且那些武器當時的確就在眼前——其實在馬龍的腳邊。

「所以你有權進入那個地址，」辛曼問道，「你有沒有表明自己的警察身分？」

「有。我當時大喊：『我們是紐約市警察！』而且我們掛在脖子上的警證也放在防彈背心外面，顯而易見。」

「後來呢？」辛曼問。

我們把那些自動手槍擱在那些白痴黑人的旁邊，「嫌犯立刻丟棄武器。」

「你們在公寓裡找到了什麼東西？」

馬龍說道：「四公斤的海洛因，以及一大疊百元美金鈔票，總值是五十五萬美元。」

她開始唸出那些無聊的證物編號，還有她是怎麼確定自己查扣的那批海洛因就是法庭裡的同一批海洛因啊什麼的。然後，她開始唸馬龍：「希望等一下你出庭作證的時候，不要跟現在一樣無精打采，能夠多展現一點活力。」

「根據艾倫．阿佛森的名言，」馬龍回她，「現在我們在這裡講的是演練，演練。」

辛曼回他：「我們說的是傑拉爾德．伯傑。」

說到傑拉爾德．伯傑，馬龍對這個人也只有這樣的評語而已──「要是他全身著火的話，」

馬龍曾經這麼說過，「我一定會對他身上潑汽油幫忙滅火。」

丹尼．馬龍一生中最痛恨三件事，以下排序未必與仇恨程度相關：

一、性騷擾小孩的罪犯

二、鼠輩（跑去當抓耙仔的那種人）

三、傑拉爾德．伯傑

這個被告律師唸出自己姓氏的時候，並不是大家在唸「普．傑．克拉克」漢堡店的那種發音，他把它唸成「波爾－賈」，而且堅持你的發音也要跟他一樣。除了在公開庭之外，馬龍是抵死不從，所以法官對馬龍的印象也不是很好。

出了法院，他還是傑瑞．伯傑。

對伯傑深惡痛絕的不是只有馬龍而已。所有的檢察官、警察、獄警、受害人都看不起這傢伙。就連他自己的當事人也痛恨他，因為一等到結案之後，他們的大部分財物都成了伯傑的東西——他們的錢、他們的房子、他們的車子、他們的遊艇，有時候還包括了他們的女人。

不過，誠如他所提醒他們的一樣，「你在監獄裡又沒有辦法花錢。」

伯傑的當事人通常不會入獄。他們可以平安回家，或者至少是假釋，不然就是進入戒毒中心或去上情緒控管課程。他們被放回來之後，依然故我，繼續從事老本行，通常都是犯罪勾當。

他不在乎。

毒販、殺人犯、毆妻者、強暴犯、戀童性騷犯——只要是荷包豐厚，或是有什麼能夠賣給出版社或電影商的幕後故事，當然兩者兼具最好，比方說，迪亞哥．佩納——伯傑一律來者不拒。他看過某些一線演員以他作為範本、演出律師角色，某些人還曾經向他當面討教，而他的回覆一針見血：「從頭到尾耍賤就是了」。

據說，伯傑曾經有某名客戶上《歐普拉》節目的時候當場認罪——而自白內容其實是出於伯傑之手的講稿。

伯傑賺進大把鈔票，根本也沒興趣裝低調——他就是愛炫富。數千美元的訂製西裝、訂製襯衫、名牌設計師領帶與皮鞋、昂貴名錶。他會開法拉利或瑪莎拉蒂去開庭，馬龍心想：應該是客戶向他換抵律師費的禮物。他在上東城有頂樓豪宅，漢普頓有夏日度假宅、亞斯本有滑雪公寓，這是某名客戶為了表達謝忱的贈禮，這傢伙現居哥倫比亞，反正簽署認罪協商的內容裡有規定，他再也不能回到美國。

馬龍必須承認，伯傑的本業表現十分優秀。他是文字技巧高超的律師，申請動議的天才（尤其是證據排除），交叉詰問的手法狡猾邪惡，更是開場陳述與結辯的大師。

他成功的最重要秘訣，就是下流。

馬龍對這一點深信不疑。

他雖然從來沒有機會證實，不過，他願意拿自己左半邊的蛋蛋下注，伯傑一定買通了法官。

這是所謂司法系統的另一個齷齪秘密。

大多數的人一定不知道，但法官的薪水其實並不怎麼樣，而通常他們為了想要坐上那個位置，早已花下了許多投資。只要掐手指算一算就知道，大多數的法官都可以花錢搞定。

想要讓案子逆轉，不需要大費周章——同意或否決某個動議、排除或承認某項證據、接納或駁回某段證詞。小事、晦澀的枝微末節，就能讓某名犯罪被告的命運徹底翻轉。

被告律師知道——幹，大家都知道——哪些案子可以買通。法院公布欄最有利可圖的公告就是庭期表，因為只要給出的價碼妥當，就可以讓某個案件派給你早已買通的法官。

或者，反正暫時租用也可以。

馬龍與辛曼完成了直接詰問的雙人舞，接下來有幾分鐘的休庭時間，等一下就輪到伯傑開始進行交叉詰問。馬龍趁空去上大號，出來準備洗手的時候，正好看到伯傑站在旁邊的洗手台前面。

他們對著鏡子裡的映影互望。

「警探警長馬龍，」伯傑開口，「真是幸會。」

「嗨，傑瑞．伯傑，還好嗎？」

「哦，很好，」伯傑回道，「我迫不及待要看你站上證人席，等一下我就會挖出你的五臟六腑、對你百般羞辱，讓你看看自己說謊貪腐的惡警模樣。」

「傑瑞，你買通了法官嗎？」

「貪腐之人眼中只看得見貪腐，」伯傑擦乾雙手，「警長，證人席見了。」

「嗨，傑瑞，」馬龍在他背後大喊，「你的辦公室還有狗屎味嗎？」

馬龍與伯傑，各自回到了法庭。

他站進證人席，執達員提醒他先前已經宣誓，現在依然有效。

伯傑對他微笑，「馬龍警長，你知道『撒謊作證』一詞的含義嗎？」

「多多少少吧。」

「嗯，多多少少，對警界人士來說，這個字詞是什麼意思？」

「抗議，」辛曼說，「與案情無關。」

「證人請回答。」

馬龍回道：「就我所知，這就是警察站在證人席的時候，並沒有說出精確的事實。」

「精確的事實，」伯傑追問，「有不精確的事實嗎？」

「再次抗議。」

法官問道：「律師，為什麼要提出這樣的問題？」

「庭上，我之後會說明。」

「好吧，但務必解釋清楚。」

馬龍回道：「這要看不同觀點而定。」

「這樣啊，」伯傑面對陪審團，「根據警察的觀點，他們之所以會『撒謊作證』，就是為了要將他們認定有罪的被告予以定罪，完全無視合理證據，是不是這樣？」

「我曾經在那樣的情境下、聽過有人使用這樣的措辭。」

「但你自己從來沒做過這種事。」

「沒有，從來沒有。」馬龍心想，但還是有數百次的例外罷了。

伯傑追問：「包括你剛才所說的那句話嗎？」

「爭論性提問！」

「抗議成立，」法官宣布，「律師，繼續詰問。」

「好，」伯傑說道，「根據你的證詞，你並沒有相當理由能夠進入那間公寓盤查可疑毒品，對嗎？」

「對。」

「根據你宣誓過的證詞，你並沒有看到我當事人夥伴攜帶武器的相當理由吧，是不是這樣？」

「對。」

「你看到了武器？」

馬龍回道：「是我親眼所見。」

「這句話表示『看到了』，對嗎？」

「對。」

「要是沒有這些『親眼所見』的武器，」伯傑追問，「你就沒有相當理由能夠進入那間住宅，對嗎？」

「對。」

「當你看到那些武器的時候，」伯傑說道，「屬於嫌犯的持有物？對嗎？」

「對。」

伯傑說道：「我現在準備要陳述這份文件證物。」

「那是什麼？」辛曼問道，「我們先前沒有收到知會。」

「庭上，我們也是剛剛才取得這份證物。」

「檢察官與律師都過來。」

馬龍望著辛曼起身，她丟給他一個這是在搞什麼鬼的表情，但他也不知道那是什麼東西。

「庭上，」伯傑說道，「這是日期標示為二〇一三年五月二十二日的證據文件，可以看到載明的證物是一把MAC-10手槍，序號為B-7842A14。」

「對。」

「這是三十二分局於文件載明日完成查扣之後、送入證據室的正式證物，當然，三十二分局正好位於北曼哈頓小組的轄區之內。」

「這與本案有何關聯？」

「要是庭上允許的話，」伯傑說道，「我會進行詳述。」

「同意。」

「反對，」辛曼說道，「我們先前無法閱讀此一文件——」

「辛曼女士，請等到上訴時再提出反對。」

伯傑又回到交叉詰問，他交給馬龍一份文件。「你認得這個嗎？」

「是，這是我們從某名被告身上起出的MAC-10手槍的證物單。」

「是你的簽名嗎？」

「對。」

伯傑問道：「可否為我們唸出那把槍的序號？」

「B-7842A14。」

伯傑交給他另外一份文件，「認得這個嗎？」

「似乎是另外一份證物單。」

「不能說『似乎』，」伯傑追問，「的確就是證物單，不是嗎？」

「對。」

「而證物是某把MAC-10手槍，是不是？」

「對。」

「請為我們唸出證物單的記載日期。」

「二〇一三年五月二十二日。」

馬龍心想：幹，他們明明跟我保證那兩支手槍絕對是新的。

伯傑準備要把他推下懸崖，勢不可擋。

「現在請為我們唸出序號，」伯傑說道，「那把在二〇一三年五月二十二日被查扣的MAC-10手槍序號。」

馬龍心想：我死定了。

「B-7842A14。」

馬龍聽到陪審團一陣騷動，他沒有回頭，但他知道他們的目光正如匕首一樣朝他射來。

伯傑問道：「是同一支槍，對吧？」

馬龍覺得奇怪，靠，他怎麼拿到那份證物單？

白痴，都一樣，就是靠錢打通一切。

「似乎是如此。」

「好，」伯傑說道，「您身為資深警官，可否告訴我們被鎖在三十二分局證物室的那支槍，為什麼似乎在二〇一五年二月十三日的那天晚上、被你『親眼看到』出現在嫌犯的手中？」

「爭論性提問！純屬臆測！」

法官已經生氣了，「繼續詰問。」

馬龍說道：「我不知道。」

「好，其實可能性也不脫這幾個而已，」伯傑說道，「這會不會是從證物室偷出的槍枝？然後賣給據稱是毒販的嫌犯？是否有這個可能？」

「我想是有這個可能。」

「或者，還有另外一個可能性更高的假設，」伯傑說，「你拿了這支槍器，意圖栽贓嫌犯，因為你企圖為了相當理由而編造託辭？」

「絕對沒有。」

「警長，真的沒有這種可能性嗎？」伯傑立刻露出洋洋得意的表情，「你闖入民宅，射殺兩名嫌犯，其中之一遇害身亡，然後又栽贓他們持武，現在又說謊，難道真的沒有這種可能性嗎？」

辛曼跳起來，「爭論性提問，充滿臆測，純屬假設。庭上，被告律師——」

「檢察官與律師都過來。」

「庭上，」辛曼說道，「我們不知道這份文件的來源，我們沒有足夠時間查證它的合法性以及準確度——」

「天，瑪麗，」法官說道，「要是你對這個案子動手腳——」

「我絕對不會責難辛曼女士的操守，」伯傑說道，「不過事實十分明確，要是馬龍警長沒有看到他所宣稱的那兩支槍的話，就沒有相當理由，而任何在那間民宅裡所發現的證物都是毒樹之果，庭上，我提出撤案動議。」

「沒這麼快，」辛曼說道，「被告律師自己提出可能有人從證物室竊走槍枝，而且——」

「你們讓我很頭痛，」法官嘆了一口氣，然後又說道：「我決定屏除MAC-10手槍這項證物。」

「還是有TEC-9那一支槍。」

「對啦，」伯傑酸言酸語，「陪審團會相信其中一把槍有問題，另外一把就沒有？幫幫忙好嗎？」

馬龍知道辛曼正在評估自己現在的所有選項，每一個都很鳥就是了。

其中一個就是紐約市警察把證物室裡的自動手槍賣給毒販；另一個則是某名功績彪炳的紐約市警探在證人席上作偽證。

要是她選擇後者的話，頭版新聞鐵定就熱鬧了，警方用槍使用不當，而內務局也會開始調查警長丹尼．馬龍，先前的證詞也會全被翻出來重新審視。辛曼打輸的不會只有這個案子而已，先前的其他二十件案子也會跟著逆轉，屆時將有二十名惡徒從監獄放出來，她的性命岌岌可危。

還有另外一個選項。

他聽到辛曼開口詢問伯傑：「你的當事人願意接受認罪協商嗎？」

「要看條件如何。」

辛曼開口的時候，馬龍的嘴中已經嚐到了體內冒生的苦膽味。「僅以單純持有槍械單項罪名起訴，兩萬五千美元罰款，判處兩年，可另減除已關押日期，驅逐出境。」

「兩萬美金，服刑期滿驅逐出境。」

辛曼問道：「庭上？」

法官一臉嫌惡，「要是被告律師同意，我當然接受協商內容與刑期。」

「還有一件事，」辛曼說道，「協商錄音必須保密。」

「這一點我沒問題。」伯傑露出竊笑。

辛曼知道這裡沒有媒體，應該不太可能會走漏風聲。

「協商錄音必須保密，」法官繼續說道，「瑪麗，我們對這次事件很不滿意，要交報告給我。還有，叫馬龍進我辦公室。」

法官起身離開。

辛曼走到馬龍面前，「媽的我真想殺了你。」

伯傑只是對他笑了一下。

馬龍進入法官辦公室，對方根本沒開口請他入座。

「馬龍警長，」法官開始訓他，「你幾乎快要丟了自己的警證與配槍，而且差一點就因為偽證罪被起訴。」

「庭上，我依然會堅持自己的證詞。」

「魯索與蒙特鳩也是，」法官回他，「所有的警察都一樣。」

馬龍心想：他媽的一點都沒錯。

但他還是閉嘴沒吭氣。

「都是因為你的關係，」法官說道，「我必須釋放一名幾乎是百分百有罪的被告。這是為了要保護紐約市警局，而這本來是應該要保護我們的單位。」

馬龍心想：是因為伯傑這個大混蛋。還有三十二分局的某些粗心懶惰到居然會流出舊證物單的混蛋，或者，可能是收受伯傑賄款的混蛋，不管怎麼樣，我一定會查出來。

「警長，還有沒有話要說？」

「庭上，這整個體系完蛋了。」

「馬龍警長，給我出去，你讓我覺得好噁心。」

馬龍走出去的時候，忍不住心想：我讓你覺得噁心，偽君子，你才讓我覺得噁心。你剛剛也共同參與粉飾這起事件，但你明明知道接下來會出現什麼狀況。你並非基於善意保護警察，而是被情勢所逼，你是這個體制的共犯。

辛曼在走廊等他。

「我們都差點要丟飯碗了，」她說道，「我必須放走那畜牲才能拯救我們兩個人。」

馬龍心想：你真可憐，我每天都在做這種事，必須面臨許多更可怕的狀況。「你也知道狀況，就別在我面前演聖女貞德了，省省吧。」

「我從來沒告訴你要作偽證。」

「每當你將他們成功定罪的時候，從來不會在乎我們做了什麼，」馬龍說道，「『你認為該怎麼做，直接做就是了。』不過，苗頭不對的時候，你又說：『照遊戲規則走。』當別人都照著遊戲規則走，我也會比照辦理。」

當馬龍步出法院的時候，他忍不住心想，大家稱呼這地方為刑事❽法院大樓，果然有其原因。

❽ 意即罪犯。

15

馬龍與他的小隊組員約在蒙蒂菲奧里廣場見面，其實這裡並不是方正的廣場，而是百老匯大道、漢密爾頓廣場路以及一三八街之間的三角地帶。

馬龍問道：「現在有什麼線索？」

「肥泰迪在過去三天打了三十七通電話到喬治亞，」列文說道，「顯然貨快要到了。」

馬龍問道：「好，可是要送到哪裡？」

「泰迪一定會到最後一刻才給他們地址，」列文說道，「要是他在辦公室講出來，我們還有機會，但要是他在街上聯絡的話，我們只知道他打了電話，但卻不知道他到底說了什麼。」

蒙提問道：「我們能不能申請合法竊聽泰迪的電話？」

「要根據我們非法竊聽的線索取得許可？」馬龍反問，「最近不可能。」

列文大笑。

魯索問道：「什麼事這麼好笑？」

列文回他：「要是我們直接逮捕泰迪呢？」

「他什麼都不會講，」魯索說道，「又一個小白痴。」

「不是這樣，」列文繼續，「我有個更妙的點子。」

他把自己的計畫告訴大家。

那三名老鳥面面相覷。

然後，魯索開口：「看吧，這就是紐約市立大學與市立學院之間的差別。」

「慢慢來，」馬龍告訴列文，「告訴我們什麼時候要展開行動。」

馬龍坐在賽克斯警監的辦公室裡。

馬龍開口：「我需要買貨錢。」

「做什麼？」

「卡特爾的槍火會透過『輸槍管』北運上來，」馬龍說道，「曼德爾不會賣給卡特爾，而是賣給我們。」

賽克斯看了他一眼，意味深長。「瑪普聽審的問題呢？」

「不會有事，我們會在街上進行買賣。」

「情報來源？」

「某名線民會給我們會面地點，」馬龍說道，「我們會過去。」

「有沒有為這名線民建檔？」

「等一下我一離開你的辦公室就會處理。」

「多少錢？」

馬龍回道：「五萬美金。」

賽克斯哈哈大笑，「你要我去找麥蓋文討五萬美金，而根據的卻是你不法取得的線報？」

「我會有正式打字的線人證詞。」

「也是等到離開我辦公室之後。」

「只要你告訴麥蓋文是我在處理，」這個舉動雖然冒險，但他還是得大膽一試。「他一定會把這筆錢給你。」

聽到這種話，賽克斯也只能硬吞下去。

賽克斯問道：「什麼時候要？」

馬龍聳肩，「馬上就要。」

「我會去找高級警監，」賽克斯回道，「但這一次不可以亂搞，你要時時回報，每一個步驟都要讓我知道。」

「明白了。」

「等到展開逮捕行動的時候，我要你把另一個小組納進來，」賽克斯說道，「運用托瑞斯小組與他的人馬。」

「賽克斯警監……」

「什麼？」

「我不要托瑞斯。」

「托瑞斯怎麼了？」

馬龍開口：「我需要你相信我的判斷。」

賽克斯盯著他，足足有數秒鐘之久。「警長，你到底在暗示我什麼？」

「讓我的人馬處理這次的買槍案，」馬龍說道，「可以讓便衣與制服警察一起來逮捕賣槍者，人力隨便你安排——特勤小組可以全部出動。」

「就是不要托瑞斯。」

「就是不要托瑞斯。」

更長的沉默。

更沉重的凝視。

然後，賽克斯開口：「馬龍，幹你要是給我搞砸的話，我一定讓你火燒屁股到沒完沒了。」

「老大，我喜歡聽到你對我講髒話。」

帕茲問他：「你在李維拉的案子作偽證？」

「你和誰一起吃午餐了？」馬龍問道，「傑拉爾德·伯傑？」

她把某份檔案丟到桌上，「回答我的問題。」

「這是秘密檔案，」馬龍問道，「伯傑怎麼會把它拿給你？」

她沒吭氣。

「你以為那個狗屎人能夠打贏所有的訴訟案是因為他聰明嗎？」馬龍追問，「因為他的當事人都清白無辜？你不覺得他曾經花錢買通法官，造成證據無效？」

「他不需要花錢，也可以造成你的證據無效，不是嗎？」帕茲問道，「你假造相當理由，然後又作偽證。」

「隨便你怎麼說。」

「是錄音紀錄這麼說的，」帕茲又問：「瑪麗．辛曼是不是經常縱容這種行為來達成起訴目的？」

「你現在要查她？」

「如果她有問題的話。」

「她沒有，」馬龍說道，「不要碰她。」

「怎樣？你和她打過砲？」

「天哪。」

「要是你作過偽證的話，」帕茲說道，「我們的協議就此失效。」

「好啊，」馬龍已經伸出雙手，作勢等人上銬。「就來啊，現在動手嘛。」

她只是怒氣沖沖盯著他。

「好，我想也是，」他放下雙手，「你知道你為什麼不會這麼做嗎？『布萊迪控告馬里蘭州』案——要是有警察宣誓之後依然說謊作證，有關他所牽涉的一切案件，你都必須通知被告律師。因為我要是告訴你我作過偽證的話，就有四十或是五十件的舊案受刑人要求重啟審判。這時候大家就會充滿疑問，為什麼你那些好朋友檢察官明明知道我在撒謊，卻還是放任我把被告搞到定罪？所以就不要對我講出那種假清高、自以為高人一等的屁話，因為我敢打賭你也幹了一模一樣的事。」

房間內一片沉默。

「幹你媽的聯邦調查局，」馬龍啐罵，「你們也說謊欺騙、睜眼說瞎話，反正目的就是為了要起訴嫌犯，你們覺得輪到警察這麼做的時候就有問題了。」

歐戴爾開口：「丹尼，給我閉嘴。」

「現在我給了你們多少個？六個還是七個起訴案？」馬龍問道，「什麼時候才會結束？夠了沒？」

帕茲開口：「結束的時候我們自然會告訴你。」

「那是什麼時候？」馬龍問道，「你要搞到多大？帕茲，你有那個膽嗎？膽子大到去追查法官？你覺得他們繳完稅之後還能夠拿多少錢？可以買下西棕櫚的公寓？還有，免費招待的賭城之旅又是怎麼回事？輸了一大筆錢還能夠全部一筆勾消？你有興趣知道怎麼會發生那種事嗎？」

「你是怎麼了，」溫卓博問道，「突然之間變成十字軍戰士？」

帕茲說道：「要是你知道——」

「每一個人都知道！」馬龍怒吼，「書報攤的印度人老闆知道！混街頭的十歲黑人小孩知道，我想要問你怎麼可能不知道？」

一片寂靜。

馬龍說道：「對，現在大家就安靜多了。」

歐戴爾開口：「我們必須要從底層著手。」

「對，方便行事不是嗎？」馬龍回道，「你們可舒服了，根本不需要擔心自己有危險。」

帕茲說道：「我過來這一趟，可不是為了要坐在這裡聽垃圾警察訓話。」

馬龍嗆她：「你知道嗎，你大可不必受這種罪。」

他站了起來。

歐戴爾呼喚他：「坐下！丹尼。」

「你們在我身上花的錢，早就都回本了，」馬龍說道，「我已經把那些曾和我共事過的律師名單都給了你們，我的任務已經結束。」

帕茲說道：「你要是不從，我們就起訴你。」

「好啊，讓我上法庭，」馬龍回道，「看看我會供出誰的名字，你的仕途又會出現什麼變化。」

「我對於自己的職涯如果有任何期待，」帕茲說道，「也絕對與升遷無關。」

「如果真是這樣，那我就是復活節兔寶寶了。」

他走向門口。

「馬龍，你知道嗎，你說得沒錯，」帕茲說道，「律師與檢察官，你已經給得夠多了，現在我要警察名單。」

馬龍心想：你真是混蛋大白痴，這些律師檢察官都站在同一陣線，就是要把你吃得死死的。你不也多次使出同一招對付線人嗎？等到你拿到他們的第一次之後，他們就成了你的人，你把他們放到街頭，最後只能任由你宰割。

但你自以為不一樣，蠢到極點。

「我一開始就說了，」馬龍回道，「別想跟我要警察名單。」

「你就是得交出來，不然等我們公布那些起訴書的時候，我會告訴大家是你提供的情報。」

帕茲讓她的話慢慢在馬龍心中沉澱，然後又微笑說道：「跑啊，丹尼，快跑啊。」

馬龍心想，這個賤貨抓到了你的痛處，你動彈不得。要是她講出你是抓耙仔，大家都會追殺你——警界、奇米諾家族，還有市府的那些王八蛋。

你死定了。

馬龍啐道：「你這個野破麻。」

帕茲微笑回道：「野破麻是出名的狠角色，給我警察名單，我要錄音證據。」

她走出去了。

馬龍覺得眼前一片天旋地轉，他好不容易才維持鎮定，面向歐戴爾。「我們先前已經談好條件了。」

「我們不是要你供出你的搭檔，」歐戴爾回道，「只要給我們一兩個其他的警察就好。必須是連你都覺得已經逾越本分的警察，丹尼，我們要的是惡警，必須趕出街頭的爛警察。」

馬龍回道：「我絕對不會傷害我的夥伴。」

「你這樣是在拯救你的夥伴，」歐戴爾滔滔不絕，「你覺得我們是笨蛋嗎？你以為我們會相信你光靠自己就可以惡整李維拉那種人？要是我們以那條罪名起訴你，他們也逃不了——我說的就是魯索與蒙特鳩。」

「馬龍，他們的命運操之在你的手中，」溫卓博說道，「不要搞砸了。」

「丹尼，」歐戴爾說道，「我喜歡你，我覺得你不是壞人。我認為你是先前犯下某些惡行的好人。現在有解決的方法，你和你的夥伴都可以全身而退。和我們合作，我們也會幫你忙。」

「那帕茲呢？」

歐戴爾回道：「你明明知道她不可能參與這種秘密協商。」

溫卓博問道：「不然你覺得她為什麼要離開？」

歐戴爾說道：「我們已經取得了默契。」

「要是我再供出一兩個警察，」馬龍說道，「我要你們發重誓——膽敢反悔的話，你們小孩的眼睛就會瞎掉——絕對不可以傷害我的搭檔。」

歐戴爾回他：「我絕對保證沒問題。」

你怎麼會越界？

一步錯，步步錯。

16

肥泰迪有動作了。

就連肥成這樣的肥泰迪，也是會出來走動。

馬龍待在百老匯大道的運酒貨車裡，看著他從美甲店走出來，到了街上，手裡依然拿著電話。

列文盯著自己的iPad螢幕，「有電話。」

泰迪有三支手機，撥打的都是同一個喬治亞州的手機號碼，現在，他朝百老匯人道的南向行進。

列文說道：「他剛才撥出了二一二。」

蒙提說道：「他在告訴卡特爾，貨要來了。」

魯索問道：「你想在哪裡逮捕他？」

馬龍說道：「等一下。」

他們待在與泰迪平行的位置，看他走過一百五十八街，然後，他在一五七街的方向右轉，再次右轉，切入愛德華．摩根廣場街。

「如果他要去吃肯德基的話，」蒙提開口，「我覺得也未免太老套了。」

他們轉彎，跟在他後面。

魯索問道：「他發現我們了嗎？」

「沒有。」馬龍說道，「他現在專心得很。」

「是他的車，」魯索說道，「就停在咖啡店外面。」

「來吧，」他打電話給爛屁股，「你該幹活了。」

爛屁股根本不想蹚這池渾水，現在的他成了洩氣的屁股，怯懦不前。「喂，我上次差點被抓到，我不想再去巴爾的摩了。」

「保證不會。」

爛屁股又換了另一套說詞迂迴拒絕，「卡特爾不是有托瑞斯在罩嗎？」

對，爛屁股，媽的被你說中了。

「現在換你管特勤小隊了嗎？」馬龍問他，「他們把賽克斯換掉了？新上任的是某個長得像伊卡博德．克蘭的黑人毒蟲混蛋，怎麼沒有人通知我？混蛋，我的工作地盤由我自己決定。」

「我只是說……」

「除非你聽從我的指示，否則不准給我問任何問題。」

所以爛屁股站在馬路上，撥打九一一。「我看到有人持槍。」

然後他又講出了地址。

無線電發出通報，魯索立刻應答：「北曼哈頓小組立刻前往處理。」

他們下車，走到泰迪背後，在他還沒進入自己的車內之前、立刻將他逮捕。

泰迪這次不敢開玩笑，他嘴巴閉得超緊。

非同小可。

蒙提把他推到車邊。

列文拿走了他的手機。

馬龍對泰迪說道：「我向天發誓，要是你敢給我講半個字……」

他們把他推向後車座。

馬龍問道：「是不是有些南部的鄉下朋友要來找你？」

泰迪不發一語。

他打開行李箱，許多疊百元、五十元、二十元的鈔票。「泰迪，直接告訴我多少錢，省得我慢慢算。」

「六萬五美金。」

馬龍哈哈大笑，「你告訴卡特爾六萬五美金?真正的數字是多少？」

「幹，五萬啦。」

魯索從行李箱取出一萬五美金，「這是個貪腐的可悲世界。」

「有沒有見過曼德爾？」馬龍問道，「還是只有和他講過電話？」

「你幹嘛想知道這個？」

「事情是這樣的，」馬龍拿起一疊文件，準備讓泰迪當線人的檔案。「如果你現在不當我的線人，我就會把這份文件洩漏給拉斐爾．托瑞斯，他馬上會轉賣給卡特爾。」

「馬龍，你怎麼會對我做這種事？」

「哦靠當然，」馬龍回他，「白痴，我現在就在做這種事。你要怎樣趕快決定，我可不希望你的白人朋友疑神疑鬼。」

「我從來沒見過曼德爾。」

馬龍拿筆給他，「在這裡簽名，還有這，這邊也要。」

泰迪都簽了。

馬龍問道：「要在哪裡交易？」

「在高橋公園那裡。」

「那些白人知道地方了嗎？」

「還不知道。」

泰迪的手機響了。

列文看著馬龍，「喬治亞打來的電話？」

馬龍問道：「你有沒有中斷交易的代號？」

「沒有。」

馬龍向列文示意，他把電話湊到了泰迪的嘴邊。

泰迪問道：「你在哪裡？」

「哈林河路。等一下要去哪裡？」

泰迪望著馬龍，他手裡正拿著寫字板夾。

「百老匯大道東端的迪克曼街，」泰迪說道，「往市中心方向有個修車廠，開進小巷裡。」

「有沒有帶我們的錢出來？」

泰迪反問：「媽的你在想什麼啊？」

列文切斷電話。

「泰迪，非常好，」馬龍說道，「現在打給卡特爾，告訴他一切都井然有序。」

「什麼？」

蒙提回道：「意思就是很好。」

泰迪撥號，馬龍拿起那份線人聲明，提醒他要注意言行，以免發生不測。

「對，是我，」泰迪對電話另一頭說道，「應該沒問題……二十分鐘，也許要半小時……好。」

他掛了電話。

魯索說道：「這演技可以得奧斯卡了。」

馬龍問道：「你是不是有派人守在高橋公園？」

「你說呢？」

「所以你要開車過去，」馬龍說道，「等那些土包子到達現場，只不過，他們不會現身了。」

「你不需要我出面買槍？」

「不需要，」馬龍說道，「我們有自己的肥仔黑人。泰迪，我知道你在想什麼。所以你自己考慮清楚——要是你的白人朋友沒有出現在迪克曼街，我就會把你的線人文件交給卡特爾。」

「我要怎麼告訴他？」

「告訴他要看電視新聞，」馬龍說道，「然後提醒他不該在我的地盤上做生意。」

泰迪下了車。

魯索拿起泰迪的一萬五千美金，分成了好幾份，其中一份交給了列文。

列文舉手示意不要，「你們想拿就拿吧。我什麼都沒看到。我只是……我不做這種事。」

「不能這樣搞，」魯索說道，「收下，不然就滾。」

「要是你不收的話，」蒙特鳩說道，「我們不知道是否能相信你緊守口風。」

列文回道：「我不是抓耙仔。」

馬龍不禁內心一陣揪痛。

「沒有人說你是抓耙仔，」蒙特鳩回道，「但你應該要參一腳，聽懂我的意思了嗎？」

魯索繼續勸他，「拿吧。」

「你也可以捐出去，」蒙特鳩說道，「教會的救濟窮人捐獻箱。」

馬龍開口：「捐到聖猶達兒童醫院吧。」

列文問他：「你都這麼做嗎？」

「偶爾。」

列文問道：「要是我不拿呢？」

魯索一把抓住他的領口，「列文，你是幫內務局工作吧？你是不是『現場同僚』？」

「把手放開。」

魯索是放開了手，但依然繼續節節進逼。「脫掉襯衫。」

「什麼？」

蒙特鳩說道：「脫掉你的襯衫。」

列文望著馬龍。

馬龍點點頭。

「天！」列文解開襯衫鈕釦，讓他們看個清楚。「現在高興了吧？」

「搞不好藏在蛋蛋下面，」魯索說道，「記得勒伊奇的事吧？」

「要是你有任何東西藏在蛋蛋下面，但是卻不肯吐實，」蒙特鳩說道，「最好現在就告訴我們。」

馬龍開口：「給我脫。」

列文搖頭，解開皮帶，把牛仔褲褪到膝下。「要不要順便檢查我屁眼？」

魯索問道：「你很想是嗎？」

列文把褲子穿好，「你們這樣真的是很看不起人。」

「沒有針對你的意思，」馬龍說道，「但你要是不拿這筆錢，我們就得摸清楚你的意圖。」

「我只是想當警察。」

「那就玩真的，」馬龍回道，「迪馮・卡特爾剛才被你開罰了三千美金。」

「這就是規矩？」

「這就是規矩。」

列文拿起那疊鈔票，算了一下。「數字有短少。」

魯索問道：「什麼意思？」

「一萬五千美金除以四是三千七百五十美元，」列文說道，「這裡只有三千美元。」

眾人哈哈大笑，魯索說道：「好，我們這小隊有了真正的猶太人。」

馬龍回道：「其中一份是公費支出。」

列文問道：「什麼公費？」

「怎樣？」魯索問道，「你是要支出明細啊？」

「帶艾咪出去吃晚餐，」馬龍說道，「不要擔心。」

蒙特鳩也告訴他：「買點好東西送她。」

馬龍又補了一句：「也不能買太好。」

魯索拿出筆與厚實的牛皮紙信封，「寫下地址，寄給你自己，假裝自己根本不知道這是怎麼一回事。」

他們回到車內，立刻開向某間郵局，然後前往迪克曼街。

列文問道：「萬一泰迪警告他們呢？」

馬龍回他：「那我們就完蛋了。」不過，他已經通知了賽克斯，建議他在高橋公園派駐支援人員，而且還把肥泰迪車子的廠牌、型號，以及車牌號碼全告訴了他。

列文緊張得要死，就像是妓女進教堂一樣。

馬龍不怪這小孩——這是大勝利，一場了不起的逮捕行動，能夠讓你前途璀璨、拿到金質警徽的那一種，而且這都是因為他那他媽的天才創意，才能夠成就這一切。

泰迪的手機響了。

蒙提開口：「你在哪裡？」

「準備要開進迪克曼街的西端。」

「我看到你了，」蒙提回道，「黃色的潘世奇租賃公司卡車？」

「就是我們。」

那輛租賃卡車開進了小巷。

某個騎士造型的男子——長髮、蓄鬍、繡有「東岸混蛋社」肩章的皮衣——從副座下車，手裡拿著泵動式霰彈槍。他的脖子上除了有納粹黨徽的刺青之外，還有數字八十八——這是納粹向希特勒致敬的數字代碼。

馬龍心想，對這王八蛋來說，正好是雙贏——賺點錢，而且將武器交給這些「泥巴人」之後，就能讓他們自相殘殺。

蒙提從運酒貨車出來，揚起左手，右手拿著某個公事包。馬龍與魯索跟在他後面，當他的後援，而且站在兩側，隨時準備開火。

馬龍看到騎士起了疑心，對方開口說道：「我沒想到是白人。」

蒙提說道：「我們只是想讓氣氛輕鬆愉快一點。」

「我怎麼沒感覺。」

「哦，其實你旁邊有很多黑人，」蒙提說道，「但天色這麼黑，所以只是你看不見他們。」

「等等，」那名騎士撥打泰迪的手機，聽到它在蒙提口袋裡發出聲響之後，也稍稍放鬆了一點。「沒問題。」

「好，」蒙提問道，「給我的貨呢？」

駕駛下車，繞到後面，打開了後車廂。馬龍跟在蒙提後面，盯著那名騎士打開板條箱。裡面的槍枝數量足以讓兇案組足足忙個兩年——左輪手槍、全自動手槍、磊動式霰彈槍、自動步槍——還有AK步槍、三把AR-15步槍、一把大毒蛇突擊步槍。

騎士回道：「全部在這了。」

蒙提把手提箱放到車尾，打開。「五萬美元整，要不要算一下？」

對，他真的開始算錢——細數那一疊疊已經登錄註記號碼的鈔票。「沒錯。」

馬龍與魯索開始陸續卸貨、把槍枝拿進那輛運酒貨車。

「轉告曼德爾，」蒙提說道，「他有多少貨，盡量送過來，我們照單全收。」

騎士笑了，「千萬記得，拿去對付『另一種顏色的人』就好。」

蒙提忍不住接口，「也許殺警也可以。」

「滿好的。」

馬龍心想：嗯，你覺得滿好的？等到某個獄警把你的腎臟打成果醬的時候，看你還會不會覺得滿好的？你這個愛嗑安非他命、大啃肉乾、狂幹表姊表妹的鄉下人，要不是因為我得成全賽克斯與超力完成這次逮捕任務，我現在早就動手了。

他們已經把貨全部裝入卡車。

蒙提詢問司機：「需要我們導引方向嗎？」

蒙提思慮周全，賽克斯早已在各地埋下天羅地網，但經他這麼一問，將能夠幫助賽克斯提前知道這輛卡車接下來的行進方向。

司機開口：「我想應該是走原路回去。」

「不然你也可以直接從迪克曼街切到亨利·哈德遜大橋，從喬治·華盛頓大橋南下，然後接九十五號公路，回到南部。」

騎士回道：「我們自己會找路。」

「王八蛋，」蒙提猛搖頭，「我們要是想洗劫你的話，早就在這裡動手了，不需要追到公路上搶錢。」

「曼德爾會和你保持聯絡。」

「代我向希特勒致敬。」

那輛潘世奇卡車開始後退，他們果然超級偏執，右轉切入迪克曼街，準備繞市區一圈之後才上高速公路。

馬龍立刻通知長官。

「嫌犯朝迪克曼街東向前進。」

賽克斯回道：「我們看到了。」

列文笑得好開心。

援軍抵達——警笛、尖叫，馬龍與列文走向大馬路，看到閃著紅光的警車陸續開了進來。

「好，」馬龍開口，「至少，今天晚上少了兩個傷心欲絕的母親，列文，你完成了真正的警察任務。」

「謝謝。」

「真的，」馬龍說道，「今晚你救了不少人。」

某輛警車開進來，步出後座的是賽克斯，全套制服，剛剃過鬍子，一副準備要上電視的模樣。「警長，我們查獲了哪些東西？」

「過來吧。」他把賽克斯帶向卡車。

賽克斯望著那批武器，「我的天哪。」

馬龍問道：「你通知麥蓋文沒有？」要是賽克斯沒有在第一時間通知麥蓋文過來，那麼這位警監就等於是自斷前程，準備辭職吧。

「沒，警長，我是白痴，」賽克斯說道，「他已經在路上了。」

他的目光依然緊盯著那批槍枝不放。

馬龍知道這對他來說意義何其重大。當然，這對他的仕途自然是大大加分，但不止於此，賽克斯就和其他人一樣，也曾經親眼見過屍體、鮮血、家屬，還有葬禮。

在那麼一瞬間，馬龍差點喜歡上這傢伙。

對他自己而言，他覺得自己又恢復了警察本色。

而不是抓耙仔。

他是個盡職的人民保母，由於今晚有了重大斬獲，也讓馬龍的領土免除了諸多死亡與苦難。

又一輛車開過來，下車的是麥蓋文。

「諸位，幹得好！」他放聲大吼，「幹得漂亮，警監。身為紐約市警察，大家說是不是？」

他走向賽克斯，「那批買槍的錢查扣下來了嗎？」

賽克斯回道：「是，長官。」

越來越多的車子進來，犯罪現場鑑識人員，還有特勤小組的夥伴。大家開始拍照、將查扣的武器編列證物檔案，然後將它們帶回辦公室，準備當成一早記者會現場的陳列品。

等到文書工作結束之後，賽克斯給了大家一個驚喜，他宣布要在「都柏林之家」舉行第一輪慶功宴，由他買單。

有第一輪，就表示還有第二輪，以及後續的第三第四等等，但有誰在算這個呢？

在第五輪與第六輪之間，馬龍發現自己居然與賽克斯一起坐在吧檯前面喝酒。

「要是有人問起，」賽克斯說道，「在我曾經共事過的那些警察之中，最厲害和最差勁的是誰？我會說，都是丹尼·馬龍。」

馬龍舉杯向他致意。

賽克斯也舉杯，兩人一乾而盡。

馬龍開口：「我還從來沒看過你不穿制服的模樣。」

「三年前，我在七十八分局當便衣，」賽克斯說道，「猜不到吧。」

「真的，完全看不出來。」

「我還留雷鬼頭。」

「少來啦。」

「我對天發誓，」賽克斯說道，「馬龍，今晚這一仗打得漂亮。要是這一批武器流落街頭，我真的不敢多想會有什麼後果。」

「迪馮・卡特爾不會開心的。」

「幹，誰管卡特爾。」

馬龍哈哈大笑。

賽克斯問道：「怎麼了？」

「我只是想到這裡發生的一件事，」馬龍說道，「蒙提、魯索、比利O和我待在這間酒吧，另外還有其他休假的六名警探，然後這個黑人小孩……我沒有冒犯的意思……拿著槍走進酒吧，大喊搶劫。這是全世界最白痴的搶匪吧？想必這是他第一次行搶，因為他看起來約莫十九歲，嚇得半死。所以，他只是拿著槍杵在那裡，而吧檯後頭的麥可則盯著他，突然之間，冒出了大約十二把槍，對準了那小孩，所有警察都哈哈大笑，對他大吼：『滾啦！』那小孩就像是卡通人物一樣立刻轉身衝出門外，我們根本懶得追他，只是繼續喝酒。」

「但你們沒有開槍。」

「他只是個小孩，」馬龍回道，「我的意思是，怎麼會有持槍行搶警察酒吧的傻蛋？」

「鐵定是無路可走。」

「沒錯。」

「這應該就是你我之間的不同吧？」賽克斯說道，「要是換作我，我一定追出去。」

派對馬上就要開始了，蒙提一個人隨著音樂獨舞，魯索與艾瑪．芬琳在一起喝酒，列文逐桌敬酒，而娃娃臉在玩投杯酒，技術高超，屌打一堆便衣。

馬龍開始心碎。

他馬上就要背叛這些人。

要供出警察名單。

馬龍丟了二十元美鈔在吧檯，「我得走人了。」

賽克斯說道：「丹尼．『最後一輪』．馬龍？」

「嗯。」

我最好還是趕快離開，以免等一下喝得越來越醉，開始胡言亂語，借酒壯膽吐露內疚行情，在酒吧裡感傷不已，告訴大家我是個多麼下賤的大混球。

列文看到他起身，「馬龍！你還不能走！」

但馬龍只是向他揮揮手。

「馬龍！」列文大吼，還舉起自己的啤酒杯。「各位，各位，喂，你們這些王八蛋！聽好了！」

賽克斯說道：「他明天就會知道自己出醜了。」

馬龍回他：「猶太人就是沒辦法喝酒。」

列文把酒杯當成火炬一樣、高舉過頭，整個人他媽的就像是自由女神雕像一樣。

「『超力』」的各位先生女士！我要向各位介紹警長丹尼．馬龍！他是我們這座美麗城市街頭最厲害、嚇死人、專門逮捕壞蛋的超級大惡警！他是北曼哈頓之王！吾王萬歲！」

警察們跟著唱和大吼，「吾王萬歲！吾王萬歲！吾王萬歲！」

賽克斯對馬龍露出微笑。

「警監，你是好人，」馬龍說道，「我不是很喜歡你，但你是好人，要照顧他們，好嗎？」

「這是我的職責，」賽克斯環視全場，「我愛死這些人了。」

馬龍心想：我也是。

他走了出去。

他已經不再屬於那個地方。

克勞黛的家也不再是他的歸屬。

他回到自己的公寓，一個人喝光剩下的尊美醇。

17

這場記者會，就像是喜劇俱樂部的一場素人大賽秀。

馬龍心想，真是經典。

那些武器在桌上一字攤開，小心翼翼加上標示，看起來既危險又充滿美感。一排長官與高層站在講台等待、輪流拿麥克風開講。除了看起來根本沒有宿醉的賽克斯之外，還有麥蓋文，加上尼力，也就是警探總警監；此外，還有巡警總警監伊薩多爾、警察總局局長布萊迪、副局長、市長，還有馬龍想破頭也不知道為什麼會在此現身的柯尼留斯牧師。

麥蓋文說了一些恭賀自家人的話之後，開始向大家介紹賽克斯，他以專業語彙概述此次的行動內容、查扣的武器，以及他對於眾多特勤小組同仁共同努力得到這等豐碩的成果，感到深以為傲。

他將麥克風交給警察總局局長，局長立刻將恭賀範圍擴大到全部的紐約市警局，而且還刻意講了一堆未來的遠景，擺明就是要市長等下去。

等到太上皇市長終於拿到麥克風，他把市政府高層全都拉拔成破案的功臣，尤其是他自己，他還說多虧警局與行政部門通力合作，才能讓這座城市的所有民眾生活在更加安全的環境之中。然後，他開始介紹這位急公好義的牧師。

馬龍已經覺得很想吐，不過，當他聽到柯尼留斯牧師開始滔滔不絕的時候，他真的覺得自己要嘔出來了，因為這位牧師大談社群、非暴力，還有所謂暴力的經濟根源因素、以及社群需要「協助計畫而不是反族群暴動」（而且沒有人知道這是什麼鬼東西）、鼓勵警方要積極作為但又同時警告他們不要太過分的危險兩面手法。

馬龍心想：總而言之，這是一場精采表演。

就連曾經處理過多起跨州的武器走私案，代表紐約南區的聯邦檢察官伊索貝爾・帕茲，似乎也覺得這場秀很好看。

馬龍的手機響了，是帕茲，而且他看到她就站在擁擠門廳的另一頭。「混帳，別以為你可以因此逃過一劫，我還是要警察名單。」

「尤其是現在，對嗎？」馬龍一邊問道，一邊看著她。「我想，是因為現在警察總局局長看起來已有市長的架勢了吧？」

「警察，我要錄音證據，馬上給我。」

喀嚓。

托瑞斯在北曼哈頓小組的置物間裡堵到了馬龍。

托瑞斯說道：「我們得好好談一談。」

「沒問題。」

「到別的地方說話。」

他們走到外頭，過馬路，到達聖瑪麗愛滋收容中心外頭的綠蔭庭院。

托瑞斯開口：「操你媽的大混蛋。」

馬龍心想：很好，越暴怒，對他越有利。火氣會讓托瑞斯口無遮攔，他會犯錯。現在，他直接站在馬龍面前。

馬龍回他：「給我滾開。」

「我應該要狠狠修理你一頓才是。」

「我又不是你旗下的妓女。」

托瑞斯發出怒吼，聲音嘶啞。「你他媽的在搞什麼？居然在迪克曼街攔截那批貨？那是我的地盤，你不該接近高地。」

「卡特爾當初是在我的地盤談生意。」

「混蛋，你這樣只是把自己的地盤送給卡斯提洛，」托瑞斯說道，「卡特爾沒有槍的話該怎麼辦？」

「只能一死？」

「馬龍，那筆交易我本來可以抽佣，拿到介紹費。」

「怎樣，我們現在是得補退給你啊？」

「馬龍，別想碰我的錢。」

「好，好啦，」馬龍假裝應和，卻覺得自己噁爛至極，他請君入甕，讓帕茲得到了她想要的東西。「所以應該要怎麼處理比較好？你本來要拿多少？」

托瑞斯冷靜多了，然後，真的中了圈套。「一萬五，還要加上這個月卡特爾本來要給我的保護費，我們搞他，害我沒拿到錢。」

「你是不是連我大老二的臭汗都想要揩一把？」

「不，那個你就自己留著吧，」托瑞斯問道，「我什麼時候可以拿到錢？」

「到停車場等我。」

馬龍走回去，從中央置物箱拿了一萬八千美金，把它放進信封。過了幾分鐘之後，托瑞斯過來，進入副座。車內空間狹小，馬龍清楚聞到了那男人的味道——吐納之間的咖啡濁味、衣服上的殘留菸氣，還有過濃的古龍水。

托瑞斯問他：「現在怎樣？」

馬龍心想：現在為時未晚，還來得及撤退，以免傷害警察弟兄，雖然托瑞斯是下流賤胚子，但他好歹還是你的同仁。只要拉斐爾不拿錢就不會有事，畢竟只是錄到他講了一些亂七八糟的鬼話而已。

你已經越界，回不去了。

「喂，馬龍，」托瑞斯追問，「你不是有東西要給我嗎？」

馬龍心想：對，我有東西要給你，他把信封遞過去。「這是你的錢。」

托瑞斯把信封放入口袋，「幫個忙好嗎？給我滾開，不要再跟卡特爾硬幹。相信我，卡斯提洛更可怕。」

「卡特爾已經成了歷史，」馬龍回道，「他只是還不知道狀況而已。」

「丹尼，不要再踩我的線。」

「你滾一邊去吧。」

托瑞斯下了車。

馬龍解開襯衫鈕釦，檢查錄音機。運轉中，交易過程全部錄音，托瑞斯現在已經成了活死人。

馬龍心想：你自己也一樣。

以往的那個你已經蕩然無存。

然後，他開車前往市中心，將錄音資料交給歐戴爾。在這段路途中，他動念了十五次，二十次吧，很想把證據丟掉，開車一走了之。他心想：但我要是這麼做的話，等於把魯索與蒙提一起拖下水受累，所以，這等於是托瑞斯與他們之間的二擇一問題……

溫卓博立刻把它塞進機器裡，馬龍仔細聆聽——

「你他媽的在搞什麼？居然在迪克曼街攔截那批貨？那是我的地盤，你不該接近高地。」

「卡特爾當初是在我的地盤談生意。」

「混蛋，你這樣只是把自己的地盤送給卡斯提洛，」托瑞斯說道，「卡特爾沒有槍的話該怎麼辦？」

「只能一死？」

「馬龍，那筆交易我本來可以抽佣，拿到介紹費。」

「怎樣，我們現在是得補退給你啊？」

「馬龍，別想碰我的錢。」

「好，好啦，所以應該要怎麼處理比較好？你本來要拿多少？」

「馬龍，厲害，」溫卓博說道，「你已經讓他上鉤了。」

「一萬五，還要加上這個月卡特爾本來要給我的保護費，我們搞他，害我沒拿到錢。」

「你是不是連我大老二的臭汗都想要揩一把？」

溫卓博讚道：「幹得漂亮。」

「不，那個你就自己留著吧，我什麼時候可以拿到錢？」

溫卓博問道：「有沒有把那些事先安排的鈔票交給他？」

「有。」

溫卓博開口：「我們逮到他了。」

歐戴爾讚道：「幹得好，馬龍。」

「幹你去死吧。」

「我們這位兄弟心生愧疚，因為他供出了某個搞毒品交易的警察，」溫卓博說道，「托瑞斯會得到他應受的懲罰。」

馬龍問道：「怎樣？」

「我們會把他送到某間美麗的農場，能夠與其他的惡警玩在一起，想必他一定很開心，」溫卓博回道，「你覺得接下來會怎樣？」

「夠了，」歐戴爾開口，「丹尼——」

「不要開口跟我講話。」

「我知道你的感受。」

「你懂個屁。」

馬龍走出去，腳步聲迴盪在空蕩蕩的走廊裡。

他心想：天，你剛才居然做出那種事。

你傷害一名警察弟兄。

你可以告訴自己，你別無選擇，必須要這麼做，對吧？為了你的家人，為了克勞黛，還有你的好搭檔。對，你可以對自己說出那種話，的確都是實情，但卻改變不了你傷害一名警察弟兄的事實。

然後，整條走廊開始變得傾斜，他的雙腿不聽使喚，突然之間，他必須立刻貼牆，緊緊抓住它，彷彿要是不這麼做的話，一定會立刻摔倒。然後，他彎身，雙手摀臉。

在弟弟死後，這是他第一次啜泣。

18

克勞黛看起來好美。

黑色皮膚，一身白衣。

襯托出她的身體曲線與黝黑皮膚。金色環狀耳環，鮮紅色唇膏，四〇年代的復古髮型，加插一朵白花。

豔麗逼人。

讓人心碎、血脈賁張、眼睛暴凸的美貌。

馬龍又再次愛上她了。

這將是他們的真正約會。

他覺得她說得沒錯。不管理由到底他媽的是什麼，反正他一直把她藏起來就是了，讓她獨自猜疑，獨自面對自己的毒癮。

幹，管其他人想什麼。

要是那些白人警察大老粗不喜歡，管他們去死；要是那些黑人弟兄覺得他會因此對他們睜一隻眼閉一隻眼，那麼他們立刻就會知道自己搞錯了。

而且，這次約會還有另一層意義。

他需要她。

在他陷害了一名警察弟兄之後，雖然是托瑞斯那種超級人渣，但他真的需要她。所以，他拿起電話找她。她起初有些意外，但也沒有掛電話，他說道：「我是北曼哈頓小組的馬龍警長。」

她停頓了一會兒之後，才開口說道：「警探，有什麼需要我幫忙的嗎？」

從她的聲音就可以聽得出來，她沒有沾毒。

「我知道現在通知你，時間緊迫，」他說道，「但我今晚在尚—喬治餐廳訂了位子，大家都沒什麼同情心，不肯與我這種神經大條的粗心混蛋出門，我相信如你這般的女子一定早有計畫，但我還是想問問看，不知我們是否有機會可以共進晚餐？」

她沉默了好一會兒，讓他備受煎熬，她最後開了口：「尚—喬治餐廳很難訂位。」

他心想：媽的太好了，她有興趣。馬龍必須提醒老闆先前發生的某起事件，要不是因為他幫忙擺平，恐怕早就上了八卦版。「我只是告訴他們，也許有機會——真的只是有機會而已——紐約市最美麗迷人的女子可能會大駕光臨，所以大家拚命幫我喬位子。」

「你太誇張了。」

「含蓄本來就不是我的強項，」馬龍追問，「有沒有興趣？」

她又沉默許久，終於回道：「樂意之至。」

他之所以要帶她去尚—喬治，是因為她喜歡與法國有關的事物。

查氏餐館調查優選、米其林三星、消費高昂，除非你是明星警探否則絕對訂不到位。不過，雖然馬龍穿上高檔西裝，但一步入這時髦餐廳的時候，依然略顯緊張，反而是克勞黛神色自若。

這裡簡直像是她的出生地一樣。

服務生也這麼想，大部分的問題都是問她，泰半時間也都與她交談，而她的應對態度，宛若這是她是嫻熟的生活日常。她柔聲點了酒菜，馬龍也就任由她作主。「你怎麼懂這些東西？」他拿起綴有魚子醬和香草的烤吐司夾蛋黃，萬萬沒想到它入口的味道居然如此美好。

「信不信就由你了，」她說道，「你不是我的第一個男友，我先前也跟白人約會過，天，五、六次吧，搞不好有七次。」

他覺得自己的行為像是超級大白痴，「踩我鞋子吧，我活該。」

「對，沒錯，」，她說道，「親愛的，但我現在很開心，謝謝你請我來這個地方，這裡好美。」

「美的是你。」

「你看看，你已經表現越來越好了。」

馬龍吃的是緬因龍蝦，克勞黛的是煙燻乳鴿。

馬龍問道：「那不就是鴿子嗎？」

「是鴿子沒錯，」她問道，「你都從來沒想過要報復一下嗎？」

他們沒有提到海洛因的事，她的「一時失足」、以及毒癮發作問題。她現在氣色也好多了，他心想，也許她已經克服了毒癮。至於甜點，他們只點了一小塊巧克力「淺嚐即止」，就在這時候，克勞黛開口：「所以這是我們許久以來的第一次約會。」

「關鍵字是『第一次』。」

「看看我們兩個人的工作班表，」克勞黛說道，「很難喬出時間。」

「我應該少花一點時間工作，」馬龍說道，「多抽點時間休息才是。」

「我喜歡。」

「真的？」

「真的很喜歡，」她說道，「但我們不需要每次都這樣，你知道，這麼大費周章。」

「能這樣很好。」

克勞黛回他：「親愛的，我只是想和你在一起而已。」

馬龍起身，假裝要上廁所，但其實他卻去找站在一旁的女服務生，告訴她等一下要送真正的帳單，而不是由店家免費招待某些品項的超便宜帳單。

你帶馬子出門，當然要全部買單。

女服務生回道：「但經理說——」

「我知道，」馬龍回道，「他的好意我心領了，但我要真正的帳單。」

真正的帳單送來了。他付了錢，留下豐厚的小費，為克勞黛拉開椅子。「我在想，你也許有興趣去『煙霧』俱樂部，今晚駐唱的是麗亞．迪拉利亞。」

馬龍其實不清楚那個人是誰，只知道是個女歌者，這是他出門前趕緊上網做的功課。

「我很喜歡，」克勞黛說道，「我好愛她，但你不喜歡爵士。」

「今晚你是主角。」

『煙霧爵士和晚餐』俱樂部位於一〇六街與百老匯大道的交叉口，所以他們又回到了馬龍的地盤。裡面很小，大約只有五十個座位，但馬龍已經事先打過電話，萬一她想去的話，還是有位子。

他們拿到了兩人座的桌位。

迪拉利亞站在低音吉他、鼓、鋼琴、薩克斯風的四人樂團前面。克勞黛假裝嚇了一跳，「哦天哪，居然有會唱歌的白種女人。」

「你種族歧視啊。」

「親愛的，我只是就事論事。」

趁著歌曲之間的空檔，迪拉利亞低頭望著克勞黛，開口問道：「親愛的，他對你可好？」

克勞黛點頭，「非常好。」

迪拉利亞看著馬龍，「最好是這樣。她真美，搞不好我會橫刀奪愛。」

然後，她開始唱〈無論或雨或晴〉。

觀眾們發生了一點小騷動，原來是特雷帶著一堆人馬進來了。當他入座的時候，迪拉利亞對他點頭致意，然後，這位嘻哈樂大亨發現了馬龍，又看到克勞黛，對馬龍點點頭致敬。

馬龍也點頭回禮。

克勞黛問道：「你認識他？」

「偶爾會替他工作。」馬龍說，等一下全世界都會知道混蛋馬龍交了個黑人女朋友。

馬龍問道：「想認識一下嗎？」

「沒什麼太大興趣，」克勞黛回道，「我不是嘻哈樂的樂迷。」

馬龍知道接下來會上演什麼情節，果然被他料中了。特雷派人送來一瓶水晶香檳，免費招待他們。

克勞黛問道：「你到底幫過他什麼？」

「維安。」

迪拉利亞又換了歌，〈你不懂愛是什麼〉。

克勞黛輕嘆，「是比莉．哈樂黛的歌。」

她完全沉浸其中。

馬龍回望特雷，他也正好轉頭看著馬龍，那是一種重新打量的目光，想要搞清楚現在他眼前的這個男人到底是怎麼回事。

馬龍心想：我懂，因為我也想要搞清楚自己是怎麼一回事。

白色洋裝從她身上滑落，宛若雨滴從黑曜石面流溢而過。

她的雙唇豐滿溫熱，頸肩散發麝香。

他們做完愛之後，她沉沉睡去。他假裝睡著，其實卻望著她臥室的窗外，想起了那首歌的歌詞……

19

手機又在響。

他還是沒管它，又轉身依偎在克勞黛的懷裡，想要將臉貼在她的芳香頸窩、繼續入睡。最後還是良心發現，瞄了一下手機。

是魯索打來的電話，「你聽說了嗎？」

「聽說什麼？」

「托瑞斯的事。」

馬龍心頭為之一震，「怎麼了？」

「他舉槍自盡。」

魯索告訴他，就在北曼哈頓小隊停車場的外頭，兩名制服員警聽到槍響，立刻跑過去，發現他在車子裡，引擎沒有熄火。廣播電台的騷莎音樂震天價響，托瑞斯的腦漿濺滿了後座的擋風玻璃。

沒有遺書。

沒有留下任何訊息。

魯索問道：「媽的他幹嘛要做這種事？」

馬龍知道為什麼。

聯邦調查局的人在逼他，不當抓耙仔就等著坐牢。

而托瑞斯給了他們答案。

殘暴下流、充滿種族歧視偏見、性好說謊的可惡人渣拉斐爾．托瑞斯，給了他們答案。

幹，我會像個男子漢一樣自尋解脫。

馬龍立刻起床。

克勞黛依然睡眼惺忪，她開口問道：「出了什麼事？」

「我得走了。」

「現在就得離開？」

「有個警察自殺。」

馬龍衝入門口，一把抓住歐戴爾的衣領、將他從椅子上拎起來，把他壓在牆上。

歐戴爾說道：「我一直找不到你。」

「你們這些王八蛋！」

溫卓博起身，想要當和事佬，但馬龍卻轉過去，惡狠狠盯了他一眼，彷彿在告訴他如果想要插手就放馬過來吧。溫卓博立刻後退，聲音怯懦。「馬龍，冷靜一下。」

「你們到底做了什麼？」馬龍問道，「要叫他全部供出來？逼他裝竊聽器？還是威脅要在辦公室裡逮人？要在他的警察弟兄面前給他上銬？要把他推出門口遊街示眾，讓電視攝影機拍個夠？還有當地居民圍在一旁對他叫囂，罵他『垃圾！』？告訴他馬上要去坐牢了，家人的下場會有多麼悲慘？」

「我們只是善盡自己的本分。」

「你殺了警察，」馬龍啐罵歐戴爾，口沫還噴到了他的臉。「你是殺警兇手。」

「我一聽到消息的時候，就想要打電話給你，」歐戴爾回道，「這不能怪我們，也不能怪你，這都得要怪他自己。會走到今天這步田地，都是他自己做出的決定，就連最後一次也不例外。」

馬龍回道：「也許他做出了正確抉擇。」

「當然不是，」歐戴爾回他，「他沒有勇氣面對自己所犯下的過錯。馬龍，但你辦到了，你完成了義舉。」

「代價是殺死了一名警察弟兄。」

溫卓博開口：「托瑞斯選擇當懦夫逃避現實。」

馬龍把椅子摔向他面前，對他破口大罵：「你有膽給我再說一次，媽的再講講看！我看過那男人冒著生命危險衝下樓梯井、破門辦案，那時候你在哪裡？說啊？和名流享受高檔午餐？和你的女朋友窩在床上？」

「你根本不喜歡那傢伙。」

「沒錯，但他是警察，」馬龍回道，「他不是懦夫。」

「好吧。」

歐戴爾開口：「馬龍，坐下來。」

「你給我先坐下來。」

「你怎麼了，這麼亢奮？」歐戴爾問道，「是不是嗑了什麼東西？」

只是吃了六顆抗睡丸，還有一點古柯鹼。「驗尿啊，我馬上給你，你可以再幫我多加一條罪名，怎麼樣？」

「冷靜點。」

「幹，這是叫我要怎麼冷靜？！」馬龍大吼，「你覺得一切到此為止？你沒想到接下來會謠言四起？大家不會開始東問西問？他媽的內務局立刻就會找上來了！」

「我們會處理。」

「就像是你們處理托瑞斯一樣？」

「托瑞斯事件不是我的錯！」歐戴爾回道，「要是你再叫我殺警兇手，我就——」

「他媽的你就怎樣？！」

「馬龍，在這起事件中，你可不是無辜者！」

帕茲走進來，看了他們一眼，開口說道：「等到你們這幾個小妹妹鬧完脾氣之後，再看看我們什麼時候可以開始工作。」

馬龍與歐戴爾怒目相視，已經準備休兵。

「好，你們有誰比我更屌？」帕茲問道，「沒有，我最屌，各位，就座吧。」

大家都坐了下來。

「某個惡警自我了斷，」帕茲說道，「嘖嘖嘖，可憐哪。別難過了，現在的重點是損害控制。托瑞斯自殺前有沒有和其他人講過話？是否讓別人知道這起調查案？馬龍，去打聽一下現在有什麼傳言。」

「不要。」

「不要？」帕茲問道，「帥哥？你現在充滿了悔恨？愛爾蘭天主教式的罪惡感？你可以爬上十字架、把自己釘在上面，你覺得怎麼樣？馬龍，不要那麼衝動。不過，反正我本來就覺得你是那種能夠生存下來的類型。」

「你的意思是猶大型。」

「馬龍，你不需要自責，」帕茲說道，「撐下去。我只想知道你那些警察弟兄對托瑞斯有什麼評語，他們接下來一定會討論這件事，他們和你聊，你就全告訴我們，就這麼簡單。還有沒有什麼我不知道的困難？」

馬龍心想：你不知道的困難之處可多了。

「讓我們想辦法找出托瑞斯自殺的其他理由，」帕茲望著馬龍，「他有沒有酗酒問題？嗑藥？婚姻問題？財務有狀況？」

「就我知道是沒有。」

托瑞斯賺得荷包飽飽，有妻子，三個小孩，而且在高地區至少養了三個情婦。

「就算是真的出現了調查案的謠言，」帕茲說道，「馬龍，這也對你有利，你的警察弟兄會以為抓耙仔已經死了，他承受不了內疚，自我了斷，接下來對你有利。」

「做什麼？」馬龍問道，「你們要的，我已經全給了你們。」

「我們要知道他底下的其他警察名單，」帕茲說道，「我們不想讓大家以為我們只拿一個警察開刀，我們要抓的是一窩，將來要起訴一大群人。托瑞斯是不是有送紅包給上級？」

「你們問過托瑞斯嗎？」

溫卓博回道：「他說他之後會給我們答案。」

馬龍回道：「他不是已經給了你們答案嗎？」

辦公室裡一片混亂。

當馬龍到達北曼哈頓小組的時候，新聞車早已等在外頭了。他猛力推開那些記者，劈頭丟了一句「無可奉告」之後就直接進去。這地方是充滿謠言、怒火，以及恐懼的騷亂之地。許多制服員警聚在櫃檯前熱烈討論，馬龍從他們中間硬是擠了過去，當他上樓前往特勤小組辦公室的時候，深覺那些人的眼睛都死盯著他的背影。

他知道大家在想什麼——馬龍知道內情，馬龍總是知道內情。

組員都圍在他辦公桌旁邊——魯索、蒙特鳩，還有列文。一看到他進來，大家全都抬頭望著他。

魯索問道：「你跑去哪裡了？」

馬龍沒理他，直接提問：「有沒有人去找過法醫了？」

「有，麥蓋文。」魯索講完之後，下巴指了一下賽克斯的辦公室，這位高級警監站在裡面，看著賽克斯在講電話。

馬龍問道：「內務局？」

蒙特鳩回道：「他們想要詢問特勤小隊的所有警探。」

列文也說：「我們每個人都會被叫進去問話。」

「大家的說法如下，」馬龍說道，「你們什麼都不知道。你們不知道他有沒有酗酒、用毒、金錢、家庭問題，什麼都不知道，如果內務局想挖出消息，就讓他的組員自己講出來。」

他走到賽克斯辦公室門口，敲了兩聲，沒等待回應就逕自走了進去。

麥蓋文把手放在他的肩頭，「天哪，丹尼。」

「我懂。」

「怎麼會發生這種事？」

馬龍聳肩以對。

麥蓋文說：「太遺憾了。」

「你問過法醫了嗎？」

麥蓋文回他：「他判定是意外，保留了彈性。」

「高級警監，這是你為托瑞斯所做出的最佳貢獻，」馬龍說道，「但外頭的媒體卻說是自殺？」

麥蓋文又重複了一次，「太遺憾了。」

賽克斯掛了電話，盯著馬龍。「警長，你跑去哪了？」

「在睡覺，」馬龍回他，「我沒聽到手機響。」

賽克斯面色驚慌，馬龍不怪他——他的仕途原本一片順遂，如今卻遇到大亂流。

他問馬龍：「你那裡有沒有什麼消息？」

「警監，我才剛進來而已。」

「你之前有沒有注意到任何異狀？」賽克斯問道，「難道托瑞斯沒有對你吐露心事？」

「長官，我跟他沒那麼熟，」馬龍回道，「他的組員怎麼說？加瑞納、奧提茲、特內莉……」

「他們什麼都不知道。」賽克斯說。

馬龍心想：這是當然的，很好。

「他們依然十分震驚，」麥蓋文說道，「要是有警察弟兄因為中了惡徒的子彈而身亡，已經讓人夠難過的了，但這樣的事件……」

馬龍心想：靠，他已經在寫自己的致詞內容了。

賽克斯盯著馬龍，「謠傳內務局已經盯上了托瑞斯，你知道嗎？」

馬龍無懼回迎他的目光，「不知道。」

「所以要是內務局真的在調查托瑞斯，」賽克斯說道，「你也不清楚幕後原因？」

「不知道。」

賽克斯追問：「會不會有哪個特勤小組的警探知情？」

馬龍回他：「長官，這裡是由你負責全權指揮。」這種回答透露出明顯的嚇阻意味——繼續挖下去，就是自掘墳墓。

麥蓋文插了進來，「兩位，這已經超出我們的職權範圍了，就由內務局自行處理他們的業務。」

「我希望你能夠充分配合內務局，」賽克斯說道，「也期盼你的團隊成員可以大力協助。」

「這是一定的。」

賽克斯說道：「馬龍，我們實話實說，你有動作，特勤小組也會全員跟進，這些人只會追隨你的腳步，一切由你定調。」

這段話超直白，而且千真萬確。

「我們不會掩蓋真相，」賽克斯說道，「不會隱匿、躲藏，知道什麼就說什麼。」

馬龍心想：我們接下來的行事準則就是如此。

「我們一切公開透明，」賽克斯說道，「就讓調查案追到底。」

馬龍心想：要是你真的放手的話，很快就會燒到你自己的屁股。「長官，講完了嗎？」

「警長，一切由你定調。」

馬龍走出去的時候，心裡回了一句：知道了。他向魯索與蒙特鳩示意跟他過來，然後又下樓，走向櫃檯，交代執勤警員：「幫我召集全體隊員？」

「是，大家準備聽好！」

現場一片安靜。

「好，」馬龍說道，「對於托瑞斯的事，大家都很傷心，我們要向他的家人獻上哀悼之意與誠心祈禱。但此時此刻，我們必須要管好自己的事。要是遇到媒體追問，各位的標準答案如下：『托瑞斯警長受人敬重愛戴，我們會永遠懷念他』，這樣就夠了。保持客氣態度，但不要停下腳步理會他們。我相信大家都不會趁機出風頭，但要是有誰覺得自己因此能夠成為電視明星或網紅的話——我絕對會讓你吃不完兜著走。」

他停頓了一會兒，讓大家沉澱一下，順便讓魯索與蒙特鳩以目光表達支持之意。然後，他說道：「好，接下來會有民眾在你們的轄區裡大肆慶祝，不要有任何回應，他們只是想要刺激你們、讓大家動氣而已，但千萬不要這麼做。我不要看到任何一個人捲入這種紛爭。保持冷靜，記得他們的長相，我保證——我們之後會好好對付他們。

「要是內務局問起你們的話，展現合作態度，告訴他們實情——就說你們什麼都不知道，事實的確如此。你自以為知道什麼，真正知道什麼，其實是截然不同的兩件事。你要是餵老鼠吃起司，牠們就會一直回頭找你，我們必須維持辦公室的整潔，牠們就會閃了。有沒有問題？」

大家都沒有。

「好，」馬龍說道，「我們是超猛的紐、約、市、警、察，現在全都出去執行任務！」

這明明是警監應該要對他們講的話，但他自己卻沒有出面。馬龍上樓，看到了加瑞納，也就是托瑞斯的夥伴，站在他的辦公桌旁邊。

馬龍說道：「我們到外頭走走吧。」

他們從後門出去，避開了媒體。

馬龍問道：「他媽的到底出了什麼事？」要是托瑞斯曾經和誰討論過自己的事，一定是荷西．加瑞納，他們兩人關係緊密。

「我不知道，」加瑞納顯然十分驚愕恐懼，「他昨天一直很安靜，不太對勁。」

「但他什麼都沒說嗎？」

「他在他車子裡打電話給我，」加瑞納說道，「只說想要和我道別。我問他怎麼了，『拉斐爾，你在搞什麼鬼？』然後，他只回我一句：『沒事。』然後，就掛了電話。」

馬龍心想：條子要自盡，最後打電話道永別的對象是他的搭檔，而不是老婆。

這就是警察。

「內務局是不是抓到了他的小辮子？」馬龍問出這種話，深覺自己真是噁爛卑鄙。

「沒有，」加瑞納回道，「要是有的話，我們早就知道了。馬龍，我們現在該怎麼辦？」

「低調，」馬龍回道，「我的意思是，倒不是說不能去喬停車罰單，但不可以讓內務局有可乘之機，所以我們一定要謹慎行事。那些『老鼠小隊』想要染黑拉斐爾，我們會找媒體修理他們。」

加瑞納回他：「知道了。」

「托瑞斯的錢放在哪裡？」

「到處都有，」加瑞納回道，「我這裡有十萬左右的存款。」

「葛洛莉亞知道嗎？」寡婦擔憂日後沒有收入，這是最叫人不忍的場景。

「知道，不過我還是會提醒她。」

「她還好嗎？」

「很慘，」加瑞納說道，「我的意思是，對，她的確是在跟他談離婚，但她還是很愛他。」

「去找他的那些情婦，」馬龍說道，「給他們一點現金，叫她們閉嘴。還有拜託一定要讓她們搞清楚狀況，跑去參加葬禮絕非明智之舉。」

「嗯，好的。」

「荷西，你必須要保持冷靜，」馬龍說道，「抓耙仔聞到恐懼，就像是鯊魚聞到血腥味一樣。」

「我知道，但要是他們叫我去做測謊怎麼辦？」

「你打電話給你的律師，他會告訴他們去死吧，」馬龍說道，「你現在既悲傷又震驚，根本不能接受測謊。」

但加瑞納十分害怕，「馬龍，你覺得內務局是不是已經盯上他了？天，拉斐爾是不是裝了竊聽器？」

「托瑞斯？」馬龍反問，「媽的當然不可能。」

加瑞納問道：「那他為什麼要自盡？」

馬龍心想：因為我出賣了他，因為我把他當獎品送出去了，把槍放到了他的手裡。

馬龍回他：「幹，誰知道啊。」

他回到辦公室，麥蓋文正在等他。

「丹尼，現在狀況不妙。」麥蓋文說。

馬龍心想：的確不妙，而且恐怕比他預期的更糟糕。因為就連比爾．麥蓋文，這位人脈關係強過市議員的紐約市警局高級警監，看來也十分驚恐。

突然之間，變得好蒼老。

他的臉色蒼白如紙，一頭白髮宛若阿斯匹靈藥罐的瓶蓋，現在，紅潤臉色看起來只像是破碎的血管而已。

麥蓋文說道：「要是內務局發現托瑞斯——」

「他們不知道。」

「但萬一他們知道了呢？」麥蓋文追問，「要是他告訴了他們怎麼辦？他知道什麼？知道我的事嗎？」

馬龍回道：「拿信封給你的也只有我而已。」這是北曼哈頓小組的心意。

但媽的沒錯，托瑞斯知道。

大家都明白這套遊戲規則。

麥蓋文問道：「你覺得托瑞斯是不是有戴竊聽器？」

「就算有，你也不需要擔心，」馬龍說道，「你沒有和他講過什麼事吧？對不對？」

「對，沒錯。」

馬龍問道：「內務局有找你嗎？」

「他們沒那個膽，」麥蓋文回道，「但要是有人大嘴巴……」

「不會有人敢亂講話。」

「丹尼，特勤小隊都是有肩膀的硬漢吧？」

「絕對是百分百。」馬龍心想，至少我是這麼盼望沒錯。

「我聽到謠言，」麥蓋文說道，「其實主使者不是內務局，而是聯邦調查局在主導。」

「哪裡的聯邦單位？」

「紐約南區聯邦檢察官，」麥蓋文說道，「那個西班牙賤婊，丹尼，她野心十足。」

麥蓋文講出野心十足那幾個字的時候，態度嫌惡至極，彷彿她有陰蝨，宛若只不過懷抱野心就讓她成了賤貨。

馬龍也討厭「賤婊」這個字，但用在她身上就沒差。

「她想要重創警界，」麥蓋文說道，「我們不能讓她得逞。」

馬龍回道：「我們還不確定到底是不是她。」

麥蓋文聽不進去，「我再兩年就可以退休展開新生活了，珍妮與我在佛蒙特州山上買了小屋。」

馬龍心想：而且你在佛州的薩尼伯爾島也買了公寓。

「我想要在那間小屋裡安度晚年，」麥蓋文說道，「而不是在牢裡度過下半生，你也知道珍妮狀況不好。」

「很遺憾。」

「她需要我，」麥蓋文說道，「無論我們還剩下多少時間……丹尼，我就靠你了，要全力達成應盡的任務。」

「是，長官。」

「丹尼，我信任你，」麥蓋文把手放在馬龍的肩上，「你是好人。」

對，馬龍離開，想著。

我是君王。

想要把這件事壓下來，馬龍想，勢必引發腥風血雨。

首先，街頭一定會大肆議論，每一個曾經被托瑞斯海削或是痛扁過的毒販現在都會傾巢而出，到處宣揚現在再也不用怕他了。

然後，那些被他抓入牢裡的壞蛋也開始在獄裡吵鬧不休，*托瑞斯是惡警，他在證人席說謊，我要求重審，不，我直接要求撤銷罪名。*

由於托瑞斯不乾不淨，為刑事被告辯護的那些律師們會發動全部火力，那些王八蛋會重新審理托瑞斯經手過的所有案件，幹，只要是特勤小組碰過的案子，將會無一倖免。

萬一東窗事發，只需要一個人就足以瓦解一切。加瑞納已經嚇得半死，他不僅會供出自己的團隊，而且是每一個人。

骨牌效應。

我們必須想辦法制止。

不是我們，幹他媽的。是你。

一開始惹禍的人是你。

最後一個與內務局談話的小組成員是馬龍。

他的組員全都依照本分行事，魯索告訴他：「他們一無所知，什麼屁都不曉得。」

「裡面的人是誰？」

「布里歐希與韓德森。」

馬龍心想，是韓德森，我們這次總算有點好運。

他進去了。

布里歐希說道：「馬龍警長，請坐。」

理查德．布里歐希警督是典型的內務局人渣。馬龍心想，也許是因為青春痘遺疤讓他看起來像是個抓耙仔，不過，這傢伙顯然對於這世界的運作方式覺得很不順眼。

馬龍坐了下來。

「警長托瑞斯顯然是自殺身亡，對於這起案件，」布里歐希問道，「有沒有什麼線索可以告訴我們？」

「不多，」馬龍回道，「我跟他不熟。」

布里歐希看了他一眼，目光充滿懷疑。「你們明明在同一個小隊。」

「托瑞斯多半在高地與英伍德活動，」馬龍說道，「我的小隊則主要在哈林區。」

「幾乎可說是同一個世界。」

「如果你曾經在街頭工作過，」馬龍說道，「一定會嚇一跳，其實並非如此。」

講出這種挖苦的話，馬龍立刻就後悔了，但布里歐希並沒有多加理會。「托瑞斯是不是有憂鬱問題？」

「嗯，可能吧。」

「我的意思是，」布里歐希開始藏不住怒意，「他有沒有憂鬱症的徵兆？」

「我又不是心理醫生，」馬龍回道，「不過，就我的觀察來看，托瑞斯的個性還是跟平常一樣雞巴。」

「你們處不來？」

「我們相處沒問題，」馬龍回道，「只是彼此都覺得對方個性雞巴。」

韓德森，你就這樣袖手旁觀嗎？馬龍看了他一眼，你也下來玩了這場遊戲，難道需要我提醒你？韓德森收到了他的暗示，「我的認知是托瑞斯在這裡是出了名的作風強硬，這樣說對嗎？馬龍？」

「要是你在這裡不能展現出強硬作風，」馬龍說道，「那麼也沒辦法在這個單位待太久。」

「我們是不是可以這麼說，」韓德森繼續問道，「挑選『特勤小組』警探的標準之一，就是要多少具有那樣的基本特質？」

「對，我認為這種說法很精確。」

「這就是特勤小組的問題，」布里歐希說道，「根本就是註定惹麻煩。」

「長官，那算是提問嗎？」

布里歐希回道：「警長，我在提問的時候一定會讓你知道。」

馬龍心想：你說是這樣說，不過，我們現在討論的不就是你想探問的事嗎？

布里歐希問道：「你知道托瑞斯是否做出了什麼可能會讓他擔心自身工作或前途的事？」

「那比較屬於你的業務範圍吧？」

「我們在問你。」

「我剛講過了，」馬龍回道，「我不知道托瑞斯做了什麼或是沒做什麼。」

「你在辦公室裡面，」布里歐希問道，「有沒有聽到任何傳言？」

「沒有。」

「他有沒有收錢？」

「我不知道。」

「海削毒販？」

「我不知道。」

布里歐希問道：「那你呢？」

「沒有。」

「確定嗎？」

馬龍與他四目相接，「我自己的行為，當然很清楚。」

「要是在內務局的訊問過程中說謊，會導致什麼後果，」布里歐希說道，「你自己很清楚。」

馬龍接口：「這將會牽涉到部門內部的紀律問題而遭到警方解職，也可能因為干涉司法而面臨刑事訴訟。」

「沒錯，」布里歐希說道，「很不幸，托瑞斯已經死了，而你也不需要替他護航。」

馬龍覺得自己的火氣已經快要藏不住，他真想痛扁這王八蛋的臉、逼他閉嘴。「警督，你真心覺得這是不幸的消息嗎？因為我從你的臉部表情實在看不出來。」

「你剛才說過，你不是心理醫生。」

「對，但是判讀混蛋的表情算是我的職務內容。」

韓德森立刻跳進來緩頰，「馬龍，夠了，我知道你失去同仁十分傷痛，但是——」

「下次我要是知道哪個內務局的人會飲彈自盡，想必是空前絕後。」馬龍說道，「你們不會做那種事，律師不會，黑道也不會。你知道誰會作出這種舉動嗎？警察，只有警察，真正的警察，就是這樣。」

韓德森說道：「警長，我想今天就到此結束。你要不要稍微休息一下、平靜心情？」

布里歐希說道：「我們有權重啟訊問。」

馬龍起身，「我告訴你們兩個，我不知道托瑞斯為什麼自殺，我甚至根本不喜歡這傢伙，但他是警察，這是警界的損失。有時候，事發突然，某個惡徒的子彈正好射中警察，也就只能認了。而其他時候，它是一種緩慢的過程，點點滴滴累積，你根本不會注意，不過，有一天，當你醒來的時候，你就再也沒有辦法忍受下去。托瑞斯不是自殺——就某方面來說，是警方殺了他。」

「你要不要去看警局的心理醫生？」布里歐希問道，「我可以幫你安排時段。」

「不用，」馬龍回道，「我需要的是回到工作崗位。」

他與韓德森約在壘球場附近的河濱公園見面。

馬龍先開口：「感謝你剛才在問案時大力相挺。」

「你那種態度無濟於事，」韓德森回道，「現在布里歐希看你不順眼了。」

「以前內務局是對我們有多好嗎？」馬龍說道，「你們每每看到真正的警察就會硬了。」

「天，丹尼，謝謝你啊。」

馬龍遠眺河岸對面的澤西市，他心想：住在那裡唯一的好處就是可以觀賞紐約的景色。「你們是不是已經鎖定托瑞斯？」

「沒有。」

「確定嗎？」

「我套用不朽人物丹尼．馬龍的說詞，」韓德森說道，「『如果是這樣，我早就知道了。』不是我們，也許是聯邦調查局，南區聯邦檢察官辦公室一直想要給警察總局局長一點顏色瞧瞧。」

馬龍心想：天，大家雷達都這麼發達。「好，現在是內務局負責調查，需要多少才能擺平。」

「丹尼，現在是頭條了，」韓德森說道，「《每日新聞報》、《紐約郵報》，現在就連《紐約時報》也有。而且，現在還有他媽的班奈特事件——」

「所以更要趕快擺平，」馬龍回他，「你真覺得警察總局局長想看到你在托瑞斯的衣櫃裡挖死人骨頭嗎？醜聞不會持續太久，但總部的那些人會撐很久，而且他們記憶力超好。他們會等到這件事風平浪靜之後再搞爛你，最後你只能以現在的職階退休，而且，我還不知道你能不能熬得那麼久。」

「你說得沒錯。」

「我早就知道了，」馬龍說道，「我現在想知道的是需要多少？」

「我必須想辦法和布里歐希喬喬看。」

「那你還站在這裡幹什麼？」馬龍問。

「天，馬龍，要是我有閃失的話就得去坐牢了。」

「要是加瑞納供出來的話，你覺得你除了坐牢之外，還有第二條路嗎？」馬龍問道，「賴瑞，我告訴你——我們有動作，你就得緊緊跟隨。」

丟完話之後，他就走了，留下韓德森站在那裡凝望新澤西。

「哇，太讚了，」帕茲說道，「你是說真的嗎？內務局收賄？你在丟骨頭給這些看門狗？」

馬龍回道：「不是所有人都這樣。」

歐戴爾問道：「他們會幫你什麼忙？」

「向我們通風報信，」馬龍說完之後，又接著補充：「你們說要警察名單。」

「帥啊，」帕茲說道，「就某種病態程度看來，這簡直讓人肅然起敬——他要當老鼠去咬『老鼠小隊』。」

溫卓博問道：「涉及的層級有多高？」

「我買通的是警督，」馬龍回道，「他收錢之後又去打點誰，我就不知道了。」

「可不可以錄影？」溫卓博說道，「拍到內務局的警督收賄。」

「我剛不就說了嗎？」

大家都看著帕茲。

她點點頭。

「不，」馬龍說道，「女老闆，我要聽到你親口說出來：『馬龍警長，追查那些內務局的人。』」

「我已經授權給你繼續追查。」

馬龍心想：很好。

讓這些老鼠互相攻擊，咬爛對方的臉。

溫卓博問他：「你覺得你的人能夠買通布里歐希嗎？」

「他不是我的人馬。」

「當然是，」溫卓博說道，「你可以完全掌控對方。」

「我沒這個把握。」

「我們不能讓內務局再搞下去，」帕茲說道，「提前曝光對我們的調查案有害無益。」

馬龍開口：「你的意思是怕別人搶功。」

「我的意思是，」帕茲回道，「如果內務局不乾淨，就會掩蓋證據，全面封口，我們最後就只能逮到韓德森。」

馬龍心想：對啦，他們真正擔心的其實是警察總局局長會狠狠打臉市長，主動公布此一貪污事件，反而擁有主導權，最後成為英雄。

「他媽的托瑞斯，」帕茲啐罵，「誰知道他這麼娘砲？」

「所以你不打算動內務局了？」

「靠，我們不是不動，只是時候未到，」帕茲走向馬龍，人還沒到，香水氣味已經先到了。「警長馬龍，這位帥哥大惡警，光是靠你一個人就可以挖出被告律師、檢察官、內務局，以及全紐約市警局的貪污醜聞。」

「比起賽皮科、羅伯特．勒伊奇、麥可．杜德、艾波里托等事件，」溫卓博說道，「這次可嚴重多了。」

馬龍的手機響了。

歐戴爾點頭，示意他接聽電話。

是韓德森。

他已經有答案了。

買通布里歐希的價碼是十萬美金。

歐戴爾說道：「這可能是反間計。」

馬龍問道：「媽的我有什麼好損失的？」

「我們的整起調查案將毀於一旦，」溫卓博說道，「要是你賄賂布里歐希，而他的真正目的其實是在玩你的話，那麼內務局就會逮捕整個特勤小隊，我們就完蛋了。」

帕茲問道：「你就會把我們供出來，對不對？」

「馬上。」

「也許是該合作的時候了，」歐戴爾說道，「我們與內務局通力合作，反正，要是他們沒問題，我們的調查案本來就會互通有無。」

「你瘋了嗎？」帕茲問道，「他們正打算賣出托瑞斯的調查案。」

歐戴爾回道：「也許不是。」

「如果我們現在對他們出手，」溫卓博說道，「他們只會獻祭韓德森，全案終結，絕對不會有其他動作，以免讓警察總局局長蒙羞。」

「他們會嚴陣以待，」帕茲說道，「讓我們的案子辦不下去。」

「然後，市長就沒機會角逐州長了，」馬龍說道，「你也沒機會當市長，這就是真正的重點。少在我面前玩什麼阻絕貪腐這一套，你才是真正的貪腐人物。」

帕茲說道：「而你就和白雪一樣純淨。」

馬龍回她：「跟紐約的雪一樣啊。」

骯髒、多砂、堅硬。

帕茲又面向歐戴爾，「我們付錢給布里歐希。」

歐戴爾回道：「我們哪來的十萬美金？而且還是現金？」

沒有人開口。

「沒問題，」馬龍說道，「我有。」

而且我懂了。

現在，我應該已經找到方法可以脫身。

魯本斯坦先開口：「馬龍警長，久仰大名。」

他們坐在「地標酒館」的樓上。

馬龍回道：「過獎了。」

馬龍不知道魯本斯坦是不是男同志，魯索一定會這麼覺得，但他老認為所有的記者都是同志，就連女人也不例外。馬龍只知道魯本斯坦是危險人物。只要是掠食者，總是能辨識出其他的掠食者。

「不，別客氣，」魯本斯坦說道，「破獲有史以來最大的毒品案——你幾乎可以算是紐約市從所未見的明星警探。」

馬龍回他：「別在我的警監面前講出這段話好嗎？」

魯本斯坦微笑說道：「江湖盛傳你統治北曼哈頓。」

危險。

「這種話不能寫，不然我們就玩完了，」馬龍說道，「好，我的名字絕對不能曝光，必須冠上……那個術語你們是怎麼說的……」

其實馬龍十分清楚答案。

魯本斯坦回道：「『深層背景』新聞來源。」

「沒錯，」馬龍說道，「沒有人知道我給你線索，我信任你。」

「你的確可以放心。」

對，我還真可以放心。相信記者，就跟相信小狗一樣，你手裡有骨頭，拿去餵他，你很開心。要是你兩手空空，千萬不要轉頭，如果不是你吃掉媒體，就是等著他們吃掉你。

魯本斯坦問道：「你之前曾因為佩納的案子上過法院？」

我靠，他到底問過誰？「沒錯。」

魯本斯坦追問：「那個案子會不會影響你後續的辦案態度？」

馬龍問道：「有沒有聽過愛爾蘭人的阿茲海默症？」

「沒有。」

「你忘了一切，只剩下怨恨，」馬龍說道，「好，當我們進入那個地方的時候。並不知道會遇到誰。而手上有槍的壞蛋總是喜歡要殺個你死我活，佩納也是其中之一，我們贏了，他們是輸家，所以我很高興？沒錯。但說我性喜殺人？沒那回事。」

「但一定害你大受影響。」

「飽受折磨的警察，」馬龍說道，「那是刻板印象。我睡得很好，謝謝你的關心。」

魯本斯坦問道：「你覺得紐約市內的黑人社群最近怎麼看待警察？」

「懷疑，」馬龍回道，「紐約市警局的種族歧視與濫用暴力問題存在已久，沒有人能否認這一點。但現在狀況不一樣了，儘管說出來大家可能不相信，但這的確是事實。」

「麥可・班奈特的槍擊案似乎導向另一個方向。」

馬龍回道：「何不等到事實出爐之後再說？」

「為什麼完成調查得花這麼久的時間？」

「你去問大陪審團。」

「我在問你，」魯本斯坦說道，「你涉及多起槍擊意外案件。」

馬龍回道：「但每一起案件都有正當理由。」

「也許這就是我想詢問你的重點。」

馬龍回道：「我來這裡不是要吵架的。」

魯本斯坦問道：「那你來此的目的是？」

「拉斐爾・托瑞斯，」馬龍說道，「媒體有一大堆臆測報導……」

「他是問題警察，」魯本斯坦說道，「保護毒梟。」

「胡說八道。」

「這種想法也不算過分，我的意思是，畢竟先前已經有許多先例，」魯本斯坦說道，「這一點你也不能否認。」

「『骯髒的三位一體』，麥可．杜德事件，」馬龍回道，「早就是陳年舊事了。」

「是嗎？」

「最殷殷期盼能讓海洛因從街頭絕跡的人，絕對是警察莫屬，」馬龍說道，「我們面對暴力、犯罪、痛苦、用藥過量、屍體，我們去殯儀館，是我們去找家屬，而不是由《紐約時報》派人去報喪。」

「警長，你似乎動怒了。」

「沒錯，我就是很不爽，」馬龍因為自己被奚落而光火，「大家總是胡亂指控，你們這些記者到底是去找了哪些人？」

「警長，難道你會供出你的線人是誰嗎？」

「沒關係，我們打平了，」馬龍說道，「好，我來這裡是為了要告訴你托瑞斯的真正死因。」

他把某個信封推過桌面，這是他那個西城狗腿醫生提供的東西，某起過往醫療疏失糾紛案的資料。

魯本斯坦打開，拿出裡面的X光片與醫生診斷報告。「胰臟癌？」

「他不想以那種方式離世。」

魯本斯坦問道：「他為什麼沒有留遺書？」

「拉斐爾不是那樣的人。」

「也不是貪腐惡警？」

我操，魯本斯坦。「好，托瑞斯會不會接受免費的咖啡或三明治招待？會，廢話嘛，但最多也只到這個地步而已。」

「我聽說他其實是迪馮．卡特爾的私人保鑣。」

「這種鬼扯淡我聽多了，」馬龍說道，「你知道約翰．甘迺迪在火星上經營『蘋果蜂』連鎖餐廳？川普是麥迪遜花園廣場地底爬蟲類的愛之結晶？在當今這種環境中，『社群』只要聽到有關警察的壞事就深信不疑，不斷重複，最後就成了『事實』。」

「有趣的是，」魯本斯坦說道，「『社群』裡的人曾經和我聊過托瑞斯的事，然後，他們突然就絕口不提，不回我電話，避我避得遠遠的，看來好像有人對他們施壓一樣。」

「你們這些人真是不可理喻，」馬龍說道，「我剛剛才告訴你托瑞斯以點三八自戕的真正原因，但你反正還是想聽臆測之詞，這樣的新聞是不是比較好看？」

「警長，真相才能讓我們寫出最好看的新聞報導。」

「現在你有題材了。」

「你的上級派你來的嗎？」

「你看到我騎腳踏車過來嗎？」馬龍說道，「我來這裡是為了要保護某位同仁的清譽。」

「還有特勤小組的命運。」

「對，也是。」

「你為什麼要來找我？」魯本斯坦問道，「通常是《紐約郵報》樂意幫警方擦屁股。」

「我看過你的海洛因新聞專題，」馬龍說道，「寫得好，而且觀點精確，你就是他媽的標準《紐約時報》記者。」

魯本斯坦沉思了好一會兒之後才回道：「如果我這樣下筆？根據可靠的秘密新聞來源透露，托瑞斯羅患某種即將不久於人世的痛苦疾病，飽受煎熬？」

「那我就謝謝你了。」

「我的回報呢？」

馬龍起身，「我不會在第一次約會的時候就跟人打砲。總得要一起吃過晚餐，也許看過電影之後就可以，我們就走著瞧吧。」

「你有我電話號碼吧？」

馬龍心想：對，我有，旋即走向大馬路。

我已經摸透了你這個人。

他與魯索、蒙提約在那間合作公寓見面。

他們通常到這裡來是為了放鬆休閒，但現在大家完全沒那個心情。氣氛緊繃，而魯索與蒙提明明平常兩人嘴賤到不行，現在卻緊張不安。魯索臉上沒有笑容，蒙提臉色也十分冷峻，嘴裡的雪茄早已熄滅冷涼。

而列文根本不在那裡。

馬龍問道：「那隻菜鳥呢？」

「回家去了。」魯索接口。

「他還好吧？」

「嚇得半死，但沒事。」魯索講完之後，從沙發上站起來，在客廳裡來回踱步。他眺望窗外，然後又望著馬龍。「天，你覺得托瑞斯會不會已經出賣了我們？」

「要是他真的這麼做的話，我們早就被上銬了，」蒙提說道，「拉斐爾．托瑞斯這個人固然很垃圾，但他絕對不是抓耙仔。」

這段話讓馬龍心如刀割。

因為大個頭蒙提說得一點也沒錯。馬龍心想，拉斐爾．托瑞斯賣毒品、經營應召站，而且還會打女人，但他跟我不一樣。他不是抓耙仔，也不會像我一樣，等一下必須盯著工作夥伴的雙眼講出謊言。

魯索說道：「媽的，這陣子的風頭還是很緊。」

「不是內務局，」馬龍覺得自己好斃了，「至少韓德森是一無所悉。他正在想辦法要讓他們收手，但我們得從自己的黑帳戶裡拿出十萬美金，才能擺平。」

蒙提說：「這就是做生意的成本。」

魯索問：「所以是誰？聯邦調查局的人？」

「我們不知道，」馬龍說道，「任何人都有嫌疑。就目前我們已知的線索看來，托瑞斯已經厭倦了自己一無是處的生活，想要做個了結，我想辦法弄了個頭版新聞滅火。」

蒙提與魯索不發一語，交換眼神，早在馬龍到來這裡之前，他們已經先交換過了意見，他很想知道他們真正的想法，幹，是不是在懷疑我？

馬龍的心跳頓時停止，「怎樣？」

魯索開口：「丹尼，我們一直在討論……」

「天，說出來就是了，」馬龍回道，「心裡有話就不要給我憋著，快講出來。」

魯索說道：「我們在想，也該處理佩納的海洛因了。」

「現在？」馬龍問道，「在這種節骨眼？」

「就是因為現在是節骨眼，」魯索回道，「如果我們準備要逃跑，或是得花錢請律師呢？我們要是繼續等下去，很可能會無法脫身。」

馬龍望向蒙提，「你的立場呢？」

蒙提小心翼翼捲雪茄，「我已經不是年輕人了，而且尤蘭達一直催促我要抽出更多的時間與家人相處。」

馬龍問道：「你是打算離開『超力』？」

「離開警界，」蒙提回道，「再過幾個月，我就服務滿二十年了。要是能在紐約市外圍做內勤，順利領到退休金，舉家遷往北卡羅萊納州，我覺得也是可以考慮一下。」

「蒙提，如果這是你的願望，」馬龍說道，「那就放手去做吧。」

「北卡羅萊納州，」魯索問道，「你不想留在紐約？」

「是兒子他們，」蒙提回道，「尤其是大兒子和二兒子，已經慢慢進入愛回嘴的年紀。他們不想聽別人講的話，就是要頂撞大人才爽快。老實說，我不希望他們倒霉遇到壞警察，一旦講錯話就中槍了。」

魯索問他：「蒙提，這什麼鬼話啊？」

馬龍心想：居然會這樣——黑人警察擔心其他警察會殺死他的小孩。

「你們兩個不需要擔心這種事，」蒙提說道，「你們的小孩是白人，但尤蘭達和我卻必須要擔心這種事，她每天都嚇得半死，因為就算警察不動手，也可能死在匪徒手中。」

馬龍說道：「黑人小孩在南部一樣會被槍殺。」

「這裡嚴重多了，」蒙提回道，「你覺得我想要離開嗎？幹，我從來沒在紐約市以外的地方吃過東西。但尤蘭達在德罕附近有親戚，那裡也有好學校，我可以在某間大學找個不錯的職位……好，我們打過美好的一仗，但天下沒有不散的筵席，也許托瑞斯的這起事件就是在警示我們，趕快帶著污來的錢遠走高飛。所以，對，我想要趕快變現。」

「好，知道了，」馬龍說道，「我在考慮的對象是薩維諾。他會把貨賣到新英格蘭那裡，不會在我們的地盤倒貨。」

魯索說道：「所以我們會與他見面。」

「不是我們，」馬龍回他，「是我。」

「這是在搞屁啊？」

馬龍心想：萬一事跡敗露的話，我可以安心接受測謊，保證你根本不在現場。「越少人參與越好。」

蒙提接腔：「他說得沒錯。」

「好，我們讓拉斐爾安心入土，然後我會處理賣貨的事，」馬龍說道，「在這個時候，大家保持冷靜，讓紛爭趕緊平息。」

20

拉斐爾・托瑞斯警探得到了警監級的葬禮。

馬龍心想，這是警方讓全世界知道此一事件沒有任何秘密、沒有任何不可告人之處的一種方式。

《紐約時報》出了一臂之力。

魯本斯坦的報導讓人看了血脈賁張——頭版頭的位置，撰文記者署名的上方是新聞標題，**英雄警察殞落**。

馬龍心想，而且，還文采洋溢。

「沒有人真正知道拉斐爾・托瑞斯為什麼選擇了這條路，無論這純屬意外或是他蓄意而為，無論這是因為那場即將奪去性命的痛苦疾病，抑或是在永無止境的毒品戰爭中一直努力拚搏，我們只知道他在充滿苦痛的一生中扣下了扳機……」

嗯，的確相當接近事實，托瑞斯對別人造成了極大的苦痛。

他的妻子、家人、姘頭、小三、被他逮捕的嫌犯，幾乎只要是與他有過互動的人都無一倖免。對，也許他自己也十分苦痛，但馬龍對此倒是抱持懷疑態度，拉斐爾・托瑞斯是個大變態，無法感受別人的煎熬。

馬龍心想，但他畢竟扣下了扳機。

這一點必須要給他肯定。

葬禮的地點在布朗克斯的伍德勞恩公墓，馬龍忘了托瑞斯出身於此。這個地方十分遼闊，面積廣達數百英畝，種有多株巨大的香柏與松樹，到處可見華美陵墓。馬龍只來過這裡一次，被克勞黛拖過來，在邁爾斯．戴維斯的墓前放花致意。

馬龍就像其他警察一樣，出席葬禮的時候絕對是全身隆重打扮。藍色西裝、白色手套、金質警徽，再加上其他獎章，他的數目不多——他不喜歡這種東西，因為你必須想盡辦法去爭取，這種行為會讓他覺得自己很鳥。

他知道自己達成了哪些成就。

重要人士也都很清楚。

這個場合讓人想起了比利的那一場葬禮，讓人鼻酸。

整齊的隊伍陣仗、風笛、鳴槍致敬、樂旗隊……

只不過比利沒小孩，但托瑞斯有，兩女一男，勇敢地站在母親身旁，馬龍心中湧起一股冰寒的罪惡感——這都是你一手造成的結果，你害他們就此沒了父親。

警員妻子們也出席了，不只是托瑞斯那個小組而已。這是意料中事，她們身著現身次數頻繁的黑色喪服、站成一排，馬龍心想，宛若電線上的烏鴉，這麼說是很不厚道，但他也很清楚她們的思維——為葛洛莉亞．托瑞斯感到傷悲，但也有罪惡感，因為她們很慶幸站在那裡的不是自己。

席拉掉了好幾磅的肉，沒錯。

看來狀態不錯。

而且她似乎還掉了淚，以前當他們必須與托瑞斯一起應酬的時候，她明明看不起他，而且對他深惡痛絕。

市長致詞，但馬龍根本不知道他在說什麼，因為他沒在聽，而且，這傢伙講什麼有差嗎？大部分的警察至少都會流露出一抹懶得搭理他的神情，因為他們對他恨之入骨，認為他只要逮到機會就會背叛警察，而且他一定會以麥可．班奈特的槍擊案繼續對警察捅刀。

太上皇市長很聰明，知道應該要長話短說，隨後就將場子交給了警察總局局長。馬龍覺得他們之所以不會在這裡互相傷害、以免又得勞煩大家去參加另一場葬禮的唯一原因，就是擔心現場濺血會引來眾人起立叫好鼓掌。

警察總局局長上台的時候，警察們倒是會認真傾聽，雖然他是個超級大混蛋，但是對於班奈特槍案以及其他所謂的警察施暴案倒是全力相挺。而且，警察們也不敢造次，因為巡警總警監與警探總警監在一旁虎視眈眈，隨時準備記下那些態度不遜者的姓名。市長與警察總局局長更迭頻繁，但那些佔住高位的人卻永遠不會離開。

接下來是神父，又是另一個馬龍懶得理會的對象。他聽到那個噁爛寄生蟲提到托瑞斯已經在天國，光憑這句話就知道他根本不認識托瑞斯。

由於托瑞斯是自殺身亡，在教會的眼中，這是大罪，不能以宗教儀式下葬。但警方還是全力施壓，硬逼他們必須舉行全套葬禮、讓他下葬聖地。

這些廢物小丑。

應該要照規矩行事才是，在那男人的家屬面前任由他墜入地獄，話說回來，要是真有這種地方的話，反正他橫豎就是得下地獄。但警界是老客人，而且是重要的金主，所以教會就屈服了，而且，馬龍還注意到神父是亞洲人。

幹，難道他們就不能找到哪個沒喝醉的愛爾蘭神父主持警察葬禮嗎？或是忙著誘拐小男孩之外、依然可以抽出空檔的神父也可以？就一定得找個這什麼，他媽的不知道是菲律賓還是哪裡來的傢伙出現在這裡？他曾經聽說現在教會的白人神父不足，現在看起來是真的。那個菲律賓侏儒終於住嘴，開始吹奏風笛，馬龍想起了里安。

他的葬禮，還有過往的其他葬禮。

那些幹他媽的風笛。

音樂停止，鳴槍，摺疊的國旗交給家屬，觀禮的整齊人群逐漸散去。

馬龍走向席拉，「很令人傷感吧，是不是？」

「我覺得小孩好可憐。」

「他們不會有事的。」

葛洛莉亞長得漂亮，依然年輕又魅力十足，一頭亮澤黑髮，身材曼妙，如果她想要找到接替拉斐爾角色的男人，絕對不會有任何問題。

其實，葛洛莉亞應該算剛贏得了樂透彩吧。就在他自殺之前，她正準備要離婚。

現在，她已經拿到了他正式版與地下版的退休金。

馬龍知道葛洛莉亞會固定收到肥厚的紅包，還有政府按月撥發的撫卹。

托瑞斯死後依然會有進帳。

加瑞納曾經問過他：「那些妓女呢？」

「不准你去碰那種生意。」

「媽的你以為自己是——」

「我是搞定內務局、把你救出來的人，」馬龍說道，「靠，就是我。你的小組想要造次，就等著自嚐苦果吧。」

「這算是威脅嗎？」

「荷西，這是現實，」馬龍說道，「事實擺在眼前，你不夠機靈，沒辦法替自己擦屁股。讓那些女孩回去自己的家鄉，一切就此劃下句點。」

馬龍朝葛洛莉亞．托瑞斯走過去、準備向她致意。

馬龍心想：這些王八蛋笨頭笨腦，根本不知道我為他們做了什麼。我把聯邦調查局與內務局搞在一起互相毀滅，我平息了有關托瑞斯的閒言閒語，要是運氣不錯的話，這一切紛擾都會隨著他入土而煙消雲散，我們又能回歸正常生活。

馬龍開始排隊，準備向遺孀致意，當他走到她面前的時候，他開口說道：「葛洛莉亞，發生這種不幸，真的很遺憾。」

他嚇了一跳，因為她對他低聲說道：「給我滾。」

他的反應只是盯著她不放。

「丹尼？癌症？」她問道，「他得了癌症？」

「我這麼做是為了保護他的清譽。」馬龍說。

葛洛莉亞大笑，「拉斐爾的清譽？」

「也是為了你，為了孩子。」

「不准你提到他的小孩。」

她死瞪著他，目光裡充滿仇惡。

「你是怎麼——」

葛洛莉亞咬牙切齒，「都是你，你這個人渣。」

馬龍覺得自己的臉彷彿被她狠狠扁了一拳。剛才聽到的那段話，讓他無法置信，他好不容易才鼓起勇氣正視她。

她說道：「拉斐爾都告訴我了。」

都是你。

魯索高舉右臂出拳，打中了奧提茲。

奧提茲踉蹌後退，伸手摀住流血的嘴唇，但魯索不肯就此罷休，衝上去準備要繼續揍人，但卻被馬龍往後拖。

「你瘋了嗎？」馬龍問道，「在這裡？」

有一半的紐約市警局高層在一旁看好戲？

「你聽到他剛才怎麼說你嗎？」魯索已經氣得整張臉扭曲漲紅，「他剛才說你是幹他媽抓耙仔！」

魯索想要掙脫馬龍的手，但現在蒙提也跟著介入，把他們兩個往後推。列文則站進他們與加瑞納人馬之間的空隙。蒙提繼續把魯索往後推，離開葬禮現場，而所有的條子都轉頭盯著他們。

「他罵馬龍是抓耙仔，」魯索說，「還說是托瑞斯告訴他老婆的。」

「如果他說出這種話，」蒙提回道，「那就是托瑞斯在死前留下的最後一份惡毒贈禮，就讓懷恨者繼續恨下去吧。」

魯索甩開馬龍，高舉雙手。「我沒事，沒事了。」

他伸手靠住某個墓碑，上氣不接下氣。

列文走過來，「發生什麼事了？」

魯索搖頭。

「托瑞斯的手下宣稱馬龍和聯邦調查局幹員合作，」蒙提說道，「設局陷害托瑞斯。」

列文問道：「沒這回事吧？」

馬龍衝向他面前，「他媽的你——」

蒙提擋在兩人中間，抓住馬龍：「我們也要自相殘殺嗎？」

「鬼扯！」馬龍大吼，他幾乎相信自己是清白的。

「當然是鬼扯，」蒙提說道，「他們丟出這種話當作試探，看看我們會作何反應。」

「如果真的是試探，」列文問道，「為什麼要說是聯邦調查局？而不是內務局？」

馬龍心想：這句話已經散發出真相的腥臭。

魯索說道：「因為我們有內務局的人罩我們，而且他們也知道這一點。」

「菜鳥，你是以為你懂什麼？」

列文回道：「我沒有。」

蒙提詢問馬龍：「冷靜下來沒？」

「嗯。」

蒙提就暫時放過他了。

馬龍心想，這不過是一分鐘的事而已。出現指控的一分鐘之後，蒙提就成了大家的領袖，而我成了瑕疵品。他不怪蒙提，他只是盡本分而已。但馬龍不能容許發生這種事。

他吩咐蒙提與魯索：「過去通知他們吧——查爾斯．楊公園，今晚十點鐘，每個人都要到場。」

蒙提朝墓園區走去。

「很好，」列文說道，「大家把事情弄清楚。」

馬龍開口：「這事你別插手。」

「為什麼？」

馬龍回道：「有些事你不需要知道。」

「喂，如果不把我算成隊上的一員，我就——」

「我這是在為你著想，」馬龍說道，「搞不好哪一天你必須接受測謊，最好還是大方說『我不知道』，不需要去拚命回想這一段記憶。」

列文盯著他，「天啊，你們到底做了什麼事？」

「我不想讓你碰的骯髒事。」

「我已經拿了錢，」列文說道，「還是不能加入圈子？」

「你還有大好前程，」馬龍說道，「我想要保護你。這一切都不關你的事——今天晚上你去別的地方就是了。」

魯索與蒙提走回來。

談判已經安排好了。

「到此為止！」馬龍大吼，「媽的這一切到此為止！」

帕茲開口：「冷靜一下。」

「你才他媽冷靜！」馬龍大吼，「這個謠言很快就會傳遍特勤小隊——幹，是整個警界——今天下午大家就都會知道了！我會成為過街老鼠！大家都想朝我背後開槍！」

帕茲說道：「矢口否認就是了。」

她靠在椅背上，神色自若看著他。

他們全待在三十六分局的「證人安全保護室」，馬龍心想，這地方已經沒想像中的那麼安全了。

「否認？」馬龍說道，「托瑞斯已經全部告訴他太太了，」

「那是她的說詞，」帕茲回道，「他們可能只是想要引蛇出洞而已。」

馬龍反問：「然後他們唆使葛洛莉亞講出那種話？」

帕茲聳肩，「葛洛莉亞．托瑞斯根本不像是那種傷心欲絕的寡婦，而且她也是重要的利害關係人，要是這麼做的話，就能確保黑錢可以源源不斷流入她的口袋。」

馬龍看著歐戴爾，「你們是不是在托瑞斯面前出賣了我？」

「我們把你們兩人之間的對話錄音帶播放給他聽，」歐戴爾回道，「但我們告訴他，我們已經掌握了所有特勤小組的犯罪事證。」

「所以他們知道我當了你們的抓耙仔！」馬龍怒道，「你們這些蠢蛋！廢渣南區聯邦檢察官！天……」

「馬龍，坐下來，」帕茲說道，「我叫你坐下。」

馬龍朝某張金屬椅一屁股坐下去。

「我們一直很清楚，」帕茲說道，「你的身分遲早會曝光，但我不認為已經到了這一步。就托瑞斯的人馬已知的訊息看來，線人很可能是特勤小組裡的任何一個人，或者根本沒有這號人物。所以，就這麼做吧，全然否認。」

「他們不會相信我的話。」

「想辦法說服他們，」帕茲說道，「還有，我不要再聽到你鬼叫。你之所以會走到今天這步田地，不是我們害的——而是你自己，我建議你一定要謹記在心。」

「把這些話留給你的女朋友吧。」

「我沒有女朋友，」帕茲說道，「為了處理你和拉斐爾．托瑞斯這種人渣，我已經忙得要死。他貪污腐敗——他的小組也是；你一樣，你底下的人也都骯髒透頂。」

「我絕對不會——」

「對，對，我知道啦，」帕茲回道，「你絕對不會做出傷害夥伴的事，我們已經聽爛了。馬龍，你想要保護自己的夥伴？你就只能乖乖聽話，留在警界，讓我們可以繼續起訴下去。」

歐戴爾開口，「我們這樣會害他被殺死。」

帕茲又聳肩，「人都會死啊。」

溫卓博回道：「講得真對。」

帕茲問馬龍：「你接下來呢？」

「我們今晚要見面，」馬龍說道，「我的小組與托瑞斯的人馬。」

「一次到位，」帕茲說道，「你裝竊聽器過去。」

「幹！」馬龍回道，「難道你沒想到他們一看到我就會搜身嗎？」

「那就別讓他們搜身。」

「這樣一搞，他們更是心裡有數了。」

「馬龍，你知道除了你幹的這些髒事之外，」帕茲問道，「我還討厭你哪一點嗎？你以為我很蠢。你不願意在這場會面中偷裝竊聽器的唯一原因，就是不希望害你的搭檔受到牽連。我早已向你做出保證，而且也有正式紀錄可查——如果你的那些夥伴除了犯下那些我們已知的惡行之外、沒有其餘的犯罪行為，或者雖有觸法、但屬於因你個人涉案而受到連累的合理範圍之內，那麼，拜你充分合作之賜，他們一定可以全身而退。」

歐戴爾開始插手，「要是他帶著竊聽器參加這場談判，又被他們搜身的話，我們一定會害他被殺。伊索貝爾，就算你不在意，這也就表示他再也沒辦法幫我們取得其他的錄音證據。」

溫卓博說道：「沒錯。」

帕茲回道：「會議結束之後，我要馬龍交出一份百分百詳實的署名自白書。」

歐戴爾詢問馬龍：「需不需要後援？」

「什麼？」

「萬一你遇到狀況的話，」歐戴爾說道，「我們那裡有人可以把你救出來。」

馬龍哈哈大笑，「對啦——你派一些聯邦幹員埋伏在那裡，警察或黑人會認不出來？幹，你這樣才會害我沒命。」

「如果你把自己搞死的話，」帕茲說道，「那這場交易就結束了。」

馬龍聽不出她到底是不是在開玩笑。

馬龍把特勤刀塞入靴內。

腰間槍套裡是西格手槍，貝瑞塔則藏在背後，又在腳踝裡多黏貼了一些子彈。

馬龍心想，這是為了要與其他警察見面。

與其他警察見面。

對，但他們是想要殺我的警察。

查爾斯．楊公園是位於一四三與一四五街之間的某塊空地，裡面有四座棒球場，它位於麥爾坎．X大道的東側，哈林河路的西側，也就是一四五街大橋與迪根快速道路相接的附近路段。而且一四五街地鐵站就在麥爾坎．X大道的對面，如有必要的話，可以成為馬龍的另一條出口。

依照先前的協議內容，馬龍會與自己的組員先在一四三街的西南角見面，然後再一同進入公園。

魯索身著長版外套皮衣，馬龍知道底下有霰彈槍，而蒙提穿的是哈利斯花呢外套——置於腰際的點三八手槍的凸狀痕跡清晰可見。

當他們穿越一四三街、朝棒球場走去的時候，蒙提開口：「這等於是蘭尼米德。」

「蘭尼什麼啊？」

「蘭尼米德會議，」蒙提說道，「男爵們挑戰國王。」

馬龍不知道蒙提到底在講什麼——他只知道蒙提很清楚自己在講什麼，這樣就夠了。反正，他知道重點——誰是國王，誰是那些男爵。

公園裡本來有兩個小孩與好幾個毒蟲，一看到警察過來就全部鳥獸散。

馬龍的手機響了，他瞄了一下號碼。

是克勞黛。

他得要接電話才是，但現在沒辦法。他心中突然湧起一股愧疚感——他現在應該要過去那裡，或是打電話給她，但現在出了這些事，他真的沒有時間。

幹，他心想，應該還是先趕快趁空回電。

不過，他卻在這時候看到托瑞斯的人馬從遊樂園的市中心方向朝他走來。馬龍心想：他們早就等在那裡了，想要知道我們有沒有多帶人手。

不能怪他們。

馬龍站在棒球場之間的中央地帶，看著他們朝自己的方向走來，他知道他們一定也是重裝上陣。

馬龍心想：這比較像是老西部電影裡的對決場景，而不是什麼男爵對國王。雙方陣營——幹，我們現在成了敵人——正一步步朝對方前進。

加瑞納對馬龍說道：「我現在必須對你搜身。」

「為什麼不大家一起脫光光？」

「因為我們不是抓耙仔。」

「我也不是。」

特內莉開口：「我們聽到的不是這樣。」

魯索問道：「媽的你到底聽到了什麼？」

加瑞納回道：「我們先確定這裡沒有竊聽器。」

馬龍伸高雙臂，這實在很羞辱人，但他還是讓加瑞納搜身。

加瑞納開口：「現在輪到其他人了。」

「大家要彼此互搜，」馬龍說道，「我們不知道你們當中是不是有人裝竊聽器。」

這場面好荒謬，警察們彼此搜身，但大家還是完成了所有的盤查。

「好，」馬龍說道，「現在可以開始談判了嗎？」

特內莉問道：「你還講得不夠多嗎？」

「我不知道葛洛莉亞怎麼跟你們說的，」馬龍回道，「但我並沒有出賣托瑞斯。」

「她說聯邦調查局的人播放了你與他之間的對話內容，」加瑞納說道，「他身上又沒有竊聽器，所以一定是你。」

「狗屁！」馬龍回道，「他們大可以在車上、屋頂，或是任何地方安裝竊聽器。」

加瑞納問道：「那他們為什麼沒找你？」

特內莉跟著逼問：「還是已經找過你了？」

「沒有。」

特內莉問道：「怎麼可能？」

「他們一定會找上你，」加瑞納問道，「到時候你要怎麼應對？」

「告訴他們滾蛋，」馬龍回道，「他們不會有任何證據，將來也絕對拿不到。」

加瑞納嗆他：「但你供出來就另當別論。」

「我絕對不會傷害警察弟兄。」

特內莉反問：「我們怎麼知道你是不是早就幹過這種事了？」

「我從來不打女人，」馬龍說道，「但你現在已經逼得我快要出手了。」

「來啊。」

加瑞納再次出手介入，「馬龍，你要怎麼證明清白？如果不是你，那些聯邦幹員怎麼會立刻找上我們？」

「我不知道，」馬龍回道，「你們這些王八蛋收受卡特爾的賄賂——也許是他招出去的。你們也養小姐賣淫，也許其中有哪一個出賣了你們。」

奧提茲問道：「那個菜鳥呢？列文？」

「他怎麼了？」

「搞不好他是抓耙仔，」奧提茲說道，「也許他和聯邦調查局的人是同夥？」

「給我滾。」

「不然呢？」

「我會逼你們滾蛋。」

奧提茲開始讓步，「現在呢？」

馬龍回道：「大家保持手腳乾淨。」

「誰去罩卡特爾那邊？」

「現在我來處理卡特爾。」

特內莉酸他：「你先害死托瑞斯，現在還要從我們的餐桌上搶走食物？」

「聽我說，」馬龍回道，「是拉斐爾害我莫名其妙中槍，而不是我害他自殺，但我一定會處理，要是我得自認倒霉，我也認了。不過，要是大家照子放亮一點，一定可以全身而退。我們的口袋裡有內務局，除非他們自爆醜聞，否則他們傷害不了我們。而警界的對外形象已經夠難堪了，要是沒有其他的問題，他們就會睜一隻眼閉一隻眼。」

加瑞納問道：「那聯邦調查局呢？」

「漫長炎熱的夏天即將到來，」馬龍說道，「班奈特案的結果馬上就要出爐，要是那個蠢蛋被判無罪開釋，紐約一定會被全面引爆。聯邦調查局也很清楚這一點，他們知道需要我們伸出援手，不然這座城市一定會被焚毀。注意自己的行為，他媽的好好執行任務，我會帶領大家度過這次難關。」

他們看起來並不是很高興，但卻沒有人接腔。

君王依然屹立不搖。

然後，蒙提開口：「擔任警察是危險的工作，這一點我們都知道。不過，要是馬龍出了什麼事——意外吃了子彈、水泥磚落在他身上、被閃電擊中，我就會回頭找今天在公園裡的人，我一定會殺死你們。」

雙方都撤退了。

他們回到了那間合作公寓。

「不要向我們之外的其他人討論這件事，」馬龍說道，「而且我們也不能在辦公室、車子裡，或是其他我們沒辦法百分百確定安全的地方討論事情。」

蒙提問道：「聯邦調查局有你和托瑞斯的對話錄音帶？」

「似乎是這樣沒錯。」

「他們怎麼會有這東西？」

「在我與托瑞斯的過往對話當中，只有兩次談到到他的犯罪事實，」馬龍說道，「一次是在聖誕節，他跑來找我談泰迪的事，另一次是破獲槍火案之後，他約我談卡特爾的事。我不記得到底說了什麼，但內容的確不妙。」

魯索問道：「萬一聯邦調查局來找你呢？」

馬龍說道：「我什麼都不會說。」

蒙提說道：「那表示你要坐牢。」

「我進去蹲就是了。」

「天，丹尼！」

「我沒關係，」馬龍回道，「你們好好照顧我家人。」

魯索說道：「這當然的。」

「希望不要有那麼一天，」馬龍說道，「我還不打算收山，但萬一……」

「我們會挺你，」魯索說道，「會不會是列文？」

「天，你也覺得他有問題？」

魯索回他：「他進來之後就出了這種鳥事。」

蒙提講了一句拉丁文：「後此謬誤。」

「什麼意思？」

「經過某事件之後，就發生了某一事件，」蒙提開始解釋，「這是某種邏輯謬誤。列文來了之後，發生了鳥事；並不代表列文一定是鳥事的起因。」

馬龍說道：「他也拿了泰迪的錢。」

「對，可是拿到哪了？」魯索問道，「搞不好成了聯邦調查局的證物。」

「好，」馬龍回道，「半夜兩三點的時候去他家一趟，看看他有沒有把錢藏在家裡。」

「要是沒有的話……」

「那我們就會對這個人大打問號。」

馬龍離開，朝自己的座車走去。

也該賣出那批海洛因了。

媽的在這種時候萬萬不能冒險，但他必須硬著頭皮處理佩納的海洛因。

21

他們在聖約翰墓園會面。

盧·薩維諾問他：「媽的我們幹嘛要千里迢迢跑到皇后區？」

「難道你想要在宜人大道會面？」馬龍說道，「這是在警匪片中經常出現的電影場景，你永遠可以辯稱來這裡是為了探望老友。」

黑手黨五大家族有一半的大老都長眠在此。包括了盧西安諾本人、維托·吉諾維斯、約翰·葛提、卡羅·甘比諾、喬·可倫坡，甚至是確定五大家族地位的薩瓦托·馬然贊諾。

聖約翰墓園可算是幫派分子的名人堂。

然後，那裡還有拉菲爾·拉莫斯。

他與另外一名搭檔劉文建，坐在貝德福德—斯泰弗森特的無線電巡邏車裡雙雙中彈身亡，已經有兩年之久，但感覺卻像是不久前才出的事。犯下這起重案的傢伙聲稱這是為了艾瑞克·迦爾納與麥可·布朗報一箭之仇，他說自己要幫「肥豬[9]裝翅膀上天堂」。兇手有自知之明，早在紐約市警察將他逮捕歸案之前就畏罪自盡。

他所使用的槍枝是來自於「輸槍管」。

馬龍覺得奇怪，媽的那時候哪有什麼遊行？「警命關天」的標語又在哪裡？

馬龍也曾在這裡參加過拉莫斯的葬禮——這是警界有史以來最大的葬禮，參加人數高達十萬人。當市長發表悼詞的時候，許多警察弟兄刻意轉背以示抗議。

艾瑞克．迦爾納事件發生之後，太上皇市長背離了他們。

馬龍心想：「幫肥豬裝翅膀吧。」

給我滾。

反正，那是個美麗的六月早晨，應該要待在外頭的好天氣。

馬龍說道：「你確定嗎？你的老闆要是聽說你賣毒的話，一定會要了你的命。」

奇米諾家族的鐵律：你賣毒，死路一條。

這倒不是因為他們會良心不安，而是因為販毒的刑期很重，很可能會誘使被抓到的人全盤供出一切。所以要是因為販毒被抓的話，風險太高了，必須滅口杜絕後患。

「那不是因為賣毒，」薩維諾說道，「而是擔心賣毒被抓到。只要老闆們還是拿得到錢，他們才不會多管閒事。而且，不做這一行，叫我挨餓嗎？」

馬龍心想：對，沒錯。

盧會哭窮還真是搞笑，裝得好像是必須賣海洛因才能勉強餬口一樣。他明明知道這是天大的交易，要是能搞定的話，就是一筆豐厚的意外之財。

「你就讓我操心自己的事吧，」薩維諾說道，「所以你開的價格是？」

馬龍回道：「一公斤十萬美元。」

❾ 豬為對警察的貶稱。

「靠，你是活在什麼世界啊？」薩維諾回道，「我收海洛因的價格是一公斤六萬五，最多七萬。」

「那不是『黑馬』的價格，」馬龍說道，「不是六成純度海洛因的價格，它的市價就是十萬。」

「這是你直接賣給下游的價格，」薩維諾回道，「但你又沒辦法出面，所以才會找我不是嗎？我給你七萬五。」

「幹，去吃屎啦。」

「你想想看，」薩維諾說道，「你是和黑手黨，白人做生意，又不是和黑鬼與西班牙鬼子打交道。」

馬龍回道：「七萬五太少了。」

「那你再開個價錢。」

「這是在玩《創智贏家》節目是吧，」馬龍回道，「好，『了不起先生』，一公斤九萬。」

「你叫我來，只是想叫我蹲在墳墓下面捅我屁眼吧，」薩維諾回道，「也許我可以給你八萬。」

「八萬七。」

「靠，我們是猶太人哪？」薩維諾說道，「我們能不能展現紳士風度做生意？八萬五怎麼樣？一公斤八萬五，乘以五十公斤，一共是四百二十五萬美金，讓你嚐盡甜頭。」

「你有這筆錢嗎？」

薩維諾回道：「我會想辦法。」

馬龍心想：這就表示薩維諾還得要去找其他人。更多的人，表示他得開更多次的口，風險越高，但這樣想也無濟於事。「還有一點，不准在北曼哈頓賣毒，拿去北方，新英格蘭，就是不可以在這裡。」

「你這人真難搞，」薩維諾說道，「你不在乎世界上有沒有毒蟲，只要你的地盤上沒有毒蟲就好了。」

「你到底要不要？」

「成交，」薩維諾回道，「但我不想要繼續站在墓園裡了，全身都起雞皮疙瘩。」

馬龍心想：是啊，有哪個地方會像是墓園一樣？會讓你想起自己得付出代價、必須交代自己所作所為的那一天？

修女超煩的。

薩維諾問道：「我們什麼時候交易？」

「我會給你時間地點，」馬龍說道，「還有，盧，我要現金，不要給我什麼難以脫手的珠寶或是壞帳借據。」

「警察就是警察，」薩維諾竊笑，「老是這麼疑神疑鬼。」

等到他離開之後，馬龍到比利的墳前致意。

「這是為了你，比利，」馬龍說道，「也是為了你兒子。」

馬龍打開浴室下方的暗門。

波多黎各人怎麼說的？盒子。

五十公斤的黑馬海洛因全都以藍色塑膠紙包得好好的，還加上了標註「黑馬」的貼紙。馬龍將它們逐一撕開，全部丟入馬桶。然後，他把貨放進為了這次行動所特地購買的北臉行李袋，將暗門蓋回去，一次扛一袋，搭乘電梯到樓下，放在自己座車的後面。

通常他會有魯索或蒙提陪在身邊，或者是三人一起行動，但他這次不想把他們捲進來，只需要把他們的那份現金交給他們就是了，宛若像是過聖誕節一樣。然而，一個人單挑，完全沒有任何支援，畢竟福禍難料。

當他開著車、在百老匯大道一路北行的時候，他告訴自己，不過，這就是你現在的處境了，在擺脫帕茲與聯邦調查局的人之前，你只能單打獨鬥，隻身保護自己的弟兄。

不過，要是能有他們一起行動的話，感覺還是安心多了，這樣就不怕薩維諾誑他。他覺得應該是不可能，因為他們與奇米諾家族的關係錯綜複雜，但眼前有一大筆錢與毒品，會不會讓人動心轉念很難說。

也許薩維諾這次會來個滿貫全壘打。

要是魯索或蒙提能在場的話，他絕對不可能得逞。

而現在就只有我，西格與貝瑞塔各一把，再加上刀子。對，好吧，我的外套裡還藏了槍套，裡面有把黑克勒－科赫衝鋒槍。我的火力強大，但只有一根食指可以扣扳機，所以我能夠仰賴的幾乎也就是薩維諾的誠信了。

過去，你還可以指望跟道上兄弟講道義。

不過，許多事都是過往雲煙了。

他轉向西端高速公路，駛經喬治・華盛頓大橋，然後轉進修道院博物館下方的崔恩堡公園。凌晨一點鐘，公園相當空曠，如果有人出現在此，想必大有問題。可能是在裡面偷偷堆柴起火取暖的遊民，或者帶妓女過來打砲，不然就是想要找人幫你吹喇叭——這種鳥事現在幾乎已經幾乎絕跡了，因為男同志已經紛紛出櫃。

不然，就是打算要交易毒品。

馬龍心想：就是我，跟其他的毒販一模一樣。

馬龍心想：就算不是我，也會有別人幹這種事。他知道這是老套的藉口，但這也是萬年不變的事實。現在，墨西哥的某處實驗工廠正在大量製造這些垃圾，所以就算沒有這五十公斤，也會有其他的替代品。就算不是我，也會有別人下手。

所以為什麼要讓壞人一直賺大錢？那些總是折磨別人、大開殺戒的人？為什麼不能讓我、魯索、蒙提也可以小撈一筆？為我們的家人創造未來？

你這一生都在拚命驅逐這些垃圾、不要讓它再碰觸眾人的手臂，無論你破獲多少毒品，逮捕了多少人，它們依然源源而來，從鴉片田一路進入實驗工廠、卡車、針頭，進入靜脈。

一條暢通，不斷往前奔流的河。

不對，他發現自己的偽善。

他心裡有數，自己做出這種行為，也就等於把它直接送進克勞黛的手臂。

但話說回來，兇手不是我，而是別人。

諷刺的是，我是拿這種錢送她去戒毒中心，讓我的小孩念大學，而不是進了哪個墨西哥或哥倫比亞人的口袋，讓他們去買另一輛法拉利，更多的金鍊子，養老虎當寵物，蓋豪華農宅，妻妾成群。

反正，你一直告訴自己，你必須要提醒自己應盡的職責是什麼。

有時候你連自己也不相信這種鬼話。

他把車停在崔恩堡廣場路與瑪格麗特．寇賓路的交叉口。萬一出狀況的話，他希望依然能夠待在自己的北曼哈頓地盤善後，不過，他也很清楚所有歹徒都知道的訣竅——必須在不同轄區之間遊走。在二十八分局談生意，在三十四分局進行交易，這些地方都還是屬於北曼哈頓的轄區。

所以，萬一被抓到的話，可以想辦法在轄區與管轄權之間的文書往返之間動手腳，他們之間相互競爭、彼此眼紅，會造成辦案卡關，甚至有機會讓你免除牢獄之災。

這就好比為什麼妓女總是在管區交界的街道上晃來晃去，因為沒有警察想要跨界逮捕，文書作業太麻煩了，而販賣微量毒品的小咖毒販也是如此。他們看到警察過來，趕緊過馬路就是了，大多數的時候，警察絕對不會跟過來。要是現在東窗事發，馬龍會開車進入曼哈頓，而薩維諾會溜進布朗克斯，進入另外一個轄區。

布朗克斯與曼哈頓互看不順眼。

除非有聯邦調查局介入，那就另當別論，但他們討厭聯邦調查局的幹員。

社會大眾就是不明瞭警察部落的生態。一開始是依照種族之別——最龐大的族裔是愛爾蘭人，還有義大利種族以及其他各式各樣的白人種族。也有黑人種族、西班牙語裔種族。

他們有各自的社團——愛爾蘭人是「綠寶石社團」、義大利人是「哥倫比亞協會」，德國人是「史戴本社團」，波蘭人是「普拉斯基協會」，其他白人則組成了「聖喬治協會」。黑人是「庇護天使團」，波多黎各人有「西班牙語裔協會」，所有的猶太人則組成「守衛者協會」。

接下來就越來越複雜，因為有「制服警察部落」、「便衣警察部落」、「警探部落」，而這些部落的成員橫跨各個種族部落。大部分的警察如果不是「街頭警察部落」就是「行政高層部落」，而「內務局部落」則是「行政高層部落」之下的分支部落。

然後，還有不同行政區、不同轄區，以及不同工作單位的部落。

所以馬龍隸屬於愛爾蘭、警探、街頭警察、曼哈頓北區特勤小隊部落。

他心想，還有另外一個部族——垃圾警察部族。

薩維諾的車已經停在那了。

他的黑色領航者閃了兩下燈。馬龍把車開到領航員的前面，所以它要是想迅速逃離的話必須要先後退才行。不過，馬龍看不到這輛休旅車裡面的狀況，就在這時候，薩維諾下車了。

天，這個黑手黨頭頭居然穿運動服，某些黑道就是愛玩這種調調。他伸出右手，扶住腰部的槍凸位置，臉上露出得意賊笑。

馬龍想起自己本來就不是很喜歡薩維諾這個人，尤其是現在，因為後門打開了，下車的是三個多明尼加人。

其中一個就是卡洛斯·卡斯提洛。

顯然就是他們的首領，他身著黑西裝，白襯衫，沒打領帶，看起來一身貴氣，黑髮後梳，上唇留有一撮細鬍鬚。另外兩個是保鑣——黑外套，顯眼的牛仔靴，手上拿著AK衝鋒槍。

馬龍也拿出自己的MP5衝鋒槍，扣在腰際。

「放輕鬆，」薩維諾說道，「狀況不是你想的那樣。」

馬龍心想，媽的最好不是。你要我，墓園裡刻意在跟我演戲，你沒有錢。全都是假的——粉飾一切，就是要給我好看。

卡斯提洛對他微笑，「怎樣，你是以為我們不知道那個房間裡有多少公斤的海洛因？有多少錢？」

「你想要怎樣？」

「迪亞哥．佩納是我表弟。」

馬龍告訴自己，千萬不能退縮，退縮會沒命，一示弱就一命嗚呼了。「你敢在紐約市謀殺紐約市警局的警探？全世界都會追殺你。」

前提是你拔槍的速度比我快。

卡斯提洛回道：「我們是幫派集團。」

「不，我們才是幫派集團，」馬龍回道，「我的幫派裡有三萬八千名弟兄，你有多少？」

卡斯提洛聽得懂，他不是笨蛋。「很不幸，差遠了。好，我現在必須要想辦法取回我們的財產。」

「馬龍法則」之一：絕對不退縮。

馬龍回道：「你可以用買的。」

「你真是大方，」卡斯提洛說道，「把我們家的東西回賣給我們。」

「這個他媽的義大利人已經幫你講定了這場交易，你可以大方接受，」馬龍說道，「不然就準備用零售價買回去。」

「當初是你偷走了這批貨。」

「我拿了它，」馬龍說道，「不一樣。」

卡斯提洛微笑，「所以我可以直接拿回來就是了。」

「你們可以一起來，」馬龍說道，「我會送你去和你表弟作伴。」

「迪亞哥絕對不會掏槍殺你，」卡斯提洛說道，「他聰明絕頂，要是能買通對方，為什麼還需要對幹？」

馬龍回道：「迪亞哥罪有應得。」

「不，並非如此，」卡斯提洛語氣平靜，「你不需要殺他，你只是想要他死而已。」

馬龍心想，他媽的說得真準。「我們到底要不要做這筆生意？」

某名多明尼加人走到車子後頭，回來的時候已經多了兩個手提箱。他把東西交給卡斯提洛，但他的主子卻盯著馬龍，搖搖頭，所以他的手下把錢交給薩維諾。

高檔的哈里伯頓行李箱。

薩維諾走過去，把手提箱放入馬龍的後車廂，打開，讓馬龍看到那一疊疊的百元大鈔。

「全都在那裡，」卡斯提洛說道，「四百二十五萬美元。」

薩維諾問道：「要不要算一下？」

「不用。」他不想多待一秒鐘，而且他一直在緊盯著那兩個多明尼加人，不想因為算錢而移開視線。反正，他們不需要對此動手腳，如果真要搞他的話，大可以直接搶走他的貨。

馬龍把手提箱放在副駕地板上，走到後頭，拿出那兩個行李袋，將它們放在後車廂上面。

薩維諾把貨帶過去給卡斯提洛，他打開看了一下。「標籤不見了。」

馬龍說道：「是我撕掉的。」

「但這是『黑馬』？」

「對，」馬龍問道，「要不要試貨？」

卡斯提洛回道：「我相信你。」

馬龍的手指已經放在MP5衝鋒槍的扳機上面，要是他們會對他開槍的話，也就只有這時候了，他們已經確保海洛因入手，而且還有機會把錢搶回去。這位首領對其中一名手下點點頭，他將那兩個行李袋放入薩維諾的車裡。

薩維諾笑道：「丹尼，每次和你做生意總是很愉快。」

馬龍，沒錯，幸好卡斯提洛還想和奇米諾家族做生意，不然我早就被殺死了。盧，之後我們得好好談一談。

卡斯提洛死盯著馬龍，「你知道你現在只是剛好得到緩刑而已。」

馬龍反問：「我們大家不是都一樣嗎？」

他回到自己車內，把車開走，四百二十五萬美元就在腳邊。他一邊開車，腎上腺素也開始消退，恐懼與憤怒宛若兩記重槌朝他急襲而來，他開始發抖。

他看到方向盤上的雙手在顫晃，立刻死抓住方向盤，想要讓它停止抖動。他拚命吸氣，想要讓飛快的心跳速度恢復正常。

他心想：我覺得自己已經死了。

覺得自己他媽的已經掛了。

他告訴自己，已經闖過了這一關，但佩納的表哥不會就這麼放過他。他只是在伺機而動。或者，他可以透過奇米諾家族雇請殺手，盧會請我過去談判，然後我就再也回不來了。關鍵就在於誰對奇米諾家族比較有價值——我？還是販毒集團？

我會把錢押在多明尼加人那一邊。

而且，還有後續的麻煩。

多明尼加人會在北曼哈頓街頭大力清銷這批貨，逼迪馮·卡特爾退出舞台。

我的地盤裡的那些毒蟲將必死無疑。

這些都是我必須要解決的其他問題。

他沿著哈德遜河一路南行，在橋燈的映照之下，黑色的河水閃耀銀亮光澤。

22

馬龍把那些錢放回「盒子」裡，走到外頭，為自己斟了一杯酒。

至少，他的雙手已經不再顫抖，然後，他又以威士忌配了兩顆抗睡丸。現在應是凌晨三點多，而約翰早上八點半有棒球賽，他不想錯過。他靜靜坐在那裡等待藥效發作，然後，他離開公寓，進入自己的車內，開往史塔頓島，所以他可以看到旭日在洋面升起的畫面。

於是他來到了海邊散步，獨自欣賞火紅的朝陽與映在海面的玫瑰色倒影，還有韋拉札諾大橋的琥珀色弧體。一群海鷗堅持駐守在水岸邊緣，就連他從一旁走過去的時候，牠們也不為所動。他是這裡的闖入者，這些海鷗正等待潮浪送來海草，享受牠們的午餐，而馬龍雖然自昨天中午之後就再也沒有進食，但安非他命卻讓他完全沒有飢餓感。他心想：海鷗們，祝你們好運，千萬不要讓別人把你們逐出自己的地盤，你自己最懂得這句話的真諦。

小時候，他爸爸有時候會帶他們來到這處海濱，他好愛追海鷗。要是海水夠溫暖的話，他爸爸就會帶著他玩人體衝浪，那是全世界最美妙的體驗。雖然現在海水依然冰冷，但他真想衝入海中，不過，他不希望身上黏有海鹽，因為等一下沒有地方可以洗澡，而且他也沒有毛巾。

不過，要是能浸在冰涼海水裡，感覺一定很棒，他這才發現自己忘了洗澡，只希望自己不要有怪味就好。他聞了聞腋下，還好。

他也沒刮鬍子，約翰可能會因此而不高興。所以他回到車內，拿出一直放在前座底下的盥洗包，直接拿起刮鬍刀、對著後照鏡開始動手。他刮破了皮，而且也不如他想像中的平整，但至少看起來還人模人樣。

然後，馬龍開向棒球場。

席拉早已在那裡，而約翰的隊伍正在暖身，這些小孩本來可以在星期六一大早睡懶覺，但是卻被挖起來參加運動賽，所以看起來都不是很高興。

馬龍走向她面前，「早安。」

「辛苦一整夜了吧？」

他沒理會她的嘲弄，「凱特琳來了嗎？」

「她昨晚睡在嬌丹家裡。」

馬龍覺得好失望，忍不住懷疑這是她的計謀之一，就是要看到他失望的模樣。他望向球場，向約翰揮揮手，滿是睡意的兒子揮了一下，但臉上有笑容。這就是約翰，臉上永遠掛著笑。

馬龍問席拉，「要不要坐在一起？」

「等一下再看看吧，」她說道，「我是小吃攤的第一輪工作人員。」

「那裡有咖啡嗎？」

「來吧，我幫你弄一點。」

馬龍跟著席拉走到小吃攤前，身著綠色毛絨外套與牛仔褲的她看起來神清氣爽。她煮了咖啡，為他倒了一杯，他也拿了個糖衣甜甜圈，因為他知道自己必須吃點東西。他拿出十元美金鈔票，請她把找零直接丟在錢筒裡。

「真是愛亂花錢。」

他從外套口袋裡拿出一個信封，偷偷塞給席拉，她收下之後，放入自己的包包裡。

「小席，」馬龍說道，「萬一我出事的話，你知道要去找誰吧？」

「菲爾。」

「萬一他也出事呢？」拉莫斯與劉文建是搭檔，只是坐在巡邏車裡就雙雙遭遇不測。

「蒙提。」席拉問道，「丹尼，是不是有狀況？」

「沒有，」馬龍回道，「我只是想確定你知道如何應對而已。」

「哦。」但她凝望他的表情卻憂心忡忡。

「席拉，我說我只是確定一下而已。」

「我也告訴你我知道了，」她開始忙著陳列糖果、餅乾，以及能量棒，接下來是蘋果、香蕉，還有果汁盒。「有些媽媽希望我們能夠賣羽衣甘藍，我們是要怎麼賣羽衣甘藍？」

「什麼是羽衣甘藍？」

「我早猜到你不知道。」

馬龍心想：應該吧，他真的不知道什麼是羽衣甘藍。「所以凱特琳呢？」

「我不知道，現在幾點？」席拉忙著繼續在攤位上擺放食品，「她可能會晚一點才到，看她什麼時候起床吧。」

「太好了。」

「嗯，就看她們什麼時候起來。」

馬龍覺得已經找不出話題可聊了，但他覺得現在還不到離開的時候。「家裡都還好吧？」

「丹尼，你在乎嗎？」

「當然，所以我剛才問你啊。」真的，他們就算是沒事也可以吵架。

「你可以找人過來檢查熱水器，」席拉說道，「它又開始發出怪聲，我已經打電話給修維工三次了。」

他媽的帕倫波，總是愛唬弄這些家庭主婦，彷彿她們是因為有幻聽才聽到了噪音。「我會處理。」

「謝謝。」

不過，他看得出來，她還是很不高興，她依然需要「丈夫」的關注。馬龍心想：如果我是女人的話，可能早就一邊尖叫、一邊拿著機關槍掃射大街了吧。

「席拉，你有沒有咖啡杯蓋？」

她丟了一個給他。

兩人沉默了好一會兒之後，馬龍才慢慢走向一壘邊線圍牆後的露天看台。有好些家長已經入座，有幾個媽媽拿毛毯蓋住大腿，還有些人準備了熱水壺與好幾盒的唐先生甜甜圈。馬龍心想：幹，他們就不能在小吃攤買點東西支持小朋友嗎？

大多數的家長他都認識，所以他對大家點頭示意，但還是一個人找位置坐下來。

他曾經參加過家長會與兒童才藝競賽，多次和這些人哈啦閒聊，賽後的必勝客聚餐、後院烤肉、游泳池派對。他還是會去參加學校活動，但沒有人邀請他參加這些課外活動，馬龍心想：我應該是自己撕毀了郊區爸爸資格卡，或者，是他們撕毀了我的卡片。倒不是因為他們有敵意什麼的，但他就是和他們不一樣。

他們開始播放國歌。馬龍站起來，伸手撫胸，望著與隊友站在一起的約翰。

約翰，我很抱歉。

也許將來你會明瞭。

你這個亂七八糟的爸爸到底是怎麼了。

比賽開始，約翰是地主隊，所以他們先守後攻，馬龍看到約翰往左方小跑過去。就他這個年紀的小孩來說，他的個頭算高了，所以他們派他守外野。馬龍心想，這也算是偏見。其實，兒子守備的確不錯，但攻擊就不怎麼樣了，總是隨便亂揮，對方投手也看出這一點，所以經常送他三振。馬龍並不是那種會在場邊對著自己小孩大吼大叫的混蛋爸爸，這有差嗎？這裡又沒有誰以後能上洋基隊。

魯索坐在他旁邊，「你氣色好差。」

「真的那麼糟糕嗎？」

「我們昨晚去了列文家，」魯索說道，「凌晨兩點，我覺得那小孩被嚇到尿褲子了，他女友也不是很高興。」

「然後呢？」

「那筆錢藏在衣櫃後面的手提箱裡面，」魯索繼續說道，「我告訴他，小朋友，錢要藏在隱密一點的地方。」

馬龍回道：「所以他沒問題。」

「我不會這麼早就做出定論，」魯索回道，「也許他們讓他放長線釣大魚，也許重點是在追佩納案。丹尼，我們得趕快解決那批垃圾。」

「我已經搞定了，」馬龍說道，「不過才過了一夜，你的財產已經多了一百萬美金。」

「天，你自己一個人？」魯索不喜歡他做出這種事。

賣海洛因給薩維諾、有關卡洛斯・卡斯提洛、多明尼加人的這些事，馬龍全告訴了他。

「你把他們的海洛因又賣回去？」魯索說道，「屌到不行的丹尼・馬龍。」

「還沒結束，」馬龍說道，「卡斯提洛想要取我們性命，為佩納復仇。」

「幹，丹尼，北曼哈頓有一半的人想要幹掉我們，」魯索說道，「沒差。」

「我不知道。奇米諾家族、多明尼加幫……」

「我們得找盧談一談，」魯索說道，「那種行為很不恰當，居然在你毫不知情的狀況下把他們找來。」

「我會處理。」

「幹，你最近是在演『獨行俠』？」魯索說道，「我覺得你有事在瞞著我。」

有個小孩擊出深遠的一球，飛向左邊，他們看著約翰拚命追，一把抓下來，還高高舉起讓裁判看個仔細。

馬龍大喊：「幹得好！約翰！！」

他們沉默了好一會兒，然後，魯索開口：「丹尼，你還好吧？」

「嗯，怎麼會這麼問？」

「我不知道，」魯索說道，「要是你有煩惱，一定要告訴我，知道嗎？」

有的，只是一直哽在喉嚨裡說不出口。

但就在那一刻，發生了逆轉。

他以前的神父可能會告訴他，有兩種罪，一種是主動犯下惡行的罪，另一種是隱匿不為的罪，罪行未必是你做了什麼，也可能是你昧著良心的不願作為。有時候，開啟背叛之門的是沒有說出口的謊言，但有時卻是沒說出口的事實。

「這話什麼意思？」馬龍覺得自己噁心透頂，眼前明明就是他唯一能夠好好傾訴的對象，但他就是沒辦法告訴魯索自己早已成了抓耙仔。除非，菲爾是在釣他，搞不好他已經開始相信葛洛莉亞．托瑞斯的說詞。

因為那的確是事實。

馬龍告訴自己，應該要信任你的夥伴。

你永遠可以信任自己的夥伴。

對，但魯索能嗎？

停車場有動靜，吸引了馬龍的注意力。他的目光飄過去，看到凱特琳從某輛本田CR-V下車，她挨過去，向裡面的人揮手道別，然後，馬龍看著她走向小吃攤，踮腳，親吻了她媽媽的臉頰。

魯索看到了，但他其實一切都看在眼裡。「是不是很想念？」

「每一天都想得要命。」

「你知道，有辦法可以解決的。」

馬龍問道：「天，你也搞這套？」

「我只是說說而已。」

「太遲了，」馬龍說道，「反正我也不想。」

「你不想，聽你在放屁，」魯索回他，「你要在外面搞七捻三沒關係，但家庭還是得擺在第一位。」

「神父，請赦免我的罪。」

魯索用義大利文罵他，「幹！」

「嘴巴放乾淨一點，我小孩快過來了。」

凱特琳爬上看台，馬龍伸手、讓她穩住重心，把她拉了上來，她也立刻依偎在他懷裡。

「嗨，把拔。」

「嗨，親愛的，」馬龍親吻她的臉頰，「和菲爾叔叔打招呼。」

「嗨，菲爾叔叔。」

「是凱特琳嗎？」魯索問道，「我以為是亞莉安娜．格蘭德[10]呢。」

凱特琳笑了。

---

[10] 美國著名女歌手、演員。

馬龍問道：「寶貝女兒，昨天過得怎麼樣啊？」

「我昨天睡在嬌丹家。」

「好不好玩？」

「嗯。」

她開始嘰嘰喳喳，講起小女生搞的那些玩意兒，然後又問他什麼時候會再過來看他們，他們什麼時候可以去爸爸住的地方，然後，她看到本壘半圍牆後面有兩個朋友。「沒關係，小凱，你就過去找朋友吧。」

「但你等一下會和我說再見吧？」

「當然。」

他看著她走到朋友那裡，隨即拿起手機，找到了快速撥號鍵裡面的帕倫波號碼。

馬龍開口，「拜託，我要找喬伊。」

「他在上廁所。」

「他在男廁打手槍啦，幹，」馬龍說道，「叫他過來聽電話！」

帕倫波應答，「嗨，丹尼！」

「『嗨，丹尼！』個屁，」馬龍說道，「喬伊你在搞什麼鬼？我太太打電話給你三次，你還是不出現？是怎樣？」

「我很忙。」

「這樣對嗎？」馬龍說道，「所以你下次因為一堆罰單而被扣車的時候，我也會很忙。」

「丹尼，我該怎麼向你賠不是？」

「等到我老婆打電話給你的時候，立刻給我趕過去！」他切斷電話，「垃圾！」

「你想不想見識一下這些人真正現身時的模樣？」魯索說道，「他們從來不會帶合適的工具，整輛貨車停在你家車道，但就是找不到那個可以完成修繕的工具。唐娜不跟他們攪和。有一次，她告訴帕倫波：『我很想開支票給你，但我現在沒有合適的筆。』他立刻就懂了。」

「嗯，但席拉不會這樣。」

「義大利女人啊，」魯索說道，「想要從她們身上拿到錢，就得要完成應盡的本分。」

「這還算是在討論修水電嗎？」

「多少是吧。」

「你的小孩呢？」

魯索回道：「那兩個臭男生皮得要命。」

「反正，現在他們上大學是不用愁了。」

馬龍問道：「所以，應該安心了吧？」

「差不多。」

「你在開什麼玩笑？」

他們都知道自己這麼拚是為了什麼。

馬龍心想：要是我入獄的話，我的小孩可能一想到父親就會覺得難堪，但等到他們上了大學之後，就不會有這種感覺了。

但我絕對不會坐牢。

比賽繼續進行，感覺好像永遠不會結束一樣。馬龍心想，真是一場比分超低的防守賽，十五比十三吧，約翰那一隊贏了。馬龍下到球場，告訴兒子：「表現不錯。」

「我被三振了。」

「你是因為揮棒才被三振，」馬龍說道，「這一點很重要。而且，你看看你接殺了多少次？約翰，那就跟得分一樣厲害。」

他兒子對他笑了一下，「謝謝你過來看比賽。」

「你在開什麼玩笑？」馬龍說道，「我當然不會錯過你的比賽，等一下全隊要去吃必勝客？」

「粉紅莓，」約翰回道，「那家比較健康一點。」

「哦，應該不錯。」

「我也這麼覺得，」約翰問道，「你要不要跟我們一起來？」

「我得回市區了。」

「抓壞人。」

「答對了。」

馬龍抱了他一下，但沒有親他，以免讓兒子不好意思。他向凱特琳告別之後又去找席拉，

「你沒有坐下來看比賽。」

「瑪裘莉一直沒出現，」席拉回道，「可能是昨晚喝太多了。」

魯索在停車場等他，「要不要再多聊一會兒？」

「聊什麼？」

「你，」魯索說道，「我不是白痴，你這陣子完全成了另一個人……精神渙散……情緒陰晴不定的混蛋。你還會在某些奇怪的時間失聯，再加上托瑞斯自殺的事……」

「菲爾，你是不是有什麼話想說？」

「丹尼，你是不是有什麼話想說？」

「比方說？」

「比方說，真相，」魯索沉默了一分鐘之久，才繼續開口。「好，也許你焦慮不已，這種事常有。或者你在找尋出路，我能諒解，你有太太、小孩……」

馬龍的心好痛。

宛若烈火中的燙石在碎裂。

馬龍回道：「不是我。」

「嗯。」

「不是我。」

「好，我聽到了。」

但他看著馬龍的表情，卻像是不知是否能信任他的話。但他還是說了這句話：

「謝謝你啦，幫忙解決了那東西。」

「幹。」

在史塔頓島，這是一種表示親暱的方式。

23

某個星期六的傍晚，馬龍靈機一動，想到可以去哪裡找出盧．薩維諾。

盧喜歡的那種老派義式咖啡館，東尼．索波諾⓫在人行道啜飲濃縮咖啡的那一種，早就不存在了，所以薩維諾喜歡泡星巴克，點杯濃縮咖啡，坐在一一七街的戶外圍欄平台區。

馬龍心想，真可悲。果然被他發現身著蠢蛋運動服的盧坐在那裡，旁邊還有一名他的手下，某個未成氣候的菜鳥，名叫麥可．席歐洛，正盯著前方注意來往行人。

馬龍告訴自己，但也不能因此低估了他。那一夜你太大意，差點斷送了性命。馬龍邊想邊走入室內，盧．薩維諾如果是笨蛋，絕對不可能成為黑手黨的頭頭，他是聰明卑鄙的狠角色。

每一個聰明卑鄙的狠角色都還是需要撇尿。薩維諾住在揚克斯，當然得在上車之前使用男廁。果不出所料，馬龍看到盧起身進來，算好時間，當薩維諾進入男廁、準備要關門的時候，他立刻過去。

馬龍伸腳把門卡住，把它推開，等到自己進去之後，關上了門。

「丹尼，」薩維諾說道，「我正打算要打電話找你。」

時間不多，十分緊迫。

⓫電視劇《黑道家族》中黑手黨首領。

「你要打電話找我？」馬龍問道，「那麼，把我交給卡斯提洛之前，怎麼沒想到要打通電話給我？」

「丹尼，那是在做生意。」

「別給我搬出索拉索⑫那一套鬼扯淡，」馬龍說道，「你和我也是在做生意，盧，你應該要早點告訴我才是。而且你之前向我保證，那批海洛因絕對不會出現在我的地盤。」

「你說得對，」薩維諾回道，「但你之前的行為是不對的，居然那樣對待佩納，丹尼，你自己心裡有數，應該要放他一馬。」

「我得去哪裡才能找到卡斯提洛？」

「你不會想去找他的，」薩維諾說道，「他拚命想取你的人頭。」

「我會想辦法把他的人頭縮小、放在我的口袋裡，」馬龍說道，「所以他的嘴巴可以永遠含住我的大老二。盧，他到底在哪？」

薩維諾哈哈大笑，「你想要怎樣？拿手槍敲我的頭嗎？把我當成你的那些蠢黑人嗎？來啊。」

薩維諾望著馬龍背後，宛若在等待席歐洛敲門，詢問他是否有狀況。「我們聽說了你的事，某些人非常關切。」

馬龍知道「某些人」指的就是史提夫．布魯諾。而他之所以會如此「關切」，就是因為我是抓耙仔，可以供出奇米諾家族的許多內幕。

馬龍回道：「轉告那些人，完全不需要操心。」

「我一直挺你，」薩維諾說道，「我必須對你的行為負責，要是有狀況，他們也會殺了我。

我已經被找去用餐，你也知道那是什麼意思。」

「如果我是你的話，我不會去。」

「對啦，王八蛋，他們也要找你，」薩維諾回道，「明天十二點半，『月亮』餐廳，不准攜伴，只能獨自一人出席。」

「然後讓我的後腦勺吃子彈？」馬龍心想，或者，下場可能更淒慘，刀子刺入背脊，被繩子鎖喉，砍下小弟弟塞嘴巴。「我不去。」

「聽我說，」薩維諾說道，「如果你不把海洛因的事說出去，我還是會繼續挺你。」

「你沒有把那件事告訴布魯諾？」

「我一定是忘了提，」薩維諾回他，「那個貪心鬼要是知道的話，一定會抽百分之二十。丹尼，你和我，彼此照應，就可以一起全身而退。」

「嗯，好吧。」

「那就中午見。」

席歐洛敲門，「盧，你是在裡面淹死啦？」

「給我滾！」他看著馬龍，「你以為你可以吃下全世界？」

馬龍心想：對，我就是有這個能耐。

⓬ 電影《教父》中毒梟角色。

有必要的話，他媽的我就是要吃下全世界。

在他開車回到市中心的路途中，突然之間，他覺得自己無法呼吸。

宛若這輛車在包圍他。

幹，彷彿整個世界都在圍攻他——卡斯提洛與多明尼加人、奇米諾家族、聯邦調查局、內務局、警界、市長辦公室、天知道還會有誰。他覺得胸口突然一緊，不知自己是不是心臟病突發。

他停車，打開置物箱，拿出一顆贊安諾，吞入口中。

他心想：這不是你。

這是怎樣，恐慌症發作？

你是屌到不行的丹尼·馬龍。

馬龍繼續上路，走百老匯大道。但他知道四處都有人盯著他，人行道、窗戶、建築物、汽車。黑色臉孔的眼睛，褐色臉孔的眼睛。老人的眼、年輕人的眼、悲傷的眼、生氣的眼、控訴的眼、毒蟲的眼、惡徒的眼、孩童的眼。

到處都有眼睛盯著他。

他開車前往克勞黛的家。

她好嗨。

不是那種搖頭晃腦的嗨，而是隨著音樂一起暢快的嗨，應該是塞西莉．麥克羅林．薩爾溫特的歌曲。克勞黛開門，踏著舞步向後，伸出手指對他搖擺、示意他進來。

她笑得甜滋滋，彷彿這世界是一大碗冰淇淋。

「親愛的，快過來，不要像呆子一樣杵在那裡。」

「你好嗨。」

「對啊，」克勞黛轉身看著他，「我好嗨，親愛的，要不要跟我一起來？」

「我這樣就很好。」

他心想：這是仙境，不可能有比這更開心的時候，而你永遠沒辦法到達那種境界，只有海洛因辦得到。

就是你剛剛放行、流入街頭的海洛因。

她又一路搖晃過去，伸出雙臂摟住他。「來嘛，親愛的，我想要和你一起跳舞，你不想嗎？」

這是他惹的禍。

他開始與她一起跳舞。

貼著他的身軀好溫暖。

他願意就這麼與她共舞一輩子，但其實卻無法持續太久，因為海洛因的效用越來越強，她開始頻頻點頭，還喃喃低語：「我打電話給你的時候，你都不接。」

這就是俗話所說的「為某人瘋狂」。他心想：我就是，我為這女子徹底瘋狂。愛上她，想與她在一起，我瘋了。但我的確這麼做了，而且心甘情願。

瘋狂之愛。

他把她抱到床上。

24

星期天到來，馬龍的心情一如孩童時代，有一絲不想去望彌撒的扭捏。

馬龍其實沒睡，只是小寐一會兒，一睜開眼就在想克勞黛的事。

現在，他泡了兩杯咖啡，回到臥室，準備喚她起床。她睜開眼，他看出她花了一兩秒之後才認出他。「親愛的，早安。」

克勞黛露出笑容。

某種「星期天早上我們可以在床上發懶」的恬靜微笑。

他開口說道：「昨天晚上——」

「太美好了，親愛的，」她說道，「我要再謝謝你一次。」

她什麼都不記得。他心想，之後她會想起來的，毒癮發作的那一刻，回憶立刻湧現。

他知道自己應該要留下來陪她。

不過——

他說道：「我得去工作。」

「今天是星期天。」

「所以再睡一會兒吧。」

她回道：「嗯，應該會。」

馬龍看到「月亮」餐廳，超老派。

是那種會讓薩維諾夢遺的地方。地點位於格林威治村，他們不想在我的地盤喬事情。

而且，奇米諾家族在那裡派了大隊人馬。

他應該要找魯索過來支援的，搞不好還得加上蒙提。

只不過，這場談判要討論的是他的抓耙仔傳言。

也許應該要找歐戴爾幫忙才是。

他應該要請求支援，但最後還是覺得算了。

席歐洛在門口攔下他，「丹尼，我必須對你搜身。」

「我腰上有把九毫米，」馬龍回道，「我的後腰有把貝瑞塔。」

「謝謝，」席歐洛從他身上抽走手槍，「等到你出來的時候，我會還給你。」

馬龍心想：是啊，要是我出得去的話。

席歐洛繼續對他搜身，檢查是否有竊聽器。確定沒有之後，帶他進入後方的某個包廂位，餐廳內沒什麼客人，有幾個人坐在吧檯，還有一對情侶在卿卿我我。

薩維諾與史提夫．布魯諾一起坐在包廂位，他那一身里昂比恩[13]式的打扮顯得格外突兀——格紋襯衫、背心、褐色燈芯絨休閒褲、搭配Dockers的鞋子，甚至還在座位旁邊放了個男用帆布背包。茶杯後方的他似乎不是很開心，住在郊區的教父被迫進入這座齷齪的城市。

他身邊一共有四個人，分布在看得到他的動靜，但聽不到他講話的位置。

布魯諾對馬龍點頭示意，叫他入座。馬龍坐下之後，席歐洛也坐在鄰近包廂位的某張椅子上頭。

他們將他團團圍住。

「這位是丹尼·馬龍，而這位是史提夫·布魯諾。」薩維諾介紹雙方的時候，臉上一直掛著緊張不安的笑容。

「那對在摟摟抱抱的情侶，」馬龍問道，「哪一個是殺手？男孩還是女孩？」

布魯諾說道：「你電影看太多了。」

「我還想多見識一點。」

薩維諾問道：「丹尼，要不要來一杯？」

「不用了，謝謝。」

薩維諾說道：「我還是頭一次聽到愛爾蘭人拒絕喝酒。」

「你找我來是為了要聊天講笑話嗎？」

「這件事可不是在開玩笑，」布魯諾說道，「眾人盛傳你是聯邦調查局的污點證人。」

黑道沒那麼在意警察，但卻對聯邦調查局的人深惡痛絕，認為他們是法西斯也是迫害者，只

⓭ L.L.Bean，一九一二年創立的美國經典戶外用品品牌。

要看到姓氏是母音結尾的人就會找麻煩。他們特別痛恨義大利裔的聯邦調查局幹員以及向聯邦調查局通風報信的奸細。

馬龍明白兩者之間的差異——臥底警察的角色不是抓耙仔，而一直與他們做生意、之後供出一切的下流惡警就是抓耙仔。

他問道：「你相信嗎？」

「我也不願相信有這種事，」薩維諾回道，「快告訴我們，這不是事實。」

「這不是事實。」

「男人在死前告訴妻子的遺言，」布魯諾說道，「我比較相信這個說法。」

「聯邦調查局同時設計我與托瑞斯，」馬龍說道，「我不知道他們是到底怎麼取得證據，但我只能告訴你，我沒有裝竊聽器。」

布魯諾問道：「那麼他們為什麼找的是托瑞斯？而不是找你？」

「我不知道。」

「這就更糟糕了。」

「托瑞斯不知道我與你們這個家族之間的關係，」馬龍說道，「我從來沒有和托瑞斯討論過這件事，所以你絕對不會出現在我和他之間的對話錄音內容之中。」

「但要是聯邦調查局已經找上了你，」布魯諾說道，「他們會逼問你所有的事。」

薩維諾一臉焦慮，望著馬龍。馬龍知道薩維諾在想什麼，而且也很清楚他萬萬不希望馬龍講出這一段話：如果我是聯邦調查局的污點證人，薩維諾早就因為販賣海洛因被逮捕了，刑期是三十年起跳，最重是無期徒刑，他一定會在我們進行談判的時候，把你供出來。

不過，馬龍說道：「我幫奇米諾家族經手了多少錢？我幫忙代轉給檢察官、法官，為了標案而行賄市府官員的紅包又有多少個？平安無事度過了多少年？」

「我不知道，」布魯諾說道，「我那時候在路易斯堡監獄。」

幹，薩維諾，幫腔一下啊。

但薩維諾不吭氣。

馬龍問道：「十五年就這麼船過水無痕？」

「當然意義非凡，」布魯諾說道，「但我根本不認識你，因為大部分的時間我都不在這裡。」

馬龍盯著薩維諾，他這次終於開口了。「史提夫，他是好人。」

「你敢以性命擔保？」布魯諾狠狠瞪了薩維諾一眼，「你現在的態度不正是如此？」

薩維諾過了一秒後才接腔。

真是他媽的漫長的一秒鐘。

「史提夫，我願意，」他說道，「我願意以性命擔保。」

布魯諾思索了一會兒，繼續問道：「等到聯邦調查局找你的時候，你會怎麼說？」

「保證不會透露半個字。」

「願意坐四到八年的牢？」

「應該是四年左右，」馬龍回道，「你們的人馬會保護我，不會讓裡面的兄弟對我狂抽猛送吧？」

布魯諾回道：「硬漢絕對不會彎腰屈服。」

馬龍說道：「我是硬漢。」

「問題來了，」布魯諾說道，「你坐牢四年，但我要是被抓進去的話，一生就差不多報銷了，一定是老死獄中。所以，現在我必須面臨的關鍵問題是，我能夠承擔這樣的風險嗎？如果你是抓耙仔，現在就說出來，我們快速無痛解決，我保證你太太會拿到補償的紅包。要不然……如果我必須從你口中逼出真相……那就難看了，你的女人自此之後只能靠自己。」

馬龍的怒火冒升，宛若熱水在體內沸騰，他沒辦法關掉下方的火源。他知道他們在測試他，想要給他一個遁逃的機會，當初那兩個警察也是在小房間裡以這種方式搞他。

他要是示弱，必死無疑。

所以他改採另一個策略。

「永遠別想威脅我，」馬龍說道，「別想拿錢和老婆的事威脅我。」

薩維諾緩頰，「丹尼，放輕鬆啊。」

布魯諾回道：「我們只想要真相而已。」

「我已經說出了真相。」馬龍說。

「好吧，」布魯諾從他的袋子中取出一疊文件、放在餐桌上。「硬漢，這東西的真相呢？」

馬龍看到他的三〇二檔案。

馬龍抓住席歐洛的頭髮，將他的臉往餐桌一撞，順勢踢掉他底下的椅子。然後，又把手伸向靴子、抽出特勤刀，抓住薩維諾的頭，將刀刃抵住他的脖子。

現場有兩人拔槍，其中一個是剛才在親吻女孩的那個男生。

馬龍說道：「我會割斷這個死義大利人的喉嚨。」

薩維諾發出哀號，「放了他。」

大家望著布魯諾，他點頭答應了。

他可以在這裡開槍殺人，乾淨俐落，但他不想在這裡看到浴血戰，最後成為《紐約郵報》的頭版新聞。

馬龍把薩維諾拖出包廂位，退到大門口，將薩維諾當成了人肉盾牌，刀刃依然貼住他的喉嚨，對布魯諾嗆聲：「再拿我老婆威脅我，我就一刀刺死他。來啊，有膽你就再試試看。」

「反正他已經是死人了，」布魯諾說道，「你也一樣。好好享受你最後的日子吧，廢渣抓耙仔。」

馬龍伸手往後抓門把，把薩維諾推到地上，自己走出大門。

馬龍大吼：「他有我的三〇二檔案！」

「沒事的。」歐戴爾雖然這麼說，但臉色十分震驚。

「你告訴過我，很安全，」馬龍大吼，不斷踱步。「是秘密文件……只有這個房間裡的人可以——」

「冷靜一下，」帕茲說道，「你還活著啊。」

「又不是因為你出手相救！」馬龍激動大叫，「他們有我的三〇二檔案！已經有了證據！你們拚命在搞下流惡警，卻看不到自己底下的奸細！」

歐戴爾說道：「我們不知道有這樣的人。」

「那他們怎麼拿到的？」馬龍怒道，「不可能從我這邊拿到資料！」

溫卓博說道：「我們內部有狀況。」

馬龍憤恨搥牆，「搞屁啊！」

溫卓博仔細閱讀那份三〇二檔案，「這裡哪有提到你與奇米諾家族之間的事？」

馬龍回道：「沒有。」

「完全坦白，」帕茲說道，「這是我們當初的協議。」

然後，他突然想到，「天……席拉……」

歐戴爾回道：「我們已經派幹員過去了。」

「幹，」馬龍回道，「我要自己去。」

他走向門口。

帕茲下令：「給我留在這裡。」

「媽的你想要攔阻我？！」

「如有必要，我一定會出手，」帕茲說道，「走廊上有兩名聯邦法警，你哪裡都去不了。你動動大腦吧，史提夫．布魯諾不可能在大白天的時候派人去史塔頓島、對你妻子做出不利的事。他不想坐牢，不會捲入這種是非，我們還有一點時間。」

「我要見我的家人。」

「要是你之前告訴我們這件事的話，」帕茲說道，「你可以在那場面會時裝上竊聽器，那麼我們現在早就可以把布魯諾關進大牢了。好，事情都發生了，我們原諒你，但你現在必須告訴我們——你到底與奇米諾家族之間有什麼關係？」

馬龍沒接腔。他坐下來，雙手摀住了臉。

「保護你自己與你家人的唯一方法，」帕茲說道，「就是想辦法將布魯諾繩之以法。快給我一點東西，讓我發拘票。」

「我以前從來沒有見過他。」

帕茲回他：「有，你明明見過他。」

馬龍抬頭，看到她的眼神，明白了她的意思，她很樂意——不，應該說很堅持——他必須作偽證。

歐戴爾不肯看他，刻意別開目光。

溫卓博翻閱文件的動作變得更勤快。

「我們會讓你與家屬參加證人保護計畫，」她說道，「只要你挺身作證——」

「幹。」

「沒有其他選項了，」帕茲說道，「你別無選擇。」

「讓我走，」馬龍回她，「我自己去對付布魯諾。」

「你知道現在要怎麼辦？」帕茲說道，「帶法警進來，給他上銬，我已經受不了這個白痴了。」

馬龍問道：「那我的家人呢？！」

「讓他們自生自滅！」帕茲回吼，「你以為我是什麼？社工人員？！是你害自己摯愛的家人陷入危境！要怪你自己，不要怪到我頭上！要嘛就幫他們買隻羅威納犬，再不就裝設保全系統，隨便你。」

馬龍說：「你這個臭賤婊！」

帕茲問道：「法警怎麼還沒進來？」

馬龍說：「我沒想到你們這些人這麼卑鄙。」

一片沉默，沒有人接腔。

「好，」馬龍說，「打開錄音機吧。」

他一開始之所以會與黑道開始打交道，原因就和大多數的警察一樣，收點小錢，對賭博店睜一隻眼閉一隻眼。

不是什麼大數目，一次給個一百。

馬龍認識盧．薩維諾的時候，他只是個初入江湖時的菜鳥。某天，薩維諾在哈林區找上馬龍，問他想不想賺錢。

對，馬龍想賺錢。

薩維諾的某個手下惹了麻煩，他護妹心切，將毆打她的某個混蛋修理了一頓，剛巧有個不知前因後果的證人目睹了一切。也許馬龍可以幫忙看一下五號檔案，找出證人的姓名與地址，讓紐約省下審案的費用，大家也樂得輕鬆。

不，馬龍不想牽涉這種事，害某個證人被揍得半死甚至掛點。

薩維諾哈哈大笑，拜託，誰在講那種事情。他們說的是送證人去好好度個假，或許送對方一輛車也行。

一輛車？馬龍反問，想必被害人一定是傷勢慘重。

不是這樣，只不過是因為薩維諾的手下正好在假釋期，所以萬一這起傷害罪成立的話，他就得回到上州監獄坐十年的牢，你說那算正義？根本不是啦，放屁。

所以你的罪惡感也因而減輕了不少，你可以親自送紅包過去，確定不會有人受傷。你嚐到了甜頭，眾人皆大歡喜。

馬龍要接觸那名負責逮捕的警官時，十分不安，後來證明他是白緊張一場。很簡單，看一下五號檔案，給個一百美金，有需要隨時過來。而證人也很開心，帶了小孩去奧蘭多的迪士尼樂園遊玩，大家都爽，三贏。每個人都很高興，除了那個下巴被打爛的傢伙之外，但他是罪有應得，誰叫他打女人。

正義得到伸張。

馬龍後來又為奇米諾家族多次實踐正義，然後，薩維諾開始請他處理其他事項。

他在哈林區工作是嗎？對，熟悉大街小巷，人脈通達？當然，所以想必認識一三七街與雷諾克斯大道交叉口教會的死黑人牧師吧。

柯尼留斯·漢普頓牧師？

每個人都認識他。

他針對某處工地發起抗議活動，因為該公司不願雇用少數族裔的工人。

薩維諾交給馬龍一個信封，請他送給漢普頓，這位牧師不希望別人看到他與義大利人打交道。

馬龍問道：這是為了要阻斷他們繼續抗議下去？

不是，你這小愛爾蘭人真是白痴，當然是要繼續抗議下去。我們這樣可以賺兩次——牧師發動抗議，逼迫停工，包商會給我們保護費，我們還會開口要求分一點建案的利潤，好，那麼抗議就會結束。

我們賺，牧師賺，包商也賺。

所以馬龍前往教會，找到牧師，他收下了那個信封，就像是把它當成聯邦快遞的郵件一樣。完全不吭氣。

那一次之後，還有下一次，接連不斷的下一次。

「柯尼留斯·漢普頓牧師，」溫卓博開口，「人權倡議分子，是關懷平民的英雄。」

「你有沒有因為這些事與史提夫·布魯諾見過面？」帕茲問道，「他有沒有來找過你？」

馬龍回道：「我想他那時候早就被你們關起來了。」

帕茲說道：「但根據你的了解，薩維諾是聽令他的指示辦事。」

溫卓博說道：「這只是謠傳。」

帕茲損他：「是啦，律師，我們又不是在法院裡面。」

「對，」馬龍說道，「我的認知是，薩維諾的確就是布魯諾的代理人。」

「是薩維諾親口告訴你的嗎？」

「對，講了好幾次。」

馬龍心想：大家都知道這是謊言。

但這就是他們想要聽到的話。

他繼續說下去。

後來，他再次為奇米諾家族處理賄款，已經是兩年之後的事了，當時布魯諾已經從路易斯堡出獄。

這次要送錢的對象是誰？馬龍很想知道。

薩維諾笑得更狂了。

市府高官——負責決定合約標案的那一種。

帕茲開口：「關掉錄音機。」

溫卓博關了。

「你剛才說市府高官？」帕茲問道，「指的是紐約市政府？」

「市長辦公室，」馬龍回道，「審計室、整合作業室……你要是繼續開錄音機，我會再重述一次。」

他死盯著她不放。

「你自己心裡有底了吧，是不是？」馬龍問道，「也許這是你不想聽到的東西。」

歐戴爾說道：「我想要知道。」

「約翰，給我閉嘴。」

「別想叫我閉嘴，」歐戴爾回嗆，「現在你這裡有名可信的證人指出市府官員收受奇米諾家族回扣。也許南區聯邦檢察官辦公室不想知道，但聯邦調查局卻十分有興趣。」

溫卓博開口：「我也是。」

「你也是？」

「伊索貝爾，是你自己開了這道門，」溫卓博回她，「我有權知道來龍去脈。」

「隨便你，」帕茲傾身向前，又打開錄音機，望著馬龍，似乎是告訴他，放馬過來啊。「給我名字。」

馬龍知道她中計了。

他開始逐一講出名字。

「天，」溫卓博驚道，「空前驚人。」

「對，」馬龍回道，「所以我幫忙蓋了威斯特徹斯特的多棟房子。還送出了南塔克特海濱度假之旅、巴哈馬套裝行程……」

他望著帕茲。

他們都知道這可以搞垮市府團隊，徹底摧毀他們的大好前程，就連她也無法倖免。但她現在別無選擇，只能硬著頭皮問下去。「奇米諾家族是由誰出面找你處理行賄？」

「盧・薩維諾。」他盯著她，過了足足一秒之後，才又說出了另一個名字。「還有史提夫・布魯諾。」

「你親自與布魯諾先生見面？」

「好幾次。」

他瞎編了時間地點之類的細節。

「我們確定一下，」帕茲說道，「你是說，在剛才提到的那幾次見面的時候，史提夫・布魯諾為了要拿下建築標案，給你錢、指示你要送交市府官員？」

「沒錯。」

溫卓博說道：「真是令人難以置信。」

帕茲損他：「也許真的是不能相信。」

馬龍心想：這女人真是下賤入骨，她想要玩兩面手法，想要確定要怎麼對自己有利之後再下籌碼。

溫卓博也看出來了，想要逼她表態。「你的意思是說他的話不可信？」

「我是說我不知道，」帕茲回答，「馬龍是說謊高手。」

溫卓博追問：「你真的想要打開那扇門？」

馬龍說道：「我要見家人。」

「還不行，」帕茲說，「馬龍警長，你干預司法，行賄公務員，對嗎？」

馬龍回她：「沒錯。」

我絕對不會講出與毒品有關的那些案子。

或是佩納的事。

現在是四到八年的徒刑。

而佩納的案子則是死刑。

帕茲開口：「你剛才已經自白犯下數起重罪，而且並沒有在我們的原始協定中坦白承認這些罪行，所以，當然，現在的協定已經失效。」

馬龍覺得自己幾乎已經聞到她腦袋燒焦的氣味，想必她是拚命絞盡腦汁。他繼續追問：「所以你現在是要逮捕我嗎？」

「現在不行，」她說道，「還不到那個時候，我要與我的同事協商。」

「協商，」馬龍回道，「也許你現在可以和你底下的抓耙仔協商一下。」

歐戴爾說道：「你現在回到街頭不安全。」

馬龍哈哈大笑，「現在你擔心我了？我曾經中槍、被刀刺傷——我曾經衝入樓梯井與小巷上百次之多，破門攻堅上千次，天知道另外一頭會遇到什麼牛鬼蛇神，現在你擔心我？而且就在我差點被殺之後？幹，你們都死一邊去吧！」

他走了出去。

「我們現在就把他們全宰了，」魯索說道，「布魯諾、薩維諾、席歐洛，如有必要，殺光這些奇米諾家族的混蛋。」

馬龍開口：「我們不能這樣。」

他們待在那間合作公寓裡。

「現在外頭已經都知道了，」蒙提開口，「丹尼・馬龍在某間知名黑幫餐廳與三名黑道分子發生持武衝突。內務局遲早會找上來，問你到底發生了什麼事。」

「媽的你覺得我會不知道嗎？」

蒙提問道：「他們當初想要見面的目的是什麼？」

「他們聽說了托瑞斯的那檔子事，」馬龍說道，「我不知道，我猜他們相信了傳言。」

魯索問道：「你為什麼不叫我們過去支援？」

「我覺得自己一個人應付就夠了，」馬龍回道，「我也的確沒問題。」

「如果我們也在那裡的話，」蒙提嗆他，「自然就不會有衝突，現在街頭也不會出現雜音，更不會驚動到內務局。然後，你剛才又神秘消失三小時，加上托瑞斯人馬說的那些事——」

「你在說什麼，蒙提？」

「很簡單，」蒙提說道，「剩不到六十天，我就要離開警界。我會帶著家人離開紐約，我絕對不會讓任何事情、任何人阻礙我的計畫。所以，要是有什麼事情需要處理一下，丹尼，那我們一起把它搞定就是了。」

馬龍走向自己的座車，進入裡面。

有條繩圈套住他脖子。

往後猛拉，收緊。

馬龍出於本能反應，一把抓住繩子，但它死纏住他的脖子，他扯不下來，就算把手指伸進去、想要擠出喘息空間也不得其法。他把手伸向副座，想要拿手槍，但是他沒辦法搆到握把，所以只能作罷。

馬龍將手肘往後亂戳，想要攻擊殺手，但是他能夠旋身的幅度不夠，無法施力。

他的肺部因為缺氧而開始疼痛，覺得眼前一陣黑，雙腿開始不斷亂踢，殘存的意識告訴他，快死了，而他的腦中開始浮現幼時的祈願歌聲——

哦，我的上帝，我冒犯了您而深感懊悔

我痛恨自己的所有罪行……

他聽到自己的喉嚨發出嘶啞聲響。

那種痛苦好可怕。

我痛恨自己的所有罪行……

我痛恨自己的所有罪行……

我所有的罪……

我的罪……

罪……

然後，他死了，沒有刺目的白光，只有一片漆黑，沒有音樂，只聽得到大吼大叫，馬龍看到了魯索，不知道他是不是也死了；大家都說到了天國的時候，就會看到你所深愛的每個人，但他沒看到里安或是爸爸，只有魯索死抓他的肩膀，把他推到硬邦邦的柏油路面，他開始咳嗽嘔吐噴口水，魯索又把他抓起來，帶他走向另外一輛車，然後，馬龍進了副座，負責駕駛的是魯索，他屬於生界之人，不是亡靈，而且，這輛車正準備往前開。

馬龍聲音嘶啞，「我的車……」

「蒙提在開，」魯索回道，「他跟在我們後面。」

「我們要去哪裡？」

「我們找個地方，好好和那個坐在後座的人私下聊一聊。」

他們開上西端高速公路，把車停在喬治．華盛頓大橋附近的華盛頓堡公園。

馬龍下車，雙腳已經不聽使喚，他看到蒙提把那傢伙從車內拖出來、拉到哈德遜河綠色大道某兩條支路之間的綠地。

馬龍搖搖晃晃走過去，低頭看著他。

那傢伙已經被揍得半死，陷入半昏迷狀態。他的頭似乎被點三八手槍的槍把狠敲一頓——沾了頭髮與血塊。應該是三十多歲，黑髮，橄欖色皮膚。可能是義大利人或波多黎各人，或者，幹，多明尼加人。

馬龍踢了一下他的肋骨，「你是誰？」

對方搖頭。

「誰派你來的？」

那傢伙再次搖頭。

蒙提抓住那傢伙的手臂，把他的手放在車門口。「他在問你問題！」

他伸腳一踢，關上了車門。

那男人發出慘叫。

蒙提打開車門，又把他的手拉出來。

那傢伙的手指頭已經一片碎爛，骨頭穿破了皮膚。他以另外一隻手握住那隻手的腕部，盯了一會兒，再次發出嚎叫，抬頭望著蒙提。

「趕快說出你是誰，是誰派你來的，」蒙提說道，「不然我們馬上要處理另外一隻手。」

「三雄黨。」

「為什麼？」

「我不知道，」對方說道，「他們只是告訴我……待在車裡……要是你出來的話……」

馬龍追問：「然後？」

「殺了你，砍下人頭給他們，獻給卡斯提洛。」

魯索問道：「現在卡斯提洛在哪裡？」

「我不知道，」那傢伙說道，「我沒有見過他，只是聽令行事而已。」

蒙提開口，「把另外一隻手放在車門口。」

「拜託……」

蒙提取出自己的點三八，瞄準對方的頭部。「馬上把另外一隻手放進去。」

那男人發出哀號，乖乖放進去。

渾身顫抖不已。

蒙提問道：「卡斯提洛在哪裡？」

「我有家人。」

「難道我沒有嗎？」馬龍問道，「他在哪裡？」

蒙提開始踢門。

「公園露台路！頂樓豪宅！」

蒙提問道：「現在要怎麼處置這傢伙？」

魯索回他：「哈德遜河就在旁邊。」

「拜託，不要這樣。」

魯索蹲下來看著他，「你想要殺死某名紐約警探，取下他的首級，媽的你覺得我們會對你幹什麼？」

那男人發出哀號，握住自己的手，他全身蜷縮成一團人球，已經絕望至極，開始呼頌：「巴隆．薩邁迪……」

魯索問道：「他在唸什麼鬼東西啊？」

「他在向巴隆．薩邁迪祈禱，」蒙提回道，「多明尼加巫毒教的死神。」

「很好，」魯索拿出自己的休假備用槍，「上路吧，需不需要準備死雞什麼的？你沒救了。」

馬龍出口制止，「不要。」

「不要？」

「我們的成績單上面已經有了佩納，」馬龍說道，「不需要另一起命案讓我們傷神。」

「他說得沒錯，」蒙提說道，「我們這位朋友也不可能再執行任何絞殺任務了。」

「我們要是留他活口的話，」魯索說道，「等於是釋放出錯誤訊息。」

「關於釋放訊息，我已經沒什麼興趣了，」馬龍說完之後，蹲在差點殺死他的那傢伙身邊。

「給我滾回多明尼加，要是我發現你又在紐約出沒，我一定宰了你。」

他們上了車，開往英伍德。

公園露台路的「花園」是一座城堡。

這座大樓位於某座山丘、靠近北曼哈頓半島尖端，在馬龍王國的邊緣地帶。半島的範圍界線包括了西邊的哈德遜河，以及東北角的斯派騰．戴維爾河，切分了曼哈頓與布朗克斯。斯派騰．戴維爾河一共有三座橋——靠近河口的某座鐵路橋，然後是亨利．哈德遜大橋、偏東的河水南彎處，則有百老匯大橋。

此一興建於一九四〇年，一共有五棟八層樓灰石的複合式建築，當地居民稱其為「花園」，現在，已經全部成了合作公寓，座落於西二一五與二一七街之間綠蔭濃密的街區。

南邊是東北學院與小小的伊沙姆公園，西側是腹地比較大的英伍德山丘公園，成為「花園」與九號公路與哈德遜河之間的緩衝地帶。至於「花園」北方，過了一個住宅街區之後，就是一棟棟的公眾建築——哥倫比亞大學的綜合運動中心、足球場，還有紐約浸信會醫院的分院——橫亙在「花園」與斯派騰．戴維爾河之間。

西北方則有莫斯寇塔沼澤公園。

從「花園」大樓頂樓看出去的景觀十分壯麗——曼哈頓的天際線、哈德遜河、英伍德山丘的橡樹坡、百老匯大橋，視野相當遼闊。

可以看到從遠方而來的人車。

小組人員分乘兩輛車，沿著百老匯大道，也就是英伍德的主要交通幹道，一路北行。有一條西向小路接通東公園露台路，他們進去之後，繼續北行，到達二一七街，停車。開始觀察北側的這棟建築，卡斯提洛就住在這裡的頂樓豪宅。

這只是證實了馬龍先前的想法。

他們無法直搗卡斯提洛的巢穴。

這個海洛因毒梟，對紐約警探下達斬首令的男人，它的居所所受到的保護並不只是法律層次的石塔或護城河而已。這裡不是國宅、廉價公寓，或是貧民窟，它有合作公寓委員會、屋主的聯合協會，還有自己的網站。最重要的是，裡面住了許多有錢白人，所以你不能直接衝進去把卡斯提洛挖出來。這些規規矩矩的「花園」居民會馬上在五秒內打電話給市長、市議會、警察總局局長，抗議「暴風部隊」的攻堅策略。

他們需要搜索票才進得去，但一定是拿不到。

馬龍告訴自己，老實講，不能因為對方是黑道就拿得到搜索票，全世界最難達成的任務就是逮捕卡洛斯．卡斯提洛，他自己也很清楚。所以他可以安心坐在自己的城堡裡，處理海洛因，還可以找人暗殺你。

忍耐。

你該怎麼玩？

卡斯提洛遲早會把那批「黑馬」倒入街頭，他會親自監督，這是他的工作。

等到他一上場，就可以逮捕他。

所以你現在需要耐心等待。

現在按兵不動。監視卡斯提洛，等待他出招。同時聯絡卡特爾，讓他知道卡斯提洛的動靜。打出自己手中的牌，不要去煩惱自己沒有的那些牌。要是知道怎麼好好處理手中的兩張傑克，也能打出跟同花順一樣的效果，而且他現在的優勢不只如此。

魯索拿出他的望遠鏡，盯著那棟頂樓露台。

列文問道：「我們在看什麼？」對於大家在半夜兩點突擊他的住處，他還是很不高興。

「這不是針對你，」魯索那時是這麼告訴他的，「我們必須要對你徹底搜查，確定你沒問題。」

「你的意思其實是擔心我有問題。」

馬龍怒問：「媽的你剛講什麼鬼話？」

列文很聰明，知道自己應該要乖乖閉嘴。他只說了一句：「艾咪很生氣。」

魯索開口：「她問你錢的事？」

「當然。」

蒙提問他：「你怎麼回答？」

「叫她不要多管閒事。」

「我們的小男孩長大了，」魯索說道，「現在你一定得要娶她了，所以她不能作證指控你。」

列文回道：「我會把錢捐給慈善團體。」

現在，馬龍開始對他解釋：「這是卡洛斯・卡斯提洛的賊窟，我們準備要逮捕他。」

「要裝竊聽器？」

「時候未到，」馬龍回他，「現在就靠肉眼監控。」

「嘿，看一下。」魯索把望遠鏡交給馬龍。

馬龍看到卡斯提洛現身，拿著早晨的咖啡，享受陽光。

這個國王正在環視自己的領地。

馬龍心想：要稱王還早呢。

王八蛋，這裡還不是你的地盤。

25

克勞黛開口：「我搞砸了。」

他有點不想走進去，很怕自己等一下不知道會看到什麼慘況。

但他還是決定要幫她度過這一次難關。

這是他對她的虧欠。

而且他愛她。

現在，她處於悔恨階段，這種情節已經在他面前上演過一百遍。她很歉疚（他們兩人都知道這是真心話），她不會再犯（他們兩人都知道她一定會）。但他已經他媽的累壞了。「克勞黛，我現在沒辦法幫你，抱歉，但我真的沒辦法。」

她看到他脖子上的勒痕，「你怎麼了？」

「有人想殺我。」

「這很嚴重。」

「好，我得洗個澡，讓腦袋清醒一下。」

他進入浴室，脫去衣服，走進淋浴間。

全身發癢。

馬龍拚命搓刷皮膚，疼痛無比，依然刷不去勒痕，洗不掉他皮膚表層、靈魂深處的惡臭。以前他爸爸一下班之後就立刻鑽進浴室洗澡——現在他懂得為什麼了。

街頭依然緊緊相隨在你身邊。

它已經滲入到你的毛孔，然後鑽進你的血液之中。

而你的靈魂呢？馬龍自問，也要怪罪在這座城市嗎？

對，多多少少。

馬龍心想：打從你開始佩戴警證的第一天起，你就吸入了貪腐之氣。就像是你在九月時吸入的死亡氣息一樣。貪腐不只是飄浮在這座城市裡的粒子，它根本就是紐約的DNA，也是你的基因。

對，就怪在這座城市的頭上好了，都是紐約的錯。

都是這份工作的錯。

這樣也未免太便宜行事，這樣一來，你就再也不會追問自己那個艱難的問題。

你怎麼會走到今天這步田地？

就和其他狀況一樣。

一步錯，步步錯。

他原本以為，警校裡警告他們的那個滑坡理論只是個笑話。咖啡、三明治，接下來就是其他的餽贈。不，你心想，咖啡就是咖啡，三明治就是三明治。小吃店老闆感激你的辛勞，謝謝你在街頭奔忙。

有什麼大不了的？

其實沒什麼。

依然不要緊。

然後是九一一。

天，別扯到那裡去。你居然會遷怒那起事件？你還沒有沉淪到那種地步吧？死去的弟弟，二十七名警察弟兄，傷痛欲絕的母親，焦屍的臭味、灰燼與塵土。

絕對不能怪罪九一一。

你之所以會有責難，是因為難以接受里安就這麼走了。

其實，你的墮落，是從當便衣的那一天開始的。

你和魯索走進某間毒窟，壞蛋逃走了，映入眼簾的是這種景象——他媽的地板上有鈔票。不是很多，兩千美金，不過也不無小補，你有房貸，得買尿布，搞不好想帶老婆去哪個地方買新桌布。

魯索和你互看一眼，你開始搜刮全部的錢，放入口袋。

你絕口不提。

但已經跨界了。

你不知道還有其他的界線。

起初是意外之財——毒販倉皇逃逸留下的錢、老鴇為了希望你放水而塞給你的現金或免費小姐、賭場老闆的紅包。這並非出於你的主動需索——你沒有四處尋獵，只是正好撿到，就是在那裡，順手收走。

因為這有什麼大不了的？大家要賭博，本來就會輸錢。好，也許你進入某個竊盜案現場、或是哪個被小偷闖入的商家，也許你拿走了小偷沒帶走的東西。反正這不會造成任何人的損失，除了保險公司之外，話說回來，他們才是更可怕的惡徒。

你得經常上法庭——目睹那貪腐體制有多麼無能、多麼效率不彰，將你冒著生命危險逮捕、準備送入監獄的那些人放了出去。他看著他們大搖大擺走出去，在你面前開懷大笑，然後，某一天，有個被告律師在法院外頭找到你，告訴你反正我們都是在同一個體制裡面工作，也許可以一起賺錢，他給了你一張名片，還說要是你能夠幫忙介紹生意的話，一定會給你分紅。

靠，這有什麼不行？反正被告一定得請律師，而且這個體制裡的每一個人都有收錢，既然有機會自動上門，那麼你為什麼不能分一杯羹？然後，他希望你可以幫忙把信封交給某個樂意配合的檢察官，讓某個本來就可能無罪開釋的傢伙平安走出法院大門——幹，這只不過是在那毒販身上削一點錢而已。

你只是在別人犯罪後揩油，並沒有主動犯罪牟利，然後……

亞當．克萊頓．鮑威爾大道與一二三街的交叉口有間快克工廠，你按照規矩行事，搜索票及其他一切都準備好了，然後，毒販沒跑——他坐在那裡，態度平靜，對你開口說道：「放我一馬，東西全部給你，我們雙贏。」

現在你說的不是什麼一兩千美金的數目，而是五萬美金，你講的是一筆大錢，可以存起來當作小孩教育基金的大錢。那個毒販難道不會聘請傑拉爾德．伯傑當律師、最後全身而退嗎？幹，起碼你懲罰了他，讓他損失了部分金錢，逼他繳出罰金——為什麼這筆錢不能進你的口袋？做些善事？

所以你就把他放走了。

你覺得這種行為不太好，但也沒你當初料想的那麼糟糕，因為你是一步接著一步、走到了這個地步。為什麼就要讓律師、司法體制、監獄賺那種錢？

你縮短了整套流程，而且在當下行使正義。

這是王者之舉。

但還是有一條界線，你始終不曾跨越，而當你慢慢走過去的時候，你根本渾然不覺。

你告訴自己，你和別人不一樣，但是你知道自己在說謊，而且，當你告訴自己，這是你跨過的最後一條界線的時候，你也知道自己在撒謊，因為你知道這不是事實。

你以前會為了將毒品與惡徒趕出街頭、實踐正義逮捕壞人，而使出詐術換取拘票——然後，你開始為了讓自己能夠海削一頓，使出詐術換取拘票。

你知道自己已經從食腐動物轉為獵者。

你成了掠食者。

徹頭徹尾的罪犯。

你告訴自己，這不一樣，因為你搶奪的對象是毒販，而不是銀行。

你告訴自己，絕對不會殺人越貨。

這是最後一個謊言，最後一條底線。

因為，當你進入毒窟、他們想要取你性命的時候，你還能怎麼辦？如果不想讓自己被殺，那麼就只能開槍擊斃他們，就因為某些人渣分不到一杯羹，然後你也不能拿走那些錢和毒品嗎？

你拿走了沾著真實血跡的鈔票。

還幹走了毒品。

還讓大家稱呼你是警界英雄。

而且你有時候也信以為真。

如今你卻成了毒販。

你和自己擔任警察、拚命打擊的那些人渣並無二致。

現在，你全身赤裸，無法洗去印在身體或靈魂的猶大烙痕，而且你也知道迪亞哥・佩納取槍的意圖並不是要殺你，你一清二楚，自己就是在殺人。

你是罪犯。

是惡徒。

淋浴間的門被拉開，克勞黛進來了。她與他一起站在蓮蓬頭的下方，她伸出食指，撫摸他大腿上逐漸消退的疤痕，然後，又開始輕撫他喉嚨上的青紫色傷口。

「你傷得好嚴重。」

「我是金剛之身。」他伸出雙臂抱住她，蓮蓬頭的水花混合著淚水，落在她柔軟的棕色皮膚。

她說道：「生活想要摧毀我們。」

馬龍心想：生活，就是想要摧毀每一個人。

而且它總是能夠得逞。

有時候，甚至在你死去之前，就已經把你摧毀得不成人形。

他步出淋浴間，開始穿衣服，等到她出來之後，他對她說道：「我有好一陣子不能過來了。」

「因為我又開始嗑藥？」

「不是。」

「你打算回到老婆身邊，對不對？」她說道，「你那兩個小孩的史塔頓島紅髮愛爾蘭媽媽。親愛的，很好，那是你的歸屬之地。」

「我會決定我自己的歸屬之地，黛。」

「我想你已經有答案了。」

「我會害你有生命危險，」馬龍說道，「有些人會因為要追殺我而跑來這裡。」

「我願意為你冒險。」

「我不想。」他把西格手槍扣在自己的腰際。

而貝瑞塔8000D手槍則放在踝槍套裡面。

肩槍套是九毫米格洛克手槍。

然後，他又加穿了一件特大號的黑色T恤、蓋住了肩上的槍，將特勤刀藏入靴中。

克勞黛盯著他，「天，到底誰要追殺你？」

馬龍回道：「全紐約。」

26

尼德・錢德勒住在貝德福德大道西側的巴羅街。

他開了一點門縫，看到了警證。然後就什麼也看不到了，因為大門朝他直撲而來，丹尼・馬龍把他推向沙發，拿槍貼住他的太陽穴。

馬龍怒罵：「王八蛋！」

「什麼？什麼？有話好好說。」

「帕茲是市長的人，對不對？」馬龍問道，「矛頭擺明對準警察？」

「如果你要那樣說也可以，」錢德勒說道，「天，馬龍，你可不可以把槍放下來？」

「不行，我沒辦法，」馬龍回道，「因為大家要殺我。我告訴帕茲市政府收賄的一個小時過後，馬上就有人要勒死我。那是卡斯提洛的手下，但卡斯提洛是奇米諾家族的合作夥伴，而奇米諾家族又是市政府的合作夥伴──」

「我不會使用『合作夥伴』──」

「媽的紅包都是我送的！」馬龍繼續施力，壓住錢德勒太陽穴的槍口抵得更深了。「是誰把我的三〇二檔案流出去的？」

「我不知道。」

「尼德，你信上帝吧？」

「不，我不知道……」

「你不知道答案，對不對？」

「沒錯。」

「你現在一定希望無所不知，」馬龍說道，「有膽再跟我說你不知道。是誰把三〇二檔案流出去的？」

「帕茲。」

馬龍不再把槍對準錢德勒的頭，「繼續說下去。」

「我們本來沒有在追蹤她的調查案，」錢德勒說道，「馬龍，要是你早一點來找我們，我們大可以就此收手，或者至少轉移辦案方向。等到我們發現是你的時候，我們就知道一定會引來……麻煩。」

「你認為可以請奇米諾家族替你解決這個麻煩。」

錢德勒沒回答，沒這個必要了。

「他們失手，」馬龍說道，「換卡斯提洛動手。」

錢德勒回道：「那是他自己的決定。你殺死了他的家人，不是嗎？」

「而當初我破案的時候，你們都在一旁鼓掌叫好。」不過，馬龍心想，他們還是有所不知，不知道我幹走錢與毒品的事，也不知道他們那些奇米諾家族的垃圾夥伴將五十公斤的海洛因轉給了多明尼加人。

還是有辦法可以脫身。

「你在聯邦調查局幹員面前指控官員收賄，」錢德勒說道，「不只是帕茲，還有聯邦調查局，溫卓博，你讓某些特定人士陷入艱難的處境。」

「要是我死了，就沒辦法出庭作證了。」

錢德勒聳肩。沒錯。

「誰是特定人士？」馬龍問道，「誰要追殺我？」

錢德勒回道：「大家都想要你的命。」

馬龍心想：是啊——卡斯提洛、奇米諾家族、托瑞斯的同事、賽克斯、內務局、聯邦調查局……紐約市政府。

對，的確是大家沒錯。

「未必一定得搞得這麼難看，」馬龍說道，「我來應付卡斯提洛，也會處理奇米諾家族，你幫我安排，我要與『特定人士』談判。」

「我不知道我是不是有這個能耐，」錢德勒回道，「馬龍，我沒有惡意，但你是毒藥。」

「哦，我知道你有這個能耐，」馬龍回道，「尼德，你給我聽好，反正我不會有任何損失，我隨時可以送出兩顆子彈、貫穿你的腦袋。」

錢德勒拿起電話。

大家把五十七街稱為「億萬富翁住宅區」。

某名門房帶引馬龍搭乘私人電梯、到達One57的頂樓豪宅，布萊斯·安德森親自為他開門。

「馬龍警長，」安德森開口，「請進。」

他帶引馬龍進入滿片落地窗的起居室，從這裡看出去的景觀證實了億元豪宅的價值。底下的中央公園盡覽無遺；左側西城，右側東城，全部可以一擁入懷。馬龍心想，這就是有錢人需要的風景，臣服於他們腳下的整座紐約。

客廳後牆是一座巨大的海水水族箱，裡面還有珊瑚礁。

馬龍開口：「謝謝你願意這麼一大早見我。」

安德森回道：「我本來就喜歡在天亮前起床。」他看起來就是有房地產大亨的架勢——身材高大、金髮、鷹鉤鼻、犀利的雙眼。「錢德勒告訴我這不是一般的採訪。要不要喝咖啡？」

「不用。」

他站在窗邊，籠罩紐約的晨曦成了他的背景。

這是蓄意而為的舉動。

他在向馬龍炫耀他的王國。

「警長，我們必須要玩『彼此搜身』那一套嗎？」安德森問道，「或者我們可以展現紳士風格談判？」

「我身上沒有竊聽器。」

「我也沒有，」安德森回道，「所以……」

「我為奇米諾家族送了許多紅包，」馬龍說道，「最後送到這裡來的也不算少數。」

「可能吧，」安德森說道，「警長，要是我真的收受紅包，對我來說那數字根本是九牛一毛。我收受之後，開始進行建設，大興土木，這就是成事之道。你看看那裡……那一棟……還有那一棟……那邊的建築。你知道那代表了多少份工作？帶來多少商機？觀光收入？你不是幼稚天真之人，你也知道重建一座城市需要多少成本。難道你想回到過往的可怕歲月？高失業率？快克玻璃瓶宛若貝殼一樣四處散落在你的腳邊？」

「我只想要活下去而已。」

「那你接下來要怎麼辦？」安德森問道，「至少還有兩個黑道組織對你下格殺令。馬龍，你似乎不停樹敵，就像是樂事公司不斷在生產洋芋片一樣。」

「繼續與其他警察一起奮戰，」馬龍回道，「我可以處理毒梟與黑道。聯邦政府太大，我惹不起，市政府也一樣，而當他們聯手的時候……你們要追殺警察總局局長與警界，但我只是個警察而已。」

「你是礙事的警察，」安德森說道，「現在，你把市政府與其他的位高權重人士，其中也包括了我，逼入了瞄準鏡的十字線。」

「不需要這樣。」

「怎麼說？」

「不需要取我性命，」馬龍說道，「結束聯邦調查局的調查案，這樣簡單省事多了。」

「的確，」安德森回道，「但要是那起調查案就此終結，你會不會依然是負責重建這座城市的那些人士心中的隱憂？」

「你覺得我會在意這座城市裡誰污錢嗎？」馬龍說道，「誰會成為市長？誰會成為州長？我有興趣嗎？對我來說，你們就是同一種貨色。」

「你的意思是天下烏鴉一般黑？」安德森追問，「馬龍，但我們為什麼要相信你？」

「你女兒還好嗎？」

「這話什麼意思？」安德森雖然這麼問，但他是聰明人，立刻就恍然大悟。「當然，多虧你幫忙，她現在很好，謝謝。真的，我十分感恩。她又回去班寧頓學院念書了，還拿到了院長獎。」

「知道這樣的消息真是太好了。」

「所以這是勒索，」安德森說道，「你有她性愛影片的拷貝，要是我不想辦法終結調查案的話，你就會公布影帶？」

「我才不像你，」馬龍回道，「我根本沒看那影片，更別說拷貝了。也許這就是我不會有這種豪宅的真正原因吧，也許這就是為什麼我只是個在你一手重建的城市裡辛苦工作的大笨蛋。這不是黑函——你是聰明人，知道要聰明行事，但我告訴你——要是之後有人來找我、我的家人、我的搭檔，我一定會回來找你，而且下一次我會殺了你。」

馬龍走向落地窗，「這座城市他媽的真美，你說是不是？我曾經愛它愛得要命，儼然把它當成了自己的生命。」

伊索貝爾．帕茲一早在中央公園的水池邊慢跑。

馬龍跟在她背後。

她的頭髮往後綁，紮成了一條長長的馬尾。

「伊索貝爾，」馬龍開口，「我想你應該沒有背後中槍的經驗，我也沒有，不過我看過不少次，不怎麼美觀，而且看起來很痛，真的很痛苦。所以，你要是敢轉過來，或是大喊救命，搞一些有的沒的，我會立刻對你的後腰開槍，相不相信我做得出來？」

「嗯。」

「你把我的三〇二檔案洩漏給奇米諾家族，」馬龍說道，「不用狡辯，我已經知道了，而且我已經根本不在乎。」

「所以你現在要殺我？」她佯裝強硬，但其實嚇得半死，聲音在發抖。

「最後只會有某些無財無勢的律師和警察受到嚴懲，對嗎？」馬龍說道，「富二代做什麼都沒事，警察收賄就成了罪犯，市府官員也收賄，卻只是生活之日常。」

「你想要怎樣？」

「我要的已經到手了，」馬龍回道，「擁有公園景觀豪宅的那個傢伙已經答應了我的要求，我只是來告訴你接下來要怎麼處理。我全身而退，撤銷所有罪名，不坐牢，就此退出警界，離開紐約。」

帕茲說道：「要是你不作證的話，我們不能把你加入證人保護計畫。」

「我不需要，」馬龍回道，「我可以妥善照顧自己與家人。」

「你要怎麼做？」

馬龍說道：「這事不需要你操心。你說得對——這又不是你的問題。」

「還有呢？」

「我的搭檔，」馬龍說道，「不准動他們的工作、警證，還有他們的退休金。」

帕茲問道：「你的意思是你的搭檔也手腳不乾淨？」

「我是要告訴你，如果你膽敢動他們的汗毛，」馬龍說道，「除了你之外，我也會毀了這整座城市，但我想某些特定人士絕對不會坐視不管。」

帕茲停下腳步，轉身看著他。「我低估你了。」

「對，的確，」馬龍說道，「但也不需要太沮喪。」

他轉身離開，接下來要宰了盧．薩維諾。

馬龍盯著薩維諾的斯卡斯代爾住家外頭的車道，沒看到他的座車。

他在那棟豪宅外頭待數分鐘之後，又開回紐約市，前往薩維諾情婦的公寓，位於一一三街的二樓公寓。

他把自己的九毫米手槍藏在背後，按電鈴。

他聽到裡面傳出腳步聲，有名女子開口：「盧？你的鑰匙又不見啦？」

馬龍把警證舉到窺孔前面，「葛里內莉小姐，我是警察，有事要問你。」

她打開了一點門縫，門鍊上扣的寬度。「是盧的事嗎？他沒事吧？」

「你上次看到他是什麼時候的事？」

「哦我的天哪。」然後她想起了自己的身分，自己住在哪一區。「我不跟警察講話。」

「葛里內莉小姐，他在裡面嗎？」

「他不在。」

馬龍問道：「讓我進去看一下？」

「你有沒有搜索票？」

他一腳把門踹開，走了進去，薩維諾的情婦托住自己的臉龐。「我在流血，你這個王八蛋！」

馬龍的槍已經準備好了，他走過客廳，然後檢查了浴室與臥室、臥室衣櫃，還有廚房。臥室窗戶緊閉，他又走回客廳。

馬龍問道：「你最後一次看到盧是什麼時候的事。」

「幹。」

馬龍把槍對準她的臉，「我不跟你玩遊戲，你最後一次看到他是什麼時候的事？」

她全身顫抖，「兩天前，他過來打砲之後就走了。他本來昨晚應該要來才是，但卻放我鴿子，連電話都沒打，混蛋。就這樣了，拜託……千萬別殺我……拜託……」

麥可・席歐洛才剛到家而已。

他從牛仔褲口袋裡拿出鑰匙，準備打開公寓大門，馬龍趁這個時候以手槍握柄敲了一下他的後腦勺，逼他進入小小的門廳。

馬龍把他推向住戶的信箱牆面，拿起手槍貼住他耳後。「你老闆在哪？」

「我不知道。」

「那就再見了，麥可。」

「我真的沒看到他！」

「最後一次看到他是什麼時候？」

「今天早上，」席歐洛回道，「我們一起喝咖啡，聊了一下近況，之後就沒看到他了。」

「你打電話給他啊？」

「他不會接的。」

「麥可，你說的是真話嗎？」馬龍問道，「或者你在幫盧？如果你騙我的話，你的鄰居就會發現自家電費帳單沾黏了你的碎肉。」

「我不知道他去哪裡了。」

「你怎麼還是在外頭閒晃？」馬龍問道，「要是布魯諾解決了盧，你也列入了瀕臨絕種動物名單。」

「我只是回來拿幾件東西而已，」席歐洛回道，「等一下就準備跑路。」

「麥可，不要再讓我看到你，」馬龍說道，「我會認定你對警察有敵意，立刻採取因應行動，聽懂沒有？」

他把席歐洛往牆上一推，走向自己的座車。

在開車回市中心的路上，馬龍心想：盧・薩維諾不會回來了，可能被人丟在河中或是垃圾掩埋場。他們會在甘迺迪機場找到他的車，彷彿他搭機潛逃到某處，但他以前從來沒離開過紐約，將來也不會了。

布魯諾會掩藏三〇二檔案。

帕茲會掩藏其他的部分。

安德森會監控一切。

我來處理卡斯提洛。

他回家補眠。

結束。

他們都是你的手下敗將。

27

家門被攻破的時候，他正在熟睡。

有人伸手把他的臉推向牆壁。

更多隻手伸過來，取走了他的武器。

他的雙臂遭人反絞在後，手腕被上銬。

「你被捕了，」歐戴爾說道，「瀆職、收賄、勒索、妨害司法——」

他好生困惑，不知所措。「歐戴爾，你搞錯了！你去問帕茲！」

「她已經不負責這個案子了，」歐戴爾回道，「其實，她現在已經遭到起訴，安德森也是。馬龍，算你厲害，玩得這麼大。但你現在也因為持有並意圖販賣毒品、預謀販售以及散布毒品、持槍搶奪等罪名而遭到逮捕。」

馬龍問道：「媽的你在說什麼？」

歐戴爾抓住他，把他扭到自己面前。

「薩維諾已經自首了，丹尼，」歐戴爾說道，「他供出了一切，有關佩納，還有你從他那裡搶走毒品、想要賣給他的這些事，他全抖出來了。」

馬龍說：「我要找律師。」

「沒問題，我們還可以幫你打電話找人，」歐戴爾問道，「他叫什麼名字？」

「傑拉爾德・伯傑。」

馬龍心想：也許這世界真的有上帝。

也許，還有地獄。

但他媽的絕對沒有復活節兔寶寶。

第三部

七月四日
這次，熊熊烈火

我卻要降火在推羅的城內，燒滅其中的宮殿。

——阿摩斯書一章十節

讓自由鳴響，讓白鴿高唱，
讓全世界知道
今天是審判日。

——葛蕾欽．彼得斯《審判日》

28

傑拉爾德．伯傑鬆開纏結的十指，將雙手放在桌面。「一大早打電話吵醒我的人千百萬種，但我必須要說，萬萬沒想到會是你打來的電話。」

他們兩人坐在聯邦大樓聯邦調查局的訊問室裡面。

馬龍問：「那你為什麼要過來？」

「根據你的態度，我想你的疑問是出於感激，」伯傑回道，「好，至於你的問題答案，我想是出於好奇。我必須提醒你，其實我覺得並不意外，我知道你這種強烈的悲劇性格一定會讓你陷入這種滾燙深水的處境之中，但現在讓我大感驚訝的是，你居然會找我幫忙丟救生圈。」

「我要找最厲害的律師。」馬龍說。

「我的天，想必你是飽受煎熬才會說出這種話，」伯傑微笑說道，「說到這個，我們的第一個、也是最重要的主題——你有錢支付我的費用嗎？這是門檻問題——要是沒有令人滿意的答案，我們就不會相偕走出這裡的大門。」

「你怎麼收費？」

「一小時一千美金。」

馬龍心想：一小時一千美金，一般巡警要工作三十個小時才賺得到一千美金。

「如果你今天可以讓我出去的話，」馬龍說道，「我可以拿現金支付你的前五十個小時。」

「之後呢？」

「我還可以再付兩百小時。」

「這只是剛開始而已，」伯傑說道，「你有房子，有車，也許你的故事夠吸睛，會有出版商或電影公司來找你洽談。好，警長馬龍，你有律師了。」

馬龍問道：「要不要我把自己所做的事全告訴你？」

「哦，天哪，不要，」伯傑說道，「我對於你的所作所為完全沒有興趣，這和我的工作完全無關。關鍵在於他們能否、或是自以為能夠證明你的確做了那些事。起訴內容是？」

馬龍把歐戴爾先前講出的罪名全唸了出來——一堆貪污罪、數起偽證罪、現在又加上情節重大的偷竊與販賣毒品罪。

「和迪亞哥．佩納的案子有關？」

「與你有利益衝突嗎？」

「完全沒有，」伯傑回道，「佩納已經不是我的客戶。其實，你也知道，他早就掛了。」

「你以為是我殺了他。」

「明明就是你殺了他，」伯傑說道，「重點是你到底有沒有謀殺他，而我怎麼認定並不重要。就算你真的謀殺他，我也不是在問你到底有沒有做出這件事，對了，所以請你閉緊嘴巴。截至目前為止，他們的起訴項目裡並沒有殺人罪，老實說，他們根本還沒有起訴你，目前只是逮捕你而已。所以我們現在請這些人進來，看看他們握有什麼證據，好嗎？」

歐戴爾與溫卓博一起現身，坐了下來。

「我原本以為你是正直之人，」溫卓博對馬龍說道，「一時迷失、不知該如何走出困局的好警察，但我現在知道你也只不過是個毒販罷了。」

「如果你們對我的當事人的個人失望情緒以及嚴厲痛責、已經全部宣洩完畢的話，」伯傑說道，「那我們可以開始進入實質討論了嗎？」

「當然，」歐戴爾說道，「你的當事人把五十公斤的海洛因賣給卡洛斯．卡斯提洛。」

「你怎麼知道？」

「秘密證人，」溫卓博說道，「盧易斯．薩維諾。」

「盧．薩維諾？」伯傑回道，「那個重罪犯，知名的黑手黨分子盧．薩維諾？」

歐戴爾回道：「我們相信他的說詞。」

「誰管你們信什麼？」伯傑問，「陪審團信不信他才是重點。等到薩維諾站在證人席、我開始對他進行交叉詰問，挖出他的過往，還有你們慫恿他出庭作證、提供給他的認罪協商內容之後，我敢說，我們至少會打成平手，陪審團不會相信黑道分子指控英雄警探的說詞。

「如果你們握有的證據，只是某個為了想逃避無期徒刑的毒販所編造出來的幻想說詞，那我一定會把他的那些通緝大頭照當成壁紙、貼滿法庭牆面。我建議你們立刻釋放我的當事人，並且道歉。」

溫卓博傾身，按下錄音機的播放鍵，馬龍聽到薩維諾說道：「你就讓我操心自己的事吧，所以你開的價格是？」

馬龍說道：「一公斤十萬美元。」

溫卓博按下暫停鍵，望著伯傑。「我相信那是你當事人在講話。」

他再次按下播放鍵。

「靠，你是活在什麼世界啊？」薩維諾回道，「我收海洛因的價格是一公斤六萬五，最多七萬。」

「那不是『黑馬』的價格，」馬龍說道，「不是六成純度海洛因的價格，它的市價就是十萬。」

「這是你直接賣給下游的價格，」薩維諾回道，「但你又沒辦法出面，所以才會找我不是嗎？我給你七萬五。」

溫卓博問道：「我們快轉可以吧？」

馬龍聽到自己的聲音，「這是在玩《創智贏家》節目是吧，好，『了不起先生』，一公斤九萬。」

「你叫我來，只是想叫我蹲在墳墓下面捅我屁眼吧，也許我可以給你八萬。」

「八萬七。」

「靠，我們是猶太人哪？」薩維諾說道，「我們能不能展現紳士風度做生意？八萬五怎麼樣？一公斤八萬五，乘以五十公斤，一共是四百二十五萬美金，讓你嚐盡甜頭。」

那個混蛋裝了竊聽器，從頭到尾都在捅他，也許從他幹譙自己老闆、紅包給得超級小氣的那個聖誕夜就開始錄音了，為了以防萬一，他早就提前準備挖地道逃逸。

然後，他聽到自己說道：「還有一點，不准在北曼哈頓賣毒，拿去北方，新英格蘭，就是不可以在這裡。」

溫卓博按下停止鍵，「馬龍，你是打算維護市民福祉？大家是應該要對你感激涕零？」

他繼續播放錄音內容。

「你這人真難搞，你不在乎世界上有沒有毒蟲，只要你的地盤上沒有毒蟲就好了。」

「你到底要不要？」

「成交。」

「這種證據不可能成立。」伯傑語氣百無聊賴。

「我認為只是有爭議而已，」溫卓博看著馬龍，「你要拿自己的無期徒刑下注？在瑪普聽審全力一搏？」

伯傑提醒馬龍：「不要回答，」然後，他露出微笑，望著溫卓博與歐戴爾。「我剛聽到的對話，以及陪審團將來會聽到的對話，只是某名警官以臥底身分賣毒給幫派分子的內容而已。」

「是這樣嗎？」歐戴爾說道，「如果真是這樣，馬龍的身上早就裝竊聽器了。錄音帶的拷貝呢？監聽票？長官的批准令？能不能提供任何一份文件佐證？」

「大家都知道馬龍警長特立獨行，」伯傑說道，「陪審團會認定這只不過是他又一次在單槍匹馬作戰罷了。」

溫卓博露出竊笑，馬龍知道為什麼。

要是薩維諾曾經在聖約翰墓園偷錄音，那麼現場交易的時候一定也有，當然。溫卓博把另一張小碟片塞入機器，好整以暇往後一靠。卡洛斯．卡斯提洛的聲音傳了出來：「怎樣，你是以為我們不知道那個房間裡有多少公斤的海洛因？有多少錢？」

「你想要怎樣？」

「迪亞哥・佩納是我表弟。」

「你敢在紐約市謀殺紐約市警局的警探？全世界都會追殺你。」

「我們是幫派集團。」

「不，我們才是幫派集團，我的幫派裡有三萬八千名弟兄，你有多少？」

歐戴爾開口：「有警官誇稱紐約市警局是全世界最大的幫派集團，陪審團聽到之後會作何感想？」

馬龍在錄音裡說道：「你可以用買的。」

「你真是大方，把我們家的東西回賣給我們。」

「這個他媽的義大利人已經幫你講定了這場交易，你可以大方接受，」馬龍說道，「不然就準備用零售價買回去。」

「當初是你偷走了這批貨。」

「我拿了它，不一樣。」

伯傑開口：「我想聽到這裡就夠了吧。」

「拜託，」溫卓博說道，「我們就好好了解一下『臥底』行動是怎麼一回事。卡斯提洛後來被捕了嗎？被查扣的海洛因在哪裡？我想一定是在證物室吧。但我認為我們目前聽到的內容還不夠完整。」

「我們到底要不要做這筆生意？」

「全都在那裡，四百二十五萬美元。」

「要不要算一下？」

「不用。」

馬龍聆聽自己與卡斯提洛剩下的對話，然後，又聽到薩維諾說道：「丹尼，每次和你做生意總是很愉快。」

整個房間陷入一片死寂。

馬龍知道自己這次鐵定掛了。

伯傑問道：「南區聯邦檢察官呢？馬龍警探的證人協議書上面有她的簽名。」

溫卓博說道：「帕茲小姐已經不能繼續處理這個案子了。」

「是誰做出的決定？」

「她的上司，」溫卓博回道，「也就是美國司法部長。」

「可以請教原因嗎？」

溫卓博回道：「當然，但我們沒有回答的義務。」

「我了解。」

「這麼說吧，她有利益衝突的問題，」溫卓博說道，「而且帕茲小姐自己也有訴訟纏身，市政府應該也會有多名要員面臨相同命運。」

「我要和我的當事人談一下。」

歐戴爾說道：「律師，這裡不是你的辦公室，我們不是你的合夥人，可以讓你呼之即來揮之即去。」

「我相信我與我的當事人之間的對話一定會有助討論順利進行下去，」伯傑說道，「麻煩各位遷就一下。」

歐戴爾與溫卓博出去之後，伯傑開口：「你知道帕茲怎麼了？」

馬龍把自己與錢德勒、安德森，以及帕茲之間的對話全告訴了他。

「帕茲想要賣掉你的案子，」伯傑說道，「而他們不買單，她錯估情勢。」

伯傑開始解釋，帕茲有一點沒搞清楚，華盛頓高層希望直接斷送這位市長的政治前途，對於紐約市發生醜聞自然是見獵心喜。所以當帕茲想要賣掉這案子掩飾罪行的時候，溫卓博與歐戴爾反而快手獵殺了她，她低估了他們。

「你打出的這張牌很夠力，」伯傑說道，「我必須說，我十分佩服，但它的效度還是不夠。」

馬龍問道：「你有沒有辦法靠瑪普聽審讓薩維諾錄音失去證據能力？」

伯傑回他：「不行。」

「所以我完蛋了。」

「沒錯，」伯傑回道，「但完蛋也還是有輕重之別。先前你與他們合作，讓他們順利揪出了市長行政團隊，但既然現在有了薩維諾，你的重要性自然也打了折扣。我們現在就來看看你將來的證詞還有多少市場價值吧。」

他走到外頭，把那兩名聯邦調查局幹員找了進來。

大家都入座。

伯傑開口：「我的當事人現在已經是願意充分合作的證人，」

「那是過去式，」歐戴爾說道，「他後來又供出一開始並未吐實的罪行，違反了當初說好的條件，所以認罪協議也因而失效。」

「那又怎樣？」伯傑說道，「他現在願意對那些先前未揭露的罪行挺身作證，你們不是很想要嗎？兩位先生，這可是我們主動提出協議啊。」

「幹，」溫卓博回道，「我們有薩維諾就夠了。」

「我們可以針對其他罪行討論認罪協商，」歐戴爾說道，「行賄、喬案子都沒問題。但惡警讓五十公斤的海洛因流入街頭，這一點我們無法讓步。」

馬龍開口：「你知道我幹走的是毒販的毒品。」

伯傑開口：「丹尼斯，閉嘴。」

「不，你們這些假清高的廢物去死吧，」馬龍繼續嗆下去，「全滾一邊去。你們要討論我的罪行？我做了什麼？我們來討論一下你們做了什麼，你們和我一樣下流。」

歐戴爾氣得要死，站起來大拍桌子，「一切到此為止！我絕對不允許——聽清楚沒有，絕對不允許警察變成搶奪毒販、然後又在街上賣毒的匪幫！我一定要終結這種惡行！就算是犧牲生命，我也在所不惜！」

「同意，」溫卓博說道，「歐戴爾，坐下來，不然你等下就心臟病發了。」

歐戴爾坐下來，他滿臉漲紅，雙手顫抖。「我們願意開出認罪協商條件。」

伯傑說道：「我們洗耳恭聽。」

「由你自行決定要出賣誰、不肯出賣誰、要傷害什麼人、要保護什麼人的日子已經結束了，」歐戴爾說道，「我們現在全都要，每一個警察都是。麥蓋文、特勤小隊，對，馬龍，我也要你的搭檔——魯索與蒙特鳩。」

「他們沒有——」

「少給我鬼扯，」歐戴爾回道，「你的搭檔也參與了佩納的逮捕案。還因此贏得了獎章。他們也有份，不要跟我說他們不知道你拿了這五十公斤的海洛因，也別跟我說他們沒分到銷贓的錢。」

「沒錯，」溫卓博跟著附和，「你要是再不說，就等著坐三十年的牢吧，甚至是無期徒刑。」

「這是由法官與陪審團定奪，」伯傑說道，「走完審判程序，最後贏的一定還是我們。」

馬龍心想：哪有可能。

歐戴爾說得沒錯，結束了，必須到此為止。

我去坐牢。

就由魯索照顧我的家人。

這結果不好，但也不算太壞。

反正，我也只有這個選項。

他說道：「就這樣吧。我不說了，也不需要協商與認罪，你們要怎樣就怎樣。」

「你打電話給我，最後卻打算自己當律師？」伯傑開口，「我認為你這樣很不妥。」

馬龍整個人靠在桌上，面向歐戴爾。「打從第一天開始，我就告訴過你了，我絕對不會傷害我的搭檔，我去坐牢就是了。」

「你撐得過去，」溫卓博問道，「但席拉有辦法嗎？」

「什麼？」

「你老婆能蹲苦牢嗎？」溫卓博繼續說道，「她應該是十到十二年徒刑。」

馬龍大驚，「為什麼？！」

「席拉能夠合理說明收入來源嗎？」溫卓博反問，「等到我們請國稅局調查她的時候，她能夠解釋自己的花費嗎？除非有秘密收入、否則根本付不出來的信用卡帳單？我們進入你家蒐證的時候，是不是會發現一堆裝了現金的信封？」

馬龍望著伯傑，「他們可以這樣嗎？」

「沒錯，恐怕就是如此。」

「想想你的小孩，」歐戴爾繼續加碼，「爸爸媽媽都得坐牢，而且無家可歸，丹尼，由於你除了薪資之外、有諸多無法合理證明的收入來源，所以我們會查扣你的房子、車子、銀行帳戶，丹尼，看著我，我連你小孩的玩具也不會放過。」

溫卓博說道：「你雖然在其他地方藏了養家費，但也不用多想了。就算我們不拿，也會落入你律師的口袋，你所有的錢都會拿去打訴訟、繳罰金。等到你出獄之後，如果真有那麼一天的話，你會是個名下身無分文的老人，而對於已經成年的子女來說，你只不過是那個害他們母親入獄的男人而已。」

「我會殺了你。」

「在哪?西岸的隆波克?」溫卓博問道,「還是維克多維爾?佛羅倫斯?因為你會被關進美國另一頭的聯邦超級監獄,你再也無法見到小孩,而你的妻子會被關進充滿黑人與粗暴女T的丹伯里監獄裡。」

「誰會幫你養小孩?」歐戴爾問道,「我知道魯索夫婦是他們的監護人,但是菲爾叔叔對於撫養抓耙仔的小孩會作何感受?尤其,到時候你已經沒有貢獻金錢的能力了,難道他還會為他們買好衣服?送他們去念大學?花錢帶小孩去監獄探望他們的母親?」

溫卓博又說:「魯索這傢伙很摳門,連新外套都不肯買。」

馬龍問道:「我怎麼能做出那種事?叫我怎麼面對他們的家人?」

「你是要告訴我,你更愛他們的子女?」歐戴爾反問,「更愛他們的老婆?」

伯傑開口:「丹尼斯,我們就交給法院審判吧。」

「也許可以考慮,」溫卓博說道,「搞不好席拉的審判庭也在同一棟大樓,你們還可以一起吃午餐。」

「幹!」

「我們休息個十分鐘,」歐戴爾說道,「讓你好好考慮一下,與你的律師仔細討論清楚。丹尼,給你十分鐘,然後就到此結束,你自己決定下一步該怎麼走。」

他們出去之後,馬龍與伯傑坐在那裡,不發一語。然後,馬龍起身,走向窗邊眺望中城。紐約的繁忙一日——人們四處奔忙掙錢。

馬龍開口：「這是地獄。」

伯傑說道：「你一直痛恨被告律師，認為我們是人世間的廢渣，幫助有罪之人逃避法律制裁。現在，丹尼你知道我們存在的理由了吧。當無名小卒被這個體體制抓進來的時候——也許他的姓氏正好是母音結尾，或者是倒霉的黑人或西班牙人，甚或是警察——這部機器就是會把他們碾碎到骨肉無存。這場戰爭並不公平，司法女神之所以必須蒙眼，是因為她不忍目睹真相。」

「你相信業力嗎？」馬龍問。

「不信。」

「我也不信，」馬龍嘆道，「但我現在忍不住懷疑……我說出的謊言、假拘票……刑求……被我送入大牢的黑道、黑人、西班牙人。現在我也成了其中之一，我成了他們的死黑鬼。」

「何必這樣，」伯傑說道，「你有我啊。」

對，伯傑在法庭裡有多麼厲害，馬龍再清楚不過了，他也知道這個律師心中的其他盤算——但要是這個案子送到大陪審團——鐵定是——絕對不會有檢察官或是法官膽敢賣案。

馬龍開口：「我不能拿家人當賭注。」

馬龍不需要十分鐘長考。當他們一開口，他就已經知道答案，他絕對不會讓席拉去坐牢。男人必須照顧家庭，就這樣。「我接受那份協議。」

伯傑說道：「你還是得坐牢。」

「我知道。」

「你的搭檔也是。」

「這一點我也知道。」

身處地獄，沒有其他選擇。

每一個決定都艱難，但還是得挑一個。

伯傑說道：「我不能代表魯索或蒙特鳩，那樣將會造成利益衝突。」

「我們趕快結束吧。」

伯傑走到外頭，請歐戴爾與溫卓博回來。等到大家入座之後，他開口說道：「我的當事人願意提供完整的罪行陳述書，也願意對海洛因交易案認罪。他會與諸位充分合作，而且也願意擔任證人、幫助各位起訴涉有罪嫌的其他在職警察。」

歐戴爾說道：「這樣不夠，他必須戴竊聽器，取得足以起訴他們的罪證。」

「他會戴竊聽器，」伯傑回道，「但我們也有交換條件，他希望取得合作備忘錄，加上其他的起訴罪名，法官判刑的建議刑期不得超過十二年，罰金與扣押非法活動所得的總金額不得超過十萬美元。」

「原則上同意，」溫卓博說道，「我們之後再琢磨細節。最後的起訴判決應看被告的合作態度是否令人滿意而定。」

「前提是馬龍的全新三〇二檔案不得有任何謊言隱匿，」歐戴爾說道，「而且已經供出了所有罪行。」

伯傑回道：「我們還有其他條件——」

歐戴爾回他：「你們沒有立場開條件。」

「要是沒有的話，」伯傑說道，「我們也不會在這裡，老早就進了大都會看守所的拘禁室了。我可以繼續說下去吧。馬龍警探願意對魯索、蒙特鳩兩位警探進行蒐證，但必須確保絕對不會以任何一條罪名起訴他們的配偶。這一點沒有協商空間，而且必須簽署獨立備忘錄，你們兩位與聯邦檢察官必須共同簽署。」

溫卓博問道：「傑瑞，你不相信我們？」

「我只是想要確定大家都蹚落去了，」伯傑回道，「要是你們其中之一或是兩人都離開了現在的職位，我的當事人依然可以受到保護。」

「同意，」溫卓博說道，「我們無意傷害他們的家人。」

伯傑嗆他，「但你明明每天都想辦法在搞這種事。」

歐戴爾問道：「所以我們達成共識了？」

馬龍點點頭。

溫卓博追問：「這表示同意嗎？」

「我的當事人已經同意了，」伯傑開口，「你現在想怎樣？是要看他濺血起誓嗎？」

「我要他親口說好。」

伯傑回道：「我代表我的當事人發言。」

「好，那就讓你的當事人明白一件事，」溫卓博說道，「要是他打算追隨拉斐爾・托瑞斯自我了斷的話，這項協議就此失效——他老婆會有好一陣子不能去他的墳前獻花，時間長達五至八年不等。」

歐戴爾說道：「我們現在就要他的陳述書。」

馬龍講出了佩納逮捕案的事，偷了現金與海洛因，還有後續的銷贓經過。

但他並沒有告訴他們，殺死迪亞哥・佩納，其實是行刑。

馬龍與伯傑一起走了出去。

「這就是你為什麼需要打電話給我的原因，」伯傑說道，「你看你不就出來了？」

馬龍問道：「等到我進入聯邦監獄的時候，你也會送我進去？」

「我們會想辦法讓你關進艾倫伍德監獄，」伯傑說道，「開車三小時就到了，你的家人可以過去探監。」

馬龍搖搖頭，「依照『我的證人保護計畫』，他們一定會把我放入隔離囚室，好幾年都不得探監。反正，我也不希望我的小孩看到我坐牢的模樣。辛辛苦苦過來，與其他壞蛋家人坐在等候室裡面。要是當那些常客發現他們探望的對象是警察的時候，一定會被騷擾，甚至被威脅。」

「那恐怕不是好幾個月，而是好幾年的時間，」伯傑說道，「世事難料。」

「我去拿你的律師費。」

「我們必須另外安排交錢地點，」伯傑說道，「萬一被人看到你進我辦公室就不妙了。」

馬龍差點哈哈笑出來，「你的抓耙仔當事人通常都這樣交錢的嗎？」

伯傑交給他一張名片，「這是某間乾洗店，我這個人還是小有幽默感。」

「剩下的律師費呢？」馬龍問道，「他們會扣押財產……我打算靠那些錢支付律師費。」

「我把話講清楚，」伯傑說道，「先把錢給我，聯邦政府放在最後。你說他們要怎麼樣？你根本沒有的錢，他們要怎麼拿走？」

「他們會拿走我的房子。」

伯傑回道：「這是遲早的事。」

「太好了。」

「你想這個幹什麼？」伯傑說道，「你出庭作證得花上好幾年的時間，這段時間都會住在軍營。你的家人也會被列為保護證人。等到你出獄之後，也會成為被保護證人。等到你出來之後，就會跟他們在一起，到時候你就可以拿錢買更多的房子，我聽說是送到猶他州。」

「你在第五大道有公寓。」

「在漢普頓也有豪宅，」伯傑說道，「傑克森霍爾有度假屋，現在正在聖托馬斯島找間小房子。」

「你得找地方停遊艇。」

「對，沒錯，」伯傑說道，「這就是生意，警探，司法是一門生意，我剛好十分在行。」

「要是能夠如魚得水，的確是好工作。」

伯傑問道：「想知道這工作有什麼缺點嗎？」

「當然。」

「大家平安無事的時候，絕對不會打電話找我。」

29

天氣炎熱，這是紐約市的典型熱氣。

讓人昏脹蒸騰冒煙的濁臭熱氣，不斷焦烤水泥建築與柏油路面，讓整座城市變成一座露天三溫暖蒸氣室。

這個城市的夏日，熱呼呼。

馬龍滿身大汗醒來，走出淋浴間之後，才不過三十秒鐘，他又流汗了。

現在，他在史塔頓島，坐在魯索家後院、啜飲庫爾斯啤酒，感覺舒暢多了。他身著寬鬆的牛仔外套蓋住牛仔褲，穿的是黑色耐吉球鞋。

魯索身穿滑稽的夏威夷衫，及膝短褲，涼鞋配白襪，忙著翻動烤肉架上的漢堡肉。「七月四號，我好愛這國家。」

蒙提身穿白色瓜亞貝拉涼衫，卡其休閒褲，頭戴軟呢帽，猛吸蒙特克里斯托雪茄。

魯索的國慶戶外聚餐，總是選在最接近四號的空檔週末。

這是小組的傳統。

大家都要出席，家庭聚會日。

老婆、認真交往的女友——加上小孩。

約翰和蒙提的小孩、魯索的兩個兒子在游泳池裡面玩閉眼抓人。凱特琳坐在蘇菲亞旁邊，慎重其事，看她完成化妝。尤蘭達、唐娜、席拉坐在平台區的野餐桌旁邊，啜飲西班牙水果酒，像小女孩一樣交頭接耳。

蒙提退休在即，成為烤肉會的熱門話題。尤蘭達知道老公馬上就要離開警界工作，準備帶小孩離開紐約，心情欣喜若狂。看到她一臉幸福的模樣，讓馬龍心都碎了。

「有沒有看到那些在游泳池裡的小白痴？」蒙提說道，「聰明，是念大學的料。」

「他們是黑人，」魯索說道，「一定可以拿到獎學金。」

「他們已經有獎學金了，」蒙提咯咯笑個不停，「『佩納獎學金』。」

他舉起啤酒瓶，與魯索互碰致意。

「『佩納獎學金』，」魯索回道，「這個我喜歡。」

馬龍覺得自己體內的靈魂正在不斷皺縮。他待在最好朋友的家裡，旁邊還有他的家人，而他等一下的錄音證據將會讓好友失去一切。

但他還是得繼續進行。他張望四周，確定大家的妻小都聽不到他講話的聲音，才開口說道：「我們必須要趕快處理卡斯提洛。要是他被別人先逮捕的話，一定會說出佩納的事，我們當初查扣的海洛因短少了五十公斤。」

魯索問道：「你覺得他們會相信那種話嗎？」

「你想要冒險嗎？」馬龍反問，「十五年到三十年，待在聯邦監獄？我們得解決這傢伙。」

馬龍刻意盯著魯索，現在他正忙著取下烤肉架上的臘腸放到餐碟上面。「借用不朽的人物東尼・索波諾的一句話：『某些人必須離開。』」

蒙提忙著捲雪茄點火，「對卡斯提洛的腦袋開個兩槍，我沒問題。」

馬龍問道：「你們曾經覺得良心不安嗎？」

「佩納？」魯索開口，「我拿走了那個殺嬰兇手的錢，而且還做了好事，讓我的小孩看到未來，為什麼要覺得不安？他們再也不需要一輩子扛學貸，大學畢業，沒有負擔，輕鬆愉快。幹他媽的佩納，我真慶幸我們宰了他。」

蒙提跟著附和：「同意。」

男孩們聚在泳池邊，呼喚他們的爸爸一起來玩水。

「再幾分鐘就過去！」

「你每次都這麼說！」

魯索問道：「你不擔心他們泡在水裡會有骨質疏鬆的問題？」

「我比較擔心他們會出現腦袋疏鬆，」蒙提回道，「現在有很多年輕美眉，只要一首iTunes的下載歌曲就可以跟人上床。我要在北卡羅萊納享受退休生活，可不想太早抱孫子。」

「卡羅萊納州很貴，」馬龍說道，「我正在研究羅德島。這些錢該怎麼處理？佩納案的錢、從律師那裡收來的錢、其他地方削來的錢。這些年來，我不知道到底有多少，每個人都一定有個兩百萬吧？」

魯索問道：「靠，你今天是怎樣？美林證券顧問上身？」

馬龍說道：「我們不知道我們要等到什麼時候才會又有大筆進帳。我們現在恐怕也只能繼續領死薪水，搞不好再多一點加班費而已。」

「蒙提，」魯索說道，「馬龍想要賣政府債券給你。」

「我們本來就知道這一切不會長久，」蒙提說道，「所有的美好事物都會劃下句點。」

「也許我也該收山了，」馬龍說道，「我的意思是，也許現在是時候了，趁我現在還是贏家的時候，把自己的籌碼收一收、離開賭桌。」

魯索接口：「天，你們要留我一個人陪列文？」

馬龍回道：「啤酒喝多了，我得去撇尿。」

唐娜把他拉進廚房，伸出手臂摟住他，下巴朝外頭的席拉點了一下。「真是太好了，你們要復合，全家人團聚在一起。席拉說她這幾天會好好想一想——你準備要回去了吧？」

「嗯，應該是。」

「丹尼，我以你為傲，」她說道，「你總算清醒過來了，你的本命就是留在這裡、跟他們在一起，跟我們在一起。」

馬龍進入浴室，打開水龍頭當作掩護，開始大哭。

喝光第四瓶啤酒的時間比第三瓶快，第五瓶的去化速度更勝一籌。

席拉問道：「要不要喝慢一點？」

「你少管我的閒事行不行？」馬龍起身離開她身邊，走到泳池旁，這是一年一度「小孩挑戰爸爸泳池捉迷藏對抗賽」的地點。

約翰玩得很開心，他對著馬龍大吼：「爸爸！趕快來玩嘛！」

「約翰，現在不要。」

「來嘛！爸爸！」

「趕快下水，」魯索說道，「他們把我們修理得很慘。」

馬龍回道：「我待在這就好。」

魯索已經喝了好幾杯啤酒，態度有些敵意。「馬龍，給我過來。」

「不，謝了。」

派對現場一片靜默，大家都在看，女眷們知道這不只是泳池裡的嬉鬧，事態有些緊張。

「為什麼不要？」開口的是蒙提，他早已下水，盡量不要弄濕雪茄。

馬龍回道：「因為我就是不想。」

因為我身上裝了竊聽器。

「你現在害羞了嗎？」魯索也開始問他。

「對，就這樣。」馬龍說。

「你以前早就被我們看光光了，」魯索說道，「趕快進泳池。」

他與馬龍怒目相視。

馬龍回道：「我沒有帶泳褲。」

「參加泳池派對，」蒙提嗆他，「你居然沒有帶泳褲。」

魯索回他：「我借你一件就是了。唐娜，去拿件泳褲給丹尼。」

但是他的目光依然緊盯著馬龍。

「天，菲爾，」唐娜說，「他剛剛不是說他不要——」

「我聽到他說什麼了，」魯索回道，「你有沒有聽到我說的話？他媽的趕快給我進屋子，拿條泳褲給這傢伙。」

唐娜只好立刻衝入屋內。

蒙提問道：「丹尼，你是不是有什麼原因不肯脫衣服？」

「干你什麼事？」

蒙提說：「你一定要給我下水。」

「你要硬逼我下去嗎？」

「如果需要我動手，我一定奉陪。」

馬龍暴跳如雷，「蒙提！菲爾！幹！」

席拉制止他，「天！丹尼！」

馬龍大吼：「幹，你也一樣！」

「丹尼！」

「幹！全給我滾到一邊去！」馬龍大吼，「我要走了！」

魯索回他：「你哪裡都不准去。」

席拉抓住他手臂，「你不能開車。」

他甩開她，「我沒問題。」

「對，你沒問題！」她在他背後大吼，「丹尼，你這爛貨，真的爛透了！」

他豎起中指，掉頭離開。

要是皮魯幫與瘸幫能夠和平相處
應該就會在這首歌唱完的時候拿槍轟爛我
似乎整座城市都在與我作對

馬龍走九十五號公路、回到市區，他在路途中大聲播放肯特里克·拉馬爾的歌曲。

他心想：他們知道。

魯索和蒙提，他們幹他媽知道了。

老天。

他現在的時速已經有九十英里。

他想要直接撞路燈，輕鬆多了，酒駕身亡，沒有煞車痕跡，沒有人能證明他死前沒有踩煞車。以又快又猛的力道一頭撞下去，你朋友的罪證錄音帶與車子就會被熊熊火焰所吞噬。

還有你自己。

等於直接在車禍現場舉行維京人葬禮。

一次到位。

我的骨灰將會散落在北曼哈頓。

這一定會讓大家很不爽，我依然還在那裡。丹尼．馬龍，隨著垃圾氣味四散。
侵入大家的眼中，還有鼻腔。
像是吸食古柯鹼、海洛因一樣，把我吸入體內。
黑色愛爾蘭海洛因。
下手吧，不要這麼娘。猛踩油門，不碰煞車，把方向盤扭向右側，一切劃下句點。
對大家都一樣。
如同阿姆的歌詞：

所以當你還在圈內的時候，盡量下手別客氣
等到玩完之後就認了吧

馬龍的十指緊扣方向盤。
賤貨，踩下去啊。
被大家公幹的抓耙仔，就踩下去啊。
你是猶大。
他急轉方向盤。
他的科邁羅在四線道上亂竄，喇叭聲四起，還有急踩煞車的尖銳聲響，紅綠燈的燈柱在擋風玻璃前變得無比巨大。

最後一刻，他又切回去。

科邁羅開始旋轉，瘋狂的三百六十度旋轉，讓他頭暈腦脹，曼哈頓的天際線在他臉上不斷閃滅。

車子變慢，穩了下來。馬龍踩油門，回到線道內，準備進市區。

砰，砰，砰，砰

馬龍撕掉肚子上的醫療膠帶，把錄音機扔到桌上。「幹，拿去，這是我搭檔的鮮血。」

「你是不是喝醉了？」

「我吃了抗睡丸，還有喝了一堆啤酒，」馬龍說道，「把這條罪名再加上去啊。」

溫卓博說道：「我必須離開漢普頓跑過來，現在叫我聽這種鬼話？」

馬龍大吼：「我的搭檔知道了！」

歐戴爾問道：「知道什麼？」

「我是抓耙仔！」

他把游泳池事件全告訴了他們。

「只是因為你不下水？」溫卓博問道，「他們就發現了？」

「他們是警察，」馬龍回道，「天生疑神疑鬼，可以聞到罪惡感的氣味，他們都知道了。」

歐戴爾說道：「不重要。反正，如果這份錄音證據足以讓他們定罪，我們明天就逮人。」

他們開始聽錄音。

「他們是黑人，一定可以拿到獎學金。」

「他們已經有獎學金了，」「『佩納獎學金』。」

「『佩納獎學金』，這個我喜歡。」

「我們必須要趕快處理卡斯提洛。要是他被別人先逮捕的話，一定會說出佩納案的事，我們當初查扣的海洛因短少了五十公斤。」

「你覺得他們會相信那種話嗎？」

「你想要冒險嗎？十五年到三十年，待在聯邦監獄？我們得解決這傢伙。」

「借用不朽的人物東尼．索波諾的一句話：『某些人必須離開。』」

「對卡斯提洛的腦袋開個兩槍，我沒問題。」

溫卓博說道：「屆時你必須幫忙出庭作證。」

「我知道。」

「但你表現很好，」溫卓博讚道，「馬龍，幹得漂亮。」

他繼續播放錄音。

「你們曾經覺得良心不安嗎？」

「佩納？我拿走了那個殺嬰兇手的錢，而且還做了好事，讓我的小孩看到未來，為什麼要覺得不安？他們再也不需要一輩子扛學貸，大學畢業，沒有負擔，輕鬆愉快。幹他媽的佩納，我真慶幸我們宰了他。」

「同意。」

歐戴爾開口：「好，這樣就沒問題了。」

溫卓博說道：「我去弄魯索與蒙特鳩的起訴書。」

馬龍回道：「你們就不能等等嗎？」

「你以為你是誰？」溫卓博回嗆，「馬龍，你又不是賽皮科！你貪腐成性，什麼都想撈，幹！」

「混帳，幹！」

「我們出去走走，」歐戴爾說道，「呼吸一下新鮮空氣。」

他們搭乘貨運電梯下去，走入第五大道。

「丹尼，你想知道我的想法嗎？我覺得你充滿罪惡感，對於自己過往的一切感到愧疚，現在你又因為背叛其他同仁而充滿罪惡感。但是你不能同時選擇兩條路——要是你真心對過往感到遺憾，那麼你就必須幫助我們阻止這一切。」

「媽的你誰啊？我的神父？」

「多少算是吧，」歐戴爾說道，「我只是想要幫助你克服自己的情緒、看清真相。」

「我已經有了抓耙仔的標籤，」馬龍說道，「我完了。我對你再也沒有任何價值，沒差了——難道你覺得現在還有警察、檢察官、律師願意跟我講話？」

馬龍停下腳步，靠在牆上。

「你做了很多事，」歐戴爾說道，「協助整淨這座城市──司法體系、警察部門……我們很感激。你已經不再保護那些捍衛毒販、自己賣毒的『同志』，他們現在已經什麼都不管了，可是他們明明本來應該要保護那些因為用毒過量而垂死掙扎的人民、被行車突擊狙殺的小孩、因為毒品與家暴而夭折的小嬰兒──」

「不要再給我講那種屁話。」

「這座城市已經快要炸裂了，」歐戴爾說道，「泰半原因是因為警察品行不佳、殘暴、充滿種族歧視的偏見。雖然這種人不多，但這些老鼠屎卻壞了一鍋粥。」

「我沒辦法繼續下去了！」

「丹尼，你真正受不了的是恥辱，」歐戴爾回他，「而不是偷偷舉報其他警察──你無法承受的是背叛自己。我懂，我們來自同一個教堂，一起上教理課。你不是壞人，但你先前做了壞事，而唯一的方法，唯一能夠讓自己好受的方法就是改過自新。」

「我沒辦法。」

「因為你的搭檔嗎？」歐戴爾問道，「你覺得他們要是陷入這種狀況，難道不會把你供出來嗎？」

「你不認識那些人，」馬龍回道，「他們不會向你洩漏半點口風。」

「也許你對他們的了解不夠深入，他們跟你想像中的不一樣，」

「我不了解他們？」馬龍說道，「每天我都把自己的性命交付在他們手中、與他們坐在一起好幾個小時、和他們一起吃垃圾食物、在置物室裡和他們一起睡行軍床。我是他們小孩的教父，他們是我小孩的教父，你覺得我不了解他們？！

「這就是我對他們的了解——他們是我見過的超級大好人，比我好太多了。」

說完之後，他掉頭離去。

他手機響了。

是魯索。

他要見面。

30

晨曦公園。

馬龍的緊張不安感宛若刺網一樣爬滿胸膛。

至少他身上沒竊聽器了。歐戴爾還是希望他繼續裝，但馬龍卻痛罵他人渣。

其實，歐戴爾根本不希望他過去。「要是他們對你起疑的話，很可能會殺了你。」

「他們不會的。」

「為什麼要去？」溫卓博問道，「我們現在已經有足夠證據能夠逮捕他們，你的證人保護計畫可以直接生效。」

「你們不能去他們家裡逮人，」馬龍說道，「不能在他們家人面前做這種事。」

「我們可以讓他安排會面，」溫卓博建議，「到那個時候正好一起逮捕。」

「那他就必須安裝竊聽器。」

馬龍說：「幹！」

「要是你不肯裝竊聽器，」歐戴爾說道，「我們沒辦法為你提供後援。」

「很好，我不需要。」

溫卓博回他：「不要不知好歹。」

馬龍心想：但我就是這樣的人，超級大混蛋。

歐戴爾問他：「你要跟他們說什麼？」

「真相，」馬龍說道，「我要把自己做的事告訴他們，至少給他們安頓家人的機會，你們可以明天再逮捕他們。」

溫卓博問道：「萬一他們逃走了呢？」

「他們不會幹這種事，」馬龍回道，「絕對不會拋下妻兒不管。」

「要是他們溜走的話，」歐戴爾說道，「帳就要算在你頭上。」

現在，他站在公園裡，看著魯索與蒙提從晨曦大道走來。

魯索的臉龐因怒火而扭曲變形，而蒙提則是一臉淡漠，高深莫測。

條子的面孔。

而且，他們是重裝上陣，馬龍看出魯索的腰間格外沉重，而蒙提走路的姿態亦然。

「丹尼，我們要對你搜身。」

馬龍舉高雙臂，魯索走過去，開始找竊聽器。

一無所獲。

魯索問道：「酒醒了沒有？」

「夠清醒了。」

蒙提開口：「是不是有事情要告訴我們？」

他們知道——他們是警察，是你的兄弟，在你的臉上就可以看出答案，那一股罪惡感。但他就是沒辦法鼓起勇氣說出口。「例如？」

「比方說，他們逼你招供，」蒙提說道，「你被他們抓到了，逼你說出一切，你就全招了。」

馬龍沒吭氣。

「天，丹尼，」魯索繼續追問，「在我家？和我們家人在一起的時候，他媽的你在我家搞竊聽？趁我們的老婆們在聊天，小孩在游泳池玩水的時候？」

馬龍沒說話。

他開不了口。

蒙提說道：「不重要了。」

他掏出自己的點三八手槍，對準馬龍的臉。

馬龍沒掏槍，只是望著蒙提。「如果你覺得我是抓耙仔，那就動手吧。」

「我會的。」

「我們必須要確定才行，」魯索泫然欲泣，「我們必須要百分百確定。」

蒙提反問：「你還需要確定什麼？」

「我要親耳聽到他說出來，」魯索抓住馬龍的手臂，「丹尼，你看著我，告訴我這不是真的，我一定會相信你。拜託，靠，快跟我說，這不是真的。」

馬龍盯著他的眼睛。

就是說不出口。

「丹尼，拜託，」魯索說道，「我可以理解萬一……這種事可能會發生在任何人身上……媽的告訴我們實話就是了，大家一起解決。」

蒙提問道：「我們要怎麼解決？」

「他是我小孩的教父！」

「他要害你小孩的爸爸進監牢，」蒙提說道，「要是他真的幫忙偷錄音作證的話，我的兒子們也一樣遭殃。對不起，丹尼，但——」

「丹尼！快告訴他，是我們弄錯了！」

馬龍回道：「他的想法已經不會有任何動搖了。」

魯索掏出自己的槍，「我絕對不會讓你動手。」

「啊？大家要互相殘殺？」馬龍問道，「我們現在怎麼搞成這樣？」

他手機響了。

蒙提開口：「接電話，給我慢慢來。」

馬龍從牛仔褲口袋裡取出手機。

蒙提繼續發號施令：「開擴音模式。」

是內務局的韓德森。

「丹尼，有件事應該要讓你知道，」他繼續說道，「聯邦調查局已經盯上我，我死定了。」

「媽的這是什麼意思？」

「有個名叫歐戴爾的聯邦調查局幹員告訴我，他們要解散特勤小組，他們在裡面已有暗樁，」韓德森說道，「丹尼，是列文。」

馬龍想吐。

歐戴爾，你到底在搞什麼鬼？

馬龍回道：「你之前告訴我列文沒問題，」

「他給我看了三〇二檔案，」韓德森說道，「上面有列文的名字。」

「知道了。」馬龍立刻切斷電話。

魯索癱在草地上，「天，我們差點就開槍斃了對方。靠，我的天哪，抱歉，丹尼。」

蒙提把他的點三八放入槍套。

但速度極為緩慢。

馬龍看得出來這個大塊頭男人正在思考，計算下棋的步數——韓德森是丹尼的人馬，而聯邦調查局的人只有在不得已的時候才會讓一般警察看文件……

韓德森的說法，蒙提不買單。

現在，輪到魯索的手機響了。他聽了約一分鐘，掛上電話。「剛才在跟那畜牲講話。」

「怎樣？」

「是列文，」魯索說道，「他親眼見到了卡斯提洛。」

他們一起走向工作座車。

蒙提一直死盯著他不放，穿透力十足。

馬龍覺得彷彿有顆點三八子彈正貫穿他的腦袋。

老派的解決之道。

他心想：而且是我活該，他媽的我就是該挨子彈。

根本就是渴求一死。

他放慢腳步，挨到蒙提身邊。「大塊頭，你剛才真的打算要斃了我？」

「我不知道自己是否下得了手。」蒙提回他，「我問你——如果換作是我，你會怎麼做？」

「我對你應該是下不了手。」

「這很難說，誰曉得，」蒙提回道，「事到臨頭才知道。」

「我們現在該怎麼處理列文？」魯索問道，「如果列文是聯邦調查局的同夥，那我們就完蛋了，全部會被他送進大牢。」

馬龍問道：「你覺得呢？」

「要是我們逮捕卡斯提洛的話，」魯索說道，「恐怕會有兩個人沒辦法活著出來。」

蒙提說道：「緝捕毒販是危險工作。」

魯索問他：「你是覺得哪裡不妥嗎？」

馬龍覺得噁心想吐。歐戴爾之前到底是在搞什麼？想要掩護我？告訴他們，現在就全部說出來，就那幾個字而已——我是抓耙仔。

他說不出口。

他本來以為自己講得出來。

最後，他吐出的話是：「我們開始行動。」

他心想：搞不好，我運氣不錯。是我死在裡面。

那棟建築位於佩森大道，就在英伍德山丘公園的對面。

「我看到廂型車停了下來，」列文的聲音既緊張又興奮，「全部都是三雄黨分子，拿出了好幾個行李袋。」

馬龍問道：「確定嗎？」

馬龍問道：「你真的看到了卡斯提洛？」

「司機讓他下車之後，把車開走，」列文說道，「他上了四樓，在他的那些人馬拉下百葉窗之前，我的確看到了他。」

「確定嗎？」馬龍問道，「你真的確定是他？」

「百分百確定。」列文說。

馬龍追問：「有沒有其他人進出？」

列文回道：「沒有。」

馬龍心想：所以我們不知道裡面有多少卡斯提洛的人馬。也許是列文看到的十個人，也可能裡面早就有另外二十個人。卡斯提洛正在裡面清點計算，準備要把海洛因分銷出去，而且確保底下的人馬不會污貨。

馬龍知道，他們應該要繼續監控下去才是，呼叫北曼哈頓小組，讓賽克斯派緊急狀況支援小組過來，也就是那些霹靂小組的成員。只不過，我們不能那麼做，因為這不是逮捕，而是行刑。大家都知道這是危險任務。而除了列文之外，每個人都知道他們為什麼要冒這麼大的風險。

沒有人開口。

全數默然同意。

「全副武裝，」馬龍說道，「防彈背心，自動手槍，我們要重裝上陣。」

列文問道：「搜索票呢？」

馬龍看到魯索在偷瞄他，他說道：「槍枝搜索票。我們看到知名幫派分子鬼鬼祟祟，隨即展開跟蹤，聽到槍響。我們沒有時間尋求支援。誰對這種說法有問題？」

魯索把黑克勒科赫手槍分發給大家，「我們還得為比利向這些人討回公道。」

列文望著馬龍。

馬龍說道：「逮捕未必是我們的第一要務。」

列文面迎他的目光，「我沒問題。」

「如果之後有用槍調查委員會？」馬龍問道，「內務局呢？」

「沒問題。」

魯索開口：「這一次的任務，我們稍微變換一下次序。列文率先攻堅，我負責破壞，馬龍緊跟在後，蒙提殿後。」

他盯著馬龍，一臉就是別跟我作對的神情，列文也看著馬龍——以前總是馬龍一馬當先。

馬龍問道：「列文，你沒問題嗎？」

「這次換我了。」列文說。

馬龍開口：「走吧。」

他對空開了兩槍。

蒙提大步走向門口，把液壓破門器插進去。列文在一旁貼牆等待，他高舉黑克勒科赫手槍，準備衝進去。

門鎖爆裂。

大門瞬間敞開。

魯索丟入閃光彈。

室內一片光亮。

列文從一數到三，大吼一聲「攻堅！」旋身衝進去。子彈立刻朝他飛來，從低到高——大腿、肚子、胸部、頸部，還有頭顱。

他在身體觸地前就已斷氣。

馬龍在他後面倒臥在地，看到綁了綠色方巾的三雄黨分子蹲在樓梯井欄杆後面。他們穿了克維拉防彈衣、戴了戰鬥頭盔與夜視鏡。

他們衝上樓梯。

馬龍躺在列文屍體的旁邊，按下自己的無線電對講機，「10-13！有警員中槍！有警員中槍！」然後又把持槍的那隻手從列文的胸膛上方伸過去、扣下扳機。

對方回火，又射中了列文。

魯索站在門邊，拿著霰彈槍狂轟。「丹尼，快離開這裡！」

馬龍滾過列文的屍體，開槍。

然後起身，開始行動。

上樓。

「丹尼！撤退！」

但魯索還是跟著往上衝。

蒙提也是。

馬龍聽到他們在後頭上樓的砰砰腳步聲。

他以前從來不需要擔心自己的後方，因為蒙提總是在後頭掩護他。

但他現在卻開始擔心了，因為蒙提跟在他後面；其實，蒙提也同樣覺得芒刺在背，不知道馬龍什麼時候會耍陰捅他一刀。

馬龍聽到三雄黨分子在上頭的跑步聲響。這些死小孩的速度比他快多了，衝向四樓要保護海洛因與老大。但就算他們能跑贏也沒差，現在他們無路可逃，只有屋頂，而那是死亡陷阱。

但他們卻停下來開火。

子彈宛若彈珠台裡的鋼珠在樓梯井之間彈飛，撞擊牆面與欄杆。

馬龍聽到魯索尖叫，「我的眼睛！」

他立刻轉身，看到魯索倒地，整個人蜷伏一團，緊摀住臉，欄杆上還被削落了一塊鐵屑。蒙提讓他躺下，從他身上跨過去，巨大的身軀貼住牆壁，繼續上樓。

「我沒事！」魯索大吼，「下去就是了！」

馬龍沒下去，反而衝上四樓的門口，蒙提跟在他後面，槍口朝下。

馬龍退開。

蒙提踢門。

馬龍衝進去開槍。

立刻聽到某個三雄黨人因中彈而尖叫，子彈在水泥地板上彈跳，火光碎屑四起。

馬龍臥地，滾向牆邊。

他回頭，看到蒙提舉起自己的點三八手槍。

瞄準了他。

馬龍爬回到大門旁邊的牆，用力將背脊貼牆，現在無路可逃。

他舉起黑克勒科赫手槍對準蒙提。

盯著彼此不放。

蒙提朝門口開槍。

某個三雄黨分子旋身，防彈背心下方的鼠蹊處中槍，他也失了重心，AK步槍的槍口反朝天花板開火。蒙提對著他的大腿補了兩槍，他彎成V字形，往後倒了下去。

三雄黨人不打算放棄，他們知道自己殺了警察，絕對不會束手就擒。他們現在只有兩個選擇：從後門逃走，或是殺光剩下的警察。

馬龍把槍對準敞開的大門，開火，彎身撤退，蒙提也利用這一次的掩護火力撤到大門的另一邊。他看著馬龍，那表情似乎在告訴他，我們現在解決。然後，他下巴朝門口的方向點了一下——走。

馬龍衝出門外，子彈碰到防彈背心，肋骨感到一陣陣重擊，他繼續下樓。某個三雄黨分子朝他迎面而來，格洛克手槍正對著他。

馬龍撲過去，抓住對方的大腿，將他撲倒在地，硬是奪下他的槍，狠敲腦袋，一次又一次，終於讓對方的身體癱軟不動。

然後，他聽到另一聲槍響，上頭有具屍體重摔而下，剛好落在他身上。他抬頭，看到蒙提的槍管朝下。

蒙提盯著他。

他正打算想要繼續開槍。

誤擊——這種事所在多有。

尖銳警笛聲劃破黑夜，大門外的警燈閃個不停，馬龍推開了他身上的死屍。

突然有具屍體從防火梯梯台摔落而下。

蒙提也跟著彈飛窗外。

屋內沒有海洛因，也沒有點鈔機。

也沒看到卡斯提洛。

這是埋伏。

馬龍心想：卡斯提洛應該是在我們到達之前就悄悄從後門溜走。他早就知道我們在跟監，對我設局，他知道我永遠是破門攻堅的第一人。

那第一轟擺明是針對我。

但挨槍的卻是列文。

魯索腳步踉蹌，走了進來。

樓梯間傳來砰砰作響的腳步聲，馬龍聽到有人在喊：「我們是警察！」他們進入走廊，頻頻開火。

「警察！」馬龍大吼，「我們是警察！」

他一時想不起今天的暗號顏色。

魯索趕緊大叫：「紅色！紅色！」

馬龍聽到外頭傳來更多槍響。

子彈在他們上方的牆面飛跳。是特勤小組的人——加瑞納與特內莉——從走廊進來的時候，不斷對他們開火。魯索躲在桌下對地面射擊，馬龍則瑟縮在角落。他拿下警證丟到地板上，讓他們看個清楚。「警察！我是馬龍。」

特內莉看到了他，卻佯裝沒看到人。

她開了兩槍。

馬龍伸出雙臂護臉，子彈從他頭部左側飛過。

魯索大吼：「幹！住手！我是魯索！」

三十二分局的制服員警大叫：「停火！停火！是警察！魯索與馬龍！」

特內莉終於放下了槍。

馬龍起身，走到她面前。「你這個賤婊！」

「我沒看到你！」

「幹！最好是！」

某名制服員警趕緊擋在他們中間。

魯索問道：「靠，蒙提人呢？」

「從防火梯摔下去了。」

他們趕緊去找他。

街上一片混亂，警車陸續到來，煞車急停，吼叫，大家都在奔跑。

蒙提仰躺在人行道上面。

鮮血不斷從他的頸動脈汩汩湧出。

馬龍跪下來，用力按住他脖子的傷口，想要為他止血。「不准離開我，不准你離開我，兄弟，拜託，大塊頭，不准你離開我。」

魯索像酒鬼一樣東搖西晃，雙手抱頭痛哭。

三十二分局的某輛警車疾駛而來，制服員警帶槍下車，瞄準他們。馬龍大吼：「我們在執行任務！我們是特勤小組！有警員中槍！趕快叫醫護人員過來！」

他聽到某名制服員警在講風涼話，「是那個臭馬龍嗎？也許我們來得太早了一點。」

「快叫救護車！」魯索大吼，「一名警官身亡，兩名受傷，一名傷勢嚴重！」

越來越多警車進來，然後，才是救護車，緊急醫護人員在馬龍面前抬走了蒙提。

馬龍立刻站起來，身上都是蒙提的血，他開口問道：「他能活下去嗎？」

「現在還不知道。」

某名緊急醫護人員走向魯索，「我來幫你。」

魯索立刻甩開他。

「先去救蒙特鳩！」魯索說道，「快去！」

救護車開走了。

某名制服警官走向馬龍，「這裡到底是什麼狀況？」

「裡面死了一名警官，」馬龍回道，「五名嫌犯均已死亡。」

「有沒有歹徒還活著？」

「我不知道，可能吧。」

某名制服員警從倉庫裡面走了出來，「有三名歹徒現場死亡，兩名嚴重出血，一名腿骨中彈，另一名頭骨受到重擊。」

那名警官詢問馬龍：「要不要向那兩個混蛋問案？」

馬龍搖頭。

「那就等一下，」那名警官交代制服員警，「之後再通報有五名歹徒現場死亡。還有，再派一輛救護車過來，我們得把那名警官的屍體帶回去。」

馬龍坐靠在牆邊。突然之間，他疲憊至極，腎上腺素急速下降，把他拉入了黑洞。然後，賽克斯出現了，彎身問他：「馬龍，你搞屁啊，到底在搞什麼？」

馬龍搖頭。

魯索顫顫巍巍走過來，「丹尼？」

「嗯？」

「我們這次真的搞砸了。」

馬龍站起來，扶住魯索的手肘，帶他上車。

有人會在半夜四點跑去某個警察家門口按電鈴，只有一個原因。

尤蘭達知道。

「尤蘭達——」

「啊，天啊，不，丹尼，他——」

「他受傷了，」馬龍回道，「傷勢嚴重。」

尤蘭達低頭看著他的襯衫——他忘了自己身上沾滿了蒙提的血。她勉強忍住眼淚，抬頭。

「等我披件衣服。」

「有警車在下面等你，」馬龍說道，「我還得去通知列文的女友。」

「列文？」

「他走了。」

蒙提的大兒子出現在她背後。

那模樣就像是瘦版的蒙提。

馬龍看出他眼中的恐懼。

尤蘭達面向兒子，「你爸爸受傷了，我要趕去醫院。你好好照顧弟弟，珍妮奶奶等一下就會過來，我會在前往醫院的路上打電話通知她。」

「爸爸不會有事吧？」男孩問，聲音顫抖。

「我們還不知道，」尤蘭達回道，「現在我們要保持堅強，親愛的，我們必須祈禱，一定要堅強。」

她面向馬龍。

「丹尼，謝謝你過來。」

他只能點點頭。

他要是一開口，鐵定會哭出來，她不需要看到這樣的畫面。

艾咪以為這又是保齡球之夜。

她來開門的時候臉超臭，然後，發現只有馬龍一個人，趕緊問道：「戴夫呢？」

「艾咪——」

「他在哪？馬龍，媽的他人在哪裡啊？」

「艾咪，他走了。」

她一開始會意不過來，「走了？去哪裡？」

「剛才發生槍擊案，」馬龍說道，「戴夫中槍……最後還是撐不住。艾咪，很抱歉。」

「哦。」

通知家屬痛失摯愛，再也無法返家，他先前已有多次經驗。某些人的反應是尖叫，有的是昏倒，還有的是像這樣。

整個人呆住。

她又重複了一次，「哦。」

馬龍說道：「我載你去醫院。」

「為什麼？」艾咪問道，「他已經死了。」

「法醫必須解剖，」馬龍回道，「因為這是謀殺案。」

「知道了。」

「你要不要趕快換一下衣服？」

「嗯，當然，我馬上好。」

「我等你。」

「你身上有血，」艾咪問道，「是不是——」

「不是。」

也許有一部分是列文的血吧，但他是不會告訴她的。她立刻換了衣服，淡藍色的兜帽上衣與牛仔褲。

上車之後，她開口問道：「你知道大衛為什麼想轉到你那一組嗎？」

「他想要參與更多的逮捕行動。」

「他想要和你共事，」艾咪說道，「你是他心目中的英雄，他沒事就在講你——左一句丹尼．馬龍，右一句丹尼．馬龍，我聽都聽煩了。他回家的時候會一直講他學到的東西，你教給他的一切。」

「我沒教他什麼。」

「就是男人氣概，」艾咪說道，「他不希望有人覺得他只是個念過大學的猶太男孩。」

「哪有人這麼說他。」

「大家明明都這麼想，」艾咪說道，「他好想成為你們的一員，真正的警察。現在他死了，好遺憾，我跟這個念過大學的猶太男孩在一起的時候好開心。」

「艾咪，你和列文沒結婚，」馬龍說道，「所以你拿不到他的撫恤金。」

「我有工作，」她回道，「我沒問題。」

「警方會為他舉行厚葬。」

「現在就不需要提那種話了，好諷刺，」她說道，「我會告訴他爸媽。」

馬龍說道：「我來聯絡他們。」

「不要，他們會責怪你。」

「我也覺得自己該罵。」

艾咪開口：「別想從我這裡得到任何憐憫，我也想罵你。」

她的目光飄向窗外。

凝望那一段她知道已經飄逝不再的往日時光。

醫院裡一片混亂。

哈林區的凌晨時分，通常就是這種狀況。

某個年輕的波多黎各媽媽抱著頻頻咳嗽的小嬰兒，有個流浪漢老頭的某隻腫腳纏滿繃帶，一直晃個不停。還有個年輕的男性精神病患，正在與自己腦袋裡的那個人激動對話，然後，還有斷手、割傷、肚子痛、鼻竇炎、流感、施打毒品過量的各種病患。

唐娜．魯索坐在尤蘭達．蒙特鳩的身邊，緊緊握住她的手。

麥蓋文與賽克斯站在角落，靠近門邊的位置，小聲討論。馬龍知道他們得好好討論一下了。

一名警官死亡，另一個正在與死神拔河，而且就在不久之前，同隊的另外一名警探白殺。

不到一年前，比利O死於某場類似的突襲行動。

兩名三十二分局的制服警員站在他們身旁，負責封鎖大門，擋住外頭的一大群記者。

外頭還有更多的警察。

麥蓋文離開賽克斯身邊，走到馬龍面前。「警長，借一步說話吧？」

馬龍跟著麥蓋文，走向走廊的另一頭。

賽克斯跟過去，開口說道：「一名警官殉職，另一名性命岌岌可危。五名嫌犯，都是少數族裔，全死光了。沒有後援，沒有緊急狀況支援小組，沒有作戰計畫，而且你根本懶得通知自己的警監——」

「現在？」馬龍問道，「現在要講這個？蒙提還躺在那裡——」

「馬龍，是你把他帶到那邊的，還有列文——」

馬龍走到賽克斯面前。

麥蓋文擋在兩人中間，「夠了！真是丟人現眼！」

馬龍退回去。

「丹尼，這到底是什麼狀況？」麥蓋文問道，「那間倉庫根本沒有毒品，只有準備大開殺戒的殺手而已。」

「多明尼加幫派想要為佩納復仇，」馬龍回道，「他們威脅要取特勤小隊的性命。我們跟蹤他們，沒多注意而誤觸陷阱，是我的錯，都該怪在我頭上。」

「媒體對這種新聞愛得要死，」賽克斯說道，「他們已經開始在討論開槍為樂的失控流氓警察，甚至還詢問是否要解散特勤小隊，我必須要給他們一個說法。」

麥蓋文起身，「你覺得你把馬龍丟給媒體之後，他們就會善罷甘休？要是你讓媒體有機可乘，他們就會把我們每一個人活活吞下去。你要給他們的答案如下：四名紐約警察——警察英雄——與一群幫派殺手展開浴血槍戰，其中一名英雄喪命——將自己的性命奉獻給這座城市——

而另一名則依然在與死神拔河。這麼說就是了，賽克斯警監，聽懂我的意思沒有？」

賽克斯掉頭離開。

麥蓋文本想要繼續說些什麼，但卻聽到門廳那裡傳來騷動。警察總局局長、警探總警監，還有市長一行人穿越群眾，進入醫院。

照相機閃個不停。

馬龍看到總警監尼力身著正式制服。想必他為了這身打扮一定花了不少時間，完成著裝後才趕過來。

他搶先市長一步，走到尤蘭達身邊。

他彎身安慰她，馬龍猜他應該講的是這些話。我們都是你的後盾，保持樂觀，三萬八千名警察弟兄正在找尋對你丈夫痛下毒手的惡徒，我們一定會抓到他們。

尼力看到馬龍，立刻走過去。

尼力也看到了麥蓋文，但他已經要前往別的地方。

尼力開口：「馬龍警長。」

「是，長官。」

「歷經了這場可怕劫難，」尼力說道，「我還會在媒體前支持你，讚揚你，當你百分之一百一十的後盾。不過，你的警察生涯到此結束，這裡不能讓你像西部牛仔一樣胡搞瞎搞。你已經害一名優秀警官身亡，另外一名也岌岌可危。幫你自己一個忙，你去申請殘病離職，我會立刻簽名。」

他拍了拍馬龍的肩膀，隨即轉身離去。

某名身著手術衣的醫生走過來，克勞黛跟在他後面。他張望了一會兒，看到了尤蘭達。唐娜扶她起身，兩人走到醫生面前，而馬龍與魯索則站在一旁側耳聆聽。

醫生說道：「我們已經動完你先生的手術了。」

尤蘭達回道：「感謝上帝。」

醫生說道：「我們剛剛把他送進加護病房。送往腦部的血流中斷了相當長的一段時間，而且，還有一顆子彈打中頸椎與脊髓。目前，我們沒辦法太樂觀。」

尤蘭達在唐娜懷裡癱軟不起。

唐娜攙扶她離開現場。

醫生又回到了手術室。

馬龍走到克勞黛身旁，「翻譯一下？」

「狀況不妙，」克勞黛說道，「嚴重腦傷，就算是能熬過來，你也必須要有心理準備。」

「準備什麼？」

「你認識的那個男人已經走了，」克勞黛繼續解釋，「如果能存活，也只剩下最基本的人體功能而已。」

「老天。」

「很抱歉，」克勞黛說道，「而且我也充滿了罪惡感。當無線電通報有警察需要協助的時候，我一度擔心是你，知道不是你，立刻鬆了一口氣。」

他看得出來，她沒有沾毒。

或者，至少沒碰海洛因那種高強度毒品。

她瞄了一下他的背後，看到了席拉正朝馬龍走來，她知道這女子一定是他的妻子。

克勞黛提醒他：「你最好趕快過去。」

馬龍轉身，看到席拉走來，她立刻抱住他。

「我全身都是血。」馬龍說。

「我不在乎，」她問道，「你沒事吧？」

「我沒事，」馬龍說道，「列文死了，蒙提身受重傷。」

「能不能活下來？」

馬龍回道：「也許不要比較好。」

她看到克勞黛，馬上就知道馬龍搞的是誰。「是不是她？她長得好漂亮，丹尼，光從你看她的眼神我就知道了。」

「席拉，別在這裡吵這個。」

「別擔心，」她回道，「我現在不鬧你，不會在尤蘭達面前給你難堪，她現在這麼慘。」

她走到克勞黛的面前，「我是席拉．馬龍。」

「我知道。很遺憾，你朋友出了這種意外。」

「我只是想要告訴你，」席拉說道，「你想要我老公，就給你吧，親愛的，我也只能祝他好運了。」

席拉走到尤蘭達身邊，伸出雙臂抱住她。

天主教愛爾蘭高級警監最執戀的莫過於死亡與悲劇。麥蓋文的習慣比老太太們還誇張，好幾次馬龍進他辦公室的時候、都正好發現他在讀報紙的訃聞。

現在，他在醫院的小教堂發現麥蓋文，手裡拿著玫瑰念珠。

「丹尼……我只是在禱告。」

馬龍壓低聲音，「要是兇案組開始調查行兇動機，而且又逮到卡斯提洛的話，一切就會曝光。」

「什麼事曝光？」

馬龍心想：媽的少在我面前裝無辜。「佩納的事。」

「哦，我什麼都不知道。」

「你以為你那些大紅包是哪裡生出來的？」馬龍問道，「我們一起中了樂透，你也分到一份？佩納案發生之後，你每個月拿到的錢突然變多，簡直像是搞內線交易一樣，你以為是巧合嗎？」

「你從來沒告訴過我有關佩納案的事，」麥蓋文的聲音變得緊繃，「除非你寫在報告裡，不然我怎麼知道。」

「你不會想知道的。」

「我還是沒興趣，」麥蓋文起身，「抱歉，警長，我還得去探視某位重傷的警官。」

馬龍還是不肯從教堂長椅起身，「要是他們逮到卡斯提洛的話，很可能會說出當初那房間裡到底有多少公斤的海洛因。這麼一來，他們就會追到我與我的搭檔身上，也包括了你現在極其關切的那位警官。」

「但你會挺住吧，是不是？」麥蓋文說道，「丹尼，我很清楚你的個性，我知道你父親養大的小孩絕對不會出賣警察弟兄。」

「我恐怕得去坐牢。」

麥蓋文回道：「其他人會照顧你的家人。」

「黑道才會講這種話。」

「我們不一樣，」麥蓋文回他，「我們說到做到。」

「你和我爸爸，」馬龍問道，「在你們那個時候，也會一起收賄嗎？」

「我們照顧我們的家人，」麥蓋文說道，「你與你弟弟一直衣食無缺，你爸爸處處留心。」

「有其父必有其子。」

「丹尼，我把你當親生兒子一樣看待，」麥蓋文說道，「你的父親，已經蒙主寵召，他當初曾經要求我好好照顧你。輔助你仕途順遂，確保你為所應為。你一定會為所應為，對不對？告訴我，你會為所應為。」

「也就是說，我必須閉緊嘴巴。」

「那就是為所應為。」

馬龍盯著他的臉龐，看到了恐懼。「高級警監，那我一定為所應為。」

他從教堂長椅起身、退到一旁。

麥蓋文趁勢進入走道，面對祭壇，在胸前劃十字聖號，然後，他面向馬龍。「丹尼，你是好男孩。」

馬龍心想：是啊。

我是你的好男孩。

他自己並沒有劃十字聖號。

有意義嗎？

他們已經把蒙提送往加護病房。

馬龍正打算要進去的時候，卻被某名護士擋在走廊外頭。「先生，只開放近親探視。」

「我就是他的近親，」馬龍拿出自己的警證，順勢從她身邊繞過去。「你有仔細過濾訪客，這一點倒是讓我十分欣賞。」

蒙提依然在昏迷狀態，沒有任何反應。他有「冠狀動脈問題」，但他們還是想辦法讓他的病情穩定了下來。馬龍心想：靠，這是搞屁啊，還不如放手讓他就此解脫吧，但一出現這念頭，他的罪惡感也立刻湧現。

尤蘭達癱在椅子裡打盹。機器不斷發出低鳴，嗶嗶作響，管線連通蒙提的嘴巴、鼻子，以及雙臂。他緊閉雙眼，臉上未貼繃帶的區域一片紫青腫脹。

他握住蒙提的手，挨過去，輕聲說道：「大塊頭，真是抱歉，發生這一切，我無比歉疚。」

這一次，他無法止淚，撲簌簌狂落而下，滴在蒙提的手上。

「丹尼，不要自責，」尤蘭達早就醒了，「不是你的錯。」

「我負責指揮，當然是我的問題。」

「蒙提是成年人，」尤蘭達說道，「他自己知道風險。」

「他體格強健，一定能夠撐過去的。」

「就算能過了這一關，」尤蘭達說道，「以後也會變成植物人。以後我的丈夫就只能待在家裡、坐在輪椅上流口水。他的失能保險沒辦法支付他的所有照護需求，更不要提我們還得養三個兒子了，我真不知道日後該怎麼辦。」

馬龍看著她，「尤蘭達，蒙提有沒有告訴過你錢的事？」

她一臉困惑。

「額外的錢？」

「你說的是兼差外快嗎？當然，不過——」

馬龍心想：靠。

她不知道。

馬龍彎身，伸出雙臂摟住她的肩頭，悄聲問道：「蒙提藏了一百多萬美金。有些是現金，有些拿去投資了，他沒有告訴你？」

「我一直以為我們家是靠他的薪水過活。」

「沒錯，」馬龍說道，「我猜他把剩下的錢存起來了。」

「哪裡——」

「你不需要知道，」馬龍回她，「菲爾一定知道在哪裡，要怎麼拿到那些錢。但今晚一定要問他，尤蘭達，切記，今天晚上。」

她望著他的雙眼，「這個警界，什麼都不會留給你，是不是？」

他捏了捏她的手之後，走了出去。

魯索坐在加護病房外的小休息區，正在隨便翻閱某本過期的《運動畫報》。

馬龍開口：「我們得談一談。」

「好。」

「不要在這裡，到外面講話。」

他們穿越醫院，到了後門，從貨梯口出去。垃圾桶裡的東西全滿出來了，菸槍們在柏油路面上吞雲吐霧，殘留的菸屁股堆成一坨又一坨的弧圈。

馬龍坐在門梯，整張臉埋在手心裡。

魯索靠在大垃圾桶上面，「天，誰知道會出這種事？」

馬龍回道：「我們明明知道。」

「那小孩不是我們殺的，我們也沒有槍殺蒙提，」魯索回道，「兇手是多明尼加人。」

「怎麼不是我們？」馬龍說道，「我們至少彼此講話要誠實。自從比利死了之後，狀況就一直不妙，有時候我不免在想，這是上帝在懲罰我們的行為，而一切在今晚劃下句點。」

「媽的當然不是，」魯索回道，「現在我們的夥伴在裡面岌岌可危，只能靠我們出面應對。」

馬龍說道：「結束了。」

「你以為一切就此沒事了嗎？」魯索說道，「用槍調查委員會？內務局？等到兇案組開始調查，就會開始尋找行兇動機，佩納案的事很可能會全部曝光。」

「我們完蛋了。」

「能夠供出佩納事件的人全都在這了，」魯索說道，「只要我們兩個彼此相挺，他們就動不了我們。現在只剩下你和我，就這樣。」

馬龍開始啜泣。

魯索走過去，雙手扶住馬龍的肩頭。「好，丹尼，不會有事的。」

「事情很嚴重，」馬龍抬頭望著魯索，滿臉漲紅，雙頰滿是淚水。「菲爾，是我。」

「不是你的錯，當然可能會發生這種——」

「菲爾，不是列文，是我。」

魯索盯著他一秒鐘之久，然後，終於懂了。

「哦，幹，丹尼。」魯索坐在他身邊，沉默了好久，彷彿嚇到了，被什麼東西擊中了一樣。然後，他問道：「他們逮到你什麼？」

「蠢事一件，」馬龍說道，「皮可尼。」

「天，丹尼，」魯索問道，「你沒辦法坐四年的牢？」

「本來可以，我一直沒有把你們捲進來，」馬龍說道，「然後薩維諾供出我，聯邦調查局的人開始向我威脅席拉，說要以逃稅與收受贓物的罪名讓她坐牢，我沒辦法……」

「那我們這些人的老婆呢？」魯索問道，「我們的家人呢？」

「他們答應我，要是我把你們都供出來的話，我們的家人都不會有事。」

魯索仰望天空，然後，開口問道：「你供出了什麼？」

「什麼都說了，」馬龍說道，「只有殺死佩納的事沒說而已。要是講出來的話，我們三個都得背負謀殺重罪。我錄了你的話作為證據，就是討論逮捕，贓款的那一段……」

「所以我是怎樣，二十年到無期徒刑？」魯索問道，「你的認罪協議呢？供出我們之後，你的刑度？」

「十二年，」馬龍回道，「外加查扣財產與罰金。」

「丹尼！幹！」魯索立刻問道，「他們什麼時候要逮捕我？」

「明天，」馬龍說道，「我剛剛不該告訴你的。」

「你真好心啊。」

「你可以趕快逃。」

「我要逃到哪裡去？」魯索反問，「我有家人，天，等到我小孩看到我……」

「抱歉。」馬龍說。

「不能全怪你，」魯索說道，「我們都是成年人了。我們都知道自己在做什麼，也知道會有什麼後果，但媽的我們怎麼會走到這一步？」

馬龍說道：「曾經，我們是好警察，然後……我不知道……但我們才剛剛把五十公斤的海洛因丟入我們的街道。我們不該這樣，而且一開始就走錯方向。這就像是你點燃火柴，以為不會造成任何傷害，然後，大風吹來，一切發生巨變，它成了一場大火，燒光了你所愛的一切。」

「丹尼，我以前好愛你，」魯索起身，「就把你當兄弟一樣，我以前真的很愛你。」

魯索隨即離去，留他一個人獨坐原地。

31

馬龍走進史塔頓島舊家的大門，發現歐戴爾站在那裡等著他。

「你在我家幹什麼？」

「保護你家人安全無虞，」歐戴爾回道，「或者，更應該要問的是，怎麼不是你自己待在這裡保護家人？」

「也許你已經聽說消息了，」馬龍說道，「我有兩名弟兄中槍，一名身亡，另一個則是生不如死。」

「很遺憾。」

「是嗎？」馬龍反問，「你也是主謀之一，居然誣陷列文是抓耙仔。」

「我想要救你一命。」

「你只是想要挽救你的案子而已。」

「派他攻堅的不是我，」歐戴爾說道，「是你。」

「這種話就留給你講給自己聽吧。」他推開歐戴爾，逕自進入廚房。

席拉坐在早餐吧檯前面，低著頭。

兩名身著西裝的聯邦調查局幹員靠在牆上，其中一個盯著窗外的後院。

席拉哭了很久，他看到了她眼睛下方的紅色腫塊。

馬龍開口：「讓我們獨處一下好嗎？」

那兩人互看一眼。

「我換個說法好了，」馬龍說道，「媽的暫時給我先滾一邊去，去幫你們的老闆守客廳！」

他們離開了廚房。

席拉抬頭望著他，「丹尼，是不是有事要跟我說？」

「你聽到了什麼？」

「不要耍我！」她大吼，「我又不是壞人！不是內務局的人！我是你的妻子，我有權知道！」

馬龍問道：「小孩呢？」

「哦，媽的，原來都是真的，」席拉回道，「在我媽媽家。丹尼，到底出了什麼事？你惹麻煩了？」

他本想對她撒謊，繼續騙下去。但他沒辦法做出這種事——就算他想這麼做，但她對他知之甚深，只要他一說謊就會立刻被她發現。這也是讓他們婚姻破碎的部分原因——只要他企圖說謊，總是逃不過她的法眼。

所以他就說了。

全都講了出來。

「天哪，丹尼……」

「我知道。」

「你得去坐牢？」

「對。」

「我們怎麼辦？」她問道，「我和小孩呢？你看看你對我們做了什麼好事！」

「你收下那些信封的時候，我從來沒聽你抱怨過，」馬龍回道，「客廳的新家具、高檔餐廳的帳單——」

「怎麼可以怪我！」她怒吼，「你怎麼敢說是我的錯！」

馬龍心想：對，應該算在我頭上。

不是任何人的錯，都是我的問題。

「我藏了現金，」馬龍說道，「聯邦調查局的人找不到的地方。無論發生什麼事，你都不需要擔心……小孩的大學學費也沒問題……」

她幾近昏厥，這也不能怪她。

「你是不是出賣了菲爾？」她問道，「蒙提呢？」

「天，」她回道，「叫我以後怎麼有臉見唐娜？」

「小席，沒事的。」

「沒事？！」她問道，「我們家裡有聯邦調查局幹員！他們在這裡幹什麼？」

他伸手摟著她的肩頭，「好，你不要這麼激動。不過，我們可能得要加入那個計畫。」

「證人保護計畫？」

「有可能。」

「丹尼，靠，這在搞什麼？！」席拉大吼，「我們得要帶小孩轉學？再也沒辦法看到他們的朋友和家人？然後搬到亞利桑那州之類的地方？我們將來是要當牛仔還是什麼？」

「我不知道，也許可以有個嶄新的人生。」

「我不要什麼嶄新人生，」席拉回道，「這裡有我的家人，我的爸媽、兄弟姊妹……」

「我知道。」

「小孩子就永遠沒辦法見表哥表妹了嗎？」

「我們一步一步來好嗎？」

「接下來呢？」

「你和小孩，」他說道，「先去度個假。」

「我們不能剝奪他們的夏令營。」

「沒關係，可以，」馬龍回道，「勢必如此。只要他們一回來就動身。我不知道，去波科諾山好了，你不是一直想去那裡玩嗎？或者去新罕布夏州也可以。」

「要多久？」

「我不知道。」

「我的天哪……」

「小席，你一定要保持堅強，」馬龍說道，「真的，相信我，我真的希望你現在能夠保持堅強，妥善處理一切，為了我們的家好好擔待。趕快去打包，我也會整理小孩的東西。」

「你就只會說這個。」

「你還要我說什麼？」

「我不知道，」席拉回道，「跟我道歉？」

「對不起，席拉，」你真的不知道我有多麼歉疚，「再過個兩天，聯邦調查局的人就會把我帶去你們的住所，然後——」

「丹尼，我不要。」

「什麼意思？你不要？」

「我再也不想和你有任何關係，」席拉說道，「我不希望你接近小孩。」

「席——」

「丹尼，不要打斷我，」她繼續說道，「你滿嘴仁義道德——家庭、兄弟情誼、忠心、誠實。丹尼，誠實？你想要誠實？你根本沒有，你這個人一無所有。我知道你污錢，我也很清楚你是個骯髒的警察，但我不知道你是殺人兇手，也不知道你是抓耙仔。但你就是這樣的人，我不希望兒子將來長大以後變得跟他爸爸一模一樣。」

「你要把我的小孩帶走？」

「你早就拋棄他們了，」席拉回道，「就像是你拋棄生命中其他的一切一樣。丹尼，為什麼有了我，有了這整個家，對你來說還嫌不夠？我知道要委曲求全，靠，我從小就知道那是什麼狀況。嫁給警察，就很難看見老公了，疏離得跟陌生人一樣，也許喝酒喝得兇，沒關係：也許喜歡在外面逢場作戲，但終究會回家，回家過夜，我願意忍氣吞聲，我以為你也是。你欠小孩一場告別，然後，你還欠他們一個公道，你以後得離他們遠遠的，讓他們忘了你。」

和小孩分離，格外艱難。

馬龍沒想到會這麼痛。

靠，當他還是小孩的時候，老爸說要帶他離開學校的時候，他會開心到尿褲子，但約翰與凱特琳不一樣，他們好喜歡那些舞蹈課、運動課，以及才藝課。

而且，那些聯邦調查局的幹員嚇壞他們了。

現在，他們站在客廳，眺望窗外的那些幹員，天，馬龍剛才必須把他們請到馬路上頭，叫他們在外頭等候。

凱特琳問道：「爸爸，他們是誰？」

「警察的朋友。」

「我們以前為什麼沒看過他們？」

「他們是新來的。」

「他們為什麼要把我們載走？」

馬龍回道：「因為我得回去工作。」

「抓壞人。」約翰接口，只不過，他這次的語氣少了幾分篤定。

凱特琳問道：「為什麼菲爾叔叔不能接我們？」

他伸出雙臂，把他們摟入懷中。「好，我要你們兩個幫我守住一個天大的秘密，好嗎？」

他們兩個點點頭，甚是歡喜。

「我和菲爾叔叔正在處理一個非常大的案子，」馬龍說道，「是最高機密。」

約翰回他：「我在電視上看過這種故事。」

「對，我們就是在做這樣的事，」馬龍說道，「我們假裝是壞人，懂嗎？所以要是聽到別人說我們是壞人，你們也要假裝敷衍應和，什麼都不能說。」

凱特琳問道：「所以我們才需要躲起來嗎？」

「沒錯，」馬龍說道，「我們在耍壞人。」

約翰問道：「那些壞人會不會找到我們？」

「不不不，不會。」

「那麼，為什麼那個新警察要跟著我們？」

「這只是遊戲的一部分，」馬龍回道，「現在，給我一個大大的擁抱，答應我要當乖小孩，而且要照顧媽咪，好嗎？」

他們把他摟得好緊，逼得他想哭。他在約翰耳邊輕聲說道：「兒子……」

「嗯，爸爸？」

「你要答應我一件事。」

「好。」

「你要知道，」馬龍已經哽咽，「你是個好孩子，以後要當好人，知道嗎？」

「知道。」

「嗯。」

歐戴爾進來，告訴他們得離開了。

馬龍親了一下席拉的臉頰。

這完全是為了小孩在作戲。

她什麼都沒說。

她該講的都已經講完了。

他打開車門，扶她上車。

眼睜睜看著他的家人乘車離去。

應門的是唐娜．魯索。

她早已滿臉淚痕，「滾，丹尼，這裡不歡迎你。」

「抱歉，唐娜。」

「你說抱歉？」她反問，「你在聖誕節的時候坐在我們家餐桌前，和我們的家人在一起。你那時候就知道了嗎？你和我們坐在一起的時候，已經知道自己馬上要摧毀我們的家庭嗎？」

「不知道。」

「你來這裡做什麼？」唐娜繼續問道，「讓我講出我諒解你？我原諒你之類的話？所以可以讓你好過一點？」

馬龍心想：不是，這種話只會讓我更難受。

他聽到魯索大吼，「是丹尼？讓他進來！」

「不要，」唐娜回道，「不准進去，我不想看到他再踏進這間屋子。」

魯索走到門口，他似乎也在哭。「已經和席拉和小孩道別了？」

「對。」

「對，」魯索說道，「他們還不知道自己是幸運兒。這是我與家人共處的最後一夜，所以除非你有什麼重要的事要告訴我……」

「我只是想要確定——」

「我不會飲彈自盡？」魯索回道，「愛爾蘭人才做那種事，我們義大利人不會搞這一套。我們的基因是活下去，不是求死，我們只會思考該採取什麼舉動而已。」

「要是當初蒙提對我腦袋開槍就好了。」

「靠別的警察幫你自殺？」魯索逼問馬龍，「丹尼，這太便宜你了，這種解脫法未免太輕鬆了吧。你沒有那個膽自己扣下扳機，你這一生都必須面對自己的作為，面對自己的抓耙仔身分。好，希望你別介意，既然我現在還能擁抱小孩，我可不想浪費時間在你身上。」

唐娜關上了門。

克勞黛站在她公寓門口，不肯讓他進去。

她神智清朗，是重生後的那種清朗，這種節制有度的狀態，纖細脆弱，宛若聽到尖銳聲響就會應聲碎裂的瓷杯。

「回去你老婆身邊吧。」她的語氣並沒有任何惡意。

馬龍回道：「她不要我。」

「所以你回頭來找我？」

「不是，」馬龍回她，「我是來道別的。」

克勞黛面露詫色，但還是繼續說道：「這樣應該是最好的結果。丹尼，我們不適合彼此，」

「很好。」

「我必須要戒毒，」她說道，「要一直保持下去，但是在這種狀態下我無法愛你。」

她說得沒錯。

他很清楚。

他們是快要溺死、緊抓彼此不放的兩個人，最後會一起沉落在兩人哀戚與共的冷酷幽暗世界。

「我只是想要告訴你，」馬龍說道，「你絕對不是我的『幹砲妓女』，我愛你，依然好愛你。」

「我也愛你。」

馬龍說道：「我這個人骯髒齷齪。」

「許多警察都——」

「不，我是真的卑鄙，」馬龍必須要告訴她真相——該是改過自新的時候了。「我賣了海洛因。」

「啊。」她說。

就這樣，一聲「啊」，但已經吐露了一切。

馬龍開口：「抱歉，」

「現在情況是？」她問道，「你得去坐牢了嗎？」

「我已經認罪協商。」

「什麼樣的協商內容？」

把我丟到遙遠的地方，永遠不能回來，再也沒辦法在早晨見到你的那一種。

他開口道別：「我得離開。」

「證人保護計畫？像是電影情節一樣？」

「差不多就是那樣。」

「親愛的，真遺憾。」

「是啊。」

我真的，真的好遺憾。

沙包在激烈跳晃。

飛上去又墜下，馬龍再次側左身，讓自己的身體承受粗野痛擊。

一次，一次又一次。

他臉上的汗滴噴飛到沙包。他出了一記右後手直拳，又是一記左拳，痛感直達肝部。

感覺真好。

疼痛的感覺真舒服。

汗水，肺臟的灼痛感，還有他赤手痛擊沙包、在粗糙帆布留下斑斑血跡的瘀青指關節。馬龍靠沙包、靠自己的身體不斷宣洩，這兩者都必須承受苦痛、傷害、憤怒。

馬龍深吸了好幾口氣，繼續出一記記的重拳，瞄準的是歐戴爾、溫卓博、帕茲、安德森、錢德勒、薩維諾、卡斯提洛、布魯諾……但大多數還是丹尼·馬龍。

警長丹尼·馬龍。

英雄警察。

抓耙仔。

他的最後一拳，直搗沙包中心。

它彈飛了一下，還是被鐵鍊拉了回來，慢慢搖晃，宛若不知自己已經斷氣的死物。

32

馬龍一早醒來，下樓，到了百老匯大道，經過街角的書報攤。

他看到《紐約郵報》出現自己的面孔，還配上斗大的標題：**兩名英雄中槍**，搭配的照片是破了佩納案之後，馬龍與魯索、蒙提站在一起的畫面。

他們以宛若光環的白色橢圓形、特別標示出蒙提。

《每日新聞報》也有醒目大標題：**一名菁英特警身亡，另一名重傷**，有兩張馬龍的照片，其中一張是佩納案時的新聞照，而下方的圖說是**骯髒丹尼？是不是覺得自己狗屎運？**

《紐約時報》沒有他的照片，但新聞標題是：**經歷此一浴血戰之後，是否該重新考慮菁英特警隊的存廢？**

報導署名者是馬克·魯本斯坦。

馬龍叫了計程車，前往北曼哈頓辦公室。

魯索看起來超帥。

平整熨燙的亞曼尼西裝、白色縮頭押字襯衫加袖扣、擦得超亮的馬伊牌皮鞋、紅色的Zagna領帶。時值夏日，他並沒有穿上那件復古長版外套，反而披掛在手臂，所以歐戴爾為他上銬的時候，動作還卡了一會兒。

至少，他的雙手是銬在前方，不是背後。

馬龍出手幫忙，以那件外套蓋住手銬。

北曼哈頓小組辦公室外頭聚滿了電視台的車子、廣播電台與平面媒體的文字記者，還有他們的攝影師。

「你一定要做出這種事嗎？」馬龍問歐戴爾，「逼他遊街示眾？」

「不是我。」

「反正一定有人搞鬼。」

「哎，不是我。」

「還有，一定要在這裡逮捕他嗎？」馬龍說道，「在其他警察的面前？」

「難道你希望我去他家逮捕他？在他小孩的面前？」歐戴爾面露怒火，神情緊繃。的確，這種反應很正常——警局裡的每一個警察都狠狠盯著他與其他聯邦調查局幹員。

他們的目光殺人對象，還有馬龍。

歐戴爾告訴過馬龍——不必過來——但馬龍覺得自己應該要到場。

罪有應得，承受這一切。

眼睜睜看著他們對著他的兄弟上手銬。

魯索始終把頭抬得高高的。

「再見了，你們這些瓜呆，」魯索說道，「就開心等著坐領退休金吧！」

聯邦調查局的人把他帶走了。

馬龍跟他一起走。

相機宛若機關槍一樣閃個不停。

記者們全衝上來，但是卻被制服員警擋下來。他們沒心情做出其他舉動，看到另外一名警察被上銬帶走，讓他們覺得既噁心又恐懼。

而且憤怒。

只要有警察被射殺身亡，制服警察就會來勢洶洶、湧入國宅區，恨意滿點。

他們會弄壞車內的監視攝影系統，確定機器無法錄影之後才開進市區。

你被通緝、假釋期沒有到警局報到、亂丟垃圾——完蛋了。你身上有大麻、舊針頭、殘留一抹快克的菸管，你完蛋了。你拒捕、開口講到海洛因、斜眼瞄警察，就會被痛扁一頓，雙手被反銬在後，被丟進警車裡，但他們卻不肯幫你扣上安全帶，然後，他們開始加速，急踩煞車，你的臉直接撞上擋風玻璃。

三十二分局搜查聖尼可拉斯國宅兩次——找尋武器、毒品、最主要是線索，他們想要找到抓耙仔，逼他們供出名字。

「超力」小組——反正就是剩下的那些人渣——也跟在他們的後頭，但他們的目的不是為了逮捕，而是要報復，所以唯一能夠避免惹禍上身的方法就是提供線報，但這樣一來，你就成了「超力」與迪馮．卡特爾之間的夾心餅乾，重點是，「超力」來來去去。

迪馮．卡特爾卻一直固守地盤。

所以當你被「超力」與他們的便衣惡警修理的時候，就只能忍受他們對你拳打腳踢，但卻必須緊閉嘴巴，宛若自己被監聽一樣。

聖尼可拉斯國宅區的居民百思不解，大家都知道明明是哈林區另外一頭的多明尼加人屠殺了那些警察，為什麼卻要百般騷擾他們。

所以，當眾人知道有特勤小組的警察會被上銬送出來的時候，激動的群眾全擠在街頭。叫囂，歡呼。

要是攝影機不在那裡的話，這些制服警察很可能會狠狠修理他們一頓、讓他們閉上臭嘴。

魯索進入某輛黑色轎車的後座。

向馬龍揮揮手。

離開了。

馬龍走回辦公室。

許多條子斜眼瞪他，沒有人和他講話。

只有賽克斯除外。

「把你置物櫃的東西全部清乾淨，」他說道，「然後到我辦公室來。」

守櫃檯的警長低頭，而其他人在馬龍走過去的時候也紛紛背對著他。

他下樓，準備進入特勤小隊的置物間。加瑞納、特內莉、奧提茲都在那裡，長椅上還坐著兩名便服警察在閒聊。

馬龍一踏進去，大家就閉上嘴巴。

大家都故作有事，望著地板。

馬龍打開置物櫃。

看到了死老鼠。

他聽到後面有許多人在偷笑，立刻轉身，加瑞納對他賊笑，而奧提茲則握拳咳嗽。

特內莉只是死瞪著他。

「是誰幹的？」馬龍問道，「你們當中的哪一個王八蛋？」

奧提茲開口，「這地方有鼠患，我們需要滅鼠藥。」

馬龍抓住他，把他往對面的置物櫃狠狠一摔。「是你對不對？你就是滅鼠藥？要不要現在噴藥？」

「把手放開！」

「你是不是還想講什麼？」

加瑞納開口：「馬龍，放開他。」

馬龍回他：「不關你的事。」然後，他逼近奧提茲的面前。「有沒有話要告訴我？」

「沒有。」

「我想也是。」馬龍放開了他，清光自己的置物櫃，走了出去。

他聽到後面爆出笑聲。

然後，有人開口：「死路一條。」

賽克斯並沒有請他入座。

他只是開口說道：「把警證與配槍放在我桌上。」

馬龍取下警證，放在辦公桌上面，又把配槍擺在旁邊。

「我一直懷疑你手腳不乾淨，」賽克斯說道，「但我沒想到傳奇人物丹尼・馬龍也是抓耙仔。我本來對你懷抱了些許敬意——不是很多，但還是有一點——現在已經蕩然無存。你貪贓枉法，個性怯懦，我覺得你真是噁爛透頂。『北曼哈頓之王』？你是狗屁王。滾，我不想再看到你了。」

「我也不想，不知道這樣你會不會好過一點。」

「當然沒有，」賽克斯說道，「馬上就有人要來接我的位置，我完蛋了。你偷走了成千上萬名廉潔正直警察的清譽，也斷送了我的前途。我知道你已經達成認罪協商，但我希望他們還是要把你送進去坐牢，讓你在裡頭老死。」

馬龍說道：「我不會坐牢坐太久的。」

「哦，他們會保證你安全無虞，」賽克斯說道，「他們會讓你待在迪克斯堡，不斷出庭作證，花三、四年的時間供出你的警察弟兄，最後才會被關進真正的監牢。你不會有事的，馬龍，抓耙仔總是安然無恙。」

馬龍走出他的辦公室，也離開了那棟大樓。

每個人都死盯著他。

靜默依然緊追不放。

麥蓋文在外頭的馬路上等他。

「你是不是也供出了我？」麥蓋文問。

「對。」

「他們知道了什麼？」

「全都知道了，」馬龍回道，「還有錄音證據可以起訴你。」

「你讓你父親蒙羞，」麥蓋文說道，「他死不瞑目。」

他們走到了第八大道。

燈號轉綠，他立刻過馬路，聽到麥蓋文在後頭大吼：「你會下地獄！馬龍！你一定會下地獄！」

馬龍心想，當然。

這一點無庸置疑。

櫃檯小姐記得他。

「我上次看到你的時候，」她說道，「你帶了一隻狗。」

「牠退休了。」

「伯傑先生等一下就可以見你了，」她回道，「看你要不要先坐一下。」

他坐下來，開始翻閱《GQ》雜誌，裡面提到了這個秋天的時尚男裝風格。過了幾分鐘之後，櫃檯小姐請他進去伯傑的辦公室。

裡面比馬龍的整間公寓都還要大。他把公事包放在伯傑的辦公桌旁邊，這位律師懂得這動作是什麼意思。

「要不要喝點酒？」伯傑問道，「我這裡有上好的白蘭地。」

「不用了。」

「我喝一點，你應該不介意吧，」伯傑說道，「今天很難熬，我知道魯索已經被關入聯邦監獄。」

「沒錯。」

「而你堅持自己要在現場，」伯傑拿起水晶醒酒器，為自己斟了一杯酒。「馬龍，你的受虐狂性格難道沒有上限？」

「恐怕沒有。」

「我聽說，」伯傑說道，「九一一那天衝入雙塔的消防員與警察，有三分之二的人在參加葬禮時決定瞻仰遺容，不知道是不是真有此事？」

「應該沒錯。」

「要是你接下來成了明星證人，」伯傑說道，「就必須多講點話，也就是說——」

「我知道你的意思。」

「這樣最好，」伯傑放下酒杯，「我向歐戴爾保證三點鐘的時候會把你交出去，現在還剩下兩個小時，你有沒有什麼事情得要打點？是否有其他需要？」

馬龍回道：「我準備了牙刷，但我們還有事情得處理一下。有個名叫黛比・菲利普斯的女孩，她剛生小孩，是比利・歐尼爾的兒子，某些錢必須要分給她，一次一點就好。所有的資料都寫在那裡，你可以幫忙嗎？」

「沒問題，」伯傑回道，「還有別的嗎？」

「就這樣。」

「好，事不宜遲。」

櫃檯小姐探頭進來，「伯傑先生，你先前請我要注意班奈特案的宣判時間，現在要開始了。」

伯傑打開壁掛電視的開關，「一起看？」

檢察官站在講台後面，一旁有警察總局局長與巡警總警監。

「這是一起不幸事件，」檢察官對著麥克風說，「但事實昭然若揭。死者班奈特先生拒絕海耶斯警官的合法要求，不肯停下腳步。他轉身，朝海耶斯警官走去，同時準備掏出口袋裡貌似手槍的物件。海耶斯警官開火，擊斃了班奈特先生。很不幸的是，海耶斯警官誤以為的武器其實是手機。不過，海耶斯警官的行為依然在適當的執法舉措範圍之內，要是班奈特先生一開始願意配合執法，也不會出現後續的悲劇。大陪審團已依案情做出決定，予以海耶斯警官不起訴處分。」

「就司法面來看很正確，」伯傑說道，「但從政治面而言卻是愚蠢，完全無視輿論之聲，等到日落之際，貧民窟將陷入一片火海。你準備離開了嗎？」

馬龍已經準備好了。

伯傑的司機把他們載到聯邦調查局分處辦公室所在的聯邦大樓，馬龍心想：靠，誰會知道我居然是坐加長型禮車進入地獄？

這是一棟玻璃鋼骨的高樓建築，如死去的心一樣冰冷。他們通過金屬檢測門，搭乘電梯，到了位於十四樓的歐戴爾辦公室，坐在走廊上的長椅等候。

歐戴爾辦公室的門開了，魯索走了出來。

看到馬龍站在那裡。

魯索問道：「所以你沒有飲彈自盡？」

「沒有。」他心想，也許應該要這麼做才是。

但終究沒下手。

「沒關係，」魯索說道，「我來助你一臂之力。」

「菲爾，媽的你在講什麼？」

「我昨天告訴你了，」魯索說道，「我會做出我該做的事。」

馬龍還是不得其解。

魯索靠過去，盯著他的臉。「你為了要救自己的家人，出賣了我，我不怪你。丹尼，我早該這麼做了，所以我剛剛也把你供了出來。」

他瞬間驚醒——魯索手上只剩下一張牌，而他剛剛攤牌了。

「對，佩納，」魯索說道，「我告訴他們是你殺了他。冷血槍殺了那個西班牙裔的人渣。現在，我出庭作證，將會是你審判時的他媽的明星證人，然後，我全身而退，換了新身分去猶他州賣鋁板，而你會被判處無期徒刑，終生不得假釋。」

某名聯邦調查局幹員走出辦公室，抓住魯索的手腕準備帶引他離開。

「不需要太感傷，丹尼，」魯索說道，「我們只是各自做出該做的事而已。」

歐戴爾開門，示意馬龍進去。

「先前的認罪協商已經不算數了，」歐戴爾說道，「你的當事人將會遭到一級謀殺罪起訴，而且我們已經不需要他的證詞，因為魯索已經願意提供我們所需要的一切。馬龍警長必須另找訴訟代理人，因為你已經無法繼續擔任他的律師。」

「怎麼會這樣？」

「要是你繼續為他辯護，就會涉及利益衝突，」溫卓博開始解釋，「我們會傳喚你出庭作證，證明馬龍對於迪亞哥·佩納懷有強烈個人敵意。」

歐戴爾銬住馬龍，把他帶到公園街的大都會看守所，關入囚室。

囚門關上了，馬龍就這麼被關了進去。

歐戴爾問道：「為什麼要殺他？」

33

當初是爛屁股通風報信，告訴馬龍西一百五十六街六百七十三號有狀況。那是某個臭氣逼人的八月夜晚，特勤小組才剛成立沒多久，而這個線人甚至不想拿拿任何酬勞，現金或海洛因都不需要，而且他說話的時候十分驚恐。「我聽說很慘，馬龍，真的很慘。」

馬龍立刻帶隊過去查看。

擔任警察，自然必須經常破門而入，大多數的畫面都是看過即忘，沒什麼特殊之處。馬龍永遠忘不了這一次的現場。

滅門血案。

爸爸、媽媽、三名幼童，年紀從三歲到七歲不等，兩男一女。小孩中槍的位置都是後腦勺，大人也一樣，只不過他們已經先遭到大砍刀伺候——牆上都是動脈噴濺而出的血跡。

魯索立刻在胸前劃十字聖號。

蒙特鳩只是死盯不放——被謀殺的小孩是黑人，馬龍知道他想到了自己的孩子。

比利O哭了出來。

馬龍立刻呼叫同事——五起謀殺案，全都是非裔美國人——成年男女各一，三個小孩，他們也加速趕來。特勤小隊重案組的米涅里只花了約五分鐘就抵達現場——法醫跟在後面，還有犯罪現場鑑識人員。

「天，」米涅里盯了一會兒之後，無奈搖頭，開口說道，「好，謝謝，我們接手。」

「還是由我們處理，」馬龍說道，「這是與毒品有關的案件。」

「你怎麼知道？」

「這名受害者爸爸是迪馬庫斯．克里夫蘭，」馬龍說道，「那是他的妻子潔奈兒。他們是迪馮．卡特爾底下的海洛因中盤商。這並非洗劫——屋內並沒有被翻得亂七八糟，兇手只是闖進來行刑。」

「為什麼？」

「踩到別人的地盤。」

米涅里不會和馬龍爭這種事，何況這次還有三名幼童死亡。就連犯罪鑑識人員也嚇到了——沒有人講出平常掛在嘴邊的那些玩笑，也沒有四處張望、把小東西偷偷塞入口袋。

米涅里問道：「你知道是誰幹的嗎？」

「知道，」馬龍回他，「迪亞哥．佩納。」

佩納是多明尼加人在紐約賣毒的中階經理人。他的任務就是要鞏固這個地區原本混亂的零售生態，控制低階的黑人毒販，或是將他們除之而後快。簡而言之，要嘛就和他們買貨，不然你就別想做生意。

馬龍直覺判斷克里夫蘭夫婦不肯聽話，也不願繳交加盟費。他曾經在某晚聽到迪馬庫斯．克里夫蘭在街頭表態，自己絕對不從。「他媽的這是我們的地盤，他媽的是卡特爾的地盤。我們是黑人，不講西班牙話。這裡有賣塔可餅嗎？有人在這裡跳他媽的梅倫格舞嗎？」

這番話引來街頭一陣大笑，但現在沒有人笑得出來。

也沒人敢吭氣。

馬龍與他的人馬盤查整棟建築，但沒有人聽到任何動靜，而且也不是那種常見的「幹，臭警察，反正他們成不了事」或是「我們的事自己解決」的幫派態度。

而是恐懼。

馬龍了解——在地盤上殺死毒販，那只不過是生活之日常。你殺死了他和全家人——包括小孩——等於在對每一個人示警。

乖乖聽話。

馬龍不會把「我不知道」當作答案。

三個小孩，全都腦袋中槍，死在床上，他發動特勤小組的所有人力，全力查辦。

你不想當證人？酷，那就準備當被告吧。他與小組成員問遍了那個地區的每一個毒蟲、毒販，還有妓女。他們掏槍，就站在那裡——鬼混、亂丟垃圾，反正就是等著抓他們的毛病。你沒有聽到消息？什麼都沒看到？不知道？沒關係，別擔心，我們送你去賴克斯島好好想一想，也許會蹦出什麼線索。

三十二、三十四，以及二十五分局的拘留室裡塞滿了小組抓回來的人。當時的警監是阿爾特．費雪——他有街頭作戰的腦袋與膽識，從來沒有譙過他們。

但托瑞斯就有意見了。有次他與馬龍進置物間的時候，開口問馬龍：「你幹嘛要大費周章搞這個案子？這是自然死亡案件。」

沒有牽涉到任何人。

「那三個死掉的小孩？」

「你算算看，」托瑞斯說道，「這案子為這座城市省了多少錢？應該少了十八個領社會救濟金的第三代私生子吧？」

「閉上你的臭嘴巴，不然你就準備幫人吹喇叭一整個月。」馬龍說。

蒙提必須要介入勸架。有大塊頭蒙提出面，大家就不會再吵下去了。他對馬龍說道：「為什麼要跟這種人生氣？」意思就是：連我都不理他了，你幹嘛要多事？

真正為這案子奉獻心力的是髒屁股。

在他沒嗑藥的時候，這個抓耙仔就像是真正的警察一樣在街頭四處尋訪（馬龍不止一次警告他，他不是警察）。他努力不懈，不放棄任何機會，逼問那些他根本不該開口詢問的人。也不知道為什麼，馬龍很感動，他一直覺得毒蟲沒有靈魂，髒屁股逼得他必須重新審度自己的想法。

但髒屁股找到的線索根本沒用，無法讓他們將佩納繩之以法。

他繼續在街頭販賣海洛因——名為「黑馬」的某種產品，大家都怕他怕死了，不敢供出他的事。

某天晚上，他們一群人在卡爾曼斯維爾遊樂場喝啤酒的時候，馬龍開口：「我們應該要以更直接的方式抓到佩納。」

蒙提問道：「我們為什麼不乾脆殺了他？」

馬龍問道：「為了他去坐牢，值得嗎？」

「可能吧。」

「你有小孩，」魯索說道，「有家庭，我們大家都一樣。」

馬龍說道：「如果是他先打算動手殺了我們，那就不算謀殺。」

他的構想就是這麼來的，慫恿佩納殺警的作戰計畫。

一開始的時候，他們先挑西班牙哈林區的某間夜店下手，相當高檔的騷莎樂重鎮，佩納持有股份，應該也是拿來洗錢之用。他們刻意等到某個星期五夜晚，店裡擠滿客人的時候，以暴風部隊的姿態衝進去盤查快克。

當馬龍與隊員走過排隊人龍，拿出警證，準備進去的時候，駐守大門口的警衛張牙舞爪撲上來。

「你們有搜索票嗎？」

「幹你誰啊？律師強尼．柯克倫？」馬龍回道，「我看到有名持槍男子跑到這裡，喂，搞不好就是你。轉過去，雙手放在後腦勺！」

「我有憲法保障的權利！」

蒙提與魯索抓住他的襯衫背後，把他推向落地窗。

有名女子拿著手機錄影，立刻把它高舉起來。「你剛才做的事我全拍到了！」

馬龍走過去，立刻拍掉她握在手中的手機，伸出自己的馬汀大夫鞋，踩得稀巴爛。「這裡還有誰被剝奪了憲法權利？馬上讓我知道，我們來導正一下社會風氣。」

沒有人講話，大多數的人都低著頭。

「趁現在還有機會，趕快給我滾！」

小組進入夜店，把裡面搞得亂七八糟。蒙提拿出鋁棒敲打玻璃桌與椅子，魯索踢壞喇叭，客人們爭先恐後奔逃，大家把槍丟棄在地板上的巨大聲響，宛若暴雨落在錫板屋頂上面一樣。

馬龍走到吧檯後面，把所有的酒瓶全掃到地上，然後，他對著其中一名酒保開口：「打開收銀台。」

「我不知道——」

「我剛看到你把古柯鹼放在裡面，給我打開。」

她乖乖照辦，馬龍從裡面抓出一疊鈔票，隨手拋擲，一張張紙鈔宛若落葉，飄落在吧檯。某個身著昂貴真絲襯衫、奶黃膚色的大塊頭走到他面前，「你不可以——」

馬龍抓住他的後頸，把他的臉猛撞吧檯，「要不要再講一次我不可以怎樣？你是經理？」

「對。」

他抓了一把鈔票，塞進那男人的嘴裡。「吃下去，頭頭，吃啊，不吃是不是？除非你告訴我佩納在哪，不然就閉上你的臭嘴。他是不是在這？在後面？」

「他離開了。」

「離開了？」馬龍繼續說道，「如果我進去貴賓室，發現他還在裡面，我們之間麻煩就大了。哦，不是，你就惹上大麻煩了——我會在你的臉上跳《大河之舞》。」

「盤查每一個人！」馬龍上階梯的時候開始大吼，「叫制服員警過來支援，開警備車過來！每一個都不放過！」

他開始上樓梯，前往貴賓室。

門口的警衛態度猶豫不決，所以馬龍講出這一段話，讓警衛當機立斷。「我是貴賓，在你此時此刻的世界之中，我是最重要的人，因為我可以決定是否要把你扔進監獄，和那些痛恨西班牙野人的基佬混在一起。所以，趕快讓我進去。」

那傢伙讓他進去了。

四名男子坐在長沙發上面，一旁還有拉丁裔正妹相伴，濃妝豔抹，髮絲豐盈，每個人都身著美麗昂貴的短洋裝。

男人腳邊都放著槍。

全都是打扮體面、個頭高壯的男子。極其冷靜自若，傲慢，馬龍知道他們一定是佩納的人馬。

「全部給我離開包廂，」馬龍說道，「趴在地板上。」

「你以為你在幹什麼啊？」其中一人開口，「你在浪費大家的時間，反正你根本逮捕不了任何人。」

有人拿起手機，對準馬龍。

馬龍開口：「喂，你以為你是肯．伯恩斯啊？等一下你唯一能拍出的片子就是自己的結腸鏡檢查全紀錄。」

那男子默默放下手機。

「每一個人都給我趴在地上。」

他們走出包廂，但女子們卻不願配合趴下，因為裙子太短了。

剛才第一個開口的男人又發難，「你不尊重我們的女性。」

「對啦，她們一向很自重，明明就是跟你一樣下流的角色，」馬龍說道，「各位小姐，你們知道你們的男友們殺小孩？三歲的小朋友，死在床上。對，我真心覺得你們應該要嫁給這些噁爛的傢伙，當然，他們應該都已經早就結婚了吧。」

那男人繼續說道：「放尊重一點。」

「你有膽再給我開口啊，」馬龍說道，「我等一下叫女警過來，幫你們的女人檢查洞洞，趁她在忙的時候，我就會狠狠踢你們的腦袋。」

對方本想再說些什麼，但想了想還是作罷。

馬龍蹲下來，以平靜語氣說道：「等到你們被保釋出去之後，告訴佩納，北曼哈頓特勤小組的警長丹尼．馬龍會毀了他所有的夜店、逮捕他旗下所有的毒販、搜查他的客人，之後我辦案的態度會越來越認真。聽清楚沒有？現在你可以開口回答我。」

「知道了。」

「很好，」馬龍說道，「然後，你們打電話通知多明尼加的老闆們，告訴他們，我們永遠不會罷休。因為佩納在這裡亂搞，只要這傢伙繼續在紐約市橫行，北曼哈頓特勤小組的警長丹尼．馬龍就會把他們的『黑馬』扔進水溝裡。你們要告訴老闆，掌管這裡的人不是他們，是我。」

馬龍下樓的時候，已經看到制服員警——忙著上銬、拿走一瓶瓶的古柯鹼、子彈，還有手槍。

「每一個都不准放過，」馬龍交代制服警官，「持有武器、古柯鹼、搖頭丸，看起來還有一點海洛因……」

警官回道：「丹尼，你知道這些都不會成案……」

「我知道，」他對群眾大吼，「不要再來這間夜店！以後我們每次都會盤查！」

馬龍與小組成員走出大門的時候，他大吼：「『願超力與你同在！』」

那時候的警監是阿爾特・費雪，十分帶種，扛下了所有的壓力。

檢察官們衝入他辦公室大吼大叫，他們沒辦法起訴任何一起案件，因為這場突擊行動違反了瑪普聽審原則，這是警方粗糙辦案手法的一大惡例，在暴行的邊緣遊走——不，根本已經越界。

費雪狠狠擋了下來（「你們是擔心哪個臭西班牙女人因為一支iPhone手機告你們嗎？」），這些檢察官立刻去找他們的上司抱怨，當時的主管是瑪麗・辛曼。

但討拍不成。

「如果你們不想接這些案子，就不要接，」她說道，「但也不要裝委屈，有點擔當，做好心理準備，以後遇到的狀況只會越來越艱難。」

其中一個問道：「所以我們就任由那個丹尼・馬龍帶著他的尼安德塔人團隊在北曼哈頓四處橫行？」

辛曼整個人埋在文件之中，根本沒抬頭。「你還在啊？我以為剛才我叫你去工作的時候你就走了，如果你不想要這份工作……」

內務局出招，也碰到軟釘子。

「民眾投訴評鑑委員會」不斷接獲抗議申訴。

麥蓋文搞定了一切。他從自己辦公桌上抽出一張犯罪現場的照片，裡面是那三個頭部中槍的小孩，他問他們是不是想要讓這照片出現在《紐約郵報》的頭版？標題是：**內務局阻撓警方追查殺嬰兇手**？

他們不想，當然不想。

這起案件發生在佛格森事件、巴爾的摩案與其他殺戮案之前，而拉美裔社群雖然對於夜店突襲事件很不爽，但不想和殺嬰分子牽連在一起，黑人社群亦然。

馬龍緊追不捨。

他的小組突襲毒窟、夜店、街頭。江湖立刻出現傳言，你要是販賣或施打「黑馬」以外的毒品，警察就是睜一隻眼閉一隻眼，但要是你經手的是迪亞哥．佩納的貨，「超力」會朝你直衝而來，絕對不會踩煞車。

而且他們完全不打算收手。

除非有人交出可以對付佩納的線索。

馬龍已經把條子與幫派之間的關係拉到一個全新的層次，他打破了原本的潛規則。某個毒販在第三次被捕終於鬆口說出佩納的真正居地，馬龍果然在里佛岱爾發現他的蹤跡，開始跟監。

他盯著佩納的老婆帶著他們的兩個小孩進私校上課。某天，當她下車，準備回家的時候，他走到她面前說道：「佩納太太，你的小孩真是漂亮可愛。你知道你老公犯下滅門血案？毀了別人的家庭？祝福你有個愉快的一天。」

馬龍回到辦公室才十分鐘，就有一名文職助理上樓找他，說底下有人想見馬龍警長。她交給他一張名片，律師——傑拉爾德·伯傑。

馬龍下樓，看到某個衣冠楚楚的男人，想必就是傑拉爾德·伯傑律師。「我是馬龍警長。」

「我是傑拉爾德·伯傑，」伯傑說道，「我是迪亞哥·佩納的委任律師，我們能不能找個地方聊一下？」

「這地方有什麼問題嗎？」

「沒有，」伯傑回道，「我只是不希望讓你在自己的同僚面前出醜而已。」

出醜？在這些傢伙的面前？他曾經看過其中某些人在玩射精比賽，看誰射得最遠。

「不需要，待在這裡就可以了，」馬龍問道，「為什麼佩納需要找律師？他並沒有遭到起訴吧？」

「你也知道他沒有，」伯傑回道，「佩納先生覺得自己一直被紐約市警局騷擾，尤其是你，馬龍警長。」

「天，真可憐。」

「你就繼續玩下去好了，」伯傑說道，「等到我們告你的時候，看看你是不是還笑得出來。」

「告啊，我沒半毛錢。」

「你在史塔頓島有房子，」伯傑說道，「別忘了你還有妻小得照顧。」

「律師，不准你再提到我家人。」

伯傑說道：「警長，我的當事人要給你機會。就此停手，打消這個念頭。不然我們就會提起民事訴訟，也會向警局正式投訴，我會拿走你的警證。」

「很好，等你拿到的時候，」馬龍損他，「直接插進你屁眼裡吧。」

「警長，你不過就是我腳下的狗屎。」

「是嗎？」

「此時此刻，正是如此。」

馬龍回到自己的辦公桌前，整個小隊都知道聲名狼藉的傑拉爾德·伯傑特地前來造訪。

魯索問道：「那混帳想要幹什麼？」

「他訓了我一頓，意思就是叫我『別想在紐約繼續混下去了』，」馬龍說道，「還叫我不要招惹佩納。」

「你真打算要這麼幹？」

「當然。」

接下來，馬龍所做的事，將成為在北曼哈頓永遠流傳不朽的民間傳說，「遛狗午後」[14]。

馬龍去找警犬小組的葛洛斯寇普夫警官，詢問他是否可以出借在過去這兩年之中、威震哈林區的「狼寶」，某隻大型德國狼犬。

葛洛斯寇普夫問道：「你要做什麼？」

他超疼愛狼寶。

馬龍回道：「帶他去散散步。」

葛洛斯寇普夫答應了，因為他知道很難拒絕丹尼・馬龍，更別提拒絕之後不知會引來什麼麻煩。

馬龍與魯索把狼寶放在魯索車子的後座，前往位於東一一七街的餐車攤，雖然它的正式名稱是「帕口塔可餅」，但大家都喊它「拉克薩餐車」，馬龍在那裡餵狼寶吃了三份加綠辣椒的雞肉餡餅捲、五份不知是什麼肉的塔可餅，還有一份名叫「腸胃殺手」的超大號麵餅捲。

狼寶日常攝取的都是嚴格控管的飲食，所以牠開心得不得了，立刻愛上了馬龍，當馬龍回到車上的時候，熱情對他狂舔，而且還開心搖尾巴，等待下一場驚喜的美食饗宴。

馬龍問魯索：「開過去要多久？」

「要是沒塞車，二十分鐘。」

「要那麼久？」

「差不多。」

結果總共花了二十二分鐘，在這段車程當中，狼寶的喜悅逐漸轉為不適，因為剛才的油膩食物正開始迅速經過牠的腸胃、急欲找到出口。狼寶哀哀叫，要是葛洛斯寇普夫在場，一定會立刻知道牠需要解放。

「狼寶，忍一忍，」馬龍撫摸牠的頭，「我們馬上就到了。」

⑭ Dog Day Afternoon，此為電影名稱《熱天午後》，美國導演薛尼・盧梅的代表作之一。

「要是這隻狗在我車裡拉屎……」

「牠不會幹這種事，」馬龍說道，「牠是種狗。」

等到他們到達目的地之後，狼寶不安扭動，直衝辦公室大樓外頭的草地，不過，馬龍和魯索卻把牠帶進去，搭乘電梯，上了十七樓。

伯傑的櫃檯小姐是個美呆的年輕美眉，可能已經被伯傑尬過了。她開口說道：「先生，你不可以帶狗進來。」

「他是導盲犬，」魯索盯著她的咪咪，「我是瞎子。」

「你們與伯傑先生有先約嗎？」

「沒有。」

「你的狗是怎麼回事？」

答案呼之欲出。

狼寶哀號，狼寶旋身，狼寶拉出一大坨近乎是天災級的冒著熱煙、滿布辣椒的狗屎，落在傑拉爾德・伯傑（以前的）白色蘇雅・米蘭地毯上面。

馬龍驚呼，「哦哦。」

櫃檯美眉發出嘔吐聲，馬龍趕緊把狼寶拉出去，還順便拍了拍牠的頭，牠一臉羞愧但也如釋重負。「乖，狼寶，你真乖。」然後，他們把狼寶帶回辦公室。

消息很快就傳了開來，因為他們進去的時候，大家都起立歡呼，而且超級寵溺狼寶，對牠拍拍親親，還有人送給牠一盒綁有藍色緞帶的狗餅乾。

「警監要找你，」櫃檯的執勤警官告訴馬龍與魯索，「你們一回來就要立刻進去報到。」

他們把狗兒交還給勃然大怒的葛洛斯寇普夫之後，進入費雪的辦公室。

「我只問你一次，」他問道，「你們是不是把警犬帶去傑拉爾德・伯傑的辦公室大便？」

馬龍回道：「我會做那樣的事嗎？」

「滾，我在忙。」

的確，他桌上的電話響個不停，紐約市每一個分局都打電話來向他祝賀。

葛洛斯寇普夫一直不肯原諒馬龍，因為他惡搞狼寶的消化系統。而且只要馬龍走進狼寶方圓五十英尺之內的活動範圍內、他的怨念就會變得更加深重，因為狗兒會拚命想要接近馬龍，他給了牠一生中最美好的一個下午。

馬龍繼續緊盯佩納。髒屁股——天知道他是怎麼弄來的這種線報——告訴馬龍，佩納的妻子準備要為老公在勞爾餐廳，也就是著名的東哈林小餐館，辦一場驚喜生日宴會。

佩納坐在大餐桌前面，身旁除了他的親朋好友之外，還有數名商界領袖、許多當地政治人物，然後，他開始拆禮物，某個大禮盒裡面是一份相框，裡面的照片是三名死去的小孩，此外，還有一張字條：北曼哈頓特勤小隊之友的贈禮——殺嬰兇手，祝你無法「年年有今日，歲歲有今朝」。

後來，有人帶話給馬龍——宜人大道的黑道分子。盧・薩維諾邀他談判，早在打從馬龍還是便衣的時候，這傢伙就開始塞他紅包。他們坐在某間咖啡店的外頭喝義式濃縮咖啡，這名黑手黨頭頭開口說道：「你這傢伙真是難搞，也該到此為止了吧。」

「你什麼時候開始成了那些中南美洲人的傳話小弟？」

「這種話可是會惹怒我的，」薩維諾說道，「但我不跟你計較。丹尼，我們不會讓妻子捲進來。」

「這種話就去告訴潔奈兒·克里夫蘭吧。哦，對了，沒辦法，她和她家人都死光光了。」

「這是兩種猴子之間的尿尿比賽，」薩維諾說道，「有褐皮膚的猴子，還有黑皮膚的猴子，誰拿到香蕉有差嗎？根本不關我們的事。」

「盧，最好是不會有關係，」馬龍說道，「要是你的人幫忙處理佩納的貨，我很難保證會出什麼事，我不管，我一定會逮捕他們。」

他很清楚自己在做什麼——讓薩維諾知道要是他想賣海洛因，就是不能和佩納做生意，這可能會逼他打電話給多明尼加的大頭。

想要在黑道團體之中活命的關鍵十分簡單——就是要讓別人賺錢。只要你能為別人帶財，你就安全無虞。開始讓別人花錢，你就成了負擔，黑道很快就會想把你踢出去。

留住這種人，又不能幫他們減稅。

馬龍正慢慢讓佩納成為黑幫的負擔——這傢伙花老闆的錢，惹來一堆麻煩，而且，他的生活越來越難堪，除了自己被羞辱之外，妻子也臉上無光，生意淒慘，他成為眾人的笑柄。

如果你有志當主持人當然要搞笑，但如果想要掌控貧民窟的毒品生意，絕對不能被別人訕笑。你希望自己可以到人見人怕的地步。

要是大家開始吐槽你，就算只是躲在你背後講笑話，那也就沒有人怕你。要是大家不怕你，你也沒有辦法幫大家賺錢，那你就只是個大麻煩而已。

販毒機構並沒有人力資源部門。他們不會把你帶入行之後指導你、告訴你要如何提升工作效能。他們只會派一個自己認識、能夠放心的傢伙，帶你去外頭喝酒或是吃晚餐，然後告訴你，管好你自己的生意就是了。

管好你自己的生意。

「就坐下來和他聊一聊吧，」薩維諾說道，「我也就只有這個要求而已，我們可以好好喬一下。」

「三個死掉的小孩，完全沒有喬事的空間。」

「能聊聊總是好事。」

「他要是想聊天，」馬龍說道，「那就過來自首，承認自己犯下克里夫蘭的滅門血案，寫下陳述書，要叫我與他坐下來談判，這是唯一的方法。」

但是薩維諾搬出了他的王牌，「這不是他的請求，而是我們的要求。」

馬龍沒辦法拒絕奇米諾家族直接提出的要求，他們一起做生意，他必須遵守規範。

他們的會面地點是奇米諾家族旗下、位於東哈林區某間小餐廳後頭的包廂房間。薩維諾保證馬龍安全無虞，但他也必須承諾不會在現場進行逮捕，不能搞竊聽。

馬龍進去的時候，佩納已經坐在桌前。白色襯衫，雖然身穿上千美元的西裝，依然遮不住他的肥胖醜態。薩維諾起身擁抱馬龍，準備要對他搜身。馬龍卻拍開他的手，「要搜我的身？你有沒有搜他？」

「他沒有理由需要裝竊聽器。」

「我也沒有理由需要裝竊聽器，」馬龍回道，「盧，要坐下來談判，開場的時候不能這樣惡搞。」

「竊聽器在哪裡？」

「在你媽的雞掰裡，」馬龍回道，「下一次你吸她小穴的時候，千萬不要洩漏自己的罪行，幹，我要走人了。」

佩納開口：「沒關係。」

薩維諾聳肩，示意馬龍坐下。

馬龍問薩維諾：「你最近都是聽誰的指令？」

然後，他在佩納對面坐下來。

佩納問道：「要不要吃點什麼？」

「我絕對不會和你分食同一塊麵包，」馬龍說道，「也不會和你一起喝酒。盧找我來這裡，我就來了，你有什麼話要說？」

「一切到此為止。」

馬龍說道：「等你被搞死以後就一了百了。」

「克里夫蘭知道規矩，」佩納回他，「他知道會有生命危險的不只是他而已，也包括了他的全家人，這是我們的行事態度。」

「這是我的地盤，」馬龍說道，「就要遵守我的規矩，我不准有人殺小孩。」

「別以為你比我清高，」佩納嗆他，「我知道你是什麼德性，你是大惡警。」

馬龍看著薩維諾，「可以了吧？我們之間的對話結束了是不是？我可以去外面吃東西了嗎？」

佩納把某個手提箱放在桌上，「裡面有二十五萬美金，拿去吃點東西吧？」

「這是要做什麼？」

「你自己很清楚。」

「不，你這個人渣，你告訴我這是要做什麼。」馬龍說道，「你直接說啊，這是你犯下那起滅門血案的遮口費。」

佩納交代薩維諾：「搜他身。」

「你要是敢碰我，」馬龍說道，「盧，我發誓一定輕輕鬆鬆把你撂倒。」

佩納說道：「他裝了竊聽器。」

「沒錯，」薩維諾說道，「丹尼，你走不出去了。」

馬龍脫掉運動外套，解開襯衫鈕子，露出胸膛。「盧，你現在高興了嗎？還是你要戴上手套、伸食指捅我屁眼？你是同性戀變態？」

「天，丹尼，我沒有冒犯的意思。」

「對，很好，我的確生氣了，都是因為你和這個殺嬰兇手。」馬龍拿起那個手提箱、丟向佩納。「我不知道你聽說了我什麼事，但我知道你一定有些事沒聽到，我絕對不會讓某個雜種在我的地盤上殺了三個小孩之後逍遙法外。你要是再敢拿這手提箱出來，我一定把它塞進你的喉嚨、讓它從你的屁眼出來。我現在所以不逮捕你，只有一個理由，我答應薩維諾的話，一定說到做到。但過了今天之後，這個諾言就沒效了。要是你的老闆沒除掉你，我也會自己動手。」

佩納說道：「也許是我除掉你。」

「來啊，」馬龍嗆他，「要殺我，就把你的人都找來吧。」

這時候，魯索與蒙特鳩出現在餐廳門口，彷彿剛才一直在聆聽他們的對話一樣。的確——他們剛才都躲在車子裡靠耳機全程監聽。

「丹尼，是不是有事？」魯索露出微笑，還拿著莫斯伯格590霰彈槍對準房內。

蒙提沒有笑容。

「沒事。」馬龍回覆之後，看著佩納。「你這個人渣，我一定會在你棺木上狂幹你家寡婦屁眼，讓她喊我爸拔。」

他們重裝上陣。

隨身攜帶的武器數量嚇死人。

伏兵可能從四面八方而來，除了佩納之外，奇米諾家族也不無可能，但馬龍覺得黑手黨沒這麼魯莽，應該不會下手殺警才是。

他們行事小心翼翼。馬龍不回去史塔頓島的家，而是窩在西城。而魯索則是在副座上隨時放著霰彈槍。不過，他們依然緊盯街頭，查緝佩納的販毒活動，查問線索，逐步削減對方勢力。

而且，馬龍把錄音帶給了瑪麗·辛曼。

「這案子對伯傑來說易如反掌，當事人無罪開釋，就跟鵝拉屎一樣輕鬆簡單，」辛曼說道，「你沒有搜索票，你沒有相當理由——」

「警官們在監控某名同事從事臥底活動的時候，」馬龍說道，「他們聽到某人自承犯下數起命案，而且——」

「你要我用那個證據起訴佩納殺害克里夫蘭一家人？」辛曼反問，「這是叫我自毀前程。」

「抓進來再說，」馬龍說道，「讓他進入偵訊室，由重案組的人播放錄音帶、逼他自白。」

「你覺得伯傑除了肯讓當事人講出自己的名字之外，還願意讓他回答其餘的問題嗎？」

「反正就試試看，」馬龍的語氣緊繃又洩氣，他已經在崩潰邊緣。「你欠我的。」

靠我的「撒謊作證」，幫你成功起訴了多少罪犯？

他們抓了佩納。

當辛曼播放錄音帶的時候，馬龍在偵訊室的窗戶後面觀看。「克里夫蘭知道規矩，他知道會有生命危險的不只是他而已，也包括了他的全家人，這是我們的行事態度。」

伯傑向佩納大手一揚，請他保持安靜，然後，伯傑看著辛曼，開口說道：「我根本聽不出來這哪裡像自白，就算知道有克里夫蘭滅門血案又哪裡有罪？我只聽到有人正在陳述某種令人反感的文化規範，雖說是應該被譴責的行為，也並不是犯罪事實。」

辛曼又打開錄音機。

「裡面有二十五萬美金，拿去吃點東西吧？」

「這是要做什麼？」

「你自己很清楚。」

「所以，你認為我的當事人企圖行賄警官，」伯傑說道，「但你根本沒有那筆錢，搞不好手提箱是空的，也許我的當事人只是在嘲諷馬龍警長，假意報復他持續不斷的幼稚騷擾行為而已，接下來呢？」

「不，你這個人渣，你告訴我這是要做什麼。你直接說啊，這是你犯下那起滅門血案的遮口費。」

「搜他身。」

辛曼繼續播放錄音內容。

伯傑說道：「我完全沒有聽到牽涉到犯罪的內容。但我的確聽到某名紐約市警官威脅市民，還揚言要在對方的棺木上狂幹對方妻子的屁眼，想必你一定十分自豪吧。反正，這捲帶子不只是毫無價值，萬一你傻到要拿它來起訴我的當事人，自然也不可能成案。大陪審團也許會欣賞，但法官只會怒氣沖沖把它丟入垃圾桶。你沒有任何證據可以起訴我的當事人。」

辛曼說道：「我們已經掌握了槍手名單，他們很快就會出面指證你的當事人，如果他還想要救自己一命，也就只有現在了。」

這完全是唬爛，但佩納卻臉色抽搐了一下。

伯傑面不改色，「我有聽到墳墓前的口哨聲嗎？還是大家都默認你的『案件』目前根本只是空包彈？檢察官，我告訴你吧，你的警察完全失控，我會拿出這些事證向『民眾投訴評鑑委員會』進行檢舉，不過，我建議你必須要趕快採取行動，挑出底下這些得了狂犬病的警察，不然你恐怕是前途無望了。」

他起身，示意佩納也可以站起來。「祝你有個愉快的一天。」

伯傑望著雙面鏡，掏出手帕，對著馬龍微笑，抬起鞋子，對著鞋底擦了一下，然後把手帕扔進垃圾桶。

江湖開始慢慢露出佩納罪行的風聲。

一開始並不明顯，只是細微的裂縫，然後，小小的漏水成了小溪，成了攻破佩納刀槍不入之牆的洪流。

沒有人進入警局——他們之間沒有那種信任基礎——但還是有人在馬龍巡邏時點點頭，稍微擺一下頭，用最細微的姿勢讓馬龍知道，他們想要聊一下。

他與他們的閒聊地點包括了街角、小巷弄、廉價公寓的走廊、合法注射所，以及酒吧，讓他知道是誰殺了那三個小孩，佩納雇用了誰，殺手是哪些人。

風向轉變，說來也有幾分諷刺：線民希望可以繼續吸食海洛因、不要再被騷擾，馬龍的冷酷戰鬥能夠就此劃下句點。不過，最主要的原因是因為大家希望可以免除恐懼。

答案開始浮現，佩納雇了兩名野心勃勃、亟欲證明自己的後起之秀，而社群特別憤怒，因為他們是黑人。

東尼與布雷倫，卡米蓋爾兄弟，分別是二十九歲與二十七歲，早自十多歲開始就前科累累，包括了傷害、搶劫、交易毒品、竊盜，現在他們打算更上一層樓，擔任佩納的大盤商。

入門的第一份任務。

殺死克里夫蘭夫婦。

他們全家人。

蒙提、魯索、蒙特鳩帶槍闖入一四五街的那棟公寓，準備逮人。

佩納已經捷足先登。

東尼．卡米蓋爾癱在椅子裡，前額有兩處槍傷。

嗯，馬龍心想，反正，我們本來就打算以間接的方式處決其中一名兇手——讓佩納知道我們在追查開槍者。他們搜索公寓的其他地方，但沒有發現布雷倫，換言之，他們起訴佩納還是有機會。

馬龍去找髒屁股，「趕快去街頭放話，要是他主動跟我聯絡，我保證讓他住進安全庇護所，也絕對不會刑求。只要他願意出庭作證指證佩納，任何認罪協商條件都沒有問題。」

布雷倫是個傻瓜——他死去的哥哥才是主謀，不過，布雷倫必須要夠聰明，才會發現佩納在追殺他、克里夫蘭的朋友們也是，他唯一的生存希望就是馬龍。

那一晚，他找到了人。

馬龍與小組成員在聖尼可拉斯公園逮到了躲在樹叢裡的他，將他帶入警局。

「他媽的不准跟我講話，」馬龍上銬的時候，對他說道，「給我閉嘴。」

他想要搞定這件事。請人來支援，確定米涅里負責訊問，而且有辛曼在場，布雷倫不想找律師，他全招了，將佩納如何雇請他與哥哥殺害克里夫蘭一家人的經過全抖了出來。

馬龍問道：「這樣夠了嗎？」

「逮捕他已經綽綽有餘。」

她開了拘票要逮捕佩納，也由重案組負責行動——這次辛曼嚴格禁止馬龍出擊。

佩納不在那裡。

不過才差了幾分鐘而已，就與他失之交臂。

傑拉爾德．伯傑把他的當事人交給了聯邦調查局。

不是因為謀殺，而是因為販毒集團交易毒品。

當辛曼告訴馬龍這個消息的時候，他氣得大爆炸。「我要的不是交易毒品，是殺人罪！」

「未必每次都能夠盡如人意，」辛曼安慰他，「有時必須要對現有的結果坦然接受。別這樣，馬龍，你贏了。佩納為了自救而自首，進入聯邦監獄之後才不會被自己人害死。他得坐十五年到三十年的牢，也許會老死在裡面，這就是勝利，接受這樣的結果吧。」

但其實不然。

傑拉爾德．伯傑為他的當事人爭取到空前有利的認罪協商內容，他願意提供販毒集團的情報，也願意為十多起懸宕多時的案件出面作證。迪亞哥．佩納被判兩年，可減除關押日期，換言之，等到他完成作證之後，應該就可以重獲自由之身。

某名聯邦法官簽署了這項協商，而且還說佩納這名證人提供的線索可以消滅街頭的數噸海洛因，此價值更勝於五條人命。

「鬼扯，」馬龍說道，「如果沒有佩納的海洛因，也會有別人的海洛因，根本沒有任何差別。」

辛曼回他：「我們能做的都做了。」

馬龍問辛曼：「我要怎麼告訴那些人？」

「什麼人？」

「冒著生命危險向我報信、希望能將他繩之以法的那些人，」馬龍回道，「相信我會為那些小孩討回公道的那些人。」

辛曼不知該對馬龍說什麼才好。

馬龍不知該對那些人說什麼才好。

不過，他們早就知道了，這是老掉牙的故事——某些白人高層的仕途比五名黑人的命來得更重要。

後來，布雷倫·卡米蓋爾被判處五個無期徒刑。

丹尼·馬龍失去了一部分的靈魂，不是全部，還剩下那麼一點點，但也夠了，當佩納厭倦了清白人生、又回去賣海洛因的時候，足以讓馬龍下定決心、準備妥當，要處死這傢伙。

34

馬龍囚室的房門開了，進來的是歐戴爾。

他開口問道：「洗過澡了嗎？」

「嗯。」

「很好，」歐戴爾說道，「我們得進市中心。」

「要去哪裡？」馬龍待在自己的囚室，沉浸在自己的思緒之中，他很滿意這樣的時光。

歐戴爾說道：「某些人要見你。」

他帶馬龍出去，將他安排在汽車後座，自己則坐在他旁邊。歐戴爾為他解開手銬，「我應該可以相信你，你不會逃走吧？」

「我能逃去哪？」

馬龍望向窗外，他們經過了市政府，走錢博斯街到西街，然後上西端高速公路。

不過被關了一個晚上而已，對馬龍來說，自由的感覺已經變得好陌生。

出乎意料之外。

令人頭暈目眩。

哈德遜河似乎變得更寬闊、更澄藍。寬闊的河面似乎為他開了逃逸出口，強風吹拂下的白浪正慫恿他奔向解放。他們經過了荷蘭隧道、雀兒喜碼頭，那是馬龍在半夜玩冰上曲棍球報隊賽的地方，然後是賈維茲會議中心，這棟建築的水泥、管線、窗戶、照明的發包工程挽救了黑手黨，接下來是林肯隧道，八十三號碼頭，馬龍本來一直想要帶全家人過來搭乘「環線遊輪」，欣賞曼哈頓，但一直沒有成行，現在也已經來不及了。

車子轉進五十七街，馬龍發現不對勁。

北方的空氣有一抹污黃。

幾乎是棕色。

除了雙塔倒下的那一次之後，他從來沒有看過紐約空氣是這種顏色。

馬龍問道：「我可以搖下車窗嗎？」

「請便。」

空氣瀰漫著煙塵味。

馬龍的疑惑目光望向歐戴爾。

「大約在昨天下午五點鐘的時候，開始發生暴動，」歐戴爾說道，「就在你進去之後沒多久的事。」

歐戴爾告訴他，針對班奈特宣判結果的抗議本來很溫和，然後，有人丟擲酒瓶，接下來出現磚頭。到了六點半的時候，聖尼可拉斯國宅區與尼可拉斯大道的店面窗戶全都遭砸爛，各式商店與便利商店被洗劫一空。到了晚上十點鐘的時候，開始有汽油彈扔向阿姆斯特丹大道與百老匯大道上的那些警車。

催淚瓦斯與警棍全部出籠。

但暴動卻如野火燎原。

晚上十一點，貝德福德－斯泰弗森特已經一片火海，接下來淪陷的是夫拉特布希、布朗斯維爾、南布朗克斯，還有史塔頓島的部分區域。

黎明終於到來，煙塵的威力連七月的炎熱陽光也相形失色。政府官員原本企盼騷亂已經在前一晚終結，卻沒想到在中午十二點鐘左右的時候，抗議者聚集在市政府與警察廣場一號外面，攻擊警方封鎖線，暴動又起。

在曼哈頓北區，消防員一開始忙著撲滅聖尼可拉斯國宅高樓狙擊手丟出的燒夷彈，但最後分身乏術，乾脆拒接電話，所以全區開始熊熊焚燒。

這座城市裡的每一個警察都被叫回去支援鎮暴任務。他們無法回家，只能到置物間、窩在行軍床上面打盹，每個人都累壞了，身心俱疲，隨時可能會崩潰。

所謂的「志工」群——機車俱樂部分子、民兵、超級種族歧視的白人團體、支持擁槍的狂熱分子——從其他地區前來幫助重建「法治」，讓警方現在更是疲於奔命，以免讓暴動升高為全面的種族戰爭。

宣判正是此次暴動的導火線。

車子行經「億萬富翁住宅區」，最後停在安德森的那棟建築前面。

伯傑站在外頭，顯然是在等待車子到來。他迎上前去，為馬龍開門。「在他們沒講完話之前，絕對不要開口。」

「這在搞什麼鬼？」

「現在的狀況的確是這樣。」

他們搭乘電梯，到達了那間豪華頂樓。

馬龍看得出來，裡面有好多人。

警察總局局長、總警監尼力、歐戴爾、溫卓博、市長、錢德勒、布萊斯．安德森、伯傑還有伊索貝爾．帕茲。馬龍看到她，驚訝之情全寫在臉上，她開口說道：「馬龍警長，請坐，我們剛剛已經預做了一點小小的安排。」

她指向某張椅子。

馬龍回道：「我最近坐得夠久了。」

他還是站在那裡。

「因為我們以前打過交道，」帕茲說道，「所以我被要求主持這場會議。」

警察總局局長與尼力的表情似乎是很想點火燒死馬龍，市長盯著咖啡桌面，安德森的臉色冷若冰霜，而伯傑則露出一貫的竊笑。

歐戴爾與溫卓博的表情則彷彿像是快吐了。

帕茲開口：「首先，這次的會議從來不存在，不能有錄音、備忘錄與任何紀錄，你是否了解與同意？」

馬龍回道：「你們愛瞎編什麼都好，我根本不在乎。我來這裡要幹嘛？」

「他們授權給我，與你談認罪協商，」帕茲問道，「傑拉爾德？」

馬龍問道：「你不是因為涉及利益衝突而必須迴避嗎？」

「這案子先前得走審判程序，似是必須迴避，」伯傑說道，「現在就沒那麼確定了。」

「為什麼？」

「不知道你是否知曉大陪審團對麥可．班奈特一案做出判決之後、因而引發的這場社會暴動，」伯傑繼續解釋，「簡單一句話，要是再多一根火柴的話，紐約會被焚城，甚至整個國家都會陷入火海。」

「打電話給消防局吧，」馬龍說道，「我現在可以回牢裡了嗎？」

「市長辦公室聽到了某些謠言，」伯傑說道，「有一段畫面，是班奈特案發生時的手機影片，顯見海耶斯在開槍的時候，班奈特正打算逃跑。要是那段畫面公諸於世的話，一定會引發空前暴動，現在的騷亂只不過等於女童軍在烤棉花糖餅乾而已。」

市長開口：「我們不能坐視不管。」

馬龍反問：「這關我屁事？」

「你跟曼哈頓北區的非裔社區關係深厚，」伯傑說道，「尤其你與迪馮．卡特爾頗有交情。」

「隨便你怎麼說吧。」他心想，有人想要取你性命，居然也能算是交情。

「警探，少來了，」警察總局局長大吼，「你和整個小隊都被卡特爾收買了！！」

馬龍心想：這種說法不是很精確。

只有托瑞斯和他的小組成員。

但也八九不離十。

「根據我們的了解，卡特爾握有這段影片，」帕茲說道，「而且揚言要公開。他已經躲得遠遠的，我們找不到他。我們的協商內容是——」

「我們廢話少說吧，」警察總局局長說道，「馬龍，協議就是你取得影片，你就無罪開釋。如果你問我，我會說這種做法臭不可聞，但情勢就是如此。」

「魯索呢？」

溫卓博蹙眉回道：「協議內容依然有效。」

馬龍回道：「還有，絕對不能起訴蒙特鳩。」

警察總局局長回道：「威廉．蒙特鳩警長是紐約市的英雄警探。」

帕茲詢問馬龍：「所以我們達成協議了？」

「沒這麼快，」伯傑說道，「還有查扣的問題。」

「不行，」溫卓博回道，「我們不能讓他留下那筆錢，絕對不可以。」

「我要說的是那棟房子，」伯傑說道，「馬龍同意要將房子的所有權轉讓給妻子，而據我了解，她正在訴請離婚，所以就讓她保住房子吧。」

總警監尼力開口，「我們要讓全紐約最齷齪的警察就這麼逍遙法外？」

最後開口的是布萊斯．安德森，「還是你想看到整座城市被全部燒毀？我的意思是，海洛因毒販留住自己的所得，我們需要在乎嗎？無辜民眾可能身亡比較嚴重吧？更何況，這座城市可能會被破壞殆盡？就算這三名惡警躲過法律制裁，也不是史上第一次吧？如果這傢伙能夠避免紐約遭到焚城，我百分百同意這樣的協商內容。」

這是定案。

這間頂樓豪宅的主人講出了定案。

帕茲望著伯傑，「這樣可以了嗎？」

「我不會選用『可以』這樣的字詞，」伯傑回道，「我們可以說雙方達成了令人滿意的共識，我們可以告訴自己，這是為了更廣大的公眾福祉。警探馬龍，這樣的協議可以嗎？」

馬龍說道：「我需要拿回警證與配槍。」

他將再次成為警察。

這將是他最後一次執行警察任務。

35

北曼哈頓已經被攻陷。

馬龍穿越了暴動者從葛蘭特延伸至曼哈坦維爾的攻擊火線。一群群的制服員警排成一列，守在馬丁路德大道、緊盯南方；還有更多的警察駐守在一二六街，面向北方，形成了一道走廊，讓中間的轄區分局宛若被團團圍住的碉堡。警察們站在宛若馬車的警車後方，騎警在人行道上四處巡邏，馬兒不安踱步，分局辦公室樓頂已經安排了狙擊手。

阿姆斯特丹酒品專賣店已經被洗劫一空，窗戶被砸破，裡面的展示品全被幹走了。馬丁路德大道上面的C-Town超市已經被摧殘得破爛不堪。曼哈頓五旬節派與安提阿浸信會的牧師們站在街頭，呼籲大家冷靜，採取被動的抗議方式，而一二六街對面的抗議者聚集在聖瑪麗愛滋收容中心的小花園，兩邊人馬似乎都在等待太陽下山，看看接下來還會上演什麼情節。

他四處尋找爛屁股。

馬龍找遍了他平常混跡的地方——雷諾克斯大道一二〇號附近，以及晨曦大道四四九號的周邊區域。

在種族暴動的時候，敢獨自走在哈林區的白人條子，也就只有馬龍而已。雖然他先前可能早就沒命了，但他的名聲、人們對他的恐懼，甚至敬重都依然存在，自然也就任由他在這裡四處活動。

也許這裡火勢不止，但依然是馬龍的王國。

他找到了「哦沒有亨利」。

這傢伙一看到馬龍，就像瞪羚一樣逃走了。算馬龍走運，毒蟲一向不擅長百米衝刺，所以馬龍逮住他，把他推向某處小巷的牆面。「亨利，你現在要躲我？」

「哦，沒有。」

「明明就有。」

「我以為你是猩猩。」

「對啦，我要偷你的毒品，」馬龍回道，「髒屁股在哪裡？」

「我們可不可以找個隱密的地方講話？」亨利說道，「要是被人看見我跟你在說話——」

「所以你最好趕快講出來，」馬龍說道，「現在就給我說，不然我等一下就拿擴音器在雷諾克斯大道宣布你是我的線民。」

亨利開始大哭，似乎嚇壞了。「哦，不要，哦不要。」

馬龍揪住亨利，狠狠把他從牆面拉到自己面前。「他在哪裡？」

亨利慢慢滑下來，躺在地上，整個人蜷成胎兒的姿態，他雙手摀臉，痛哭不已。「學校，操場。」

「哪一間學校？」

「一七五號那一間，」亨利縮得更緊，「哦，不要，哦不要。」

「哦沒有亨利」根本在唬爛。

他騙了馬龍，因為一七五號學校的操場外根本不見爛屁股人影，而且很詭異——炎熱夏夜，而且現在是暴亂狀態，操場卻空荒無人。

宛若充滿輻射線什麼的。

然後，馬龍聽到了。

呻吟，但不是人類的聲響。

重傷動物的嚶嚶啼泣。

馬龍環顧四周，想要找出音源，不是籃球場，也不是鐵絲網圍牆。

他看到靠在樹上的爛屁股。

不是靠在樹上。

而是被釘在樹上。

被尖釘刺住的是手掌，不是手臂。

他全身被剝得精光，雙手高舉過頭，兩隻手掌交疊在一起、被釘在樹幹上，瘦巴巴的雙腿被拉直，雙腳交疊被釘在樹幹，下巴貼住胸膛。

他們把他打得超慘。

整張臉像是漢堡碎肉，眼窩裡的眼球轉個不停，下巴已經碎裂，一口爛牙血肉模糊，雙唇破裂成了一條條的細帶，懸晃欲斷。

不成人形。

大腿與腳尖已成肉泥。

馬龍驚呼：「啊，天哪。」

爛屁股努力睜開眼睛，看到了馬龍，哀號了一聲。講不出話，只有苦痛。

馬龍抓住爛屁股雙腳的厚釘、用力扯開，然後又伸手抓住爛屁股雙手的那根釘，死命拉扯，終於把它拔出來，馬龍抱住爛屁股，讓他躺在地上。

馬龍說道：「我把你救下來了，救下來了。」

他按下無線電，「需要救護車，緊急狀況，一三五街與雷諾克斯大道交叉口。」

「馬龍？」

「快派救護車過來。」

「抓耙仔，滾啦，趕快去死吧。」

救護車不會來了。

也不會有警車。

馬龍把雙臂放到髒屁股的腋下將他抬起，宛若把他當成小嬰兒一樣，從雷諾克斯大道趕到哈林醫院，準備進入急診室。

「誰對你下這種毒手？」馬龍問道，「肥泰迪？」

他聽不清楚爛屁股在說什麼。

馬龍問道：「他在哪裡？」他本來一開始就想找爛屁股，但已經太遲了。

「聖尼可拉斯國宅，」爛屁股哀號，「第七棟大樓。」

然後，他露出微笑，如果那殘餘嘴肉還算是笑得出來的話，說：「馬龍，我聽說了。」

「聽說什麼？」

「我們現在是一樣的人，你和我，」髒屁股說道，「我們都是奸細。」

他的頭癱垂在馬龍的懷中。

馬龍把他帶進急診室。

當班的正好是克勞黛。

「天，」她驚呼，「他們對這可憐的人到底做了什麼？」

他們趕緊把爛屁股放上醫院輪床，把他推進去。

克勞黛對馬龍說道：「你全身都是血啊。」

當他們把他送進去的時候，克勞黛一路跟隨，緊緊握住爛屁股的手。

馬龍進入男廁，將擦手紙弄濕之後，拚命抹去身上的血跡與穢物。

然後，他進入等候室，坐了下來。

裡面十分擁擠，許多人都是因為這場暴動而受傷。被商店碎玻璃割傷、打架的瘀傷、放火時或被困其中時所造成的燒燙傷。被催淚彈襲擊的紅腫雙眼、警方以霰彈槍發射豆袋彈所引發的挫傷——更嚴重的槍傷病患早已進入急診室，或是躺在恢復室的病床上面，再不然，就早已放在停屍間、等待轉送殯儀館。

克勞黛說道：「親愛的，他走了。」

「我早有心理準備。」

「很遺憾，」克勞黛說道，「他是你朋友嗎？」

他不假思索說出答案，「他是我的線民，」但想想又覺得不妥，「對，他是我朋友。」

這違反了警察工作最重要的潛規則之一：絕對不能和線民當朋友。

不過，明明是某個經常和你一起混跡街頭公園的人，如果不叫朋友，又該叫做什麼？真的，他其實是你的工作夥伴，因為他幫你逮人，將大壞蛋逐出街頭、保護鄰里，這難道不叫朋友嗎？

絕對不能和線人或是毒蟲當朋友，所以毒蟲線人……

不過，沒錯，爛屁股是我朋友，而且他總是把我當朋友，看看他落得什麼下場。

克勞黛問道：「他有家人嗎？」

「就我所知是沒有。」馬龍心想：我一直懶得問他。不過，應該是有爸爸媽媽，不知道在哪裡就是了。搞不好也有老婆，誰知道呢？甚至可能有小孩，不止一個。也許有人在找他，也許他們已經放棄了他，與他斷絕關係……

「所以屍體……」

「打給聯合會，」這是距離醫院最近的一家殯儀館，馬龍說道，「我來付喪葬費。」

「你對他真好。」

「對，」他回道，「我連他叫什麼名字都懶得問。」

「班傑明，」克勞黛說道，「班傑明．庫姆斯。」

她看起來好累——暴動的傷亡民眾讓她幾乎是連續值班，只能偷個幾分鐘小睡一下。

「給我一分鐘好嗎？」馬龍問道，「到外面講話？」

她張望四周，開口說道：「只能一分鐘，你也知道，急診室都是人，這場暴動……」

他們到了一三六街。

克勞黛開口：「我以為你要去坐牢了。」

「我也以為自己逃不了，」馬龍回道，「但現在有了認罪協商。」

也許比先前的那一次更齷齪。

「你曾經告訴過我，」馬龍說道，「身為黑人的重擔，還是有那種感覺嗎？」

「丹尼，我還是黑人。」

「那感覺依然會讓你疲累不堪？」

「我不知道你是不是意有所指，」她回他，「但我現在不碰毒了。」

「不是，我的意思只是……」

「到底是什麼意思？」

「我不知道。」

她低著頭，一直伸腳在磨蹭人行道上的水泥板，然後又抬頭看著他。「我得進去了。」

「好。」

「你把他送過來，做了善事……我真的好愛你。」她伸出雙臂，緊緊扣住他，淚濕的臉頰貼住他的頸項。「親愛的，再見了。」

再見，克勞黛。

炙熱的夏夜，空調無法運轉，所以聖尼可拉斯國宅的居民全待在外頭的中庭。白人條子進來，必定醒目，所以也不必裝低調了。

他邁開大步，宛若自己依然統治這個地方。

宛若他依然是昔日的丹尼·馬龍。

當他朝七號大樓走去的時候，群眾開始發出口哨、叫囂、大吼、羞辱，尼可拉斯國宅的居民都知道他來了，而且沒有人會想到免費發放的聖誕節火雞。

他們只會想到他們有多麼痛恨警察。

一群賺錢小子黨的人站在七號大樓門外。

馬龍不意外。

真正讓他嚇一跳的是特雷居然和他們在一起。

這位雷鬼大咖走到馬龍面前。

馬龍問道：「特雷居然出現在貧民窟？」

「我只是想要保護我的同胞。」

「我也是。」

「他們覺得，黑人弟兄殺死了警察，」特雷說道，「警察就要讓這整個世界天翻地覆，但換作是警察殺死了黑人弟兄，卻不是這麼回事。」

「你想要保護你的同胞，」馬龍說道，「告訴這些傢伙別擋路。」

「你有搜索票嗎？」

「這是國宅，」馬龍說道，「我不需要搜索票。你擁有法律學位，我相信你很清楚這一點。」

「我聽說你朋友的事了，很遺憾，」特雷說道，「蒙特鳩曾經是很酷的人。」

馬龍回道：「他依然還是很酷。」

「我聽說的不是這樣，」特雷回他，「他似乎得找看護了。」

馬龍問他：「你要當志工幫忙照顧嗎？」

賺錢小子黨的那夥人覺得時候到了，可以好好修理一下馬龍。他們早就知道，應該說街上的每個人都知道，再也不會有任何警察過來支援他。

特雷向他們示意，保持冷靜，然後又面向馬龍。「你想要幹什麼？」

「我要找肥泰迪。」

特雷回道：「你自己也很清楚，就算你把肥泰迪打得半死，他也不會透露任何口風。畢竟他還有媽媽、妹妹、三個表弟住在聖尼可拉斯與葛蘭特國宅區。」

「我們會保護他的。」

「你根本自身難保了。」特雷說。

「特雷，你現在已經是妨害公務，」馬龍說道，「給我滾，不然我就給你上銬。」

「好，我覺得我只是介入你與卡特爾之間的私事而已，」特雷說道，「如果你要玩妨害公務的遊戲，那就對我上銬，準備迎接下一輪的暴動吧。」

他轉身，自願獻出雙手。

「你就是喜歡這種遊戲，對吧？」馬龍嗆他，「想要趁機為自己攢下街頭名聲。」

「你要怎樣就隨便你了，」特雷說道，「我可沒空奉陪你一整個晚上。」

這時肥泰迪高舉雙手，走出大門。「我的律師馬上就要過來了，你現在是要對我怎樣？」

「我現在要逮捕你。」

「我聽說你早就不是警察了。」

「你搞錯了，」馬龍說道，「把你的雙手背到後面，不然我敲爛你的頭。」

特雷開口：「泰迪，別聽他的話。」

「閉上你的臭嘴。」

「不然呢？」

「我就會讓你閉嘴，」馬龍回道，「不要測試我的底線。」

「是你別來測試我的底線，」特雷說道，「這裡除了黑人弟兄之外，還有誰？馬龍，你可以叫警察過來支援，不過我聽說已經沒有人會理你了，你早就是他們不在乎的死警察。」

馬龍回他：「不過，你有生之年是看不到那一天，」現在，至少有二十個人拿起手機對著他們，馬龍心想，這簡直就像是搖滾演唱會一樣。他面向肥泰迪，「把手放到後面。如果我開槍的話，一定會先殺了你，然後是特雷。你們大家給我搞清楚，我現在他媽的什麼都不在乎了。」

泰迪一定是相信了他的話，因為他立刻將雙手放到背後。馬龍把他帶離門邊，走了幾步路之後，把他推向牆邊，上銬。「你因為犯下殺人案而遭到逮捕。」

泰迪問他：「我殺了誰？」

「髒屁股。」

泰迪壓低聲音，「我沒殺他。」

「沒有？」馬龍反問，「那是誰幹的？」

「是你。」

馬龍聽出這句話的真義，但還是問道：「怎麼說？」

「那批槍火，」泰迪回道，「卡特爾因為爛屁股洩漏槍火的事，所以殺了他。」

「卡特爾把他釘在樹上。」

「我怎麼知道？」泰迪回他，「你覺得我能說什麼？卡特爾做錯了？殺死黑人兄弟，對，有可能，要是必須如此的話。但是對他做出那種事？他不會對別人那樣。」

「卡特爾人在哪裡？」

泰迪的吼聲震天，回音在整個國宅區迴盪。「我不知道卡特爾在哪裡！」

馬龍挨到肥泰迪身邊，悄聲說道：「要是我告訴卡特爾，是你當抓耙仔向我們洩漏了買賣槍火的消息，他一定會殺了你，殺死你的表弟、你妹妹而且還有你媽媽。」

「喂，你怎麼可以這樣對我？」肥泰迪問道，「居然這樣對待我家人？馬龍，你真下流。」

「泰迪，我沒有底線，」馬龍問道，「再也沒有了。他人在哪裡？」

酒瓶亂飛。

空運包裹來了。

酒瓶、罐子，然後是著火的垃圾。

火光在天空中四處曳蕩。

警笛聲大響，藍色制服騎警奔向城市大街。難道是來馳援嗎？天知道，但至少可以遏止一些黑鬼，以免他們再次從國宅區傾巢而出。

「泰迪，你到底想怎樣？」馬龍逼問，「我們沒剩多少時間了。」

「西一百二十二街四號，」泰迪回道，「頂樓。還有，馬龍你知道嗎，我希望他們殺了你，我希望你的警察弟兄會對你的臉送上兩顆子彈，」

「對啦，你這個大笨蛋！」馬龍大吼，「嘴巴閉緊一點！你想得美！」

群眾開始向馬龍的方向移動，他逐步往後，朝自己的車子方向撤退。換作以前，他絕對不會做出這種事，任由黑人小屁孩把他逼出國宅區，不過，反正他再也不會回來了。

36

這是莫里斯山公園的老街區。

到處都是優雅褐石建築的老哈林區，曾經是醫生、律師、音樂家、藝術家，以及詩人的居所。暴民一直沒有染指這個區域。

現在馬龍知道為什麼了。

迪馮．卡特爾不會縱容這種事。

馬龍把車停在卡特爾住家的對面，他才一下車，卡特爾的人馬就立刻過來，其中一個說道：「你有種，白人警察還敢來這裡。」

馬龍開口：「告訴卡特爾，我要見他。」

「為什麼？」

「你幹嘛要問我為什麼？」馬龍回他，「你只需要告訴卡特爾，丹尼．馬龍在這裡，要找他講話。」

那個保鑣一臉不屑看著他，進去裡面，大約過了十分鐘之後，又回頭對馬龍說道：「進來吧。」

然後帶他上樓。

迪馮．卡特爾正在客廳裡等他。這裡的空間寬敞，骨白色的牆面上掛滿了許多大幅的黑白人像，有邁爾斯・戴維斯、桑尼・史提特、雅特・布雷奇、朗斯頓・休斯、詹姆斯・鮑德溫、賽隆尼斯・孟克。佔滿整片牆的亮黑色書櫃，大部分都是藝術書籍——班尼・安德魯斯、諾曼・路易斯、凱利・詹姆斯・馬歇爾、哈・李・史密斯。

卡特爾身穿黑色丹寧布襯衫與黑色牛仔褲，搭配黑色樂福鞋，沒穿襪子。他看到馬龍在瞄書脊，「你懂非裔美籍藝術家的作品？哦，對了，你有黑人女朋友，也許她教導了你不少知識。」

馬龍回道：「她讓我獲益良多。」

「我最近才在拍賣會買下一幅路易斯的畫作，」卡特爾說道，「無題，十五萬美元。」

馬龍問他：「你覺得他們要賣出那種價格，難道會隨便取個名字上去？」

「如果你想看一下的話，作品在樓上。」

「我來這裡不是為了要欣賞你的藝術收藏品。」

「那你來這裡到底要做什麼？」卡特爾問道，「我聽說你坐牢了，因為賣了一大堆毒品給多明尼加人。馬龍，我本來以為我們是朋友。」

「從來就不是。」

卡特爾說道：「我當初可以出更高的價格。」

「因為你更需要那批貨，」馬龍說道，「你現在沒有海洛因，也沒有槍枝，所以你沒錢也沒人。卡斯提洛會把你當成垃圾一樣掃出街頭，話說回來，你本來就是個人渣。」

「我有警察罩我。」

「托瑞斯以前的那些組員？」馬龍問道，「他們遲早會投效多明尼加人。」

馬龍心想：敢做出這種決定的不會是加瑞納，他沒那個腦袋，也沒那個膽。一定會是特內莉。

卡特爾知道他說得沒錯，「好，所以你要給我什麼？你的組員？或者，應該說那些殘兵？不用，謝了。」

「我要把整個紐約市警局都給你，」馬龍說道，「北曼哈頓小組、行政區組、緝毒組、警探部。另外奉送市長辦公室與住在『億萬富翁住宅區』裡面的半數王八蛋。」

「交換條件是？」

「班奈特的錄影畫面。」

卡爾特微笑，現在他已經了然於胸。「所以你的頭頭要派底下的黑鬼出來拿影片。」

「是派我出馬。」

「你為什麼覺得我有這東西？」

「因為你是迪馮．卡特爾。」

他有。

馬龍從對方的眼神就看出來了。

「所以你希望我出賣自己的黑人同胞，」卡特爾說道，「換取白人的保護。」

馬龍回他：「打從你在街頭賣毒的第一天起，你就已經開始出賣你的黑人同胞。」

「想不到賣毒的惡警居然會講這種話。」

「我只知道，」馬龍回道，「我們是一樣的人，你和我都是恐龍，盼望能在絕種之前為自己多爭取一點時間。」

「這是人性，」卡特爾說道，「只要是人，就會想要拚命活下去，君王想要永坐王位，馬龍，我們都是君王。」

「的確。」

「我們以前應該要攜手合作才是，」卡特爾說道，「那麼我們就依然能夠各自為王。」

「我們還是可以繼續稱王。」

「前提是我要把影片給你。」

「就是這麼簡單，」馬龍回道：「你把影片交給我，我們一起掌管北曼哈頓，沒有人能夠撼動我們。」

卡特爾盯著他，開口說道：「你知道暴動的最大優點是什麼嗎？暴民焚毀了你本來就想要砍掉重練的那些地方——貧民窟、破爛的商店與酒吧。然後，你可以以低價收購，蓋漂亮房子，再以高價賣出。我送給你一些中肯建議吧，你把一些賺來的毒品骯髒錢投入房地產，之後社群就會成為你的天下。」

「這就表示我們可以談生意了？」

「我們本來就是一直在談生意。」

「我要看影片。」

卡特爾有一台漂亮的平板螢幕顯示器。

他把某台iPhone放入插槽。

影像鮮銳無比。

麥可·班奈特是個典型的街頭小混混，灰色兜帽上衣、鬆垮牛仔褲、籃球鞋。他站在街上與某名制服員警吵架，就是海耶斯。

海耶斯打算要對他上銬。

班奈特轉身，逃跑。

他動作很快，就是個標準的十四歲小孩身手，但畢竟快不過子彈。

海耶斯取出配槍，射光了全部的子彈。

班奈特被打到身體反旋回來，所以最後兩槍落在臉與胸膛，與法醫的驗屍報告完全相反。

天。

這真的是謀殺。

馬龍心想，黑命關天。

但畢竟比不上白人。

馬龍開口：「你有備份？」

「當然，」卡特爾說道，「卡特爾媽媽不會教出笨蛋黑人小孩。你去告訴你的那些老闆，我要是有個三長兩短的話，這段影片會立刻出現在前五十大媒體頻道與網站，紐約就會遭到焚城。你也可以順便為自己討籌碼，我不介意，我希望你回到街頭。」

他把手機交給了馬龍。

「暴動一定會平息，一向如此，」卡特爾說道，「你和我，我們會回去，繼續控制一切，因為我們本來就是老大，我們讓大家可以安心投資北曼哈頓的地產。你現在回去告訴那個賤貨安德森，只要給我發揮的空間，他就不需要擔心那段影片的事。」

馬龍把手機放入口袋裡。

卡特爾問道：「我們算是說定了吧？」

「我問你一個問題，」馬龍說道，「知道班傑明．庫姆斯是誰嗎？」

卡特爾一臉困惑，開始在腦中搜尋這個名字。彷彿以為那是他不曾聽聞的某名非裔美國畫家，但他想不起來，只好反問回去，讓他一陣惱怒。「誰？」

馬龍掏槍。

「爛屁股。」

他對著卡特爾的胸膛開了兩槍。

37

大家都在安德森的頂樓豪宅裡等他。

那一幫人還在原處。

宛若某名大師連續拍攝了好幾天的團體照。

同樣的一批人，擺出不同的姿勢，但是當馬龍走進來的時候，所有目光都聚焦在他身上。

總警監尼力開口：「先搜身。」

伯傑問道：「為什麼？」

「他是抓耙仔啊，不是嗎？」警探總警監走到馬龍前面，準備開始搜身，他盯著馬龍的臉，開口說道：「一日抓耙仔，終生抓耙仔。之前才發生竊聽事件，我可不希望又來一次，而且這次後果更是不堪設想。」

「我身上沒有竊聽器，」馬龍舉起雙臂，「不過，長官，你就動手吧。」

尼力開始對他搜身，檢查完之後，望向其他人。「沒問題。」

帕茲問道：「拿到影片了嗎？」

「別擔心，我拿到了，」馬龍說道，「這是我們協議的內容，不是嗎？我給你們班奈特的影片，放我一馬？」

帕茲點點頭。

「不能這樣，」馬龍目光銳利瞪著她，「我要你親口說出來，我要你寫出陳述書，不可以有任何保留。」

帕茲回他：「我們的確有這樣的協議。」

「對，那是我們之前的協議，」馬龍回道，「已經是之前的事了。」

安德森問道：「什麼之前？」

「在我看到影片之前，」馬龍說道，「在我發現我們的警察殺死那小孩之前。那警察趁小孩跑走的時候開槍，這根本就是謀殺，所以，現在這段影片就更是價值連城了。」

安德森問道：「所以你想要什麼？」

「我要回去當警察，」馬龍說道，「繼續掌管北曼哈頓。這就是我要的酬勞。卡特爾就比較難搞，他想要好好經營自己的毒品生意，不要有任何人攪局。我們去追捕多明尼加人，留他一個人稱王。如果，你們想因為這件事而派人去解決他——或者是我——還是省省力氣吧。」

安德森說道：「所以這段影片有拷貝。」

「你以為你的對手是小孩嗎？」馬龍反問，「白痴警察和叢林野兔？安德森先生，他不就是你炒地產的好夥伴嗎？但不用擔心，你遵守你的話，我們也會信守諾言。」

市長開口：「我們不能支持——」

「可以，我們沒問題，」安德森的目光依然緊盯馬龍，「我們可以，而且非常樂意配合。我們沒有選擇，是吧？」

「大家都同意，是嗎？」馬龍環視全場，看著每一人。宛若約翰·福特執導的那些老西部片一樣，老頭男主角喜歡玩的那一招，特寫面孔陸續出現，有期盼、恐懼、憤怒、焦慮，以及質疑。只不過，現在這些不是牛仔的面容，而是城市人的臉孔，滿懷財富、銳氣、嘲諷、貪婪、活力的紐約市人士的臉孔。「市長、警察總局局長、尼力總警監、歐戴爾特勤幹員、帕茲小姐、安德森先生，你們都同意，對嗎？現在就告訴我，不然就永遠——」

安德森逼他，「媽的趕快把那段影片交出來。」

馬龍把手機丟給他，「這是原始檔案，卡特爾死了。所以這段影片應該早已流入美國有線電視新聞網、福斯新聞網、十一頻道，可能網路也有吧。」

帕茲盯著他，一臉不可置信。

「你知道你做了什麼好事？」安德森問道，「你燒毀了這座城市，你點了這把火，整個國家都完蛋了。」

「丹尼，現在我也愛莫能助，」伯傑開口，「我救不了你了。」

「很好，」馬龍回道，他不想得到救贖。「我熱愛這份工作，愛死了，他媽的我也好愛紐約，但現在一切都出了問題，都是你們搞砸的。

「幹，我幹你們每一個人，也幹你們全部的人。十八年來，我一直在街頭、國宅走廊拚搏，破門而入，完成你們交代的任務。你們不想知道我們怎麼做到的，你們只想要看到成果就是了。我盡心盡力，現在我累了。現在，跟我一樣的那些人已經不願意把那些野獸關在籠子裡，放手讓他們在百老匯大道上叫囂，你們已經把他們關了四百年之久，現在，你們就自己承擔後果吧。

「你們可以說我、我和我的搭檔、我和我的弟兄是垃圾警察。你們說我們貪腐。好，我才想說你們貪腐，你們就是貪腐的同義詞，你們是這座城市靈魂之中的朽敗不為，你們靠市政建設收受了千萬美元的賄款，但你們卻想要放我一馬，只是為了掩飾自己的罪行。建設老闆蓋出的貧民窟沒有暖氣、馬桶不能用，但你們卻睜一隻眼閉一隻眼。法官們靠行賄搶得位置，再靠賣案回收當初的投資成本，但你們卻不想知道這種事。」

他望向警察總局局長，「你們從有錢人那裡收受禮物、接受旅遊招待、吃免費大餐、拿免費門票，幫他們銷單、逃避規懲……幫他們買槍……然後你卻緊咬那些吃喝免費咖啡、飲料、三明治的警察。」

馬龍面向安德森，「還有你，蓋了這座頂樓豪宅，只是為了交易毒品的洗錢之用罷了。這一切的基礎就是白粉與可憐人民。我曾經為你工作，保護你，我深以為恥。

「對，我是垃圾警察，我做錯了事。我必須向上帝有所交代，而不是你們。反毒戰爭對你們來說，不過就是讓黑鬼與西班牙野人繼續塞在法院與監獄，讓律師與警衛、對，還有警察可以保住工作的方法罷了。而且，你們一直在玩弄數據，逼他們交出你們想要的成果，讓你們可以仕途順遂、成為新聞人物、政治生涯一片璀璨。

「但站在第一線的是我們。我們收屍，我們向他們的家人報喪，我們看著他們流淚。我們回家嚎啕大哭，我們流血，我們死亡。而一遇到狀況的時候，你們就把我們推下水。不過，無論如何，我們會回去——無論我們先前做了什麼，抑或是你們對我們有什麼想法，要是我們迷失了——依然會回到第一線，拚命保護那些好人。

「垃圾警察？這些人全是我的兄弟姊妹。他們可能下流齷齪，素行不良，但都比你們好多了，隨便哪個警察都比你們這些人好多了。」

馬龍走了出去，沒有人敢攔阻他。他從第五大道走到中央公園南側，轉入哥倫布圓環，走到一半的時候，回頭，看到歐戴爾正朝他背後走來，他的右手放在口袋裡。這位探員大步疾行，有要務在身。

馬龍心想：這地點很適合。

他轉身，靜靜等待。

歐戴爾朝他走來，有些氣喘吁吁。

馬龍問道：「弄到沒？」

歐戴爾解開襯衫鈕釦，讓他看到自己身上的竊聽器。「我等一下就要搭高鐵去華盛頓特區，你知道，他們等一下就會來追殺你。」

「我知道，你也是。」

「其他人要是聽到這段錄音內容……」

「也許吧，」馬龍說道，「但我不抱任何指望。他們在華盛頓特區也有朋友，所以你自己小心，知道嗎？要隨時眼觀四方。」

他們站住不動，成了這座不斷流轉城市之中的障礙物，人群宛若流水漱石一樣、從他們身邊匆匆而過。

歐戴爾問道：「你現在要去哪裡？」

馬龍聳肩以對。

他心想：就是去做我唯一擅長的事罷了。

38

紐約，凌晨四點。

這座城市還沒有入睡，在班奈特的畫面登上螢幕之後，又起了一波新的騷亂，現在，紐約不過只是在喘息而已。

暴徒從哈林區進軍百老匯大道，先在哥倫比亞大學與巴納德學院附近砸毀街窗、洗劫商店，然後又挺進上西城，翻車、搶計程車，只要是沒躲在家裡的白人，見一個打一個，而且開始放火，直到國民警衛隊出動，在七十九街排出陣列、開槍射出橡膠子彈與真彈之後，才終於平息下來。

十三名平民中彈，全是黑人，有兩名身亡。

而且不只是紐約。

紐華克、卡姆登、費城、巴爾的摩、華盛頓特區也都出現暴動。到了晚上——這一切就像是被強風吹襲的餘燼——延燒到芝加哥、東聖路易斯、堪薩斯城、紐奧良、休士頓。

洛杉磯也隨後淪陷。

包括了華茲、中南區、康普頓、英格爾伍德。

國民警衛隊陸續前往支援、軍隊也前進洛杉磯、紐奧良，以及紐華克，這場麥可・班奈特案之亂，已經成為羅德尼・金事件、六〇年代漫長夏日之後的最嚴重暴動。

馬龍坐在「都柏林之家」的吧檯高腳凳上面，盯著電視。

他看到總統出面，祈求大家要保持冷靜。等到總統說完之後，馬龍進入男廁，又喝了三杯尊美醇，配四顆抗睡丸。

他需要它們。

他知道他們早就開始找他。

也許已經去過他家公寓了。

他離開酒吧，進入車內。

他自己的座車，科邁羅，被升為警長時送給自己的犒賞。

他大聲播放音樂，在百老匯大道跟著另一輛車往北前進。

這是一趟穿越破碎美夢的苦旅。

數十年的努力成果，在短短幾天的暴虐欺凌之下、已經全部都被焚毀。馬龍巡視這些街道已有十八年之久，眼看它們曾是貧民窟荒地，眼看它們繁榮茁壯，現在又看到它們回到了原來的面貌，加了木條的窗戶、焦黑的店門口。

屋內的人們依然抱持相同的期望，充滿相同的失落，愛與恨、羞辱，但還是有夢，握在手中的夢想。

馬龍經過了漢密爾頓蔬果店、老大哥理髮店、阿波羅藥房、三一教堂墓園，以及一五五街的渡鴉壁畫。接下來是代禱教堂——不過，馬龍心想，現在禱告已經來不及了——接下來又經過瓦希餐廳，還有那些小神、私人聖壇。他熱愛這些街道中的生命地標，宛若深愛不忠妻子的丈夫，深愛誤入歧途兒子的父親。

他跟著那輛車，繼續走百老匯大道。

《病化》專輯的歌聲源源而出，馬龍心想，上次在這種時候開車到上城，身邊還有自己的拜把兄弟，工作搭檔——哈哈大笑，互虧為樂。

比利O就是在當晚離世。

現在蒙提也差不多了。

魯索，他再也不是你的拜把兄弟。

列文，你應該要好好保護的警察，已經死了。

而你的家人，你做出這一切的全心奉獻對象，他們遠走高飛，再也不想看到你。

你一無所有。

現在是紐約凌晨四點。

是晨夢的時刻。

是該從夢裡醒來的時刻。

他跟蹤的那輛車左轉，進入一七七街，然後又一路西行，經過華盛頓堡公園與松樹叢大道，左轉接避風港大道，穿過一七六街，停在避風港大道的東側，就在萊特公園的北方。馬龍盯著加瑞納、特內莉，還有奧提茲下車，他們進入那棟建築物的時候，已經根本懶得掩藏隨身攜帶的突擊步槍——多把M4與儒格14。

三雄黨的把風人讓他們進去了。

馬龍心想：為什麼需要擋人呢？他們現在已經是同一邊的人了，特內莉做了決定，的確是明智之舉。

他看到一輛黑色的領航員停在那棟建物門口，卡洛斯・卡斯提洛從後座下來，兩名槍手立刻護衛他進去。馬龍繼續往前開，進入松樹叢大道，將車停在某條死巷。

馬龍有西格手槍、貝瑞塔手槍，腳踝藏刀，還帶了閃光彈。

但現在沒有比利O，也沒有魯索或蒙提、列文為他掩護。

他穿上防彈背心，魔鬼氈黏得死緊，他希望能夠再次聽到蒙提幹譙不想穿背心，拉一下呢帽，開始捲雪茄。

他把警證翻到胸前，然後從後車廂取出液壓破門器，穿越公園，進入某條小巷，旁邊就是卡斯提洛所在的那棟建物。

他從防火逃生梯爬到了屋頂。

三雄黨的把風人正在看另一個方向，注意的是大街，而且也不是很專心——馬龍聞得到大麻味。

馬龍走過屋頂。

他伸出左前臂、鎖住那個三雄黨分子的喉嚨，拚命往後拉，讓他無法尖叫，然後，馬龍再以西格手槍對他背部開了兩槍，屍體瞬間癱軟在地，輕鬆解決。

不會有人注意到槍聲——現在全紐約到處都傳出零星槍響，現在警車要是接到10-10的無線電呼叫，已經完全不理會了——而那些愛在國慶日玩煙火的傢伙也依然故我。

馬龍望著市中心，看到夜空中的詭異橘色火光與不斷冒升的黑色濃重煙塵。

然後，他走向屋頂大門。

鎖住了，所以他使用液壓破門器，開始猛力擠壓，他不禁又覺得有蒙提真好，因為這東西實在很難用。但他努力施力，門鎖終於投降，大門瞬間敞開。

馬龍下樓。

心想：這是我最後一次執行垂直式搜索。

他舉起西格手槍在身前。

又是一道門，但沒有上鎖。

通向某道走廊。

走廊盡頭的木門外，有個站哨人，生鏽鐵鍊懸垂的微弱燈泡，對著他的驚嚇臉孔照映一抹殘敗黃光。

他的嘴巴張成了一個大大的圓形。

對方的腦袋已經永遠無法向手傳達指令了，因為馬龍立刻對他開了兩槍，讓他仆倒在門口，宛若一條捲起的歡迎門毯。

馬龍心想：最後一道門。

這是獻給比利O的閃光彈。

也獻給列文。

這麼多道該死的門，這麼多次的未知狀況。

太多的死人。

太多的死亡家庭、死亡的小孩。

死亡的靈魂。

馬龍壓在牆上，慢慢朝門口挺進，子彈飛出，沉重、旋轉的子彈擊碎木門。

他發出宛若深陷痛苦之中的叫喊，直接趴地。

門開了。

馬龍老早舉槍等待，加瑞納的雙眼因為腎上腺素作用而瞪得好大，他四處轉頭找尋危險來源，然後，看到了腳邊的死人。

馬龍開槍，直接貫穿他的心臟。

加瑞納宛若陀螺一樣旋身。

宛若在噴血的灑水器。

他的手槍落地，在地板上發出哐啷聲響。

裡面飛出更多子彈，擊裂馬龍頭部上方的牆壁。

他翻到牆面另一邊的地板上，某個三雄黨分子的槍正從門口伸出來，四處尋找他的蹤影。

馬龍打開閃光彈的安全栓，丟進去，以手肘護住眼睛。

聲響巨大駭人。

白色強光照亮了一切。

他數到五，低身衝進去。這陣強光讓他失去平衡，雙腿宛若喝醉酒一樣在不斷搖晃。有個三雄黨分子蹣跚走出來，尖叫，臉已經灼傷，脖子上的綠方巾冒著火焰。他趕緊從喉間扯下那條火焰絞索，奔向馬龍，把他撲倒在地板上。馬龍的西格手槍掉了，他找不到，只好從腰間取出貝瑞塔。

奧提茲正低頭看著他。

舉起儒格手槍。

馬龍對他開火，同時趕緊移動位置，以背貼牆。奧提茲慘叫跪地，但依然扣下了儒格手槍的扳機，馬龍又對奧提茲補了兩槍。

奧提茲趴在地上。

躺臥在血池之中。

那批海洛因，五十公斤的黑馬，整整齊齊堆在好幾張桌子上頭。

卡斯提洛態度平靜，坐在某張桌子後頭，他與自己毒品共處的姿態，宛若麥達斯國王在計算黃金一樣。

馬龍起身，將貝瑞塔指著他。

卡斯提洛對他說：「我本來以為找我的會是卡提爾。」

馬隆搖頭，「你殺死了我的一名兄弟，另外一個已經腦死。」

「我們玩的遊戲真危險，」卡斯提洛說道，「我們都知道風險，所以我們在這裡幹什麼？」

卡斯提洛微笑。

撒旦遇到浮士德的那種笑臉。

馬龍迅速看了一眼，發現那批黑馬全在那裡，他們正準備要賣到街頭。

他的街道。

當他上次遇到一模一樣場景的時候，他犯下此生最嚴重的錯誤。現在，他說道：

「你被捕了，你有權保持——」

馬龍聽到兩聲砰響。

那股力道讓他的身體宛若急速出拳一樣、往前仆倒，但還沒有趴地就立刻翻身，他抬頭，發現是特內莉。

他的手指扣下扳機，而且繼續擊發。

這四發子彈全進了她的身體，由下到上，鼠蹊處、腹部、胸口，還有脖子。

她的臉龐黏滿黑色髮絲。

她伸手拍了一下頸部的傷口，宛若在打蚊子。

然後，她坐在地上，望著馬龍，露出詭異微笑，彷彿十分驚訝自己即將斷氣。

難以置信自己居然會犯下這種愚蠢錯誤，害自己沒命。

她的胸口發出一陣深沉聲響，雙眼暴凸，死了。

馬龍勉強起身。

痛楚難耐。

他大吼一聲，開始嘔吐，彎身，繼續吐，低頭一看，鮮血從防彈背心下方的傷口汩汩而出，他摸了一下，血液從指縫間流過，手指變得血紅熱燙又黏膩。

馬龍把槍對準卡斯提洛的頭，扣下扳機。

一聲清脆的喀響，他知道裡面沒子彈了。

卡斯提洛哈哈大笑，起身，走過去，伸手朝馬龍的胸部推了一下，逼他倒地。

不需費什麼氣力。

馬龍已經趴在地上。

宛若一頭動物。

需要被安樂死的負傷動物。

卡斯提洛從外套裡掏出手槍。

小小的金牛座**PT22**手槍。

雖小，但依然是槍。

他把槍管抵住馬龍的頭，「這是為了迪亞哥。」

馬龍沒說話，從腳踝抽出特勤刀，揚手，朝他背後刺下去。

手槍走火，發出震耳欲聾的聲響，但馬龍還沒死，活在充滿血紅色光與血紅疼痛的世界，站起來，轉身，將刀子刺入卡斯提洛的大腿、切斷動脈。

他望著卡斯提洛的臉，抽出刀子，然後又捅入他的腹部，往上割開。

卡斯提洛的嘴張得好大。

發出非屬人類的聲響。

馬龍抽出刀子，讓卡斯提洛倒下去。

鮮血染紅了馬龍的胸膛。

馬龍搖搖晃晃走向桌前，開始把那些海洛因磚放入帆布袋裡。

39

有一次，馬龍趁小孩放春假的時候、帶全家人去新罕布夏的白山山脈。他們在某處河谷租了間小木屋，某天他一大早就起來了，水龍頭流出的水好冰涼，喝下去時的感覺好傷喉，但就是快意清爽，他根本停不下來。

那是趟美好的旅程，快樂的假期。

現在，馬龍離開那棟建物、走向馬路，某個地方的喇叭傳出巴恰達音樂。

直升機的葉片旋轉聲劃破天際。

馬龍扛起那些袋子、開始走路——其實是蹣跚拖步而行——他全身疼痛，而且口乾舌燥——朝西向移動，到了一七六街，轉避風港大道。當他走過街道、奮力走向河濱大道的時候，鮮血宛若他的罪惡秘密一樣、沿路滴落，然後，他繼續走，進入了樹林，靠在某個樹根旁，跌落地面。

要是能躺在那裡，就是躺在草地上昏昏入睡，該有多好，但他刺痛難耐，他沒辦法待在那裡——他還得去別的地方——所以他努力起身，繼續移動。

約翰從河裡釣到一尾鱒魚，馬龍把牠放在某棵樹木的殘株上面、開始清理的時候，約翰看到魚的內臟被挖出來，卻開始掉淚，原來他感到歉疚不已，是他殺死了這條魚。

馬龍走向亨利．哈德遜公路。

某輛車猛按喇叭，還因為他而打滑，車窗內傳出大吼：「神經病酒鬼！」

馬龍跨過北線道，然後是南線，他又進入樹林，走向某個籃球場，一大清早空無一人，雖然他現在已經可以看到河面，但他還是得先靠在柱子上暫時休息，穩住重心，因為他得要彎身、再次嘔吐。

然後，他繼續往前走，樹木越來越多，也讓他得以伸手支撐自己，他終於到達河邊的岩石區。

他坐了下來。

打開行李袋拉鍊，開始拿出那些海洛因磚。

比利O仰頭，對他微笑。

「我們發了！」

然後，狗兒衝破鎖鍊。

小狗們在低泣，窩在一起的小可憐。

馬龍從警校畢業的那一天，是紐約少見的燦爛春日，你知道自己對世界的其他地方完全沒有興趣，你不想要變成別人，只想做你自己，待在這裡，這座城市，就是這個世界。

而且他年輕，年輕正直，充滿希望、驕傲與信仰，相信上帝，相信他自己，也相信警察工作，相信自己的任務是保家衛民。

馬龍把刀子插入海洛因磚，劃開塑膠袋。

然後，把它丟入河中。

重複這個動作，一次又一次。

那個春日，他站在一片警校生之中，四周是一片藍海，他的兄弟姊妹，他的朋友，他的同志，有白人有黑人，也有褐色皮膚與黃色皮膚的人，但其實他們真正的顏色是藍色。

當他們魚貫進入、立正站好的時候，背景是辛納屈的歌聲〈紐約紐約〉。

他現在才想到，應該要發出無線電求救，10-13，警員中槍，需要協助，但他沒有無線電，而且也不記得手機放哪裡，但這反正也不重要，因為如果他們知道是他的話，他們根本不會來，就算會過來，也是刻意拖拖拉拉。

你早就在許久之前就該呼叫 10-13。

那時候為時未晚。

這個世界到處是水泥柏油、金屬手銬與窗戶鐵條、苛刻的話語與更苛刻的思維，但克勞黛身著白色真絲所映襯的黑色肌膚，擁有全世界最溫軟的地方，碰觸她的黑色柔軟冰涼的肌膚，馬上就能靠近那一塊溫熱點位。

他清空了其中一個毒品袋，又開始準備處理另外一袋，他想要在自己陷入昏睡之前完成這項任務。

列文對他微笑，我們發了。

不，那是比利。

也可能是里安。

好多人都死了。

太多了。

約翰出生的時候，拖了好久才出來，等到他終於呱呱墜地之後，馬龍已經累癱了，直接爬到病床上面，他們三個人，就這麼睡在一起。

第二個出生的是凱特琳，速度就快多了。

天，他好心痛。

馬龍身著簇新的藍色警察制服，全新的警證、警帽，還有白色手套，他媽媽、弟弟里安，還有席拉都望著他，他好希望爸爸能夠活到這個時候，親眼見證這一刻，雖然他曾經告訴馬龍不要走這一行，但他一定會感到十分驕傲，這是他的家族熟悉的職業，他的父親，他的祖父都一樣，這是他們的生活，他們的信仰，歷經痛苦與哀愁而成就的志業，他好盼望他爸爸能夠看到他宣誓的那一刻。

「我謹此宣示護衛美國憲法與紐約州憲法，竭盡所能、忠誠履行身為紐約市警察的各項任務，所以請幫助我，上帝。」

所以，上帝，幫我一下吧。

不，你不會出手相救的，何必呢對不對？

痛楚齧咬他的五臟六腑，他在岩石上扭動身軀，尖叫。

約翰因為那條魚哭了。

他哭了。

空氣中滿滿的煙灰味，宛若里安死去的那一日。

煙塵、毀爛的建築、破碎的心。

淚痕劃過焦黑的雙頰。

現在城市開始甦醒。

他聽到了警笛聲大作，宛若初生嬰兒。

馬龍回頭看了一眼自己的烈焰王國，死亡柴堆的一陣陣煙塵裊裊而起。

他又劃開另一袋，丟入河中。

然後，他把自己的白手套拋向空中，藍白色的紙花狂落而下，灑在他與他的兄弟姊妹身上，大家奮力尖叫，群眾歡呼，他知道這是他想望的一刻，等待許久的祈願，他將來會投入自己的生活、鮮血、靈魂、生命，全心奉獻。

心中燃起一陣純淨之火。

這是他生命中最美好的一日。

不，不是今天，他想起來了。

並非此時此刻，而是那時。

海洛因從天花板落下，宛若室內在下雪，緩緩進入比利的傷口、血液、血管，舒緩了他的疼痛。

比利還會覺得痛嗎？

那股疼痛會不會終止？

會結束嗎？

我們無法在起點得知終點為何，我們的純淨之心無法想像它的腐敗。他那時候只知道自己熱愛警察工作，早年還是制服員警時、看到大家看待他的眼光，知道他在那裡而產生的天真安全感，或是知道他在那而產生的不安罪惡感。

他想起自己第一次逮人時的情景，就和第一次做愛時一樣激動——抓到打劫某個老太太的持槍歹徒，馬龍發現自己把他趕出街頭之後，還想再多破個十起搶奪案，然後這座城市就能更加安全，人民更安心，一切都是因為馬龍當警察。

他喜歡他們仰望著他，尋求協助、要求解答，甚或是對其控訴然後祈求赦免的神情，他熱愛這座城市，熱愛自己所保護與服務的人民，他熱愛警察這份工作。

他萬萬沒想到這些街道，警察工作會讓他疲憊至極，然後，是哀傷與怒氣、死屍、心碎、煎熬、愚蠢、憤世嫉俗會無情摧折他的靈魂，宛若石頭壓在鋼鐵上面一樣，讓他的心越來越駑鈍，而不再敏銳，任由那些海洛因與隱形陰險的快克四處散布，他的鋼鐵之身裂了，然後碎了，他終於明白自己父親的死因，為什麼會身著藍色外套倒在那一堆髒雪之中；還有比利歐躺在地板上，四周散落贓款；以及自己的血肉為何開始腐敗。

馬龍的靈魂一開始閃閃發亮，就像他那剛入手的警徽一樣，當他轉為金質警徽的時候，它就變得越來越黯淡，最後變得與夜色一樣漆黑。

他把最後一塊毒磚放入河中。

很好，現在那批海洛因絕對不會流入他的地盤。

大功告成，他往後一躺。

死在髒污雪堆裡的老爸、被埋在焦毀建物下方的里安，還有躺在尖石堆仰望天空的我。

天色濃灰，朝陽即將升起。

無線電的吱嘎聲傳入他的耳中。

10-13，10-13。

有警官中槍。

天空成了魚肚白，警笛聲沒了，無線電一陣死寂，他又在抓第一次逮捕的罪犯，搶奪老太太的那個傢伙。

丹尼・馬龍的唯一期盼就是當個好警察。

致謝

感謝許多已經仍在線上或已經退休的警官，他們十分慷慨大方，花了許多時間分享他們的經驗與故事、各種想法與意見，以及他們的喜怒哀樂。我十分感謝他們，但如果在此逐一臚列姓名，恐怕反而會對他們造成傷害。我雖然不點名，但各位都一定能夠感受到我的謝意，而且，我也要感謝諸位過去的付出與分享。

說到感謝，這本書肇始於尚恩．薩勒諾在某天早晨打來的電話，他是我的犯罪小說寫作搭檔、同事，也是好友，兩人的情誼已達二十年之久。我要感謝他給予我的啟發與靈感、始終如一的支持，以及許多讓人解壓的笑話。兄弟，這一路走來著實精采。

我也要謝謝大衛．海菲爾，讓我結識了威廉．莫洛，也感謝他細心編輯手稿。

感謝黛博拉．藍道爾、大衛．寇爾、尼可．卡拉洛，以及「故事工廠」公司的每一位成員。

感謝麥可．莫里森、里亞特．史特立克、林恩．葛拉蒂、凱特琳．哈利、珍妮佛．哈特、夏琳．羅森布魯姆、謝爾比．梅茲里克、布萊恩．葛洛根、丹尼艾拉．巴爾特雷特、茱麗葉．夏普蘭、莎曼珊．哈格報姆爾，以及克洛伊．墨菲特，感謝他們對於本書的熱情支持還有辛勤努力，才能讓它順利問世。

感謝雷利．史考特、艾瑪．華滋、史蒂夫．阿斯貝爾、麥可．謝菲爾，還有二十世紀福斯公司如此信任小說的初稿，而且在我們順利合作《*Cartel*》之後、又買下這部小說的電影版權。

感謝創意藝術家經紀公司的馬修．辛德與喬伊．寇恩。
感謝辛西亞．斯華茲以及伊莉莎白．庫施兒，她們先前處理《*Savage*》與《*Cartel*》的表現令人驚豔，《惡警》亦然，感謝兩位的辛勤努力。
感謝理查德．海勒，我的律師。
感謝約翰．阿爾布帶我四處奔走。
感謝索拉娜海濱咖啡企業、山丘上的傑洛米、曼尼塔斯先生、冷卻器、火焰、飄流衝浪等店家提供我咖啡因、早餐麵餅捲、漢堡、玉米片、魚肉塔可餅，還有其他的必要性娛樂。
感謝已經離世的麥特．帕維斯，感謝他的仁慈與慷慨，感謝我的史塔頓島朋友史蒂夫．帕維斯，讓我認識了他弟弟。
感謝已經離世的鮑伯．勒伊奇，他無論身處哪一個地方都是王子。
我還想向我所有的讀者表達謝忱，無論是舊雨新知，都要感謝他們多年來的支持與仁慈。幸好有他們，才能讓我保有這份我所熱愛的工作。
感謝我的母親奧提絲．溫斯洛，多年來她讓我大方借用她的前門門廊以及圖書館書籍。
感謝我的兒子湯瑪斯，他是嘻哈音樂的百科全書，還有，感謝他多年來的耐心與支持。
還有，每次一定都得要感謝珍，充滿包容的吾妻，越來越愛你。

本書幕後故事

有時候，我覺得我這一生就是為了要準備寫出這本書。

我出生於史塔頓島，距離丹尼．馬龍自小長大的地方並不遠。而我自小在羅德島長大，兒時必須要努力存錢，才能搭乘火車前往紐約市，我在百老匯大道四處探索、看電影、在小食店與熱狗攤吃東西。

之後，我搬到了紐約市區，居住的上西城正是丹尼．馬龍在小說中的轄區。當時我好愛——現在依然很愛——那些街道。它們讓我永遠看不膩，而且，對我而言，無論是過去或現在，街道上充滿了各式各樣的地標——都柏林之家、大尼克漢堡店、針頭公園……而且我自小浸淫在那些警察電影與故事當中——我依然記得自己第一次看到《霹靂神探》那一天的場景。（我認識鮑伯．勒伊奇，原本是警察後來轉做線人的傳奇人物，他是我朋友的朋友，羅伯特．達利的經典作品《*Prince of the City*》就是依照勒伊奇的故事所改編。）

打從我開始寫作的第一天，就一直很盼望寫出一部有關紐約市警察的大部頭小說，終於寫出來了。我也為它做了長時間的研究，我本來就知道——現在依然很清楚——大部分的警察都潔身自愛，部分手腳不乾淨。靠，我在擔任電影院經理與私家偵探的時候，曾經塞錢給警察，也曾經因為辦案的緣故必須要與警方合作或是對抗他們（有次處理某個調查警長的罕見案子時，我必須每天攜帶武器出門），我曾經與調查謀殺與縱火案的警察攜手合作。為了這本書，我與紐約市警察（必須姑隱其名）一起上街頭，我和他們一起去酒吧，待在他們的家裡，與他們的家人、妻子、前妻、女友聊天，我接觸的有極高階警官，也有低階的假釋巡警，與我促膝長談的警察有白人，有黑人，也有棕色皮膚。

我想要知道警察的工作內容，不過，更重要的是，我想知道警察的想法與感受。我對於他們的逮捕行動有興趣，但對於他們的做法與其後所受到的影響更感興趣。我曾經與老鳥警察談心，也看到他們說出自己故事的時候、從臉上潸然而落的淚水，這是一部我想要道盡自己一生的作品。

Storytella 138

惡警

The Force

惡警/唐.溫斯洛作 ; 吳宗璘譯. -- 初版. -- 臺北市 : 春天出版國際文化有限公司, 2022.10
面； 公分. -- (Storytella ; 138)
譯自 : The Force
ISBN 978-957-741-588-2(平裝)

874.57 111014320

ISBN 978-957-741-588-2
Printed in Taiwan

作　者　唐・溫斯洛
譯　者　吳宗璘
總編輯　莊宜勳
主　編　鍾靈

出版者　春天出版國際文化有限公司
地　址　台北市大安區忠孝東路四段303號4樓之1
電　話　02-7733-4070
傳　眞　02-7733-4069
E－mail　bookspring@bookspring.com.tw
網　址　http://www.bookspring.com.tw
部落格　http://blog.pixnet.net/bookspring
郵政帳號　19705538
戶　名　春天出版國際文化有限公司
法律顧問　蕭顯忠律師事務所
出版日期　二〇二二年十月初版

定　價　720元

總經銷　楨德圖書事業有限公司
地　址　新北市新店區中興路二段196號8樓
電　話　02-8919-3186
傳　眞　02-8914-5524
香港總代理　一代匯集
地　址　九龍旺角塘尾道64號 龍駒企業大廈10 B&D室
電　話　852-2783-8102
傳　眞　852-2396-0050